Betty Kay

Die Seele des Zauberlehrlings

Der König der Nebelseelen

(Band 1)

Die Reise eines Helden, der niemals einer sein wollte

Impressum

http://www.deadsoft.de

Cover: Irene Repp
http://www.daylinart.webnode.com
Bildrechte: © Hanna Gottschalk – shutterstock.com

1. Auflage
ISBN 978-3-96089-504-6
ISBN 978-3-96089-505-3 (epub)

1. Kapitel

Ich ducke mich tiefer hinter dem Baumstamm und unterdrücke ein Lachen. Um besser hören zu können, halte ich die Luft an. Elevander soll mich nicht überrumpeln. Ich will ihn an der Nase herumführen.

Der Geruch von nassem Moos dringt mir in die Nase. Sonnenstrahlen schummeln sich immer wieder durch das Blätterdach über mir. In einiger Entfernung höre ich das Tschilpen der Flugechsen. Sie untermalen die leisere Musik des Waldes. Ich mag diese Komposition, die meinem Herzen Frieden schenkt. Das kann ich im Moment gut gebrauchen.

Das Schlagen von Flügeln erklingt. Weit über mir schießt eine Flugechse über die Baumkronen. Leider sind diese wunderschönen Tiere nicht stark genug, um einen Menschen zu tragen. Ich wünschte, ich könnte mit ihnen davonfliegen. Könnte ich nur genauso frei und ungebunden sein. Angeblich soll früher eine Rasse Flugechsen existiert haben, deren Flügelspannweite mehr als fünf Armlängen betragen hat. Die Menschen versuchten, diese Wesen als Transportmittel zu nutzen, waren allerdings nicht in der Lage, sie zu zähmen. Wohin die Echsen jemanden brachten, konnte nicht gesteuert werden, weshalb die Flugversuche schließlich gestoppt wurden. Danach verschwanden die Riesen aus den Landen der Maëlle.

Blätter rascheln in der Nähe. Holz wird zur Seite gebogen. Elevander hat meine Spur aufgenommen. Ich lege den Kopf schief und lausche reglos in meinem Versteck. Nicht weit von mir knackt ein Ast. Wie lange es dauern wird, bis er mich entdeckt?

In meinem Nacken beginnt es unangenehm zu kribbeln. Irgendetwas stimmt nicht. Der Klang von weichen Ledersohlen, die den moosigen Waldboden berühren, wischt das Lächeln aus meinem Gesicht. Ich mache mich noch kleiner. Jetzt halte ich die Luft vor Anspannung in meinen Lungen. So teures Schuhwerk tragen nur Bewohner des Schlosses. Niemand im Dorf kann sich den Luxus leisten. Wieso hat sich jemand von den hohen Herren in diesen Wald verirrt?

Ich murmle ein paar Worte, die mich unsichtbar machen. Ein kalter Schauer durchläuft mich, bis ich mich schwerelos und frei fühle. Dann hebe ich langsam den Kopf aus meinem Versteck.

Ein Mann schreitet zwischen den Bäumen hindurch. Auch über die Entfernung kann ich sein plattes, nichtssagendes Gesicht erkennen, er hat unser Dorf noch niemals besucht. Der Stoff seiner schwarzen Toga, die er über einem dunkelgrauen Hemd trägt, folgt jeder seiner Bewegungen. Es handelt sich um ein weiches, fließendes Material. So einen kostbaren Stoff habe ich noch nie gesehen. Nein, diesen Mann kenne ich mit Sicherheit nicht.

Ein festes Ziel scheint der Fremde nicht im Sinn zu haben. Suchend sieht er sich nach allen Seiten um. Was er in dieser Abgeschiedenheit zu finden hofft? Wen er in diesem Teil des Waldes verloren hat, der von den meisten Menschen niemals betreten wird?

Plötzlich blickt er genau in meine Richtung. Nur ungefähr zehn Armlängen trennen uns. Der Zauber verhindert, dass er mich wahrnehmen kann. Trotzdem läuft mir ein Schauer über den Rücken, als es scheint, als würde er mir direkt in die Augen schauen.

»Habe ich dich endlich gefunden«, sagt er und kommt näher. »Warum lernst du nicht in deinem Studierzimmer, wie es dir dein Großvater befohlen hat?«

Mein Herz bleibt vor lauter Überraschung beinahe stehen. Er kann mich sehen? Ist er tatsächlich hier, um mich wegen meines mangelnden Lerneifers zu tadeln?

Ich mache einen Schritt zur Seite. Er ist so nahe, dass er den Kopf drehen muss, wenn er mein Gesicht weiterhin beobachten will. Tatsächlich folgt er meiner Bewegung.

»Du wunderst dich, warum dein Zauber nicht funktioniert hat, Lesithder?«, fragt er.

Langsam nicke ich. Unruhe setzt sich wie ein klauenbesetztes Monster in meinem Nacken fest. Wenn er kein Zauberer ist, hat ihm jemand dabei geholfen, meine Magie zu überwinden.

»Oremazz hat mich geschickt, um dich zu suchen. Er hat mich mit einem Gegenzauber ausgestattet. Mir scheint, dein Großvater kennt dich ausgesprochen gut.«

Das alles ergibt noch immer keinen Sinn. Oremazz arbeitet als Großer Zaubermeister für unseren Fürsten. Dadurch nimmt er in unserer Gemeinschaft eine wichtige Position ein. Aufträge an hohe Herren, wie der Fremde einer zu sein scheint, erteilt er dennoch nicht. Ist meinem Großvater etwas zugestoßen?

»Geht es Oremazz gut?«

»Der Große Zaubermeister ist wohlauf. Unser Fürst hat ihn zu einer Audienz gebeten. Deine Anwesenheit ist dabei erforderlich.«

Dieses Gespräch verwirrt mich immer mehr. »Meine Anwesenheit?«

Die unbewegte Haltung des Mannes gerät ins Schwanken. Seine Schultern spannen sich an. »Frag nicht so viel, mach den Zauber rückgängig, und folge mir zum Schloss.«

»Zum Schloss? Zum Fürsten?«

»Bist du tatsächlich Lesithder, oder bin ich über den falschen Zauberlehrling gestolpert?«, fragt der Fremde. »Oremazz hat ein ganz anderes Bild von dir gemalt.«

»Es tut mir leid, wenn ich Euren Vorstellungen nicht entspreche. Euer Auftauchen hat mich überrascht. Ich habe keine Ahnung, warum man mich ins Schloss berufen sollte. Ich bin niemand, an den der Fürst auch nur einen zweiten Gedanken verschwenden würde.«

An der Wange des Mannes, der sich mir immer noch nicht vorgestellt hat, zuckt ein Muskel. »Die Zeiten verändern sich. Jeder muss seinen Anteil zu den Herausforderungen beitragen, die auf uns zukommen. Niemand kann für immer der bleiben, der er bis jetzt war. Man wird dir erklären, was du wissen musst. Im Schloss. Also tu, was von dir verlangt wird.«

In seinen Worten ist keine Bitte enthalten gewesen. Dennoch löse ich den Zauber auf und komme hinter dem Baumstamm hervor. Was könnte ich falsch gemacht haben? Mein letzter Zauber, den ich ohne die Genehmigung von Oremazz durchgeführt habe, ist schiefgelaufen, sodass ich einen Busch in Brand gesetzt habe. Es sollte aber niemand wissen, dass ich dahinterstecke. Beunruhigt trete ich näher. Vor den Fürsten wird man nicht zitiert, um für seine Leistungen gelobt zu werden. »Ihr wisst, wer ich bin. Werde ich erfahren, mit wem ich zu tun habe?«, frage ich.

»Mein Name lautet Sikiwer. Ich bin der Zeremonienmeister des Fürsten. Zumindest war ich das, bis man mich zum Botenjungen degradiert hat.« Seine letzten Worte triefen vor Sarkasmus. »Los jetzt. Das hier dauert bereits viel zu lange.« Er wendet sich ab und geht den Weg zurück, den er gekommen ist.

»Noch bin ich mir nicht sicher, ob ich Euch vertrauen kann.«

Seufzend bleibt Sikiwer stehen und sieht zu mir zurück. »Wenn du die Nerven des Großen Zaubermeisters genauso strapazierst wie meine, besitzt er mehr Geduld als ich. Oder er erkennt etwas in dir, das mir verborgen bleibt.«

Das hilft mir nicht bei meiner Entscheidung, ob ich ihm tatsächlich folgen sollte.

»Dir wird nichts geschehen«, sagt der Zeremonienmeister. »Ich schwöre es dir bei all unseren Göttern.«

»Da die niemand gegen sich aufbringen will, glaube ich Euch. Allerdings werde ich trotzdem nicht allein mit Euch kommen. Elevander wird uns begleiten.«

Ein fragender Ausdruck huscht über Sikiwers Gesicht. »Von wem sprichst du? Handelt es sich ebenfalls um einen Zauberlehrling?«

»Nein, er ist mein bester Freund und mit mir hierhergekommen. Ich werde ihn nicht zurücklassen.«

Der Zeremonienmeister schüttelte den Kopf. »Für den Fürsten sind Nichtmagier im Augenblick nicht von Interesse. Er verlangt, lediglich dich zu sehen.«

»Ohne meinen Freund gehe ich nirgendwohin«, wiederhole ich.

»Wegen dir werde ich noch in Schwierigkeiten geraten.« Sikiwer ballt die Hände. Eine Sekunde lang kann ich die Wellen der Frustration spüren, die von ihm ausgehen. Dann hat er die Kontrolle über seine Gefühle zurückerobert. »Noch nie habe ich so lange gebraucht, um einen Auftrag auszuführen. Wir haben keine Zeit, um uns auf die Suche nach einem kleinen, unwichtigen Jungen zu begeben. Die Herrschaften warten nicht gern.«

»Es dauert nicht lange. Elevander ist bereits hier.« Ich habe bemerkt, wie er sich näher zu uns herangeschlichen hat. Niemand ist so leise wie mein bester Freund. Außer mir hätte ihn bestimmt niemand gehört.

Sikiwer hebt misstrauisch eine Augenbraue.

»Elevander!«, rufe ich schlicht. »Zeig dich.«

Zwei Schritte von mir entfernt raschelt es in den Büschen. Dann erhebt sich mein bester Freund zwischen den Blättern. Er nickt mir ruhig zu. Sein feingezeichnetes Gesicht verrät nichts. Nur in seinen blauen, weisen Augen steht Neugierde, doch er schweigt. Wir wissen beide, dass wir uns gedulden müssen.

Sikiwers Gesichtsausdruck ist unverändert kühl. »Lasst uns endlich aufbrechen. Soll man sich im Schloss mit deinem Ungehorsam und dem unerwünschten Gast befassen.«

Zu dritt machen wir uns auf den Weg zum Schloss. Fast eine halbe Stunde marschieren wir durch den Wald. Erst müssen wir uns einen Weg zwischen den riesigen, hochstämmigen Bäumen und großen, fleischigen Pflanzen hindurch suchen. Dann gelangen wir auf einen Pfad, auf dem wir schneller vorwärtskommen. Elevander und ich werfen uns immer wieder neugierige Blicke zu, während wir Sikiwer schweigend folgen. Wir kennen dieses Gebiet wie unsere Westentasche, weshalb ich dem edlen Herrn zweimal den Weg weise. Sikiwer seufzt nur ungeduldig. Schließlich treten wir zwischen den Bäumen hervor.

Von dem Hügel aus, auf dem der Wald sich befindet, geht es sanft bergab zum Dorf, das sich in das kleine Tal schmiegt. Üblicherweise würden wir jetzt den schmalen Trampelpfad hinunterlaufen, um uns dann im Haus von Elevanders Eltern etwas zu essen aus der Speisekammer zu stibitzen. Wir würden uns noch eine Weile im Stall verstecken, bis wir uns vor unseren Aufgaben nicht mehr drücken können.

Sikiwer wendet sich allerdings nach links. Wir wandern über den Hügelkamm auf eine Erhöhung zu, auf der sich das Schloss unseres Herrn befindet. Mein Großvater lebt dort schon seit vielen Jahren. Er hat mich bei Elevanders Eltern zurückgelassen, um seine Fähigkeiten ganz in den Dienst des Fürsten stellen zu können. Trotzdem besucht er mich an drei Tagen der Woche und lehrt mich die Dinge, die seiner Meinung nach ein angehender Zauberer können muss. Noch bin ich zu jung, um in den Stand eines Zauberlehrlings erhoben zu werden. Noch drei Monate, dann feiere ich meinen sechzehnten Geburtstag. Danach muss ich das mir bekannte Leben verlassen, um mich unter Oremazz' Obhut ganz der Magie zu widmen.

Je länger wir unterwegs sind, umso größer wird meine Unruhe. Ob der Ruf meines Großvaters mit meinem baldigen Studium zu tun hat? Es ist zu früh, um mich in die Schule mit den anderen Anwärtern zu stecken. Will Oremazz mich auf den Moment vorbereiten, an dem sich alles für mich ändern wird?

Ich sehe zu Elevander und entdecke die gleiche Beunruhigung in seinem Blick, die ich in meinem Herzen empfinde. Noch trage ich das Haar genauso kurz geschoren wie er – die Frisur des gemeinen Volks.

Weit unter uns liegt das Dorf. Dort befindet sich alles, was ich kenne. In den schmalen, ausgetretenen Gassen habe ich mein gesamtes Leben verbracht. Nach dem frühen Tod meiner Eltern hat der Große Zaubermeister nur halbherzig den Ersatz gespielt. Sein Verstand gehörte der Magie, sein Herz der Ausübung der Zauberkünste. Erst durch Elevanders Mutter habe ich Wärme und ein Zuhause gefunden. Ein Schatten legt sich über meine Seele, als ich an Moktuli denke. Wird mein Großvater mich zwingen, den Kontakt abzubrechen? Wie auch immer meine Zukunft aussieht, ohne einen Abschied werde ich sie nicht verlassen. Das kann niemand verlangen.

Sikiwer murmelt etwas, das ich nicht verstehe. Immer wieder treibt er uns an. Als ich stolpere, wirft er mir einen bösen Blick zu.

»Jetzt beeil dich! Der Fürst wird nicht sonderlich erfreut sein, wenn wir noch länger brauchen.«

»Soll ich uns schneller ins Schloss bringen?«, schlage ich vor. Die Idee könnte mich in Teufels Küche bringen. Viel länger will ich Sikiwers Missfallen jedoch nicht ertragen.

»Kannst du es denn?« Überrascht mustert mich Sikiwer.

Ich nicke. »Der Zauber ist einfach für mich. Die Erlaubnis, ihn zu wirken, habe ich allerdings nicht. Das muss mich jedoch nicht daran hindern. Ihr seid berechtigt, mir den Auftrag dazu zu erteilen.«

Der Zeremonienmeister wird langsamer. »Du wirst uns nicht versehentlich in Frösche verwandeln?«

»Natürlich nicht. Ich brauche Eure Hilfe, weil ich mich nur an Orte transportieren kann, an denen ich schon einmal war. Das Schloss habe ich noch niemals betreten. Wenn Ihr Euch die Gegebenheiten dort vorstellt, kann ich uns sicher ins Innere bringen.«

Sein Blick wandert zum Schloss, das noch unendlich weit entfernt wirkt. Dann nickt er. »In Ordnung. Ich befehle dir, uns schnellstmöglich an unser Ziel zu bringen.«

Aufregung ergreift von mir Besitz. Ich habe den Zauber noch nicht allzu oft angewendet. Grundsätzlich muss ich mich in der Öffentlichkeit mit meinen Übungen zurückhalten. Mein Großvater ist der Meinung, dass ich meine Fähigkeiten nicht austesten soll, solange ich kein Zauberlehrling bin. Doch diesen Spruch habe ich mir heimlich angeeignet. Elevander und ich benutzen ihn, wenn wir uns unerlaubt von Zuhause entfernen wollen. Obwohl seine Mutter jedes Mal furchtbar böse wird, wenn sie uns dabei erwischt, hat sie uns niemals verraten. In Moktulis Blick liegt nach ihrer Schimpftirade eine Mischung aus Bewunderung und Besorgnis.

Jetzt darf ich mich endlich mit Erlaubnis eines Erwachsenen daran versuchen. Ich weiß, dass ich dazu in der Lage bin, Elevander in meinen Zauber miteinzubeziehen. Nun ist noch eine zusätzliche Person dabei. Ob ich scheitern werde? Besser wäre wohl, wenn ich mir meine Unsicherheit nicht anmerken lasse.

Ich balle meine rechte Hand und schließe kurz die Augen. Dann spreize ich meine Finger, bis ich die Energie auf meiner Handinnenfläche spüre. Elevander macht von ganz allein einen Schritt auf mich zu, als ich mich neben Sikiwer stelle. Mit einer magischen Linie aus meinen Fingern, die langsam auf den Boden sinkt, zeichne ich einen Kreis um uns. Dann lege ich je eine Hand auf die Schulter meines besten Freundes und eine auf die des Zeremonienmeisters.

»Stellt Euch das Schloss vor«, bitte ich. »Am besten eine Stelle, an der wir uns aus dem Nichts materialisieren können, ohne Aufmerksamkeit zu erregen.«

»Wie groß muss der Raum sein?«, fragt Sikiwer.

Ein Grinsen unterdrückend zucke ich mit den Achseln. »Groß genug für uns drei, würde ich sagen.«

Er verdreht die Augen. »Soweit habe ich mitgedacht, frecher Bengel. Benötigt dein Zauber zusätzlichen Platz? Schickt er Energiewellen aus, die Gegenstände in unserer Nähe zerstören? Einige Zauberer verursachen jede Menge Chaos, wenn sie an einen fremden Ort reisen. Du musst mir daher ein paar Informationen geben.«

»Ich brauche keinen großen Raum. Die Energie, die ich freisetze, ist minimal. Verschwendung von Reserven vermeide ich, wie es mir mein Großvater gezeigt hat. Deshalb geht bei mir auch nichts zu Bruch.«

Sein Blick bleibt skeptisch. »Dann weiß ich einen Raum«, sagt er.

Mit einem aufmunternden Lächeln versuche ich ihn und mich gleichermaßen zu beruhigen. »Schließt die Augen, um die Verbindung nicht zu verlieren. Den Rest erledige ich.«

In Gedanken gehe ich die Worte des Zaubers durch, sage sie stumm vor mich her und konzentriere mich auf die Magie, die uns alle umgibt. Ich sauge die Energie aus der Luft, bis sie mich mit Wärme ausfüllt. Mit einem Flirren entlädt sie sich wieder, wobei mein Herz kurz aussetzt.

Eine Sekunde später stehen wir nicht mehr auf dem Hügelkamm.

Dunkelheit umgibt uns. Elevander stößt einen unterdrückten Schrei aus.

Sikiwer räuspert sich. »In dieser Kammer hält sich niemals jemand auf. Deshalb gibt es auch kein Licht.«

Ich murmle nochmal ein paar Worte. Ein Lichtball entsteht auf meiner Handinnenfläche. Jetzt kann ich das Innere des Raums erkennen, in den Sikiwer uns geschickt hat. Holzvertäfelung bedeckt die Wände, filigran geschnitzt und reich verziert. Es existiert hier kein Fenster, was die absolute Dunkelheit erklärt. Die Kammer ist völlig leer. Was für eine Platzverschwendung! Dieser Raum ist größer als der Schlafraum, den wir uns zu viert teilen. Wozu der Raum wohl genutzt wird?

»Danke für die Beleuchtung«, sagt der Zeremonienmeister und greift nach dem Türknauf.

»Wartet. Es wäre vielleicht besser, wenn Ihr nicht erwähnen würdet, dass wir Zauber verwendet haben, um schneller vorwärtszukommen.« Auch wenn ich die Erlaubnis erhalten habe, würde mein Großvater die eigenmächtige Anwendung von Magie ohne seine Anwesenheit nicht gutheißen.

Mit zusammengekniffenen Augen mustert Sikiwer mich. Einen Moment scheint es, als würde er mir widersprechen. Er hebt eine Augenbraue, bevor er nickt. »Ihr habt mir bereits genug Schwierigkeiten bereitet.«

Er tritt nach draußen und sieht sich nach beiden Seiten um. Dann bedeutet er uns, ihm zu folgen. Elevander und ich marschieren hinter Sikiwer den Gang entlang und können unser Staunen nur schwer verbergen. Ein glänzendes Material ist auf Teile der Wandverkleidung angebracht worden. Es ist mir völlig fremd. Doch auch das Holz im Schloss hat eine ganz andere Beschaffenheit als das, welches wir in unseren einfachen Hütten verwenden. Es muss sich um edle Materialien handeln, derer wir nicht würdig sind.

Wir gelangen an einen kreuzenden Gang und wenden uns nach links. Wieder ist niemand zu sehen. Es ist gespenstisch leise. Beiläufig frage ich mich, weshalb all dieser Raum nicht ausgenutzt wird. Die Bewohner des Dorfes kennen nur Enge und Einfachheit. Aber das hier …

Ich ziehe bei der Größe und des Prunks den Kopf ein. Elevander verringert den Abstand zwischen uns. Dabei streifen sich unsere Finger. Ich greife danach. Elevander schiebt seine Hand in meine. Unsere Handinnenflächen sind feucht. Nein, wir fühlen uns beide hier nicht wohl.

Sikiwer hält an. Vor uns beginnt eine mit einem hochflorigen, golddurchwirkten Teppich ausgelegte Treppe. Sie führt zu einer doppelflügeligen Tür aus massivem Holz mit eleganten Ornamenten. Einige der Linien sind mit Gold ausgelegt. Der Zeremonienmeister wendet sich an Elevander. »Weiter kann ich dich nicht mit uns kommen lassen.«

Ich drücke die Finger meines Freundes fester. »Er begleitet mich überall hin.«

»Deine Aufsässigkeit habe ich jetzt lange genug toleriert«, sagt Sikiwer mit gefährlich ruhiger Stimme. Sein Blick ist drohend. »Sollte dieser Wicht mit dir vor dem Fürsten erscheinen, ohne dass seine Anwesenheit gefordert worden ist, kann alles passieren. Es sind schon wichtigere Männer in den Kerkern des Schlosses verschwunden, weil sie sich dem Willen des Fürsten nicht gebeugt haben.«

»Damit könnt Ihr mich nicht einschüchtern.« Leider hört man meinem hohen Tonfall an, dass es sich dabei um eine Lüge handelt. »Ich weiß nicht, was man von mir will. Trotzdem bin ich Euch hierher gefolgt. Elevander mag nicht als meine Begleitung geplant gewesen sein, doch dadurch hat er sich keines Fehlers schuldig gemacht.«

»Du hast keine Ahnung, welche Regeln es in den Hallen der Macht gibt«, erinnert mich Sikiwer. »Folge lieber meinen Ratschlägen.«

Elevander schüttelt den Kopf, als ich neuerlich widersprechen will. »Schon in Ordnung, Lesithder. Ich warte hier vor der Tür.«

Ohne ihn will ich nicht vor den Fürsten treten. Nur in seiner Gegenwart kann ich Selbstbewusstsein vortäuschen. Doch ich möchte Elevander auch nicht der Gefahr aussetzen, den Unwillen unseres Herrschers auf sich zu ziehen. »In Ordnung. Ich werde dich nicht zurucklassen, auch wenn man mich durch einen anderen Weg aus dem Schloss bringen will.«

»Es gibt nur diese Tür in den Audienzsaal des Fürsten«, mischt der Zeremonienmeister sich ein.

»Ich dachte, Ihr kennt meinen Großvater. Ihn hindern solche Details nicht daran, sich neue Wege zu schaffen.« Außerdem zweifle ich an seinen Worten. Es wäre viel zu gefährlich, keine Fluchtmöglichkeit für den Fürsten einzuplanen. Widerstrebend lasse ich die Hand meines besten Freundes los und stelle meinen Fuß auf die erste Stufe.

Neben mir holt Sikiwer tief Luft. Warum hat so ein hoher Herr Angst vor unserem Fürsten?

Mein Herz wird bang, als ich die Treppe erklimme. Bevor Sikiwer an der Tür klopfen kann, schwingen die beiden Flügel auf und gewähren einen ersten Blick auf den riesigen Saal dahinter. Ich erkenne einen Thron auf der gegenüberliegenden Seite des Raumes. Mein davor stehender Großvater könnte die Spitze des Kopfteils nicht erreichen, wenn er auf den Schultern eines anderen Mannes stehen würde. Er sieht mir mit ernster Miene entgegen.

Während ich weitergehe, hebe ich den Blick zu der überwältigend hohen Decke. Muster bilden den Nachthimmel ab. Unzählige Sterne in Gold tanzen über unseren Köpfen. Das Firmament muss aufgrund seiner Detailgenauigkeit von jemandem zum Leben erweckt worden sein, dessen Hände durch Magie geführt wurden.

Hinter mir fallen die Türen mit einem dumpfen Knall ins Schloss. Ich zucke zusammen und kann die Anspannung nicht länger unterdrücken. Sikiwer bleibt stehen, weshalb ich es ihm gleichtue. Zehn Armlängen von uns entfernt steht ein fünf Armlängen hoher Thron, auf dem ein überraschend junger Mann in edler Kleidung sitzt. Er trägt eine Toga wie ich. Auf seinen Schultern befindet sich allerdings ein weiter mit Goldfäden durchwirkter Umhang mit pelzverbrämter Kapuze. Der leichte Stoff bauscht sich um unseren Anführer, als er sich erhebt.

Seine prächtige Kleidung unterstreicht seine Position. Beeindruckendere Wirkung hat allerdings sein respektgebietender, erhabener Gesichtsausdruck auf mich. In seinen Augen lese ich Härte und Ungeduld. Verärgerung flackert über seine kantigen, doch hübschen Züge. Sein Erscheinungsbild reicht aus, um mich in die Knie zu zwingen. Von Ehrfurcht ergriffen sinke ich nieder und beuge den Kopf.

Die Magie, die der Fürst ausstrahlt, macht jeden Atemzug schwer. Sie vibriert in jedem Molekül der Luft. Sie schwirrt wie unzählige Libellen über mir.

»Mein Enkel, Lesithder«, stellt mich mein Großvater vor. Seine Stimme klingt angespannt. Erwartet mich ein Tadel oder eine Aufgabe?

Rascheln von Stoff erklingt. Gedämpfte Schritte sind zu hören. Der Fürst verlässt den Thron und kommt auf mich zu. Meinen Blick wage ich nicht zu heben, doch ich sehe den Saum seines Umhangs direkt vor mir. Die Magie verrät mir, dass unser Herrscher frustriert ist. Die Enttäuschung, die von ihm ausgeht, senkt die Temperatur in dem Raum um mehrere Grad.

»Er ist doch ein Kind!«, poltert er. »Was soll ich mit einem Nichts wie ihm?«

»Entschuldigt, wenn ich Euch nicht vorgewarnt habe, edler Fürst«, sagt mein Großvater. »Wir haben uns über die möglichen Zeitabläufe unterhalten. Er wird so weit sein, wenn er benötigt wird.«

Verwirrt versuche ich die Bedeutung hinter diesen Worten zu entschlusseln. Haben Sie etwas mit meiner geplanten Ausbildung zum Zauberer zu tun? Werde ich jetzt endlich lernen, mit meinen Kräften umzugehen?

Obwohl es verboten ist, hebe ich den Kopf und suche den Blick meines Großvaters. Seine Stirn ist verkniffen. Seinen letzten Besuch bei mir hat er nicht angetreten. Ich dachte, wichtige Studien hätten ihn aufgehalten. Jetzt kann ich mich des Eindrucks nicht erwehren, dass etwas vorgefallen ist, das seinem Zeitplan im Weg stand.

»Ich wage zu bezweifeln, dass du aus ihm rechtzeitig einen großen Zauberer machen kannst. Dieser Schwächling ist mit Sicherheit nicht in der Lage, unser Volk vor der Bedrohung zu beschützen, die du vorausgesehen hast.«

Dann bin ich hier wegen einer Vision, die meinen Großvater heimgesucht hat. Der Große Zaubermeister übernimmt keine einfachen Zauber wie die Heilung von Krankheiten der Bürger unseres Dorfes. Er kümmert sich um die Erhaltung der Gesundheit unseres Herrschers. Wichtiger noch: Er ist in der Lage, dem Fürsten Ratschläge zu erteilen, deren Folgen weit in die Zukunft reichen. Oremazz weiß um die Geschehnisse in der näheren Zukunft Bescheid. Nun scheint es, als würde seine Vorhersage über die Nützlichkeit von Handelsabkommen und die Wetterbedingungen hinausgehen.

»Er wirkt im Augenblick vielleicht nicht, als wäre er der Aufgabe gewachsen …«, setzt mein Großvater an.

»Nein, ich würde mich nicht wundern, wenn er beim kleinsten Windstoß davongeweht werden würde. Wie kannst du behaupten, dass er die Lösung unserer Probleme ist? Dass er an deine Stelle treten soll?«

Mein Herz hüpft. Ich soll Oremazz vertreten? Wie kommt mein Großvater auf diese verrückte Idee? Ich habe keinerlei Erfahrung mit der Zauberei.

»Lasst mich mit ihm arbeiten. Geduldet Euch ein paar Monate. Dann erkennt Ihr in ihm, was ich jetzt schon sehen kann.« Der Große Zaubermeister verteilt kein Lob, erst recht nicht so großzügig wie jetzt. Das erste Mal fühle ich mich von ihm gestärkt.

Seine Aussage reicht aus, damit ich mehr davon will. Ich möchte ihm gefallen. Darum schlucke ich meine Widerworte hinunter.

»Einverstanden. Beginnt sofort mit den Vorbereitungen. Uns läuft die Zeit davon.«

Mein Großvater nickt, während er sich mir nähert. Er beugt sich zu mir und packt meinen Oberarm, um mich hochzuziehen. »Du kommst mit mir.«

Er murmelt etwas, macht eine Handbewegung, und plötzlich stehen wir in seinem Studierzimmer.

»Elevander«, sage ich zu spät. »Er steht vor der Tür des Audienzsaales. Wenn der Fürst in seiner Wut auf ihn trifft …«

»Ich schicke ihn nach Hause«, unterbricht Oremazz ungeduldig.

Seine Hände bewegen sich durch die Luft. Dann steigen Funken von seinen Händen auf. Er stößt den rechten Arm vorwärts.

Dann wendet er sich mir zu. »Du hast uns warten lassen. Der Fürst ist nicht für seine Geduld bekannt. Wärst du früher aufgetaucht, hätte ich ihn leichter beschwichtigen können.«

»Woher hätte ich wissen sollen, dass du ausgerechnet jetzt nach mir rufen solltest?«

Mein Großvater schnaubt. »Woher hättest du es wissen sollen? Du hättest es fühlen müssen. Würdest du nur einen Funken Talent besitzen, hätte es nicht Sikiwer gebraucht, um dich zu mir zu rufen.«

Der Tadel schmerzt. So kenne ich meinen Großvater schon eher. Hat er mich tatsächlich mit einem Zauber zu erreichen versucht? Habe ich seinen Ruf überhört? Bin ich so ein schlechter Lehrling? Scham steigt in mir auf.

»Es tut mir leid«, sage ich. »Heißt das, du hast den Fürsten belogen, als du ihm gesagt hast, ich würde diese geheimnisvolle Aufgabe erfüllen können?«

»Vielleicht habe ich ihm nicht die ganze Wahrheit verraten.« Ein verschlagener Ausdruck huscht über das Gesicht meines Großvaters. »Du wirst nicht allein tun, was er von dir erwartet. Ich werde es durch dich tun.«

Bei allen Göttern!? »Erkläre es mir.«

Mein Großvater nickt und geht zu seinem Schreibtisch, auf dem unzählige Papiere ausgebreitet liegen, darüber verteilt unterschiedliche Bücher. Auf einem Stapel entdecke ich handschriftliche Notizen. Es scheint, als hätte er Stunden über diesen Unterlagen gebrütet.

»Ich hatte eine Vision von einer Bedrohung, die uns heimsuchen wird und auf die wir uns vorbereiten müssen«, erzählt der Große Zaubermeister. »Es handelt sich um mehr als eine Hungersnot; eine größere Gefahr, als uns durch einen überlangen, harten Winter bevorsteht. Es wird schlimmer, als wenn wir über Monate hinweg in Dunkelheit leben müssten.«

Der Tonfall, mit dem Oremazz die Worte ausspricht, macht mir Angst. Er klingt besorgt, drängend, besessen. »Ich verstehe immer noch nicht.«

Er sieht mich mit einem Blick an, dessen Kälte mir bis in die Knochen fährt. »Eine gefährliche Macht bedroht unsere Leben. Das, was wir kennen, wird von Schwärze verschlungen, wenn wir uns nicht für den wichtigsten Kampf vorbereiten, den unser Volk jemals ausgetragen hat.«

»Wer sind unsere Feinde?«

»Das, Lesithder, ist eines der Rätsel, die es zu ergründen gilt. Der Macht, die uns überrollen will, sind wir nie begegnet. Es handelt sich um etwas Dunkles, Unheimliches, nicht Menschliches. Schwarze Magie hilft unseren Gegnern. Ich vermute, dass die antreibende Macht hinter dem geplanten Überfall auf unseren Kontinent nicht für uns Menschen begreifbar ist. Ich vertraue dir eine Befürchtung an, von der unser Fürst nichts erfahren darf. Du musst darüber schweigen, verstehst du mich?«

Gebannt nicke ich.

Oremazz macht einen Schritt auf mich zu. »Ich glaube, eine fremde Gottheit ist auf uns aufmerksam geworden und will unsere Welt für sich beanspruchen. Du kannst dir vorstellen, was das für uns bedeuten würde.« Er huscht zu einem Regal und zieht ein Buch daraus hervor. Aufgeregt wedelt er damit in der Luft herum. »Wenn ich mich nicht irre, finden sich die Beweise für meine Theorie in einem dieser Bücher.«

Ich spüre, dass es ihm ernst damit ist und er an diese Dinge wirklich glaubt. Als sein Enkel sollte ich ihm vertrauen, doch da ist eine leise Stimme, die dagegen ankämpft. Es ist kein Geheimnis, dass mein Großvater in die Zukunft sehen kann. Geschehnisse, die sich am selben Tag zutragen, kann er mit Sicherheit voraussagen, wenn er sich darauf konzentriert. Will man erfahren, was in einer Woche geschehen wird, muss man in seinen Prognosen lesen. Alle anderen Visionen beinhalten Andeutungen, Unsicherheiten, unterschiedliche Versionen der Zukunft. Alles befindet sich im Fluss. Denn wenn Menschen erfahren, welchen Schwierigkeiten sie sich gegenübersehen, verhalten sie sich nicht genau so, wie sie es ohne das Wissen um ihr Schicksal getan hätten. Das bedeutete zwangsläufig, dass das dunkle Bild, das ihm Angst gemacht hatte, nicht in dieser Form Wahrheit werden musste.

»Wann genau soll diese Bedrohung über uns hereinstürzen?«, frage ich.

Der Große Zaubermeister läuft zu einem Regal und zieht dort ein weiteres Buch hervor, in dem er auf dem Weg zurück zu seinem Schreibtisch zu blättern beginnt. »Meine Visionen reichen weit in die Zukunft hinein. Die weisen Wesen, die uns beistehen, haben meine Fähigkeiten anscheinend verbessert. Es werden noch einige Jahre vergehen, bis das Unausweichliche geschieht. Doch es besteht kein Zweifel daran, dass meine Version der Zukunft bereits auf uns lauert.«

Er vertraut so sehr auf seine Vision, dass ihm nicht mehr bewusst ist, dass seine Zauberkräfte Grenzen unterworfen sind. Auf diesen Denkfehler will ich ihn nur ungern hinweisen. »Möglicherweise reicht eine einzige Entscheidung aus, um deine Weissagung nicht wahrwerden zu lassen. Warum glaubst du, dass wir tatsächlich jetzt schon handeln müssen?«

»Weil ich nicht die Zukunft einer einzelnen Person vorausgesehen habe«, antwortet mein Großvater und legt das aufgeschlagene Buch neben die anderen. »Das, was ich in der Zukunft entdeckt habe, betrifft nicht nur eine Familie. Nicht nur unser Dorf. Die ganze Welt ist bedroht. Niemand wird überleben, wenn die Dunkelheit, die ich gesehen habe, sich über die Erde legt. Wir müssen uns mit anderen Völkern in Verbindung setzen. Wenn ich die Schwingungen richtig deute, die ich aus allen Teilen des Landes empfange, sind auch andere Zaubermeister in Aufruhr. Nicht nur ich scheine von diesen Visionen heimgesucht zu werden. Sie entsprechen unzweifelhaft der Wahrheit.«

»Vielleicht gelingt es uns, einen Krieg abzuwenden«, gebe ich zu bedenken. »Wenn wir mit dem Anführer der feindlichen Truppen verhandeln, wenn wir klarmachen, dass wir nicht vorhaben, ihnen unser Land freiwillig zu überlassen, geben sie möglicherweise auf.«

Oremazz schüttelt den Kopf. »Diese Hoffnung kannst du gleich vergessen. Das wird niemals passieren. Meine Visionen waren diesbezüglich sehr deutlich.« Er wendet sich von mir ab.

»Suchst du in den Büchern nach Antworten darauf, wie wir mit der Gefahr umgehen sollen?« Seine Aufregung springt auf mich über, als er zum nächsten Regal eilt und es durchforstet. Es fällt mir schwer, ruhig stehen zu bleiben und nicht ebenfalls durch den Raum zu laufen.

»Die großen Propheten aus unserer Vergangenheit haben Brotkrumen hinterlassen, denen ich folge. Die Welt hat sich schon immer vor etwas Vagem gefürchtet, das niemand näher benennen konnte. Wir leben nun in einer Zeit, in der die Bedrohung sich den Sehenden deutlicher zeigt. Wir sind endlich in der Lage, Prognosen zu erstellen und Gegenmaßnahmen in Angriff zu nehmen. Unsere Generation wird die Vorkehrungen treffen, damit wir uns gegen das Unbekannte zur Wehr setzen können. Die, die nach uns kommen, werden hoffentlich in Sicherheit leben können.«

Die Art, wie er rastlos durch den Raum läuft, der besessene Tonfall seiner Worte, das Feuer in seinen Augen, das gleichzeitig Kälte ausstrahlt, schüren meine Befürchtungen, dass er sich in etwas stürzt, das ihn verschlingen könnte.

Meine Sorge, dass er sich übernimmt und über dieser Angelegenheit seinen Verstand verlieren könnte, lässt sich nicht mehr unterdrücken.

Als er wieder an mir vorbeiläuft, stelle ich mich ihm in den Weg. »Willst du dir die Verantwortung für die Bekämpfung dieser Gefahr ganz allein aufbürden?«

»Natürlich nicht. Die Anführer der Völker dieser Erde müssen informiert werden. Unser Fürst hat bereits alles Notwendige veranlasst. Man wird Abkommen treffen, die über die Zukunft der Welt entscheiden. Und dann, in ein paar Jahren, wird der Fürst in den Kampf ziehen und das Böse zerschlagen. Das ist der Augenblick, in dem die Zauberkräfte unserer Familie gefragt sind.«

»Ich verstehe nicht.«

Oremazz greift nach meinem Kinn und sieht mir tief in die Augen. »Unser Fürst wird die Herausforderung nicht allein meistern können. Er benötigt einen Zauberer, der ihn mit Magie unterstützt, der ihm Ratschläge erteilt, nachdem er einen Blick in die Zukunft geworfen hat. Unsere Welt wird fallen, wenn er die Kräfte der Magie nicht nutzt.«

»Du willst dich mit ihm auf das Schlachtfeld begeben?«, frage ich. Noch immer klingt diese Version unseres Schicksals so vage, dass ich damit nichts anfangen kann. Meinen Großvater möchte ich allerdings nicht im Zentrum dieser Gefahr wissen.

»Dafür werde ich zu alt sein, mein Junge. Darum habe ich nach dir rufen lassen. Wir müssen augenblicklich damit beginnen, dich auf deine Aufgabe vorzubereiten.«

Der Blick in seine Augen hat hypnotisierende Wirkung auf mich. Ich fühle mich benommen, überrumpelt, voller Angst. »Ich soll den Fürsten als dein Stellvertreter begleiten? Ich soll die Rolle des Großen Zaubermeisters übernehmen?«

Mein Großvater wirkt überrascht. Dann wirft er den Kopf in den Nacken und lacht beleidigend laut. Die Anspannung, die unablässig von ihm ausgegangen ist, entlädt sich in einem Gelächter, das tief in mein Herz schneidet.

Es dauert mehrere Augenblicke, bis er sich wieder beruhigt. Mein Innerstes ist zu Eis erstarrt. Es tut verdammt weh. Hier stehe ich vor dem einzigen Mann, der von meiner Familie übriggeblieben ist, und er sieht in mir nicht mehr als einen Scherz.

»Ich sehe es wie unser Fürst«, erklärt Oremazz. »Du bist noch zu jung. Deine Ausbildung würde zu lange dauern, damit du rechtzeitig als mein Stellvertreter fungieren könntest. Dafür würde vermutlich nicht einmal deine gesamte Lebensspanne reichen. Das darf der Fürst allerdings nicht erfahren.«

»Wie willst du ihn über meine … meine Unfähigkeit hinwegtäuschen?«, frage ich. Meine Zunge klebt an meinem Gaumen, weil die Worte meinen Mund nicht verlassen wollen.

»Du wirst mein Werkzeug sein. Ich bleibe hier. Allerdings sammle ich meine Kräfte und benutze meine Magie, wie ich es tun würde, wenn ich den Fürsten begleitet hätte. Du wirst mich über alles informieren, was vor sich geht. Unter Zuhilfenahme meiner Fähigkeiten wirst du entscheiden, was zu tun ist. Dann werde ich deine Hände benutzen, um meine Zauber zu wirken.«

Sein Werkzeug? Es klingt abfällig. Selbst wenn ich lediglich seine Marionette spielen soll, wäre es bestimmt von

Vorteil, wenn ich nicht völlig ahnungslos wäre. Ich will die Grundlagen der Materie verstehen. Diese Form des Magietransfers haben wir noch niemals getestet. Das hier ist meine Chance, endlich lernen zu können, was er mir verweigert. »Es wird dauern, bis ich genug Wissen sammle, um als dein Instrument fungieren zu können.«

»Die Dunkelheit kommt immer näher, Lesithder. Wir können die Augen nicht länger davor verschließen. In meiner Vision sehe ich einen Kampf, der über unser aller Leben entscheidet. Auch du wirst deine Rolle in den drohenden Unglückszeiten spielen müssen. Wir müssen dich darauf vorbereiten.«

»Ich? Was soll ich schon bewegen? Ich bin kein Zauberer. Meine Fähigkeiten haben dir bislang nicht mehr als Unmut entlockt. Du musst dich irren. Bestimmt war es nicht mein Gesicht, das du in deiner Vision entdeckt hast.«

»Natürlich nicht«, blafft mein Großvater. Seine Augen sprühen Blitze. »Aber ich habe meine Macht vor Ort gespürt.«

Erleichterung durchflutet mich dennoch. Mit seiner Wut auf mich kann ich umgehen. Ich habe ihn im Laufe meines Lebens mehr als einmal enttäuscht. Wenn ich mich nun nicht so tapfer verhalte, wenn ich nicht so heldenhaft reagiere, wie er es sich von mir erhofft hat, werde ich ein weiteres Mal in seiner Achtung sinken. Meine Beruhigung durch die Tatsache, dass er nicht mich in seiner Offenbarung gesehen hat und mich dadurch aus meiner Pflicht entlässt, drückt um vieles schwerer auf meine Schultern. Worauf will er hinaus?

Mein Großvater macht einen Schritt auf mich zu. Je näher er mir kommt, umso unsicherer werde ich. Wellen magischer Energie gehen von ihm aus. In seinen Augen lodert es auf. Ich kann Flammen sehen, die das natürliche Blau seiner Iris verschlingen. Als die Feuerzungen auch das letzte Fitzelchen Weiß seiner Augäpfel überdeckt, entsteht in der roten Flammenhölle ein schwarzer Punkt, der langsam größer wird.

Angst schnürt mir die Kehle zu. Was passiert gerade? Wird mein Großvater mich in seiner Wut mit einem Flammenzauber belegen? Habe ich ihn dermaßen erzürnt, dass er mich in seiner Raserei direkt in die Zwischenwelt schickt?

Der schwarze Punkt gewinnt an Geschwindigkeit. Der Fleck rast auf mich zu. Und mit einem Mal verschlingt er mich. Meine Seele löst sich von meinem Körper und befindet sich plötzlich in absoluter Dunkelheit. Sie schwebt im Nichts. Ich fühle mich gewichtslos, unbedeutend, kleiner als ein Staubkorn im Angesicht des Universums.

Ich löse mich auf. Meinen Körper habe ich längst verloren. Gerade noch war ich nicht mehr als ein Gedanke. Doch auch der beginnt sich viel zu rasch zu zersetzen, als dass ich herausfinden könnte, was gerade mit mir passiert.

Von einem Wimpernschlag zum nächsten befinde ich mich in einem anderen Wesen. Ich sehe durch Augen, die mir fremd sind. Instinktiv weiß ich, dass mein Großvater mich in seinen Verstand gepflanzt hat. Nun kann er Wissen und Emotionen mit mir teilen. Noch bevor die Bilder auf mich einstürzen, ahne ich, dass der Große Zaubermeister seine Vision mit mir teilen will. Schon die ersten Gefühle machen mir klar, dass ich keine Wahl habe. Ich werde tun müssen, was man von mir erwartet.

Eine Armee von Schiffen spuckt Soldaten auf die Strände unseres Kontinents. Ihre Anzahl geht über den menschlichen Verstand hinaus. Sie überziehen das Land wie ein Schwarm hungriger Heuschrecken. Es dauert nicht lange, bis sie auch an den Grenzen unserer Heimat stehen.

Ihre Vorhut hat die Völker dieses Kontinents bereits vernichtend geschlagen. Unsere Feinde sind sogar bis nach Maëlle vorgedrungen. Wer sich nicht vor ihnen verstecken konnte, wurde getötet. Unser Fürst zieht mit dem Rest seiner Männer gegen die neue Flut an Gegnern in den Krieg. Körperlich bin ich nicht anwesend, obwohl mein Geist sich zwischen ihnen befindet. Ich kann keine Gesichter erkennen. Eine Schar an Gestalten kommt an mir vorbei, ihre Züge seltsam formlos. Dennoch verraten mir die Auren der einzelnen Personen, einige Bekannte vor mir zu haben. Ihre Körper sind nicht zu identifizieren, trotzdem weiß ich, wer an mir vorbeizieht. Darum also hat mein Großvater davon gesprochen, mich in seiner Vision gesehen zu haben, obwohl er keine Gesichter vor sich gehabt hat.

Eine erste Welle der Soldaten der Dunkelheit kann unser Fürst zurückdrängen. Dann erwartet uns eine weitere Flut unserer Feinde. Sie sind in der Übermacht und drohen, uns zu überschwemmen. Ein Mann stellt sich ihnen entgegen. Seine Aura erinnert mich an … an mich selbst. Was – gelinde gesagt – verwirrend ist.

Im Körper eines anderen zu stecken und mich selbst zu beobachten, wie ich aus einer Abteilung von Soldaten vortrete, meine Hand in die Luft recke und irgendetwas schreie, bevor ich auf unsere Gegner zulaufe, fühlt sich seltsam an. Ich kann das Bild nicht mit meinem heutigen Ich in Zusammenhang bringen. Sollte ich tatsächlich irgendwann so mutig, so energisch sein, dass mir eine Armee von Soldaten folgt? Was wird passieren, wenn wir auf die Reihen unserer Feinde treffen?

Die Vision zeigt es mir nicht direkt. Stattdessen verändert sich das Bild. Eine Wolke hat sich direkt über unser Land geschoben. Sie hat alles verdunkelt, bis die Sonne keinen Weg mehr hindurchfindet. Kein Lichtstrahl berührt mehr den Boden.

Überall entdecke ich Lager unserer Feinde, die sich auf unserem Kontinent ausgebreitet haben. Nur wenige Mitglieder unseres Volkes haben die große Schlacht überlebt. In den Dörfern leben größtenteils noch Alte und Kinder. Alle kampffähigen Männer, die eine Waffe halten konnten, sind in die Schlacht gezogen und mussten ihr Leben lassen. Die Frauen haben versucht, sich unseren Gegnern entgegenzustellen, konnten die feindliche Übernahme unseres Landes jedoch nicht verhindern. Die Eingebung meines Großvaters verrät mir die Details. Die schreckliche Realität durchdringt meinen ganzen Körper. Wir haben versagt.

Eine dunkle Wolke nähert sich vom Meer aus dem Kontinent. Magieblitze steigen vom Wasser in die Luft, erhellen die schwarze Masse, während sie Energie an das Ungetüm übertragen. In der nebeligen Hülle wächst mit jeder Stunde eine Macht, deren bösartige Gedanken die Welt vergiften wollen. Monster werden darin geboren. Fauliger Regen sammelt sich im Inneren. Blitze wirbeln darin. Die Luft lädt sich mit schwarzer Energie auf, während die Wolke an Größe gewinnt und sich immer näher schiebt.

Ein kalter Wind überzieht das Land mit seinem eisigen Hauch. Überall gefriert der Boden. Pflanzen sterben ab, werden zu Gerüsten aus Eis, die der Sturm in Tausende Splitter zerbersten lässt. Je näher diese Naturgewalt unserem Zuhause kommt, umso mehr nimmt sie an Kälte ab. Doch bis dahin ist bereits so viel zerstört, dass niemals wieder jemand in dieser Gegend siedeln kann. Die Kälte sickert in den Boden, lässt ihn für Generationen unfruchtbar werden.

Nach dem Wind schickt die Wolke, die immer noch über dem Meer schwebt, die Ausgeburten der Hölle aus. Krähen, größer als

Häuser, fliegen über das Land und suchen sich ihre Opfer aus den verängstigten Menschen, die nicht schnell genug fliehen können. Sie tragen ihre Beute zurück in die Wolke, ohne dass sie jemals wieder zurückkehren. Unheimliche Kreaturen suchen unseren Kontinenten heim. Sie jagen in der Nacht, fallen über Unschuldige her, verspeisen sie im Schutz der Dunkelheit und verstecken sich bei Tag in den Schatten der Berge.

Durch die Vorboten des dunklen Angreifers verbreiten sich Schrecken und Angst. Keiner der wenigen Menschen, die den Krieg überlebt haben, fühlt sich vor der Gefahr sicher. Das Leben in unserer Welt ist zu einem Albtraum geworden. Die Magie des Feindes zerstört alles, was wir lieben.

Ob es einen Weg gibt, diese schreckliche Zukunft zu verhindern? Existiert ein Ausweg, um unser Land und seine Menschen zu retten? Kann ich etwas tun, damit unsere Feinde keinen Erfolg haben? Werde tatsächlich ich den Unterschied machen, oder sitzt mein Großvater einem Irrtum auf?

Ich werde es herausfinden. Daran gibt es für mich keinen Zweifel mehr. Das hier ist mein Schicksal. Ich werde auf dem Schlachtfeld stehen. Davor kann ich nicht davonlaufen. Denn wenn ich mich dem Albtraum nicht stelle, kann ich nicht verhindern, dass unsere Feinde über uns herfallen. Das würde ich mir niemals verzeihen.

2. Kapitel

Zwei Jahre später

»Halte den Zauberstab fester«, befiehlt mein Großvater. »Sobald dir ein Hauch von Gegenwind entgegenbläst, wirst du ihn verlieren.«

»Ich brauche ihn doch gar nicht mehr. Diese Zauber kann ich auch ohne Hilfsmittel anwenden.«

»Kommt nicht infrage.« Oremazz schüttelt den Kopf. »Die Sprüche, die ich dir beigebracht habe, kannst du vielleicht in diesen Räumen ohne Probleme umsetzen. Dich erwartet allerdings eine Aufgabe, die weit über diese Fingerübungen hinausgeht. Du wirst als mein Stellvertreter diese Reise antreten. Durch deine Hände wird meine Magie fließen. Wie willst du die Kräfte, die in dir toben werden, unter Kontrolle halten, wenn du dich ausschließlich auf deine unausgereiften Fähigkeiten verlässt?«

Eine Haarsträhne verdeckt mir die Sicht. Mit einer ungeduldigen Bewegung streiche ich sie hinter mein Ohr. Langsam nicke ich. Der Große Zaubermeister lässt keine Gelegenheit aus, um mich auf meine Unzulänglichkeiten hinzuweisen. Immer noch scheine ich nicht gut genug, um seine Ansprüche erfüllen zu können. Seit zwei Jahren üben wir jeden einzelnen Tag die gleichen einfachen Zauber und Sprüche. Im Gegensatz zu den anderen Zauberlehrlingen erhalte ich zusätzlich Einzelunterricht bei meinem Großvater. Letzte Nacht hat er mich in den frühen Morgenstunden geweckt, um mich auf den Prüfstand zu stellen.

»Die Übungen in der Lehrstunde mit den anderen Schülern sind gut verlaufen«, erinnere ich meinen Großvater. »Im Vergleich zu den anderen Lehrlingen habe ich mich nicht schlecht angestellt.«

»Das ist nicht genug. Verstehst du denn nicht, dass deine Aufgabe größer und komplizierter ist als ihre? Nur zwischen uns besteht die Verbindung des Blutes, durch die ich wirken kann. Dadurch hast du Fähigkeiten, die andere vielleicht niemals erreichen können. Doch das ist bei Weitem nicht genug, um es mit den Feinden aufzunehmen, die auf uns warten. Du weißt, dass die Zeit nicht auf unserer Seite ist.«

»Motivation ist eindeutig kein Grundpfeiler deines Unterrichts«, murmle ich.

Oremazz runzelt die Stirn und steht plötzlich direkt vor mir. »Wie bitte?«

Ich senke den Blick und schüttle den Kopf. Meine Worte will ich lieber nicht wiederholen.

»Du nimmst diese Sache nicht ernst genug«, beschwert sich der Große Zaubermeister. »Seit zwei Jahren versuche ich dir klar zu machen, wie wichtig deine Rolle werden wird.«

»Als deine Handpuppe.«

»Was interessiert es dich in ein paar Jahren, was genau du getan hast, um unsere Welt zu retten? Man wird dich als Helden feiern. Niemand wird ahnen, dass es sich nicht um deine eigenen Zauberkräfte gehandelt hat. Zumindest wenn du dich endlich anstrengst und versuchst, meine Magie auf die richtige Art zu kanalisieren.«

Mein Herz sollte nicht von Bitterkeit zerfressen werden. Ich weiß, dass ich niemals annähernd gut genug sein werde, um so mächtig zu werden, wie mein Großvater es ist. Ehrlich gesagt habe ich die Zauberei in meiner Kindheit tatsächlich nie als mein Schicksal angesehen.

Das hat sich allerdings geändert, als ich das erste Mal Magie wirken durfte. Noch bevor die Prophezeiung der Gefahr für unser Volk meine Person zu einer Spielfigur des großen Plans gemacht hat, wollte ich alles Notwendige lernen, um den überdimensionalen Fußstapfen meines Großvaters mit kleinen Schritten folgen zu können. Doch jetzt bin ich zu einer Marionette geworden. Oremazz hat nicht einmal in Betracht gezogen, ich könnte als Zauberlehrling genug Entwicklung zeigen, um auch nur einen Teil der Zauber selbst zu wirken.

»Ich verstehe, wie groß die Gefahr ist, die uns durch die schwarze Wolke droht«, stelle ich klar. »Wir müssen die Vorhut aus unserem Land verjagen, damit die Dunkelheit uns nicht vernichtet. Ich bin bereit, alles in meiner Macht Stehende zu tun, um das Schlimmste zu verhindern. Lehre mich alle Zauber, die du kennst. Lass mich nicht nur in den Büchern deiner Bibliothek lesen, wie Magie richtig angewendet wird. Erlaube mir, all diese Dinge auszuprobieren.«

»Eine schlechte Idee. Damit würden wir bloß unnötig Zeit verschwenden. Meine Vision war mehr als deutlich. Wir wissen, ich habe dich gelenkt. Wozu willst du dich mit etwas befassen, das ohnehin niemals eintritt?«

Obwohl es in seinem Studierzimmer langsam zu dunkel wird, um das Spiel seiner Miene genau deuten zu können, erkenne ich die Missbilligung auf seinem Gesicht. Die Sonne wird viel zu oft von Wolken verdeckt. Die Abstände, in denen es ihr gelingt, die verfinsternde Decke zu durchdringen, werden immer kürzer. Dennoch sehe ich, wie Oremazz' Augen funkeln, als er sich seinen Büchern zuwendet.

Mit einer beiläufigen Handbewegung entzünde ich ein Feuer in den drei Laternen an der Wand. »Ich habe mich in den letzten Tagen an einigen einfachen Zaubern versucht«, gestehe ich. »Nichts allzu Großes. Doch es ist mir gelungen, Abwehrmechanismen anzuwenden.«

Der Große Zaubermeister lacht auf. »Lassen wir außer Acht, dass du lieber etwas anderes hättest üben sollen, und widmen wir uns einen kurzen Augenblick dieser ungenauen Aussage. Welchen Zauber hast du gewirkt?«

»Ich habe einen Schutzschild um mich herum gebildet. Elevander hat mit einem Ball auf mich geschossen, aber der Ball konnte den Schild nicht durchdringen.«

Wie stolz ich in diesem Augenblick gewesen bin! In den letzten Monaten habe ich nicht einmal den Anflug dieses Glücks empfunden. Oremazz glaubt nicht an mich. Elevander stachelt mich an. Mein bester Freund unterstützt mich bei meinen Übungen. Ihm ist es aufgrund seines Standes nicht erlaubt, Zauberlehrling zu werden, obwohl ich ihn zu gern an meiner Seite hätte. Genau wie sein Vater arbeitet er als Schreiner und ist damit mehr als zufrieden. Ihn dabei zu beobachten, wie geschickt er mit einem Stück Holz umgeht, schenkt mir den Frieden, den ich bei meiner Aufgabe niemals finde. Er tut, wozu er berufen ist, und motiviert mich, an mir selbst zu arbeiten. Durch seine Hartnäckigkeit habe ich meine Hoffnung noch nicht aufgegeben, irgendwann ein großer Zauberer zu werden.

Oremazz' Augenbraue hebt sich. »Ein Schutzschild für dich allein? Das lernen Lehrlinge in den ersten Monaten ihrer Ausbildung. Wozu soll dieser Zauber schon gut sein? Willst du ihn in der Schlacht anwenden? Möchtest du dich damit vor unseren Feinden schützen, während um dich herum die Männer fallen?«

Mir ist bewusst gewesen, dass es sich bei meiner Übung nur um einen kleinen Trick handelt. Natürlich reicht das nicht, um in einem Kampf die Männer, die unser Fürst aus dem ganzen Land einberufen hat, vor Unheil zu bewahren. Trotzdem habe ich gehofft, mein Großvater würde in Betracht ziehen, dass ich hilfreicher als eine Handpuppe sein könnte.

»Hast du letzte Nacht die Sprüche gelernt, die ich dir aufgetragen habe?«, fragt der Große Zaubermeister streng.

»Selbstverständlich. Ich würde dich niemals enttäuschen.«

Oremazz seufzt. »Zeig es mir«, fordert er. »Sag eine der Formeln.«

Nervosität lähmt mich sofort. Ich weiß, welchen Spruch ich sprechen möchte. Unsichtbar sein. Dabei handelt es sich um eine Fähigkeit, die ich mir immer schon gewünscht habe. Tatsächlich habe ich ihn bereits vor dem Auftrag von Oremazz gelernt. Mehrmals habe ich den Zauber getestet, um mich heimlich mit Elevander wegschleichen zu können. Niemals hatte ich ein Problem damit, ihn richtig umzusetzen. Doch plötzlich ist mein Kopf wie leergefegt. Die Angst, zu versagen, lässt mich noch vor dem Beginn verzweifeln. Ich klammere mich an den Anfangsworten des Spruches fest und trage ihn leise und langsam vor.

»Mit meiner Seele rufe ich die Macht,
damit der helle Nebel über mich gebracht.

Unsichtbar wandle ich auf dieser Welt,
solange es mir so gefällt.«

Nichts passiert. Und das ist kein Wunder. Triumph blitzt in den Augen meines Großvaters auf.

»Du hast in der letzten Zeile ein paar Worte verwechselt«, tadelt Oremazz sofort. »Es heißt: *solange mir diese Tarnung gefällt.* Du musst darauf achten, die Sprüche fehlerfrei zu kennen. Wenn du unkorrekte Zauber aussprichst, wirst du keinen Erfolg haben. Du bringst damit nicht nur dich in Gefahr. Genau deshalb kann ich dich nicht ohne meine Hilfe zaubern lassen.«

Scham erhitzt meine Wangen. Dieser Fehler war unverzeihlich. Ich habe versucht, meinen Großvater davon zu überzeugen, sein Vertrauen verdient zu haben. Stattdessen habe ich ihm einen weiteren Grund geliefert, warum ich nicht würdig bin, sein Nachfolger zu werden. Unter Druck versage ich. Möglicherweise hat Oremazz recht, wenn er mir nicht mehr Verantwortung überträgt.

»Es tut mir leid, dich enttäuscht zu haben«, würge ich hervor.

»Ich habe nicht erwartet, dass du plötzlich zu einem Meistermagier wirst. Vergiss einfach deine Albernheiten, schlag dir aus dem Kopf, die Zauber allein zu wirken, und konzentriere dich auf die Aufgabe, die du wirklich umsetzen kannst. Bist du dazu bereit?«

Mehr als ein Nicken gelingt mir nicht.

»Schön. Dann lass uns nach draußen gehen und nach einem geeigneten Versuchsobjekt suchen.«

»Einem geeigneten Versuchsobjekt?«, echoe ich.

»Exakt. Wir werden sofort einen Versuch starten, bei dem ich den Zauber spreche, und du dich auf die Person konzentrierst, bei der sich die Wirkung zeigen soll. Es ist an der Zeit, deine Fähigkeiten zu testen. Ich will sehen, ob du in der Lage bist, meine Kräfte zu kanalisieren.«

Bisher haben wir uns hauptsächlich darauf beschränkt, an Gegenständen zu üben. In den letzten Wochen hat mein Großvater Freiwillige dazu abgestellt, mich meine Zauber an ihnen testen zu lassen. Wir haben niemanden darüber informiert, dass nicht wirklich ich es bin, der die Magie benutzt. Genau das wollten wir schließlich verhindern. Es hat auch niemand bemerkt, dass wir nur ein Theaterspiel veranstalten, was Oremazz in seinem Glauben bestärkt, dass wir den richtigen Weg beschreiten. Ich weiß nicht, ob ich glücklich darüber bin, so ein guter Schauspieler zu sein.

Jetzt soll ich jemanden beeinflussen, der nicht ahnt, für meine Zwecke benutzt zu werden. Seit drei Tagen versuchen wir uns an Zaubern, die unsere Gegner außer Gefecht setzen sollen. Das würde bedeuten, dass wir einen Dorfbewohner ohne Vorwarnung handlungsunfähig machen. Nein, wir könnten ihn sogar verletzen. Der Gedanke gefällt mir nicht.

»Haltst du das wirklich für eine gute Idee?«, frage ich. »Was, wenn jemand bemerkt, was wir tun? Was werden die Leute denken, wenn wir unsere Macht nicht auf verantwortungsvolle Weise einsetzen?«

»So ein Schwachsinn! Hast du vielleicht vor, unsere Feinde um Erlaubnis zu fragen, bevor du sie kampfunfähig machst?«

»Nein, aber das kannst du nicht vergleichen. Willst du einen unschuldigen Menschen in Angst und Schrecken versetzen …?«

Mein Großvater stößt einen Laut der Verärgerung aus. Mit dem Blick, den er mir zuwirft, könnte er glühende Kohlen zu Eis verwandeln.

Oremazz packt eines seiner Bücher – wozu er es benötigt, weiß ich nicht – und verlässt den Raum. Ich folge ihm auf den Gang. Es wäre ein Leichtes für uns, mit einem Zauber innerhalb einer Sekunde in den Hof zu gelangen. Er liebt den großen Auftritt. Doch dafür hat er es nicht nötig, Magie anzuwenden.

Bei jedem Schritt, den wir im Schloss zurücklegen, halten die Leute ehrfurchtsvoll inne. Die Frauen sinken in einen tiefen Knicks. Die Männer verbeugen sich. Während man ihn grüßt, wird der Name meines Großvaters nur leise gemurmelt. Es scheint, als wolle man ihn nicht abnutzen, als beinhalte er einen Zauber, den es zu bewahren gilt.

Obwohl ich direkt neben ihm gehe, werde ich keines Blickes gewürdigt. Als sein Enkel könnte ich eine gewisse Sonderstellung in unserer Gemeinschaft einnehmen. Das ändert allerdings nichts daran, dass ich neben Oremazz nicht beachtet werde.

»Warte hier«, befiehlt der Große Zaubermeister, als wir auf den Innenhof gelangen.

Eine Frau mit einem Korb voller Wäsche läuft an uns vorbei. Als sie in den Knicks sinkt, steigt sie sich auf den Saum ihres Kleides, das unter der Toga hervorschaut. Ich greife nach ihrer Hand, um sie am Fallen zu hindern. Sie flüstert einen Dank, bevor sie weitereilt.

Mein Großvater nimmt die Aufregung der Frau gar nicht wahr und eilt über den Hof. Vermutlich macht er sich auf die Suche nach einem geeigneten Opfer für unseren Versuch. In mir brodelt Unwohlsein. Das ist wohl ein schlechter Traum. Gleich wache ich auf. Das kann er doch nicht tun! Sucht er möglicherweise jemanden, der leicht zu manipulieren ist? Oder möchte er mir die Sache nicht zu leicht machen? Ich hätte nichts dagegen, einen kleinen Erfolg vorweisen zu können, auch wenn ich den Gedanken hasse, irgendjemanden gegen dessen Willen zu beeinflussen. Ich will das nicht!

Beiläufig beobachte ich das Treiben auf der plattgetretenen Fläche, die fünfzig Schritte auf der einen Seite und gut hundert auf der anderen Seite breit ist. Ein Mann repariert das Rad eines Karrens. Zwei weitere zimmern an einem Hühnerstall, was den Unmut einer Frau erweckt, die lautstark nach der Verlegung der Baustelle fordert.

Dann verändert sich etwas. Meine Nackenhaare richten sich auf, während mein Herz einen Hüpfer macht. Frieden breitet sich in mir aus. Er ist da.

Ich nehme seine Aura wahr, bevor er mich anspricht. Gesichter habe ich mir noch niemals gut gemerkt. Sie sind leicht zu verwechseln, austauschbar, verändern sich je nach Laune. Die Aura eines Menschen bleibt allerdings immer gleich.

»Was tust du hier? Solltest du nicht im Studierzimmer über deinen Büchern brüten?« Elevander bleibt hinter mir stehen.

Einen Moment lang habe ich Oremazz aus den Augen verloren. Dann entdecke ich ihn an den Stufen, die zum Rundgang im ersten Stock führen. Will er von dort aus den Zauber wirken?

»Ich soll mich an einem Opfer versuchen, das nichts von der Manipulation ahnt«, gestehe ich. Mein bester Freund weiß über die Täuschung Bescheid, die mein Großvater und ich planen. Ich musste mich jemandem anvertrauen, auch wenn der Große Zaubermeister das bestimmt nicht gutheißen würde.

»Eigentlich soll ich einen Schrank für die Bibliothek ausmessen. Jetzt lasse ich mir damit noch ein wenig Zeit. Wann geht es los?«

»Willst du wirklich dabei zusehen, wie ich mich vor allen lächerlich mache?«, frage ich.

Elevander lacht leise. »Vielleicht solltet ihr nicht nur an deinen Fähigkeiten als Zauberer arbeiten. Es würde nicht schaden, wenn ihr dein Selbstbewusstsein aufbauen würdet.«

Ich unterdrücke ein trauriges Seufzen. »Dafür haben wir keine Zeit. Mein Großvater gibt mir sehr deutlich zu verstehen, dass ich seine Erwartungen bei den Aufgaben nicht erfülle, die ich unbedingt erlernen muss. Wenn wir uns dann noch bei Nebensächlichkeiten verzetteln, wird das niemals etwas mit meiner Funktion als Simulationszauberer.«

Mein bester Freund hebt eine Augenbraue. »Das Problem verstehe ich nicht ganz. Warum kann dein Großvater denn nicht an deiner statt diese Reise unternehmen, wenn er der Meinung ist, bei ihm handle es sich um den besten Zauberer für diese Aufgabe?«

»Er ist nicht mehr jung genug«, zische ich Elevander zu, als ich den intensiven Blick von Oremazz auf mir spüre. Wenn ich mich jetzt nach meinem Großvater umsehen würde, könnte ich ihn nicht entdecken. Er hat sich einen Platz gesucht, an dem er keine Aufmerksamkeit erregt. Ich kann fühlen, wie er auch meine Augen benutzt, um sich einen besseren Überblick zu verschaffen.

»Weshalb lässt er dich dann nicht die Zauber lernen, die notwendig sind?«, will Elevander wissen. »Ihr hattet zwei Jahre, um aus dir einen echten Zauberer zu machen. Wieso hat er diese Zeit nicht genutzt?«

»Weil ich nicht gut genug bin.«

Elevander legt mir eine Hand auf die Schulter. »Womit wir wieder bei dem Problem deines mangelnden Selbstbewusstseins wären.«

Daran wird sich so schnell auch nichts ändern. »Ich danke dir, dass du an mich glaubst. Vielleicht wärest du als Enkel meines Großvaters nicht gescheitert.«

»Du bist der Bessere von uns«, behauptet mein Freund. »Du wirst deinen Weg gehen. Daran kann der Große Zaubermeister dich nicht hindern. Möglicherweise erkennt er nicht, wozu du fähig bist. Ich allerdings weiß, dass du zu Großem berufen bist.«

Das plötzliche Kribbeln in meinem Nacken hat seinen Ursprung in Magie, die zu mir durchdringen will. Inzwischen bin ich geübt darin, meinen Schutzwall Oremazz gegenüber hinunterzufahren. Sofort weiß ich, welche Nachricht mein Großvater mir schicken möchte. Er winkt mich heran. Zeit für meinen großen Auftritt. Ich muss das Gespräch mit Elevander beenden, obwohl ich ihm zu gern dabei zuhöre, wie er meine Zukunft in leuchtenden Farben für mich malt. »Ich weiß deinen Versuch zu schätzen, mich aufzumuntern. Wenn du irgendwann meine aufbauenden Worte benötigst, werde ich sie parat haben.«

Sein Lächeln ist ein warmer Sonnenstrahl an meinem Hinterkopf, der durch Blätter dringt. »Du irrst dich, wenn du denkst, ich würde dir nur einschmeichelnde Komplimente zumurmeln. Ich weiß, dass du uns alle überraschen wirst und zu mehr in der Lage bist, als Oremazz dir zutraut. Wenn die Zeit gekommen ist, werde ich dafür sorgen, dass du dich nicht mehr hinter deinem Großvater versteckst. Ich werde dich daran erinnern, an dich zu glauben.«

»Lesithder! Gehst du endlich zu dem Ort, den ich dir gezeigt habe?« Oremazz schickt mir mit Hilfe von Magie einen bösen Blick.

»Ich mache mich gleich auf den Weg«, teile ich ihm durch Gedankenübertragung mit, bevor ich mich Elevander zuwende. »Das ist sehr nett von dir.«

»Erspare mir deine unnötige Dankbarkeit. Deine Zeit wird kommen. Ein Moment, in dem du allen Zweiflern beweist, wozu du wirklich fähig bist. Ich werde mich vor dich stellen und dich dabei unterstützen, wenn es sein muss.«

Tränen brennen in meinen Augen. Die Zuversicht, die in Elevanders Augen leuchtet, schnürt mir die Luft ab. Wie kann jemand an mich glauben, der mich so oft hat scheitern sehen?

Ich öffne den Mund für weitere Dankesworte, halte dann aber kopfschüttelnd inne. Es gibt nichts, was ich Elevander nicht schon mehrmals gesagt habe. Er kennt mich gut genug, um zu wissen, was in mir vorgeht.

Nach einem Kopfnicken in seine Richtung, wende ich mich ab.

»Geh los«, fordert mein Großvater in meinem Kopf. »Ich weise dir den Weg.« An der gegenüberliegenden Wand befindet sich ein Durchgang, der zu den Räumen der Dienstboten führt. Mein Großvater lenkt meine Beine in diese Richtung. Ich verberge mich im Dunkeln und suche mit dem Blick den Innenhof nach dem Gesicht ab, das Oremazz mir geschickt hat.

Als ich noch einmal zu Elevander sehe, nickt der mir zu, als hätte er keine Schwierigkeiten, mich auch in der Finsternis zu finden. Ein Lächeln erscheint auf seinem Gesicht, bevor er sich auf den Weg macht, um seiner Arbeit nachzugehen.

Ich schiebe mich tiefer in die Schatten und setze meine Suche fort. Endlich entdecke ich den Mann, auf den der Große Zaubermeister es abgesehen hat. Der grauhaarige Kerl macht sich gerade an einer der Tonnen zu schaffen, in denen das Regenwasser aufgefangen wird. Anscheinend hat sich ein Ring gelockert, der die Holzbretter zusammenhält. Der Mann versucht, sie an die richtige Stelle zu rücken und dann mit dem Schlag seines Hammers zu festigen.

Seine Handlungen will Oremazz also mit meiner Hilfe beeinflussen. Ich werde das Werkzeug sein, mit dem er die Magie in die richtige Richtung lenkt. Jetzt wird sich entscheiden, ob unser Plan in die Realität umgesetzt werden kann.

Die Aufgabe stellt eine Herausforderung für mich dar. Ich muss mich jede Sekunde konzentrieren, um die Verbindung nicht abreißen zu lassen. Es wäre viel leichter, einfach die Augen zu schließen, meinen Körper ganz meinem Großvater zu überlassen. Wenn er die Kontrolle übernimmt, bemerke ich nicht, was vor sich geht. Es ist, als ob ich in Trance wäre und an einen anderen Ort katapultiert wäre. In einen dunklen Raum, in dem keine Zeit existiert.

Meine Miene wird dabei allerdings zu einer starren, gefühllosen Maske. Meine Lippen bewegen sich zu Oremazz' Worten. Doch in meinen Augen fehlen die Lebendigkeit, das Feuer, das mich ausmacht. Jedem Beobachter ist sofort klar, dass etwas mit mir nicht stimmt.

Deshalb musste ich lernen, wie ich den Willen meines Körpers in dem richtigen Ausmaß an Oremazz übergebe. Er steuert meine Bewegungen, meine Worte, meine Gedanken. Dadurch bemerkt niemand die Täuschung. Niemand kann herausfinden, dass nicht ich die Magie wirke, nicht ich die weisen Ratschläge gebe. Es ist ein Schutz meiner Person, die als Hochstapler gebrandmarkt werden würde, und gleichzeitig die einzige Möglichkeit, das Vertrauen in mich zu stärken. Wenn jemand herausfinden würde, dass Oremazz über meine Fähigkeiten gelogen hat, würde das seine Position als Großer Zaubermeister gefährden. Er ist zu wichtig für unser Volk, als dass ich auch nur den geringsten Zweifel an seiner Position aufkommen lassen kann.

Jetzt bemühe ich mich um eine ruhige Atmung. Ich fokussiere meine Aufmerksamkeit ganz auf Oremazz. Gleichzeitig lasse ich den Mann nicht aus den Augen, den mein Großvater ausgewählt hat. In ein paar Sekunden werde ich die Worte sprechen, die mir der Große Zaubermeister in den Mund gelegt hat. Gleich werde ich einen Zauber wirken, um zu testen, ob der Fremde meinen Befehlen folgt. Nur so können wir herausfinden, ob Oremazz durch mich einzelne Feinde außer Kraft setzen kann.

Die Verbindung steht. Ich kann die Magie fühlen, die sich jetzt in mir sammelt, mich bis in die Zehenspitzen ausfüllt. In mir bündelt sich Wärme, Licht und Kraft. Meine Fingerspitzen prickeln, sodass ich meine Arme hebe und meine Hände die richtige Haltung einnehmen lasse. Währenddessen steigt die Kraft weiter in mir an. Gerade als ich denke, nicht mehr davon ertragen zu können, beginnt die Magie in einem steten Strahl zu fließen. Sie durchströmt meine Arme und verlässt durch meine Finger meinen Körper, während immer neue Kraft nachdrängt. Nur für mich ist dieser Fluss von Energie von mir weg als schnelle Vibration in der Luft sichtbar.

Die Magie erreicht den Mann, für den sie gedacht ist. Er richtet sich auf und drückt den Rücken durch. Der Hammer gleitet aus seiner Hand und landet direkt neben seinen Zehenspitzen auf dem Boden. Der lange Stiel prallt dabei von seinen Schuhen ab. Bestimmt ist das schmerzhaft, doch der Mann gibt keinen Laut von sich.

Ich kann sein Gesicht erkennen. Ein verblüffter Ausdruck liegt darauf, bevor er sich langsam in Angst wandelt, weil er nicht in der Lage ist, sich zu bewegen.

Oremazz befiehlt ihm, den Arm zu heben. Zuerst wehrt er sich dagegen. Vermutlich ist es nicht hilfreich, dass ich Mitleid mit dem armen Mann habe, der nicht weiß, was mit ihm geschieht. Die Verärgerung des Großen Zaubermeisters trifft mich wie ein Peitschenschlag.

Wieder einmal bin ich dabei, ihn zu enttäuschen. Zwei Sekunden lang schließe ich die Augen, fokussiere mich auf die Macht, die er durch mich strömen lässt. Dann blicke ich zu dem Mann, verstärke den Zauber meines Großvaters, indem ich auch meinen Befehl an unser Opfer schicke, das zu tun, was Oremazz ihm aufgetragen hat.

Langsam hebt sich der Arm des Mannes. Seine Muskeln zittern vor lauter Anstrengung, der Bewegung zu widerstehen. Doch er hat keine Chance. Schließlich reckt sich seine Hand hoch gen Himmel.

Ein Hochgefühl nie gekannten Ausmaßes macht mich trunken. Dieser Erfolg ist nur durch mich möglich gewesen. Jetzt hoffe ich nur, mein Großvater triumphiert über diesen Augenblick genauso sehr wie ich.

Der Mann, der unter unserem Bann steht, gibt einen wimmernden Laut von sich. Er will sich immer noch gegen uns wehren, was ich ihm nicht verdenken kann. Die Magie, die Oremazz durch mich fließen lässt, um die Kontrolle über ihn zu behalten, steigt an. Sie füllt mich bis zum Rand aus, sodass sich ein leichtes Schwindelgefühl in meinem Magen breitmacht. Ganz offensichtlich ist der Große Zaubermeister nicht zufrieden damit, wie der Versuch bis jetzt verlaufen ist.

Wieder lese ich erst die Gedanken meines Großvaters. Als ich weiß, welche Art von Bewegung ihm vorschwebt, helfe ich mit meiner eigenen Kraft nach. Ganz plötzlich streckt der fremde Mann die Hand zur Seite aus, während er sein linkes Bein anhebt.

Diese Position kann unmöglich bequem sein. Tatsächlich muss es sogar schwer sein, das Gleichgewicht zu behalten. Dennoch steht er gerade, als wäre sein rechtes Bein im Boden verwurzelt.

Der Gesichtsausdruck unseres Opfers zeigt seine Panik. Seine Augen huschen von links nach rechts. Der Zauberspruch von Oremazz verhindert, dass der arme Mann den Kopf drehen kann. Er ist nicht in der Lage, herauszufinden, woher die Bedrohung kommt, oder um Hilfe zu bitten. Wieder kommt dieses seltsame, unterdrückte Wimmern von ihm. Dann schickt mein Großvater etwas mehr Magie, und der Mann auf einem Bein verstummt zur Gänze.

Ich kann den Zauber lesen, den der Große Zauberer plant. Ich verstehe, was er vorhat.

Die Anziehungskraft der Erde soll keine Wirkung mehr auf den Mann haben. Wenn Oremazz ihm mit einem schnellen Ausbruch der Magie einen Stoß versetzt, wird er abheben und gegen eine der Wände des Innenhofs geschleudert werden. Sein Körper würde das nicht verkraften.

Verdammt, das kann mein Großvater nicht tun! Dieser arme Mann hat nichts Falsches getan. Er ist bloß zur falschen Zeit am falschen Ort gewesen. Er hat nicht verdient, dass man ihn verletzt.

Mit der Kraft meiner Gedanken sende ich dem Großen Zaubermeister eine Nachricht. »Diesen Sturz wird er nicht überleben. Das können wir nicht riskieren.«

»Es gibt keine andere Möglichkeit, herauszufinden, ob du als Medium funktionieren kannst.«

Einen Moment stockt mir der Atem. Hat Oremazz tatsächlich gerade den Tod eines Menschen als notwendiges Opfer abgetan? »Wir haben keine andere Variante versucht.«

»Sträube dich nicht gegen das Unabwendbare«, befiehlt mein Großvater. »Öffne dich für die notwendige Magie.«

»Nein.« Ich bin einfach nicht in der Lage, Teil dieses bösen Spiels zu sein. Möglicherweise ist es notwendig, dass wir jemanden als Versuchskaninchen benutzen. Doch diese Person soll dabei nicht zu Schaden kommen. Dieser Mann hat nicht verdient, durch meine Unfähigkeit verletzt zu werden. Ich kann es nicht zulassen. Nun will ich ihn verteidigen. Komme, was wolle.

Die aufbrandende Wut des Großen Zaubermeisters flirrt spürbar in der Luft. Als ich meine Arme senke, um die Verbindung zu dem Fremden zu lösen, versucht Oremazz, in meinen Verstand einzudringen. Er will mich dazu zwingen, ihn bei dieser grausamen Tat zu unterstützen. Das erste Mal in meinem Leben wehre ich mich gegen ihn. Dieses eine Mal bin ich stärker als er.

Die überschüssige Magie sucht einen Weg in meinen Körper. Da ich mein Schutzschild hochgefahren habe, überzieht mich die Kraft wie ein schweres Tuch. Sie drängt immer näher, drückt mir die Luft ab. Ich beginne zu zittern, kann dem Druck nur schwer widerstehen, den der Große Zaubermeister auf mich ausübt. Meine Haut beginnt zu prickeln. Elektrische Entladungen tanzen auf meinen Armen. Doch ich bleibe reglos und warte auf den Moment, in dem ich in tausend Stücke zerrissen werde, weil die Macht zu groß wird, um sie zurückzudrängen.

Tatsächlich wird das Beben meines Körpers stärker. Ich schwanke und muss mich an die Wand lehnen, um nicht zu fallen. Mein Herz rast. Ich schließe die Augen und warte auf das Ende, das mich zweifellos erwartet.

Noch einmal steigt die Kraft der Magie an, während ich mich dagegen wehre, benutzt zu werden. Schmerz rast durch meinen Körper, weil ich den Fähigkeiten meines Großvaters nichts entgegenzusetzen habe. Angst schnürt mir die Kehle zu. Jetzt ist es so weit. Jetzt werde ich sterben. Aber lieber das, als das Leben eines Unschuldigen in Gefahr zu bringen.

Plötzlich wird der Energiestrom schwächer. Ein Schauer durchläuft mich. Dann ist der Ansturm der Magie zu Ende.

Ist es vorbei? Bin ich gestorben? Oder hat Oremazz selbst den Zauber an dem armen Mann im Innenhof angewendet, um mir eine Lektion zu erteilen?

Ich reiße die Augen auf und sehe mich um.

Der Mann, den wir als Opfer ausgewählt haben, hat wieder beide Füße auf dem Boden. Sein Arm hängt an seiner Seite hinunter. Auf seinem Gesicht spiegeln sich Schock und Unverständnis. Doch er scheint unverletzt. Kann er sich inzwischen wieder bewegen? Er muss von hier fort. Wenn mein Großvater versuchen sollte, ihn direkt mit seiner Magie anzugreifen, hat der Bauer dem nichts entgegenzusetzen.

Oremazz wird meinen Wunsch, dem Mann zu helfen, nicht verstehen. Ich verschwende keine Zeit damit, ihn um Erlaubnis oder Gnade anzuflehen. Tatsächlich stelle ich nicht einmal eine Verbindung zu ihm her, um ihn nach seinen Plänen zu fragen. Ich trete aus dem Durchgang hervor, eile vorwärts und laufe auf den Mann zu, der von dem, was mit ihm geschehen ist, immer noch verwirrt scheint.

»Verschwinde!«, rufe ich. »Weg hier!«

Der Mann wendet sich mir zu, völliges Unverständnis im Blick. So einfach wird er es mir nicht machen, ihn vor weiterem Unheil zu bewahren.

Ich wedle mit den Armen, als versuche ich einen Schwarm Flugechsen zu vertreiben. »Du solltest dir irgendwo anders eine Aufgabe suchen«, befehle ich. »Sofort.«

»Aber die Tonne …« Verwirrt bricht er ab.

»Willst du noch einmal bewegungsunfähig sein?«, brülle ich. »Lauf endlich!«

Der Ausdruck in den Augen des Mannes verändert sich. Der Schock scheint endlich nachzulassen. Verspätet wird ihm bewusst, was gerade passiert ist. Er stolpert rückwärts und läuft schließlich los. Erleichtert bleibe ich stehen.

Hinter mir nähern sich Schritte. »Wie konntest du nur?«, beschwert sich mein Großvater. »Was sollte das?«

»Ich weiß, dass ich noch einiges zu lernen habe. Das bedeutet aber nicht, dass ich jemanden verletzen werde.« Vermutlich klinge ich nicht so selbstsicher dabei, wie ich gerne würde. Dennoch drehe ich mich um und sehe Oremazz entgegen.

»Wie sollen wir üben, unsere Feinde außer Gefecht zu setzen, wenn du zögerst, die notwendigen Versuche zu machen?«

»Das war keine harmlose Übung, Großvater. Das war ein hinterhältiger Überfall auf jemanden, der nicht zu den Bösen zählt. Ich kann so etwas nicht tun.«

»Schwächling.« Das Gesicht des Großen Zaubermeisters verzieht sich voller Abscheu. »Wieso ist das Schicksal bloß der Meinung, du würdest für den Sieg gegen unseren Feind notwendig sein? Weshalb ist die Zukunft unseres Volkes nur untrennbar mit deinen Fähigkeiten verknüpft?«

Diese Frage habe ich mir in den letzten zwei Jahren unzählige Male gestellt, ohne eine Antwort zu finden. Wenn mein Großvater in der Lage wäre, mir einen Grund mitzuteilen, könnte ich vielleicht daran glauben, dass er sich nicht geirrt hat. Wenn es eine Erklärung gäbe, weshalb ausgerechnet ich durch die Vision meines Großvaters mit dieser Aufgabe beauftragt worden bin, würde ich mich vielleicht damit abfinden können, unangenehme Dinge zu tun. Doch solange man mir unablässig unter die Nase reibt, nicht gut genug zu sein, werde ich mich innerlich gegen die Vorstellung zur Wehr setzen.

Verärgert schüttelt Oremazz den Kopf. »Immer wieder enttäuschst du mich. Ich bin es leid, dich Dinge zu lehren, die du nicht verstehst. Deine Eltern würden sich für dich schämen.«

Ich habe keine Erinnerung an meine Eltern. Sie sind gestorben, als ich noch klein war. Mein Großvater hat mir auch nichts über meine Eltern erzählt. Ich besitze nichts, was ihnen gehört hat: kein Bild, kein Andenken, einfach nichts. Tatsächlich habe ich keine persönlichen Gegenstände mehr aus der Zeit, die ich mit ihnen verbracht habe. Solange ich denken kann, habe ich immer im Haus von Elevanders Eltern gewohnt und mir das Schlafzimmer mit ihm geteilt. Auch wenn seine Mutter sich bemüht hat, mir in ihrem Zuhause ein Heim zu bieten, habe ich mich immer fremd gefühlt. Mir hat etwas gefehlt, das ich nicht näher benennen kann. Wie sollte ich auch? Ich kenne nichts anderes. Eigenen Besitz habe ich nicht angesammelt. Die Souvenirs, die ich mir ersehnt habe, waren verloren, weil mein Großvater sie vernichtet hat.

Welche Art von Menschen meine Eltern waren, weiß ich nicht. War mein Vater ein großer Zauberer? Hatte meine Mutter ein Faible für Magie oder war sie eine Nichtzauberin? Ich kann sie nicht einschätzen, habe kein Gefühl für das, was sie bewegt hat. Deshalb weiß ich auch nicht, ob ich ihnen ähnlich bin, ob sie stolz auf mich waren, ob ich mich so entwickelt habe, wie sie es sich gewünscht haben. Der Gedanke, dass sie mich als Schande für unsere Familie empfinden könnten, schmerzt.

»Du bist ein Versager«, zischt mein Großvater. »Womit habe ich einen Klotz am Bein wie dich verdient?«

»Aber …«

»Geh mir aus den Augen. Versch…« Plötzlich verstummt er. Seine Stirn runzelt sich und er fasst sich an seine Brust.

So schlimm ist mein Versagen nicht gewesen. Misstrauisch beobachte ich, wie sein Gesicht an Farbe verliert. »Was ist los?«

»Ich …« Er schwankt, streckt die Hände nach mir aus.

Automatisch greife ich danach, um ihn aufrechtzuerhalten. Mein Argwohn hat sich in Rauch aufgelöst. Meine Sorge hingegen wächst ins Unermessliche.

Oremazz' Hand rutscht aus meiner. Noch einmal torkelt er. Dann fällt er zu Boden. Seine Miene verzieht sich zu einer Grimasse, als hätte ihn etwas furchtbar erschreckt. Er wird noch eine Spur blasser, stöhnt leise. Seine Augen schließen sich flatternd, und er erschlafft. Auch seine Atmung verändert sich, sie wird flacher, gleichmäßiger. Er ist ohnmächtig.

Angst legt einen Eisenring um meine Brust. Was geschieht mit ihm? Woher kommt dieser Anfall? Wie kann ich ihm helfen?

Ich sehe mich um. Die Menschen im Schlossinnenhof beobachten uns mit schreckgeweiteten Augen. Niemand wagt sich an uns heran. Ich muss diese Situation allein bewältigen.

Die Aura von Elevander nähert sich. Ich kann spüren, dass er auf uns zuläuft. Auch wenn ich befürchten muss, dass er nichts tun kann, um meinen Großvater von seiner seltsamen Krankheit zu retten, schenkt mir seine Gegenwart ein Gefühl von Vertrauen, dass alles gut werden wird.

Über meine Schulter hinweg werfe ich Elevander einen Blick zu. Mein bester Freund wirkt besorgt. Er ist meine Familie. Er gibt mir die Kraft, die ich brauche.

»Helft mir, ihn von hier wegzubringen«, rufe ich. »Oremazz muss sich ausruhen. Wir müssen ihn ins Innere tragen. Bitte, jemand muss mit anpacken.«

Misstrauische Blicke streifen mich. Niemand scheint davon überzeugt zu sein, dass ich weiß, was zu tun ist. Tja, da geht es mir wie diesen Menschen.

Ich greife unter Oremazz' Achseln und will ihn hochhieven. Auch wenn der Große Zaubermeister ein Mann von schmaler Gestalt und nur unmerklich größer ist als ich, gelingt es mir nicht, ihn hochzuheben. Es spielt keine Rolle für mich, wie lächerlich ich wirken muss, als ich rückwärtsstolpere und dabei meinen Großvater mit mir ziehe. Auf diese Art werde ich ihn unmöglich die Stufen hochbringen können. Aber wenigstens tue ich etwas.

»Ich nehme seine Beine«, sagt Elevander und klingt ein wenig außer Atem vom Laufen. »Gemeinsam schaffen wir ihn mit Sicherheit schneller nach drinnen.«

»Danke für deine Hilfe.« Ich warte, bis Elevander bei den Füßen meines Großvaters angelangt ist und sie anhebt. Gerade, als ich ihm ein Zeichen geben will, dass wir losmarschieren können, schlägt der Große Zaubermeister die Augen auf.

Er reißt den Mund auf, saugt hungrig Luft in seine Lungen. Die Farbe kehrt auf seine Wangen zurück. Seine Gesichtszüge entspannen sich.

Erschrocken lasse ich Oremazz los, weshalb er unsanft auf dem Boden aufkommt. Obwohl ich erleichtert bin, dass er sein Bewusstsein zurückerlangt hat, habe ich Angst vor dem Ausdruck in seinen Augen. Darin spiegelt sich eine neue Dunkelheit, etwas Böses, das nichts mit seiner eigenen Grausamkeit zu tun hat.

»Was tust du denn da?«, blafft der Große Zaubermeister mich an. »Warum versuchst du, mich zu tragen?«

»Du bist bewusstlos geworden. Ich hatte Angst, du wärst von etwas besessen …«

»Und das wolltest du mir in einem dreckigen Graben austreiben?« Mein Großvater ergreift die Hand, die Elevander ihm entgegenstreckt, rappelt sich mit seiner Hilfe auf und klopft sich den Dreck von der Kleidung. Sonderlich erfolgreich ist er damit nicht.

Verunsichert trete ich zurück. »Ich dachte, in deinem Studierzimmer einen Hinweis darauf finden zu können, wie ich dir helfen sollte.«

Oremazz seufzt. »In meinen Unterlagen entdeckst du bestimmt nichts, was mit dieser Vision zusammenhängt. Hätte ich vorhergesehen, Bilder der Zukunft zu erhalten, hätte ich selbst Vorkehrungen getroffen. Denk das nächste Mal besser nach. Jetzt ist meine gute Tunika völlig umsonst verdreckt.«

»Tut mir leid, Großer Zaubermeister. Dann hattest du eine Vision? Dabei bist du bis jetzt doch niemals ohnmächtig geworden.«

»Die Bedrohung ist auch näher als jemals zuvor. Ich muss sofort mit dem Fürsten sprechen. Du wirst in der Zwischenzeit ein paar Sprüche üben. Das, was du vorhin zustande gebracht hast, ist meines Enkels nicht wert.« Als er losmarschiert, scheint er Elevander das erste Mal zu bemerken, obwohl er ihm hochgeholfen hat. »Hast du nichts Besseres zu tun, als mich anzustarren?«

»Tatsächlich hätte ich Wichtigeres zu erledigen«, gibt mein bester Freund zu. »Ich dachte allerdings, es wäre ein Gebot der Höflichkeit, erst Lesithder dabei zu helfen, Euch zu versorgen.«

Der Große Zaubermeister macht eine wegwerfende Handbewegung. »Hätte er so viel Anstrengung ins Lernen der notwendigen Sprüche gesteckt, wäre unsere Lage jetzt nicht so angespannt. Mach dich endlich auf den Weg, Lesithder. Die Zeit arbeitet gegen uns.«

Ich nicke Elevander zur Verabschiedung zu und gehe dann durch einen Durchgang zu den Stufen, die mich zum Studierzimmer meines Großvaters bringen werden. Das Drängen in seiner Stimme gefällt mir nicht. Es scheint, als hätte ihn diese Vision aufgewühlt. Ob die Zeit tatsächlich knapp wird? Was, glaubt er, wird passieren, wenn sie abgelaufen ist?

Während ich mich noch auf dem Gang befinde, höre ich, dass im Innenhof Unruhe entsteht. Ein Reiter prescht ins Schloss und springt ab, bevor seine Reitechse vollständig angehalten hat. Er bellt Befehle, verlangt, sofort zum Fürsten vorgelassen zu werden.

Beunruhigt beobachte ich die Aufregung im Innenhof, bevor ich das Studierzimmer betrete. Die Geschehnisse scheinen sich tatsächlich zu überschlagen. Welche Neuigkeiten der Reiter dem Fürsten wohl übermitteln will? Ich befürchte, es handelt sich um keine guten.

»Es ist noch schlimmer, als ich nach meiner Vision vermutet habe«, sagt Oremazz, als er Stunden später zu mir kommt. Tiefe Furchen verunzieren seine Stirn. Sein Blick ist abwesend, als er auf dem Stuhl an seinem Schreibtisch Platz nimmt.

Ich klappe das Buch zu, in das ich vertieft gewesen bin, und trete näher. »Aus welchem Teil des Landes hat der Reiter Nachrichten ins Schloss gebracht? Weißt du, was er von unserem Fürsten wollte?«

»Unsere Feinde sind näher, als ich befürchtet habe. Der Bote hat einen Brief von Pitreu, dem Fürsten des Küstenstaates Nialling, überbracht. Der hat ihn mit Hilfe einer Flugechse an Ethoss geschickt, um ihn zu warnen, und der hat … Egal. Viel wichtiger ist, was in dem Schreiben gestanden hat. Unbekannte Boote haben sich Nialling genähert. Kriegsschiffe mit schwerer Bewaffnung, die außer Reichweite im Meer vor Anker gegangen sind. Auch wenn die Schiffe wieder aus der Sicht der Wachtürme verschwunden sind, werden sie zurückkehren. Bald. Sie werden Soldaten an unsere Küsten bringen, die uns vernichten sollen. Der Krieg steht unmittelbar bevor.«

»Bei allen Göttern!« Panik verursacht einen harten Knoten in meinem Magen.

»Die können uns nicht helfen. Die scheinen uns verlassen zu haben, wenn sie die Gefahr nicht abgehalten haben. Wir sind auf uns allein gestellt. Jeder von uns muss jetzt seine Aufgabe kennen, ihr seine Seele widmen und sie ohne Zögern erfüllen.«

Widerstand regt sich in mir. Das, was er gerade dem armen Mann angetan hat, darf nicht noch einmal passieren. Die Erinnerung an die Vision, die er mit mir geteilt hat, drängt in mein Bewusstsein. Wenn es uns gelingt, mit Zaubern wie diesem unseren Feinden zu schaden, werden wir sie anwenden müssen. Zukünftige Versuche an Unschuldigen werde ich nicht dulden; wenn der Krieg allerdings bald an unsere Haustüre klopft, werde ich mich meiner Aufgabe stellen müssen. Deshalb nicke ich mit bangem Herzen.

»Zum Glück sind die Verhandlungen mit den Herrschern der angrenzenden Länder bereits so gut wie abgeschlossen. Unser Fürst hat fast alle davon überzeugen können, dass wir nur gemeinsam in den Krieg ziehen können. Leider haben die Mächtigen unseres Kontinents sich nicht darauf einigen können, einen Anführer zu wählen, der die Truppen aller Länder führt. Wenn ich daran denke, welch ein Chaos entstehen könnte, wenn jeder Fürst seinen Soldaten andere Anweisungen gibt … Jemand muss die Männer anführen.«

»Wenn die Zeit gekommen ist, werden die notwendigen Entscheidungen gefällt werden«, versichere ich ihm. »Jemand wird unsere Völker vereinen. Unser Fürst Manekas wird die richtigen Worte finden.«

»Er ist bei den Bewohnern von Maelle beliebt, weil sein Vater als gütiger und gerechter Herrscher bekannt war. Noch hat unser junger Fürst sich nicht beweisen müssen. Ich hoffe, er ist dieser Aufgabe gewachsen.«

»Wir werden es schaffen«, versuche ich, den Großen Zaubermeister zu beruhigen. »Da wir alle wissen, was davon abhängt, werden wir unser Bestes geben.«

»Ich dachte, wir hätten mehr Zeit«, murmelt Oremazz. Er klingt entsetzt und hoffnungslos zugleich, während er mich betrachtet. Sein faltiges Gesicht ist eine Maske des Grauens. In seinen blauen Augen lodert die Dunkelheit. So habe ich ihn noch nie gesehen.

»Wir wussten, dass wir uns beeilen müssen.«

Mein Großvater schüttelt den Kopf. »Es gibt noch so viel, das du lernen musst. Du bist überhaupt nicht vorbereitet auf das, was vor dir liegt.«

Da der Große Zaubermeister das regelmäßig wiederholt, habe ich keinen Zweifel am Wahrheitsgehalt seiner Worte. Also nicke ich. »Das wiederholst du ständig. Allerdings frage ich mich, weshalb du nicht vorhergesehen hast, dass die Staubkörner schneller durch die Sanduhr fließen, als du uns mitgeteilt hast. Warum ist dir dieses Detail verborgen geblieben?«

Ein finsterer Ausdruck huscht über das Gesicht meines Großvaters. »Stell meine Fähigkeiten nicht infrage.«

»Das tue ich nicht. Meine Frage ist, meiner Meinung nach, durchaus angebracht. Gibt es eine fremde Macht, die zu verhindern versucht, dass wir rechtzeitig Vorkehrungen treffen können?«

Diese Überlegung scheint Oremazz zu überraschen. Die Verärgerung weicht aus seinen Zügen. Stattdessen runzelt sich seine Stirn grüblerisch. »Eine fremde Macht?«, echot er.

Ich zucke mit den Schultern. »Es hat einen Grund, weshalb du diese Vorwarnungen erhalten hast. Das Gleichgewicht zwischen Gut und Böse möchte vermutlich Gerechtigkeit schaffen. Doch wieso macht dir die Magie dann etwas vor, wenn es um den genauen Zeitpunkt geht, an dem die Bedrohung für uns spürbar wird?«

Mein Großvater richtet sich auf. Die Farbe kehrt in sein Gesicht zurück. Tatsächlich wirkt er plötzlich sehr zufrieden. »Du hast recht. Das erste Mal in deinem Leben überraschst du mich mit deinen weisen Worten. Du hast den Finger an die richtige Stelle gelegt.«

Ein Kompliment verpackt in eine Beleidigung. Oder umgekehrt. Ich bin mir nicht ganz sicher, welches von beidem zutreffender ist.

»Eine fremde Macht!«, wiederholt Oremazz. »Unsere Gegner scheinen uns zu manipulieren. Das klingt sehr wahrscheinlich. Natürlich werden sie versuchen, unsere Pläne zu durchkreuzen. Wenn sie bemerkt haben, dass wir vorgewarnt wurden, müssen sie selbstverständlich versuchen, uns aus dem Konzept zu bringen. Gezielte Fehlinformationen. Ich konnte gar nicht richtig interpretieren, wann meine Vorhersage Realität wird. Unsere Feinde haben meine Magie beeinflusst.«

»Dir unterlaufen fast nie Fehler«, versichere ich dem Großen Zaubermeister.

»Natürlich nicht. Ich bin unfehlbar.« Er drückt den Rücken durch. »Wir müssen verhindern, dass unseren Feinden durch ihre Manipulation ein Vorteil erwächst. In ein paar Tagen sollten die letzten fehlenden Antworten von den Anführern unserer Verbündeten einlangen. Dann werden unsere Streitkräfte aufbrechen. Das bedeutet für uns, dass wir jede Stunde nutzen müssen, die uns noch zur Verfügung steht.«

Schon jetzt ist mir aufgrund der Studien nicht viel Freizeit geblieben. Es scheint, als würde ich in den nächsten Tagen auch wenig Schlaf erhalten.

Oremazz steht auf und tritt an seinen Studiertisch. »Die Kanalisation meiner Kräfte funktioniert gut genug. Wir können nicht noch mehr Zeit damit vergeuden. Es gibt noch so viel, was ich dir beibringen muss. Ich werde dir Bücher zur Lektüre überlassen, damit du deine Wissenslücken füllen kannst. Mir ist klar, dass es nicht ausreichen wird, um dir das notwendige Werkzeug in die Hand zu geben. Doch fürs Erste muss es reichen. Alle anderen Zauber werde ich dich lehren, wenn der Moment gekommen ist, an denen du sie anwenden musst.«

Tatsächlich habe ich den Eindruck, dass ich beim Lesen der Zauberbücher mehr erfahre, als ich es durch die einseitige Ausbildung meines Großvaters tue. Während er sich darauf konzentriert, mir die Sprüche einzutrichtern, die ich brauche, um als sein Werkzeug zu fungieren, kann ich nachts die Zauber üben, die ich in den dicken, alten Wälzern lese.

»Du weißt, welche Aufgabe dich ganz am Beginn dieses Abenteuers erwartet?« Oremazz sieht mich mit zusammengekniffenen Augen an.

»Ich muss als Mittelsmann fungieren, damit wir für den großen Krieg einen Verbündeten an unserer Seite haben. Nur dessen Macht wird uns siegen lassen.«

Mein Großvater nickt. »In meinen Visionen war dieses Detail ganz deutlich zu erkennen. Umock ist der Schlüssel zu unserem Erfolg. Ohne ihn sind wir verloren.«

Ein Schauer läuft mir über den Rücken. »Und wenn es mir nicht gelingt, ihn dazu zu bewegen, sich uns anzuschließen?«

»Dann Gnade uns die Magie.« Oremazz' Stimme klingt dunkel.

Der strenge Blick, den er mir zuwirft, lässt mich den Kopf senken. Die Verantwortung, die auf meinen Schultern liegt, wiegt schwer. Die Verhandlungen mit unseren potenziellen Bündnispartnern führt normalerweise unser Fürst selbst. Doch mit Umock kann er sich nicht von Angesicht zu Angesicht unterhalten. Dafür ist meine Hilfe notwendig. Als Zauberer ist es mir möglich, den König der Nebelseelen zu rufen. Nur ich kann den Geist, der zurückgezogen in den Sümpfen von Anouk lebt, um eine Audienz bitten. Niemand außer einem Zauberer ist in der Lage, die körperlose Aura zu verstehen. Da mein Großvater sich dafür entschieden hat, mich an seiner Stelle in den Krieg ziehen zu lassen, werde ich die Verhandlungsposition des Fürsten übernehmen müssen.

Meine Nackenhaare stellen sich auf. Ich weiß nicht, was mich erwartet, wenn ich Umock gegenüberstehe. Möglicherweise lacht er mich aus. Unter Umständen glaubt er mir nicht. Vielleicht hält er unsere Bitte für einen Scherz. Egal, wie viel Zuversicht der Große Zaubermeister empfindet, ich fürchte, dass er sich in diesem Punkt irrt. Niemand kann voraussagen, was ein Wesen wie Umock antreibt.

»Wenn ich den Ausdruck auf deinem Gesicht betrachte, beginne ich an meiner Vision zu zweifeln«, brummt Oremazz. »Es fällt mir schwer, mir vorzustellen, dass du deine Rolle in dieser Zeit der Gefahr zufriedenstellend spielen kannst.«

»Dann wirst du uns begleiten?«, frage ich und verachte mich für die Hoffnung in meiner Stimme, in dieser Sache nicht allein zu sein.

»Du weißt, dass das nicht möglich ist. Lass uns noch einmal wiederholen, was ich dir über die Nebelseelen beigebracht habe. Nimm dich vor ihnen in Acht. Besonders Umock wird versuchen, dich zu manipulieren. Selbst nachdem er zugestimmt hat, uns zu helfen, darfst du ihm nicht den Rücken zuwenden.«

Ich nicke. Das ist das Erste gewesen, das mein Großvater mir klargemacht hat.

»Glaub ihm nichts, was du nicht überprüft hast. Dieses Wesen der Dunkelheit spricht mit gespaltener Zunge. Sei vorsichtig, wenn du ihm das erste Mal gegenüberstehst. Die Macht, die es besitzt, wird Auswirkungen auf deine Sinneswahrnehmungen haben, wenn du dich nicht davor schützt. Vergiss nicht, den Zauber zu sprechen, den ich dir beigebracht habe. Der wird dafür sorgen, dass Umock dich nicht manipulieren kann. Benutze ihn, bevor die du Sümpfe von Anouk betrittst. Dieses Moor ist gefährlich. Du kennst die Geschichten darüber.«

Wieder spüre ich, wie ein kalter Schauer über meine Wirbelsäule huscht.

Oremazz nickt zufrieden. »Es schadet nicht, gesunden Respekt vor Umock zu haben. Auch wenn er von den Großen Zaubermeistern und den Lichtwesen vor vielen Jahrhunderten in die Sümpfe verbannt worden ist, besitzt er Macht. Durch mich bist du vor ihm in Sicherheit. Schließlich bindet ihn die Magie, die mich zum Großen Zaubermeister gemacht hat. Solange es ihm nicht gelingt, die Fesseln der Zauber abzuwerfen, durch die er zum Schoßhündchen gemacht worden ist, kann er lediglich als unsere Marionette fungieren.«

Ganz ähnlich fühlt sich auch meine Rolle an. Doch ich darf kein Mitgefühl mit Umock empfinden. Er hat es verdient, aus der Reihe der Zaubermeister verstoßen worden zu sein. Ich kenne vage Geschichten der dunklen Zauber, die er gewirkt hat, bevor man ihn in seine Schranken gewiesen hat.

»Wiederholen wir die Details«, fordert Oremazz. »Womit wirst du ihm drohen, damit er uns in unserem Krieg gegen den unbekannten Feind unterstützt?«

»Damit, dass er seine Magie völlig verlieren wird, wenn er sich nicht unserem Willen beugt.«

»Du wirst ihm zeigen, dass es uns damit ernst ist. Während du mit ihm sprichst, kann ich dir nicht beistehen. Der Zauber, der verhindert, dass du zu einem Sklaven seiner Willkür wirst, sperrt auch mich aus deinem Kopf. Du musst deine Sinne beisammenhalten, Junge. Diesen einen Zauber, der Umock zeigt, dass er nicht Herr über dich ist, musst du allein anwenden. Ich habe dir befohlen, ihn zu lernen, bis du ihn im Schlaf beherrschst. Genauso wichtig ist der Spruch, mit dem du ein anderes Wesen unter deinen Bann stellen kannst. Bist du bereit, ihn auszusprechen?«

Erschrocken reiße ich die Augen auf. »Aussprechen?«

»Wie sonst, denkst du, wird er seine Wirkung zeigen?« Oremazz' Stimme verhöhnt mich.

»Wenn ich ihn anwende, muss ich ihn auf jemanden lenken. Wer sollte die Macht dieses Zaubers zu spüren bekommen?«

Ein grimmiges Lächeln hebt die Mundwinkel meines Großvaters. »Such dir jemanden aus.«

Vehement schüttle ich den Kopf.

»Dir wird nichts anderes übrigbleiben. Du musst sicherstellen, dass du dazu in der Lage bist.«

»Ich habe dir bereits gesagt, dass ich dazu nicht bereit bin.«

»Tu, was ich dir sage!«, befiehlt Oremazz mit einem Knurren. »Du machst dich lächerlich. Einmal hast du bereits versagt. Versuch wenigstens, die Blamage von vorhin auszumerzen.«

Unter seinem Ärger ziehe ich die Schultern ein. Dennoch bewege ich den Kopf langsam von links nach rechts.

Der Große Zaubermeister hebt die Hand und ohrfeigt mich.

Mein Kopf wird zur Seite geschleudert. Diese Brutalität kommt so überraschend, dass es einen Moment dauert, bevor ich begreife, was gerade passiert ist. Noch niemals hat Oremazz Gewalt angewandt, um mich dazu zu bringen, etwas zu tun, was ich nicht wollte. Noch niemals hat er dermaßen die Beherrschung verloren. Noch niemals habe ich mich so gedemütigt gefühlt.

»Du denkst, du hast eine Wahl. Doch da irrst du dich.« Mein Großvater macht einen Schritt auf mich zu und fixiert mich mit finsterem Blick. »Wenn du dich weigerst, meine Forderung zu erfüllen, werde ich dich dazu zwingen.«

»Es ist nicht gerecht, Magie an jemandem anzuwenden, der sich nicht wehren kann.« Weder an mir noch an der Person, die ich mit meinem Zauber verletzen soll. »Große Macht darf nicht für das Böse genutzt werden.«

Oremazz lacht auf. »Soll das unsere Feinde davon abhalten, gegen uns zu kämpfen? Tu, was notwendig ist. Unsere Gegner werden nicht zögern, uns zu vernichten, wenn wir uns nicht angemessen verteidigen.«

Diese Argumentation kann ich nachvollziehen. Doch die Schlussfolgerung, die der Große Zaubermeister daraus zieht, ist falsch. »Einen Unschuldigen werde ich in diese Versuche nicht mit einbeziehen, wenn er oder sie dadurch zu Schaden kommen könnte.«

Eine Augenbraue meines Großvaters schnellt in die Höhe. Seine Lippen bewegen sich zu Worten, die ich nicht verstehe, deren Wirkung ich jedoch sofort zu spüren bekomme.

Ich bin nicht mehr Herr meines Körpers. Obwohl ich all meine Kraft ansetze, um mich gegen den Überfall der Magie zu wehren, bin ich nicht in der Lage, mich zu bewegen. Grauen erfasst mich, als meine Beine sich in Bewegung setzen und mich zum Fenster tragen, das den Blick auf das umliegende Gelände freigibt. Ich will meine Lieder schließen, als könnte ich dadurch das Schlimmste verhindern, doch meine Augen werden durch den Zauber von Oremazz gelenkt. Sie fixieren einen Mann, der auf das Schloss zugeht und eine Kuh am Strick führt.

Nein! Nein, das darf nicht passieren!

Die Worte sind in mir gefangen und finden keinen Weg nach draußen. Wut und Scham brodeln in mir, weil es mir nicht gelingt, mich dem Bann meines Großvaters zu entziehen. Hilflos bin ich gezwungen, meine Arme zu heben. Meine Finger zeigen in die Richtung des Mannes. Ich will schreien, toben, mich an einen anderen Ort transportieren. Ein Teil von mir möchte sogar den Großen Zaubermeister schlagen, obwohl er alles ist, was mir an Familie noch geblieben ist.

Magie erfüllt mich vom Scheitel bis zu den Zehenspitzen. Die Kraft ist so überwältigend, dass es meinen Verstand berauscht. Mein Widerstand gegen ihn beginnt aufgrund der Gewalt seines Zaubers zu bröckeln, während das Feuer der Magie, das in mir entzündet worden ist, überhandnimmt. Einen Augenblick lang empfinde ich ein Hochgefühl, das mich alles vergessen lässt. Selbstbewusstsein und

Macht in nie gekanntem Ausmaß. Endlich lerne ich eine Kraft kennen, die meine Seele strahlen lässt. Ich habe mir immer gewünscht, so viel Wärme zu spüren.

Die Energie, die sich in meinem Körper gesammelt hat, sucht einen Weg über meinen Arm ins Freie. Meine Hand vollführt eine Bewegung, die ich ihr nicht befohlen habe. Oh, bei allen Göttern! Es beginnt! Gleich wird es passieren! Ich werde Schuld auf mich laden. Das Entsetzen schnürt mir die Kehle zu. Tränen, die ich aufgrund des Zaubers meines Großvaters nicht weinen kann, brennen in meinen Augen.

Aus meinen zitternden Händen schießt die Energie in Richtung des Mannes vor dem Schloss, der nichts von der Gefahr ahnt, in der er sich befindet. Er wird von der Macht erfasst, mit der der Zauber von Oremazz durch mich strömt. Ganz plötzlich reißt ihn die Magie zurück. Er hebt vom Boden ab und fliegt mehrere Armlängen weit, bis er an den Stamm eines Baumes geschleudert wird.

Sein Schrei reißt plötzlich ab. Einen Augenblick lang scheint es, als würde der Fremde in zehn Armlängen Höhe am Stamm festgenagelt sein. Dann löst er sich von der Rinde und fällt schlaff zu Boden, wo er reglos liegen bleibt. Die Kuh, die er geführt hat, trottet langsam davon.

Meine Unfähigkeit, ihn zu warnen, oder das Unheil von ihm abzuwenden, erschüttert mich bis ins Innerste. Es ist nicht meine Entscheidung gewesen, den Fremden zu verletzen. Trotzdem trage ich Schuld daran. Was ist mit dem Mann passiert? Ist er tot? Bin ich jetzt ein Mörder? Noch weigern sich meine Beine, sich in Bewegung zu setzen, um nach ihm zu sehen. Ich muss sichergehen, dass er noch lebt. Auch wenn ich mich gegen die Inbesitznahme meines

Körpers gewehrt habe, wäre es ohne mich niemals so weit gekommen. Und das alles nur, weil der Große Zaubermeister meinen Willen brechen wollte. Ich werde Oremazz niemals verzeihen, was er mir angetan hat.

3. Kapitel

Die Schritte der zehn Schritte langen Reittiere erzeugen ein gleichmäßiges Geräusch, wenn sie auf dem Boden aufkommen. Es könnte beruhigend sein, würde es sich nicht um so viele handeln, dass die Töne ein Vibrieren in meiner Brust erzeugen. Das Getrappel von ungefähr fünfzig dunkelgrünen Reitechsen mit unterschiedlichen Farbabstufungen klingt wie das erste Donnergrollen vor dem Gewitter. Eine unterschwellige Drohung von Gefahr.

Ich drehe mich im Sattel um und werfe einen Blick hinter mich. Um am Hinterteil der Reitechse vorbeisehen zu können, muss ich mich weit zur Seite lehnen. Der mit schwarzen Zackenmustern geschuppte Schwanz des Tieres bewegt sich bei jedem Schritt hin und her und verstellt mir dadurch immer wieder die Sicht. Trotzdem ist der Anblick, der sich mir bietet, beeindruckend.

Zweihundert Soldaten folgen uns in Viererreihen den Weg zwischen den Hügeln hindurch. Sie tragen schwere Lederrüstungen, die eng an ihrem Oberkörper anlegen. Den Rest seiner Streitkräfte hat der Fürst direkt durch das Land geschickt. Alle Männer, die in der Lage sind, eine Waffe zu führen, wurden eingezogen, um die Invasion unserer Feinde zu verhindern. Irgendwo in der Nähe der Küste werden sie vielleicht auf die Krieger stoßen, die in den Schiffen übers Meer getragen wurden, die man in Nialling gesehen hat. Sie werden die erste Schlacht schlagen, bevor wir wieder zu ihnen stoßen.

Wir anderen haben eine Aufgabe zu erledigen, von der unser Erfolg in diesem Krieg abhängt. So viele Männer, die den Fürsten beschützen, der ein paar Reihen vor mir reitet. So viele Männer, die in Wahrheit mir folgen, weil nur ich dafür sorgen kann, dass wir Hilfe von Umocks Seite erhalten.

Niemals hätte ich mich freiwillig dafür entschieden, die Verantwortung für den Verlauf dieser Verhandlungen auf meine Schultern zu laden. Ob die Soldaten, die sich hinter mir den Berg hinaufquälen, freiwillig hier sind? Hat man sie gefragt, ob sie diese Mission begleiten wollen, statt sich direkt in die Schlacht zu werfen und unser Land zu verteidigen? Ist ihnen bewusst, wie wichtig unser Auftrag ist?

Zumindest gibt es eine Person, die fünf Armlängen hinter mir marschiert, weil er in meiner Nähe sein wollte. Elevander hat natürlich dafür gesorgt, dass wir in diesem Krieg nicht getrennt werden, während wir alles in unserer Macht Stehende tun, um unser Volk zu beschützen. Ich muss nicht zu ihm sehen, um zu wissen, dass er mich beobachtet. Ich kann seinen Blick auf mir spüren wie eine Stütze, die mich aufrecht hält.

Als ich mich wieder umwende, bemerke ich überrascht, dass sich der Fürst hat zurückfallen lassen und nun auf meiner Höhe reitet. Er mustert mich aufmerksam, während sein weiter Mantel sich hinter ihm bauscht. Sofort verbeuge ich mich, was auf dem Rücken meines Reittieres gar nicht so einfach ist. Zum Glück trage ich nur ein helles, langes Hemd und weite Hosen und muss deshalb nicht befürchten, dass eines der Tiere auf meine Kleidung steigt.

»Ihr wirkt besorgt. Gibt es dafür einen bestimmten Grund?« Seine tiefe Stimme erzwingt Respekt. Seine Frage verlangt nach einer ehrlichen Antwort.

»Wer in Zeiten wie diesen nicht von Sorge gequält wird, besitzt kein Herz.« Das entspricht der Wahrheit. Wenigstens jetzt kann ich ehrlich sein. Es gibt so viel, was ich vor ihm verheimlichen und ihm vorspielen muss. Täuschungen liegen mir nicht. Aber für die Rettung der Welt bleibt mir keine andere Wahl.

»Hattet Ihr ebenfalls Visionen der Bedrohung wie Oremazz?«

Ich schüttle den Kopf. Vielleicht zu schnell. Misstrauen zeigt sich auf dem Gesicht des Fürsten. »Soweit ich weiß, wurden lediglich die Großen Zaubermeister der unterschiedlichen Völker mit Offenbarungen gesegnet«, erkläre ich schnell. »Die Magie wendet sich immer an den höchsten Zauberer einer Familie.«

»Aber Ihr könnt in die Zukunft sehen, nicht wahr? Oremazz hat mir versichert, dass Ihr ihn in diesem Krieg würdig vertreten werdet.«

»Ich kann alles, was mein Großvater kann.«

Der Fürst nickt. Eine unerwartete Seitenbewegung des Reittiers lässt seinen Mantel flattern, bevor er wieder auf das mannbreite Hinterteil der dunkelgrünen Echse niedersinkt. »Die Verantwortung, die es mit sich bringt, in eine bedeutende Familie hineingeboren worden zu sein, kenne ich gut. Manchmal ist der Druck, Erfolg haben zu müssen, unglaublich belastend.«

Er hat ja keine Ahnung.

»Mein Vater hat Großes für unser Volk geleistet«, fährt der Fürst fort. Sein attraktives Gesicht ist auf den Weg vor uns gerichtet. »Ich habe versucht, ihm ein würdiger Nachfolger zu sein. Seine Fußstapfen sind riesig. Es wäre leicht, ihnen einfach nur zu folgen, doch ich habe versucht, seine Arbeit fortzusetzen.«

»Das tut Ihr mit großer Weisheit und Güte«, versichere ich.

»Als mein Vater mich zu seinen Lebzeiten auf meine Aufgabe vorbereitet hat, wusste ich noch nicht, wozu ich fähig bin. Mir war klar, welche Erwartungen in mich gesetzt werden. Ob ich diese würde erfüllen können, konnte allerdings niemand voraussagen. Mein Vater hat vor seinen Ratgebern voller Lob von mir gesprochen. Ich hatte jedoch die ganze Zeit das Gefühl, ich wäre ein Betrüger.«

Mein Herz setzt einen Schlag aus. Hat er mich durchschaut? Bin ich enttarnt? Weiß unser Fürst, dass ich ihn belüge? Ich werde die Scharade so lange wie möglich weiterspielen. Möglicherweise hatten seine Worte einen anderen Hintergedanken.

Er wirft mir einen kurzen Seitenblick zu. »Manchmal scheint es, als wäret Ihr von der Größe der ersten Aufgabe, die Euch in Eurem Erwachsenendasein erwartet, eingeschüchtert.«

Ich bin überfordert. Die Angst, zu scheitern, quält mich, seit wir von zu Hause aufgebrochen sind. Seit fast zwei Wochen sitze ich auf dieser unbequemen Reitechse, während nicht nur mein Körper, sondern auch mein Selbstbewusstsein ordentlich durchgerüttelt wird. Nein, ich bin nicht eingeschüchtert. Ich bin starr vor Panik.

Die Verabschiedung von meinem Großvater hat nicht viel Zeit in Anspruch genommen. Der Fürst hat unseren Aufbruch vorgezogen, als weitere bedrohliche Nachrichten von anderen Küstenländern eingelangt sind. Nur vier Tage nach dem entsetzlichen Versuch, gegen meinen Willen meine Fähigkeiten zu testen, haben wir unsere Reise begonnen. Die Verachtung, die Oremazz während dieser Spanne mir gegenüber gezeigt hat, hat sich in meine Seele eingebrannt. Die klitzekleine Flamme der Hoffnung, dass ich nicht versagen werde, ist vom Großen Zaubermeister erstickt worden. Dennoch kann ich ihm nicht die Schuld an meinem möglichen Scheitern geben. Ich allein trage die Verantwortung für mein Unvermögen.

Der Mann, an dem wir damals unsere Versuche durchgeführt haben, ist noch am Leben. Allerdings wird er für immer auf die Pflege durch andere Menschen angewiesen sein. Die Angst auf seinem Gesicht verfolgt mich in meinen Träumen. Ich habe seiner Familie heimlich Geld zukommen lassen. Doch das wird niemals meine Schuld ausgleichen.

»Meine Erfahrungen als Euer Berater mögen gering sein«, presse ich hervor. »Die Mission, für die die Verantwortung auf meinen Schultern lastet, entscheidet über das Schicksal unseres Volkes. Möglicherweise wirke ich auf einen außenstehenden Beobachter nicht wie jemand, der dem gewachsen ist. Ich bin mir der Bedeutung jedoch bewusst und versichere Euch, dass ich alles in meiner Macht Stehende tun werde, um diese Verhandlung erfolgreich abzuschließen.«

»Haltet Ihr mich für einen außenstehenden Beobachter?«, fragt der Fürst und schickt mir einen intensiven Blick.

Warum verbeißt er sich in diese Formulierung? Will er damit sagen, dass er ebenfalls meinen Fähigkeiten misstraut? Noch ein Hinweis darauf, dass er Zweifel an mir hegt. Mein Magen fühlt sich plötzlich an, als hätte ich zu lange nichts gegessen.

Ratlos blinzle ich, bevor ich mich abwende. Egal, was ich antworte, es kann nur falsch sein. »Nein, so würde ich Euch nicht bezeichnen.«

»Nun, denn. Wir werden bald herausfinden, ob Ihr ein würdiger Nachfolger Eures Großvaters seid. Der Weg ist nicht mehr lang.« Der Fürst nickt mir zu und gibt mit einem Druck seiner Schenkel den Befehl an seine Reitechse, das Tempo zu erhöhen, bis er wieder zu seinen Ratgebern aufgeschlossen hat.

Die drei Männer reiten links und rechts von ihm. Soldaten bewachen diese wichtigen Männer. Ich bin das Schlusslicht dieser seltsamen Truppe. An meiner Seite achten ebenfalls Soldaten darauf, dass mir nichts passiert. Man braucht mich für eine einzige wichtige Aufgabe. Danach habe ich meine Schuldigkeit getan und bin nicht mehr als einer dieser Wahrsager, die in die Sterne blicken, um vage Angaben über das zu erwartende Geschehen in den nächsten Tagen zu geben. Während unserer Reise hat man mich lediglich darum gebeten, meine Meinung zu Entscheidungen unsere Route oder unser Lager betreffend abzugeben. Man hat mich nicht in die Zukunft blicken lassen. Man hat nicht einmal den genauen Ablauf dieser Mission mit mir besprochen. Es fühlt sich an, als würde ich seit fast zwei Wochen tagtäglich Prüfungen ablegen. Ich weiß nicht, ob ich sie bestehe. Ich weiß nur, dass meine Worte unablässig auf die Goldwaage gelegt werden.

Frustration wallt in mir auf. Die Anspannung der letzten Tage will sich entladen. Die Wut auf meinen Großvater, weil er mich in diese Situation gebracht hat, wächst immer weiter an. Warum ist er nicht hier und sorgt dafür, dass wir die Hilfe bekommen, die wir brauchen? Wenn auch er nicht an mich glaubt, weshalb drückt er sich vor der Verantwortung? Wieso glaubt er an diese verdammte Vision, von der ich ein Teil gewesen bin? Er weiß ja nicht einmal, ob meine Anwesenheit bei der Schlacht einen Unterschied gemacht hat. Möglicherweise hätte es gereicht, wenn ich ihn begleitet hätte. Warum ist er so fest davon überzeugt, dass sein Verbleiben auf dem Schloss so wichtig ist? Wieso wird er so ärgerlich, wenn ich ihm diesbezüglich Fragen stelle?

Der nächste Teil des Weges fordert meine ganze Aufmerksamkeit, weshalb ich die immer gleichen Gedanken zur Seite schiebe. Ist der Anstieg des Pfades schon beschwerlich gewesen, so wird er nun zu einer Herausforderung. Besorgt ziehe ich die Zügel fester an und klammere mich an den Knauf meines Sattels.

Die Krallen der Reitechsen graben sich in die Erde. Sie haben keine Schwierigkeiten, den steilen Anstieg zu überwinden. Die Soldaten hinter uns fallen allerdings zurück. Ich blicke über meine Schulter, erhalte durch die Neigung freie Sicht auf sie. Ich muss aufpassen, das Gleichgewicht in meinem Sattel nicht zu verlieren, und beobachte, wie die Abstände zwischen den Reihen sich vergrößern. Nach und nach dehnt sich die Kolonne hinter uns auf die doppelte Länge. Die Anstrengung ist den Soldaten deutlich anzusehen.

Vielleicht hat die Zeit des Friedens zu lange gedauert. Möglicherweise haben wir uns zu sehr auf unsere Götter verlassen. Es ist mehrere Jahrzehnte her, seit wir das letzte Mal von einem verfeindeten Volk angegriffen wurden.

Dieser Krieg trifft uns unvorbereitet. Ich bete, dass das unseren Sieg nicht unmöglich macht.

Mit schwerem Herzen wende ich mich nach vorne. Der Wald, der uns am Rand des Weges begleitet, drängt immer näher. Der Durchgang wird schmaler, doch noch können wir die Viererreihe aufrechterhalten. Hoffentlich ändert sich daran nichts, denn das würde einen Angriff auf uns erleichtern. Diese Reise ist bislang ohne große Zwischenfälle verlaufen. So kurz vor dem ersten Ziel darf sich daran nichts ändern.

Ganz unerwartet öffnen sich die Reihen der Bäume. Beim Weiterreiten müssen wir einen letzten Anstieg überwinden. Dann liegt uns die Welt zu Füßen. Wir befinden uns auf dem höchsten Punkt des Berges, der in einem Halbbogen links und rechts von uns weiterwächst. Das ermöglicht uns einen Blick über das, was vor uns wartet.

Ein schmaler Pfad schlängelt sich in die Tiefe, die von den Flanken des Berges umarmt wird. Nach ein paar Hundert Armlängen beginnt erneut ein Wald, der sich allerdings von dem unterscheidet, den wir bereits durchquert haben. Bäume ragen aus dem Nebel, der den Boden in eine trübe Suppe verwandelt. Ich weiß, dass wir dort auf jeden unserer Schritte achten müssen. Ein Sumpf, älter als die Menschheit, verschlingt alles, was sich zu nahe an ihm heranwagt.

Angeblich führt ein Weg durch diese gefährliche, graue Brühe. Noch habe ich allerdings von niemandem gehört, dem es gelungen ist, wieder lebend aus dieser feuchten Dunkelheit zu gelangen. Doch selbst wenn es gelingen sollte, einen Weg aus befestigtem Boden zu entdecken, wird man vom Nebel umhüllt. Der Pfad verschwindet. Ein falscher Schritt, und der Morast zieht einen in die Tiefe.

Der Verstand wird von den Schwaden benebelt. Man vergisst, warum man sich überhaupt in dieses Moor gewagt hat. Nein, es ist kein Ort, an den man sich leichtfertig begeben sollte.

Und doch ist es das Zwischenziel unserer Reise.

In der Nähe des Sumpfes existiert keinerlei Leben. Kalt und unwirtlich liegt das mit Nebelschwaden verdeckte Moor inmitten unserer fruchtbaren Heimat. Während unserer Reise haben wir saftige Felder gesehen, deren Früchte man uns geschenkt hat, sobald der Fürst erkannt worden war. Äcker waren mit hohen Getreideähren bestückt, aus denen man die uns überlassenen Brote gebacken hatte. Flüsse hatten uns Nahrung im Überfluss gewährt. Doch das Land dort unten ist scheinbar in einem großen Radius vergiftet.

Mit einer Handbewegung lässt der Fürst seine Männer anhalten. Dann befiehlt er seine Berater zu sich. Irgendwo hier in der Nähe werden wir unser Lager aufschlagen. Ich kenne die Gesichtspunkte nicht, nach denen der geeignete Platz ausgewählt wird. Es ist mir auch egal. Für den Fall, dass man mich nach meiner Meinung fragen sollte, habe ich meinen Großvater bereits informiert. Sollte man sich an mich wenden, muss ich Oremazz lediglich kanalisieren, damit er mir die Worte einflüstert, mit denen ich den richtigen Ratschlag geben kann.

Meine Gedanken beschäftigen sich mit der Aufgabe, die ich allein erfüllen muss. In meinem Magen kribbelt es vor Aufregung. Meine Ausbildung sollte mich auf diesen Moment vorbereiten. Doch einmal mehr habe ich das Gefühl, dass das Misstrauen meines Großvaters in meine

Fähigkeiten gerechtfertigt ist. Wie soll ich an mich glauben, wenn er mir eingepflanzt hat, niemals gut genug zu sein?

Der Nebel wabert. Man könnte glauben, dass er seine Finger ausstreckt, dass er sich neugierig hochreckt, um zu überprüfen, was auf dem Hügel über ihm vorgeht. Unter Umständen ist diese Vorstellung nicht einmal so unsinnig, wie sie klingen mag. Dort unten in den Sümpfen befindet sich eine Quelle der Magie. Die Macht, die darin wohnt, ist nicht von dieser Welt. Nein, die Wesen, die dort unten hausen, sind zu weit mehr in der Lage, als ein paar arme Seelen zu verwirren und ins Unheil zu stürzen.

Nebelseelen.

Der Name wird dem Grauen nicht gerecht, das sie verbreiten. Eine Armee aus verlorenen Seelen, die sich nach ihrem Tod dagegen entschieden haben, Teil der Armee der Engel zu werden, oder die als unwürdig befunden wurden, Teil des göttlichen Heeres zu sein.

Ich kann mir nicht vorstellen, was jemanden dazu bewegen sollte, freiwillig zu einer Nebelseele zu werden. Ein Leben in der Dunkelheit in alle Ewigkeit. Der Hunger, die Seelen von Menschen für sich zu vereinnahmen, sich in ihren Verstand einzunisten und von ihnen Besitz zu ergreifen, bis sie dem Wahnsinn anheimfallen. Es ist ein hoffnungsloses, sinnloses Dasein. Doch ich verstehe auch nicht die Menschen, die sich ganz dem Bösen hingeben. Dazu gehören die Nebelseelen ohne Zweifel. Sie sind die Armee der Dunkelheit.

In früheren Jahren sind die Nebelseelen Gerüchten zufolge durch die Lande gezogen und haben ihren giftigen Atem überall verteilt. Wer sich auf ihre Verlockungen eingelassen hat, verlor seine Seele bereits vor dem Tod.

Überall existierten Personen, die nur noch eine fleischliche Hülle ohne eigenen Willen waren. Niemand soll vor ihnen sicher gewesen sein.

Jetzt allerdings ist ihr König der Schlüssel, der uns siegreich aus dem bevorstehenden Krieg heraustreten lassen soll.

»Mach kein so finsteres Gesicht«, fordert eine Stimme neben mir. »Man könnte annehmen, du wärest wegen irgendetwas beunruhigt. Dabei ist das mit Sicherheit nicht der Fall.«

Ich wende mich Elevander zu und bemühe mich um ein Lächeln. Mein bester Freund ist aus der Reihe seiner Truppe getreten, um mit mir sprechen zu können. »Natürlich nicht. Tut mir leid, wenn meine Gedanken abgeschweift sind. Der heutige Ritt war ziemlich anstrengend. Ich will mir nicht vorstellen, wie erschöpft du sein musst.«

Er zuckt mit den Schultern. »Mein Los habe ich mir selbst ausgesucht, als ich mich für diese Einheit entschieden habe.«

»Wir beide wissen, weshalb du diese Wahl getroffen hast.« Mir ist nichts anderes übriggeblieben, als in direkter Nähe zu unserem Fürsten zu reiten. Das gilt allerdings nicht für meinen besten Freund.

Elevander wollte mich nicht allein lassen. Er besteht darauf, mich im Auge zu behalten. Nicht, weil er mir nicht vertrauen würde. In seinen Augen kann ich nichts falsch machen. Er versucht, auf mich aufpassen, damit ich in meiner Unsicherheit keinen Fehler begehe. Wie immer glaubt er unerschütterlich an mich. Er wird dafür sorgen, dass ich den Respekt der Soldaten oder gar unseres Anführers nicht verliere, wenn sich so wie jetzt meine Anspannung auf meinem Gesicht zeigt.

Womit habe ich einen treuen Freund wie ihn verdient?

»Ich bin froh, dass ich hier vorne marschieren kann«, erklärt Elevander. »Wie viel Staub die Soldaten weiter hinten wohl schlucken müssen? Seit Tagen haben wir uns alle ein vernünftiges Bett gewünscht. Doch die Männer, die am Ende unseres Trupps gehen, haben noch ein härteres Schicksal. Wir brechen in den Morgenstunden als Erstes auf und erreichen den Rastplatz auch wieder vor den anderen. Die Männer hinten müssen mit uns zum Abmarsch bereit sein, stehen dann aber sinnlos herum, bis sie an der Reihe sind. Am Abend sind sie die Letzten, die ihr Lager errichten.«

»Beschwer dich nur nicht zu laut«, warne ich ihn. »Man könnte deine Worte als Tadel verstehen.«

Er wirft einen Blick über seine Schulter. Die Männer, neben denen er diesen Berg bestiegen hat, tragen reglose Masken. Sie haben Erfahrung darin, ihre Gedanken zu verbergen. Das bedeutet allerdings nicht, dass sie nicht bemerken, was rund um sie herum vorgeht. Dann ist da noch Janifik, der als mein Diener abgestellt worden ist und sich ständig in meiner Nähe aufhält. Wie oft ich erschrocken bin, weil er plötzlich aus dem Nichts aufgetaucht ist. Unter Umständen berichten die Männer oder Janifik meine Worte und Kritik direkt an den Fürsten, dabei möchte ich, dass er eine gute Meinung von mir hat.

Verfolgungswahn kann ich nicht gebrauchen. Ich sehne mich nach jemandem, dem ich blind vertrauen kann. Zum Glück habe ich Elevander, der mir zur Seite steht. Die Soldaten verstärken meine Unsicherheit noch.

Elevander macht einen Schritt zurück, bis er sich wieder nahtlos in seine Reihe fügt. »Ich weiß zu schätzen, wo ich bin«, sagt er mit einem Tonfall, der seinen Worten eine geheime Bedeutung gibt.

Erleichterung macht sich in mir breit, als er wieder zu einem von vielen wird, als er mit der Masse verschwimmt und dadurch nicht in Gefahr gerät, für ein unbedachtes Wort bestraft zu werden. Elevander will mich nur beschützen. Doch ich will auch auf ihn aufpassen.

Der Fürst brüllt einen Befehl. Sofort setzen sich die Männer wieder in Bewegung. Hastig schließe ich zu meiner Gruppe auf. Wir reiten wieder direkt in einer Reihe, haben aber auf dem jetzt breiteren Pfad genug Platz, um mehr Abstand nebeneinander zu halten. Der Weg schlängelt sich den Berg hinunter. Bis in das Moor, in dem Umock lebt, werden sie mir nicht folgen. Ich bin nicht in der Lage, den Schutzzauber für sie alle zu sprechen.

Die Serpentinen sind eine Herausforderung für Reiter und Tier, weshalb wir nur langsam vorwärtskommen. Auch der steile Abfall des Berges bremst uns. Hat zu Beginn des Abstiegs die Sonne gerade den Horizont berührt, schiebt sie sich jetzt gnadenlos tiefer. Nicht mehr lange, und die Dunkelheit senkt sich über die Umgebung. Wir müssen uns beeilen, wenn wir rechtzeitig ein provisorisches Lager errichten wollen.

Als sich endlich vor uns der Weg weitet und wir auf einer kleinen Ebene einlangen, fühle ich Erleichterung. Der Gedanke, nach Sonnenuntergang unterwegs sein müssen, hat mich mit Sorge erfüllt. Wir haben uns auch beträchtlich dem Sumpf genähert. Ein Fußmarsch von vielleicht einer Viertelstunde trennt uns von den ersten Ausläufern der nebelverhangenen, abgestorbenen Baumlandschaft. Ich bin nicht böse, wenn wir dazu nachts reichlich Abstand halten.

Unser Fürst gibt den Befehl, einige Sträucher am Wegesrand auszureißen, um Platz für unsere Männer zu machen. Dann wendet er sich an mich. »Seid Ihr mit diesem Lagerort zufrieden?«

Ich schließe die Augen, stelle eine Verbindung zu meinem Großvater her. Tagsüber habe ich ihm, wie sonst auch immer wieder, Informationen über den Verlauf unserer Reise zukommen lassen. Er weiß also, wo wir uns befinden. Das ermöglicht es ihm, in den Zeiten zwischen unseren stummen Unterhaltungen Erkundigungen einzuholen. Jetzt sendet er mir Bilder, durch die ich die Gunst des Fürsten für mich gewinnen kann.

Mit einem vorsichtigen Lächeln wende ich mich an den Mann, der mich neugierig beobachtet. »Ich denke, er ist nahezu ideal. Allerdings sollten wir uns ein paar Armlängen in den Wald schlagen. Dort finden wir eine Lichtung, die für unsere Zwecke geeignet ist.«

Wir werden keinen anderen Wanderern begegnen. Hier kommt nur vorbei, wer eine Abkurzung erhofft oder Umock um die Erfüllung eines Wunsches bitten will. Ich weiß nicht, ob der König der Nebelseelen tatsächlich im Austausch für die Seele des Bittstellers dessen Träume wahr werden lässt. Wer würde schon seine Seele vor seinem Tod verschachern, nur um lächerlichen Tand zu erhalten, den er nicht in die Anderswelt mitnehmen kann? Ich könnte mir nichts vorstellen, wofür ich die Reinheit meiner Seele opfern würde.

»Seid Ihr sicher, dass es eine Lichtung mitten im Wald gibt?«, fragt der Fürst nach. »Es führt kein Pfad dorthin.

Wir müssten Bäume abholzen, damit die Reitechsen hindurch können.«

»Die Lichtung befindet sich direkt vor uns. Nur ungefähr zehn Armlängen in diese Richtung. Schickt Botschafter aus, damit sie meine Aussage bestätigen. Es werden uns nicht viele Bäume im Weg sein. Das versichere ich Euch.«

Der Blick des Fürsten ruht noch einmal mit unangenehmer Intensität auf mir. Dann nickt er und gibt die Befehle weiter. Zum Glück sind die Aussagen meines Großvaters genau. Ich bin ein weiteres Mal der Enthüllung als Scharlatan entkommen.

Es dauert ungefähr eine Stunde, bis alle Männer auf der Lichtung angekommen, die Reitechsen versorgt und die Zelte für die Truppen aufgestellt sind.

In der Mitte der Lichtung hat man Lagerfeuer entzündet. In deren Nähe und damit gut beleuchtet und gewärmt, steht das Zelt, das der Fürst bewohnen wird. Daneben übernachten seine Ratgeber. Mir wird wieder eine Sonderstellung eingeräumt. Mein Zelt steht weder bei diesen wichtigen Männern, noch ist es Teil des Ringes von auf dem Boden ausgerollten Decken, der das Lager umgibt. Dort werden die Soldaten sich zur Ruhe begeben, um den Fürsten vor Angriffen zu schützen, während ich zehn Armlängen von den anderen in einem Zelt nächtigen werde. Es ist deutlich kleiner als die der Ratgeber. Ich muss allerdings meinen Kopf nicht direkt auf das Gras betten und habe ein Dach über dem Kopf. Viel mehr kann ich nicht verlangen.

Überall, wo ich meine Hilfe anbiete, werde ich abgewiesen. Jeder bedenkt mich mit einem vorsichtigen Blick, als könnte ich versehentlich Decken in Brand stecken oder die Reitechsen verschrecken. Ich komme mir wieder einmal überflüssig vor und bin froh, dass ich zumindest heimlich mit einem Zauber einen Krug heilmachen kann, der während der Reise zerbrochen ist. Wieso muss ich immer der Außenseiter bleiben?

Als es schließlich den Anschein hat, als wäre alles für die Nacht vorbereitet, nähere ich mich den Feuern in der Mitte des Lagers. Über den Flammen werden Schwimmechsen gebraten. Der Duft steigt mir sofort in die Nase und erinnert mich daran, dass ich seit Stunden nichts zu mir genommen habe. Die Soldaten haben große Exemplare dieser Flussbewohner erlegt. Ihr Geschmack erinnert an den von Hähnchen, aber viel würziger. Mir läuft das Wasser im Mund zusammen. Ob die fast eine Armlänge großen Tiere dieser Gegend ähnlich lecker sein werden?

Ich nähere mich den Feuern. Bevor ich mich erkundigen kann, wie lange es noch dauert, bis ich vom Fleisch kosten darf, erscheint Janifik neben mir. Abgestellt, um mir zu dienen, scharwenzelt er um mich herum, sobald meine Füße festen Boden berühren. Ich sollte dankbar dafür sein, dass er sich so viel Mühe gibt. Dennoch fühle ich mich von seiner ständigen Nähe erdrückt. Der bewundernde Ausdruck in seinen Augen macht mir klar, welch große Hoffnungen er in mich hegt. Denen kann ich unmöglich gerecht werden.

»Wünscht Ihr zu speisen?«, fragt der Mann, der vermutlich sogar ein paar Jahre älter ist als ich. »Man hat mir gesagt, dass die Echsen in einer halben Stunde fertiggegart sind. Ich kann Euch in der Zwischenzeit Suppe und Brot organisieren.«

»Das ist sehr freundlich von Euch, aber nicht notwendig.«

Bestürzung zeigt sich in seinem Blick. Er tritt näher an mich heran. »So dürft Ihr mich nicht ansprechen. Ich bin nur ein einfacher Soldat, während Ihr der Vertreter des Großen Zaubermeisters seid.«

Müde unterdrücke ich ein Seufzen und nicke. »Es tut mir leid. Natürlich hast du recht. Ich werde auf meine Worte achten.«

Man muss mir meine Erschöpfung ansehen, denn Janifik schiebt mich zu einem Holzstamm und deutet mir, mich zu setzen. Meine Knochen protestieren. Jetzt kann ich nichts für sie tun. Morgen wartet zusätzlich noch eine längere Wanderung auf mich.

Janifik sieht mich fragend an. »Darf ich Euch Euren Tee bringen?«

Ich nicke. »Danke für Eure … deine Mühe.«

»Es ist mir eine Ehre, Euch zu dienen.« Er deutet eine Verbeugung an und verschwindet.

Würden wir diese Unterhaltung nicht jeden Tag führen, hätte ich mich durch seine Worte eingeschüchtert gefühlt. Doch da er die gleiche Floskel morgens, mittags und abends wiederholt, hat sie ihre beängstigende Bedeutung verloren.

Er sieht in mir einen Helden. Er denkt tatsächlich, er wäre dadurch geehrt, zu meinem Diener ausgewählt worden zu sein.

»Janifik erkennt das Feuer in dir«, sagt Elevander, der sich leise genähert hat. »Schau nicht so finster, weil er dir seine Ehrerbietung so deutlich zeigt.«

»Solltest du nicht bei deiner Einheit bleiben?«

»Nicht heute Abend. Nicht in den Stunden, in denen du dich auf das Zusammentreffen mit diesem Monster vorbereitest.« Mit einer geschmeidigen Bewegung nimmt er neben mir Platz.

Unsere Schultern berühren sich, weil auf dem Holzstamm so wenig Platz ist. Diese Nähe hat eine beruhigende Wirkung auf mich. Wieder einmal ist Elevander gekommen, um meine Seele aus der Dunkelheit zu retten.

»Woher nimmst du nur immer deine Selbstsicherheit?«, frage ich. »Woher stammt deine Fähigkeit, in allem und jedem etwas Gutes zu sehen?«

Mehrere Minuten lang schweigt er. Ich weiß, dass er über die richtige Antwort auf meine Fragen nachdenkt. Er gibt keine leichtfertigen Erklärungen, wenn es um die wirklich wichtigen Dinge im Leben gibt.

»Die Liebe meiner Eltern ist die Kraft, aus der ich jeden Tag schöpfe«, sagt er schließlich. »Sie haben mir immer das Gefühl gegeben, ich könnte sie niemals enttäuschen. Was auch immer ich tue, wie auch immer ich mein Leben gestalte, solange ich dabei glücklich bin, werden sie mich unterstützen. Das ist die Erklärung für meine Selbstsicherheit und möglicherweise auch der Grund, weshalb ich mich im Licht wohler fühle. Ich habe niemals so Schreckliches erlebt wie du.«

»Der Tod meiner Eltern hat mich schwer getroffen«, gebe ich zu.

»Du gibst dir tief in deinem Inneren die Schuld. Den Grund dafür verstehe ich nicht. Du warst bei dem Kutschunglück nicht mit dabei. Du hast der Reitechse nicht befohlen, vom Weg abzuweichen und vor der Klippe nicht Halt zu machen.«

Sein ruhiger, besonnener Tonfall lässt das, was geschehen ist, so harmlos klingen. Ich weiß, dass er absichtlich die

Gefühle aus seiner Stimme gestrichen hat. Trotzdem trifft er mich direkt ins Herz.

»Vielleicht hätte ich mit ihnen sterben sollen«, murmle ich und starre in das Feuer vor uns.

»Unsinn. Oremazz hat sich dir gegenüber niemals verhalten, als wärest du sein Enkel. Ich glaube, du erinnerst ihn an seinen Sohn. Meine Mutter sagt ständig, dass du deinem Vater unglaublich ähnlich siehst. Vielleicht hat der Große Zaubermeister Angst, dich zu nahe an sich heranzulassen.«

»Weil er mich ebenfalls verlieren wird, wenn ich bei dieser Aufgabe scheitere.«

Elevander lacht leise auf. »Nein, du erinnerst ihn an seinen größten Verlust. Ich bin mir sicher, dass er dich tief in seinem Herzen liebt.«

Ich gebe ein Schnauben von mir. »Dann ist sein Herz tiefer als die tiefste Schlucht.«

»Manchen Menschen fällt es schwer, ihre wahren Gefühle zu zeigen.« Jetzt klingt mein Freund, als würde dieser Satz auch wieder eine geheime Bedeutung haben.

»Was bedrückt dich?« Die Traurigkeit auf seinem Gesicht lässt mich nicht kalt.

Einen Moment lang scheint es, als würde er mir etwas anvertrauen wollen. Doch er blinzelt bloß und lächelt. »Nichts. Unsere Welt ist ein dunkler Ort geworden. Ich vermisse das Licht.«

»Du bist das Licht«, flüstere ich. »Du erhellst meine Dunkelheit. Was würde ich nur tun, wenn ich nicht dein bester Freund sein dürfte?«

»Vermutlich würdest du noch mehr an dir zweifeln.«

»Das ist kaum möglich. Eigentlich sind wir noch mehr als Freunde. Es fällt mir allerdings immer noch schwer, das anzuerkennen. Es jagt mir Angst ein.«

Elevander holt hörbar scharf Luft. »Was meinst du?«

»Du bist mein Bruder. Deine Eltern … Sie waren so gut zu mir. Ich bin ihnen unendlich dankbar dafür, dass sie mich bei sich aufgenommen haben. Trotzdem fällt es mir schwer, sie auch als meine Familie zu sehen. So viele Jahre habe ich bei ihnen leben dürfen. Dennoch kann ich ihnen immer noch nicht zeigen, wie viel sie mir bedeuten.«

»Bruder?« Elevanders Stimme klingt seltsam, als er das Wort wiederholt.

»Deine Mutter nennt mich Sohn, wenn sie mich tadelt. Ja, wir sind Brüder. Obwohl nicht das gleiche Blut in unseren Adern fließt, sind wir untrennbar miteinander verbunden. Das geht weit über Freundschaft hinaus.« Ich blicke zu Elevander und suche in seinem Gesicht nach Bestätigung. »Das siehst du doch genauso, nicht wahr?«

Langsam nickt er. Es scheint, als wäre er nicht gänzlich überzeugt. Ich kann seine Miene nicht deuten.

Besorgt runzle ich die Stirn. »Trete ich dir damit zu nahe? Ich habe nicht vor, dir deine Eltern wegzunehmen. Natürlich bist du für immer ihr einziger wahrer Sohn. Diese Position will ich dir nicht streitig machen. Ich dachte bloß …«

»Nein, nein«, unterbricht Elevander mich rasch. »Natürlich sind sie auch deine Eltern. Du wohnst inzwischen so lange bei uns, dass es keinen Zweifel daran gibt. Die Wortwahl hat mich überrascht, weil du die Formulierung noch niemals benutzt hast.«

»Wie du vorhin gesagt hast. Manchen Menschen kommt nicht leicht über die Lippen, wie sie wirklich empfinden.

Ich hätte deinen Eltern vor unserer Abreise mitteilen sollen, dass ich sie liebe. All die Jahre, die sie für mich gesorgt haben, konnte ich mich ihnen nicht öffnen. Ein Teil von mir flüstert mir immer noch zu, dass ich meine leiblichen Eltern verleugne, wenn ich deine in mein Herz lasse. Hätte ich mich allerdings nicht so vehement dagegen gewehrt, mehr als Dankbarkeit zu empfinden, wäre ich vielleicht in der Lage gewesen, die Meinung meines Großvaters über mich nicht zu meiner einzigen Wahrheit zu machen.«

»Meine Eltern wissen, wie viel sie dir bedeuten.« Elevander unterbricht den Blickkontakt.

Irgendetwas beschäftigt ihn. Das kann ich an den Schwingungen seiner Aura erkennen. Er scheint mir nicht verraten zu wollen, was wirklich in ihm vorgeht, aber möglicherweise sehe ich lediglich Schatten, die gar nicht existieren. Vermutlich lässt auch ihn das, was vor uns liegt, nicht so gleichgültig, wie er mich glauben lassen will.

Janifik tritt in den Feuerschein. Er hat einen Becher und eine Kanne bei sich. Den Becher drückt er mir in die Hand und füllt ihn mit einer heißen, duftenden Flüssigkeit. »Wünscht Ihr ebenfalls einen Tee?«, fragt er an Elevander gewandt.

Der schüttelt den Kopf. »Keine Umstände wegen einem einfachen Soldaten wie mir.«

»Wir sind beide nicht mehr als Diener für die Macht von Lesithder, dem Großen.«

Elevander unterdrückt das Lachen, bis Janifik verschwunden ist, um einen zweiten Becher zu holen. »Langsam bekomme ich eine Vorstellung davon, weshalb du ihn anstrengend findest.«

»Ich wünschte, du könntest einen Tag meine Rolle übernehmen«, sage ich mit einem Seufzen.

»Das wäre schrecklich für mich. Es tut mir leid, wenn ich direkt bin. Doch die Last, die auf deinen Schultern lastet, wäre zu schwer für die meinen.«

Dem möchte ich widersprechen. Elevander ist so viel stärker, mutiger und freundlicher als ich. Er hätte kein Problem damit, Umock um den Finger zu wickeln. Er würde ihm schmeicheln, ihn mit seiner Nettigkeit umgarnen, bis der sogar zustimmen würde, seinen Thron mit ihm zu teilen.

Schritte nähern sich uns. Elevander springt als Erster von uns beiden auf, als wir den Fürsten erkennen, der sich uns nähert. Mein Freund nimmt Haltung an.

»Lass uns allein«, befiehlt der Fürst in seine Richtung.

Elevander nickt. Bevor er sich auf den Weg zurück zu seiner Einheit macht, wirft er mir noch ein aufmunterndes Lächeln zu.

Der Fürst wendet seine Aufmerksamkeit ganz meiner Person zu. »Morgen wird sich unser Schicksal entscheiden. Wenn es Euch nicht gelingt, Umock auf unsere Seite zu ziehen, werden wir mit großer Wahrscheinlichkeit scheitern.«

Weshalb spricht er es aus und macht es dadurch zu einer unumstößlichen Wahrheit? Ist der Druck, der auf mir lastet, bisher nicht groß genug gewesen?

Sein Blick brennt sich in meine Seele ein. »Seid Ihr bereit?«

Mein Mund ist ganz trocken. Da ich auch meiner Stimme nicht traue, nicke ich.

»Das hoffe ich«, sagt unser Fürst düster. »All unsere Hoffnung ruht auf Euch.«

Ach, wenn es weiter nichts ist. »Ich werde mein Bestes geben.«

Ein grimmiges Lächeln erscheint auf dem Gesicht unseres Anführers. »Möge das genügen.«

Ich möchte fliehen, mich irgendwo verstecken, um diesem Albtraum zu entkommen. Das würde ich allerdings niemals wagen. Nicht, weil ich dann meinem Großvater Schande bereiten würde oder sich meine toten Eltern für mich schämen müssten. Nein, es hängt einfach zu viel vom Gelingen meiner Mission ab.

»Wann werdet Ihr aufbrechen?«, erkundigt sich Janifik, der sich herangeschlichen hat.

»Noch vor dem Sonnenaufgang«, antworte ich. In der Dunkelheit fühlen sich die Nebelseelen am wohlsten. Ich will ausnutzen, dass Umock sich auf sicherem Terrain wähnt. Die Dämmerung wird mir Sicherheit schenken, wenn die Verhandlungen nicht verlaufen, wie ich geplant habe. Der Anbruch des Tages wird es mir möglich machen, das Gespräch zu unterbrechen, wenn ich Gefahr laufe, die Kontrolle über die Unterhaltung zu verlieren.

Mein Blick huscht in die Richtung, in der der Sumpf liegt. Ob der dichte Nebel, der daraus aufsteigt, mir überhaupt ermöglichen wird, das rettende Sonnenlicht zu erkennen? Ich werde es bald herausfinden. Zu bald, wenn es nach meiner Einschätzung geht.

Ich schüttle den Gedanken ab und wende mich an Janifik. »Du musst mich nicht begleiten. Ruhe dich aus. Ich werde einen Zauber sprechen, der mich zur rechten Zeit weckt.«

Er deutet eine Verbeugung an. »Ganz wie Ihr wünscht. Dann werde ich jetzt Euer Lager bereiten, damit Ihr noch ein wenig schlafen könnt, bevor Ihr zu Eurer wichtigen Mission aufbrecht.«

Nach einem knappen Dank von meiner Seite verschwindet er.

Der Fürst mustert mich. »Informiert mich sofort, wenn Ihr von der Verhandlung mit Umock zurückkehrt. Ich will wissen, wie das Gespräch verlaufen ist. Wenn weitere Treffen notwendig sind, werden wir unser Lager befestigen müssen.«

»Selbstverständlich, mein Fürst.«

»Ich wünsche Euch viel Erfolg. Im Namen unseres ganzen Volkes bete ich, dass Ihr Umock davon überzeugen könnt, uns zu helfen. Zu viel hängt davon ab, als dass ein Scheitern infrage käme.«

Worte, die ich viel zu oft von meinem Großvater gehört habe. Ab morgen haben sie hoffentlich ihren Stachel verloren.

»Setzt Euer ganzes Vertrauen in mich«, presse ich hervor. »Ich werde nicht aufgeben, bis der König der Nebelseelen mir seine Zustimmung erteilt hat, uns bei unserem Kampf zu unterstützen.«

»Dieses Selbstbewusstsein habe ich mir seit zwei Wochen an Euch gewünscht. Ruht Euch aus. Der Segen unserer Götter möge Euch morgen begleiten.« Er nickt mir zu und lässt mich dann ebenfalls allein.

Ich setze mich noch einmal auf den Baumstumpf und nippe an meinem Tee, der in der Zwischenzeit kalt geworden ist. Reglos starre ich in die Flammen, bis die Kälte in meine Glieder und die Erschöpfung in meinen

Verstand dringen. Dann erst bette ich meinen Kopf zur Nacht, um meine Sinne für den nächsten Tag zu sammeln.

4. Kapitel

Jeder einzelne Schritt fällt mir schwer. Ich habe den Eindruck, dass Gewichte an meinen Füßen hängen. Möglicherweise wird auch die Anziehung der Erde immer stärker, je näher ich dem Sumpf komme. Das Licht meiner Lampe, das ich mit Magie erzeugt habe, flackert. Ich halte das metallene Gefäß mit einem Arm hoch, um erkennen zu können, was vor mir liegt. Der Nebel dringt in die Ritzen der Öffnung an einer Seite der Lampe. Er versucht, das Licht zu ersticken, doch mein Zauber ist mächtiger. Zumindest im Augenblick kann ich die Dunkelheit ausreichend vertreiben.

Mein Herzschlag dröhnt in meinen Ohren. Meine Brust ist so eng, dass es schmerzt. In meinem Magen sammeln sich alle Ängste meines Lebens. Nun entscheidet sich, ob ich der Verlierer bin, für den mich mein Großvater hält. Unter Umständen schaffe ich es nicht ohne seine Hilfe. Dann hätte ich ihm bewiesen, dass er einen guten Grund hat, mich klein zu machen.

Er hat mir von diesem Teil seiner Vision erst spät erzählt. In dieser Wahrsagung hat er Umock und mich gesehen. Oremazz konnte hören, wie ich mit dem König der Nebelseelen Verhandlungen führe. In seiner Vorstellung war ich der Mensch, der das machtvolle Wesen überzeugt hat. Das ist der Grund, weshalb ich heute hier stehe.

Die Vorstellung irritiert mich immer noch. Je länger ich darüber nachdenke, umso mehr Fragen fallen mir dazu ein. Möglicherweise hat mein Großvater deshalb so lange geschwiegen. Er muss geahnt haben, dass ich seine Erzählung sezieren würde.

Mein innerer Widerstand wird mit jedem Schritt größer. Ich kämpfe mit meiner Verunsicherung, mit meinen Selbstzweifeln und meinem Verantwortungsbewusstsein. Wie sehr ich mir in diesem Moment Elevander an meine Seite wünsche. Nur er wäre in der Lage, einen Funken Mut in mir zu entzünden.

Der Nebel um mich wird immer dichter. Er schiebt sich mir in kompakten Wolken auf dem Boden entgegen, bäumt sich vor mir auf, bevor er wieder zusammensinkt. Meine Sicht wird von dem feuchten, grauen Vorhang eingeschränkt. Als ich mich umwende, habe ich den Anfangspunkt meiner Reise in den Sumpf aus den Augen verloren. Der Weg wird von der Dunkelheit verschluckt. Es ist ohnehin wichtiger, dass ich mich auf die Umgebung vor mir konzentriere. Rund um mich herum sind nur abgestorbene Sträucher zu erkennen. Bäume recken ihre nackten Arme gen Himmel, als würden sie um Gnade flehen. Noch befinde ich mich auf einem Weg, den ich ein paar Fuß weit erkennen kann und der sich zwischen den toten Pflanzen entlangschlängelt.

Gleich links von mir blubbert Wasser. Es riecht unangenehm faulig. Ich will mir nicht vorstellen, dass hier möglicherweise bereits ein sorgloser Wanderer die Orientierung verloren hat und von dem durchweichten Boden in eine tödliche Umarmung gezogen worden ist. Dringt der

Gestank eines verwesenden Körpers zu mir, oder handelt es sich um den typischen Duft des Moores?

Spielt mir mein Gehirn vielleicht bereits einen Streich, als ich glaube, vor mir einen Schatten zu erkennen? Er wirkt zu massiv und bewegt sich viel zu schnell, als dass es einfach nur wabernder Nebel sein könnte. Dann ist der Schatten verschwunden. Hat mich Oremazz nicht genau vor solchen Sinneswirrungen gewarnt?

Bevor ich das Lager verlassen habe, habe ich den Zauber gesprochen, der verhindert, dass fremde Magie in meinen Verstand eindringen kann. Das ermöglicht mir noch kleine Zauber wie den mit dem leuchtenden Stein. Großes kann ich nun nicht mehr wirken. Obwohl ich vorsichtig sein muss, kann mir nichts geschehen. Trotzdem fürchte ich, dass die Energie, die hier im Sumpf mit fühlbarer Kraft vibriert, Einfluss auf mich haben könnte. Die Macht ist so stark, wie ich sie noch niemals erlebt habe. Selbst dann nicht, als mein Großvater mich gezwungen hat, den Unschuldigen zu Testzwecken zu verletzen. Als er mich meiner Gegenwehr beraubt hat und das volle Ausmaß seiner Magie durch mich geflossen ist, habe ich nichts Vergleichbares gespürt. Ich weiß, dass der Große Zaubermeister einer der Mächtigsten seiner Art ist. Dennoch war das damals übermächtige Gefühl, seine Energie wie einen Wirbelsturm in mir zu spüren, im Vergleich zu den jetzigen Eindrücken wie das Streicheln einer Feder auf meiner Haut. Hat sie beim Zauber von Oremazz nur geprickelt, steht sie jetzt in Feuer.

Ich bleibe stehen, hole tief Luft, sauge sie in meine Lungen. Obwohl die Feuchtigkeit jeden Atemzug zu einem anstrengenden Unterfangen macht, ringe ich ihr Sauerstoff ab, um meinen Brustkorb bis zum Anschlag mit Luft zu füllen. Ein paar Sekunden lang weigere ich mich, sie wieder zu entlassen. Ich warte, bis mein Herzschlag sich verlangsamt und Ruhe in meine Gedanken kehrt. Es gelingt mir, mich auf meine Aufgabe zu fokussieren, meine Ängste und Unsicherheiten zu überwinden und nur noch mein Ziel vor Augen zu haben. Dann stoße ich die Luft aus, heiße die Kraft willkommen, die mich durchflutet, und mache den nächsten Schritt.

Energisch schreite ich weiter den Weg entlang. Irgendwo vor mir, inmitten dieser Nebelwände, muss der Mittelpunkt des Sumpfes liegen. Das Zentrum der Macht, die Umock innehat. Direkt vor mir ragt ein riesiger, blätterloser Baum gen Himmel. Einer seiner Äste ist abgenickt. Ob er von einem Blitz getroffen worden ist? Ob die Feuchtigkeit ihn von innen heraus aufgefressen hat? Ich befasse mich nicht lange mit ihm, den plötzlich habe ich ein anderes Problem.

Vor mir teilt sich der Weg, dem ich gefolgt bin, doch ganz instinktiv wähle ich eine Richtung. Mein Herz gibt die Entscheidung vor. Ich folge dem Wink der Magie, die in mir wohnt, und beschleunige meine Schritte. Ich will den einen Moment nicht länger hinausschieben, der alles entscheidet. Ich will endlich das Wesen sehen, mit dem ich es zu tun habe.

Noch einmal gelange ich an eine Weggabelung. Wieder flüstert mir mein Herz ein, wohin ich mich wenden soll, und ich haste weiter. Wie lange irre ich bereits in diesem Nebel? Wie lange bin ich schon in dieser Dunkelheit gefangen? Habe ich mich etwa verlaufen, weil mir meine Sinne falsche Selbstsicherheit eingeflüstert haben?

Nein, ich bin stärker, als es ein Normalsterblicher ist. Es wird diesem verdammten Nebel nicht gelingen, mich aufzuhalten. Ich werde es schaffen, weil Scheitern nicht infrage kommt. Hier in diesem Sumpf die Orientierung zu verlieren, würde bedeuten, Elevander in Gefahr zu bringen. Ich muss zurückkehren. Ich muss Umock dazu überreden, uns zu helfen. Ich muss meinen Teil dazu beitragen, dass wir diesen Krieg gewinnen. Denn nur so kann ich meinen Freund auf die gleiche Art unterstützen, wie er es schon seit Jahren tut. Auch wenn er die Wahrheit nicht ahnt: Er hat mich bereits mehrmals gerettet. Ohne ihn hätte ich diese für mich hoffnungslose Welt längst verlassen. Die Liebe zu ihm ist der Grund, weshalb ich weiterkämpfen werde, solange ich dazu in der Lage bin. Und vielleicht noch darüber hinaus.

Die Magie, mit der ich das Licht in meiner Lampe entzündet habe, wird schwächer. Das Flackern des glühenden Steins darin wird stärker. Vermutlich wird das Licht bald zur Gänze erlöschen.

Ich beschleunige noch einmal meine Schritte, um so viel Weg wie möglich zurückzulegen, bevor ich meinen nächsten Zauber wirken muss. Tatsächlich habe ich das Gefühl, die schwarze Energie, die mich seit dem Betreten des Sumpfes umfängt, nimmt zu. Es ist nicht mehr weit. Nur noch ein paar Fuß, dann habe ich es hoffentlich geschafft.

Das Glühen in der Lampe wird ein letztes Mal schwächer, bis es gänzlich verschwindet. Von einem Moment zum anderen befinde ich mich in absoluter Dunkelheit. Abrupt bleibe ich stehen, um keinen falschen Schritt zu tun. Der Gestank des Sumpfes brennt in meiner Nase und erinnert mich daran, wie gefährlich meine Umgebung ist. Die Schwärze ist so vollkommen, dass ich auch genauso gut die Augen geschlossen haben könnte. Nein, denn dann würden Lichtpunkte mich an das erinnern, was ich gerade noch gesehen habe. Die Finsternis rund um mich lässt mich jedoch an Tod und völliges Vergessen denken.

Mit dem Erlöschen des Lichts wird es plötzlich um einige Grad kälter. Ein Schauer läuft mir über den Rücken, dort wo der Angstschweiß das Oberteil unter meiner Tunika getränkt hat. Die Feuchtigkeit der Luft fühlt sich wie eine nasse Hand in meinem Gesicht an. Ich weiß, dass es sich um eine Täuschung meines Verstandes handelt. Dennoch kann ich ein Zittern nicht unterdrücken.

Lautlos formuliere ich einen Zauber zum Verbessern meiner Sehkraft. Langsam schälen sich Umrisse aus der Dunkelheit. Es ist nur ein schwacher Trost im Vergleich zu dem Licht, das der Stein abgestrahlt hat, doch ich werde mir damit behelfen können.

Ich drückte die Lampe an mich und gehe vorsichtig weiter. Niemals würde ich sie freiwillig zurücklassen. Möglicherweise kann ich den gewirkten Zauber benutzen, wenn ich mich wieder auf den Rückweg mache.

Graue Schatten schieben sich an meinem Sichtbereich entlang. Wie ein Hindernis aus Watte verwehren sie mir die Sicht auf meine Umgebung. Ich setze vorsichtig einen Fuß vor den anderen, hebe meine Beine nach Möglichkeit nicht, um die Verbindung mit dem Boden nicht zu verlieren und dadurch einen Schritt neben den Pfad zu machen. Solange der Untergrund sich fest anfühlt, müsste ich auf dem richtigen Weg sein.

Ein Ast erscheint so plötzlich neben mir, dass ich zusammenzucke. Ich habe den Baum erst bemerkt, als ich beinahe dagegen gelaufen bin. Weiterzugehen wäre der absolute Irrsinn. Beim nächsten Mal befindet sich vielleicht direkt vor mir ein Hindernis, an dem ich mich verletze. Also bleibe ich stehen. Dieser Platz muss reichen.

Nach einem tiefen Atemzug, der bei Weitem nicht genug Luft in meine Lungen saugt, schließe ich die Augen und sammle die Magie in mir. Ich lasse sie anwachsen, bis sie auch den letzten Flecken meines Inneren ausfüllt. In Gedanken forme ich die Worte, die Umock herbeirufen sollen.

»Geister dieses Sumpfes, hört mich an. Verkündet eurem König die Botschaft, dass ich seine Gegenwart erbitte. Sagt ihm, dass ich gekommen bin, um mit ihm zu sprechen und ihm einen Vorschlag zu unterbreiten.«

Stille herrscht rings um mich herum. Lediglich ein sanfter Windhauch streift über meine Wangen, die sich vor Aufregung erhitzt haben.

Sollte nicht irgendetwas passieren? Sollte nicht ein Geisterwesen erscheinen, um mich nach Details zu fragen? Sollte nicht ein Nebelungeheuer vor mir aufragen, um mich zu vertreiben? Sollte nicht eine unsichtbare Macht versuchen, mich in ihre Fänge zu ziehen? Sollte sich nicht irgendetwas verändern?

Angestrengt lausche ich ins Nichts. Die Schwingungen der Magie, die ich seit dem Betreten des Sumpfes gespürt habe, werden immer deutlicher. Doch eine Reaktion der Wesen, die hier leben, bleibt aus. Schön, dann hat man meine Bitte wohl nicht gehört.

»Geister dieses Sumpfes«, setze ich noch einmal an, benutze diesmal nicht Magie, um die Worte zu transportieren, sondern spreche sie laut aus. »Hört mich an.«

»Schhhhhhhhon gut.«

Ich erstarre. Hat mir tatsächlich ein Flüstern geantwortet? Hat der Wind zugenommen und mir die Worte zugetragen oder handelt es sich bloß um Einbildung? Bin ich kurz davor, verrückt zu werden?

»Geister dieses Sumpfes …«

»Süsssssser kleiner Menschhhhhhhhh«, säuselt jemand … etwas … der Wind.

»Ist da jemand?«, frage ich ängstlich.

Die Nebelschwaden vor mir verformen sich und nehmen den Umriss eines Körpers an. »Natürlich«, antwortet jetzt eine Stimme, die viel deutlicher als das Gemurmel ist. Sie dringt nicht von außen an mein Ohr. Sie erklingt direkt in meinem Kopf. »Wer stört?«

»Ich … Lesithder vom Volk der Maëlle … ein Mensch.«

»Das kann ich sehen. Was willst du?«

»Mit Umock, dem großen König der Nebelseelen, sprechen. Ich bitte um eine Audienz bei seiner Gnaden …«

Ein Sturm kommt auf. Er ist so stark, dass er mich beinahe von den Füßen fegt. Ich kneife die Augen zusammen, die zu brennen begonnen haben, und drehe den Kopf zur Seite. Immer noch ist es völlig dunkel, weshalb ich nichts verpasse. Das Zentrum, von dem der Wind ausgeht, scheint näherzukommen. Eisige Nadelstiche treffen auf meine Wangen. Ist die Feuchtigkeit des Nebels gefroren, oder spielt mir meine Fantasie einen Streich?

Mit einem Mal spüre ich die Aura eines machtvollen Wesens. Energie hat schon vorher die Luft zum Vibrieren gebracht. Nun kann ich auf meiner Haut fühlen, wie Magie kleine elektrische Ladungen entstehen lässt. Jemand ist angekommen. Etwas. Ich glaube nicht, dass ein Mitglied von Umocks Armee in der Lage ist, solche Effekte zu erzeugen. Der König der Seelenlosen selbst muss eingetroffen sein.

Ich zwinge meine Augen auf. Die Dunkelheit wirkt nicht mehr so undurchdringbar wie gerade noch. Ein Glimmen, dessen Ursprung nicht auszumachen ist, weil es von überall gleichzeitig zu kommen scheint, erhellt die Finsternis. Die Schatten erwachen zum Leben, kriechen langsam auf mich zu. Das, was ich als Wind empfunden habe, entpuppt sich als dichte Nebelmasse, die einer Schlange gleich vor mir aufragt. Zwei rotglühende Lichtpunkte erscheinen in diesem durchsichtigen Nebelkopf. Die Augen von Umock. Sein Nebelkörper setzt sich ganz langsam in Bewegung, beginnt, sich um mich zu winden. Sein Schweif wird immer länger, während der Kopfteil auf Höhe meines Gesichts bleibt. Dann schwingt auch er herum und kommt auf der anderen Seite wieder an mir vorbei. Das Spiel wiederholt sich noch einmal.

Aus den Augenwinkeln beobachte ich, wie er verschwindet und wieder erscheint, während er mich umkreist. »Entschuldigt«, murmle ich. »Seid Ihr der König der Nebelseelen?«

Die körperlose Ansammlung von Energie hält inne. Der Wind erstirbt. Es herrscht wieder Totenstille. Zum Glück glüht die geheimnisvolle Macht immer noch, sodass ich das aus Nebel geformte Wesen vor mir erkennen kann.

»Ich bin Umock«, verkündet die Stimme um ein Vielfaches lauter als zuvor. Das Echo wiederholt diesen Satz, diesmal doppelt so dröhnend.

Das Geräusch schwillt weiter an. Mein Kopf droht zu platzen. Ich lasse die Lampe fallen, die ohnehin nutzlos für mich geworden ist. Unter Schmerzen hebe ich meine Hände an meine Ohren und drücke mit aller Macht dagegen. Doch die Worte hallen in meinem Verstand. Sie vibrieren in meinem Schädel. Sie vervielfältigen sich, bis es nicht mehr zu ertragen ist.

Die Stimme erfüllt meinen ganzen Körper. Jede einzelne Zelle in mir spürt die Macht, die darin liegt. Ich bin durchdrungen von der Kraft dieses Wesens, das aus dem Reich der Geister stammt. Tatsächlich habe ich den Eindruck, als wäre Umock in meine Haut geschlüpft.

Mein Mund ist weit geöffnet. Ich kann nicht hören, ob ich schreie. Aber diese Demonstration von Macht ist so peinvoll, dass ich nicht mehr weiß, was ich tun soll. Ich kann keinen vernünftigen Gedanken fassen.

Es muss enden.

Sofort.

Soll ich flehen?

Soll ich bitten?

Schwindel.

So viel Schmerz!

»Stopp!«

Ganz plötzlich ist es vorbei. Der Satz, der sich endlos wiederholt hat, verstummt. Angenehme Stille breitet sich aus, obwohl das Echo noch in mir nachhallt. Mein Schädel scheint von den Nachwirkungen des Lärms zu vibrieren. Als wäre ich eine Klangschale, die den letzten Ton einfach nicht freigeben will. Die Kraft des Königs hat meinen Körper allerdings bereits verlassen.

Mein Gleichgewichtssinn will versagen. Ich schwanke, zwinge mich jedoch, aufrecht stehen zu bleiben. Nach einem tiefen Atemzug senke ich meine Arme, um das Wesen zu betrachten, das mich gerade noch gefoltert hat.

Ich bin allein. Die Dunkelheit fühlt sich beunruhigend intensiv an. Nebelschwaden ziehen an der Grenze meines Sichtbereiches vorbei. Noch einmal wiederhole ich den Zauber, der es meinen Augen ermöglicht, in der Finsternis besser sehen zu können. Obwohl ich daraufhin den Umriss eines Baumes erkennen kann, dessen Äste wie unzählige Finger in die Luft zeigen, gibt Umock sich nicht zu erkennen. Was habe ich auch erwartet? Niemand kann diese machtvollen Wesen sehen.

Der Nebel wird dichter. Ich kann mich des Eindrucks nicht erwehren, dass er zum Leben erwacht. Die Worte meines Großvaters kommen mir in den Sinn. Er hat während unserer Unterrichtsstunden erwähnt, dass körperlose Wesen wie Umock Materie dazu nutzen können, um Menschen zu erschrecken. Versucht das der König der Seelenlosen gerade bei mir?

Die Schwaden ziehen sich zwei Fuß von mir entfernt zu einer Kugel zusammen. Die Form wächst in die Höhe, wird eine Säule, die über mich hinausragt. Langsam bewegt sich der Kopfteil der Säule auf mich zu. Schließlich lösen sich Züge aus der Masse, sodass die Ausbuchtungen mich an einen Schädel erinnern.

»Sprich!«, befiehlt die Stimme.

Zu meiner Erleichterung dröhnt sie nun nicht mehr direkt im Zentrum meines Verstandes. Außerdem ist sie nicht mehr so laut wie zuvor.

Ich sinke auf die Knie, senke meinen Blick, wie ich es auch bei der ersten Begegnung mit dem Fürsten gehandhabt habe. Unser Anführer würde diese Geste nicht befürworten. Selbst mein Großvater, dem ich genug Wissen über Umock verdanke, würde sie nicht gutheißen. Schließlich wollen die beiden den König der Nebelseelen nur für sich benutzen. Ich empfinde den Kniefall allerdings als richtig. Er ist die einzig logische Konsequenz, nachdem ich die Macht, die Umock ausstrahlt, in jeder einzelnen Zelle meines Körpers gespürt habe.

»Edler Herr, Euer Diener begrüßt Euch voller Ehrfurcht.«

Die dunkle Wut, die von Umock ausgeht, vibriert. »Du siehst dich als meinen Diener?«

»Meine Treue gehört meinem Fürsten. Als Teil seines Volkes der Maëlle muss ich seinen Befehlen gehorchen. Doch Eurer Stärke unterwerfe ich mich. Noch niemals bin ich einem so mächtigen Wesen begegnet. Ich bin es nicht wert, in Euer Antlitz zu blicken.«

»Eine interessante Behauptung«, murmelt die tiefe Stimme und schickt mir einen Schauer über den Rücken. »Besonders, wenn man bedenkt, dass ich keine menschliche Gestalt annehmen kann, damit das überhaupt möglich wäre.«

Klingt er verärgert? Habe ich ihn mit meinen Worten beleidigt? Zögernd hebe ich den Kopf und blicke zum rätselhaften Nebelwesen. »Es tut mir leid. Ich wollte Euch damit nicht zu nahetreten. Es war nicht meine Absicht,

Euch an etwas zu erinnern, das außerhalb Eurer Entscheidungsmacht liegt.«

Die Energiestruktur vor mir verändert sich, wird für mich spürbar zu einer kompakteren Masse, die auf mich zurast und direkt vor mir anhält. »Du verstehst es, mich vor den Kopf zu stoßen.«

»Entschuldigt, ich … Als Abgesandter meines Herrn versage ich kläglich. Offensichtlich fehlt es mir an Übung, um Euch mit angemessener Unterwürfigkeit entgegenzutreten.«

»Dann frage ich mich, weshalb man ausgerechnet dich zu mir geschickt hat.« Umocks körperlose Gegenwart löst sich vom Boden und umkreist mich einmal.

»Unter den Männern meines Fürsten bin ich die einzige Person, die in der Lage ist, Euch zu rufen.«

»Das erklärt nicht, weshalb dein vornehmer Fürst nicht mitgekommen ist, um mit mir zu sprechen. Ich nehme an, dass er etwas von mir will. Jeder, der mich an diesem elenden Ort besucht, hat nur seinen eigenen Vorteil im Sinn. Warum bittet er mich nicht selbst darum? Wieso schickt er einen kleinen Jungen vor?«

Widerspruch regt sich in mir. Obwohl ich mich zurückhalten sollte, kann ich meinen Ärger nicht kontrollieren. Zu lange schon werde ich von allen behandelt, als wäre ich ein Nichts. Dieses Wesen aus dem Schattenreich misst mir vielleicht zurecht keinerlei Bedeutung zu. Mein junges Alter bedeutet allerdings nicht, dass ich so naiv bin, wie er denkt. Ich habe meine Kindheit schon vor vielen Jahren hinter mir gelassen.

Ich hebe den Kopf. »Im Vergleich zu Eurer Weisheit und Eurer langen Existenz muss ich wie ein Junge wirken. Seid

Euch jedoch versichert, dass ich durchaus in der Lage bin, für meinen Fürsten zu sprechen.«

Die Energiemasse vor mir verliert etwas von ihrer Intensität. Es wirkt wie ein Zögern, ein Augenblick der Irritation. Einen Moment lang befürchte ich, zu weit gegangen zu sein. Dann fühle ich die Magie wieder auf meiner Haut kribbeln.

»Du bist ein interessantes Wesen«, sagt die Stimme. Belustigung klingt darin mit. »Warum bist du hier?«

Nun gilt es, Umocks Gunst zu gewinnen. Wir benötigen ihn für unseren Kampf. Die diesbezüglichen Visionen meines Großvaters waren sehr deutlich. Doch wie soll ich ihm meine Bitte so verkaufen, dass er ihr zustimmt? Oremazz ist der Meinung, es würde ausreichen, vor dem König auf dem Boden zu rutschen. Unser Fürst denkt, mit Erpressung würde man Umock dazu zwingen können. Nach unserem kurzen Gespräch bin ich allerdings der Meinung, dass ich ihn genauso manipulieren muss, wie er es bei mir versucht. Seine Versuche, mich aus dem Konzept zu bringen, zeigen mir deutlich, dass er das alles nur als Spiel sieht. Doch zuerst will ich ihn mit Schmeicheleien von mir überzeugen.

»Ich danke Euch, dass Ihr vor mir erscheint. Mein Fürst weiß Euer Entgegenkommen zu schätzen. Ihm ist bewusst, dass Euer Einverständnis, sich mit mir als seinem Vertreter zu treffen, nicht selbstverständlich ist. Euer Ruhm reicht weit über die Grenzen dieses Kontinents hinaus.«

Der kühle Nebel dreht sich um mich in enger werdenden Kreisen. Ein Geräusch erklingt, das mich an ein Lachen erinnert, doch das ist unmöglich. Nebelseelen besitzen keinen Humor. Das hat mein Großvater mir eingebläut. Er hat mich auf das Zusammentreffen mit den Bewohnern der anderen Seite vorbereitet. Ich weiß alles über diese Wesen. Dennoch überrascht Umock mich. Mein Verstand spielt mir offensichtlich einen Streich, oder der König der Nebelseelen versucht mich auszutricksen.

»Du bist ein beeindruckender Lügner«, sagt Umock.

Angst durchzuckt mich. »Ich weiß nicht, was Ihr damit sagen wollt.«

»Dein Fürst hat nicht so schmeichelhafte Worte verwendet, als er über mich gesprochen hat. Also warum tust du es?«

»Das … Er hat nicht … Ich wollte … Woher wisst Ihr davon?«

Seine Gegenwart hält hinter meiner Schulter an. Die Stimme erklingt direkt an meinem Ohr. »Sobald jemand meinen Namen ausspricht, kann ich hören, was über mich gesagt wird. Niemand kann Lügen über mich verbreiten, ohne dass ich es erfahre. Schon bevor du hergekommen bist, wusste ich von deinem Begehr.«

Meine Kehle ist wie zugeschnürt. Ich denke an alles, was mein Großvater über Umock erzählt hat. Die Worte, die der Fürst benutzt hat, um den König der Nebelseelen zu beleidigen, kommen mir in den Sinn. Wie überaus peinlich.

»Wieso habt Ihr dann überhaupt auf meinen Ruf reagiert?«

»Ich war neugierig, auf welche Art du versuchen würdest, mich um Hilfe zu bitten. Die Ewigkeit ist langweilig. In diesem Sumpf – so sehr ich ihn auch liebe – wird der Verstand nicht gefordert. Ich sehne mich nach Abwechslung. Nachdem ich dich bei deinem Training beobachtet habe, war ich sicher, dass du sie mir bieten kannst.«

Umocks Präsenz windet sich wieder um mich herum. Ich kann mich des Eindrucks nicht erwehren, dass er immer näherkommt. Seine Worte haben eine geheime Bedeutung, die ich nicht entschlüsseln kann. Obwohl ich Angst vor ihm haben sollte, obwohl ich ihn nicht in meine Gedanken blicken und in seiner Nähe Vorsicht walten lassen sollte, will ich mehr von ihm erfahren. Die Macht, die er ausstrahlt, ist um so vieles größer als die Energiewellen meines Großvaters. Oremazz ist der mächtigste Zauberer, den ich jemals getroffen habe. Ich bin mir sicher gewesen, dass es niemand mit ihm würde aufnehmen können. Und jetzt muss ich feststellen, dass ich überhaupt nichts über die wahre Magie weiß.

Zuerst muss ich mich auf meine Aufgabe konzentrieren. Wenn es mir gelingt, Umock dazu zu überreden, uns zu helfen, werde ich zwangsläufig Zeit mit ihm verbringen müssen. Ich werde ihn studieren können. Ich werde herausfinden, was ihn besonders macht. Und ich werde von ihm lernen können.

»Mit Sicherheit habt Ihr es nicht notwendig, Euch einem Volk Menschen anzuschließen, das Ihr zuvor noch niemals getroffen habt. Ich verstehe, wenn Ihr Euch in Vorsicht übt und meinen Worten keinen Glauben schenkt. Dennoch muss ich um eine Gelegenheit bitten, Euch zu überzeugen, dass Eure Hilfe dringend vonnöten ist.«

Umock lacht leise. »Nun, daran hege ich keinen Zweifel. Ohne die Unterstützung meiner Armee werdet ihr kläglich scheitern.«

Überraschung macht sich in mir breit. »Hattet Ihr ebenfalls Visionen von der Zukunft? Seid Ihr bereit, der Bedrohung an der Seite unserer Armee entgegenzutreten?«

»Nein. Nein, ich halte das für eine schlechte Idee.«

»Das verstehe ich nicht. Gerade habt Ihr mir zugestimmt, dass wir allein gegen diesen übermächtigen Feind keine Chance haben.«

»Hinter diesen Worten stehe ich. Und weiter?«

Ich rapple mich hoch, als mir klar wird, dass Umock egal ist, wenn unser Volk untergeht. Diese Seelenlosigkeit sollte mich nicht überraschen. Dennoch will ich die Wahrheit nicht akzeptieren. Versteht er denn nicht, dass die Gefahr auch nicht vor seiner Heimat haltmachen wird?

Die Energie, die Umock ausmacht, hält vor mir an. Ich meine, den Atem vom König der Nebelseelen auf meinem Gesicht zu spüren. Angst vor diesem mächtigen Wesen, das mich vernichten könnte, lähmt mich. Doch ich darf nicht aufgeben. Zu viel hängt davon ab.

»Ihr habt erwähnt, dass Euch Eure Heimat sehr viel bedeutet. Wenn die Visionen unseres Großen Zaubermeisters der Wahrheit entsprechen – und es gibt keinen Grund, warum sie das nicht sollten – werdet Ihr alles verlieren.«

Ein heiseres Lachen erklingt. »Ich besitze nichts. Ich bin lediglich ein Geist.«

Das könnte man glauben, wenn man noch naiver wäre als ich. »Ihr seid mächtiger, als die meisten Menschen auch nur ahnen können. Nur wenige Zauberer sind in der Lage, Magie so perfekt zu beherrschen wie Ihr. Noch dazu steht Euch ein ganzes Heer zur Verfügung. Dieser Sumpf ist Euer Zuhause. Hier ist Eure Macht am stärksten. Bestimmt wollt Ihr nicht darauf verzichten.«

»Sehr schmeichelhafte Worte, deren Wert ich allerdings anzweifle. Hattest du selbst eine Vision von der drohenden Gefahr?«

»Nein.« Der schnelle Themenwechsel lässt mich dieses Geständnis machen. Dass ich Umock nicht belügen sollte, gehört allerdings ohnehin zu den wenigen Dingen, derer ich mir sicher bin. »Der Große Zaubermeister unseres Volkes wurde von den Vorahnungen heimgesucht. Er ist damit allerdings nicht allein. Im ganzen Land haben Zauberer ihre Stimmen erhoben, um die Menschheit vor dem kommenden Unheil zu warnen. Überall machen sich Soldaten bereit, gegen den neuen, mächtigen Feind anzukämpfen. Unser Fürst hat sich mit den Führern anderer Völker zusammengetan. Seit wir von der Gefahr wissen, sind Verhandlungen geführt worden, damit wir gemeinsam gegen unsere Gegner ankämpfen können.«

»Und wenn ich dir nicht glaube? Wenn ich das alles für ausgemachten Schwachsinn halte?«

Panik erfasst mich. Wie kann er daran zweifeln? »Ihr habt uns doch belauscht. Ihr kennt unsere Überlegungen, unsere Ängste. Ihr habt den gleichen Wissensstand wie wir. Diese Bedrohung ist echt. Nicht nur Oremazz hat Visionen empfangen. Alle Welt weiß davon!«

»Das bedeutet nicht, dass dieser Schwachsinn der Wahrheit entspricht. Möglicherweise versucht man euch alle nur von etwas abzulenken, was in eurer Heimat passiert, während ihr hier draußen in der Wildnis herumstreift.«

Ein beunruhigender Gedanke, den ich weit von mir schiebe. »Es wäre zu einfach, die Augen vor der Wahrheit zu verschließen. Die Verlockung, die Visionen meines Großvaters für unecht zu halten …« Zu spät unterbreche ich mich.

Der Wirbel um mich herum wird unangenehm kalt. »Interessant.«

Ich habe nicht verraten wollen, dass ein Teil von mir nicht an Oremazz' Eingebung glauben will. Es geht Umock nichts an. Natürlich wird er versuchen, das auf irgendeine Art und Weise gegen mich zu verwenden. Innerlich mache ich mich auf das Schlimmste gefasst.

»Du bist also der Enkel des Großen Zaubermeisters.«

»Genau. Seine Vorhersagen darf man nicht einfach abtun. Wäre er allein mit dieser Vision, könnte man in Betracht ziehen, dass es sich um eine Fantasie handelt, die niemals Realität wird. Ich verstehe, dass manch einer zweifelt. Dennoch …«

»Der Enkel des Großen Zaubermeisters«, unterbricht Umock mich, immer noch auf dieses eigentlich unwichtige Detail fixiert. »Hast du seine Fähigkeiten geerbt?«

Hitze kriecht von meinem Hals hoch. Ich weiß nicht, was ich darauf antworten soll. Umock hat doch unsere Gespräche mitangehört. Er kennt das Geheimnis, das mein Großvater und ich hüten. Möglicherweise hat das Verhalten von Oremazz nicht dem eines liebenden Verwandten entsprochen, weshalb Umock unser Familienverhältnis verborgen geblieben ist. Dass ich nicht sonderlich talentiert bin, hat er allerdings mit Sicherheit mitangehört.

Das Schweigen dehnt sich aus. Die Schwingungen, die Umock ausstrahlt, verändern sich. Neugierde scheint seine Stimmung zu ändern. Er durchleuchtet mich, als wolle er herausfinden, was in mir vorgeht. Riecht er die Scham, die ich empfinde und deren Bitterkeit ich ausdünsten muss?

»Du bist ein Betrüger. Mach dir nichts draus. Jeder von uns verbirgt einen Großteil seiner Seele vor dem Rest der Welt. Niemand kann dir vorwerfen, wenn dir die Magie die Fähigkeiten deiner Familie verwehrt hat.«

»Ich werde ein großer Zauberer werden«, korrigiere ich ihn. »Im Augenblick mögen mir nicht die gleichen Dinge gelingen wie meinem Großvater. Doch ich werde in seine Fußstapfen treten. Die Magie ist stark in mir, auch wenn sie noch nicht an das heranreicht, wozu der Rest meiner Familie in der Lage war.«

Umock lacht nur.

Wut wallt in mir hoch. Mir ist bewusst, dass er mich provozieren will. Auf dieses Spiel werde ich mich nicht einlassen. Ich weiß, wozu ich fähig bin. Noch mag mir nicht jeder Zauber gelingen. Doch irgendwann werde ich über mich selbst hinauswachsen. Elevander ist sich dessen sicher. Und so sehr ich auch an mir selbst zweifle, er hat sich noch niemals geirrt.

»Es spielt keine Rolle, was Ihr von mir denkt. Wichtig ist lediglich, dass wir zu einer Einigung kommen. Helft uns, dann werde ich meinen Fürsten darum bitten, Euch Eure Freiheit zu schenken.« Dieser Vorschlag ist gewagt. Ich weiß nicht, ob der Fürst es nicht rundweg ablehnen wird. Allerdings habe ich den Eindruck, nicht anders zu Umock durchdringen zu können.

»Diese selbstherrliche, selbstüberschätzende Imitation eines großen Anführers wird niemals darauf eingehen. Ich bezweifle sogar, dass er mächtig genug ist, um die Entscheidung darüber zu treffen. Also warum beleidigst du meine Intelligenz?«

Wieder habe ich einen Fehler begangen. »Es tut mir leid. Ich wollte Euch damit nur darauf aufmerksam machen, wie wichtig Eure Hilfe ist.«

Enttäuschung geht in Wellen von ihm aus. Seine Stimme klingt kühl, als er nach ein paar Sekunden des Schweigens das Wort ergreift. »Nun, ich habe es verstanden. Wie viel wäre dir meine Unterstützung wert?«

»Was meint Ihr?« Meine Nackenhaare stellen sich auf.

»Was wärst du bereit zu tun, damit ich mich dieser sinnlosen Mission anschließe?«

»Ich … ich weiß nicht, worauf Ihr hinauswollt.«

Umock umkreist mich langsamer. »Würdest du mir deine Seele versprechen?«

Ein eisiger Schauer, der nicht von dem mächtigen Wesen ausgeht, jagt meinen Rücken hinunter. »Meine Seele?«

Er sagt kein Wort, was Antwort genug ist.

»Warum verlangt Ihr ausgerechnet meine Seele?« Ich will die Ewigkeit nicht der Dunkelheit widmen. Ich widme mein Leben dem Licht, versuche immer nur Gutes zu tun. Weshalb sollte ich mich auf diese Verrücktheit einlassen, deren Ende nicht absehbar ist?

»Deine ist genauso gut wie jede andere. Dein Großvater mag es nicht erkennen, aber ich sehe die Magie in dir. Du besitzt Potenzial. Dich auf meiner Seite zu haben, wird für mich von Vorteil sein.«

»Wir verhandeln nicht über meine Seele.« Vehement schüttle ich den Kopf. »Stellt eine andere Forderung!«

»Und wenn es das Einzige ist, was ich begehre?« Umock klingt lauernd, während er vor mir anhält. Will er meine Überzeugungen prüfen?

Es gibt vieles, an dem ich zweifle. Meine Fähigkeiten und meine Eignung für diese Mission stelle ich am meisten infrage. Doch ich weiß, dass ich diese Vereinbarung nicht mit ihm treffen werde. »Mit Sicherheit gibt es andere Dinge, die Ihr gerne verlangen würdet.«

»Nun, dem will ich nicht widersprechen. Auf meiner Liste mit Dingen, die ich gerne tun würde, stehen viele Punkte. Diese wären allerdings nur möglich, wenn ich einen menschlichen Körper hätte. Ich würde mich betrinken, alles essen, was ich früher gemocht habe. Ich würde mit all meinen Sinnen, die ich jetzt nicht mehr besitze, genießen. Wäre ich in der Lage, dich zu berühren, würde ich zum Beispiel nicht zögern.«

In seiner Stimme schwingt etwas mit, das ich nicht zuordnen kann. Ich verstehe nicht, worauf er hinauswill. Möchte er mich von hier vertreiben? Deutet er damit an, dass er uns nicht helfen kann, weil er keine Hände besitzt, dass er keine Waffe führen kann, weil er sie nicht mit menschlichen Fingern umfassen kann?

Diese Angst kann ich ihm nehmen. Uns verlangt nach seiner Macht, nach dem Hauch der Dunkelheit, den er und seine Soldaten ausstoßen und der jeden Menschen in die Knie zwingt. Er muss für unsere Feinde nicht sichtbar sein, um sie vernichten oder zumindest außer Gefecht setzen zu können. Warum ist ihm das nicht bewusst?

»Ihr seid in der Lage, ganz ohne menschlichen Körper Unheil zu verbreiten. Wenn unser Fürst Euch erst einmal von dem Zauber befreien lässt, der Eure Magie in Schach hält, könnt Ihr wieder über Euren Hauch der Dunkelheit bestimmen.«

»Das war nicht, was mir durch den Kopf gegangen ist.«

Dieses Gespräch ist zu verwirrend. Ich will nicht rätseln, was in ihm vorgeht. Wenn er keine deutlichen Worte benutzt, werde ich ihn nicht darum bitten. Es ist nur seine Art, um mich in meine Schranken zu verweisen, um klarzustellen, dass er die Kontrolle über die Situation hat. Soll er daran ersticken.

»Die Gefahr verschwindet nicht von allein«, setze ich neuerlich an. »Davor könnt Ihr Eure Augen … Ich meine, Ihr könnt Euch davon nicht abwenden. Die Bedrohung hat auch Auswirkungen auf Eure Macht.«

»Nein, sie schenkt mir nur weitere Seelen für meine Armee«, erinnert er mich.

Ist er tatsächlich so kaltherzig? Ist er das Monster, für das mein Großvater und die ganze Welt ihn halten? Warum kann dann ich in ihm etwas anderes erkennen? Weshalb fühlt es sich für mich an, als würde er etwas empfinden können? Habe ich nicht vorhin aus seinen Worten gehört, dass er sich doch nach etwas sehnt? Will er mich glauben machen, keine großen Wünsche mehr zu hegen, damit ich ihm gegenüber Nachsicht walten lasse?

»Natürlich würde Eure Macht anwachsen, wenn die Menschen dieses Kontinents ihr Leben verlieren«, gebe ich zu. »Mit jedem weiteren Toten steigt die Möglichkeit, dass Eure Armee anwächst. Dieser Krieg wird die Menschen verändern. Das Böse wird ihnen nicht mehr fremd sein. Es wäre nur noch ein kleiner Schritt notwendig, um sich Euch anzuschließen.«

»Deine Verhandlungsfähigkeiten lassen zu wünschen übrig«, höhnt er. »Wenn du mir zustimmst, hast du nichts in der Hand, um mich davon überzeugen, euch doch noch zu helfen.«

»Diesbezüglich irrt Ihr Euch. Ich möchte Euch nämlich auf einen Fehler in Eurer Vision der Zukunft aufmerksam machen. Auch wenn Unschuldige abgeschlachtet werden und Soldaten durch das Grauen, das sie mitansehen mussten, entscheiden, sich auf Eure Seite zu stellen, wird gleichzeitig die Menschheit ausgerottet. Das Böse, das in unser Land einfällt, wird nicht aufgeben, bis sie das letzte Gute, die letzte Menschlichkeit, das letzte Leben ausgelöscht hat. Eure Freiheit würde wieder Euch gehören. Ihr wärt vielleicht immer noch König. Eure Armee wäre groß wie nie. Ihr hättet keine Konkurrenz zu fürchten. Aber Ihr hättet auch keine Untertanen, über die Ihr herrschen könnt. All die Magie, der Zauber, die Energie, die Ihr dann allein innehättet … Ihr könntet sie nicht genießen, weil Ihr Euch mit niemandem messen könnt. Eure Macht wäre nichts wert, weil Ihr sie niemanden spüren lassen könntet.«

Von einer Sekunde auf die nächste zieht Umock einen engen Kreis um mich. Er wird so dunkel, dass ich den besonderen Nebel erkennen kann, aus dem er gemacht ist. Ich meine, seinen Schädel auf mich zukommen zu sehen. Er besteht nicht aus Knochen oder Haut. Es ist nur eine Andeutung von etwas Menschlichem. Das Gebilde kommt so nahe, dass es mich beinahe berührt.

»Keine Untertanen?«, wiederholt er mit donnernder Stimme. Anscheinend lässt ihn diese Vorstellung nicht kalt.

»Diese unbekannte Gefahr will unsere Welt zerstören. Sie wird nicht aufgeben, bis sie uns alle vernichtet hat. Das ist aus den Visionen meines Großvaters deutlich hervorgegangen. Es mag dauern, bis unser Feind damit Erfolg hat. Möglicherweise gelingt es nach dem Verlust in der entscheidenden Schlacht einigen Menschen, sich vor der Bedrohung zu verstecken. Ein Teil der Tierwelt kann sich vielleicht retten. Irgendwann werden auch sie verschwinden. Unter Umständen könnt Ihr ein paar Wochen, Monate, Jahre über diese dann gebrandschatzte, unbewohnbar gemachte Erde herrschen. Es wird niemanden geben, den Ihr befehligen könnt. Mit etwas Glück könnt Ihr weiterhin als Geist durch die Lande ziehen. Doch dann wird die Gefahr einen Weg finden, auch Euch zu beherrschen und Eure Männer in alle Winde zu zerstreuen. Eure Soldaten werden sich in Nichts auflösen wie der Nebel, der sie sind. Ihr werdet nicht verhindern können, dass Ihr sie verliert. Ihr werdet einsam sein, bis auch Eure Macht abrupt erlischt wie eine Flamme im wütenden Sturm.«

»Wie kannst du es wagen, solche Unverschämtheiten anzudeuten? Wie kannst du mir solche abenteuerlichen Bilder der Zukunft malen?«

Es fällt mir schwer, nicht vor ihm zurückzuweichen. Seine Präsenz ist jetzt von solcher Intensität, dass ich mich noch kleiner und unwichtiger fühle, als ich es bin. Er rückt weiter auf. Obwohl er nur aus Nebel besteht, der mir nichts anhaben kann, spüre ich die eisige Umarmung. Ein eisiger Knoten entsteht in meiner Brust, die eng wird. Irgendetwas stellt er mit mir an. Irgendwie ist es ihm gelungen, einen Funken seiner Magie in meinen Brustkorb zu verpflanzen. Jetzt dehnt er sich in mir aus, nimmt mir die Luft zu atmen, während er gleichzeitig meinen Körper im Klammergriff hält. Er versucht mich zu zerquetschen! Er wird mich töten!

Hungrig ringe ich um Luft. Mit weit aufgerissenen Augen versuche ich, ihn um Gnade zu bitten, doch kein Wort verlässt meine Lippen. Ich habe keinen Atem mehr übrig, der Verständliches formulieren könnte. Lediglich in meinen Blick kann ich all mein Flehen legen.

Ganz plötzlich endet die tödliche Umarmung. Der Druck auf meine Brust lässt nach. Der Knoten, den Magie darin gebildet zu haben scheint, verschwindet von einer Sekunde auf die nächste. Umock umkreist mich wieder in knapper Entfernung. Lediglich meine schwer arbeitenden Lungen machen klar, dass ich diese beängstigende Erfahrung nicht geträumt habe.

Hat es sich um eine schockierend realistische Vorstellung gehandelt, die der König der Nebelseelen mir eingegeben hat? Wenn ja, was hat ihn zum Aufhören bewegt?

»Schwöre mir, dass du diese Bilder der Zukunftsvision tatsächlich gesehen hast«, fordert er.

»Das meiste davon. Ich weiß nicht, ob tatsächlich alles Leben ausradiert wird. Viel bleibt davon keinesfalls übrig. Unserem Feind verlangt es nach der vollständigen Vernichtung der Menschheit.«

Er knurrt. »Aber meine Macht wird untergehen, wenn die fremde Bedrohung über das Land hereinfällt und ihr sie nicht stoppen könnt.«

Ich nicke. Mein Großvater hat mir die Version des schrecklichsten Ausganges gezeigt. Da war nichts als Dunkelheit und Stille.

»Und du bist nicht bereit, mir schon jetzt deine kleine, interessante Seele zu versprechen?«, fragt Umock.

»Nein.« Wenn er darauf besteht, wenn er das von mir verlangt, damit er sich bereit erklärt, uns zu retten, werde ich es in Betracht ziehen müssen. Ich kann nicht mit einem Misserfolg aus dieser Verhandlung zurück zu meinem Fürsten kehren. Sollte sich Umock von meiner Beschreibung der Zukunft nicht dazu bewegen lassen, mit uns in den Kampf zu ziehen, werde ich selbstverständlich meine Seele gegen die Leben der Menschen eintauschen. Möglicherweise sollte ich nicht zögern, und einfach …

»In Ordnung, Enkel des Großen Zaubermeisters. Dann werden wir dieser geheimnisvollen Macht gemeinsam kräftig in den Arsch treten.«

Mir stockt der Atem. »Gemeinsam?«

»Sag deinem nervigen Anführer, dass ich euch unterstützen werde. Aber nur, wenn ich nach dem Kampf meine Freiheit zurückerhalte.«

»Ich weiß nicht, ob er …«

»Er wird. So wie du früher oder später zustimmen wirst, dich nach deinem Tod meiner Armee anzuschließen.«

Hitze kriecht über mein Gesicht, weil ich beinahe mein Einverständnis erklärt hätte. Mehr als ein Herzschlag hat nicht gefehlt, und ich hätte ihm gegeben, was er verlangt.

Noch einmal umkreist er mich schneller. »Es wird der Moment kommen, in dem ich dir noch einmal diesen Vorschlag unterbreite«, erklärt er mit lockender Stimme. »Ich freue mich darauf. Einen Zauberer hatte ich noch nie. Meiner Armee gehört jetzt schon eine beeindruckende Anzahl von Seelen an. Wenn ich meine Magie erst wieder einsetzen kann, wird die Liste der Anwärter schnell anwachsen. Auch du wirst dich meinem Zauber nicht entziehen können.«

»Ihr wollt mich mit einem Zauber belegen?«

»Ein mit Magie unterlegter Spruch ist nicht notwendig, um dich dazu zu verführen, dich mir anzuschließen. Du wirst schon sehen. Und jetzt kehre zu deinem Fürsten zurück. Unterbreite ihm mein Angebot. Ich bin mir sicher, er hat ein paar Forderungen, die er aufsetzen will.« Er geht auf Abstand.

Verwirrt stolpere ich zurück. »Natürlich. Ganz wie Ihr wollt.«

Ein leises, heiseres Lachen ertönt. »Die Sonne geht bald auf. Ich werde mich weiter in die Dunkelheit zurückziehen, um mich ungestört meiner Fantasie meiner neuen Zukunft hinzugeben. Das gibt dir die Gelegenheit, deinem Herrn die Hand zu küssen und ihn dazu zu bringen, meinen Wunsch zu erfüllen. Ich hoffe, wir treffen uns dann morgen wieder, damit wir die näheren Details besprechen können. Zum Glück kann dein Fürst nicht direkt mit mir verhandeln. Wir werden also viel Zeit miteinander verbringen. Damit du dich bei mir wohlfühlst, werde ich dir einen würdigen Wiedersehensempfang bereiten.«

Das Kribbeln in meinem Nacken ist wieder da. Die Art, wie Umock mit mir spricht, irritiert mich. Es klingt beinahe, als würde er mich umschmeicheln. Vermutlich handelt es sich um einen Trick, um mich in Sicherheit zu wiegen. Es beunruhigt mich, dass meine Seele darauf reagiert. Ein Anflug von Angst flattert in meinem Magen, weil mir die Vorstellung gefällt, dass er sich wirklich darauf freut, mich wiederzusehen.

Wie armselig! Meine Familie besteht aus meinem Großvater, der mich verachtet. Die Menschen, die versucht haben, mir ein Zuhause zu geben, habe ich immer auf Abstand gehalten. Selbst Elevander habe ich erst jetzt mitgeteilt, wie wichtig er mir ist. Er war immer für mich da, trotzdem konnte ich ihm nicht vor dem Moment, in dem unsere Welt bedroht wird, sagen, dass ich in ihm einen Bruder sehe. Ich habe keine Freunde, niemanden, dem ich wichtig bin. Daran kann ich nicht meinen Mitmenschen Schuld geben. Ich habe selbst dafür gesorgt, dass mir niemand nahekommt. Der Verlust meiner Eltern in meiner frühen Jugend hat mich geprägt. Oremazz hat mir nicht beigebracht, dass ich diese Wärme auch bei jemand anderem suchen könnte.

In diesem Moment, hier in diesem gefährlichen Sumpf, kurz vor der Schlacht, die über das Bestehen der Menschheit entscheidet, fühle ich das Bedürfnis, für jemanden von Bedeutung zu sein. Dieser Wunsch hat immer schon in mir geschlummert. Ich habe ihn nur in die dunkelste Ecke meines Herzens gedrängt, bis ich befürchten musste, dass mir die Zeit davonläuft. Umock hat mein Geheimnis scheinbar entdeckt. Ich weiß nicht, wie es ihm gelungen ist, mich zu durchschauen. Ganz offensichtlich hat er jedoch vor, mit meiner Sehnsucht zu spielen, damit ich sein begeistertes Werkzeug bin.

»Wir sehen uns morgen«, verspreche ich.

»Bring besser gute Nachrichten. Ich hasse es, wenn man meine Zeit verschwendet.«

Ich nicke, obwohl ich weiß, dass ich den Ausgang meines Gesprächs mit unserem Fürsten nicht beeinflussen kann. Mir obliegt die Verantwortung, Umocks Forderung harmlos klingen zu lassen. Ich muss darauf achten, dass der Fürst den Gedanken nicht für zu gefährlich hält, ein machtvolles Wesen wie den König der Seelenlosen ohne Absicherung auf die Menschheit loszulassen.

Worte drängen über meine Lippen, die mich in Schwierigkeiten bringen könnten. »Wenn Ihr lediglich die Gelegenheit nutzen wollt, unschuldige Menschen zu verletzen, muss ich Euch warnen. Das werden wir nicht zulassen.«

Umock lacht auf. »Wir? Sprichst du von deinem Fürsten? Was kann er mir denn antun?«

»Den Fluch, der Euch in die Sümpfe verbannt hat, wieder in Kraft setzen, sobald Ihr einen Fehler begeht.« Es soll sich um keine Provokation von meiner Seite handeln. Ich will ihm nur verdeutlichen, dass er etwas zu verlieren hat, wenn er böse Dinge im Schilde führen sollte.

»Dazu fehlt deinem Fürsten die passende Magie«, erinnert mich der König der Seelenlosen.

»Das stimmt. Aber ich besitze sie.«

Ein trockenes Lachen ist die Antwort. »Du? Hast du nicht selbst zugegeben, keinerlei Fähigkeiten als Zauberer zu besitzen?«

Ich habe seine diesbezügliche Frage nicht beantwortet. Die Tatsache, dass meine Zauberkräfte nicht an die meines Großvaters heranreichen, haben mich erröten lassen. Die Schlussfolgerungen, die Umock daraus gezogen hat, sind falsch. Um ihm das zu beweisen, murmle ich einen Spruch, an den ich mich von meiner Lektüre in Oremazz' Zauberbüchern erinnern kann.

Ein Ruck geht durch den König der Seelenlosen. Das Nebelwesen vibriert, bevor es in tausend Teile zerspringt.

Die Feuchtigkeit der Luft nimmt von einer Sekunde zur nächsten zu. Als hätte Umock die Nässe zuvor gebündelt, schlägt sie mir jetzt wie eine Faust ins Gesicht. Die Lichtverhältnisse sind nicht mehr die gleichen. Ich habe den Eindruck, dass es rund um mich heller wird. Ganz plötzlich verändern sich auch meine anderen Sinneswahrnehmungen. Habe ich in den letzten Minuten den Gestank der Sümpfe nicht in der Nase gehabt, frisst sie sich jetzt nahezu in mein Gehirn. Die beklemmende Kälte, die gerade noch geherrscht hat, hat ihren Stachel verloren. Auf meiner Zunge liegt ein pelziger Geschmack. Die Geräusche, die von Umock verschluckt worden sein müssen, kehren mit einem Schlag zurück. Ich höre den Flügelschlag einer Flugechse. Ihr leises Tschilpen vermischt sich mit dem gedämpften Knacken von Ästen.

Eigentlich sollte ich jetzt leichter atmen können. Die massive Wirkung meines Zaubers überrascht mich selbst. Sie erfüllt mich allerdings auch mit Beklemmung. Habe ich Umock damit gegen mich aufgebracht?

Ich stehe still und warte auf das, was als Nächstes passiert. Vor der verständlichen Wut des Königs werde ich nicht davonlaufen. Soll er nur versuchen, mir Angst zu machen. Ich werde nicht noch einmal vor jemandem buckeln, der mich nur für seine Zwecke benutzen will. Mein Auftrag ist klar. Ich muss Umock dazu bewegen, uns zu helfen. So viel hängt davon ab. Doch das bedeutet nicht, dass ich eine Herausforderung nicht annehmen kann.

»Ganz offensichtlich habe ich dich unterschätzt«, verkündet eine Stimme. Seine Stimme. Er ist noch einmal zurückgekehrt. Zu sehen ist von ihm allerdings nichts.

»Im Vergleich zum Großen Zaubermeister fehlt es mir an Geschick. Ganz ohne Fähigkeiten bin ich allerdings nicht auf die Welt gekommen. Die Magie hat immer schon einen großen Reiz auf mich ausgeübt. Im Heimlichen habe ich schon in meiner Jugend Zauber angewendet. Habe ich meine Zeit der Ausbildung auch dafür nutzen müssen, mich auf meine Funktion als Sprachrohr vorzubereiten, kenne ich doch ein paar Taschenspielertricks.«

»Es war mehr als das nötig, um mein Energiefeld zu zerstören.« Der Nebel wird wieder dichter. Auf dem Boden vor mir sammelt er sich, wie magisch angezogen von einer Kraft, die ich nicht erkennen kann. Langsam formt der Nebel sich zu einem nichtmenschlichen Wesen.

Ich versuche, dem Lob nicht zu viel Bedeutung zuzumessen. Es darf mir nichts bedeuten, denn das würde mich angreifbar machen.

Wie zuvor ragt der aus Nebel und Magie geborene König vor mir auf. Noch einmal nimmt seine Präsenz mich gefangen. Es gelingt ihm allerdings nicht, erneut die Geräusche, die Gerüche und mein Fühlen zu beeinflussen. Jetzt bin ich zu stark.

»Leb wohl, faszinierendes Menschlein«, murmelt er. »Gib acht, wo deine Füße den Boden berühren. Mir scheint, dir ist nicht klar, wohin deine Reise dich führen wird.« Er deutet eine Verbeugung an.

Sofort sinke ich auf mein Knie und senke den Kopf. Zum Abschied verneige ich mich noch einmal vor seiner Macht. Der Gruß, der einem König gebührt. Im Augenblick mag er ein in einem Käfig gesperrtes Raubtier sein. Sobald er seine Freiheit wiedererlangt, wird seine Magie beeindruckend sein. Mein Herz hüpft bei der Vorstellung, dass ich ihn demnächst bei der Anwendung all seiner Fähigkeiten beobachten darf.

Sofort schäme ich mich für dieses freudige Gefühl. Während ich mich hochrapple, tadle ich mich selbst. Wir ziehen in einen Krieg, dessen Ausgang so viele Menschen beeinflusst. Ich darf nicht von dem Gedanken fasziniert sein, an der Seite dieses machtvollen Wesens kämpfen zu dürfen. Besorgnis darf mich erfüllen. Angst oder Kampfgeist, aber doch niemals Freude.

»Danke, dass Ihr mir diese Audienz gewährt habt, edler König.« Ich greife nach der Lampe, die mir zu Beginn unseres Zusammentreffens aus der Hand gefallen ist, und die nun bei den geänderten Lichtverhältnissen für mich erkennbar ist.

»Es war mir ein Vergnügen. Überlege dir auf dem Rückweg, welche Version dieser Unterhaltung du deinem Fürsten auftischen willst. Vergiss nicht, dass ich all deine Worte hören kann, sobald du meinen Namen aussprichst. Ich werde erfahren, was du deinem Fürsten erzählst. Solltest du Lügen verbreiten, werde ich dich dafür zur Rechenschaft ziehen. Sollte dein Fürst meine Forderung ablehnen, du mir aber morgen etwas anderes berichten, wirst du deines Lebens niemals wieder froh.«

»All diese Dinge sind mir bewusst«, erkläre ich. »Niemals würde ich bewusst jemanden belügen.«

Und trotzdem tue ich es nun schon seit zwei Jahren.

Hastig räuspere ich mich. »Ich werde Euch nicht hintergehen.« Dann spreche ich den Zauber, der den Stein in meiner Lampe wieder zum Glühen bringt. Die neue Helligkeit verändert das Aussehen des Nebelwesens vor mir. Nun, da die Dunkelheit die Wahrheit nicht mehr verbergen kann, wird Umock zu einer Nebelschwade, durch die ich hindurchblicken kann. All die Macht, all die Energie ermöglicht es ihm nicht, eine feste Form anzunehmen. Beinahe empfinde ich so etwas wie Mitleid.

Eine Welle intensiver Magie löst sich vom König der Nebelseelen. Ganz plötzlich bewegt sich der Nebel, der mich umgibt. Als ich einen Blick über meine Schulter werfe, entdecke ich, dass der Nebel sich zurückzieht und mir die Sicht auf den Weg ermöglicht, der mich aus dem Sumpf führen wird.

Wie schmal der Pfad ist! Links und rechts entlang der Ader, die sich durch den sumpfigen Morast zieht, lauert der

Tod. Ich bin nur einen Schritt davon entfernt gewesen. Es erstaunt mich, dass es mir gelungen ist, dem Weg so weit zu folgen. Das habe ich mit Sicherheit nicht ohne Hilfe geschafft.

»Danke, dass Ihr mir die Heimkehr erleichtert«, sage ich zu Umock, während ich die matschigen Pfützen betrachte, aus denen Luftblasen aufsteigen. »Danke auch dafür, dass Ihr mich davor bewahrt habt, vom Pfad abzukommen.«

»Ich war neugierig auf deine Ausreden. Jetzt bin ich froh, dass ich die Gelegenheit hatte, dich kennenzulernen.«

Als ich mich umwende, ist Umocks Nebelbild verschwunden. Ich warte nicht, ob er sich mir noch einmal zeigt, sondern beginne meinen Rückweg zum Lager der Soldaten.

5. Kapitel

»Wie kann er es wagen, solch unverschämte Forderungen zu stellen?«, empört sich der Fürst mit dröhnender Stimme. »Wie kann er diese Situation für sich nutzen wollen, wenn wir alle Fäden in der Hand haben?«

Besorgt sehe ich um mich, als könnte Umock uns belauschen. Wobei ich dafür gesorgt habe, dass genau das nicht passieren kann. Als ich im Lager angelangt bin, war die Sonne bereits über die Wipfel der Bäume gestiegen. Ich habe einen Zauber ausgesprochen, der es Mächten von außen unmöglich macht, das zu hören, was auf dieser Lichtung gesagt wird. Natürlich kann ich nicht sicher sein, dass diese Vorsichtsmaßnahme auch tatsächlich funktioniert. Was weiß ich schon über die Fähigkeiten und die Abwehrmöglichkeiten von Geistern? Deshalb habe ich geschwiegen, solange es möglich war.

Janifik hat auf dem Pfad auf mich gewartet, der den Hügel hinaufführt und bei dessen Windung wir uns in den Wald schlagen mussten. Die Neugierde war ihm ins Gesicht geschrieben, doch ich habe lediglich den Kopf geschüttelt und mich von ihm zum Fürst begleiten lassen.

Auf dem Weg durch das Lager bin ich an Elevander vorbeigekommen. Auch ihm war deutlich anzusehen, dass er mir gerne Fragen gestellt hätte. Die anderen Soldaten haben mich misstrauisch beäugt. Aus Angst, dass sie »Umock« flüstern könnten, habe ich das Wort ergriffen.

»Niemand spricht am heutigen Tag den Namen des Wesens aus, das uns allen im Kopf herumschwirrt!«, rief ich. »Diesen Befehl wird unser Fürst später noch wiederholen, damit ihr versteht, wie wichtig er ist.«

Von allen Seiten war mir Verwunderung entgegengeschlagen. Ich kann nur hoffen, dass sie sich immer noch an meine Vorgabe halten. Sobald ich verstummt bin, war das Misstrauen zu spüren. Nein, man hat in diesem Lager keine hohe Meinung von mir.

Im Zelt des Fürsten habe ich mich zuerst verbeugt. Nicht nur die Ehrfurcht, sondern auch die Müdigkeit haben mich auf die Knie gezwungen. Noch bevor der Fürst das Wort an mich richten konnte, habe ich ihn gebeten, das Wort *Umock* nicht in den Mund zu nehmen. Ich habe ihn darauf hingewiesen, dass der König der Nebelseelen uns andernfalls belauschen könnte. Danach musste ich die Forderungen erwähnen, die Umock als Gegenleistung für seine Hilfe gestellt hat. Mir war klar, dass der Fürst diese Information nicht gut aufnehmen würde. Doch mit diesem Wutausbruch habe ich nicht gerechnet.

»Bitte, beruhigt Euch«, bitte ich mit klopfendem Herzen.

Die Augen unseres Fürsten sprühen Funken. »Ihr hättet ihm sofort sagen sollen, dass wir nicht darauf eingehen werden. Wir werden uns nicht von einem Monster unter Druck setzen lassen. U… Dieses Wesen wieder ohne die Fesseln des Fluchs? Er würde unser Land heimsuchen, uns bedrohen, uns mit seinen Soldaten geißeln. Niemals wieder wird er uns mit seinen Soldaten in Angst und Schrecken versetzen. Niemals wieder geben wir ihm so viel Macht.«

Niemals wieder. Wenn das sein letztes Wort ist, werden die Verhandlungen scheitern. »Ich verstehe, weshalb Euch der Gedanke abwegig erscheint …«

»Er ist verrückt. Absolut unmöglich. Ihr hättet das rundheraus ablehnen müssen.«

»Dazu hatte ich nicht das Recht«, erinnere ich ihn.

Der Fürst verzieht das Gesicht zu einer Grimasse der Wut. »Er weiß genau, dass er seinen Willen nicht bekommt. Wieso lässt er dich diesen Schwachsinn überhaupt übermitteln?«

»Er hat jetzt schon viele Jahrzehnte in diesem Sumpf verbracht. Auch wenn er sich dort eine zweite Heimat geschaffen hat, ist sein Drang nach Freiheit nachzuvollziehen.«

»Ihr verteidigt seinen schockierenden Wunsch?« Ungläubigkeit verändert das Muster der Runzeln auf des Fürsten Stirn.

»Ich versuche nur zu verstehen, weshalb er so sehnsüchtig darauf besteht. Während seiner Schreckensherrschaft, mit der er unseren Kontinent überzogen hat, sind in seinem Namen grausame Dinge geschehen. Er hat viele Menschen ins Unglück gestürzt, viele Familien für immer verändert. Dafür musste er bestraft werden. Sollte allerdings nicht irgendwann der Zeitpunkt gekommen sein, an dem er seine Strafe zur Gänze abgebüßt hat?«

Unser Fürst gibt einen missbilligenden Laut von sich. »Abgebüßt? Wollt Ihr all seine Verbrechen auflisten, ihnen eine Zeitspanne zuordnen und dann berechnen, wie lange Um…«

Warnend hebe ich eine Augenbraue.

»… wie lange dieser unverschämte Geist in den Sümpfen leben müsste, um seine Schuld abgeleistet zu haben? Denkt Ihr, dass diese zweihundertneunundsiebzig Jahre ausreichen, um die Menschen zu trösten, die durch ihn gelitten haben? Was ist mit den Männern und Frauen, die seinetwegen ihr Leben verloren haben? Soll er auch für diese jeweils ein Jahr in den Sümpfen festsitzen? Oder sollen wir ihm lieber gesammelt fünf Jahre aufrechnen?«

»Eure Wut ist verständlich.«

Mit einem Kopfschütteln bringt er mich zum Schweigen. »Ihr wisst nicht, wie wütend ich tatsächlich bin. Und das nicht nur auf ihn.«

Betroffen senke ich den Blick. »Es tut mir leid, Euch enttäuscht zu haben. Euch bei diesen Verhandlungen vertreten zu dürfen, ist eine große Ehre, der ich mich nicht würdig gezeigt habe. Gleich morgen werde ich … unserem Gesprächspartner mitteilen, seine Forderung nicht zu erfüllen. Ich bitte Euch allerdings um etwas, das ich ihm als Gegenleistung anbieten kann, edler Fürst.«

»Nichts. Er wird gar nichts erhalten. Er sollte froh sein, den Sumpf überhaupt verlassen und seine Magie noch einmal in vollem Ausmaß einsetzen zu dürfen.«

Damit wird sich Umock nicht zufriedengeben. Tatsächlich würde ich das nachvollziehen können. Wir verlangen von ihm, sich in Gefahr zu bringen, während er dafür im Gegenzug nichts erhält. Sein Dasein ist dem Bösen gewidmet. Er wird möglicherweise Begeisterung bei dem Gedanken empfinden, unsere Feinde bekämpfen zu dürfen. Unter Umständen ist er in der Lage, einige von ihnen zu töten. Ob er ihre Seelen für sich beanspruchen kann? Besitzen unsere Feinde so etwas wie eine Seele überhaupt?

Sie scheinen nicht menschlicher Natur zu sein, sondern von den Befehlen einer größeren Macht gesteuert, die nicht von dieser Erde ist. In ihnen findet Umock höchstwahrscheinlich keine Anwärter für seine Armee. Lediglich die Soldaten und unschuldigen Menschen, die während der Schlachten und den Raubzügen unseres Gegners getötet werden, könnten in Versuchung geraten, sich ihm anzuschließen.

So viele Tote! So viel Leid für nichts und wieder nichts erwartet uns während dieses Krieges. Ich will nicht daran denken, wie viele Menschen ihr Leben lassen müssen, weil wir die Aufmerksamkeit eines mächtigen Wesens auf uns gezogen haben. Es werden noch viele mehr einen grundlosen Tod sterben, wenn Umock nicht an unserer Seite kämpft.

»Ich werde versuchen, ihn zu überzeugen«, verspreche ich. »Ich werde ihm klar machen, dass er keine andere Wahl hat, wenn er zumindest für einen kurzen Augenblick den Sumpf noch einmal verlassen will.« Ich werde ihm sogar meine Seele anbieten. Dieses Mal aus freien Stücken und wohlüberlegt, sofern man das in dieser Situation so formulieren darf. Ich werde ihm einen kleinen Teil dessen geben, was er verlangt. Möglicherweise kann ich noch ein wenig mehr tun.

»Was geht durch Euren Kopf?«, fragt der Fürst. »Der Ausdruck in Euren Augen beunruhigt mich.«

»Ich habe lediglich überlegt … Was wäre, wenn ich den Wunsch unseres künftigen Verbündeten erfülle, allerdings eine Bedingung daran knüpfe, die ihn beschränkt?«

»Werdet deutlicher!«

Mein Magen verkrampft sich vor Aufregung. »Soll er seine Freiheit erhalten. Soll er nicht mehr an den Fluch gebunden sein. Er erhält, was er will, wenn er dafür auf einen Teil seiner Macht verzichtet.«

»Ihr überstrapaziert meine Nerven, Lesithder. Was für einen Teil?«

»Er darf seine Magie nicht mehr für das Böse einsetzen.«

»Soll er uns auf sein Leben schwören, nur noch Gutes zu tun?«, fragt der Fürst, die Stimme triefend vor Spott. »Reicht es, wenn Ihr den kleinen Finger mit seinem verhakt? Ach, stimmt ja. Um… Er besitzt keinen Körper. Er ist nicht lebendig. Unsere Beschränkungen sind ihm völlig egal.«

Diesen Spott habe ich verdient. Mein Vorschlag muss unausgegoren und verwirrend klingen. Ich habe diese Sachen schließlich noch nicht einmal selbst zu Ende gedacht. Das wird mir eine Warnung für das nächste Mal sein, wenn ich als Ratgeber fungiere.

Ob ich Oremazz kontaktieren sollte? Ob ich ihn um seine Hilfe bitten sollte? Der Fürst wäre vermutlich mehr als irritiert, wenn ich unser Gespräch jetzt unterbrechen würde, um in meinem Zelt Gedankenaustausch mit dem Großen Zaubermeister zu betreiben.

»Habt Ihr den Faden verloren?«, fragt Manekas. »Habe ich Euch davon überzeugt, dass es sich bei diesem Vorschlag um Schwachsinn handelt?«

Ich erwidere den Blick des Fürsten mit mehr Selbstsicherheit, als ich empfinde. Wenn ich ihn nicht davon überzeuge, dass ich weiß, wovon ich da rede, wird er mich niemals wieder mit Respekt behandeln.

»Um den Fluch aufzuheben, benötigt Ihr meine Magie und die aller Großen Zaubermeister dieses Kontinents. Nur gemeinsam sind wir stark genug, um Ihr wisst schon wen von seinen Fesseln zu befreien. Während der Schlacht mit unseren Feinden benötigt er all seine Fähigkeiten. In dieser Zeit unterliegen seine Handlungen nicht ausschließlich unserer Kontrolle.«

Der Fürst schnaubt. Dieser Teil des Plans hat den Ratgebern und Heeresführern von Anfang an nicht gefallen.

»Wir werden eine Kontrollfunktion einbauen«, erinnere ich schnell. »Er kann sich nicht gegen unsere eigenen Männer wenden. Das war das, was wir besprochen haben. Nach unserem Sieg über unsere Feinde wollten wir ihn zurück nach Anouk schicken, damit er dort den Rest seines Lebens … Daseins bleibt. Wenn wir ihm erlauben, sich auch nach der letzten Schlacht frei auf der Erde zu bewegen, müssen wir den Fluch nicht vollständig auflösen. Wir können ihm eine Freiheit anbieten, bei der er und seine Männer nicht an die Sümpfe von Anouk gebunden sind, bei der es ihm allerdings nicht möglich ist, Böses zu tun.«

»So etwas ist möglich?«, fragt der Fürst und ist längst nicht mehr so wütend wie gerade eben noch.

»Natürlich. Es handelt sich lediglich um eine Abwandlung des Fluchs.« Zumindest hoffe ich das. Später werde ich Oremazz diesbezüglich noch um Rat fragen müssen. Ein wenig Selbstbewusstsein schadet den anderen Zaubermeistern und mir dabei nicht. Wer auch immer den Fluch damals ausgesprochen hat, konnte sich auch nicht auf bereits Bekanntes verlassen. Irgendwann muss jemand den ersten Schritt tun.

Ob der Zaubermeister, der damals die Idee zu dem Fluch hatte, gedacht hat, dass er so lange andauern würde? Zweihundertneunundsiebzig Jahre klingen in meinen Ohren nach einer Ewigkeit. Ich kann mir nicht vorstellen, auch nur ein Drittel dieser Zahl alt zu werden. Auch wenn ich hoffe, nach diesem Krieg nicht in einem einfachen Grab verscharrt worden zu sein, halte ich mein Leben nicht für unendlich. Zaubermeister altern langsamer als ihre Mitmenschen. Die Magie lässt sie außerhalb der üblichen Ordnung stehen. Auch mein Großvater ist beinahe hundertfünfzig Jahre alt. Wenn ich an meine Zukunft und ihr Ende denke, dann habe ich solch eine Zeitspanne nicht im Kopf. Ob das mit den Gefahren zusammenhängt, denen ich mich noch stellen muss?

Der Fürst geht zu einem runden Tischchen, auf dem ein Glas mit Wein auf ihn wartet. Er nimmt einen Schluck davon, starrt dann nachdenklich hinein. »Eine Abwandlung des Fluches«, murmelt er.

Da es sich bei den Worten um keine Frage handelt, bleibe ich still und warte ab, bis er eine Entscheidung getroffen hat. Mehrere Minuten lang dehnt sich das Schweigen zwischen uns aus. Die Müdigkeit beginnt, sich bemerkbar zu machen. Meine Nacht war nicht sonderlich lang. Dazu die Anstrengung meiner Wanderung und die Aufregung, die mich im Sumpf erwartet hat. Es fällt mir immer schwerer, ein Gähnen zu unterdrücken.

»Ich vertraue darauf, dass Ihr wisst, was zu tun ist. Kontaktiert die anderen Zaubermeister, damit sie sich auf die geänderten Verhältnisse einstellen können. Wenn Ihr ihre Zustimmung erhaltet, werden wir beide uns noch einmal unterhalten. Ich möchte mich mit meinen Ratgebern zurückziehen. Ich denke allerdings, dass es sich dabei um eine Alternative handelt, mit der wir alle leben können.«

»Selbstverständlich, mein Fürst.« Ich deute eine Verbeugung an, die er nicht bemerkt, weil er mir immer noch den Rücken zuwendet.

Allem Anschein nach bin ich entlassen. Dennoch zögere ich, das Zelt zu verlassen. »Darf ich Euch eine Frage stellen?«

Jetzt dreht der Fürst sich um. Überraschung und Neugierde blitzen in seinen Augen auf. »Eine Frage?«

»Möglicherweise werden es auch mehr«, gebe ich zu. »Mein Großvater hat mir diesbezüglich keine Auskünfte erteilt. In den Aufzeichnungen, die mir zugänglich waren, habe ich nichts davon gelesen. Jeder, bei dem ich mich danach erkundige, weigert sich, Details zu nennen. Alle Welt spricht von U… von *dessen* Untaten, aber keiner hat mir bis jetzt davon erzählt, welche schrecklichen Taten er tatsächlich begangen hat.«

»Ich habe keine Frage gehört, Zauberer.«

»Könnt Ihr mir schildern, was er verbrochen hat?«

Reglos sieht mich der Fürst sekundenlang an. Sein Blick flackert, bevor sich ein dunkler Schatten über sein Gesicht schiebt. »Stell dir diesen Krieg vor, auf den wir uns vorbereiten. Lass in deiner Fantasie all die Gräuel entstehen, die uns erwarten. Und das multipliziere mit tausend. Dann hast du einen ungefähren Ausdruck davon, wozu dieses Wesen fähig ist.«

Ein Schauer rinnt mir über den Rücken. Natürlich kann der Fürst nicht ahnen, was sich in meinem Kopf für Bilder tummeln. Er kann nur raten, was in mir vorgeht. Er kann nur versuchen, mir möglichst viel Angst einzujagen. Das ist ihm unzweifelhaft gelungen. Mir wird allerdings klar, dass er nicht behauptet hat, Umock habe diese Taten auch tatsächlich vollbracht.

»Danke für diese Information«, sage ich trotzdem. »Ich wünsche Euch einen geruhsamen Morgen. Den Tag werde ich nutzen, um mit den anderen Zaubermeistern Rücksprache zu halten.« Zuerst werde ich aber mit Oremazz Kontakt aufnehmen. »Es wäre sehr freundlich von Euch, wenn Ihr mir am Nachmittag noch einmal eine Unterredung zugestehen würdet.«

»Selbstverständlich. Kommt zu mir, wann immer es notwendig ist. Sonderlich ruhig wird auch dieser Tag nicht für mich werden.« Erschöpfung liegt in seiner Stimme.

»Eine letzte Bitte: Erklärt Euren Männern, dass sie den Namen dieses Wesens nicht aussprechen dürfen, bis die Verhandlungen abgeschlossen sind. Er darf nicht ahnen, was wir geplant haben.«

»Ich gebe den Befehl gleich weiter«, verspricht er.

Nach einer angedeuteten Verbeugung gehe ich rückwärts aus dem Zelt. Einen Moment hebe ich mein Gesicht der Sonne entgegen. Sie hat nicht sonderlich viel Kraft in diesen Zeiten. Wie immer wirkt es, als hätte sich ein graues Wolkenband über den gesamten Himmel gespannt. Die Bedrohung kommt näher. Das kann niemand übersehen.

Mit unserem Fürsten möchte ich nicht tauschen. Die Aufgabe, seine Männer furchtlos in die Schlacht zu führen und sie die Hoffnung nicht verlieren zu lassen, kann nur auf breiten Schultern ruhen. Seit seiner Geburt ist er auf das Regieren unseres Landes vorbereitet worden. Diese Herausforderung hat allerdings niemand kommen sehen. So wie ich ist er nun gezwungen, die benötigten Fähigkeiten schnell zu erwerben und zu improvisieren, wenn es um Details geht.

In der Ferne tschilpt eine Flugechse. Ein Schatten fliegt über mich hinweg. Seine Größe überrascht mich. Handelt es sich um ein Tier, das durch die Nähe zu der im Sumpf wohnenden Macht unerwartete Flügelspannweiten angenommen hat? Leben in diesem Wald mehr von diesen anmutigen Wesen? Wenn meine Verhandlungen morgen wunschgemäß verlaufen, werden wir nicht lange genug hierbleiben, um es herauszufinden.

Ich vermisse unseren Wald daheim. Elevander und ich haben jeden Flecken davon erkundet. Er war unser Spielzimmer, hat uns immer Neues gezeigt. Nur dort habe ich mich richtig daheim gefühlt. Dort habe ich eine Verbindung zu mir selbst herstellen können. Nirgendwo sonst habe ich die Freiheit gehabt, mich nicht verstellen zu müssen. Vor gut zwei Jahren habe ich noch gedacht, es würde mir während meiner Ausbildung zum Zauberer gelingen, in meinem Großvater Wärme zu erwecken. Der Jugendliche von damals hat fest daran geglaubt, dass die Magie in ihm schlummern und in einer großen Explosion ausbrechen würde, wenn die Zeit reif wäre. Jetzt bin ich bedeutungslos, Oremazz' Marionette ohne jede Hoffnung. Dennoch ist es mir gelungen, alles noch schlimmer zu machen.

In der Nähe lacht ein Soldat laut über den Witz eines Kameraden. Der raue Ton, der auf diesem Marsch so selten zu hören gewesen ist, reißt mich aus meiner Versunkenheit. Was muss ich für einen armseligen Eindruck bei jedem hinterlassen, der mich mit dem Kopf im Nacken vor dem Zelt unseres Fürsten entdeckt?

Ich mache mich auf den Weg zu meinem Zelt, während die Kälte in mein Herz kriecht. Morgen werde ich Umock wohl meine Seele versprechen müssen. Es wird mir nichts anderes übrigbleiben, als die Ewigkeit nach meinem Tod in Dunkelheit zu verbringen. Die Alternative ist viel zu gefährlich. Selbst wenn die Großen Zaubermeister gemeinsam mit meinem Großvater in der Lage sind, bei der Aufhebung des Fluchs eine weitere Hintertür einzubauen, bin ich ein Risikofaktor, dessen Wirkung nicht abzusehen ist. Oremazz' Magie wird nicht direkt Teil des Auflösungsrituals. Sie fließt erst einmal durch mich, wird dadurch geschwächt, verändert. Niemand kann ausschließen, dass dabei etwas schiefläuft. Das hat mein Großvater selbst zugegeben. Doch wenn ich ein Bündnis über meine Seele mit Umock schließe, dann sind wir beide daran gebunden. Dann gibt es keine Möglichkeit, einander zu hintergehen.

Endlich lange ich bei meinem Zelt an und schlage den Stoff zurück, der den Eingang verdeckt. Endlich allein. Nicht mehr lange, und ich kann den Kopf auf einer Decke ablegen, meine Augen schließen und für ein paar Minuten vergessen.

»Kann ich etwas für Euch tun?« Die Stimme von Janifik erklingt direkt hinter mir.

Erschrocken keuche ich auf. »Du könntest dich zum Beispiel nicht ständig heimlich anschleichen. Es ist unangenehm, wenn du unablässig ohne Vorwarnung in meiner Nähe auftauchst.«

»Natürlich, edler Zauberer. Ich werde in Zukunft daran denken.« Er deutet eine Verbeugung an. »Zuerst lasst mich Euch aber etwas zu essen bringen. Ihr müsst hungrig sein. Ihr seid ohne Frühstück aufgebrochen.«

»Danke, das wäre sehr nett.« Eigentlich habe ich seit dem Wachwerden heute Morgen einen harten Knoten in meinem Magen, der mir den Gedanken an Nahrung verleidet. Ich kann unmöglich irgendwelche Speisen zu mir nehmen, während alles in der Schwebe ist. Dennoch werde ich es versuchen. Zumindest hat Janifik dann etwas zu tun und wird mich eine Zeit lang nicht stören.

Tatsächlich verschwindet der Mann sofort, was mir die Möglichkeit gibt, mein Gesicht zu kühlen und in neue Kleidung zu schlüpfen. Meine Tunika, mit der ich den Sumpf besucht habe, ist von Angstschweiß durchtränkt. Als Janifik mit einem Kanten Brot, Butter und gewässertem Wein zurückkehrt, drücke ich ihm das Kleidungsstück in die Hand, damit er es im Fluss auswaschen kann. Dann schicke ich ihn weg, um mich meiner nächsten Aufgabe widmen zu können.

Ich hole die goldene Schüssel aus meinem Gepäck und fülle sie zur Hälfte mit Wasser. Vorsichtig stelle ich sie auf dem Boden ab und setze mich mit verschrankten Beinen davor. Reglos starre ich in das Wasser, sehe auf die Muster, die den Boden zieren, und murmle die Worte, die Oremazz erreichen sollen.

Die Flüssigkeit in der Schüssel bewegt sich leicht. Auf der Oberfläche bildet sich eine Welle. Sie läuft von der Mitte an den Rand der Schüssel. Kaum ist sie verschwunden, erscheint bereits die nächste Welle. Dieses Mal in Begleitung von zwei weiteren, die in kurzem Abstand folgen. Das Wasser ermöglicht mir nicht mehr die freie Sicht auf das Muster auf dem Boden. Es trübt sich, wird zu einem intensiven Bernsteinbraun.

Neue Wellen kräuseln das Wasser. Dann spiegelt sich der Umriss eines Gesichts auf der Oberfläche. Die Züge werden immer deutlicher, bis ich Oremazz direkt vor mir habe. Dem Ausdruck in seinen Augen zufolge ist er nicht glücklich.

»Was hat so lange gedauert?«, fragt er statt einer Begrüßung. Seine Stimme ist so deutlich, als stünde er direkt vor mir. »Die Verhandlungen mit U…«

»Stopp!«

Mein Großvater verstummt tatsächlich. Seine Miene zeigt sein Missfallen. »Wie sprichst du mit mir?«

Ich beuge mich weiter über die Schüssel, damit ich meine Stimme senken kann. Ob Janifik meinen Ausruf gehört hat? »Es tut mir leid. Wir dürfen seinen Namen nicht aussprechen. Er hat mir erzählt, dass er Gespräche belauschen kann, in denen er genannt wird.«

»Teufelszauber!«, schimpft Oremazz. »Ich hätte ahnen sollen, wozu er fähig ist. Warum fehlt jeglicher Hinweis darauf in meinen Unterlagen?«

»Es tut mir …« Verwirrt stoppe ich mich. Weshalb will ich mich automatisch entschuldigen? Ich habe damit nichts zu tun.

Der Große Zaubermeister hat mich allerdings darauf trainiert, in allem meine Verantwortung zu sehen. Wenn ich mich durch seine Augen betrachte, habe ich immer das Gefühl, an jedem Fehler dieser Welt Schuld zu tragen. Das erste Mal in meinem Leben bin ich aus seinem Einflussbereich entkommen. Endlich kann er mich nicht mehr so oft mit seinen Worten beleidigen. Und ich habe nichts Besseres zu tun, als diese Aufgabe selbst zu übernehmen.

»Wir konnten es nicht wissen«, setze ich neu an. »Der Schaden ist bereits entstanden. Nun können wir nur versuchen, ihn so gering wie möglich zu halten.«

»Das ist ein Albtraum. Er kennt jeden unserer Winkelzüge. Er weiß genau, was wir vorab gesprochen haben.«

»Deshalb weiß er auch, dass die Bedrohung echt ist. Wir haben ihm dadurch die Beweise geliefert, tatsächlich auf einen Krieg zuzusteuern.«

Oremazz reagiert auf meinen Einwurf gar nicht. Obwohl ich weiß, recht zu haben, konzentriert er sich ausschließlich auf die negativen Seiten dieser Entdeckung. Sein Gesicht verzieht sich voller Entsetzen. »Er hat mitangehört, welche Möglichkeiten wir uns überlegt haben, um ihn in Schach zu halten. Jetzt verstehe ich, weshalb du dich nicht früher bei mir gemeldet hast. Diese Verhandlungen müssen in einer völligen Katastrophe geendet sein. Jedes Wort, das du an ihn gerichtet hast, kannte er bereits aus unseren Übungsstunden. Hat er mit der Offenlegung seiner Fähigkeit gewartet, bis du fertig warst? Hat er dich in eine Falle laufen lassen?«

Ich schüttle den Kopf. »Nein, er hat mir die Wahrheit schon sehr früh gestanden. Eigentlich war es nett von ihm …«

»Nett?« Die Stimme meines Großvaters überschlägt sich. »Hast du vergessen, den Zauber zu sprechen, der verhindert, dass er in deinen Kopf gelangen kann?«

»Natürlich nicht! Ich habe jeden Punkt befolgt. Schließlich kenne ich die Wichtigkeit dieser Mission.« Mein Stolz ist gekränkt.

»Das tut U… er jetzt auch. Verdammt, warum passiert ausgerechnet dir so ein Fehler? Welchen Grund kann es für diesen Fehlschlag geben? Die Götter stellen mich wohl auf die Probe. … Natürlich! Sie wollen testen, ob ich dieser Herausforderung gewachsen bin. Ich muss mich als würdig erweisen, das Amt des Großen Zaubermeisters innezuhaben.«

»Möglicherweise wurde in dieser Sache auch einfach nur schlecht recherchiert«, brumme ich. Es ärgert mich ungemein, dass er einen Fehler, der mehr in seiner Verantwortung liegt als in meiner, auf mich abwälzen will. Ich mache ihm keinen Vorwurf. Es ist etwas, das niemand von uns ahnen konnte. Die Aufzeichnungen sind entweder nicht genau genug geführt worden, oder Umock hat geschickt verborgen, was für ihn von Vorteil ist. Dass er mir sein Geheimnis anvertraut hat, könnte man beinahe als Vertrauensbeweis interpretieren.

»Dieser Geisterzauberer muss in deinen Verstand gekrochen sein«, behauptet mein Großvater. »Er hat sich in deinen Gedanken eingenistet. Du bist bereits verloren.«

»Nein, ich verlasse mich nur nicht blind auf etwas, das ich nur aus zweiter Hand erfahren habe. Die Informationen über ihn sind unbefriedigend vage. Er wird charakterlich nicht beschrieben. Überall steht nur, er wäre das personifizierte Böse, eine Abwandlung des Teufels. Nirgendwo kann man erfahren, was seine Hintergrundgeschichte ist, weshalb er so geworden ist, wie alle Welt ihn fürchtet. All diese Gräueltaten, die er angeblich begangen hat, werden nur angedeutet …«

»Weil die Wahrheit zu schrecklich ist«, unterbricht mich Oremazz. »Weil niemand in der Lage war, zu Papier zu bringen, wozu er fähig ist. Damit wollte man die Sicherheit der Menschheit gewährleisten. Wenn man dem Bösen Platz auf dieser Welt einräumt, und sei es nur in den Aufzeichnungen einer Chronik, gibt man ihm die Möglichkeit, in den Verstand von Unschuldigen einzudringen. Worte haben die Macht, jemanden zu faszinieren, zu infizieren. Sollte irgendwo niedergeschrieben werden, was dieses Monster getan hat, würde man ihm damit Macht verleihen.«

Mein Kopf schwirrt. »Das kann ich nicht glauben.«

Durch das Bild auf der Wasseroberfläche kann ich das Gesicht des Großen Zaubermeisters deutlich erkennen. Seine Lippen formen Worte, die nicht zum Leben erwachen. In seinen Augen steht Entsetzen, das über die Entfernung hinweg die Scham in mir wecken will. Vehement wehre ich mich dagegen. Darf ich denn keine eigenen Überlegungen anstellen? Soll ich nicht mehr als ein Nachläufer ohne selbstständige Gedanken sein?

»Ich verstehe, dass er eine Gefahr darstellt«, erkläre ich. »Die Energie, die von ihm ausgeht, ist dunkel und voller Bösartigkeit. Sein eigener Vorteil steht bei ihm an erster Stelle. Nichts, was er sagt oder macht, geschieht ohne Hintergedanken. Und trotzdem kann ich erkennen, dass er nicht nur schlecht ist. Er trägt die Hoffnung auf ein anderes Leben in sich, wie es jeder von uns tut. Ihm liegt etwas an seinen Soldaten, wie sich auch unser Fürst als Vater seines Volkes sieht. Darum möchte ich wissen, welche Verbrechen er begangen hat, was die Leute ihm vorwerfen. Ich würde gern herausfinden, was ihn zu dem geformt hat, was er heute ist.«

»Du denkst zu viel darüber nach, Lesithder. Du interpretierst zu viel Menschliches in sein Verhalten.« Die Stimme meines Großvaters klingt angespannt, kratzig. »Hör auf, über etwas zu grübeln, was du nicht verstehst. Konzentriere dich auf deine Aufgabe. Sie ist nun ohnehin viel schwerer, als sie zuvor schon war.«

»Natürlich, Großer Zaubermeister.« Ich unterdrücke ein Seufzen.

»Wie lautet das Ergebnis eures ersten Zusammentreffens? Er muss einsehen, wie groß die Gefahr ist. Für alle von uns. Will er uns helfen?«

Warum legt sich nur ein schwarzer Schatten über meine Seele? Schon jetzt ahne ich, wie das Gespräch mit meinem Großvater verlaufen wird. »Er ist dazu bereit, wenn wir ihm seine Forderungen erfüllen.«

»Ha! Ich wusste es. Ein Meister der Manipulation. Pass auf, dass er nicht versucht, dich in eine Falle zu locken.«

»Er will seine Freiheit zurück. Niemanden kann das überraschen. Und bevor du mir sagst, was ich ohnehin weiß, lass mich dir meinen Plan erklären, wie wir einerseits seinen Wunsch erfüllen und gleichzeitig sichergehen können, dass er kein Unheil mehr anstellen kann.«

Oremazz' Mund klappt auf und wieder zu. Dann nickt er. Von meinen direkten Worten wirkt er allerdings nicht erfreut.

»Die Großen Zaubermeister aller Völker sind notwendig, damit wir den Fluch aufheben können, der ihn in die Sümpfe von Anouk verbannt und der ihm seine Macht nimmt. Es ist geplant, einen Schutzzauber in die Aufhebungszeremonie einzubauen, damit er unserem Volk und niemanden, der nicht zu unseren Feinden zählt, Schaden zufügen kann. Was, wenn wir dafür sorgen, dass diese Klausel auch nach dem Ablauf unserer Vereinbarung und nach dem Moment gilt, in dem wir siegreich aus diesem Krieg hervorgehen?«

»Du willst ihn daran hindern, die Bewohner unseres Kontinents verletzen zu können?«, fasst Oremazz zusammen.

Ich nicke. »Keinen Bewohner unseres Kontinents. Keinem Erdenwesen. Meinetwegen auch keiner unschuldigen Seele. Die Definition müssen wir noch klären. Er darf nur niemandem mehr Schmerzen bereiten, der verdient hat, in Ruhe zu leben.«

Der Blick meines Großvaters wandert ins Nirgendwo. Mehrere Sekunden verliert er sich in seinen Überlegungen. »Die Idee hat etwas für sich. Tatsächlich müsste die Formulierung mit Bedacht gewählt werden. Wir können kein Regelwerk aufstellen, das Bücher füllt. Schließlich wollen wir diese Klausel in die bereits geplante Zeremonie einfügen. Das bedeutet eine große Herausforderung.«

»Aber es wäre machbar?«, frage ich ungeduldig nach.

»Es wäre machbar«, bestätigt der Große Zaubermeister.

Erleichterung flutet meinen Körper. Ein Teil der Anspannung fällt von mir ab. Möglicherweise gelingt es mir, Umock dazu zu bewegen, sich unserer Sache anzuschließen, ohne ihm meine Seele versprechen zu müssen. »Bist du dir absolut sicher?«

Oremazz lacht auf. Seine Augen richten sich auf mich. Selbst über die Entfernung und unabhängig von der Trübung des Wassers fühle ich seinen Blick brennend auf mir. »Sag mir eine Sache, die völlig sicher ist, mein Junge. Das Leben besteht aus einer Aneinanderreihung von Fehlschlägen und Erfolgen. Man kann nichts anderes tun, als es immer wieder zu versuchen und das Beste zu hoffen.«

Diese Antwort trifft mich wie ein Schlag in den Magen.

»Ich weiß, dass du etwas anderes hören wolltest.«

»Es ist nicht das, was ich erwartet habe«, bestätige ich heiser.

»Diese Zeiten bieten uns keine Sicherheit mehr. Da wir den genauen Wortlaut des ursprünglichen Fluches nicht kennen, wird es schnellen Handelns bedürfen, um ihn aufzuheben. Erst wenn U… dieses Monster dir die Formeln mitteilt, werden wir herausfinden, wie leicht Abänderungen vorzunehmen sind. Er darf nicht ohne Schutzmaßnahme auf die Menschheit losgelassen werden. So etwas können wir nicht zulassen. Das muss sogar ihm klar sein. Darum ist es unsere oberste Pflicht, entsprechende Vorkehrungen zu treffen. Sollten sie nicht genügen, werden wir ihn erneut mit einem Fluch belegen müssen. Die Macht der Großen Zaubermeister hat im Laufe der Jahrzehnte abgenommen. Die Energie der Götter, die diese Erde durchfließt und großzügig ihre Magie mit uns teilt, ist verwässert. Ich hoffe, sie reicht aus, um diesen Dämon zurück in seine Sümpfe zu verbannen. Solltest du also eine Möglichkeit entdecken, die den König in die Abmachung mit uns einwilligen und sich unseren Bedingungen unterwerfen lässt, dann musst du es tun. Wenn du einen Weg kennst, um ihn auf unsere Seite zu ziehen, gehe ihn. Wenn du von einer Sache weißt, die ihn daran hindert, unsere Welt zu bedrohen, besorge sie ihm.«

Eine Sache, die ihn dazu bringt, auf seine Freiheit zu verzichten?

Umock hat nach meiner Seele verlangt. Er hat sie im Austausch mit seiner Hilfe gefordert, da ist von der Freiheit, die er sich wünscht, noch nicht die Rede gewesen. Meine Seele kann ihm unmöglich wichtiger sein, also hätte er nach meiner Zustimmung, sie ihm zu überlassen, bestimmt die dauerhafte Aufhebung des Fluchs auf seine Forderungsliste gesetzt. Er hätte einen Weg gefunden, beides zu erhalten.

Oder irre ich mich diesbezüglich? Warum hat er gewollt, dass ich mich ihm anschließe, wenn er doch bald den Zulauf von vielen neuen Armeeanwärtern erwartet?

Reicht es aus, ihn für den Rest seiner Ewigkeit von Unschuldigen fernzuhalten, wenn ich ihm meine Seele verspreche? Ich wäre zumindest in seiner Nähe, um ihn an sein diesbezügliches Einverständnis zu erinnern, sollte es ihm über die Jahre hinweg entfallen. Das allein stellt in meinen Augen allerdings keinen triftigen Grund dar, um ihm meine Seele zu versprechen.

»Halte dich so weit wie möglich von ihm fern«, mahnt Oremazz. »Lass ihn nicht in deinen Kopf schauen. Verrate ihm nichts, was dich angreifbar macht. Er wird alles, was du ihm in die Hand gibst, gegen dich verwenden.«

Diese Warnung kommt zu spät. Ich habe Umock gegenüber bereits Schwäche gezeigt. Ich fühle mich bereits von ihm durchleuchtet.

»Nutze alles, was in deiner Macht steht, um ihn in seine Schranken zu verweisen«, fährt mein Großvater fort. »Mach ihm klar, dass er Forderungen stellen kann, allerdings kein Recht darauf hat, sie von uns erfüllt zu bekommen. Lüg ihn an, wenn er dich dabei nicht erwischen kann. Wie soll er schon herausfinden, was Schwindel und was Wahrheit ist? Er kennt unsere Möglichkeiten nicht. Behaupte, dass wir ihn dazu zwingen können, uns zu helfen. Mag auch ein entsprechender Zauberspruch bei einem Schattenwesen wie ihm keine Wirkung zeigen, reicht die Androhung vielleicht aus, um ihn aus dem Gleichgewicht zu bringen.«

Lügen sind mir ein Gräuel. Ich hasse es, mein Gegenüber zu täuschen, egal wie schlecht auch immer es sein mag. Trotzdem nicke ich.

Oremazz beugt sich vor. Sein Gesicht füllt jetzt die gesamte Wasseroberfläche. »Manipuliere ihn. Spiel ihm vor, dass du sein Verbündeter bist. Es hat ohnehin den Anschein, als wäre es ihm gelungen, Unsicherheit in dir zu wecken. Nutze das aus, indem du ihn glauben machst, du könntest als sein Fürsprecher fungieren. Vielleicht verrät er dir dann ein Geheimnis, das du gegen ihn nutzen kannst.«

Das bezweifle ich stark, bin aber bereit, einen Versuch zu wagen. »Ich werde mein Bestes geben. Kannst du in der Zwischenzeit Kontakt mit den anderen Zaubermeistern aufnehmen? Sie sollten über die Entwicklungen informiert werden. Wenn ihr bereits Vorkehrungen treffen könntet …«

»Ich weiß, was zu tun ist«, unterbricht er mich rüde. »Ich brauche dich nicht, um mir zu sagen, wie die nächsten Schritte aussehen.«

»Natürlich. Tut mir leid, wenn ich dich damit beleidigt haben sollte. Ich wollte nur …«

»Schon gut. Verschwenden wir keine unnötige Zeit mehr. Du musst deine Hausaufgaben machen. Du hast doch gut auf das Buch mit den wichtigsten Sprüchen aufgepasst, das ich dir mitgegeben habe? Sag nicht, dass du es verloren hast.«

Das Buch habe ich nicht einmal erwähnt. Ich habe nicht angedeutet, es könnte sich nicht mehr in meinem Besitz befinden. Weshalb denkt er, ich würde nicht darauf achten? Warum muss er mir immer das Gefühl geben, nichts richtig machen zu können?

Ich grabe meine Zähne in die Unterlippe. Der Schmerz vertreibt die Frustration und die Verwirrung in meinem Kopf. Die Erschöpfung macht immer noch meine Lider schwer, aber es gelingt mir, noch einmal ein Lächeln aufzusetzen.

»Natürlich habe ich das Buch immer bei mir. Es steckt gleich hier in der Tasche mit meinen Sachen. Sobald wir unser Gespräch beendet haben, werde ich die Sprüche durchgehen.«

»Wir sind ohnehin bereits fertig«, behauptet Oremazz. »Alles Wichtige ist geklärt.«

»Genau.« Ein paar Fragen liegen mir aber noch auf der Zunge. »Wie laufen die Dinge in Maëlle? Wie geht es euch in der Heimat?«

»Unter meiner Anleitung kommen alle zurecht. Die Straßen sind wie ausgestorben, schließlich hat unser Fürst alle wehrfähigen Männer eingezogen.«

Und wieder klingt in seinen Worten ein Vorwurf in meine Richtung mit, den ich nicht verdient habe. Auch unser Fürst hat keine falsche Wahl getroffen. Sogar mein Großvater hat die Notwendigkeit gesehen, dass jeder einzelne Mann zur Waffe greifen muss, der sich dazu in der Lage sieht. Was beschäftigt den Großen Zaubermeister? Was macht ihm dermaßen zu schaffen, dass er eine so schlechte Laune an den Tag legt?

Ich habe nicht vor, mich von ihm aus der Ferne für etwas bestrafen zu lassen, für das ich nichts kann und auf das ich keinen Einfluss habe. »Sag Elevanders Eltern liebe Grüße«, bitte ich. »Und dir wünsche ich …«

»Bis zum nächsten Mal«, unterbricht er mich. Dann trennt er die Verbindung.

Warum schafft er es jedes Mal, mich zu enttäuschen? Ich leere die Schüssel und räume sie in meine Tasche. Den Zaubersprüchen will ich mich jetzt nicht widmen. Erst braucht mein Körper ein wenig Ruhe.

Sobald ich meinen Kopf auf der Decke abgelegt habe, gleite ich in den Schlaf hinüber.

Später am Abend treffe ich Elevander am Lagerfeuer an. Schweigend starrt er in die Flammen und scheint mit seinen Gedanken ganz weit weg.

Leise nehme ich neben ihm Platz, um ihn nicht zu stören. Die Stille zwischen uns macht mir nichts aus. Ich fühle mich ihm so verbunden, dass ich zufrieden damit bin, nur neben ihm zu sitzen. Mein Verstand kommt zur Ruhe. Mein Körper entspannt sich. Bei niemandem fühle ich mich so wohl wie bei Elevander. Er wird niemals schlecht von mir denken, egal was ich tue, egal was ich sage. In seiner Nähe befinde ich mich in Sicherheit.

»Ist deine Mission beendet?«, fragt er leise und wendet mir endlich den Kopf zu. »Wird morgen die Zeremonie stattfinden?«

»Noch nicht. Ich muss ein weiteres Mal mit ihm sprechen. Es ist komplizierter als erwartet.«

Auf Elevanders Gesichts erscheint ein Lächeln. »Das stimmt so nicht. Du wusstest, dass die Verhandlungen mit diesem Wesen eine Herausforderung für dich werden.«

Ich nicke. »Er ist so ganz anders, als ich ihn mir vorgestellt habe. Keine Ahnung, was ich mir ausgemalt habe. Er ist …« Ratlos suche ich nach den richtigen Worten. »Er ist um so vieles mächtiger, selbstbewusster, faszinierender. Großvater hat mich darauf vorbereitet, einem gebrochenen, hoffnungslosen Geist gegenüberzustehen, der dankbar die Chance ergreift, zumindest vorübergehend den Sümpfen zu entkommen. Doch der König zeigt keine Schwäche. Er weiß, dass wir ihn brauchen. Seine Karten spielt er verdammt gut aus.«

»Aber du wirst nicht zulassen, dass er gewinnt, nicht wahr?«

»Er müsste voller Trauer sein, weil er alles verloren hat. Er müsste im Staub kriechen, weil seine Kräfte gebunden sind. Stattdessen kann ich nur Stärke an ihm erkennen. Trotz des Fluchs herrscht er mit strenger Hand über seine Männer. Ich weiß auch nicht, weshalb mich das dermaßen beeindruckt. Aber nein, ich werde nicht zulassen, dass er uns nicht hilft.« Ich bin sogar bereit, meine Seele dafür zu opfern.

»Mir gefällt nicht, wie du über ihn sprichst.«

Überrascht suche ich Elevanders Blick. »Was willst du damit sagen?«

Enttäuschung ist in seinen Augen zu lesen. »Du solltest ihn noch immer verachten. Jeder weiß, wozu er fähig ist. Warum habe ich den Eindruck, dass du es genossen hast, ihn kennenzulernen?«

»Wissen wir wirklich, was er getan hat?«, frage ich. »All diese Andeutungen nerven unheimlich. Niemand kann mir sagen, welche Verbrechen genau ihm angelastet werden. Ich möchte wissen, ob er nicht nur ein missverstandenes Monster ist.«

»Lesithder!« Schockiert rückt er von mir ab.

»Denkst du nicht, dass die Menschen nicht immer den richtigen Eindruck von jemandem vermitteln, den sie fürchten? Hast du nicht bemerkt, dass jemand, der bereits einen Fehler begangen hat, niemals wieder eine echte Chance erhält? Ich mache diese Erfahrung täglich.«

Meine Erklärungen reichen nicht aus, um ihn zu beruhigen. »Ich verstehe nicht, wie du ihn mit dir vergleichen kannst.«

Das habe ich nicht getan. Obwohl … Während der Unterhaltung mit Umock habe ich keine Parallelen zwischen uns erkannt. Ich habe mich ihm nicht verbunden gefühlt. Allerdings haben wir bei näherer Betrachtung doch etwas gemeinsam. Wir haben unseren Stempel aufgedrückt bekommen. Umock von der Welt. Ich von meinem Großvater. Das Urteil, das Oremazz über mich gefällt hat, ist aus meiner Sicht ungerechtfertigt. Zumindest wird es mir nicht gerecht. Hat man sich Umock gegenüber genauso vorverurteilend verhalten?

»Oh, dieser Ausdruck auf deinem Gesicht!« Elevander klingt verärgert. »Warum beginnst du ausgerechnet jetzt, an das Gute in jedem zu glauben, nachdem du all die Jahre immer pessimistisch darauf bestanden hast, niemanden an dich heranzulassen? Ausgerechnet jetzt, wo wir uns in den Vorbereitungen auf einen Krieg befinden, willst du jemandem vertrauen, der dafür bekannt ist, in den Verstand von Menschen einzudringen. Ausgerechnet jetzt zeigst du Empathie, wo wir nicht zu Hause sind und ich dir nicht …« Er stockt und schüttelt den Kopf.

»Was?«

»Vergiss es einfach. Ganz offensichtlich hast du bereits einen neuen Freund gefunden.« Wie trotzig er reagiert!

»Jetzt mach dich nicht ärgerlich. Du bist und bleibst mein bester Freund. Niemand kann jemals deinen Platz in meinem Herzen einnehmen. Du bist mein Zuhause, meine

Familie, mein alles. Daran wird sich niemals etwas ändern. Das verspreche ich dir.«

Er sieht mich reglos an. Mehrere Sekunden scheint es, als wäre er zu Stein erstarrt. Dann werden seine Züge weicher. Er schafft ein Lächeln, obwohl er seufzt. »Du bist verdammt anstrengend.«

Ich lache trocken auf. »Wem sagst du das?«

Als Antwort verdreht er die Augen. »Manchmal bist du schwer zu ertragen. Ich bin dennoch froh, dass du mich nicht ersetzen willst.«

»So etwas käme mir nie in den Sinn. *Er* hat schon gar keine Chance. Eine Freundschaft mit ihm wäre völlig abwegig. Ich habe bloß das Gefühl, dass er etwas verbirgt, etwas Weiches, etwas Gutes. Mit Sicherheit will niemand das in ihm erkennen. Er darf es niemandem zeigen, weil ihn das angreifbar machen würde.«

»Du interpretierst zu viel in eine Begegnung, die nur ein paar Minuten gedauert hat.«

»Möglich.« Ich zucke mit den Achseln. »Es spielt keine Rolle, welche Gedanken ich mir mache. Es ist egal, was ich über ihn denke. Die Wahrheit werde ich niemals herausfinden. Selbst wenn ich ihn direkt danach fragen würde, bekäme ich keine aufrechte Antwort. Jemand wie er ist nicht in der Lage, ehrlich zu sein.«

Elevander runzelt die Stirn. »Du denkst aber nicht, dass er es nicht wagt, weil er Angst davor hat, verletzt zu werden.«

»Möglicherweise hat ihn das Leben … oder der Tod nichts anderes gelehrt.«

»Bitte sei vorsichtig. Du denkst nur, du hast diese Sache unter Kontrolle. Ganz eindeutig lenkt er die Art, wie du über ihn denkst. Er zeigt dir nur das, von dem er will, dass du es siehst. Ich kenne die Gerüchte. Selbst wenn du nicht daran glaubst, er sei von Grund auf Böse, musst du in Betracht ziehen, auf welcher Seite er steht. Er ist kein Mensch. Seine Überlegungen folgen nicht den Maßstäben der Vernunft, wie unsere es tun.«

»Natürlich ist mir das bewusst. Seine Beweggründe sind für mich nicht nachvollziehbar. Sein Verhalten ergibt für mich keinen Sinn. Ich weiß nicht, was ihn außer dem Offensichtlichen antreibt. Bei unserem nächsten Aufeinandertreffen werde ich wieder einen Teil von ihm sehen. Meiner Meinung nach wird er wieder versuchen, mich aus dem Konzept zu bringen. Er wird meine Sinne herausfordern. Darauf bin ich vorbereitet.«

»Du darfst ihm nicht vertrauen«, sagt Elevander mit Besorgnis in der Stimme. »Du musst aufpassen, wenn du in seiner Nähe bist. Er scheint dich irgendwie beeinflusst zu haben.«

»Ich weiß, er versucht, mich zu manipulieren. Keine Sorge, es wird ihm nicht gelingen. Ich habe ihn durchschaut. Ich weiß, wonach er sich sehnt.«

Mein Freund legt seine Hand auf meine. »Du glaubst zu wissen, wonach es ihn verlangt. Sicher sein kannst du dir diesbezüglich nicht. Möglicherweise hat er geheime Beweggründe für seine Hilfe, die er vor dir verbirgt. Natürlich will er wieder frei sein. Es muss demütigend für ein mächtiges Wesen wie ihn sein, alles zu verlieren und ein trostloses Leben in den Sümpfen führen zu müssen. Er wird alles dafür tun. Er wird dafür über Leichen gehen. Ich habe Angst, du könntest ihm dabei irgendwann im Weg sein.«

Mit einem Lächeln bedecke ich seine Hand mit meiner freien und drücke sie. »Danke, dass du dir Sorgen um mich machst. Danke, dass du mir zeigst, wie wichtig ich dir bin. Danke, dass du versuchst, auf mich achtzugeben.«

»Im Moment befürchte ich, das reicht nicht.«

»Die Zeit wird kommen, in der wir uns alle in echte Gefahr begeben. Wir sind auf dem Weg in einen Krieg, der unmöglich zu gewinnen scheint. Wenn die Visionen meines Großvaters zu Realität werden, kann uns nichts vor der Überzahl und der Macht unserer Gegner beschützen. Unser Volk steht seiner größten Herausforderung bevor.« Traurigkeit legt sich wie ein enger Ring um meinen Brustkorb. »So viele Soldaten aus allen Ländern unseres Kontinents werden an unserer Seite kämpfen. Wie viele von ihnen werden wohl nicht mehr nach Hause zurückkehren?«

»Dieser Gedanke darf in unseren Herzen nicht auf nahrhaften Boden fallen«, murmelt Elevander. »Wenn wir zulassen, dass die Angst uns bestimmt, haben wir bereits verloren.«

»Es wäre ein Fehler, blind in die Gefahr zu laufen«, mahne ich ihn. »Wir dürfen nicht ignorieren, dass der Tod hinter der nächsten Biegung unserer Reise auf jeden Einzelnen von uns warten kann. Wenn wir vor lauter Kampfeslust vorwärtseilen und alle Vorsicht fallen lassen, kann unser Feind uns ganz einfach in eine Falle locken.«

Elevander unterbricht den Augenkontakt und sieht sich im Lager um. »Denkst du, irgendeiner der Männer hier hungert auf den Moment, in dem er sich im Kampf beweisen kann?«

Ich lasse meinem Blick dem seinen folgen. Rund um uns herum bereiten sich Soldaten auf die Nachtruhe vor. Ihre

Stimmen klingen nicht nur durch die Entfernung gedämpft zu mir. Alle scheinen darauf zu achten, nicht zu viel Lärm zu machen. Einige Männer haben sich bereits auf ihr Lager niedergelassen und versuchen zu schlafen, um für ihre Wache ausgeruht zu sein. Nur auf wenigen Gesichtern ist ein Lächeln zu sehen. Noch weniger Lachen. In den Augen der Anwesenden liegt ein wachsamer Ausdruck, als würden sie damit rechnen, in der nächsten Sekunde angegriffen zu werden. Und ganz ausschließen kann man das natürlich nicht.

»Sie werden kein unnützes Risiko eingehen«, spreche ich aus, was auf der Hand liegt. »Sie wissen, die Zeiten der Sicherheit sind vorbei.«

»Nicht alle von uns wirken, als wären sie für den Kampf bereit.« Elevander seufzt. Sein Blick wendet sich ein Stück nach links.

Erst frage ich mich, worauf er anspielt. Dann weiß ich, was in ihm vorgeht. Ganz in der Nähe entdecke ich eine Gruppe Männer, die auf den ersten Blick zu alt erscheinen, um noch in eine Schlacht zu ziehen. Ihre Tuniken sind zerknittert und haben Flecken. Obwohl sie sie im Fluss auswaschen und vom Staub befreien konnten, sieht man ihrer Kleidung die anstrengende Reise an. Die Auswirkungen sind genauso deutlich in den Gesichtern der Männer zu erkennen. Es liegt Bedacht in ihren Zügen, Unsicherheit, Beunruhigung. Ihre Bewegungen zeugen von ihrer Erschöpfung und ihrem Alter. Sie hätten verdient, auf ihrem Alterssitz ihren Enkelkindern beim Spielen zuzusehen. Stattdessen haben sie zu den Waffen gegriffen, um ihre Familien zu verteidigen. Ob sie sich jemals im Schwertkampf geübt haben?

»Denkst du, wir haben Aussicht auf Erfolg?«, frage ich leise. »Jeder hier hat sich freiwillig für diesen Einsatz gemeldet. Doch so wie du hat die Mehrheit kein Soldatenleben geführt. Wir haben bis vor zwei Jahren nicht geahnt, dass ein Krieg bevorsteht. Wie du haben die meisten sich nicht darauf vorbereitet, das Schwert gegen einen Feind zu führen.«

»Wir alle haben Familie, für die es sich zu kämpfen lohnt. Wir alle wollen unser Land verteidigen. Überlebenswille, Verzweiflung und Liebe bringt die Menschen dazu, Großes zu vollbringen.«

Ich kann ihm nicht widersprechen. Schließlich plane ich, die Unversehrtheit meiner Seele zu opfern, um meinen Beitrag zum Erfolg unserer Mission zu leisten. Ich wäre bereit, noch viel mehr zu tun, wenn ich sicher wäre, dadurch unser Volk retten zu können.

Elevander wendet sich mir zu. »Auch du wirst über dich hinauswachsen«, sagt er. »Da bin ich mir ganz sicher. Wenn es notwendig ist, werden wir alle zu Helden.«

Mir wird bewusst, dass seine Hand immer noch in meiner liegt, und ich umklammere sie. Ein warmes Gefühl weitet meine Brust. Wie immer weiß er genau, wie er mir Hoffnung schenken kann. »Wer ist dein Elevander?«, frage ich. »Sag mir, was ich tun kann, damit ich für dich ein Licht der Zuversicht bin?«

»Es reicht, wenn du hier bei mir sitzt und mit mir schweigst. Wenn die Zeit gekommen ist, wirst du tun, wozu du berufen bist. Dieses Wissen genügt, damit ich voller Vertrauen in die Zukunft blicken kann.«

Die Dankbarkeit, die ich empfinde, weil er es mir so einfach macht, ist nicht in Worte zu fassen. »Versprich mir, dass wir beide gemeinsam nach Hause zurückkehren werden«, hauche ich, weil meine Kehle wie zugeschnürt ist. »Versprich mir, dass wir beide in naher Zukunft unversehrt in unserem Wald stehen werden, um unsere alten Pfade neu zu entdecken.«

»Ich verspreche dir, für diesen Traum zu kämpfen, solange ein Funken Leben in mir ist.« Er sagt das mit unglaublicher Inbrunst. Dabei habe ich schon vorher nicht daran gezweifelt, dass er genauso viel wie ich in Kauf nehmen würde, um uns beide heil in unsere Heimat zu bringen.

»Dann wissen wir jetzt, wofür wir beide in den Kampf ziehen.«

6. Kapitel

Als ich das zweite Mal in den Sumpf gehe, wird mir der Weg dorthin von Umock erleichtert. Schon als ich mich dem Nebel über die weite, pflanzenlose Fläche davor nähere, wirkt das Moor weniger gefährlich. Im unzulänglichen Licht meiner Lampe habe ich diesmal den Eindruck, als würde im Inneren des Nebels ein Strahlen auf mich warten. Lichtfunken durchbrechen die Schwaden und lassen ihr wenig einladendes Grau freundlich weiß erscheinen. Ob ich dieser Helligkeit folgen soll? Wartet Umock dort auf mich?

Vor der Nebelwand bleibe ich kurz stehen. Es kostet mich Überwindung, mit dem nächsten Schritt in sie einzutauchen. Wie das Zusammentreffen mit Umock dieses Mal ablaufen wird? Hoffentlich verzichtet er auf einen großen Auftritt. Er hat mir bereits bewiesen, wie viel Magie in ihm steckt, obwohl er in diesem Sumpf gefangen ist. Bestimmt wird er sich nicht bescheiden zeigen. Ich muss alles erwarten und darf mich von keinem Winkelzug beeindrucken lassen. Es gibt etwas, das viel wichtiger ist: der positive Abschluss dieser Mission. Werden wir uns heute einigen können?

Schließlich zwinge ich meine Beine dazu, sich vom Boden zu lösen und dann loszulaufen. Sobald meine Fußspitzen Kontakt mit dem Nebel aufnehmen, weicht er zurück. Er schiebt sich nach hinten und zur Seite, bis ein kurzer Gang entsteht. Als ich weiterlaufe, schließt sich der Durchgang hinter mir. Der Gang öffnet sich nach vorne.

Fasziniert lache ich auf. Umock hat es geschafft, mich zu überraschen. Obwohl ich mir vorgenommen habe, keine Regung zu zeigen, brennt in mir die Neugierde. Ob er mir den Spruch verraten wird, mit dem er diesen Effekt erzielt hat? Oder gehorcht der Nebel ihm, weil es sich bei ihm um den König der Nebelseelen handelt? Ich sollte ihn besser nicht danach fragen, um seiner Selbstsicherheit nicht noch mehr Futter zu geben. Schließlich will ich gestärkt in diese Verhandlung gehen und selbst so lange wie möglich die Fäden in der Hand behalten, weil ich ihm etwas geben kann, was er will. Heute möchte ich zumindest zu Beginn unseres Gesprächs die Kontrolle haben.

Mehrere Fuß laufe ich in dieser seltsamen Blase durch den Nebel. Als ich testweise einen Schritt zur Seite andeute, wird der Nebel dort dichter. Ich habe sogar das Gefühl, als würde er mich wieder auf den richtigen Weg drücken. Vielleicht eine Energieansammlung, die eine Berührung vortäuscht. Noch eine Fähigkeit meines Gastgebers, die mich überrascht. Das Licht, auf das ich mich zubewege, wird immer heller. Die Lampe mit dem leuchtenden Stein behalte ich nur deshalb noch bei mir, weil ich kein Risiko eingehen will.

Je weiter ich in den Sumpf vorrücke, umso schneller klopft mein Herz. Wieder werden die Geräusche der Umgebung leiser. Auch dieses Mal habe ich den Eindruck, dass der Gestank des trüben, abgestandenen Wassers mit der Zeit nachlässt. Das Gefühl der Kälte und Feuchtigkeit, die über mein Gesicht streifen, treten nach und nach in den Hintergrund.

Ob es sich um einen Gewöhnungseffekt handelt? Oder nimmt Umock Einfluss auf die Umgebung? Den Zauberspruch, der die Manipulation meiner Gedanken verhindern soll, habe ich ausgesprochen. Ob er wirklich wirkt? Umock könnte mir diese Frage mit Sicherheit beantworten. Würde er mir die Wahrheit sagen? Ich wünschte, ich könnte mit ihm über diese Dinge sprechen, ohne den Eindruck von zu großem Interesse zu erwecken. Vielleicht darf ich mich mit ihm darüber unterhalten, sobald er sich dazu einverstanden erklärt hat, uns beim Kampf gegen unseren Feind zu unterstützen.

Das Licht wird immer intensiver. Jetzt kann ich die Umgebung deutlich erkennen. Obwohl die Sonne noch nicht aufgegangen ist, entdecke ich die kahlen Bäume, die Wasserpfützen und die Abzweigungen des Weges, auf dem ich mich befinde. Umock macht es mir leicht, zu ihm zu gelangen.

Die Geräusche um mich herum verändern sich. Ein leises Rauschen dringt an mein Ohr. Ich bleibe stehen, harre mit angehaltenem Atem aus und warte, was jetzt geschieht.

Die Blase im Nebel weitet sich aus, bis sich eine freie Fläche von ungefähr zwanzig Fuß Durchmesser um mich gebildet hat. Ein Nebelfinger kriecht auf dem Boden auf mich zu, zieht immer mehr Schwaden zu sich und richtet sich dann zu dem auf, was ich als Umock kennengelernt habe. Ganz plötzlich befinden sich rote Augen direkt vor mir.

Wieder sinke ich auf ein Knie. Ich denke nicht darüber nach. Dieser effektvolle Auftritt verlangt einfach danach. Meine Lampe stelle ich auf den Boden neben mir.

»Steh auf«, fordert Umocks Stimme. Sie erklingt in meinem Kopf, aber bei Weitem nicht so laut wie gestern, als ich sie das allererste Mal gehört habe.

»Danke für Euren freundlichen Empfang«, sage ich und richte mich auf. »Danke für das Geleit und die Begrüßung.«

»Schmier mir nur weiter Honig um das nicht vorhandene Maul. Ich höre dir zu gerne zu. Es ändert nichts an dem, was ich von dir verlange. Aber es erfreut meine Seele.«

Hitze kriecht über meinen Hals in mein Gesicht. »Ich komme mit guten Neuigkeiten. Wenn Ihr einverstanden seid, können wir die nichtssagenden Floskeln auch beiseitelassen und gleich bei den Punkten beginnen, die uns beide beschäftigen.«

Umocks Nebelgestalt umkreist mich in einer schnellen Bewegung und bleibt dann wieder vor mir stehen. »Wieso glaubst du zu wissen, welche Gedanken in meinem Kopf präsent sind?«

»Nun, ich dachte … Natürlich habe ich keine Ahnung, was Euch wichtig ist. Doch da wir unser letztes Gespräch an diesem Punkt beendet haben, dachte ich, es wäre angebracht, dort wieder anzuknüpfen.«

»Wir haben uns darüber unterhalten, dass der Zeitpunkt kommen würde, an dem du freiwillig Teil meiner Armee werden würdest. Ist der Augenblick jetzt da?«

Ich schüttle den Kopf. Nein, freiwillig werde ich dieses Zugeständnis nicht machen. Doch sollte es unumgänglich sein, dass ich meine Seele opfere, werde ich die Vereinbarung mit dem König der Seelenlosen eingehen. »Unsere

Verhandlungen haben sich auch um eine andere Forderung von Euch gedreht. Darüber hat der Fürst mit seinen Ratgebern und den Großen Zauberern dieses Kontinents …«

»Mit dir nicht?«, unterbricht mich Umock.

»Doch. Natürlich war ich auch Teil dieser Besprechungen. Wir haben uns darüber unterhalten, welches Risiko es für die Menschen unseres Landes bedeuten würde, wenn wir Euch Eure Freiheit zurückgeben. Ihr seid für Eure Grausamkeit und Rücksichtslosigkeit bekannt. Wenn Ihr nicht mehr vom Fluch daran gehindert werdet, Schaden anzurichten, könntet Ihr Euch gegen uns wenden.« Ich habe beschlossen, diesbezüglich ganz offen zu sein. Umock muss wissen, warum wir seiner Forderung nicht ohne Sicherheitsnetz nachgeben können.

»Was hast du über mich und mein Leben unter den Menschen gehört?«, fragt er. »Von welchen angeblichen Gräueltaten hat man dir berichtet?«

»Tatsächlich waren die Erzählungen sehr vage. Vielleicht wollt Ihr mir irgendeinmal Eure Version der Geschichte anvertrauen.«

Ich kann spüren, wie sich die Energiewellen, die von Umock ausgehen, verändern. Ich empfange einen Ausdruck von Überraschung, überlege, ob diese Emotion von Umock kommt oder ich nur glauben will, dass seine Emotionen in mein Bewusstsein dringen.

»Du klingst, als würdest du nicht alles glauben, was man dir gesagt hat«, stellt Umock fest.

»Üblicherweise bilde ich mir gerne selbst meine Meinung«, antworte ich. Zumindest versuche ich es. In Umocks Fall ist das leider nicht möglich. Alle Welt scheint der Meinung zu sein, eine Verschleierung seiner genauen

Taten sei notwendig. Niemand kann mir sagen, was er getan hat. Und die Schilderung von ihm selbst wird vermutlich auch nicht der Wahrheit entsprechen. Kennt ein Wesen der Dunkelheit überhaupt die Bedeutung von Lüge und Wahrheit? Benutzt er nicht beides, um seinen Willen zu erhalten?

Umock umkreist mich. »Du bist nicht davon überzeugt, dass die Geschichten übertrieben werden«, überlegt er laut. »Gleichzeitig vertraust du meinen Worten ebenfalls nicht. Mir scheint, du steckst in einer Zwickmühle.«

So würde ich meine Situation nicht beschreiben. »Wenn eine bösartige Behauptung erst einmal in die Welt getragen worden ist, kann sie nicht mehr ungesagt werden. Sie setzt sich in den Köpfen der Menschen fest. Sie kann nicht ausradiert werden. Stattdessen verändert sie sich, wächst an, entwickelt ein Eigenleben. Dinge werden beim Weitererzählen hinzugefügt, Details weggelassen. Nach kurzer Zeit kann niemand mehr sicher sein, wie hoch der Wahrheitsgehalt noch ist. Ich würde mein Vertrauen in nichts setzen, was andere behaupten, wenn ich nicht nachprüfen könnte, was tatsächlich der Wahrheit entspricht.«

»Gelingt dir das immer?«

»Nein, natürlich nicht. Es ist leider nicht immer möglich, zum Ursprung der Geschichte zurückzukehren. Dann muss man vorsichtig sein, wie viel man davon glauben möchte. Meist hört man bereits aus den Erzählungen, wie viel Wahrheitsgehalt in ihnen steckt. Deshalb verlasse ich mich nur auf vertrauenswürdige Berichte, in denen Fakten statt Fantasien gesammelt werden.«

Er rückt ein wenig näher. »Und was, wenn die Fantasien so überzeugend klingen, dass niemand daran zweifeln würde? Wäre es dann nicht möglich, dass das Wesen, über das diese Behauptungen aufgestellt wurden, irgendwann selbst daran glaubt?«

Ich zucke mit den Achseln. »Wie sollte ich das ausschließen können?«

»Wenn also jemand immer wieder hört, einen schlechten Charakter zu besitzen und die Erwartungen nicht zu erfüllen, die man in ihn setzt, wird es für den Adressaten dann nicht irgendwann wahr?«

Spricht er etwa von mir? Analysiert er mich? »Ich weiß nicht, worauf Ihr hinauswollt«, behaupte ich.

»Stell dir vor: Etwas, das du vor zweihundert Jahren getan hast, würde dir immer noch zur Last gelegt. Ein Fehler, den du begangen hast, prägte das Bild, das man von dir hat. Vor mehreren Hundert Jahren habe jemand entschieden, dass deine Herkunft aus dir einen schlechten Menschen macht. Was, wenn man deine Handlungen falsch verstanden hat, wenn man nicht versucht hat, herauszufinden, warum du zu einer Entscheidung gezwungen warst, sondern man in dir nur ein Monster sieht, das mit Sicherheit noch viel grausamere Hintergedanken hat, als es auf den ersten Blick den Anschein macht?«

Traurigkeit legt sich über mein Herz. Ich kenne das Gefühl, missverstanden und vorverurteilt zu werden. »Ist Euch das passiert?«

Er schlingt Kreise um mich, schwirrt immer schneller um mich herum, bevor er wieder vor mir anhält. Seine rot leuchtenden Augen fixieren mich. »Würde dir ein Ja die Zusammenarbeit mit mir erleichtern?«

So leicht kann er mich nicht provozieren. »Nein, es würde für mich keinen Unterschied machen. Ich werde

Euch gegenüber offen und ehrlich sein, egal welche Verbrechen Ihr bis jetzt begangen habt. Für mich spielt es keine Rolle, welches Leben Ihr früher geführt habt, wie Euer Dasein ausgesehen hat, bevor Ihr zum König der Nebelseelen wurdet. Ich lüge nicht und behaupte, diese Geschichte würde mich nicht interessieren. Sie wird aber nicht beeinflussen, was ich ab jetzt von Euch erwarte.«

»Für dein eigenes Seelenheil solltest du nicht zu viel erhoffen.«

»Nicht mehr als das, wozu Ihr mit Sicherheit fähig seid«, gebe ich zurück.

Umock schweigt. Er schwebt vor mir, entfernt sich so langsam, dass ich es erst bemerke, als er mit der uns umgebenden Nebelwand zu verschmelzen droht.

Damit schafft er es doch, mich nervös zu machen. Ich frage mich, was er mit diesem Verhalten bezweckt. »Habe ich Euch vor den Kopf gestoßen?«

»Dazu fehlt mir der Schädel«, gibt er zurück. »Ach, hätte ich einen menschlichen Körper, ich würde jedes einzelne Sprichwort in die Tat umsetzen. So bleibt mir nur dir zu versichern, dass mein Interesse an dir nicht verschwunden ist.«

»Verzeiht …?«

»Du faszinierst mich. Deine Ehrlichkeit, deine Offenheit, deine Neugierde, deine Energie. Beinahe möchte ich Furchtlosigkeit zu dieser Liste hinzufügen. Allerdings ist sehr deutlich, dass du zwar keine Angst mehr vor mir zu haben scheinst, es jedoch andere Dinge gibt, vor denen dir bange ist. Wer hat es geschafft, in dir so eine überraschende Mischung an Eigenschaften zu vereinen? Darf ich deiner Familie dafür danken?«

Über meinen Großvater will ich nicht sprechen. Überhaupt beginnt dieses seltsame Thema mich zu beunruhigen. Ich habe gedacht, Umock würde sich sofort nach den Ergebnissen der Gespräche erkundigen. Ich weiß, er will immer noch wissen, ob man ihm seine Forderungen erfüllt. Weshalb also lässt er sich so viel Zeit? Hat er doch etwas von den Unterhaltungen mitangehört, die über ihn geführt worden sind? Ich habe alle wichtigen Männer und alle Soldaten unseres Trupps informiert, Umocks Name nicht laut auszusprechen. Hat jemand meine Anweisungen nicht befolgt?

»Wisst Ihr bereits, welche Nachricht unser Fürst mir für Euch mitgegeben hat?«, frage ich geradeheraus.

»Da ist deine Direktheit wieder, die mich immer wieder überrascht.« Umock lacht leise. »Nein, ich habe keine Ahnung, wie er auf meine Forderungen reagiert hat. Es war offensichtlich ein Fehler, dich auf meine Fähigkeit hinzuweisen, die Gespräche belauschen zu können, in denen mein Name genannt wird.«

»Ich glaube nicht, so ein Fehler ist Euch unabsichtlich unterlaufen.«

Das Lachen verstummt. »Schlaues kleines Menschenwesen. Du bist nicht so leicht zu täuschen, wie ich angenommen habe.«

Dieses Lob ignoriere ich. »Ihr wolltet mich auf die Probe stellen. Wolltet Ihr überprüfen, wie gut es mir gelingt, mir Respekt zu verschaffen? Wolltet Ihr wissen, ob man auf mich hört? Wolltet Ihr herausfinden, ob ich mein Wissen für einen Trick benutze?«

»Möglicherweise ein wenig von allem. Mir ist immer daran gelegen, die Schwachstellen meines Gegenübers genau zu kennen. Das kann von unschätzbarem Vorteil für mich sein, wenn es darum geht, ein Gespräch zu kontrollieren.«

»So könnt Ihr Euren Verhandlungspartner leichter manipulieren«, korrigiere ich. Wut steigt in mir auf. Die Faszination, die ich aufgrund seiner Macht und seines schwer greifbaren Charakters empfunden habe, verpufft von einer Sekunde zur nächsten. Ich fühle mich beleidigt.

»Verzeih mir, wenn ich in alte Verhaltensmuster falle«, sagt er mit unerwartet sanfter Stimme, die allerdings nicht ausreicht, um mich einzulullen. »Was kann jemand wie ich schon tun? Ich sitze hier in diesem Sumpf fest. Die Menschen meiden mich aus Angst. Einer kleinen Ablenkung kann ich also nicht widerstehen.«

»Als Ablenkung wurde ich noch niemals bezeichnet. Und man hat mir in meinem Leben schon viele Beleidigungen an den Kopf geworfen. Genug von diesen Spielchen. Wir haben Wichtigeres zu klären. Ihr habt Eure Freiheit als Gegenleistung für Eure Hilfe bei diesem Krieg gegen unsere Feinde verlangt. Mein Fürst und die Großen Zaubermeister dieses Kontinentes sind damit einverstanden. Allerdings haben sie eine Gegenforderung gestellt.«

Er lacht noch einmal auf. Der Laut jagt eine Gänsehaut über meine Arme. »Meine Neugierde ist geweckt. Welche absonderlichen Dinge verlangt man von mir, damit ich durch den Fluch nicht mehr an diese Sümpfe gebunden bin? Soll ich meine Armee aus ihrem Eid entlassen? Soll ich allein auf dieser Welt wandeln, ohne neue Soldaten zu rekrutieren?«

Eine Möglichkeit, an die wir ärgerlicherweise gar nicht gedacht haben. Ich bezweifle jedoch, dass das einen Unterschied für Menschen gemacht hätte, die er als Belästigung gesehen hätte. Wer ihm persönlich im Weg steht, könnte immer noch vernichtet werden. Wenn er die Macht erhält, anderen zu schaden, wird er es tun. Jemand wie er kennt mit Sicherheit nichts anderes.

»Ihr könnt Euch mit Euren Männern frei über unseren Kontinent bewegen. Allerdings werdet Ihr Euch dazu verpflichten, keinen Schaden anzurichten. Ihr dürft weder Land noch Leute belästigen oder angreifen.«

»Das verdirbt mir doch den ganzen Spaß«, brummt er.

Der Satz trifft mich wie ein Schlag in den Magen. Ist das sein Ernst? Handelt es sich bei ihm tatsächlich um das Monster, das alle in ihm sehen? Zeigt er mir jetzt endlich sein wahres Gesicht?

Reglos starre ich das körperlose Wesen an, das zwar Nebel beeinflussen kann, das immer noch genug Macht besitzt, um Menschen in diesen Sumpf und damit ins Verderben zu locken, das jedoch nicht in der Lage ist, diesen trostlosen Ort zu verlassen. Ich habe Mitleid mit ihm empfunden. Im Moment jedoch verachte ich ihn für seine Hartherzigkeit.

»Du müsstest dein Gesicht sehen. Es wirkt, als hätte man dich gezwungen, abgestandenes Wasser zu trinken. Die Flüssigkeit in den Sümpfen hier riecht übel. Die würde ich meinen Gästen niemals aufdrängen.«

»Tut nicht so, als wäre Euch gleichgültig, was von Euch verlangt wird«, befehle ich. »Eure Freiheit ist Euch wichtig, egal wie abgebrüht Ihr Euch jetzt gebt. Gelingt es Euch nicht einmal fünf Minuten lang, nicht die Rolle des selbstüberschätzenden Bösewichts zu spielen?«

Ich habe mich in Rage geredet. Ich sollte sofort zurückrudern und mich entschuldigen, aber ich habe es satt, diese Verhandlungen komplizierter zu machen, als sie sind. Umock bringt mich dazu, die Nerven zu verlieren. Das ist noch niemandem gelungen. Schließlich hat Oremazz mich gelehrt, mich ruhig und zurückhaltend zu verhalten. Man könnte beinahe glauben, Umock würde versuchen, mich absichtlich aus der Reserve zu locken.

Und wieder steigt Verärgerung in mir auf. »Versucht Ihr etwa, mich dazu zu bringen, einen Fehler zu machen und etwas über mich zu verraten, was Ihr gegen mich verwenden könnt?«

»Ich mag es, wie schnell dein Verstand arbeitet«, behauptet Umock und kommt wieder näher. Er schwebt in weiten Kreisen um mich herum. »Du bist emotional, aber kontrolliert. Meine Achtung für dich steigt immer mehr. Noch niemals habe ich jemanden kennengelernt, der sich mir gegenüber gleichzeitig so respektlos und so ehrerbietig verhalten hat.«

Diesem unsinnigen Gebrabbel werde ich keine Aufmerksamkeit zeigen. Wir müssen diese Verhandlung schnellstmöglich abschließen, damit ich aus dem Dunstkreis dieses Wesens flüchten kann. »Ihr könnt Eure Männer in Eurer Nähe behalten. Ihr hättet Eure Macht zurück. Ihr könntet wieder durch das Land ziehen, wie Ihr es früher getan habt.«

»Nur kann ich dieses Mal mit all der Magie, die in mir wohnt, nichts anfangen.«

Wieder ein Einwurf, von dem ich mich nicht provozieren lasse. »Ihr könntet sie für das Gute einsetzen.«

Umock lacht so laut auf, dass der Laut in meinem Kopf widerhallt. Wie bei unserem ersten Zusammentreffen breitet sich das Geräusch in meinem Verstand aus und lähmt ihn. Es schwillt an, bis es schmerzhaft wird. Es tut so verdammt weh, dass ich zu Boden gehe und mir die Hände auf die Ohren drücken muss.

Das Lachen erstirbt ganz abrupt. In meinem Kopf scheint immer noch ein Echo davon festzusitzen. Langsam ebbt der Schmerz allerdings ab. Ich werde mir des harten, feuchten Bodens unter meinem Körper bewusst.

»Tut mir leid.« Nicht mehr als ein Flüstern. Die Worte erklingen direkt neben mir.

Tatsächlich meine ich einen besorgten, schuldbewussten Tonfall in Umocks Stimme zu entdecken. Ist er zu so einer menschlichen Reaktion überhaupt fähig?

Ich setze mich vorsichtig auf, bleibe allerdings auf der kalten Erde knien. Testweise nehme ich meine Hände von meinen Ohren und warte, ob der Schmerz wiederkehrt. Als die Stille in meinem Gehirn bestehen bleibt und der Schwindel nachlässt, hebe ich meinen Blick zu Umock. Seine roten Augen befinden sich direkt vor mir. »Ihr mögt durch diese Vereinbarung nicht mehr die gleiche Macht besitzen wie zuvor. Man mag Euch nicht mehr so fürchten wie in früheren Jahren. Aber Ihr wäret nicht mehr gezwungen, die Ewigkeit ausschließlich in diesen Sümpfen zu verbringen. Ihr müsstet nicht in Anouk bleiben. Ihr könntet die ganze Welt bereisen. Möglicherweise wärt Ihr sogar in der Lage, diesen Kontinent zu verlassen. Das ist nur den wenigsten Lebewesen vergönnt. Ihr solltet dankbar sein, dass man Euch begnadigt.«

»Das würde voraussetzen, dass ich etwas Schreckliches getan habe, das diese Behandlung rechtfertigt«, gibt er zu bedenken.

»Dann seid Ihr der Meinung, diese Bestrafung nicht verdient zu haben?«

»Eine Frage, die ich nach all diesen Jahrzehnten in Verbannung nicht mehr objektiv beantworten kann. Als König der Nebelseelen habe ich Aufgaben, die den Menschen nicht gerecht erscheinen mögen. Ich habe mich diesbezüglich vor ihnen zu rechtfertigen, auch wenn ich meine Anweisungen von den Göttern erhalten habe. Ich habe Verständnis, dass man mich dafür hasst. Doch ich hatte keine andere Wahl. Wohin das Ungleichgewicht der Mächte uns geführt hat, sehen wir ja jetzt.«

Verwirrt halte ich inne. »Ihr meint, die Ankunft unserer Feinde ist die Bestrafung dafür, dass Ihr Eure Herrschaft nicht mehr so führen könnt, wie Ihr es vor dem Fluch getan habt?«

Eine Nebelschwade bewegt sich von dem Körper weg, den Umock gebildet hat. Fast wie eine Hand kommt sie auf mich zu und streicht über meine Wange. »Wäre das nicht ein wunderschöner Gedanke?«

Ich seufze ungehalten. Die Berührung der Nebelhand auf meiner Haut fühlt sich überraschend real und angenehm an. Es ist lange her, dass mir jemand Zuneigung gezeigt hat. Es wäre verlockend, mich in diese körperlose Hand zu schmiegen. Aber welchen Eindruck würde ich dadurch bei Umock erwecken? »Seid Ihr in der Lage, diese Situation so ernst zu nehmen, wie es angebracht ist?«

»Oh, das tue ich. Allerdings versuche ich die ganze Zeit, mir meine Aufregung und meine Nervosität nicht anmerken zu lassen. Wir sprechen über meine Zukunft, über das, was in den nächsten Jahrhunderten mein Dasein bestimmt. Das ist doch … beängstigend. Ich befürchte allerdings, dieses Geständnis ist nicht dazu gedacht, dich entspannter werden zu lassen.« Seine unsichtbaren Finger tasten über meine Wange.

Nun erwische ich mich doch dabei, wie ich die Augen schließe, um zu analysieren, wie er das zustande bringt. Nein, natürlich weckt das keine Gefühle in mir. Es interessiert mich lediglich vom Standpunkt eines Zauberers aus, und ich kann mich besser konzentrieren, wenn ich alle anderen Sinneseindrücke beiseiteschiebe.

»Neugieriger kleiner Mensch.« Die Worte vibrieren in meinem Inneren. »Du interessierst dich für Dinge, die über deinen Verstand hinausgehen.«

»Wenn ich nicht einmal versuchen würde, Eure Fähigkeiten zu verstehen, wäre ich ein schlechter Zauberlehrling.«

»Ich kann dich vieles lehren. Ich kann dir Dinge zeigen, von denen du nicht einmal etwas ahnst. Schließe dich mir an, und du hast den Rest der Ewigkeit Zeit, dazuzulernen.«

Ein verlockendes Angebot. Hätte ich nicht bereits in Betracht gezogen, ihn mit der Vereinbarung über meine Seele dazu zu bewegen, uns zu helfen, würde er mich mit diesem Versprechen vielleicht dazu bringen können. Das Wissen, das er in seinem langen Dasein angesammelt haben muss, übt einen verbotenen Reiz auf mich aus. Mir einen Teil davon anzueignen, würde mich zum größten Zauberer machen, den diese Welt jemals gesehen hat. Nur dass ich dann nicht mehr leben würde, um die Zauber anzuwenden.

Welche Fähigkeiten seine Soldaten aus ihrem Leben vor ihrem Tod behalten haben?

»Wie lange seid Ihr bereits König der Nebelseelen?«, frage ich. Meine Stimme ist belegt, weshalb ich mich hastig räuspere, um darüber hinwegzutäuschen.

»Viele, viele Hunderte Jahre.«

Der Zeitraum raubt mir den Atem. »Und davor habt Ihr ein normales Leben geführt?«

»Mit der Bezeichnung normal kann ich nichts anfangen«, gibt er zurück. »Würdest du dein Leben als normal bezeichnen?«

Ich schüttle den Kopf und öffne die Augen. Die rotglühenden Augen sind so nahe vor mir, dass ich überrascht blinzle. »Mein Leben ist ungewöhnlich, weil ich als Enkel des Großen Zaubermeisters immer gewusst habe, dass ich anders bin als die anderen. Oremazz hat mich darauf vorbereitet. Auf seine ruppige, kühle Art. Das ist der Hauptgrund, weshalb ich Normalität nicht kenne. Durch ihn bin ich …« Abrupt stoppe ich.

»Mir scheint, wir sind uns in diesem Punkt ähnlich. Auch ich habe mein Dasein auf meine Bestimmung ausgerichtet. Du hast dich mit Magie beschäftigt. Ich habe alles darüber gelernt, wie man ein Volk regiert.«

»Wusstet Ihr schon damals, dass aus Euch der König der Nebelseelen werden würde?«, frage ich überrascht.

»Nein. Ich hätte über ein Menschenvolk regieren sollen. Einige falsche Entscheidungen als junger Mann und einige Wutausbrüche meines Vaters später war ich ein Verstoßener. Ich weiß, dass ich damals viele schlimme Dinge getan habe. Mein schlechter Ruf hat seine Berechtigung. Dass mir das weggenommen worden ist, was ich als mein

Geburtsrecht gesehen habe, ist schuld an meinem Hunger nach Macht. Ich war ein leichtes Fressen für die Götter. Gerne rede ich mir ein, dass sie mich manipuliert haben, damit ich zu dem werde, der ich heute bin. Die Wahrheit ist allerdings, dass ich einfach nur gierig darauf war, meine Macht zurückzuerhalten. Darum bin ich einen Handel mit ihnen eingegangen. Ich habe versucht, durch die Magie, die die Götter mir geschenkt haben, meinen Vater dazu zu bringen, mir den Thron zu überlassen. Als er sich geweigert hat, habe ich Dinge getan, auf die ich nicht stolz bin.«

Er verstummt und weicht etwas vor mir zurück. Langsam schiebt er die Hand weg, bis sie wieder ein Teil seines Nebelkörpers geworden ist. Sofort bemerke ich ein seltsames, sehnsüchtiges Kribbeln auf meiner Haut. Ich wünsche mir die Nebelfinger zurück. Was für ein verrückter Gedanke.

Seiner Geschichte habe ich gespannt gelauscht. Sie fasziniert mich. Er fasziniert mich. Auch wenn ich mir nicht sicher bin, dass ich ihm Glauben schenken darf, möchte ich mehr davon erfahren.

Ich beiße mir auf die Unterlippe, um ihn nicht um das Ende seines Berichts zu bitten. In diesem Moment hat er mir eine verletzliche Seite von sich gezeigt. Ich möchte nicht glauben, dass er mich belügt. Wenn das nur zu dem Theaterstück gehört, das er von Anfang an für mich gespielt hat, werde ich ihm das nicht verzeihen. Mit seinen Manipulationsversuchen und seinen Erpressungen komme ich zurecht. Denn das entspringt der Hoffnung, den Fluch abstreifen zu können. Sollte er mich seine Vergangenheit betreffend belügen, wäre ich unglaublich verärgert.

Umock kreist um mich. Erst ganz langsam, beschleunigt er nach und nach das Tempo. Ob es ihn beruhigt, sich bewegen zu können? Die Schwingungen, die von ihm ausgehen, deuten so etwas an. Allerdings weiß ich nicht, ob ich die Zeichen richtig lese.

Während ich noch darauf warte, dass er mir weitere Details über sich verrät, verschwinden seine Augen. Sein Nebelkörper drückt sich auf die Erde, gleitet näher und schiebt sich unter meinen Körper. Mit einem überraschten Laut hebe ich die Arme, als der Nebel in meinen Kniekehlen und in meinem Rücken dichter wird und mich hochdrückt. Obwohl er keinen Körper besitzt, gelingt es ihm irgendwie, mich aufzurichten. Der Nebel hat mich nicht nur berührt, als wäre er ein lebendiges Wesen. Er hat mich sogar bewegt!

»Ist das etwas, das du durch die Magie der Götter kannst?«, frage ich und versuche, über meine Schulter zu blicken. Dann drehe ich mich auf die andere Seite und beobachte den Nebel, wie er sich von mir wegbewegt. Die Nebelschwade umkreist mich, bevor sie wieder zu der Form wird, in der sich Umock mir zeigt. Die rotglühenden Augen richten sich wieder auf mich.

»Es hängt vielleicht auch nur damit zusammen, dass ich der König der Seelenlosen bin«, sagt er amüsiert.

»Aber hast du schon einmal überlegt, ob du …« Entsetzt halte ich inne. Wie kann ich es wagen, zu einer vertraulichen Anrede zu wechseln? »Verzeiht mir. Das war nicht angebracht. Es wird nicht noch einmal vorkommen.«

»Das wäre aber schade. Schließlich habe ich gehofft, wir beide könnten Freunde werden.«

Ein unfähiger Zauberlehrling und der König der Nebelseelen? Freunde? Ein absurder Vorschlag.

Umock lacht auf. »Natürlich werde ich dich zu nichts zwingen.«

»Es ist nur ... Schließlich seid Ihr ... Wie seid Ihr zum König der Nebelseelen geworden?«

»Diese Geschichte heben wir uns für ein anderes Mal auf«, schlägt Umock vor. »Ich will doch nicht riskieren, langweilig für dich zu werden.«

»Nein, ich könnte niemals genug über Euch ... Ihr würdet niemals ... Ich danke Euch, dass Ihr mir bereits so viel anvertraut habt.« Das Ende meiner Antwort gefällt mir besser als das Gestammel dazwischen.

»Es freut mich, dass du mir ohne Vorurteile zugehört hast. Nicht oft bin ich jemandem begegnet, der mich wenig genug gefürchtet hat, um mir zuzuhören. Die meisten Besucher kommen nur, um mir Wünsche vorzutragen, die ich ihnen erfüllen soll. Als wäre ich dazu in der Lage! Wenn sie mir ihre Seele versprechen, kann ich einfache Zauber wirken. Doch meist erwarten sie mehr von mir, als ich ihnen geben kann. Die Menschheit hat verlernt, dankbar zu sein.«

Ist der Tadel in seiner Stimme ernst gemeint? Er bezeichnet uns Menschen für undankbar und verlangt selbst so viel von mir? »Hegt Ihr nicht selbst große Erwartungen?«

Er macht eine schnelle Runde um mich herum. »Weil ich dich gebeten habe, um meine Freiheit zu verhandeln?«

Ich nicke.

»Möglicherweise bin ich nicht so selbstlos, wie du mich gerne sehen würdest. Würde es dir gefallen, wenn ich meine

Hilfe und meine Magie zu eurer Verfügung stellen würde, ohne eine Gegenleistung zu verlangen?«

»Das würde ich Euch nicht abkaufen. Auch wenn ich nicht denke, dass Menschen grundsätzlich nicht zu schätzen wissen, wenn ihnen Positives widerfährt, ist mir klar, dass sie keine selbstlosen Wesen sind. Wenn ich nicht glaube, meine Mitmenschen würden ohne persönliche Motivation Gutes tun, dann kann ich es auch nicht von Euch verlangen.«

»Dein Großvater und dein Fürst sind anderer Meinung.«

Ein Augenrollen unterdrückend seufze ich. Die beiden erwähnten Männer sind viel zu sehr von ihrer eigenen Wichtigkeit überzeugt. Sie selbst würden niemals ihre eigenen Vorteile außer Acht lassen. »Mir war von Anfang an klar, es braucht mehr als eine höfliche Bitte, um Euch zu unserem Verbündeten zu machen. Ich habe nicht erwartet, es würde Euch genügen, Euch für die Zeit des Krieges frei bewegen zu können. Dass Ihr einen Vorteil für Euch herausschlagen wollt, kann ich Euch nicht zum Vorwurf machen.«

»Und du hältst es für eine gute Idee, wenn der Fluch aufgehoben wird, der auf mir liegt?«, fragt Umock mit dunkler Stimme. »Auch wenn die Rede davon ist, meine Freiheit untrennbar mit verrückten Bedingungen zu verknüpfen, soll ich deiner Meinung nach darauf eingehen?«

»Ich bin nicht naiv genug zu denken, Ihr könntet nicht versuchen, Eure alte Schreckensherrschaft wieder aufzunehmen. Die Leute werden Euch fürchten, selbst wenn Ihr schwören solltet, sie in Ruhe zu lassen. Die Gerüchte, die alle Welt von Euch gehört hat, werden all Eure Taten in schlechtem Licht erscheinen lassen. Ihr habt keine Chance, von den Menschen nicht gehasst zu werden, wenn wir nicht dafür sorgen, dass man Euch durch die Abänderung des Fluches vertrauen kann. Das ist der Grund, weshalb ich unserem Fürsten diesen Vorschlag unterbreitet habe.«

»Du?« Ganz plötzlich schießt Umock auf mich zu.

Ich weiche nicht zurück. »Ja.«

»Du hast dich auf die Suche nach einer Möglichkeit gemacht, wie man meine Macht beschränken kann, damit du nicht mehr Angst vor mir haben musst?«

»Das war nicht der Grund, weshalb ich dem Fürsten diesen Vorschlag unterbreitet habe«, wehre ich mich. »Ich habe keinen Vorteil davon, wenn Ihr weniger Kräfte besitzt als jetzt. Ich denke, Ihr werdet davon profitieren, weil man Euch nicht länger mit übertriebener Vorsicht begegnen wird. Furcht empfinde ich in Eurer Nähe nicht.«

Wie kann er so von mir denken? Ich habe doch damit nicht versucht, meine Angst vor ihm zu bekämpfen. Ich fürchte mich nicht vor ihm. Nicht mehr, seit ich ihn kennengelernt und ihn durchschaut habe. Tief im Inneren dieses machtvollen Nebelwesens existiert noch ein Funken seiner alten Sehnsüchte. Irgendwo dort drinnen gibt es noch etwas Menschlichkeit. Wie isoliert er sich fühlen muss. Wie einsam.

Halt! Einen Moment. Er ist König einer Armee von Seelen. Einsamkeit kennt er bestimmt nicht. Wir haben uns über seine Männer unterhalten, gesehen habe ich sie allerdings noch nicht. Weshalb vermittelt er mir den Eindruck von Verlorenheit? Hat er seine Macht über sie eingebüßt? Haben sie ihn allein gelassen?

»Wo versteckt sich Eure Armee?«, frage ich.

»Im Nebel um uns herum.«

Zweifelnd lasse ich meinen Blick schweifen, bevor er wieder zu Umock zurückkehrt. Nichts als Nebel rund um uns. Wenn sie wie ihr König nicht mehr als eine Ansammlung von Energie sind, könnte das eine Erklärung dafür sein, weshalb sie nicht zu erkennen sind. Dennoch sehe ich immer wieder zu den sich bewegenden Schwaden hinter Umock und neben mir. Ist er als ihr König in der Lage, sie vor meinen Augen erscheinen zu lassen?

»Denkst du, ich lüge dich an?«, erkundigt er sich ungläubig. »Erst willst du mich zu einem harmlosen Schoßhündchen degradieren, und dann unterstellst du mir, ich hätte ohnehin keine Macht mehr, die jemandem gefährlich werden könnte?«

»Natürlich nicht. So habe ich das nicht gemeint.« Dieses Gespräch entgleitet mir immer mehr. Ich lasse mich zu sehr von ihm ablenken. Damit ist jetzt Schluss. »Die Vereinbarung. Nehmt Ihr sie an? Helft Ihr uns im Kampf gegen unseren Feind? Wollt Ihr im Gegenzug die Aufhebung des Fluchs? Seid Ihr bereit, dafür Einschränkungen Eurer Macht in Kauf zu nehmen?«

»Wirst du nach deinem Tod Teil meiner Armee werden?«, stellt er eine Gegenfrage.

Alles in mir wehrt sich dagegen. Ich glaube an das Gute, das Licht, die Liebe. Umock steht für das Böse, die Dunkelheit, den Hass. Wenn er zustimmt, seine Macht nicht für Grausamkeiten einzusetzen, dann gibt es vielleicht eine Möglichkeit, dass die Ewigkeit für mich nicht zum Albtraum wird.

»Wenn Ihr schwört, keine unschuldige Menschenseele zu verletzen, werde ich Teil Eurer Armee.«

Die Schwingungen, die von ihm ausgehen, verraten mir, dass er meine Formulierung albern findet. Er weiß genauso gut wie ich, dass es keine Wesen gibt, die völlig unschuldig sind. Er weiß, dass es schwierig ist, ihn mit diesem Begriff an Unfug zu hindern. Trotzdem werde ich ihm vertrauen, wenn er den von mir geforderten Schwur leistet.

»Das schwöre ich, wenn du mir im Gegenzug deine Seele für die Ewigkeit versprichst.«

»Ich schwöre«, sage ich. Für die Menschen, die ich dadurch vielleicht retten kann.

»Ich schwöre«, antwortet Umock.

Zur Besiegelung unserer Vereinbarung will ich ihm eigentlich die Hand schütteln. Aufgrund seines fehlenden Körpers ist das leider nicht möglich. »Reicht es, wenn wir die Worte aussprechen?«

Von Umock kommt ein Brummen. »Ich kann dir leider nicht mehr Sicherheit bieten. Du musst an mich glauben. Und daran, dass die Abänderung des Fluches so funktioniert, wie ihr euch das vorstellt.«

Weiß er etwa, dass es diesbezüglich Zweifel gibt? Hofft er darauf, dass wir scheitern?

»Ihr dürft keine Hintertür suchen«, fordere ich. »Ihr dürft die Abmachung nicht brechen, wenn Ihr eine Möglichkeit findet.«

»Dein Misstrauen kränkt mich. Ich habe es nicht notwendig, zu betrügen. Möglicherweise ist es gar nicht einmal schlecht, wenn ich mich für eine Zeit lang von Ärger fernhalte.«

»Nicht nur eine Zeit lang«, erinnere ich ihn. »Die Einschränkungen gelten für die Ewigkeit.«

»Als würdest du dir diese Zeitspanne auch nur ansatzweise vorstellen können.« Er schwebt einmal um mich herum. »Und jetzt zu dir. Damit ich sicher sein kann, dass deine Seele nach deinem Tod tatsächlich an meiner Seite bleibt, musst du einen Blutschwur leisten.«

Meine Brust wird eng, als mir klar wird, worauf er anspielt. Ich habe die Entscheidung getroffen. Ich habe meine Zustimmung erteilt. Dennoch fühlt es sich erst jetzt real an. »Wie?«

Umock bewegt sich auf und ab. »Du musst dein Blut fließen lassen, um unser Bündnis zu schließen. Du kannst dich in einen Finger schneiden, oder …«

»Das ist mir klar. Ich habe nur kein Messer bei mir.«

»Oh, verstehe. Dieses Problem können wir rasch beheben.« In seiner Stimme schwingt Begeisterung mit. Als hätte er gedacht, ich würde doch noch einen Rückzieher machen.

Lässt er jetzt eine Waffe vor mir erscheinen? Kann er aus dem Nebel formen, was er benötigt? Wie aufregend, ihm dabei zuschauen zu können, wie er Magie wirkt. Vielleicht kann ich dabei etwas lernen, das mir hilft …

Wind kommt auf. Er bläst mir so unerwartet entgegen, dass ich mich nicht mehr dagegen lehnen kann. Ich taumle zurück. Eine Nebelschwade in meinem Rücken hindert mich daran, das Gleichgewicht zu verlieren. Dann ertönt ein Geräusch, das mich zusammenzucken lässt.

Meine Lampe ist umgekippt. Das Glas, das die Flammen vor Wind schützen soll, ist zerbrochen. Jede Menge großer und kleiner Scherben liegen jetzt vor meinen Füßen.

»Bitte sehr«, sagt Umock.

Ungläubig starre ich auf den Boden und sehe dann zu Umock auf. »Ihr habt meine Lampe zerstört, damit ich mich mit einer Scherbe schneiden kann?«

»Die einfachste Möglichkeit ist manchmal die beste.«

»Ich dachte, Ihr würdet mir einen Zauber zeigen«, stelle ich enttäuscht klar. »Ich habe angenommen, Ihr wärt in der Lage, mir etwas beizubringen.«

»Sieh mich an, Lesithder. Ich bin ein Wesen ohne Körper, ein Zauberer, dem die Magie gestohlen worden ist. Sobald ich diesen Sumpf verlassen habe, zeige ich dir Dinge, die du nicht für möglich hältst. Wenn du willst, lehre ich dich Zauber, von denen du noch nie etwas gehört hast. Du kannst mein Lehrling sein. Alles, was du dafür tun musst, ist, eine dieser Scherben zu nehmen, dich zu schneiden und mir den Blutschwur zu leisten.«

Der Zauberlehrling des Königs der Nebelseelen, des mächtigsten Herrschers, den ich jemals getroffen habe. Ohne zu zögern, bücke ich mich zu meiner zerbrochenen Lampe, hebe ein Stück Glas auf und ritze mir damit in den Daumen meiner linken Hand. Es kostet mich etwas Überwindung, die scharfe Kante fest genug in mein Fleisch zu drücken, damit Blut aus der entstehenden Wunde tritt. Nachdem ich zu Beginn zu zögerlich war, übertreibe ich es scheinbar. Mehr Blut als gedacht läuft über meine Finger und verursacht ein flaues Gefühl in meinem Magen. Ich lasse die Scherbe fallen und halte meine Hand unter den Daumen, damit der rote Lebenssaft nicht auf die Erde tropft. Das ist die letzte Gelegenheit, einen Rückzieher zu machen.

Ich sehe hoch in das, was dank der glühenden Augen wie das Gesicht von Umock wirkt. Ein letztes Mal tief Luft holen. Dann hebe ich meine Hand mit dem verletzten Daumen. Mein Blut benetzt rasch den Boden des Sumpfes. Aufgrund der Dunkelheit und des Nebels habe ich nicht erwartet, dass man die Feuchtigkeit erkennen würde. Doch mit jedem weiteren Tropfen, der die Erde berührt, wird es um uns herum heller.

»*Mit meinem Blut verspreche ich Euch meine Seele nach meinem Tod. Ich schwöre Euch Treue aus der Tiefe meines Herzens und erkenne Euch als Hüter meiner Seele an. Ich werde Euch als meinem König dienen, wenn die Zeit gekommen ist.*«

Warmer Wind streicht über mein Gesicht. Die Energieschwingungen von Umock zeigen mir deutlich, dass er mit meinen Worten zufrieden ist. Ich habe ihm gerade meine Seele für die Zeit nach meinem Tod versprochen. Ich habe es aus voller Überzeugung getan. Doch die Stimme aus der dunkelsten Ecke meines Verstandes warnt mich, der Schwur könnte schon jetzt weitreichendere Folgen haben, als ich angenommen habe.

Umock umkreist mich und wirkt mit jeder Sekunde begeisterter. Noch bin ich allerdings mit meinem Schwur nicht am Ende angelangt.

»*An diesen Blutschwur fühle ich mich gebunden, solange Ihr Euch an das Versprechen haltet, das Ihr mir gegeben habt*«, setze ich nach. »*Götter, hört meine Worte. Ihr seid Zeuge dieses Bundes für die Ewigkeit.*« Jetzt erst bin ich zufrieden.

»Diese letzte Spitze in meine Richtung konntest du dir wohl nicht verkneifen«, beschwert sich Umock. »Aber nun gut. Da ich nicht vorhabe, mich meiner Verantwortung zu entziehen, habe ich keinen Grund, dir deine Worte übelzunehmen. Du gehörst jetzt zu mir.«

»Nach meinem Tod, Umock. Meine Seele gehört Euch nach meinem Tod. Doch bis dahin vergeht noch viel Zeit. Ich weiß gar nicht, welch ein Mensch ich zu dem Zeitpunkt sein werde.«

Er lacht leise. »Zumindest wirst du danach kein Mensch mehr sein.«

Natürlich. Wie ärgerlich von mir, dass ich diesen Ausdruck verwendet habe. »Der Krieg wird mich verändern. Wir werden sehen, ob das, was danach von meiner Seele übrig ist, für Euch überhaupt noch von Nutzen ist.«

»Glaub mir, dieser Krieg wird dich unzweifelhaft verändern. Aber er wird dich nicht brechen. Ich kann spüren, was in dir steckt. Dein Schicksal wartet noch auf dich. Deine Seele wird meine Armee mächtiger machen, als du es dir vorstellen kannst.«

Für Nervosität ist es zu spät. Ich habe den Schwur bereits geleistet. Möglicherweise hätte ich davor ein paar Fragen stellen sollen. Aber ich weiß aus meinen Recherchen für die Verhandlungen mit ihm, dass es sich mit den Seelen, die sich ihm anschließen, genauso verhält wie mit denen, die sich entscheiden, Engel zu werden. Ihre Körper verwesen. Die Spuren der Magie, die sich bei ihrer Geburt in ihrem Körper befinden und mit der Zeit nachlassen, werden in den Kreislauf des Lebens zurückgeführt. Jeder Mensch benötigt Magie, um auf dieser Erde wandeln zu können. Im Laufe der Jahre verbrauchen wir einen Teil davon und leiten sie in das System des Lebens ab. Wir können es nicht in das Leben nach unserem Tod mitnehmen. Nicht einmal wir Zauberer behalten unsere Magie. Worauf also hofft er?

»In den Aufzeichnungen, die ich über Euch gelesen habe, steht nichts davon, dass die Seelen, die sich Euch anschließen, für Eure Macht notwendig sind«, sage ich vorsichtig.

»Bisher hat sich auch noch kein Zauberer dafür entschieden, sich meiner Autorität zu unterwerfen. Wir werden noch sehen, wozu du mich durch deine Magie befähigst.«

In meinem Magen entsteht ein schwerer Knoten. Ich habe nicht angenommen, dass mein Zaubererdasein Auswirkungen auf meine Seele haben könnte. »Verliere ich die nicht durch meinen Tod?«

»Bei allen Göttern, ich hoffe nicht. Das würde all meine Pläne zerstören. Warum lassen wir beide uns nicht einfach von der Zukunft überraschen?«

»Hört, Ihr Götter. Seid Zeuge dieses Moments, in dem ein Fluch aufgehoben wird, der vor fast zweihundert Jahren geschlossen wurde.« Die Stimme meines Großvaters ist ruhig und ehrenvoll. Sie klingt in meinem Kopf, kommt aus meinem Mund. Ich bin das Werkzeug, das es ihm und den anderen Großen Zaubermeistern ermöglicht, über die Entfernung hinweg die Magie zu leiten, die für das Sprechen der Sprüche notwendig ist. Der Zauber, der dafür gesorgt hat, dass Umock mich nicht beeinflussen kann, ist aufgehoben, damit mein Großvater durch mich wirken kann. Da noch weitere Zauberer meinen Verstand benutzen werden, muss ich mich gleich von meinen Sinnen verabschieden.

Der Nebel tritt zurück. Die Sonne steht hoch über mir. Ich kann ihre Wärme auf meiner Haut fühlen, während die Kühle und die Feuchtigkeit der Luft immer weiter abnehmen. Umock ist mit den Nebelschwaden verschmolzen. Seine rotglühenden Augen zeigen mir nicht, wo er sich befindet. Diese Tatsache verursacht unangebrachte Enttäuschung.

Ob er mich beobachtet? Hat er sich zurückgezogen, um unter seinen Männern diesen Augenblick des Triumphes zu feiern? Wartet er bereits an den Grenzen der Sümpfe auf die Sekunde, in der sie keine Barriere mehr für ihn darstellt?

»Wir haben uns hier versammelt, um die Worte ungeschehen zu machen, die unsere Vorfahren ausgesprochen haben«, verkündet Oremazz. Er leitet die Fluchaufhebungszeremonie mit meiner Hilfe. Ich kann spüren, wie er meinen Körper immer mehr in Besitz nimmt. Nicht mehr lange, und ich werde keinen Platz mehr in meinem Verstand haben. Auch die anderen Zaubermeister werden mich dazu nutzen, um an der Zeremonie teilnehmen zu können. Ich werde aus meinem eigenen Kopf ausgeschlossen werden.

Der Daumen meiner linken Hand pulsiert. Die Wunde, die ich mir zugefügt habe, erinnert mich an meinen Schwur. Ich habe Oremazz nichts davon erzählt. Es ist ein Geheimnis zwischen Umock und mir, von dem mein Großvater gerne erst erfahren muss, wenn der Tod mich ereilt hat. Wie gerne würde ich Teil dieser Zeremonie sein. Ich würde gerne wissen, was vor sich geht. Doch wieder bin ich nicht gut genug, um von Nutzen für die Großen Zaubermeister zu sein.

Die Luftverhältnisse verändern sich. Machtvolle Wellen von Energie sammeln sich hier in diesem Sumpf. Direkt unter meinen Füßen vibriert die Erde. Eine Wasserpfütze links von mir trocknet vor meinen Augen aus. Ich hoffe, diese Zeremonie zerstört die Sümpfe nicht. Umock hat deutlich gemacht, dass sie für ihn zu einer Heimat geworden sind. Sie soll ihm nicht genommen werden. Auch wenn er nach erfolgreicher Beendigung der Zeremonie nicht mehr gezwungen ist, sich hier aufzuhalten, soll er seinen Rückzugsort behalten dürfen. Jeder braucht einen Heimathafen. Jeder muss sich irgendwo zu Hause fühlen. Wenn Umock sich vom Bösen fernhalten soll, hilft ihm bestimmt ein Ort der Sicherheit dabei.

»Ich stehe vor Euch als ergebener Diener«, fährt Oremazz fort. »Der Körper dieses jungen Zauberers möge es uns erlauben, unsere Kräfte mit Eurem Segen zu verbinden.«

Die Präsenz eines weiteren Wesens schiebt sich in meinen Verstand, blockiert den Zugriff auf meine Gedanken. Ich will mich an mein Bewusstsein klammern, möchte nicht ins Vergessen, in die Schwärze gleiten. Eine Stimme in meinem Kopf schreit, dass ich aufpassen sollte und meine Anwesenheit von Vorteil wäre. Doch ich kann mich nicht gegen die Inbesitznahme wehren. Mein Großvater hat bereits einen Zauber ausgesprochen, der mich zu einer Marionette seines Willens macht.

Die Dunkelheit kriecht durch meine Adern. Meine Gedanken … so fremd … Kann nicht sehen … der Nebel … Umock … Das Aufleuchten von zwei roten Punkten … Schwärze … Nichts.

Ich reiße die Augen auf und ringe nach Luft. Mein Herz rast. Ich pumpe Sauerstoff in meine Lungen, als hätte ich aus irgendeinem Grund vergessen, zu atmen. Mir ist schwindelig. Mir fehlt die Orientierung. Was ist mit mir passiert?

Umock.

Die Fluchauflösungszeremonie.

Ist sie geglückt?

Ängstlich sehe ich mich um.

Ich bin allein. Liege auf dem Boden des Sumpfes, der zu meiner Erleichterung aussieht wie zuvor. Die Ansammlung der Magie der Großen Zaubermeister hat ihn nicht zerstört, auch wenn in einem Radius von fünf Fuß alle Wasserpfützen ausgetrocknet sind.

Der Nebel ist verschwunden.

Umock!

Mit bangem Herzen richte ich mich auf. Ich versuche, Kontakt mit meinem Großvater aufzunehmen, damit er mir erklären kann, was passiert ist. Doch Oremazz ist verschwunden. Er hat mich verlassen, nachdem er meinen Körper für seine Zwecke benutzt hat. Obwohl ich verstehe, warum alle anderen aus meinem Kopf verschwunden sind, weckt das Verhalten meines Großvaters Wut in mir. Er hat über mich verfügt, mich meiner Sinne beraubt und nicht einmal gewartet, um zu überprüfen, ob es mir gut geht. Eigentlich dachte ich, sein Verhalten könnte mich nicht mehr überraschen. So kann man sich irren.

Der Schwindel hat sich in meinem Kopf festgesetzt. Alles dreht sich um mich herum. Übelkeit droht bei jeder Bewegung, den Inhalt meines Magens nach oben zu transportieren. Ich warte ein paar Minuten und bleibe reglos auf dem Boden sitzen. Meine Augen brennen, also halte ich sie geschlossen. Auch wenn ich während der Zeremonie nichts gesehen habe, hat Oremazz über sie verfügt. Er hat sie möglicherweise nicht ausreichend vor dem geschützt, was die Auflösung des Fluches verursacht hat.

Ob es noch heißer geworden ist? Meine Haut fühlt sich ausgetrocknet an. Das kann aber auch an der Sonne liegen, die zwar langsam tiefer gewandert ist, nun aber von keinem Dunst und keinen Wolken verborgen wird. Wie lange der Vorgang gedauert hat? Wie lange ich hier ohne Bewusstsein gelegen bin?

Endlich wage ich es, mich aufzurappeln. Ich sehe mich um und wende mich dann in die Richtung, in der sich Manekas' Truppen befinden. Mein Körper fühlt sich fremd an, als ich den ersten Schritt mache. Alle Muskeln sind angespannt, als hätte ich eine schwere körperliche Anstrengung hinter mir. Morgen werde ich die Nachwirkungen dieser Inbesitznahme vermutlich noch stärker zu spüren bekommen.

Ich fühle mich verlassen, verunsichert. In diesem Moment sehne ich mich nach der Gegenwart meines Großvaters. Auch wenn er mir keine netten Worte schenken würde, möchte ich meine Fragen beantwortet haben. Ich will jemanden an meiner Seite, der mir Stärke gibt. Elevander. Er wird wie immer wissen, wie er meine Unruhe bekämpfen kann.

»Du bist nicht allein«, verkündet eine Stimme in meinem Kopf, die ich inzwischen sehr genau kenne.

»Hat die Zeremonie den gewünschten Erfolg erzielt?«, frage ich atemlos. »Wurde der Fluch aufgehoben?«

»Sieh selbst.«

Ich verstehe nicht, was er meint. Schließlich bin ich allein inmitten der Sümpfe aufgewacht. Dennoch werfe ich einen Blick über meine Schulter, um sicherzugehen, dass mir nichts entgangen ist.

Nebelschwaden ziehen hinter mir her. Einzelne von ihnen steigen hoch in die Luft, wodurch sie fast gar nicht mehr zu erkennen sind. Andere tanzen nah über dem Boden. Sie sind so hell, dass sie beinahe mit dem Grau der Erde hier verschmelzen.

Die Erleichterung, die mich erfasst, ist grenzenlos. »Ich bin froh, dass Ihr nun befreit seid.«

»Tatsächlich. Wie stark ist dieses Gefühl?« In Umocks Stimme liegt ein Lachen. Ganz plötzlich ziehen sich die Nebelschwaden zusammen, bis eine deutliche Form entsteht. Roten Augen leuchten auf. Er ist wieder da.

»Als ich Euch nicht sehen konnte, hatte ich Angst, etwas sei furchtbar schiefgegangen«, gestehe ich und halte an. »Das wäre eine Katastrophe gewesen. Schließlich seid Ihr unsere Hoffnung auf einen Sieg in diesem Krieg.«

Umock kommt näher. »Jetzt bin ich ja da. Aber du hättest lediglich meinen Namen aussprechen müssen. Der Schwur, den du mir geleistet hast, ermöglicht es dir, Verbindung mit mir aufzunehmen, wo auch immer ich mich gerade befinde. Mag ich mit meiner Armee auch während der Kämpfe meilenweit von dir getrennt sein, kannst du mit mir sprechen.«

»Wir werden uns während der nun folgenden Zeit nicht voneinander entfernen«, stelle ich klar. »Wir arbeiten zusammen. Ich bin die Kontaktperson, die zwischen Euch und den Menschen vermittelt. Kein anderer Zauberer wird diese Aufgabe übernehmen.«

»So besitzergreifend?« Umock umkreist mich. »Das gefällt mir.«

»Ich kann Euch sehen«, erkläre ich vehement. »Ich weiß mit Euch umzugehen. Durch die Vereinbarung, die wir beide getroffen haben, sind wir beide aneinander gebunden.

Wie sollte mir jemand anderer meinen Platz streitig machen können?«

Er lacht leise. »Niemals würde ich zulassen, dass das jemand versucht. Du weißt, wie fasziniert ich von dir bin. Ich habe kein Interesse, meine Ansprechperson zu wechseln. Sorge dich nicht.«

Ich schäme mich für die Gefühle, die in mir hochgekocht sind. Die Vorstellung, ein anderer Zauberer könnte den Ruhm für das einheimsen, was ich aufgebaut habe, erfüllt mich mit Ärger. Ich habe diese Verhandlungen geführt. Ich habe dafür gesorgt, dass beide Seiten mit dem Ergebnis zufrieden sein können. Ich habe meine Seele für das große Ganze geopfert. Wenn in späteren Zeiten von diesem Krieg die Rede sein wird, dann soll mein Name mit Umock in Verbindung gebracht werden. Ich weiß, ich bin für das, was vor uns liegt, nicht von Nutzen. Wenn wir uns mit den Truppen der anderen Fürsten dieses Kontinentes zusammenschließen, werden bedeutendere Zauberer zu uns stoßen. Sie werden unsere Soldaten direkt unterstützen können, während ich nur das tun kann, was mir durch meinen Großvater ermöglicht wird. Ich brauche die Gewissheit, für unseren Erfolg von Bedeutung zu sein. Sollten wir scheitern, wird man zweifelsohne die Schuld bei mir suchen. Wenn ich dieses Risiko auf mich nehmen muss, möchte ich auch davon profitieren.

Außerdem bewundere ich den geheimnisvollen König. Ich bin fasziniert von seiner Macht und seinem Charme. Wenn ich ihn mit einem anderen Zauberer gemeinsam vorstelle, verkrampfen sich meine Eingeweide. Empfinde ich etwa Eifersucht? Ist mir mein Gegenüber möglicherweise nicht nur für unser aller Sicherheit wichtig?

»Lass uns zu deinem Fürsten gehen«, bittet Umock. »Wenn du willst, kannst du dich auch gerne mit einem Zauber dorthin transportieren. Die Beschränkungen, die du dir auferlegt hast, damit ich keinen Einfluss auf dich nehmen kann, sind nicht mehr notwendig.«

Natürlich weiß er davon. Warum sollte ihm so etwas entgehen? Dennoch spüre ich Hitze auf meinen Wangen. »Und was ist mit Euch? Könnt Ihr Euch an einem anderen Ort materialisieren?«

»Jetzt bin ich dazu wieder in der Lage. Allerdings befürchte ich, es wäre in diesem Augenblick nicht günstig. Wie würden die Soldaten wohl reagieren, wenn plötzlich mitten unter ihnen Nebel aufsteigen würde?«

Sie bekämen es mit der Angst zu tun. Ob ein Teil von ihnen vor der Erscheinung flüchten würde? Ob sie zu ihren Waffen greifen würden? Die Nervosität, die uns alle in Griff hält, würde auf jeden Fall in eine Panik ausarten. Selbst wenn ich versuchen würde, sie vorzuwarnen, würde die vorsichtige Reaktion Umock nur belustigen. Diese Peinlichkeit will ich den Männern ersparen. Sie haben bereits mit genug Sorgen zu kämpfen.

»Gebt mir einen Vorsprung von ein paar Minuten«, bitte ich. »Dann könnt Ihr Euch mit Euren Männern zwischen den Bäumen rund um das Lager sehen lassen. Bestimmt gefällt es Euch unter dem Schutz der Blätterkronen ohnehin besser. Feuchtigkeit und Dunkelheit wie Ihr sie liebt.«

»Einverstanden, mein amüsantes Menschlein. Sag deinen Freunden, sie sollen sich auf den Aufbruch gleich morgen Früh vorbereiten. Es wäre gut, keine Zeit zu verlieren.

Mein Gefühl sagt mir, wir stehen bald unserer ersten gemeinsamen Herausforderung gegenüber.«

Ich frage nicht, woher er diese Ahnung hat. Möglicherweise hat ihn mein Großvater über eine seiner Visionen informiert, und Umock versucht bloß, mich von seinen Fähigkeiten zu überzeugen. Vielleicht erhält er seine Informationen aber auch von anderen machtvollen Wesen, die der Dunklen Seite zugeneigt sind. Wie lange ich ihm wohl immer zuerst einen Trick unterstellen werde, bevor ich in Betracht ziehe, dass er von guten Absichten angetrieben wird?

Egal, was hinter seinen Worten steckt, wir sollten uns sputen, um unsere Truppe mit den anderen Armeen zu vereinen. Der Feind darf nicht zu viel Boden gewinnen. Je früher wir ihn schlagen, umso schneller ist die Bedrohung beendet.

7. Kapitel

Ich kann Elevanders Blick auf mir spüren. Wieder marschiert er direkt hinter mir, während ich von der Reitechse den Berg hinaufgetragen werde, den wir vor drei Tagen abgestiegen sind. Seit wir heute Morgen aufgebrochen sind, lässt Elevander mich nicht mehr aus den Augen. Wir hatten gestern Abend keine Gelegenheit mehr, uns zu unterhalten. Der Adjutant seiner Einheit hat ihn mit der Reinigung der Waffen beauftragt. Zu gerne hätte ich zumindest ein paar Worte mit Elevander gewechselt, doch wann immer ich mich in seine Nähe gewagt habe, haben die anderen Männer mir missbilligende Blicke zugeworfen.

Während der Nacht hat kaum jemand ein Auge zugetan. Ich selbst habe mich von einer Seite auf die andere gedreht, ohne Ruhe finden zu können. Deshalb habe ich gehört, wie die Soldaten draußen sich leise unterhalten haben, dass sie bei der Wachablöse kein Problem hatten, andere wache Männer zu finden. Möglicherweise würde es mir nicht anders gehen, wenn ich an ihrer Stelle wäre. So empfinde ich allerdings lediglich Aufregung, weil ich nicht erwarten kann, während unserer Reise von Umock zu lernen.

In den Baumwipfeln entlang des Weges hängt Nebel. Die Schwaden bewegen sich in die gleiche Richtung wie wir. Angenehme Kühle geht von ihnen aus, während sie sich um die Baumstämme wickeln. Der Nebel verfolgt uns auf unserem Anstieg, befindet sich immer in der Nähe der Anführer unseres Zuges.

Völlig unerwartet kann ich nun die Männer von Umock sehen. Der König selbst befindet sich an der Spitze seiner Truppe, sodass ich nicht Blickkontakt mit ihm aufnehmen kann. Seine Soldaten allerdings schweben links und rechts von mir in der Nebelwolke. Sie zeigen sich mir jetzt als durchsichtige Skelette, umhüllt von dichterem Nebel, aus dem auch ihre Knochen gebildet zu sein scheinen. Sie fliegen wie Geister in einer grauen Wolke. Regelmäßig sehe ich zur Seite und bewundere das faszinierende Schauspiel, das sich mir bietet.

Manekas lässt sich zurückfallen und hält dann wieder auf meiner Höhe die Geschwindigkeit. »Seid Ihr sicher, nicht ausgetrickst worden zu sein?«, fragt er. »Seid Ihr davon überzeugt, dass sich in diesem Nebel tatsächlich Soldaten befinden?«

Ich nicke.

»Möglicherweise benutzt Umock diesen Nebel ausschließlich, um uns zu täuschen. Ein Zaubertrick, damit er sich ungestört davonmachen kann.«

Die Vorstellung klingt amüsant. Im Augenblick trage ich die unterschiedlichsten Befürchtungen in mir. Dass Umock uns hintergehen könnte, gehört nicht dazu.

Bevor ich unserem Fürsten erklären kann, dass ich in der Lage bin, die Armee der Nebelseelen zu erkennen, löst sich eine Nebelschwade von den Baumreihen und dehnt sich bis zu Manekas aus. Dessen Augen weiten sich. Er beugt sich zu mir, um der Nebelwolke zu entkommen. Die bewegt sich allerdings weiter auf uns zu.

»Tut etwas«, zischt Manekas zu. »Man bedroht mich.«

»Dieses Spiel dient nur zur Demonstration von Umocks Anwesenheit«, beschwichtige ich den Fürsten. »Er will euch lediglich zeigen, dass er sich hier befindet.«

»Ihr habt mir erzählt, er versteht das Gesprochene, sobald in einer Unterhaltung sein Name fällt. Möglicherweise hat er meine Worte gehört und wendet neuerlich einen Zauber an.«

Ich spüre, wie ein Lächeln an meinem Mundwinkel zupft. »Wenn Ihr davon überzeugt seid, es würde sich bei allen Antworten auf Eure Aussagen um einen Trick handeln, werde ich Euch nicht beweisen können, dass der König der Nebelseelen an unserer Seite ist. Selbst wenn ich ihn bitten würde, sich Euch zu zeigen, oder wenn ich einen Zauber benutzen würde, damit Ihr mit ihm sprechen könnt, würdet Ihr darin eine Täuschung vermuten. Was also kann ich tun, damit ich Euch seine Gegenwart glaubhaft zeigen kann?«

Der Fürst duckt sich ein wenig unter der Nebelschwade, bevor er wieder Haltung annimmt. Er erwidert meinen Blick. »Tatsächlich handelt es sich dabei um eine unlösbare Aufgabe.«

»Dann lasst uns die Zeit lieber dafür nutzen, zu besprechen, welche Nachrichten Euch heute Morgen erreicht haben.«

Kurz vor unserem Aufbruch ist eine Botenflugechse aus Nialling eingetroffen. Bis jetzt bin ich nicht informiert worden, welche Informationen aus dem Küstenstaat zu uns gedrungen sind. Dass es sich um gute Neuigkeiten handelt, bezweifle ich. Seit diesem Zeitpunkt ist die Laune der Ratgeber noch weiter gesunken.

Manekas' Luftholen klingt, als würde schwere Last auf seinen Schultern liegen und ihn an tiefen Atemzügen hindern. »Nialling wurde angegriffen. Die Schiffe haben sich der Küste genähert. Hunderte Soldaten sind den Meereskreuzern entstiegen und über die Soldaten und Menschen aus der Umgebung hergefallen. Die Schlacht hat nur wenige Augenblicke gedauert. Es waren einfach viel zu wenige Männer vor Ort. Die restlichen Truppen aus Maëlle haben Nialling noch nicht erreicht. Auch von unseren anderen Verbündeten fehlt jede Spur.«

Die Nachricht schockiert mich. Weder mein Großvater noch die anderen Großen Zaubermeister sind in der Lage gewesen, den genauen Landungspunkt der feindlichen Truppen zu benennen. Sie waren sich lediglich sicher, unser Feind würde im Norden erscheinen. So viel Fläche musste beschützt werden, dass man sich zwangsläufig auf die großen Städte beschränkt hat. Bei Nialling handelt es sich um eines der Länder, dessen Küste zwar dicht besiedelt ist, in dem es allerdings hauptsächlich Bauern und Arbeiter gibt. Das Land selbst ist wenig fruchtbar. Arme, einfache Leute leben in diesem sandigen Gebiet, das für Plünderungen völlig uninteressant erscheinen müsste.

Die Bewohner von Nialling haben nicht geahnt, dass die Bedrohung für sie am größten ist. Obwohl die Gefahr rechtzeitig entdeckt worden ist, sind die Soldaten unserer Verbündeten nicht rechtzeitig angelangt. Alle Küstenstaaten haben Vorkehrungen getroffen, um ihre Städte zu sichern. Doch solange nicht klar war, wo genau unser Gegner zuschlagen würde, konnten keine geeigneten Schutzmaßnahmen ergriffen werden. Niemand hätte erwartet, dass unsere Gegner ausgerechnet dieses kleine Land als Angriffspunkt nutzen würden.

»Gibt es viele Tote?«, frage ich beklommen.

»Es haben kaum Menschen überlebt.«

Wieder einmal empfinde ich schlechtes Gewissen. Obwohl ich weiß, dass ich nichts tun konnte, um die Geschehnisse zu verhindern, hasse ich, die Bewohner von Nialling nicht gewarnt zu haben. Ich habe keine Visionen empfangen. Ich war nicht würdig, von den Göttern in die Bedrohung eingeweiht zu werden. Ich bin nicht mächtig genug, um irgendetwas zu bewirken. Und dennoch fühle ich mich verantwortlich für die vielen Opfer. Warum sind die Bilder, die mein Großvater gesehen hat, nicht deutlicher gewesen? Weshalb hat man uns nicht genug Zeit eingeräumt, um etwas gegen die Gefahr unternehmen zu können? Wieso bin ich nicht ausreichend stark, um Schlimmeres zu verhindern?

»Du hast keinen Einfluss auf das, was geschieht«, flüstert eine Stimme in meinem Inneren. Sie gehört nicht zu meinem Herzen. Sie stammt auch nicht von meinem Verstand. Umock ist es, der mir diese Worte übermittelt. Es handelt sich um eine Art Gedankenubertragung.

»Ich bin mitverantwortlich, weil ich Teil der magischen Welt bin, die von den Gottern zwar informiert worden, allerdings nicht in der Lage gewesen ist, die Hinweise richtig zu deuten«, gebe ich zurück, ohne die Lippen zu bewegen. Ich denke die Worte auf eine intensivere Art, als ich es normalerweise tue. »Hätten die Großen Zaubermeister vielleicht mehr erreichen können, wenn sie sich zusammengeschlossen hätten? Wenn sie sich persönlich getroffen und ihre Visionen miteinander geteilt hätten? So viel Wissen in den Köpfen dieser Weisen, und sie konnten damit nichts anfangen.«

»Such die Schuld nicht bei dir«, fordert Umock. Nein, es klingt fast bittend. »Du weißt genau, du bist hier eines der Opfer und nicht der Täter.«

Auch wenn mir die Formulierung missfällt, haben die Worte eine beruhigende Wirkung auf mich. Es tut gut, das zu hören, was ich mir selbst immer wieder zuflüstere. Aber wenn die Wahrheit aus dem Mund eines anderen kommt, fällt es mir leichter, daran zu glauben. Vielleicht irgendwann. Nur nicht heute.

»Der Fürst von Nialling konnte sich retten«, berichtet unser Fürst weiter. »Seine Männer haben ihn in Medisia in Sicherheit gebracht. Allerdings befürchte ich, dieses Land wird als Nächstes bedroht. Wir müssen etwas unternehmen, damit es nicht noch einmal so viele Opfer gibt.«

»Natürlich. Ich werde bei unserem nächsten Halt versuchen, Kontakt mit dem Großen Zaubermeister von Medisia aufzunehmen. Möglicherweise kann ich ihn mit meiner Magie unterstützen.« Vielmehr mit der Magie meines Großvaters. Diese Information behalte ich aber für mich.

Wir erreichen den höchsten Punkt des Berges, an dem wir vor drei Tagen angehalten haben. An diesem Morgen nehmen wir uns keine Zeit, um die Aussicht zu genießen. Wir dürfen keine Zeit verlieren. Wir haben eine Aufgabe, die auf uns wartet.

Der Abstieg fällt den Reitechsen nicht so leicht, wie es der Aufstieg getan hat. Haben sie ihre Krallen beim Erklimmen der Höhe einsetzen können, um sich hochzuziehen, sind sie jetzt keine Hilfe mehr. Der steile Abfall stellt ein Hindernis dar, das sie leicht abrutschen lässt. Immer wieder verliert eine der Echsen den Halt und schlittert ein Stück tiefer. Die Tiere geben Laute der Frustration und Ängstlichkeit von sich. Wir haben noch fünfhundert Fuß des steilen Geländes vor uns. Wenn die Echsen die Geduld verlieren, könnten sie ihre Reiter abwerfen und verletzen. Sie würden ausbrechen und sich aus dem Staub machen. Auch die Soldaten, die vor uns marschieren, wären dadurch in Gefahr.

Ich murmle einen Zauber, der dafür sorgen soll, dass die Beine der Echse, auf der Manekas sitzt, bessere Haftung auf dem Boden haben. Sofort wird der Tritt des Tieres sicherer. Noch während ich den Spruch wiederhole und damit die Reitechse eines der Ratgeber von unserem Fürsten unterstütze, kann ich nicht ignorieren, dass es nicht ausreichen wird. Mit jedem weiteren Ziel, bei dem ich den Zauber anwende, wird meine Magie geschwächt. Ich werde mich entscheiden müssen, ob ich meine Kräfte nicht ausschließlich auf Manekas konzentrieren möchte.

Das Tier, das den Trupp der Reiter anführt, gerät ins Schlittern. Eine kurze Strecke rutscht es noch unten. Es schreit gequält auf, als es dabei seitlich gegen einen Stein gedrückt wird. Genug bremsen kann der Stein es allerdings nicht. Ein Soldat befindet sich direkt unterhalb des Tieres. Von dem Aufruhr in seinem Rücken hat er scheinbar nichts bemerkt. Zu sehr muss er sich auf den Weg konzentrieren. Er wird von dem schweren Tier zerquetscht werden. Warnrufe erklingen, die der Soldat allerdings nicht beachtet. Gleich ist es zu spät!

Mit wild klopfendem Herzen und ohne nachzudenken murmle ich einen Spruch. Die Reitechse wird zwar immer langsamer, dennoch ist klar, dass sie nicht rechtzeitig anhalten kann.

Eine Nebelschwade stellt sich dem Tier in den Weg. Sie verdichtet sich und fängt die Echse ab, bevor sie den Soldaten erreicht.

Welch ein Glück! »Danke«, sage ich lautlos. Ohne Umocks Hilfe hätte der Unfall nicht verhindert werden können.

»Ob deine Freunde mich und meine Männer ab jetzt weniger fürchten?«, fragt der König der Nebelseelen in meinem Kopf. »Oder muss ich noch hübsche Maschen auf dem Kopf der Echse bilden, damit man meinen guten Geschmack lobt?«

Ich kann ein Kichern nicht unterdrücken. Leider entgeht Manekas dieser Laut nicht. Er sieht mich an, als hätte ich den Verstand verloren.

»Wie gut, dass dem armen Mann nichts passiert ist«, stellt er das Offensichtliche fest. »Anscheinend hat die Rettung Eure Anspannung auf überraschende Art gelöst.«

»Ein nervöses Lachen, genau.« Ich nicke und bemühe mich um einen ernsten Gesichtsausdruck. »Man sagt, manchmal sind Humor und Sarkasmus die einzige Möglichkeit, um schreckliche Zeiten geistig unbeschadet zu überstehen.«

Langsam setzt sich der Zug wieder in Bewegung. Der Soldat, jetzt blass wie der Tod, hat eine Position in der Mitte seiner Reihe eingenommen. Vor jeder Echse hat sich eine Nebelschwade geschoben, die jetzt dafür sorgt, dass kein weiteres Unglück geschieht.

»Meine Männer haben seit Langem nicht mehr gelacht.« Unser Fürst klingt nachdenklich. »Ich selbst kann an unserer Situation nichts Amüsantes finden. Ich verstehe allerdings, wenn man keinen anderen Ausweg mehr findet, um seine Nerven zu beruhigen.«

»Meine Reaktion war nicht angebracht«, gebe ich zu. »Es tut mir leid, den Anschein erweckt zu haben, ich würde mich über ihn lustig machen. Das war nicht der Fall. Auch in einer Situation, in der die Anspannung einen Moment lang nachlässt, sollte man sich unter Kontrolle haben und niemanden verletzen. Ich werde mich später noch bei dem armen Mann entschuldigen.«

»Die Mühe müsst Ihr Euch nicht machen. Er hat Eure Reaktion gar nicht bemerkt.« Manekas wirft einen Blick hinter sich.

Ich tue es ihm gleich. Die Soldaten, die hinter uns folgen, haben den Abstand zwischen uns etwas vergrößert. Sie sind so nicht in Gefahr, von den nachkommenden Truppen gegen uns gedrängt zu werden, wenn wir noch einmal anhalten müssen.

Bevor ich mich wieder umdrehe, begegne ich Elevanders Blick. Er hat einen nachdenklichen Ausdruck auf dem Gesicht. Möglicherweise kann ich auch Beunruhigung in seinen Augen erkennen. Über die Entfernung hinweg nehme ich die unterschiedlichsten Schwingungen von ihm wahr. Ich fürchte, er macht sich Sorgen über das, was uns erwartet. Wie gerne ich ihn beruhigen würde. Doch es gibt keine Worte, die uns diese Tage erleichtern können.

Wir müssten schneller vorwärtskommen. Ich weiß, mit einer Truppe von über zweihundert Mann ist das nicht machbar. Die Maëlle besitzen nicht genug Reitechsen, um durch sie das Tempo erhöhen zu können. Wenn die Männer, die voranschreiten, zu schnell marschieren, können die anderen nicht mithalten. Die Bewegung solch einer Armee kann auf natürliche Weise nicht beschleunigt werden. Doch unter Umständen könnte hier Magie hilfreich sein. Ob Umock uns noch einmal hilft?

»Ist es möglich, mehrere Personen – vielleicht sogar eine Gruppe – an einen anderen Ort zu transportieren?«

Manekas wirft mir einen verwirrten Blick zu. »Diese Frage könnt nur Ihr beantworten.«

Mir wird verspätet klar, dass ich die Worte laut ausgesprochen habe. Zwei Unterhaltungen gleichzeitig zu führen, ist eine Herausforderung, der ich offensichtlich nicht gewachsen bin. Ich werde mit meinem Gespräch mit Umock fortfahren, wenn ich wieder allein bin. Bestimmt hat er meine Frage vernommen und hat später eine Antwort für mich.

»Tut mir leid. Ich habe nur laut gedacht. Ich werde recherchieren, ob ein passender Zauber existiert. Bis jetzt ist so etwas wohl noch nicht versucht worden, doch ich hoffe, eine Lösung für dieses Problem zu finden. Später werde ich überprüfen, ob die anderen Zaubermeister mir genug Magie schicken können, um diesen Plan in die Tat umzusetzen.«

»Das würde uns unsere Aufgabe unglaublich erleichtern.«

Doch ich sehe ein Problem, das ich unserem Fürsten nicht verschweigen kann. »Wir wissen nicht genau, wo sich die gegnerischen Soldaten befinden. Niemand kann sagen, ob sie sich noch an der Küste von Nialling aufhalten. Wenn sie sich bereits auf ihr nächstes Ziel zubewegen, könnten wir uns versehentlich direkt in ihren Reihen wiederfinden.«

Manekas nickt. »Wir werden Botschafter ausschicken müssen, wenn es uns nicht gelingt, Nachrichten aus Medisia zu erhalten. Lasst mich mit meinen Beratern besprechen, wie sie diese Möglichkeit beurteilen.« Er beschleunigt seine Reitechse – zum Glück ist der schwerste Teil des Abstiegs bereits überstanden – und beginnt eine Unterhaltung mit den Männern, denen er offensichtlich mehr vertraut als mir.

»Für dein Problem habe ich eine Lösung«, verkündet eine Stimme in meinem Kopf. Umock. Er hat nicht lange gewartet, um mir zu beweisen, dass er mächtiger ist als ich. »Dieser Transport, der dir vorschwebt, kann mit zweihundert Männern nicht durchgeführt werden. Allerdings kann ich dir zeigen, wie man ein Portal errichtet, durch das die Soldaten reisen können.«

»Ihr wollt mir beibringen, wie ich es selbst erschaffen kann?«, frage ich ungläubig.

»Natürlich. Wie langweilig wäre es, wenn ich den Zauber selbst vornehmen würde? Ich habe in meinem Leben bereits viele Portale entstehen lassen, die leider durch den Fluch wieder vernichtet wurden. Eine Schande. Stell dir vor, wie hilfreich diese Transportmöglichkeit jetzt für uns sein könnte.«

Die Spitze ignoriere ich. Stattdessen konzentriere ich mich darauf, dass Umock bereit ist, mir neue Zauber zu zeigen. Mein Großvater hat sich immer nur darauf beschränkt, mich die Dinge zu lehren, die aus seiner Sicht für den Krieg gegen unseren Feind notwendig sind. Ich habe lediglich Sprüche gelernt, die unseren Soldaten in der direkten Schlacht helfen sollen. Jetzt habe ich endlich die Möglichkeit, die Art von Zauberer zu werden, die ich mir immer erträumt habe.

»Hat es dir die Sprache verschlagen?« Umock lacht leise auf. »Ist diese Magie zu viel für dich?«

»Natürlich nicht. Ich danke Euch für die Möglichkeit, mir von Euch Zauber beibringen zu lassen.«

Einer von Manekas Ratgebern wirft einen Blick über seine Schulter. Er fixiert mich mit gerunzelter Stirn, bevor er sich wieder dem Gespräch mit unserem Fürsten widmet.

Offensichtlich habe ich meine Antworten an Umock wieder laut ausgesprochen. Zum Glück ist das Trampeln der Tiere zu laut, als dass man meine Worte von der Position des Soldaten genau verstehen könnte.

»Vielleicht sorgen wir dafür, dass du im Ansehen dieser Männer steigst«, schlägt Umock vor. »Ich zeige dir, was du wissen musst. Dann kannst du vor diesen Idioten so tun, als hättest du den Zauber selbst gewirkt.«

»Ich vermeide es normalerweise, mich mit falschen Federn zu schmücken.«

»So wie du nicht vormachst, selbst ein großer Zauberer zu sein?«

Meine Hände verkrampfen sich um die Zügel. Nicht antworten. Ich weiß, ich bin ein Lügner, ein Schauspieler, ein Manipulator. Das hat jedoch einen guten Grund. Es war nicht meine Wahl, meinem Fürsten etwas vorzumachen. Natürlich kann ich diese Dinge nicht mit Umock besprechen. Es geht ihn einfach nichts an. Bitter genug, von ihm auf diese unheimliche Art durchschaut worden zu sein.

»Ich mache dir keinen Vorwurf darauf, Lesithder. Ich verstehe, wie leicht man in solch eine Situation geraten kann. Bei mir waren es am Anfang auch nur kleine Schwindeleien, Ungenauigkeiten. Dann entwickeln diese winzigen Lügen ein Eigenleben, und plötzlich weiß man selbst nicht mehr genau, wer man eigentlich ist.«

»Das trifft nicht auf mich zu«, behaupte ich.

»Dessen war ich mir auch lange sicher. Dann bin ich auf einmal vor den Göttern gestanden und musste mich entscheiden. Ich habe den Weg zurück nicht mehr gefunden, weil ich nicht gewusst habe, wann ich die falsche Abzweigung genommen habe. Ich hatte keine Wahl, als König der Nebelseelen zu werden. Versteh mich nicht falsch. Ich genieße meine Macht. Die Ehrerbietung, die meine Männer für mich empfinden, erfüllt mich mit Freude. Die Tatsache, dass mein Dasein niemals endet, würde ich für nichts und niemanden aufgeben. Dennoch frage ich mich, was aus mir geworden wäre, wenn ich besser auf mich aufgepasst hätte, als ich noch jung war. Hätte ich die gleichen Entscheidungen getroffen, wenn ich geahnt hätte, wohin der Weg mich führen würde? Würde der Bursche von damals versuchen, etwas anders zu machen? War ich jemals so unschuldig, wie ich mich gerne sehen würde?«

Die Worte sind leicht dahingesagt. Der Tonfall, mit dem sie vorgetragen werden, verrät mir nicht, ob er etwas bereut. Dennoch empfange ich Schwingungen von Schwermütigkeit.

»Es tut mir leid, dass das Leben für Euch nicht einfacher verlaufen ist«, sage ich und weiß nicht, ob diese Behauptung nicht ein wenig Sarkasmus enthält. Möglicherweise sind meine Gefühle sein Geständnis betreffend ein wenig zwiegespalten. »Ich weiß allerdings, dass ich mich nicht mit Euch vergleichen kann. Man hat über meinen Kopf hinweg bestimmt, dass ich hier nur die Rolle des Zauberers spielen soll, ohne wirkliche Fähigkeiten zu haben.«

»Jetzt machst du dich allerdings kleiner, als du bist. Du hast mir bereits bewiesen, dass du zu Dingen fähig bist, die ich nicht von dir erwartet habe.«

Das Lob lässt mich in meinem Sattel hin und her rutschen. »Dieser kleine Zauber, der Eure Gestalt aufgelöst hat, ist nicht eindrucksvoll.«

Umock lacht in meinem Kopf. Gott, ich würde gerne seine Nebelgestalt vor mir haben, in diese rotglühenden Augen blicken können, um eine Verbindung herzustellen. Im Moment weiß ich jedoch nicht einmal, ob er einem der Reitechsen hilft, die letzten steigen Passagen hinabzusteigen, oder ob er unter den Baumkronen schwebt.

Ganz plötzlich glaube ich, eine Bewegung aus den Augenwinkeln wahrzunehmen. Als ich den Kopf drehe, kann ich nichts erkennen. Dennoch habe ich das Gefühl, als würde ein kühler, feuchter Windhauch über mein Gesicht streichen. Ich schließe einige Sekunden lang die Augen, um diesem Eindruck nachzufühlen.

»Dein Großvater muss blind sein.« Dieser Satz erklingt als Murmeln in meinem Kopf. »Ich weiß nicht, wie er nicht bemerken konnte, dass große Magie in dir wohnt. Hätte er sich die Zeit genommen, dir Zauber zu lehren, wäre es dir jetzt ein Leichtes, die Rolle selbst auszufüllen.«

»Das habe ich ihm oft gesagt. Ich habe versucht, ihn dazu zu überreden, mir mehr Vertrauen entgegenzubringen. Leider hat er nicht auf meine Worte gehört.«

»Oh, da steckt ja doch ein wenig Selbstbewusstsein in dir.«

Verärgert, einen eingebildeten Eindruck erweckt zu haben, schweige ich.

Wieder lacht Umock auf. »Komm schon. Du kannst stolz auf dich sein. Ich will dir doch nur helfen, zur besten Version deiner selbst zu werden. Ist es nicht das, was du immer angestrebt hast?«

Diese Information habe ich ihm ohne mein Wissen schon vor langer Zeit unabsichtlich gegeben. Während meiner Ausbildung für diesen Krieg, während meiner Frustration über die wenig erfüllende Arbeit mit meinem Großvater habe ich ähnliche Formulierungen benutzt. Es ist mir unangenehm, dass Umock sie kennt.

»Ich glaube, wir lassen dieses Thema besser ruhen«, schlage ich vor. »Wenn Euer Angebot, mir bei der Erschaffung eines Portals zu helfen, immer noch steht, würde ich die Rast, die wir gleich einlegen werden, dafür nutzen, um unseren Fürsten davon zu berichten und die notwendigen Vorkehrungen zu treffen. Möglicherweise können wir uns dann direkt nach Medisia transportieren und die Männer nachholen.«

»Schön. Dann machen wir uns gleich an die Umsetzung deines Plans, sobald wir anhalten.« Die anschließende Stille ist so intensiv, dass sie mich irritiert.

Es fühlt sich an, als hätte sich mein Kopf geleert. Etwas ist verschwunden. Etwas fehlt. Warum stellt es keine Erleichterung für mich dar, meinen Verstand wieder für mich allein zu haben?

Eine halbe Stunde später gibt unser Fürst das Zeichen für eine kurze Rast. Ich springe von meiner Reitechse und nähere mich Manekas. Als er mich bemerkt, verabschiedet er seine Ratgeber und nickt mir zu.

»Wollt Ihr Euch nun auf die Suche nach einer Möglichkeit machen, die Entfernung mit allen Männern gleichzeitig zurückzulegen?«, fragt er. »Meine Ratgeber halten es für eine gute Idee, zuerst einige Soldaten vorzuschicken, um für die Sicherheit vor Ort zu sorgen. Außerdem können wir auf diese Weise das Risiko ausschließen, dass bei diesem Transport etwas schiefgeht.«

»Tatsächlich weiß ich bereits, wie ich uns alle nach Medisia bringen kann. Wir werden ein Portal nutzen. Allerdings ist es dafür notwendig, mich zuerst an unser Ziel zu begeben. Ich werde hier den Ausgangpunkt des Portals festmachen und dann einen Platz suchen, an dem wir alle, ohne zu viel Aufmerksamkeit unserer Feinde auf uns zu ziehen, erscheinen können.«

»Woher habt Ihr diese Erkenntnis?«

Errötend zwinge ich mich, den Blick nicht zu senken. »Magie muss die Lösung unseres Problems in meinen Verstand eingespeist haben. Ich wusste ganz plötzlich, wie wir vorgehen müssen.«

Unser Fürst geht nicht darauf ein. Magie wird als Erklärung für alles akzeptiert. Wenn man es genau nimmt, habe ich ihn nicht einmal belogen. Ohne Magie wäre es mir nicht möglich, mich mit Umock zu unterhalten.

»Ihr wollt allein reisen?«, fragt Manekas und nimmt ein Glas Wein von einem seiner Männer entgegen. Während er daran nippt, lässt er mich nicht aus den Augen.

»Es wäre mir lieb, wenn Ihr die Erlaubnis erteilen würdet, dass Umock mich begleiten darf. Ich werde seine Männer bitten, Nebel zu verwenden, um unsere Truppen unsichtbar zu machen, während wir abwesend sind.«

Manekas hebt die Augenbrauen. »Denkt Ihr, wir können diesen Wesen vertrauen?«

Ich nicke. »Sie haben keinen Grund, uns zu hintergehen. Wir werden dafür sorgen, dass sie ihre Freiheit zurückerhalten. Ihnen muss daran gelegen sein, uns zu beschützen.«

Immer noch ist Skepsis in Manekas' Blick zu lesen. Möglicherweise sollte ich Verständnis für sein Misstrauen aufbringen. Auch ich bin mir nicht sicher, ob Umock Hintergedanken hegt, die er mir nicht anvertraut.

»Ich werde nicht abreisen, bis der Nebel Euch verhüllt. Erst wenn ich sicher bin, dass alles seine Richtigkeit hat, werde ich aufbrechen. Wir müssen diese Gelegenheit nutzen, den unschuldigen Menschen in Nialling zu Hilfe zu kommen.«

»Schön. Ich übertrage die Verantwortung für diese Mission auf Euch. Wenn Ihr wünscht, überlasse ich Euch einen Soldaten zu Eurer Sicherheit. Möglicherweise gibt es einen Freiwilligen, der sich für diese Mission zur Verfügung stellt.«

Rasch schüttle ich den Kopf. Ich weiß, wer sich melden würde. Elevander darf sich nicht jetzt schon in Gefahr begeben. Er wird sich früh genug im Kampfgetümmel wiederfinden. »Niemand wird mich auf dieser Mission für einen Soldaten halten. Es ist leichter für mich, ungestört die Gegend erkunden zu können, wenn ich ohne einen Eurer Männer reise.«

»Diese Entscheidung trefft Ihr ganz allein. Allerdings bitte ich Euch um eine Sicherheit, dass Ihr tatsächlich wieder zurückkehrt.«

Diese Forderung verschlägt mir den Atem. Ich habe geahnt, dass unser Fürst von meinen Fähigkeiten nicht gänzlich überzeugt ist. Doch jetzt macht er klar, mich für fähig zu halten, ihn zu hintergehen. Dieses Misstrauen habe ich nicht verdient. Ich habe Manekas nicht enttäuscht, als ich Umock dazu gebracht habe, sich unserer Sache anzuschließen. Ich habe ihn mit meinem Rat, auch wenn er nicht von mir selbst, sondern von Oremazz gestammt hat, immer wieder gute Dienste geleistet. Ist mein Alter aus seiner Sicht immer noch ein Zeichen von Schwäche?

Und wie soll ich ihm beweisen, seines Glaubens an mich würdig zu sein? Wie soll ich ihm glaubhaft versichern, ihn und die Männer nicht im Stich zu lassen? Wenn ich dafür Zauber benutze, den er nicht sehen kann, wird er meine Worte anzweifeln.

»Ich weiß nicht, was Ihr von mir erwartet«, gebe ich zu. »Ich kann einen Schwur auf die Magie leisten. Sollte ich nicht innerhalb von fünf Stunden ohne einen triftigen Grund zurückkehren, möge ich meine Zauberkräfte für immer verlieren. Ist es das, was Euch vorgeschwebt ist? Soll ich schwören, das Portal nicht nur als Ausrede zu benutzen, indem ich mich selbst mit einem Fluch belege, der mich mein Leben kostet, wenn ich Euch im Stich lasse?«

Auf Manekas' Gesicht erscheint ein peinlich berührter Ausdruck. »Es tut mir leid. Ich wollte Euch nicht das Gefühl geben, Euch zu misstrauen. Ich wollte lediglich ein Zeichen der Sicherheit, dass wir hier nicht sinnlos auf Eure Rückkehr warten, und dadurch unnötig Zeit vergeuden.«

Immer noch fühle ich mich ungerecht behandelt. Ich kämpfe meine Wut nieder und zwinge mich zu einem ruhigen Tonfall. »Dann verbinde ich mein Schicksal bis zu meiner Rückkehr untrennbar mit dem von Umock. Sollte uns auf der anderen Seite etwas zustoßen, werden seine Männer diese Veränderung des Machtgefüges fühlen. Sie werden Euch warnen können. Durch den veränderten Fluch sind die Nebelseelen an das Versprechen gebunden, das ihr König abgegeben hat. Sie werden für Eure Sicherheit sorgen, selbst wenn Umock und ich auf dieser Mission unser Leben verlieren sollten.«

Ein Teil von mir hofft, dass Manekas dieses Angebot ablehnt. Natürlich werde ich zurückkommen. Elevander würde ich niemals zurücklassen. Ich habe also keine Angst vor den Folgen, die eine Schicksalsverbindung mit Umock haben könnte. Ich würde mir nur wünschen, dass Manekas diesen Vertrauensbeweis nicht einfordert, weil er erkennt, wie wenig gerechtfertigt seine Meinung von mir ist.

Offensichtlich gelingt es mir nicht, sein Vertrauen in mich zu stärken. Langsam nickt er. »Eine großartige Idee. Diese kleine Abmachung hat für uns alle nur Vorteile. Bereitet alles Notwendige vor.«

Ich sehe nicht, inwieweit ich davon profitieren sollte, direkt von König der Nebelseelen abhängig zu sein. Ein diesbezüglicher Hinweis meinerseits würde allerdings nichts an der Situation ändern. Ich verneige mich und mache mich auf die Suche nach Elevander.

Eine kleine Nebelschwade schwebt auf mich zu. Die kleine Wolke wird größer, massiver. Ich kann fühlen, dass Umock neben mir herfliegt. »Dein Fürst hat ja eine hohe Meinung von dir.«

Wütend beiße ich die Zähne aufeinander.

»Weshalb fühlst du dich ihm zu Treue verpflichtet? Dieser Mensch hat sie nicht verdient.«

»Aber Ihr seid die Ehrlichkeit in Person?«, frage ich. »Ihr verbergt keine Geheimnisse vor mir?«

»Was ich verschweige, vertraue ich dir nur zu deinem Schutz nicht an«, behauptet die Stimme in meinem Ohr. »Wäre ich davon überzeugt, dass es notwendig wäre, wenn du die Wahrheit über manche Dinge erfährst, würde ich sie dir verraten.«

»Wer entscheidet, was wichtig ist und was nicht?« Ich weiche einem Soldaten aus, der Wasser an seine Kameraden verteilt.

Umock muss einen Bogen fliegen. Kurz verliere ich ihn aus dem Blick. Dennoch bin ich davon überzeugt, dass er nicht einfach verschwinden würde. Wenn ich so viel Vertrauen in jemanden setzen kann, der von aller Welt als Monster bezeichnet wird, weshalb ist unser Fürst dann nicht in der Lage, meinem Wort Glauben zu schenken?

Ich entdecke Elevander unter einem Baum sitzen. Auch aus der Entfernung kann ich die Müdigkeit in seinen Zügen erkennen. Eine Gruppe von Männern muss ich umrunden, bevor ich bei ihm einlange.

Elevander hebt den Blick. Erleichterung zeigt sich auf seinem Gesicht. »Alles in Ordnung?«, fragt er. »Hast du Zeit, dich auszuruhen und mir ein wenig Gesellschaft zu leisten? Manekas scheint heute großes Interesse an dir zu zeigen.«

»Eine neue Mission.« Bedauernd zucke ich mit den Schultern. »Ich will dafür sorgen, dass wir den ganzen Weg bis nach Nialling nicht zu Fuß zurücklegen müssen.«

»Hast du vor, uns mit einem Zauber zu transportieren? Könnte ganz schön lange dauern, wenn du nicht mehr als eine Handvoll von uns gleichzeitig mitnehmen kannst.« Amüsiert lacht er auf.

»Wir erschaffen ein Portal, durch das ihr einfach nur durchtreten müsst. Ich hoffe, wir finden rasch einen passenden Platz, an dem unser Auftauchen nicht sofort für unsere Feinde bemerkbar ist.«

Statt sich nach Details zu erkundigen oder die Befürchtungen auszusprechen, die bei der Vorstellung in ihm auftauchen, kommt nur ein Wort über seine Lippen. »Wir?«

Ich nicke und werfe einen Blick über meine Schulter. »Umock und ich.«

»Warum brauchst du seine Hilfe? War das mit dem Portal seine Idee?«

»Eine großartige Möglichkeit, euch schnellstmöglich nach Nialling zu schaffen.«

Elevander wirkt nicht glücklich. »Und wenn es sich um eine Falle handelt?«

»Keine Sorge. Ich werde dafür sorgen, dass keine Gefahr für dich besteht. Du weißt, ich würde niemals zulassen, dass dir etwas geschieht. Keiner meiner Begleiter bringt mir sonderlich viel Vertrauen entgegen, doch du kennst mich. Sollte ich der Meinung sein, das Risiko wäre nicht abschätzbar, werde ich dieses Portal nicht errichten.«

»Ich komme mit dir.« Elevander rappelt sich bereits auf.

»Das halte ich für keine gute Idee. Dir sieht man den Soldaten auf den ersten Blick an. Wenn man uns zusammen bemerkt, kann ich mich nicht als harmloser Wanderer ausgeben.«

Er zieht an seiner Rüstung und versucht die Schlaufen an der Seite zu öffnen. »Meinetwegen trage ich nur meine Tunika.«

Nein, ich werde nicht zulassen, dass er sich in Gefahr bringt. »Allein errege ich viel weniger Misstrauen als in deiner Gesellschaft. Ich bin ohnehin schneller zurück, als du dich umziehen könntest. Wir unterhalten uns in Ruhe, wenn ich wieder da bin.« Um weitere Diskussionen zu vermeiden, wende ich mich ab.

Elevander kommt mir nach. Er zwingt mich zum Anhalten und geht um mich herum. »Pass auf dich auf«, verlangt er. Dann zieht er mich in eine Umarmung.

Ich erwidere die Geste. Die Sorgen, die sich Elevander macht, sind körperlich für mich spürbar. Seine Aura ist mit Beunruhigung gefärbt. Egal, was ich jetzt sage, an seinen Gefühlen wird sich nichts ändern. Darum kann ich ihn nur fest an mich drücken und ihn mit meiner Liebe einhüllen.

Schließlich mache ich mich von ihm los und marschiere nach einem letzten, gespielt selbstsicheren Lächeln davon.

»Mir war nicht bewusst, dass ihr ein Paar seid«, sagt Umock in meinem Kopf.

Vor Überraschung hätte ich beinahe laut aufgelacht. »Wie kommt Ihr auf diese Idee?«

Umocks Nebelgestalt erscheint neben mir. »Wie viel du ihm bedeutest, ist deutlich erkennbar. Ich kann spüren, wie wichtig er dir ist. Für die Liebe zwischen euch musst du dich nicht schämen.«

»Wir sind Brüder. Ich bin Teil seiner Familie geworden. Natürlich lieben wir uns.« Gleich haben wir unseren Fürsten erreicht. Ich halte bei dem Soldaten an, der das Wasser verteilt und bitte um einen Wasserbeutel. Mehr werde ich auf dieser Reise nicht benötigen. »Seid Ihr bereit für diesen nervenaufreibenden Verbindungszauber?«

»Ich kann es kaum erwarten.«

Wieder einmal kann er sich eine sarkastische Antwort nicht verkneifen. Mit einer Verbeugung trete ich neben Manekas. »Um Euch zu zeigen, dass ich nichts zu verbergen habe, werde ich den Zauber vor Euch aussprechen. Anschließend brechen wir sofort auf.«

Der Fürst sieht links und rechts an mir vorbei. »Sollte Euer Begleiter bei der Entstehung der Bindung nicht anwesend sein?«

»Umock ist da. Nicht wahr, König der Nebelseelen?«

Die Nebelwolke erscheint neben mir. Sogar die roten Augen blitzen auf. Der Schreck, der auf Manekas' Gesicht erscheint, muss Umock furchtbar amüsieren.

Ich unterdrücke ein genervtes Seufzen und strecke die Hand aus. Die Nebelhand von Umock schiebt sich darüber. Ich kann sie nicht fühlen, wie es bei einer menschlichen der Fall wäre. Dennoch ist die Stelle, an der der König der Nebelseelen mich berührt, angenehm kühl.

Händchenhalten mit einem König. Wer hätte gedacht, dass ich es jemals so weit bringen könnte?

»*Mächte des Schicksals, die uns lenken. Fäden der Bestimmung, die alles miteinander verweben. Von diesem Moment an ist mein Geschick auf der folgenden Reise bis zu meiner Rückkehr in dieses Lager mit dem des Königs der Nebelseelen verbunden. Was Umock widerfährt, geschieht auch mir. Was mit mir passiert, betrifft auch ihn. Segnet diesen Schwur mit Eurer Magie.*«

Eine elektrische Spannung läuft durch meinen Körper. Ich erzittere, während unangenehme Hitze in mir aufsteigt. Die Verbindung wird hergestellt. Ich versuche mir nicht anmerken zu lassen, wie intensiv dieses Erlebnis ist.

Manekas beobachtet uns aufmerksam. Er scheint zufrieden, denn er nickt.

»Ich wünsche Euch viel Erfolg auf Eurer Mission. Für uns alle ist zu hoffen, dass Ihr nicht scheitert.«

»Wir werden unser Bestes geben«, verspreche ich, bevor ich mich abwende. Ich weiß nicht, wohin ich mich wenden muss, also marschiere ich ein Stück den Wald hinein.

Umock wird mir schon folgen. In den nächsten Stunden wird er mich mit Sicherheit nicht aus den Augen lassen. Es wäre doch zu ärgerlich, wenn er endlich seine Freiheit wiedererlangt hätte, nur um kurz darauf mit mir unterzugehen.

»Du kannst nicht schnell genug laufen, um mir zu entkommen«, verkündet eine Stimme.

Abrupt bleibe ich stehen. Nicht weil es sich tatsächlich um einen Fluchtversuch gehandelt hat, sondern weil die Stimme jetzt anders klingt. Sie ähnelt nicht mehr einem meiner für mich ausformulierten Gedanken. Die Worte sind jetzt viel deutlicher. Als würde tatsächlich ein kleines Männchen in meinem Kopf sitzen, und sich mit mir unterhalten.

»Das ist unheimlich«, stelle ich fest.

»Diese Schicksalsverbindungen sind schon etwas furchtbar Spannendes. Man weiß nie genau, was dabei herauskommt.« Das Lächeln schwingt in Umocks Stimme mit.

»Wie gehen wir vor? Soll ich uns beide nach Nialling bringen?«

»Vielleicht übernehme ganz einfach ich diese Aufgabe.« Die Nebelfigur verändert sich. Die Schwaden breiten sich aus und hüllen mich ein.

Abwehrend hebe ich beide Hände. »Moment mal. Das geht mir etwas zu schnell. Ich habe noch nicht zugestimmt.«

Umock lacht. »Ängstlicher kleiner Mensch.«

»Wir wissen ja noch nicht einmal, wohin genau wir wollen. Ihr könnt doch nicht einfach …« Meine Sicht verschwimmt. Die Lichtverhältnisse verändern sich. Der Schatten der Bäume, unter denen wir uns gerade befunden haben, wird plötzlich zu Sonnenlicht. Es ist klar, dass Umock uns bereits an einen anderen Ort gebracht hat.

»Unterlasst es in Zukunft, mich ohne mein Einverständnis irgendwo anders hinzubringen«, fordere ich. »Das war nicht so geplant.«

»Du sprichst schon wieder laut mit mir«, tadelt Umock. »Beschränke dich besser auf wortlose Kommunikation. Wenn jemand beobachtet, wie du mit dir selbst sprichst, hält er dich vielleicht für verrückt.«

Ich balle die Hände zu Fäusten. »Ich werde mir Mühe geben, nicht zu vergessen, dass Ihr Euch lediglich in meinen Verstand geschlichen habt. Wo sind wir überhaupt? Durch diesen Nebel kann ich keine Einzelheiten erkennen.« Die Nebelschwaden kreisen um mich. Immer, wenn ich denke, durch eine weniger dichte Stelle einen Blick auf die Außenwelt werfen zu können, verändert sich die flexible Wand um mich.

»Im Moment macht der Nebel uns unsichtbar. Der Ort, den ich für unser Erscheinen gewählt habe, war nicht ganz ideal. Vielleicht sollte ich einen neuen Versuch starten. Erteilst du mir die Erlaubnis dazu?«

»Wieso klingt Ihr so angespannt? Mein Tadel hat Euch bisher doch nicht sonderlich gestört.«

»Dann freut Euch darüber, endlich zu mir durchgedrungen zu sein. Darf ich uns an einen anderen Ort bringen?«

»Nein!« Irgendetwas stimmt hier nicht. Weshalb ist Umock so begierig darauf, von hier zu verschwinden? »Zeigt mir, wo Ihr uns hingebracht habt.«

»Eine schlechte Idee. Ich sollte einfach über Euren Willen hinweggehen. Zu ärgerlich, dass Ihr mir das verboten habt. Diese lästige Verbindung zwischen uns. Ich sehe mich Euch in der Pflicht. … Bitte, vertraut mir.«

Umock ist sogar zur höflichen Anrede gewechselt. Mein Misstrauen ist geweckt. »Zeigt mir, wo wir uns befinden.«

Das Seufzen, das er von sich gibt, klingt frustriert. »Sagt nicht, ich hätte Euch nicht gewarnt.«

Langsam wird das dunkle Grau des Nebels heller. Ich kann durch die Schwaden hindurchsehen. Zuerst entdecke ich Wasser. Sehr viel Wasser. Noch niemals habe ich so viel Wasser gesehen. Das ist das Meer, von dem ich bis jetzt nur gehört habe. Wie wunderschön!

Das Meer. Nialling.

Abrupt wende ich den Kopf und blicke in die andere Richtung. Umock hat uns zur Landungsstelle unserer Feinde gebracht. Statt einen Ort zu wählen, der etwas vom Schlachtfeld entfernt ist, hat er uns mitten in die Leichen transportiert. Die Toten. So viele Toten. Noch niemals habe ich so viele Tote gesehen. Das ist der Anblick des Krieges, den ich befürchtet habe. Wie schrecklich!

Direkt neben meinem Fuß liegt ein junger Bursche. Vermutlich hat er genauso viele Jahre gelebt, wie ich bis jetzt auf dieser Welt gewandelt bin. Seine Augen sind in purer Panik aufgerissen. Blut rinnt von einer Wunde auf seiner Schläfe auf den Boden. Einen halben Fuß weiter wurde eine Frau niedergestreckt. In ihrem Rücken befindet sich noch immer die Axt, mit der ihr das Leben genommen worden ist. Links von mir entdecke ich einen Mann, dessen Kopf gespalten worden ist. Rechts hat ein Mann die Arme weit ausgestreckt, als versuche er den Tod zu umarmen, der ihn ereilt hat, nachdem man ihm die Brust aufgeschnitten hat.

Das ist noch nicht das Ende des Grauens. Ich muss meinen Blick nur ein kleines Stück weiterwandern lassen, bevor er auf die nächste Leiche fällt. Unter den Toten befinden sich Männer und Frauen jeden Alters, Kinder, sogar ein Baby. Der Boden ist von dem Blut der Gefallenen getränkt. Kein Laut ist zu hören. Niemand ist zu sehen. Lediglich ein metallischer Geruch liegt in der Luft. Die Armee unserer Gegner ist längst weitergezogen. Sie haben die Leute niedergemetzelt und sich sofort auf die Suche nach neuen Opfern gemacht. Anscheinend haben sie hier niemanden am Leben gelassen, um die Toten zu begraben.

Mein Magen rebelliert. Mein Frühstück will meinen Körper verlassen, doch ich weigere mich, mich vor Umock zu übergeben. Für ihn mag dieser Anblick nicht neu sein. Wie viele Schlachtfelder dieser Art er in seinem langen Dasein wohl schon gesehen hat? Wie viele Tote hat er selbst verursacht? Wie viele Menschen hat er mit eigenen Händen umgebracht?

Das erste Mal bringt mein Verstand das Monster, vor dem Oremazz und alle Welt mich gewarnt hat, mit dem Wesen in Verbindung, das ich in dem Sumpf kennengelernt habe. Umocks Macht und seine Aura hat mich fasziniert und mir unmöglich erscheinen lassen, dass er tatsächlich eine Ausgeburt des Bösen sein könnte. Jetzt, wo ich mit eigenen Augen in das Gesicht des Krieges sehe, verändert sich meine Wahrnehmung vom König der Nebelseelen.

»Darf ich Euch jetzt von hier wegbringen?«, fragt Umock leise.

Ich nicke und dränge die Tränen zurück, die in meinen Augen brennen. »Wir müssen einen geeigneten Ort suchen, an dem wir das Portal errichten können, um die Truppen nachzuholen. Dann will ich die Toten begraben. Es ist eine Schande, dass sie nicht zur Ruhe gebettet wurden. Sie wurden ohne Grund niedergemetzelt. Bei diesen Menschen hat es sich nicht um Soldaten gehandelt.«

Die Nebelschwaden ziehen sich wieder enger um mich zusammen. Die Wolke ist jetzt so dicht, dass ich nicht mehr durch sie hindurchsehen kann. Die Erleichterung, die mich dabei durchfließt, erfüllt mich mit Scham.

»Unser Feind kennt keine Unschuldigen«, erinnert Umock mich. »Er unterscheidet nicht zwischen einem Soldaten und einem normalen Bürger. Er zeigt keine Gnade Kindern gegenüber. Er ist offensichtlich das größte Monster, auf das ich jemals getroffen bin.«

»Das sagt das Wesen, das bis jetzt dafür gehalten wurde«, gebe ich zurück.

»Möglicherweise hat man sich in mir geirrt. Möglicherweise bin ich auch schlimmer, als ich mir selbst eingestehen wollte.«

Der Nebel hüllt mich in eine zärtliche Umarmung. Umock spendet mir Trost, obwohl der Horror des Gesehenen immer noch in meinem Gehirn festsitzt. Ich schließe die Augen und sehe die vielen Toten vor mir. Ich schlinge meine Arme um meinen Körper, doch es fühlt sich an, als hätte ich Blut auf meinen Händen. Was für ein Albtraum. Was für ein schrecklicher Tag.

Ich bemerke nicht, wie Umock uns an einen anderen Ort bringt. Von der Reise selbst spüre ich nichts. Es scheint, als würde ich mich gar nicht bewegen. Doch dann stehen meine Füße nicht mehr auf dem sandigen Boden nahe dem Strand. Stattdessen habe ich etwas Festeres, Dichteres unter den Schuhsohlen.

Als ich die Augen öffne, wird mir klar, dass wir uns auf einer Wiese befinden. Sie muss auf einem Hügel liegen, denn obwohl ich das Meer zu meiner Linken sehe, kann ich den Strand nicht erkennen. Das Gras steht hoch und grün. Die Fläche ist weit und einsam. Platz genug für unsere Armee wäre hier, doch die Lage ist nicht perfekt.

»Ihr wisst, dass sich dieser Ort nicht als Zielpunkt des Portals eignet, nicht wahr?«, tadle ich.

»Das Portal ist nicht der Grund, weshalb ich dich hierhergebracht habe.« Umocks Stimme klingt weich und schmeichelnd.

Er hat wieder zum Du gewechselt. Dass wir vorher inmitten der Toten gestanden sind, hat ihm wohl ziemlich zu schaffen gemacht. Heute Morgen noch hätte mich das amüsiert. Jetzt ist mir mein Sinn für Humor allerdings verloren gegangen. Auch dass er die Bedrohung nun auch als seinen Gegner bezeichnet hat, weiß ich nicht auf die gleiche Art zu schätzen, wie es noch vor ein paar Stunden der Fall gewesen wäre.

Ich suche in der Nebelwolke nach den rotglühenden Augen, doch die zeigt Umock mir nicht. »Weshalb habt Ihr diese Wiese dann gewählt?«

»Weil du etwas Schönes sehen wolltest. Du bist noch niemals am Meer gewesen, nicht wahr?«

»Es hat sich niemals die Notwendigkeit für Reisen ergeben«, antworte ich.

»Noch niemals … Du hast deine Heimat bis vor dem Aufbruch dieser Truppe noch niemals verlassen?« Wie ungläubig diese Worte klingen.

»Wir leben in Zeiten, in denen die einfachen Menschen nur dann aus ihren Heimatorten verreisen, wenn es sich nicht vermeiden lässt. Niemand, der nicht zu den Mächtigen und Reichen gehört, kann es sich leisten, lange Zeit von Zuhause wegzubleiben.«

Die Nebelschwade umkreist mich. »Du willst mir damit doch nicht sagen, dass du als Enkel eines Großen Zaubermeisters keine Sonderstellung innehast. Die Menschen verehren Zauberer und ihre Familien.«

»Allerdings nur, wenn die Mitglieder beweisen, diese Ehrerbietung verdient zu haben. Man beobachtet mich mit Argusaugen und wartet auf den ersten Fehler, den ich begehe. Ich bin nicht einer der normalen Bewohner von Maëlle. Für sie gehöre ich allerdings auch nicht zu den angesehenen Familien. Ich war schon immer ein Außenseiter.«

»Du weißt, das ist ein weiteres Detail, das wir gemeinsam haben. Du wehrst dich gegen die Vorstellung, aber wir sind nicht so verschieden, wie du glauben willst, Lesithder.«

Trocken lache ich auf. »Warum ist es Euch so wichtig, gewisse Parallelen in unserem Dasein zu erkennen?«

»Du bist mir wichtig. Ich habe schon lange kein so spannendes Studienprojekt getroffen, wie du eines bist.«

»Bestimmt bin ich weltfremd und nicht halb so klug wie Ihr«, sage ich. »Niemand außer Euch interessiert sich für jemanden wie mich, weil mir niemand einen zweiten Blick schenkt. Für die meisten bin ich unsichtbar, austauschbar, unwichtig. Ich habe immer nur auf das reagiert, was man mir vorgesetzt hat. Eigene Entscheidungen durfte ich noch niemals treffen. In gewissem Maß kann ich nachvollziehen, weshalb Ihr versucht, mich aus der Reserve zu locken.«

Umock hält vor mir an. Die Schwingungen, die er ausstrahlt, zeigen mir, dass er denkt, mich endlich so weit gebracht zu haben, die Ähnlichkeiten zwischen uns einzugestehen. Doch selbst wenn ein Teil von mir diese verwirrende Überlegung tatsächlich anstellt, werde ich das niemals laut aussprechen. So naiv bin ich nun auch wieder nicht.

»Spart Euch den Freudentanz«, stoppe ich ihn. »Ihr lebt in einer Blase, in der Ihr kontrolliert, was Besucher zu sehen bekommen. Euch ist so unglaublich wichtig, alle Fäden in der Hand zu halten, dass Ihr manipuliert und ablenkt und immer neue Finten versucht, um Euer Gegenüber zu verwirren. Es ist verdammt schwer, mit Euch Schritt zu halten. Eure Gedanken fliegen noch schneller als Ihr selbst es könnt. Und das ist etwas, das Euch unwiderruflich von anderen trennt. Ihr seid krampfhaft auf der Suche nach Gemeinsamkeiten zwischen uns beiden? Dann hört auf, andere auf Abstand zu halten, niemandem zu zeigen, wie Ihr wirklich seid, und Eure Geheimnisse nur nach und nach zu offenbaren. Seid ehrlich. Zu anderen. Zu mir. Zu Euch. Ihr werdet niemals jemandem nahestehen, wenn Ihr immer nur das von Euch präsentiert, was Eurer Meinung nach eine Verbindung zu einem anderen Wesen herstellt.«

»Und wieder einmal beleidigst du mich. Habe ich deine harten Worte verdient?«

Ich zucke mit den Achseln. »Das weiß ich nicht. Im Augenblick bin ich nicht einmal davon überzeugt, Euch vertrauen zu können. Ich werde es auch niemals herausfinden, solange ich Euch nicht durchschaut habe. Und genau das versucht Ihr mit allen Mitteln zu verhindern.«

Er lacht bitter auf und schwebt von mir weg. »Wie könnte ich der Welt alles über mich erzählen, wenn sie sich jetzt schon von mir abgewendet hat? Wie soll ich mich dir öffnen, wenn ich befürchten muss, von dir verachtet zu werden?«

»Sind Eure Taten so grausam gewesen?«

»Macht es für dich einen Unterschied, wie viele oder welch schwere Verbrechen jemand begangen hat?«

»Natürlich«, antworte ich ehrlich. »Es gibt Fehler, die leichter verziehen werden können als andere. Ich weiß nicht, ob ich Zeit mit jemandem verbringen will, der schon einmal kaltblütig einen Menschen ermordet hat. Wie sollte ich in seiner Nähe nicht befürchten, in Gefahr zu geraten?«

Umock schwebt davon, zieht als Nebelwolke einige Kreise über meinem Kopf, bevor er wieder tiefer sinkt. »Du machst dir das Leben manchmal zu einfach. Es gibt nicht nur Schwarz und Weiß, nicht nur Böse und Gut. Da draußen existieren Abstufungen von Dunkelheit, die nicht immer eindeutig zuzuordnen sind. Ich verstehe deinen Versuch, Menschen in Schubladen zu stecken. Doch das funktioniert nicht immer. Menschen verändern sich im Laufe ihres Lebens. Sie sind gezwungen, Dinge zu tun, auf die sie nicht stolz sind. Das zu beurteilen ist komplizierter, als du es dir vorstellen kannst. Wenn Menschen zu mir kommen, damit ich ihnen ihre Wünsche erfülle, zeigen sie ihr wahres Gesicht. Dann wird deutlich, dass sich die Waage der Gerechtigkeitsgöttin nicht immer gleich tief senkt. Manchmal muss man sich auf sein Gefühl verlassen, wenn man herausfinden will, ob man jemandem vertrauen kann.«

So verwirrend die Worte auch sind, irgendwie ergeben sie durchaus Sinn. »Ich werde darüber nachdenken.«

»Wenn das zwischen uns funktionieren soll, darfst du mir nicht misstrauen.«

»Für eine sinnvolle Zusammenarbeit vertraue ich Euch genug. Meine Vorsicht könnt Ihr mir unmöglich übelnehmen.«

Langsam kommt Umock näher. »Ich spreche nicht von unserer Zusammenarbeit.«

»Nicht?«

»Du weißt doch, was ich meine.«

Fühlt er sich genauso verwirrt wie ich? Hat auch er bemerkt, dass durch diese Verbindung unserer Magie mehr zwischen uns entstanden ist? Dass wir dank des Schicksalsverknüpfungszaubers unsere Gedanken teilen? Spielt er darauf an, dass wir Freunde werden könnten?

»Denkt Ihr wirklich, zwischen uns könnte eine Freundschaft entstehen? Ein Zauberlehrling und der König der Nebelseelen.« Ich schüttle den Kopf. Die Vorstellung ist zu absurd.

»Du bist mehr als ein Zauberlehrling.«

Überrumpelt lache ich auf. Mehrere Sekunden lang wird mein Körper von einem Lachkrampf geschüttelt. Ich muss langsam den Verstand verlieren. In einer tragischen Situation wie unserer sollte ich keinen Anlass zu Belustigung finden. Doch die Hartnäckigkeit von Umock ist für mich einfach nicht nachvollziehbar.

Als ich das Lachen endlich beenden kann, stehen mir Tränen in den Augen. Der Druck, der auf mir lastet, ist unbeschreiblich hoch. Rasch wische ich über mein Gesicht, damit sich die Anspannung nicht in einem Weinanfall löst. »Was wollt Ihr von mir?«, frage ich.

»Keine Freundschaft. Mir schwebte da etwas viel Intensiveres vor.«

»Wie bitte?« Die Gedanken in meinem Kopf kreisen viel zu schnell.

»Du faszinierst mich. Du gefällst mir. Seit unserer ersten Begegnung habe ich daran keinen Zweifel gelassen. Es übt einen unleugbaren Reiz auf mich aus, alle deine Seiten kennenzulernen. Die Anziehungskraft habe ich nicht versteckt. Ich habe gehofft, daraus könnte mehr entstehen. Ganz offensichtlich bist du nämlich auch an mir interessiert.«

Die Anzeichen sind vorhanden gewesen. Ich kann mir nur selbst die Schuld daran geben, nichts bemerkt zu haben. Er hat seine Absichten deutlich gemacht, aber ich wollte ihn offensichtlich nicht verstehen. Seine Worte treffen mich völlig unvorbereitet.

Umock zieht wieder seine Kreise. Wie ein Raubtier umkreist er seine Beute. Seine Aura, die Energie, die von ihm ausgeht, die Schwingungen, die er mir sendet … Jetzt kann ich endlich die Sehnsucht und das Begehren darin lesen. Es ist ganz allein mein Fehler. Ich habe einfach nicht in Betracht gezogen, dass irgendjemand romantisches Interesse an mir entwickeln könnte.

»Ich fühle mich sehr geschmeichelt«, sage ich. »Es ist eine große Ehre, von Euch in diesem Licht gesehen zu werden. Ich weiß zu schätzen, dass Ihr mich für würdig haltet, Euch so nahe zu sein. Euch muss allerdings klar sein, dass das nicht möglich ist. Ein einfacher Mensch und ein König aus der Zwischenwelt. Wie genau sollte so etwas schon funktionieren?«

»Es mag ein gewisses Problem darstellen, dass ich keinen Körper besitze. Ich habe dir jedoch bereits gezeigt, durchaus in der Lage zu sein, dich dennoch zu berühren.«

Er kommt näher, schmiegt sich an mich, bis es sich anfühlt, als würde mich Nebel umarmen.

Nun, ein wenig intensiver ist es schon. Mag ich auch keine einzelnen Finger spüren, die über meine Kleidung streichen, so erscheint es doch, als wäre ein vorsichtiger, zärtlicher Liebhaber dabei, mich zu erforschen. Seine Hände schweben nah genug über meinem Körper, dass ich die Wärme fühlen kann. Sie fahren von meiner Brust tiefer zu meinem Bauch und von dort …

Ich stolpere zurück. Mein Herz klopft mir bis zum Hals. Umock verhindert, dass ich zu Boden gehe, weil seine Nebelform meinen Rücken stützt. Sobald ich wieder aufrecht stehe, weicht er aber zurück. Obwohl ich ihm nicht entkommen könnte, bedrängt er mich nicht. Seinen Standpunkt hat er ohnehin deutlich klargemacht.

»Wenn du mir einen guten Grund nennst, warum wir nicht zusammen sein können, werde ich das Thema ruhen lassen«, verspricht er. »Gestehe, dass zwischen deinem Freund und dir mehr als Freundschaft gewachsen ist. Sag, dass du mich nicht auf diese Art willst. Ich werde es akzeptieren. Doch wenn deine Bedenken nur mit meinem nichtssagenden Titel zusammenhängen, werde ich eine Lösung für unser kleines Problem suchen.«

»Euer Titel ist vieles, nur nicht ohne Bedeutung.«

»Er hat keine Wirkung. Es handelt sich nur um einen Namen, eine Bezeichnung für meinen Zustand.«

Ich schüttle den Kopf. »Er ist mehr als das. Ihr müsst ihn nicht tragen, um etwas Besonderes zu sein. Jeder, der auf Euch trifft, kann die Macht spüren, die Ihr innehabt. Menschen werfen sich vor Euch in den Staub, weil die Magie unübersehbar in Euch fließt. Selbst ohne Euren Namen seid Ihr ein Herrscher. Wieso also verleugnet Ihr das Offensichtliche?«

Die Energie pulsiert voller Ärger in Umock. Er kämpft deutlich spürbar mit sich. Gleich einem Kessel, in dem brodelnde Lava immer höher ansteigt, könnte seine Wut jederzeit ausbrechen. Mir jagt er damit allerdings keine Angst ein. Ich weiß, er wird mir nichts tun. Er kann mich damit nicht zum Schweigen bringen, selbst wenn das sein eigentliches Ziel ist.

»Elevander und ich sind lediglich Freunde«, gebe ich zu. »Ich fühle mich von Euch nicht abgestoßen. Es fasziniert mich, wie Ihr mit Menschen verhandelt. Ich werde niemals genug davon bekommen, Euch zu ergründen. Wie Ihr Eure Kräfte anwendet, beobachte ich gern. Das bedeutet allerdings nicht …«

»Sei mein Lehrling«, unterbricht er mich. »Ich bringe dir alles bei, was ich weiß. Du besitzt eine Gabe. Gemeinsam können wir dafür sorgen, dass dich niemals wieder jemand unterschätzt! Niemand soll es jemals wieder wagen, dich abfällig zu behandeln.«

Die Vorstellung gefällt mir ausgesprochen gut. »Der Reiz ist groß, dieses Angebot anzunehmen. Ich weiß, Ihr habt Fähigkeiten, die nicht mit denen der Großen Zaubermeister vergleichbar sind. Ihr kennt Zauber, von denen noch niemand gehört hat. Wenn Ihr mir diese Dinge zeigt, damit ich sie im Kampf gegen unseren gemeinsamen Feind anwenden kann, wäre ich Euch ungemein dankbar.«

Von der Nebelfigur kommt ein unzufriedenes Schnauben. »Aber nicht dankbar genug, um dir einzugestehen, mehr von mir zu wollen.«

Hitze brennt auf meinen Wangen. Ich will mir nicht vorstellen, wie lächerlich das aussehen muss. Es fällt mir schwer zu glauben, Umock könnte irgendetwas an einem unwissenden, tollpatschigen, unerfahrenen Jungen wie mir anziehend finden. »Wir befinden uns mitten in einem Krieg, der unsere Welt zerstören könnte. Es gibt Wichtigeres als die Gefühle eines halben Kindes, das noch niemals einen Blick über den Tellerrand geworfen hat.«

»Du denkst, du empfindest diese verwirrenden Gefühle, weil ich das Aufregendste bin, was du jemals erlebt hast?«, fragte er. »Du glaubst, dieses Durcheinander in deinem Herzen wird von allein wieder verschwinden?«

»Möglicherweise.« Diese Überlegungen habe ich noch gar nicht angestellt. Aber sie klingen nachvollziehbar. Plötzlich fühle ich mich schrecklich dumm.

»Wir werden sehen. Tatsächlich haben wir im Augenblick Wichtigeres zu erledigen. Die Auflösung dieser Schicksalsverbindung sollten wir nicht zu lange vor uns herschieben. Ganz offensichtlich jagt sie dir Angst ein.«

Obwohl das nicht der Wahrheit entspricht, nicke ich. »Könnt Ihr mich in die Nähe des Fürstenschlosses von Medisia bringen? Ich will überprüfen, ob unsere Feinde bereits so weit gekommen sind.«

Umock schwebt näher. Nebel hüllt mich ein und raubt mir die Sicht. Kurz darauf verändern sich die Lichtverhältnisse. Die Sonne, die meine Haut gerade noch gewärmt hat, wird von Halbdunkel und Kühle abgelöst. Die Nebelwand um mich herum wird durchsichtig und gibt den Blick auf die Außenwelt frei.

Hundert Fuß von uns entfernt steht das Schloss auf einem Hügel, an dessen Basis sich der Wald befindet, in dessen Ausläufern wir jetzt stehen. Von unserer Position aus kann man das Tal mit den kleinen Dörfern erkennen, die mich auf den ersten Blick an meine Heimat erinnern. Ich unterdrücke die Wehmut und suche die Gegend nach einem Anzeichen einer feindlichen Armee ab.

Die einfachen Häuser unter uns sind unbeschädigt. Auf den Feldern zwischen dem ersten Dorf und dem Schloss wird friedlich gearbeitet. Auf einem wendet ein Bauer gerade das Heu. Kühe grasen auf der Wiese mit dem saftigen Gras daneben. Kinder spielen Fangen, während ihre Eltern in der Nähe auf einem Kartoffelfeld beschäftigt sind. Man scheint keine baldige Bedrohung zu erwarten, obwohl ich beobachte, dass die Männer ihre Arbeit immer wieder unterbrechen, um zu dem Turm zu blicken, der auf einer Verlängerung des Schlosshügels steht und weit über das Land hinwegsehen kann.

Ein Wachturm, auf allen Seiten durch mehrere Soldaten besetzt, bereit, die Menschen zu warnen, falls Feinde sich nähern. Soldaten patrouillieren auch auf den Straßen zwischen den Orten und in den Hügeln.

Ich bin beruhigt, dass Vorkehrungen getroffen worden sind, auch wenn ich bezweifle, dass diese Maßnahme ausreicht, um die Menschen zu schützen.

»Können wir auf dem Hügel auf der anderen Seite des Tals ein Portal errichten?«, frage ich und deute in die genannte Richtung. »Wir müssen uns noch auf die Suche nach einem Platz machen, wo wir näher an unseren Feinden sind. Wenn Medisia angegriffen wird, brauchen wir ebenfalls einen Weg, um den Menschen schnellstmöglich zu Hilfe zu kommen.«

»Du planst also ein Portal von hier zu der Basis, die wir errichten müssen, und von dort eine magische Verbindung zu dem Ort, an dem Manekas seine Soldaten vorhin anhalten ließ?«

»Ist so etwas möglich? Wird durch die Errichtung mehrerer Portale ihre Wirksamkeit eingeschränkt?«

»Natürlich nicht.« Umock klingt von der Frage persönlich beleidigt. »Unter Umständen wäre es angebracht, auch in anderen Teilen dieses Kontinents Ausgänge zu positionieren. Das bietet den Menschen eine Fluchtmöglichkeit, sollten sich die Ereignisse überschlagen.«

Ich lächle in die Richtung, in der ich sein Gesicht vermute. »Das ist eine großartige Idee.«

Umocks Schwingungen bleiben verärgert.

Von einer Sekunde auf die nächste stehen wir auf dem Hügel, auf den ich Umock aufmerksam gemacht habe. Er geht auf Abstand und nimmt die Form an, in der er sich mir während unserer Verhandlungen in den Sümpfen gezeigt hat.

»Willst du zuerst zusehen oder es gleich selbst versuchen?«, fragt er.

Ich lasse meinen Blick über das Tal schweifen, in dem die Menschen leben, die auf unsere Hilfe angewiesen sind. Was, wenn ich einen Fehler begehe? Vermutlich sollte ich Umock diese Arbeit allein machen lassen. Und gleichzeitig drängen meine Neugierde und mein Stolz mich, es selbst zu tun. »Sind wir noch unsichtbar?«, frage ich, um etwas Zeit für meine Entscheidung herauszuschlagen.

»Niemand kann uns sehen.«

»Das ist gut. So wird wegen uns nicht versehentlich Alarm geschlagen.« Unwichtige Erklärungen verlassen meinen Mund. Ein ärgerlicher Effekt, der meine Nervosität zeigt.

Umock brummt. »Wenn du zu viel Angst hast, deine Kräfte zu erforschen, kannst du mich einfach nur beobachten.« Er zieht sich zu einer dichten Kugel zusammen.

Es erscheint mir wie eine Drohung. Wenn ich mich nicht überwinde, entgeht mir die erste Möglichkeit, mich in dieser Aufgabe zu üben. Noch niemals hat ein Zauberer ein Portal erschaffen. Ich kann der Erste sein und damit den Maßstab für alle anderen legen, die sich später nach mir daran versuchen werden.

»Sagt mir, was ich zu tun habe«, verlange ich.

»Ich werde dir die Worte einflüstern. Zuerst sammle deine Magie in dir. Ich werde dich unterstützen, damit der Zauber wirkt. Wenn du spürst, dass sie machtvoll genug in dir fließt, strecke die Arme aus. Albernes Handgewedel ist dabei nicht notwendig.«

Machtvoll genug. Das ist keine genaue Definition. Eine Nachfrage wage ich allerdings nicht. Ich werde warten, bis ich all mein Können in meinem Inneren konzentriert habe. Viel mehr kann ich ohnehin nicht tun.

Mit geschlossenen Augen spüre ich den Flüssen der Energie in mir nach und schicke sie in mein Herz. Dort sammle ich sie, bis mein ganzer Brustkorb nur aus Licht und Magie besteht. Meine Rippen drohen unter der Kraft der übernatürlichen Energie nachzugeben. Das hier ist der Zeitpunkt, an dem ich sonst immer meine Zauber wirke. Also hebe ich die Arme, halte meine Hände geöffnet in Brusthöhe vor mich.

Die richtigen Worte erscheinen wie versprochen wie von selbst in meinem Kopf. Ich lecke über meine trockenen Lippen und beginne sie auszusprechen.

»*Raum und Zeit hört meine Worte! Gehorcht mir für meine Zwecke! Erschafft eine Verbindung, durch die mit meiner Hilfe reisen kann, wer meine Erlaubnis erhält. Durch meine Hände entstehe ein Portal, das nur für mich sichtbar ist. Von hier nach da gelange ein Befugter im Eiltempo der Magie, die uns von den Göttern geschenkt.*«

Ein bunter Kreisel voller Energie entsteht direkt vor mir. Zuerst ist er groß wie eine Münze. Die wirbelnden Farben sind beinahe zu viel für meine Sinne. Schwindel erfasst mich, doch ich wende den Blick nicht ab. Meine Finger erhitzen sich. Dennoch halte ich meine Hände erhoben. Die Energie vibriert in mir, während sie von dem Kreisel angezogen wird. Meine Brust schmerzt dabei. Ich lasse die Magie trotzdem weiter durch mich fließen.

Der Kreisel weitet sich langsam aus. Die Farben werden dabei glücklicherweise blasser, sodass sie mich nicht mehr blenden. Es ist, als wären sie zuvor konzentriert gewesen, um genug Intensität zu haben, um für den ganzen Zauber zu reichen. Das Portal strahlt eine völlig eigene Signatur aus, eine, die sich von der umgebenden Magie unterscheidet. Ich frage mich, ob ich es dadurch später wiederfinden werde. Es dauert einige Sekunden, bis der Kreis groß genug ist, damit ich hindurchpasse. Der Energiefluss von meinen Händen nimmt ab. Der Zauber scheint vollendet zu sein.

Ich warte, bis meine Finger ihre normale Temperatur zurückerhalten haben und das Kribbeln in meinen Armen verschwindet, mit dem die Magie meinen Körper verlassen hat. Erst dann senke ich die Hände und blicke zu Umock.

»Gut so?«, frage ich ängstlich.

»Es ist wunderschön. Ich habe noch niemals ein Portal von solcher Farbenkraft gesehen.« Ehrfurcht klingt in seiner Stimme mit.

Ich fühle mich geschmeichelt. Wieder kann ich fühlen, wie sich meine Wangen erhitzen. »Wie würdet Ihr Eure Portale beschreiben?«

»Grau und Schwarz. Ich kenne nur das Dasein in der Dunkelheit, die Existenz als Nebelwesen. Du bist der erste Mensch seit Jahrhunderten, in dem ich Farbenreichtum erkennen kann. Neben dir verkomme ich zu Schattierungen von Grau. Wie sollte ich etwas erschaffen, das so wunderschön ist?«

»Könnte diese unübliche Farbenpracht vielleicht das Anzeichen dafür sein, dass etwas schiefgegangen ist?«, überlege ich. »Was, wenn ich kein Portal erschaffen habe, das tatsächlich irgendwo hinführt? Bevor wir andere Menschen hindurchschicken, werde ich es ausprobieren.«

Ungeduldig mache ich einen Schritt auf das Portal zu, das eine unaussprechliche Faszination auf mich ausübt. Bevor ich den Farbenwirbel erreiche, schiebt sich Umock mir in den Weg.

»Nicht! Dieses Portal hat noch keinen Endpunkt. Du würdest in die Schatten eintreten, eine Welt unabhängig von Leben und Tod.«

»Ist das nicht das Land, das Ihr regiert?«, frage ich. »Seid Ihr auf diese Art geworden, was Ihr seid?«

»So einfach war es nicht. Diese Schattenwelt ist nicht mein Zuhause. Du bist Teil des Lebens. Wenn du stirbst, entscheidest du dich, ein Engel oder Teil meiner Armee zu werden. Diese beiden Seiten gehören zum Tod. Auch wenn du mich immer noch sehen kannst, sind wir Nebelseelen Geschöpfe der ewigen Dunkelheit. Obwohl wir direkt nach unserem Tod einen Schritt zwischen die Welten gemacht haben, ist das nicht mit dem vergleichbar, was hinter diesem Portal wartet. Aus dieser Zwischenwelt kannst du niemals wieder zurückkehren.«

Da ich ihm jedes Wort glaube, trete ich wieder von dem Portal zurück. »Wir hätten einen Ausgang anlegen sollen, bevor wir Manekas verlassen haben.«

»Das wäre eine ganz schlechte Idee gewesen. Wenn wir uns jetzt von hier entfernen, könnte es passieren, dass unser Feind dieses Portal entdeckt. Noch kann ich nicht abschätzen, wie mächtig er ist. Vielleicht wirkt der Unsichtbarkeitszauber nicht. Dann würde unser Gegner direkt bei den Soldaten landen, wenn er es benutzt.«

»Ich verstehe. Dieses Risiko dürfen wir nicht eingehen. Ist es tatsächlich möglich, dass unsere Feinde über die Portale stolpern?«

Umock kreist um mich. »Niemand kann wissen, wozu sie in der Lage sind.«

»Dann müssen wir das Portal besser verbergen. Bestimmt gibt es einen Zauber, der dafür sorgt, dass nur wir beide erkennen können, wo eine magische Tür existiert.« Aufregung erfasst mich. »Wir würden sonst Gefahr laufen, mitten in der Nacht von unseren Feinden überrascht zu werden. Wir wären nirgends sicher. Sie könnten uns überallhin verfolgen. Ich fürchte, dieses Portal war eine schlechte Idee.«

»Beruhige dich«, bittet Umock. »Wir werden gemeinsam einen Zauber erschaffen, der das Portal beschützt, auch wenn ich annehme, unsere Worte haben bereits ausgereicht. Ich kenne keinen bestehenden Spruch, den wir verwenden können. Doch wenn wir unsere Magie vereinen, können wir etwas Neues erschaffen.«

Die Vorstellung sollte mir nicht gefallen. Trotzdem tut sie es. Langsam nicke ich.

Umock umhüllt mich wieder. Er zieht immer engere Kreise um mich, bis mir ganz schwindelig wird. Ein seltsames Gefühl steigt in mir auf, als die Magie zwischen uns zu fließen beginnt. Zuerst fühlt es sich an, als würden die Energiestränge sich nicht verbinden wollen. Umocks Kreise um mich werden schneller. Um ihm die Aufgabe zu erleichtern, schließe ich meine Augen und öffne stattdessen meine Magie für ihn.

Die Verschmelzung von Kräften, intensiv, verwirrend intim und so welterschütternd, dass ich nur durch die Energie aufrecht gehalten werde, die durch uns beide fließt. Dunkelheit schiebt sich über meine Seele. Hinter meinen geschlossenen Augenlidern brodeln schwarze Nebel.

Der König der Nebelseelen murmelt Worte, die ich nicht verstehe. Der Zauber ist seine eigene Kreation. Zu gerne würde ich hören, wie er klingt. Möglicherweise kann ich ihn später selbst anwenden. Im Moment bin ich nicht in der Lage, während dieses außergewöhnlichen Erlebnisses einen einzigen klaren Gedanken zu fassen. Ich hoffe nur, dass wir Erfolg haben werden.

Immer noch durchströmt mich die Energie von Umock. Sie ist mit der Meinigen nicht vergleichbar. Die Dunkelheit färbt meine Seele ein. Schwermütigkeit, die ich in diesem Ausmaß nicht an mir kenne, schnürt mir die Kehle zu. Ein Teil von Umock. Woher stammte diese Düsternis? Immer noch gibt es so viel, was ich nicht von ihm weiß. Dennoch lerne ich ihn in diesem Moment besser kennen.

Es verwirrt mich, dass sich die Verbindung zwischen uns so schnell weiterentwickelt. Ich habe mich gegen die Bezeichnung Freundschaft gewehrt. Ich habe seit Ewigkeiten keine neuen Freundschaften mehr geschlossen. Elevander kenne ich seit meiner Kindheit. Unsere Beziehung ist über Jahre hinweg gewachsen. Umock ist zu meinem Lehrmeister geworden. Elevander ist mein bester Freund. Es gelingt mir nicht, beides miteinander zu vergleichen.

Der Wirbel von Energie normalisiert sich langsam wieder. Die Dunkelheit, die mit Umocks Magie in meinen Körper Einzug gehalten hat, verschwindet. Ich öffne die Augen und habe den Eindruck, die Welt hätte sich verändert. Das Licht besitzt nun mehr Leuchtkraft. Die Wärme der Sonne fühlt sich wie ein Streicheln auf meiner Haut an. Ich kann Umock immer noch in meinen Adern spüren.

»Du bist wirklich ein Wesen, das nur aus Farben besteht«, behauptet Umock. »Wie kann es jemanden geben, der so voller Licht ist wie du? Und wie ist es möglich, dass das außer mir noch niemand bemerkt hat?«

»Die Menschen schauen wohl nicht so genau hin wie der König der Nebelseelen. Möglicherweise erkennt Ihr es auch leichter, weil Ihr so tief in der Dunkelheit gefangen seid.«

»Immer nett, immer höflich«, sagt Umock und schwebt langsam auf und ab. Ich kann das Lächeln in seiner Stimme hören. »Dein Großvater hat jede Menge falsch gemacht. Doch du hast es trotzdem geschafft, ein wundervoller Mensch zu werden. Das kann dir niemand wegnehmen.«

Meine Brust wird so verdammt eng. Das Schicksal hat eine seltsame Art, mich herauszufordern. Ich habe in den letzten Tagen mit Umock mehr gelernt als in meinem ganzen Leben zuvor. Über die Magie. Über die Welt. Über mich. Aber am meisten hat mich überrascht, welche Wege das Schicksal gewählt hat, um Umock und mich zu unfreiwilligen Verbündeten und ganz nebenbei noch zu viel mehr werden zu lassen.

Ich senke den Blick. »Danke für Eure höflichen Worte. Aber Ihr solltet wirklich aufhören, mir Komplimente zu machen. Man könnte den falschen Eindruck erhalten.«

»Wer sollte falsche Schlüsse ziehen, Lesithder? Nur du kannst meine Worte hören. Und nebenbei bemerkt, entspricht alles der Wahrheit. Das ist, wie ich fühle.«

»Dennoch. Ihr wisst, es handelt sich nicht um den richtigen Zeitpunkt, um über solche Dinge nachzudenken.«

»Das akzeptiere ich. Versprich mir nur, dass du, wenn das alles vorüber ist, ganz egal, wie dieser Krieg endet oder was zwischen uns passieren wird, dir darüber Gedanken machst.«

Diese Situation erscheint so surreal. Sie verwirrt mich. Möglicherweise ist Umock im Augenblick von seinem neuen Spielzeug angetan. Ich stelle für ihn eine Herausforderung dar. Bestimmt flaut sein Interesse bald wieder ab. Ich sollte also nicht zu viel hineininterpretieren. Nach kurzem Zögern nicke ich trotzdem.

Die Schwingungen, die Umock aussendet, erzeugen ein Echo in meiner Brust. Diese Verbindung unserer Magie hat seltsame Auswirkungen auf mich. »Hoffentlich hat der Zauber funktioniert«, überlege ich, um das Thema zu wechseln.

»Sieht so aus«, antwortet Umock, ein Lachen in der Stimme.

Verwirrt blicke ich zu der Stelle, an der ich das Portal erschaffen habe. Ich kann keine Auffälligkeiten mehr erkennen, kein Farbenwirbel, keine magische Anziehungskraft. Soll das so sein? »Haben wir das Portal zerstört?«

»Zeige dich.«

Sobald Umock die beiden Worte ausgesprochen hat, erscheint ein silbriger Schimmer. Langsam wird daraus das bunte Durcheinander, das ich vorhin erschaffen habe.

Erleichtert stoße ich die vor lauter Anspannung angehaltene Luft an. »Mit welchen Worten verschwindet es wieder?«

»Verschwinde.« Wieder schwingt ein Lachen in Umocks Stimme mit.

»Woher soll ich wissen, dass es so einfach ist?«, maule ich beleidigt über sein Amüsement.

»Ich mag es nicht kompliziert.«

Eine glatte Lüge vom Meister der Verwirrung.

»Du willst noch weitere Portale anlegen«, erinnert er mich. »Wir werden einen sicheren Ort suchen, an dem eure Armee ihr Lager aufschlagen kann. Dieser Platz kann als Basis für unsere Operationen dienen. Diesen Ort werde ich durch einen Nebelzauber vor den Blicken aller verbergen. Sobald wir dort einen Durchgang erschaffen haben, errichten wir weitere Portale. Dann kann man zwischen den Endpunkten beliebig hin und her reisen.«

»Genauso machen wir es.«

Umock hüllt mich ein. »Dann lass uns aufbrechen und einen sicheren Hafen anlegen.«

8. Kapitel

»Wieso hat das so lange gedauert?«, zischt Elevander, damit die anderen uns nicht hören. »Weshalb wart ihr so lange unterwegs?«

»Es dauert seine Zeit, um den geeigneten Ort zu finden«, gebe ich zurück und mache einen Schritt zur Seite, während die letzten Soldaten das Portal durchqueren. Sie tauchen aus dem Nichts auf und marschieren an uns vorbei. Der Fürst und seine Ratgeber sind unter Geleit ihrer Leibwächter bereits vor fast einer Stunde angekommen. Sie sind schon dabei, eine Unterkunft für Manekas vorzubereiten.

Umock und ich sind auf ein verlassenes Dorf gestoßen. Die ursprünglichen Bewohner scheinen vor der Gefahr durch unsere Gegner geflüchtet zu sein. Das Dorf befindet sich einen kurzen Fußmarsch von hier entfernt. Die Häuser sind klein und einfach ausgestattet. Allerdings bieten sie den meisten von uns ein Dach über dem Kopf und die Möglichkeit, nach langer Zeit wieder in einem geschlossenen Raum zu übernachten.

Immer neue Soldaten treten auf die Wiese, auf der das Portal errichtet wurde. Ihre Gesichter zeugen von ihrer Skepsis und Unruhe. Ganz offensichtlich fehlt es ihnen an Vertrauen zu mir, aber das wird sich hoffentlich geben, wenn ich mit meinen neuen Fähigkeiten dafür sorgen kann, dass sie es bequemer haben als seit vielen Wochen.

»Können wir uns in Ruhe unterhalten?«, bittet Elevander. »Du musst nicht hier stehen, und diesen Vorgang überwachen. Die Männer wissen, wie Gehen funktioniert.«

»Ich weiß, aber es beruhigt mich, wenn ich in der Nähe bin, um notfalls eingreifen zu können«, gebe ich zu.

Zwischen den Truppen schickt man auch Nebelschwaden durch das Portal. Die Armee des Königs der Nebelseelen könnte auch selbstständig hierherreisen. Anscheinend sind sie allerdings begierig darauf, das Portal zu testen, das so anders ist als die, die sie bisher kennengelernt haben. Eine seltsame Art von Kompliment.

»Deine Vorsicht ist sehr ehrenhaft von dir, Lesithder. Vielleicht könnten wir nur ein paar Schritte zur Seite machen. Dann kannst du beobachten, was vor sich geht, und mir gleichzeitig zuhören.«

»Schön.« Ich habe eine Vorahnung, worum sich das Gespräch drehen könnte. Ich glaube nicht, dazu bereit zu sein. Ich weiß jedoch, dass Elevander mir keine Wahl lassen wird. Er ist furchtbar hartnäckig, wenn er sich etwas in den Kopf gesetzt hat.

Wir gehen auf Abstand, um den Soldaten, die das Portal durchqueren, nicht im Weg zu sein. Mein Blick bleibt auf die ankommenden Männer gerichtet. Es fällt mir schwer, meine Ungeduld zu bezwingen. Elevander zuliebe bin ich aber dazu bereit.

Sein intensiver Blick ist auf meinem Gesicht zu fühlen, als er mich beobachtet und mit seiner Befragung beginnt. »Du hast dich auf der Reise heute Vormittag sehr seltsam benommen. Ist alles in Ordnung?«

»Nein, so fühlt es sich nicht an«, antworte ich. Viel zu schnell erscheinen die Bilder der Toten vor meinem inneren Auge.

»Mit wem sprichst du die ganze Zeit?«, fragt Elevander besorgt. »Was geht in dir vor?«

Ich weigere mich, die erste Frage zu beantworten. »All diese Menschen, die in Nialling gestorben sind … Ich fühle mich dafür verantwortlich. Egal, wie oft ich mir selbst versichere, keine Schuld daran zu tragen, wird die Last auf meinen Schultern nicht geringer.«

Mein Freund legt mir eine Hand auf den Oberarm. »Du kannst nicht die Verantwortung für alles übernehmen, was auf dieser Welt geschieht. Dein Großvater sollte an deiner Stelle hier sein und seine Fähigkeiten einsetzen, um den Bewohnern von Nialling zu helfen.«

Meine Augen beginnen zu brennen, als ich daran denke, was in dem kleinen Küstenstaat passiert ist. »Es ist fast niemand übrig, den wir mit unserer Unterstützung retten können. Ich habe es mit eigenen Augen gesehen. All die abgeschlachteten Menschen, die Männer, Frauen und Kinder. Der Fürst von Nialling hat flüchten können. Der Großteil seiner Untertanen ist dem Angriff unseres Feindes allerdings zum Opfer gefallen.«

Elevander wird blass. »Der Großteil?«

»Genaue Zahlen sind mir nicht bekannt. Angeblich haben nicht viele Menschen überlebt. Ich fühle mich so machtlos, so unbedeutend.«

»Dann wäre Oremazz' Anwesenheit noch dringender vonnöten. Er hat die Vision empfangen, die alles in Gang gesetzt hat. Ihm ist es nicht gelungen, die Menschen vorzuwarnen. Wie kann er dich in dieser Situation allein lassen und dich zwingen, all die Verantwortung für ihn zu übernehmen?«

»Er hatte keine Ahnung, was geschehen würde«, verteidige ich unseren Großen Zaubermeister. »Die Bilder, die ihm geschickt wurden, waren nicht aussagekräftig genug.«

Kopfschüttelnd drückt Elevander meinen Arm fester. »Hör endlich auf, ihn in Schutz zu nehmen. Er hat dir diesen Albtraum eingebrockt. Er weiß genau, wie bereitwillig du die Schuld auf dich lädst. Er kann im Schloss des Fürsten sitzen, sich durch dich erzählen lassen, was vor sich geht, und die Füße hochlegen. Obwohl er die Macht hätte, etwas zu tun, ist er nicht hier und putzt alle Sorgen auf dich ab.«

»Ich … So ist das nicht.« Plötzlich sind mir die Soldaten, das Portal und die Probleme, die vor uns liegen, nicht mehr wichtig. Es zählt nur, Elevander etwas begreiflich zu machen. »Natürlich würde ich mich freuen, wenn er hier wäre, um mich zu unterstützen. In dieser unerwarteten Situation könnte ich seine Hilfe gut gebrauchen. Durch seine Augen habe ich gesehen, was noch alles auf uns zukommt. Das war nur der erste Ansturm. Diese Vorboten der Gefahr mögen uns grausam erscheinen. Doch das, was uns noch erwartet, ist um vieles schlimmer. Wenn mir etwas passiert, kann wenigstens Oremazz die Schlacht zu unseren Gunsten beeinflussen. Er kann dann immer noch tun, was notwendig ist.«

Der Ausdruck in Elevanders Augen zeigt seinen Schock. »Wenn dir etwas passiert? Du meinst, wenn du ein Opfer unserer Feinde wirst, erst dann, aber keinen Moment früher, erscheint, deiner Meinung nach, Oremazz zu unserer Rettung? Denkst du, er wird die Gelegenheit nutzen, um als Held aufzutreten, weil er bewiesen hat, dass niemand in der Lage ist, ihn zu ersetzen?«

»Nein, so habe ich es nicht gemeint. Es ist nur …«

»Er wird seine Fähigkeiten nicht nutzen, um diesen Teil des Kontinents zu retten«, behauptet er. »Schließlich sitzt er in Sicherheit in der Nähe eines Throns, den er für sich beanspruchen kann. Tut mir leid, wenn ich dir diese Dinge so direkt ins Gesicht sage. Viel zu lange brodeln sie in mir. Es ist an der Zeit, dass du siehst, wie er wirklich ist. Jemand muss dir zeigen, dass er dein Vertrauen in ihn nicht verdient hat.«

Mein Herz wird schwer. »Das kannst du so nicht sagen. Natürlich hat er sich mir gegenüber nicht immer so verhalten, wie ich es mir von ihm gewünscht habe. Er war mir nicht das Vorbild, das ich gebraucht habe. Er war nicht in der Lage, mir die Liebe zu geben, die ich mir von ihm ersehnt habe. Doch das ist nicht gerecht. Diese Beschreibung wird ihm nicht gerecht.«

»Und warum ist er dann nicht hier, wenn er so ein mächtiger Zauberer ist? Weshalb drückt er sich vor der Verantwortung? Natürlich wäre die Reise für einen Mann in seinem Alter anstrengend. Selbstverständlich kann man von ihm nicht erwarten, mit der Ausdauer von jungen Menschen mitzuhalten. Doch wir veranstalten kein Wettrennen zu diesem Schlachtfeld. Unser Tempo wird von der Ausrüstung gebremst, die wir mit uns schleppen. Er könnte problemlos auf einer Reitechse mit uns Schritt halten. Und wenn man es ganz genau nimmt, wäre es ihm sogar möglich, sich direkt zum Kampfschauplatz zu transportieren. Er müsste dazu nicht einen Schritt machen. Als Zaubermeister mit den Kräften, derer er sich immer rühmt, könnte er dafür sorgen, dass ihm unsere Gegner nichts anhaben können. Er wäre in Sicherheit und dennoch in der Lage, unsere Feinde zu bekämpfen.« Schwer atmend hält Elevander inne.

Inzwischen hat sich ein Brennen in meiner Brust festgesetzt. Mein Herz schmerzt so sehr, ich ertrage es beinahe nicht. Ich will ihm antworten. Ich möchte ihm erklären, warum er sich irrt. Ich will ihm beweisen, dass er Oremazz falsch einschätzt. Doch es gibt nichts, was ich sagen kann. Keines meiner Worte wäre in der Lage, ihn von seinem Irrtum zu überzeugen. Und der Grund ist ganz einfach.

Er hat recht.

All das war mir tief in meinem Inneren schon lange bewusst. Es hat unter der Oberfläche gegärt. Bis jetzt war ich allerdings in der Lage, es zu verdrängen. Ich habe versucht, mit meinem Großvater zu sprechen. Ich habe ihm gesagt, dass es für mich nicht verständlich ist, weshalb er meine alleinige Anwesenheit auf dem Schlachtfeld für notwendig hält. Selbst wenn ich ein wichtiger Teil seiner Vision sein sollte, auf den das Schicksal nicht verzichten kann, bedeutet das nicht, dass Oremazz als Großer Zaubermeister unseres Volkes nicht ebenfalls anwesend sein kann.

»Bitte, sieh endlich ein, dass dein Großvater ausschließlich seine eigenen Interessen im Sinn hat. Er interessiert sich nicht für dich oder deine Wünsche. Mit Sicherheit hat er sich noch niemals Gedanken darüber gemacht, was das Beste für dich ist. Stattdessen lässt er zu, dass du die Schuld für die ersten Opfer dieses Krieges bei dir suchst. Du kannst nichts für das, was passiert ist.«

»Das sagt er auch immer wieder. Langsam beginne ich daran zu glauben.«

»Wer er?«, fragt Elevander.

Verflixt. Ich habe mein Geheimnis nicht verraten wollen. Die privaten Unterhaltungen mit Umock sollen nur mir allein gehören. Es ist eine Sache, die mir mein Großvater nicht verleiden kann. Eine Sache, für die ich mir kein schlechtes Gewissen machen lassen möchte. Eine Sache, die nicht durch meine Unsicherheiten und meine Selbstverachtung verdorben werden soll, die Oremazz in mir schürt.

Elevander legt den Kopf schief. »Lesithder?«

»Ja, ja.« Die Zeit mit Umock bedeutet mir mehr, als sie sollte, doch das kann ich meinem besten Freund nicht verraten. Das will ich mir nicht einmal selbst eingestehen.

»Sag mir, was du gemeint hast.«

»Mach dir keine Sorgen. Es ist alles in Ordnung. Ich habe alles unter Kontrolle. Ich bin noch Herr meiner Sinne.« Als ich mich abwenden will, greift Elevander nach meinem Arm.

»Inzwischen denke ich, dass zumindest Beunruhigung meinerseits angebracht ist«, sagt er leise. »Mit wem hast du dich unterhalten?«

»Mit dem Fürsten, seinen Ratgebern, …«

Er legt nur erneut den Kopf schief und bringt mich dadurch zum Schweigen. »Er? Der König der Nebelseelen? Umock. Ist er es? Hörst du seine Stimme etwa in deinem Kopf? Das ist nicht gut, Lesithder. Dieses Monster ist offensichtlich in deinen Verstand eingedrungen. Du musst ihn daraus verbannen.«

Umock weiß über diese Unterhaltung Bescheid. Elevander hat seinen Namen ausgesprochen. Es ist mir unangenehm, dass der König mitbekommt, dass er Thema zwischen Elevander und mir ist. Doch dagegen kann ich nichts mehr unternehmen. Nach Umocks Geständnis, etwas für mich zu empfinden, fühle ich mich völlig durcheinander. Zu gerne würde ich Elevander davon erzählen. Verständnis ist von seiner Seite allerdings nicht zu erwarten. Elevander wäre schockiert, von Umocks Gefühlen für mich zu erfahren. Und er wäre noch entsetzter, zu hören, was diese Tatsache in mir anstellt. Nein, ich darf mich ihm nicht anvertrauen. Erst einmal muss ich dafür sorgen, dass er Umock kein Misstrauen mehr entgegenbringt.

Der Strom der Soldaten, die von unserem Lagerplatz durch das Portal eingetroffen sind, ist längst abgerissen. Alle haben sich direkt auf den Weg zu dem Dorf gemacht, in dem wir unsere Basis errichten werden. Die Schritte der Männer sind längst verklungen. Wir sind allein. Und dennoch fühle ich mich nicht einsam, weil Umock in gewisser Weise immer bei mir ist. Er wird zu einem Teil von mir.

»Ich weiß, wie ich mit dieser Situation umgehen muss«, stelle ich klar. »Welche Geschichten auch immer die Menschen über ihn erzählen. Er ist kein Monster. Er wird uns helfen. Dafür müssen wir ihm dankbar sein. Mit seiner Macht haben wir eine Chance. Das ist alles, was zählt.«

»Lesithder.« So viel Qual liegt in diesem einen Wort.

»Mach dir keine Sorgen, Elevander. Ich weiß, was ich zu tun habe. Alles wird gut. Und jetzt lass uns zu den anderen zurückkehren. Vielleicht gelingt es uns, einen Schlafplatz zu finden, den wir uns beide teilen können.«

Mein Herz klopft so schnell und heftig, ich bin nicht in der Lage, die Geräusche der Armee zu belauschen, die ganz in der Nähe ihr Lager aufgeschlagen hat. Der Boden unter mir fühlt sich kalt und feucht an. Ich drücke mich tiefer hinter den Busch und beobachte unsere Feinde, die um große Feuer herumsitzen, lachen, mit Lauten kommunizieren, die ich nicht verstehe, und dabei ihre Waffen polieren. Köcher mit Pfeilen lehnen an einem Baum, wo die Bogen nachgespannt werden. Überall blitzt Stahl auf. An einigen Schwertern meine ich immer noch Blut erkennen zu können. Der Anblick jagt mir einen Schauer über den Rücken.

»Wir sollten von hier weg«, bitte ich Umock. Dieses Mal vergesse ich nicht, die Worte lautlos zu übermitteln. Die Nähe zu unseren Feinden lässt meinen Mund ganz trocken werden. »Das hier ist nicht gut. Ich könnte mit dem Stein, der sich in meinen Bauch drückt, einen von ihnen problemlos am Kopf treffen. Ich will sie nicht auf uns aufmerksam machen. Trotzdem ist die Verlockung groß, ihnen wehzutun.«

»Es steht zu bezweifeln, dass sie das spüren würden.«

Selbst jetzt, wo sie sich nicht für eine unmittelbare Schlacht bereitmachen, tragen alle Soldaten Helme. Ihre Oberkörper sind von metallenen Rüstungen geschützt, die sich für die, die sich für ein Schläfchen hingelegt haben, unheimlich unbequem sein müssen. Ihre Arme und Beine sind völlig von Leder verhüllt, das durch Metall verstärkt ist. Sogar an den Fingern kann ich kein Stück freier Haut erkennen. An den Füßen tragen sie metallene Beinschienen. Am erschreckendsten ist allerdings die unüberprüfbare Anzahl von diesen gut ausgerüsteten Kampfmaschinen.

Selbst wenn es uns gelingen sollte, sie in einen Hinterhalt zu locken, würden unsere Soldaten sie nicht gleichzeitig überwältigen können. Wir müssen uns ihnen auf dem Schlachtfeld stellen und uns vorher mit den Armeen unserer Verbündeten zusammentun.

»Ich will nicht länger hierbleiben«, teile ich Umock mit. »Wir können Manekas berichten, was er wissen will. Ich habe genug gesehen.«

Ohne eine Antwort abzuwarten, transportiere ich mich zurück in unser Lager. Nein, mir gefällt nicht, was ich beobachtet habe. Wir haben keine Chance gegen diese Übermacht an Männern. Solange wir nicht erfahren haben, wo sich die Truppen unserer Bündnispartner befinden.

Als ich im Dorf erscheine, das durch einen Nebelschleier vor den Blicken unserer Feinde geschützt ist, werde ich besorgt betrachtet. Ich ignoriere die fragenden Blicke und trete zu unserem Fürsten, der auf einer überdachten Terrasse mit seinen Ratgebern über Karten der Region brütet.

Sobald mein Schatten auf das Papier fällt, hebt er den Kopf. »Wisst Ihr, wo sie sich aufhalten?«

»Die Armee unserer Feinde befindet sich genau hier.« Ich zeige auf eine Stelle auf der Karte, keine zwei Stunden Fußmarsch entfernt.

»Was genau habt Ihr gesehen?«

»Sie müssen bereits ihr Lager für die Nacht aufgeschlagen haben. Es erweckte nicht den Anschein, als würden sie noch einmal aufbrechen wollen. Entweder haben sie den Ort erreicht, an den sie gelangen wollten. Oder sie haben es nicht sonderlich eilig.«

»Das bezweifle ich. Sie sind schneller in das Nachbarland vorgedrungen, als wir erwartet haben.« Manekas seufzt. »Wie viele Mann ist ihre Armee stark?«

»Es war mir nicht möglich, sie zu zählen«, antworte ich betrübt.

In meinem Rücken spüre ich Umock. Er schnaubt. »Eine Schätzung ist da völlig ausreichend. Es sind zu viele. Das solltest du ihm nicht verschweigen.«

Unser Fürst wirft mir einen strengen Blick zu. »Das war Teil meines Auftrages an Euch.«

»Ich weiß, edler Fürst. Die Stärke der Truppen war allerdings zu groß, um Euch die genaue Zahl nennen zu können. Es müssen mehr als tausend Mann gewesen sein.«

Manekas' Gesicht verliert etwas an Farbe. Dennoch bleibt seine Miene undurchdringlich. »Wir müssen uns früher für eine Vorgehensweise entscheiden, als ich befürchtet habe. Gibt es Neuigkeiten von unseren anderen Truppen?«

Ein Soldat, der direkt hinter mir erscheint, schüttelt den Kopf. »Wir haben die Flugechsen in alle Richtungen ausgeschickt. Bis jetzt ist es uns nicht gelungen, Kontakt mit unseren Männern aufzunehmen.«

»Lasst sie rund um die Uhr kreisen«, befiehlt Manekas.

»Wir haben bereits alles versucht …«

»Dann war das nicht genug«, unterbricht unser Fürst rüde. »Versteht denn niemand, wie wichtig es ist, die genauen Informationen zu erhalten?«

»Keiner von uns wird das so leicht vergessen«, versichere ich. »Wir alle tun unser Bestes, Großer Fürst. All die Vorbereitungen, die wir in den letzten zwei Jahren getroffen haben, sollten uns auf diesen Moment vorbereiten. Dass uns wichtige Informationen für einen durchdachten Plan gefehlt haben, macht die Situation nicht leichter. Aber jeder von uns wird tun, was notwendig ist. Seid Euch dessen gewiss.«

Manekas nickt. »Es tut mir leid, den Eindruck erweckt zu haben, ich würde Euch allen nicht vertrauen.« Er wirft einen Blick in die Runde, hält bei jedem der Männer, die sich um den Tisch versammelt haben, kurz inne.

»Ohne die Unterstützung der Soldaten, von denen wir uns während unserer Reise getrennt haben, wird es schwierig, unseren Gegner zu überwältigen«, erklärt er schließlich. »Ich habe gehofft, es könnte uns gelingen, unseren Feind in einem Moment zu überraschen, in dem er nichts von unserer Existenz ahnt. Die Soldaten unseres Gegners wissen nicht, dass wir durch Visionen vorgewarnt worden sind. Sie haben noch keine Ahnung, dass ihr Überfall auf unseren Kontinent vorangekündigt worden ist. Diesen Vorteil müssen wir nutzen. Wir müssen einen harten Schlag führen, um dem Monster den Kopf abzutrennen. Nur dann können wir diesen Krieg gewinnen.«

»Wir könnten die Männer, die der Zauberer entdeckt hat, immer noch überrumpeln«, wirft ein Kommandant ein. »Wir können sie aus dem Hinterhalt in ihrem Lager überfallen und sie ausschalten, bevor sie weiteren Schaden anrichten können. Sie haben bereits bewiesen, keine Gnade walten lassen zu wollen. Weshalb sollten wir es ihnen nicht gleichtun?«

»Im Augenblick sind wir in der Unterzahl«, gibt Manekas zu bedenken. »Denkt Ihr, es kann uns gelingen, diese Übermacht unter Kontrolle zu bringen, bevor sie zum Gegenschlag ausholen können?«

»Nein«, antworte ich anstelle des Kommandanten. Ich kann spüren, dass Umock meiner Meinung ist. Seine Nähe gibt mir das Selbstbewusstsein, zu meiner Einschätzung zu stehen. Er schenkt mir Kraft, um stark zu bleiben.

Verwirrte Blicke treffen mich. Ein Zauberer hat sich nicht in militärische Entscheidungen einzumischen. Ich hätte auch geschwiegen, wenn ich nicht eine Information besitzen würde, die für die Anführer unseres Heeres wichtig ist.

Ich warte nicht, bis man mir eine Rüge erteilt. Stattdessen platze ich einfach mit meinen Beobachtungen heraus. »Sie sind besser ausgerüstet als unser Heer. Unser Volk kennt schon zu lange nur Friedenszeiten. Unsere Waffen mögen scharf genug sein, um das Blut unserer Feinde zu vergießen. Unsere Rüstungen sind allerdings nicht in der Lage, Schwertstreiche abzuwehren. Selbst wenn unsere Männer den Knieschutz anlegen, gibt es viel zu viel Angriffsfläche. Manche Soldaten besitzen nicht einmal einen Helm. Unsere Feinde sind im Gegensatz dazu von Kopf bis Fuß in Metall und Leder gehüllt. Sogar an ihren Händen ist jedes Stück Haut bedeckt. Sie haben ihre Rüstung auch während der Pause im Lager getragen. Ich kann nicht sagen, ob es sich überhaupt um menschliche Gegner handelt.«

Meine Worte verursachen aufgeregtes Gemurmel. Die Ratgeber zischen sich besorgte Kommentare zu. Ihre Blicke wandern unruhig zu Manekas, der meinem Bericht reglos gelauscht hat. In seinen Augen lese ich die gleiche Ratlosigkeit. Unser Fürst drückt allerdings den Rücken durch und nickt.

»Danke für diese Information. Durch Eure Beobachtung habt Ihr uns vor einem großen Fehler bewahrt.«

»Dennoch können wir unsere Gegner überraschen«, sagt einer der Ratgeber. »Wenn wir das Lager umzingeln und von allen Seiten gleichzeitig angreifen …«

»… werden wir gar nichts erreichen«, unterbricht Manekas. »Wir können die fremden Soldaten nicht so leicht verletzen, um den Überraschungsmoment zu nutzen und damit ihre Übermacht ausgleichen zu können. Sobald wir aus der Deckung treten und es uns nicht gelingt, einen Teil unserer Gegner auszuschalten, wird jeder unserer Männer es mit fünf Feinden gleichzeitig aufnehmen müssen.« Damit fasst er das in Worte, was mich beunruhigt hat.

Das bringt seine Ratgeber erst einmal zum Schweigen.

»Wir brauchen die Unterstützung unseres zweiten Heeres«, stellt Manekas klar. »Wenn es uns gelingt, uns mit anderen Verbündeten zusammenzutun, können wir sie überwältigen. Es ist wichtiger als zuvor, Kontakt mit den anderen Truppen aufzunehmen. Seid Ihr sicher, Ihr kennt keine Möglichkeit, um sie aufzustöbern?« Bei der letzten Frage wendet er sich an mich.

»Ich werde sofort aufbrechen und dem Weg folgen, den sie gegangen sind, nachdem unsere Truppen sich getrennt haben«, schlage ich vor. »Ich mache mich auf die Suche nach Hinweisen und informiere Euch so bald wie möglich.«

»Zuerst will ich mit meinen Männern reden«, sagt Umock in meinem Kopf. »Ich möchte etwas besprechen, bevor wir aufbrechen.«

Mein Mund hat sich bereits geöffnet, bevor mir klar wird, leise antworten zu müssen. »Auf diese Suche gehe ich allein.«

»Das ist eine verzweifelte, gefährliche Mission«, murmelt er. »Man könnte dich entdecken. Nur ich kann für deine Unsichtbarkeit sorgen.«

»Ich danke Euch für Euren Einsatz.« Manekas nickt mir zu. »Lasst Euch Verpflegung geben. Ihr habt heute noch nichts zu Euch genommen.«

Tatsächlich ist mir der Appetit vergangen, nachdem ich die Leichen auf dem Schlachtfeld gesehen habe. Das mulmige Gefühl will meinen Magen nicht verlassen. Irgendwann wird der Hunger mit voller Wucht zurückkehren. Ich sollte etwas essen, um bis dahin bei Kräften zu bleiben. Also nicke ich und marschiere davon, um bei der Hütte Halt zu machen, in der unsere Vorräte gelagert werden.

Umock folgt mir wie ein drohender Schatten. »Ich lasse dich nicht allein gehen. Du weißt hoffentlich, dass du mir nicht entkommen kannst.«

»Droht Ihr mir?«, frage ich lautlos und trete durch die Tür. Im Inneren der Hütte erwartet mich Dunkelheit und Kühle. Ich lasse mir Brot und Wasser geben, bedanke mich und gehe ins Freie. Dort nehme ich erst einmal einen Bissen von der dicken Scheibe Brot. Trocken würge ich sie hinunter. Hauptsache, mein Magen ist gefüllt.

Wieder sitzt der König der Nebelseelen mir im Nacken. »Ich spreche lediglich die Wahrheit aus. Es ist ein Leichtes für mich, deinen Spuren zu folgen. Wenn du meine Begleitung zulässt, kann ich dich beschützen.«

»Verratet mir einfach den Zauber, der mich vor den Blicken anderer verbirgt«, fordere ich.

»Nein.«

Der zweite Bissen vom Brotteig wird immer mehr in meinem Mund. Ich zwinge mich dazu, ihn hinunterzuwürgen. Den Rest des Brotes stecke ich in die Tasche, die an meinem Gürtel unter der Tunika befestigt ist, und transportiere mich an die Stelle, an der wir uns vor ungefähr zwei Wochen von den anderen Soldaten getrennt haben.

Von einer Sekunde auf die andere stehe ich auf dem freien Feld an der Weggabelung. Über unzählige Felder hinweg breitet sich das Land flach nach allen Richtungen aus. Zum Glück ist niemand zu sehen, als ich mich einmal im Kreis wende. Ich kenne die Gegend nicht, durch die die Soldaten gewandert sind. Ich kann mich nirgendwohin transportieren, wo ich noch niemals gewesen bin. Also suche ich mir einen Orientierungspunkt in der Ferne, einen Waldstreifen in einiger Entfernung, und bringe mich zu diesem Ort.

Nun befinde ich mich inmitten der Bäume. Von einem Weg ist nichts zu sehen. Ich bezweifle, dass die Soldaten durch dieses Waldstück gekommen sind. Anscheinend ist mir entgangen, dass der Weg irgendwo vorher eine Biegung macht. Ich muss mich zurücktransportieren. Ganz offensichtlich ist es die falsche Entscheidung gewesen, eine so große Strecke in einem Sprung zurückzulegen.

Vielleicht wäre es doch besser gewesen, Umock mitzunehmen. Er hat vermutlich jeden Winkel dieser Erde bereist. Würde er sich hier auskennen?

Als hätte der Gedanke an Umock ihn herbeigerufen, erscheint seine Nebelgestalt plötzlich neben mir. Nach den von ihm stammenden Schwingungen zu urteilen, amüsiert er sich köstlich.

»Probleme?«, fragt er ganz unschuldig.

»Ihr habt mich beobachtet, nicht wahr?«

»Hältst du mich für einen widerlichen Spanner?« Jetzt schwingt das Lachen auch in seiner Stimme mit.

Ich verstehe nicht, wie er in einer Situation wie dieser jede Möglichkeit nutzen kann, mich auf seine unnachahmliche Art zu provozieren. Lässt ihn die Gefahr, in der wir schweben, völlig kalt? Ja, ein kleiner Teil von mir hat ihn möglicherweise vermisst. Mein Körper reagiert auch jetzt mit seltsamen Wünschen auf seine Nähe. Doch deshalb schaffe ich es trotzdem, mich auf das aktuelle Problem zu konzentrieren.

»Jetzt schau mich nicht so finster an. Ich weiß genau, dass du erleichtert bist, weil ich dir gefolgt bin.« Er hüllt mich in seinen Nebel ein. »Es ist immer noch ein Leichtes für mich, deine Gedanken zu lesen. Du bist für mich ein offenes Buch.«

Das gefällt mir nicht. Ich dachte, mit der Aufhebung der Schicksalsverbindung zwischen uns würde uns das Teilen unserer Gefühlswelt erspart bleiben. Ob die Vereinigung unserer Magie der Grund ist, weshalb es ihm immer noch gelingt … Moment.

»Ihr seid mir gefolgt, ohne die Schicksalsverbindung zwischen uns erneuert zu haben. Ihr könntet Euch jetzt aus dem Staub machen, ohne dass ich dagegen etwas unternehmen könnte. Nun steht Ihr nicht mehr unter Zwang, mit mir zurückzukehren.«

»Ich bin dir gefolgt, weil ich den Gedanken nicht ertrage, dir könnte etwas zustoßen«, behauptet Umock. »Ich möchte dich nicht verlieren, bevor wir die Gelegenheit hatten, die Sache zwischen uns intensiver zu erforschen.«

Es klingt immer noch verrückt, wenn er von seinen Gefühlen zu mir spricht. Dass jemand wie er fasziniert von mir ist, erscheint mir abwegig. Er hätte mir allerdings nicht nachreisen müssen. Selbst wenn es sich bei mir nur um eine kurze Ablenkung von seinem langweiligen Dasein handelt, müsste er sich keine Sorgen um mich machen. Nach der Fluchauflösungszeremonie könnte er sein Leben gestalten, wie er es möchte. Er hat seine Kräfte zurückerlangt. Die Vereinbarung sieht vor, unsere Streitkräfte zu unterstützen. Das hier ist ein Aufwand, zu dem er nicht gezwungen ist. Langsam beginne ich daran zu glauben, es könnte mehr hinter dieser Schwärmerei für mich stecken.

»Bist du bereit?« Umocks Frage hallt in meinem Kopf.

»Ja«, antworte ich und bin mir bewusst, dass dieses Wort noch viel mehr bedeuten könnte.

Der König bringt uns zu einer Lichtung, die von einem Weg durchschnitten wird. Den Spuren auf dem Boden nach zu urteilen, ist hier vor Längerem eine große Zahl an Männern durchgekommen. Auch jetzt noch sind Äste von Sträuchern und niedrigen Bäumen geknickt, wo der Pfad auf die Lichtung führt. Das Gras neben dem ausgetretenen Trampelpfad hat Bekanntschaft mit unzähligen Stiefeln gemacht. Ein leerer Wasserbeutel mit den typischen Verzierungen der Maëlle liegt in der Nähe auf dem Boden. Hier sind wir richtig.

Noch einmal verdichtet sich der Nebel um mich. Umock scheint diesen Teil der Reise viel zu sehr zu genießen. Wir landen neben dem Weg, den unsere Truppen ganz offensichtlich benutzt haben. Hier sind die Spuren, die sie hinterlassen haben, viel deutlicher zu erkennen. Wieder breiten sich weite, flache, unbesiedelte Flächen vor uns aus. Niedrige Pflanzen, die ich noch niemals gesehen habe und die hier den gesamten Boden bedecken, verbreiten einen würzigen Duft. Ihre Blüten in unterschiedlichen Blautönen lassen mich für einen Moment an das Meer denken. Unser

Kontinent hat so viele schöne Seiten zu entdecken. Mir wird bewusst, wie viel ich bisher versäumt habe. Und jetzt ist es vielleicht zu spät, alle Sehenswürdigkeiten zu erforschen.

»Wie weit sind wir jetzt von unserem Fürsten entfernt?«, erkundige ich mich.

»Vielleicht eine Woche Fußmarsch«, überlegt Umock. »Wir befinden uns allerdings nicht auf dem direkten Weg zu Manekas. Eure Männer haben ursprünglich eine andere Richtung gewählt. Sie könnten jetzt noch weiter entfernt sein.«

Das wäre unserer Sache abträglich. Wir brauchen dringend Hilfe. Aber wir haben jetzt schließlich durch die Portale eine Möglichkeit gefunden, große Entfernungen schneller zu überwinden. Wir müssen die Soldaten von Maëlle nur finden.

Umock bringt uns von der Ebene weg in ein Gebirge. Unwirtliche Abhänge ragen über uns auf. Das Rauschen eines Wasserfalls dröhnt in meinen Ohren, auch wenn ich nicht erkennen kann, wo sich die Wassermassen in die Tiefe stürzen. Weit unter uns liegt ein Fluss, der einen See speist. Hier entdecke ich das erste Mal eine Siedlung, die auf einer Seite des Sees errichtet wurde. Alles wirkt friedlich und ruhig.

»Unsere Gegner haben dieses Paradies anscheinend noch nicht gefunden. Ob die Kunde von dem baldigen Krieg die Menschen hier überhaupt erreicht hat? Sind sie für einen Überfall gewappnet? Vielleicht sollten wir sie warnen.«

»Du machst dir zu viele Gedanken um andere«, sagt Umock. »Wann denkst du endlich einmal an dich?«

»Wenn dieser Krieg vorbei ist«, antworte ich ohne große Überzeugung.

»Lass diesen Menschen ihren Frieden. Möglicherweise bleiben sie vom Krieg verschont. Versetze sie nicht unnötig in Aufruhr. Wir haben ohnehin keine Zeit, um uns mit ihnen auseinanderzusetzen.«

Ganz plötzlich verschwindet der Ort aus meinem Blickfeld. Wir stehen auf einem Hügel von vielen. Hinter uns erhebt sich ein kleiner Wald, der uns die Sicht raubt. Doch der Weg, auf dem wir stehen, schlängelt sich talwärts. Und dort – vielleicht zweitausend Fuß von uns entfernt – erkenne ich unser Heer. Die grün-grauen Tuniken blitzen unter der Rüstung der Soldaten hervor, obwohl dichte Wolken das direkte Sonnenlicht abhalten, und die Welt dadurch seltsam grau erscheint.

Bevor ich Umock bitten kann, uns näher zu bringen, befinden wir uns auch schon unten im Tal. Die Soldaten marschieren direkt auf uns zu. Doch noch verbirgt mich der Nebel vor ihrem Blick.

»Macht mich sichtbar«, bitte ich. »Und später müsst Ihr mir unbedingt beibringen, wie ich die Unsichtbarkeit selbst herstellen kann.«

»So fordernd heute«, murmelt Umock. »Ich mag diese Seite an dir.«

Sonderbare Schmeichelei. Ich mache einen Schritt auf den Anführer der Truppe zu.

Als ich aus dem Nichts erscheine, geht ein Raunen durch die Menge. Der Kommandant gibt das Zeichen für einen sofortigen Halt. Seine Männer reagieren ohne Zögern. »Eine Überraschung, Euch hier anzutreffen. Woher kommt Ihr so plötzlich, Zauberer?«

»Unser Fürst schickt mich. Wir benötigen Eure Hilfe. Nialling wurde angegriffen, die Bewohner getötet. Jetzt wird Medisia bedroht. Eine Armee von tausend Feinden lagert in der Nähe unserer Basis. Eure Unterstützung kann es uns ermöglichen, unseren Gegner zu überrumpeln.«

»Das sind Informationen, die neu für uns sind.« Misstrauisch mustert er mich. »Die Verbindung zu unserem Fürsten ist seit Tagen abgerissen. Unsere Flugechsen sind daran gescheitert, Eure Gruppe ausfindig zu machen.«

Ich nähere mich ihm noch weiter. »Wisst Ihr, woran das liegt?«

Der Anführer deutet mit dem Kopf auf einen seiner Männer. »Der Mann, der sich um die Flugechsen kümmert, ist der Meinung, dass die Tiere ihre Orientierung verloren haben. Sie können aus irgendeinem Grund ihre natürlichen Fähigkeiten nicht mehr benutzen. Bei den ersten Versuchen sind sie nach kurzem Flug umgekehrt. Dann sind sie auf einmal gar nicht mehr zurückgekommen.«

Prüfend lege ich den Kopf schief, höre auf die Energie, die uns umgibt, und versuche herauszufinden, was die Flugechsen so verwirrt haben könnte. Tatsächlich habe ich Schwierigkeiten, die Magie zu entdecken, die die gesamte Welt durchströmt und alles Leben positiv beeinflusst.

»Etwas nimmt Einfluss auf die Magie«, sagt Umock in meinem Kopf. »Ich habe noch niemals gehört, dass so etwas möglich ist. Unsere Gegner sind stärker, als ich erwartet habe.«

»Das muss das Werk eines Zauberers sein, der um vieles mächtiger als unsere Großen Zaubermeister sind«, überlege ich laut. »Man will uns hindern, unsere üblichen Kommunikationswege zu benutzen.«

»Dann müssen wir neue finden.« Der Anführer schickt mir einen nachdenklichen Blick. »Dazu seid Ihr doch in der Lage?«

»Und noch zu viel mehr.« Aus irgendeinem Grund verspüre ich das Bedürfnis, ein wenig mit meinen neuen Kenntnissen zu prahlen. Die Details verrate ich ihm allerdings nicht. »Ich lasse Euch nicht mehr aus den Augen. Unser Fürst wird entscheiden, was nun weiter geschehen soll. Erst einmal teile ich ihm mit, dass Ihr …« Grübelnd sehe ich mich um.

»Fünf Wegstunden von Manekas entfernt«, verrät Umock mir.

Statt dankbar für seine Hilfe zu sein, würde ich ihn gerne für seine Einmischung zurechtweisen. Warum kann ich nicht allein zeigen, wozu ich fähig bin? Doch es wird immer wieder offensichtlich, dass ich auf ihn angewiesen bin.

»… dass Ihr fünf Wegstunden von unserem Lager entfernt seid«, vollende ich meinen Satz und bin froh, die Truppe näher als erhofft zu wissen. »Ich kehre zurück, sobald ich Anweisungen von Manekas erhalten habe. Verratet mir, ob Ihr während Eurer Reise Hinweise auf unsere Feinde gefunden habt.«

»Wir sind keinen gegnerischen Soldaten begegnet«, beruhigt der Anführer der Armee mich. »Allerdings sind wir heute Morgen auf eine Gruppe Reisender gestoßen. Sie sind aus ihrem Dorf geflohen, weil sie von einer drohenden Invasion von Meeresseite aus gehört haben. Anscheinend sind sie aufgrund der Sichtung der Schiffe in Panik geraten.«

»Vielleicht haben sie dadurch das Schlimmste für ihre Familie verhindern können. Danke für Eure Informationen. Ich bin bald zurück.«

»Geht es jetzt zu deinem Fürsten?«, fragt Umock.

Ich würdige ihn keiner Antwort und transportiere mich stattdessen zum Schloss von Medisia. Bevor ich Manekas informiere, möchte ich überprüfen, ob die Gefahr für die Bewohner des Landes nicht gestiegen ist.

Ärgerlicherweise habe ich vergessen, ohne Umock sichtbar zu sein. Es fällt mir zum Glück ein, bevor mich einer der Soldaten entdeckt. Rasch laufe ich ein paar Schritte und ducke mich hinter einen Busch.

»Jetzt sei doch nicht eingeschnappt. Ich verrate dir, wie du dich unsichtbar machen kannst.« Umock flüstert mir die Worte zu, während er als Nebelschwade über mir hängt.

»Danke, dass Ihr mich nicht einfach eingehüllt habt«, presse ich hervor. »Es ist mir lieber, wenn ich selbst auf mich achten kann.«

»Ab jetzt sollte dir das leichter gelingen.«

Nachdem ich Umocks Spruch mit Hilfe meiner Magie dazu genutzt habe, mich vor den Blicken der Soldaten zu verbergen, springe ich an den Strand, um auch dort nach dem Rechten zu sehen.

Umock folgt mir dicht auf den Fersen. Das gibt mir die Möglichkeit, eine Frage zu stellen, die mich beschäftigt. »Unseren Zauberern fehlt die Kenntnis von Sprüchen, die Ihr anwendet. Es gibt allerdings auch Magie, die Ihr noch nicht kennengelernt habt. Zumindest haben wir heute die Auswirkungen einer Macht gesehen, auf die wir beide noch nicht gestoßen sind. Ist es möglich, dass die Zauberer der

Gegner mehr Wissen besitzen als unsere Zauberer und Ihr zusammen?«

»Ich nehme an, unser Feind beschäftigt Magier, die ihre eigenen Quellen für Sprüche haben. Allerdings stoßen auch diese Zauberer auf Grenzen. Das Wissen um die Nutzung von Portalen scheinen sie nicht zu haben, sonst hätten sie das genutzt, um an unseren Küsten zu erscheinen.«

»Wir wissen noch nicht, woher unsere Feinde stammen. Ich habe angenommen, sie würden nicht von dieser Welt sein. Es fällt mir schwer, vorzustellen, dass das Böse auf einem anderen Kontinent gehaust hat, um jetzt über uns herzufallen.«

»Das Böse existiert überall, Lesithder. Es wohnt in jedem Einzelnen von uns. Nur wenige haben den Luxus, von den Auswirkungen verschont zu bleiben, die das in unserer Seele lauernde Monster auf uns haben kann.«

»Seid Ihr dieser ständigen Schwarzmalerei nicht irgendwann überdrüssig?«, frage ich und transportiere mich ohne Vorwarnung weiter ins Landesinnere. Versehentlich bin ich in einer Hecke gelandet, aus der ich mich erst einmal befreien muss, um mich umsehen zu können.

Es dauert keine Sekunde, bevor Umock neben mir erscheint. Meine unglückliche Situation amüsiert ihn sichtlich. Doch dann wird er plötzlich ernst. »Ich fürchte, es gibt einen guten Grund für meine negative Grundeinstellung.«

Mir bleibt die Luft weg. Ich bin froh, dass Umock mich den Spruch gelehrt hat, der mich unsichtbar macht. Ich hoffe, er wirkt tatsächlich noch. Denn in einer Entfernung von vielleicht hundert Fuß marschiert eine Armee von ungefähr fünfhundert Mann. Gehüllt sind sie von Kopf bis Fuß in eine Rüstung aus Metall und Leder. Es handelt sich auf keinen Fall um Soldaten von einem unserer Verbündeten. Die Ausrüstung der stumm dahinmarschierenden Truppe weist eindeutig auf unsere Gegner hin.

»Das sind nicht die Männer, die wir vorhin beobachtet haben«, stellt Umock fest.

Zu dem Schluss bin ich ebenfalls bereits gekommen. Ihre schwarz-silberne Kleidung sieht auf den ersten Blick identisch aus. Doch dazwischen entdecke ich immer wieder gelbe Details, die auf die Oberbekleidung genäht sind. Bei den Männern, die wir in ihrem Lager entdeckt haben, waren diese Muster in Silber gehalten. Ob es noch mehr als die silberne und die gelbe Abteilung dieser Armee gibt?

Die Soldaten marschieren direkt auf Medisia zu. Während ihre Kollegen sich nicht die Mühe gemacht haben, sich schweigend auf den Überfall vorzubereiten, versuchen diese Männer anscheinend ihre Anwesenheit zu verheimlichen. Ganz offensichtlich planen sie einen Hinterhalt.

»Wir müssen die Menschen in Medisia warnen. Diese Soldaten wollen sie überraschen, während man sich auf die andere Truppe konzentriert.«

Bevor ich mich transportieren kann, lässt ein hoher Ton in meinem Kopf mich innehalten. »Warte, bevor du ohne zu überlegen losstürmst«, sagt Umock. »Manekas muss über den Hinterhalt Bescheid wissen. Wenn wir unsere Soldaten nicht in Bewegung setzen, werden sich die Bewohner von Medisia nicht zur Wehr setzen können.«

Er hat recht. Obwohl es mir schwerfällt, mich zu gedulden, konzentriere ich mich auf die Armee, die so viel größer ist als unsere eigene. Selbst mit den Männern, die ich vorhin entdeckt habe, wird es eine beinahe unlösbare Aufgabe, diese Soldaten zu stoppen.

Ich sammle die Informationen, die notwendig sind, um zu entscheiden, wie wir auf diese Entdeckung reagieren sollen, und kehre dann in unsere Basis zurück. Dieses Mal lande ich nicht erst neben einer der Hütten, um dann zu unserem Fürsten zu gehen. Dieses Mal materialisiere ich mich direkt an seiner Seite, um keine Zeit zu verlieren.

Einer seiner Bewacher gibt einen warnenden Laut von sich und stellt sich schützend vor Manekas. Erst als er mich erkennt, senkt er die Hand mit dem Speer.

»Es sind noch mehr«, würge ich hervor. Das Grauen sitzt mir im Nacken.

»Wovon sprecht Ihr?«, verlangt unser Fürst zu wissen.

»Ich habe unsere Männer gefunden«, erzähle ich atemlos. »Sie sind ungefähr fünf Wegstunden von uns entfernt. Der Anführer der Truppen hat mir mitgeteilt, sie hätten die Flugechsen mit unseren Nachrichten nicht erhalten. Auch ihre eigenen Tiere sind nicht in der Lage gewesen, Informationen zu verschicken. Etwas hat sie in Angst versetzt. Es scheint, als hätten sich die Energiefelder der Erde verändert. Die Tiere sind nicht mehr in der Lage, die Magie zu nutzen, um die Orientierung nicht zu verlieren.«

Manekas schlägt mit der Hand auf den Tisch. »Unsere Gegner sind mächtiger, als wir angenommen haben. Es ist unheimlich viel Magie nötig, um das zu bewerkstelligen. Ihr müsst etwas dagegen tun, Zauberer. Es muss eine Möglichkeit geben, diese Wirkung aufzuheben. Selbst wenn wir eine andere Kommunikationsart mit unseren Truppen benutzen, wird die Tierwelt auf Dauer mit diesen veränderten Kräften nicht umgehen können.«

Ich nicke. »Damit beschäftige ich mich, sobald es mir möglich ist. Im Augenblick gibt es allerdings andere Prioritäten. Bevor ich zu Euch zurückgekehrt bin, habe ich die Umgebung überprüft. Die Armee unserer Feinde, von der ich Euch vorhin erzählt habe, ist nicht die einzige Angriffstruppe, die unser Gegner zu unserer Vernichtung hergeschickt hat. Weitere fünfhundert Mann marschieren direkt auf das Schloss von Medisia zu. Sie nähern sich vom Landinneren. Gemeinsam mit der anderen Armee können sie die medisianischen Truppen in die Zange nehmen.«

»Während die Soldaten mit einem Angreifer beschäftigt sind, schlägt der zweite Teil der Armee an anderer Stelle zu. Ein kluger Schachzug, für den ich keine Hochachtung empfinden möchte. Was können wir tun, um die feindlichen Soldaten zu stoppen?«

Hilflos zucke ich mit den Schultern. »Für militärische Strategien habt Ihr Eure Ratgeber. Ich kann Euch den genauen Standort der Truppen zeigen. Allerdings denke ich, wir müssen rasch handeln. Wir dürfen nicht länger warten. Wir müssen die Menschen in Medisia beschützen. Der König der Nebelseelen hat heute Vormittag mit mir ein Portal auf den Hügeln in der Nähe des Schlosses erschaffen. Wir haben angenommen, die feindlichen Truppen würden sich von Meeresseite nähern. Deshalb befindet sich das Portal zwischen Küstenstreifen und dem Tal, in dem die wichtigsten Dörfer liegen. Von dort aus können wir unsere Gegner nicht aufhalten. Wir können allerdings die Abkürzung nutzen, um den Weg zumindest zu verkürzen.« Ich deute auf die Karte, zeige die Stelle, an der wir das Portal errichtet haben, und erkläre, aus welcher Richtung unsere Feinde anrücken werden.

»Es hat fast eine Stunde gedauert, um all unsere Männer durch das Portal zu schicken«, gibt der Fürst zu bedenken.

»Das war der erste Versuch. Eure Soldaten haben gezögert, weil es sich um eine neue Erfahrung gehandelt hat. Wenn wir nach Medisia reisen, wissen sie um die Funktionsweise und die Dringlichkeit. Wir können die Zeit verkürzen.«

»Dennoch dauert es noch mindestens eine Stunde, bis wir uns mit den Truppen von Medisia zusammengeschlossen haben.«

Eine weitere Möglichkeit gibt es noch. »Umock und ich können noch ein zweites Portal erstellen. Das könnte sich direkt zwischen Medisias Soldaten und unseren Gegnern befinden.«

Hoffnung erscheint auf dem Gesicht unseres Fürsten. »Denkt Ihr, dafür bleibt genug Zeit? Und was soll werden, wenn unser Feind Euch entdeckt? Wir sind auf Eure Hilfe angewiesen. Diese Portale können sich noch als sehr hilfreich erweisen. Wenn wir durch die Errichtung eines Durchgangs allerdings das Risiko eingehen, dass Euch etwas zustößt, dann sollten wir darauf verzichten.«

Das erste Mal habe ich das Gefühl, er sieht in mir ein wichtiges Mitglied seiner Truppe. Endlich werde ich für meine Fähigkeiten geschätzt. Wenn das mein Großvater hören könnte! Ich habe heute noch nicht mit ihm gesprochen. Vielleicht ergibt sich heute Abend noch eine Möglichkeit, bevor wir uns der ersten Schlacht gegenüberstehen. Möglicherweise dauert es allerdings nicht mehr bis morgen, bis unsere Feinde angreifen. Dafür sind sie Medisia bereits viel zu nahe gekommen. Das erste Lager, das ich heute entdeckt habe, war vermutlich nicht für die Nacht bestimmt. Die Männer wollten lediglich verhindern, zu früh entdeckt zu werden. Wahrscheinlich haben sie sich inzwischen bereits wieder auf den Weg gemacht. Der Kampf steht kurz bevor.

»Wir haben keine Zeit, um einen anderen Ausweg zu suchen«, erkläre ich. »Umock hat mich bei unserer Mission heute Vormittag unsichtbar gemacht. Ich weiß jetzt, wie ich diesen Zauber selbst nutzen kann. Niemand wird zu früh auf mich aufmerksam werden. Wir erschaffen dieses Portal. Dann lasse ich Euch eine Nachricht zukommen, und unsere Männer können sich sofort zu der Stelle transportieren, an der sie gebraucht werden.«

»Seid Ihr sicher, …« Manekas unterbricht sich. »Bittet Umock um Hilfe. Erstellt dieses Portal. Und dann kehrt zu mir zurück. Ich werde in der Zwischenzeit klären, wie meine Ratgeber über diesen Plan denken. Sollten sie keine klügere Idee parat haben, wie wir unseren Feind ohne großes Blutvergießen überwältigen können, werden wir das Portal nutzen. Wir sind unseren Feinden zahlenmäßig unterlegen. Wir benötigen auch die Unterstützung der anderen Soldaten unserer Armee.«

»Auch für sie werde ich ein Portal erstellen. Danach mache ich mich auf die Suche nach unseren Verbündeten.«

Manekas schüttelt den Kopf. »Dafür fehlt die Zeit. Wir werden vorher auf unsere Feinde stoßen. Wenn wir sie daran hindern wollen, die Armee von Medisia vernichtend zu schlagen, werden wir Eure Hilfe benötigen. Eure Zauber werden uns dabei helfen, von unseren Gegnern nicht überrannt zu werden.«

Es zerreißt mich innerlich. Ich weiß, er hat recht. Und gleichzeitig spüre ich, dass wir ohne die Hilfe unserer Bündnispartner versagen werden. Tausendfünfhundert feindliche Krieger, deren Rüstung schwer zu durchdringen ist, gegen tausend Mann, zu denen wir Medisias Truppen und unsere eigene Armee zusammenschließen können.

»Ein Teil meiner Soldaten wird die Gegner, die das Lager im Wald aufgeschlagen haben, verwirren«, schlägt Umock vor. »Solange ihr Zauberer nicht in der Lage ist, unsere Nebelmagie zu durchdringen, verzögern wir die Ankunft hoffentlich lange genug.«

Ich gebe seinen Plan an Manekas weiter.

Der nickt. »Sagt dem König der Nebelseelen Dank für seine Unterstützung. Gemeinsam werden wir es mit unserem Feind aufnehmen können.«

»Dennoch wäre es mir lieber, wenn wir die Truppen unserer Verbündeten aufspüren könnten. Sie müssen darüber informiert werden, was hier vor sich geht. Wir haben ohne sie nicht die geringste Chance, unsere Feinde endgültig zu besiegen.«

»Unterschätzt unsere Soldaten nicht«, tadelt Manekas. »Sie verteidigen unser Land. Sie haben mehr zu verlieren als unsere Feinde. Sie werden nicht scheitern.«

Ich wünschte, ich könnte die gleiche Sicherheit empfinden, wie er es tut.

Umock schiebt sich näher an mich heran. Ich kann seine Anwesenheit fühlen, weil sich jedes Härchen meines Körpers aufstellt. »Einen weiteren Teil meiner Soldaten werde ich ausschicken, um das Land zu durchforsten. Sie werden uns mitteilen, wenn sie verbündete Truppen finden. Dann kann ich immer noch ein Portal für sie erstellen, damit wir Unterstützung erhalten.«

Wortlos danke ich ihm für dieses Entgegenkommen, das mein Herz ein wenig leichter macht.

»Wenn diese Schlacht beendet ist, habe ich meine Schuld abgeleistet«, murmelt er in meinem Kopf. »Danach bin ich frei, und wir können erforschen, was zwischen uns möglich ist.«

Wie kann er das glauben? »Diese Schlacht wird den Krieg nicht entscheiden. Wir sind noch nicht am Ende angelangt.«

Umock gibt ein Schnauben von sich. »Denkst du, es gelingt meiner Armee und mir nicht, diese Wichte außer Gefecht zu setzen? Ich habe keinerlei Zweifel daran, dass wir ihre Zaubermeister übertreffen können. Außerdem haben wir nicht vereinbart, welche Parameter das Ende eines Krieges darstellen. Möglicherweise gelingt es uns niemals, alle Männer unserer Feinde aufzustöbern. Unter Umständen werden wir für immer damit beschäftigt sein, diese Bedrohung zu einem Abschluss zu bringen. Dein Fürst wird sich die Möglichkeit nicht entgehen lassen, mich für alle Ewigkeit in der Schuld zu behalten. Warum darf ich dann die Worte unserer Abmachung nicht selbst so anwenden, wie es für mich am besten ist?«

»Weil … weil … Das wäre einfach nicht gerecht. Ihr könnt nicht verschwinden und mich … uns im Stich lassen, nur weil Euch unsere Probleme langweilen.«

»Solange Gefahr für dich besteht, werde ich mich nicht einfach in Luft auflösen. Du weißt, ich würde es nicht ertragen, wenn dir etwas zustoßen würde.«

Ich balle meine Hände zu Fäusten und nicke Manekas zu. Er darf nichts von der Richtung des Gesprächs ahnen, das ich gerade mit Umock führe. Unser Fürst soll sich nicht auch noch Sorgen darüber machen müssen, dieser Verbündete könnte die getroffene Vereinbarung brechen. Wenigstens er soll die Last dieses Wissens nicht auf seinen Schultern tragen. Dann wende ich mich ab, um einen Augenblick ungestört mit dem König der Nebelseelen sprechen zu können.

Bevor ich mich auf meine Aufgabe vorbereite, erinnere ich Umock an den Fluch, der ihn damals in die Sümpfe verbannt hat. »Dieser Fluch würde wieder in Kraft treten, wenn Ihr Euch nicht an die Abmachung haltet, die ausverhandelt wurde.«

»Ich habe nicht vor, dagegen zu verstoßen. Komm schon. Du hast doch nicht erwartet, dass ich für immer euer Spielzeug bleiben würde, mit dem ihr eure Probleme lösen könnt? Ich bin, wer ich bin. Irgendwann möchte ich mein Leben wieder ungestört führen.«

Dennoch hat er mir gerade gezeigt, nicht der freundliche Geist zu sein, den er mir vorspielt. Gerade habe ich seine dunkle Seite gesehen. Er hat mich selbst darauf aufmerksam gemacht, dass ich ihm nicht vertrauen sollte. Weshalb habe ich das auch nur eine Sekunde lang verdrängt? Und wieso schmerzt plötzlich mein Herz so sehr?

9. Kapitel

Die Soldaten durchqueren im Laufschritt das Portal. Inzwischen sind sie die Prozedur gewohnt. Sie wissen, dass sie keine Angst davor haben müssen. Deshalb werden wir hoffentlich schneller in Medisia sein, als ich gehofft habe.

Ich habe Janifik vorgeschickt. Er koordiniert die Aufteilung der Männer an unserem Zielort. Der Fürst von Medisia ist von unserer Ankunft informiert. Ich habe ihm eine Nachricht von Manekas zukommen lassen, bevor wir mit dem Transport der Truppen begonnen haben. Medisias Soldaten wissen von der Gefahr, in der das Land und insbesondere das Tal vor dem Schloss schwebt. Dank des Portals und mit unserer Hilfe werden sie gewappnet sein. Diese Tatsache erfüllt mich mit gewissem Stolz, auch wenn ich die Fähigkeiten zur Erschaffung des Portals von Umock gelernt habe.

Immer noch sitzen seine Worte wie ein Stachel in meiner Brust. Ich kann nicht verdrängen, dass er in Betracht gezogen hat, uns im Stich zu lassen. In dem einen Moment weckt er in mir die verrücktesten Hoffnungen, schafft es, die Einsamkeit zu vertreiben, die tief in mir verwurzelt ist. Und im nächsten stürzt er mich mit ein paar gedankenlos dahingesagten Worten in tiefste Verwirrung. Nein, ich kann ihm nicht mehr vertrauen. Es war ein Fehler, es überhaupt für kurze Zeit gewagt zu haben.

»Soll ich warten, bis alle auf der anderen Seite sind?«, fragt Elevander, der unbemerkt neben mich getreten ist.

»Nein, stattdessen werde ich dich begleiten. Du solltest dich nicht von deiner Truppe trennen. Ein Durcheinander könnte jetzt gefährlich werden.«

Seine Augen blitzen amüsiert auf. »Mit einem Mal bestehst du auf der Einhaltung von Regeln? In den letzten Tagen hast du selbst einige gebrochen und bist von dem Plan abgewichen, den dein Großvater aufgestellt hat. Ein einzelner Soldat, der aus der Reihe tanzt, wird da keinen großen Unterschied mehr ausmachen.«

Sarkasmus steht ihm nicht gut zu Gesicht, wenn er sich mit Bitterkeit mischt. »Dies ist der Moment der Entscheidung. Es wird keine Abweichungen mehr geben.«

Überraschung zeigt sich in seinem Blick. »Was ist passiert?«

»Nichts.« Ich versuche es mit einem Lächeln. »Meine Anspannung ist lediglich groß. Wir haben uns so lange auf die erste Schlacht vorbereitet. Jetzt muss ich beweisen, die letzten beiden Jahre gut genutzt zu haben.«

»Setzt dein Großvater dich wieder unter Druck?« Elevander klingt besorgt. Vertraulich beugt er sich näher. »Hat er deinen Verstand bereits in Besitz genommen?«

Wie das klingt. Als wäre ich nicht mehr ich selbst, wenn Oremazz meinen Körper benutzt. »Ich werde die Verbindung herstellen, sobald wir alle sicher in Medisia angekommen und die Truppen in Stellung gegangen sind. Das ist früh genug. Und jetzt lass uns die Zeit nicht vertrödeln. Gleich kommen die Männer, in dessen Reihen du gehörst. Nimm deinen Platz ein. Ich werde neben dir durch das Portal schreiten.«

Elevander sieht mich noch einmal nachdenklich an, bevor er nickt. Er marschiert zu der Einheit, die in den letzten Wochen seine Familie geworden ist, und schiebt sich zwischen sie. Ich gehe wie versprochen an der Außenseite, bis wir beim Portal anlangen. Dann müssen wir den Farbenwirbel einzeln durchqueren. Ich schiebe mich an den Kopf der Truppe. Hinter mir höre ich Elevander singen. Mein Gesicht ist vor Anspannung ganz verkrampft, sodass es schmerzt, als meine Mundwinkel beim Text des Liedes nach oben wandern.

»Soldaten, marschiert mit festem Schritt voran.
Ihr wusstet die Wahrheit, als der Tag begann.
Der Augenblick der großen Schlacht ist hier!
Drum folgt mit starkem, mutigem Herz mir.
Kämpft für das, was euch gehört.
Der Gott des Krieges ist beschwört.«

Seine Stimme füllt die Luft und die Herzen. Ich kann fühlen, wie die Stimmung umschlägt. Die vorher spürbare Nervosität wird von positiver Energie ersetzt. Niemand empfindet Vorfreude, doch der Großteil der Besorgnis, die in den Auren der Männer lesbar gewesen ist, verschwindet.

Dann trete ich durch das Portal. Ganz plötzlich endet Elevanders Gesang. Ich bin jetzt an einem weit entfernten Ort, getrennt von ihm durch eine große Strecke. Bestimmt dauert es nicht lange, bis auch er hier in Medisia anlangt. Dennoch vermisse ich ihn. Ich hätte ihn zu gerne an meiner Seite. In den letzten Tagen hat unsere Freundschaft Risse bekommen. Meine intensive Zusammenarbeit mit Umock hat Zwietracht zwischen uns gesät. Obwohl wir in den vielen Jahren, die wir wie Brüder zusammengelebt haben, niemals in Streit geraten sind, hatte Umocks Anwesenheit Auswirkungen auf die Verbindung zwischen Elevander und mir. In diesem Moment wird mir klar, meinen Freund für selbstverständlich gehalten zu haben. Er ist immer für mich da gewesen, hat mich unterstützt und aufgefangen. Er hat nicht verdient, dass ich jemanden zwischen uns kommen lasse. Wenn wir beide diesen Tag überleben, werde ich besser auf unsere Kameradschaft achtgeben.

Ich folge den anderen Soldaten zu dem Hügel, an dem wir unsere Truppen versammeln. Die Männer von Medisia erwarten uns bereits. Ich kann Manekas dabei beobachten, wie er mit dem Anführer der medisianischen Armee diskutiert. Hände fuchteln durch die Luft. Die Mienen sind ernst. Das Gespräch dreht sich mit Sicherheit um die bevorstehende Schlacht. Offensichtlich herrscht über einen bestimmten Punkt Uneinigkeit.

Die Ratgeber der edlen Herren scheinen über die Entwicklung des Gesprächs auch nicht sonderlich erfreut. Ob man sich nach meiner Meinung erkundigen wird? Diese politischen Ränke sind nichts, worin ich mich gerne einmische. Mein Großvater übernimmt diesen Teil gerne. Möglicherweise ist es an der Zeit, ihn in meinen Kopf zu lassen.

Ich stelle die Verbindung her. Oremazz scheint bereits auf seine Chance gewartet zu haben, mit mir zu sprechen. Sobald die Leitung geöffnet ist, gibt es für ihn kein Halten mehr.

»Lässt du mich auch endlich wieder zu Wort kommen?«, beschwert er sich. »Warum hast du so lange nicht mit mir gesprochen? Ich habe überhaupt keine Ahnung, was bei dir vorgeht. Wie soll ich dir auf diese Weise helfen?«

»Die erste Schlacht steht direkt bevor«, teile ich ihm die wichtigste Information mit. »Wir haben unsere Feinde ausfindig gemacht. Es blieb keine Zeit für lange Diskussionen. Wir mussten uns vorbereiten.«

»Ohne dafür um meinen Rat gefragt zu haben? Was genau ist passiert?«

Ich bringe ihn mit knappen Worten auf den aktuellen Wissensstand. Von den Dingen, die Umock mich gelehrt habe, erwähne ich nur das Nötigste. Ich habe die Befürchtung, mein Großvater würde diese Entwicklung nicht gutheißen. Tatsächlich reagiert er skeptisch auf die Beschreibung des Portals.

»Bist du sicher, es handelt sich bei diesem Zauber nicht um eine Falle von Umock? Du solltest die Funktionsweise überprüfen, bevor du sie anwendest.«

»Unsere Soldaten haben das Portal bereits benutzt, um rechtzeitig nach Medisia zu gelangen. Unsere Gegner haben ihre Armee in mindestens zwei Teilen in Stellung gebracht. Sie wollten Medisia von zwei Seiten angreifen. Wir mussten handeln.«

Ich betrachte die Armee von Medisia. Keine hundert Mann stark und bis vor Kurzem noch völlig ahnungslos. Sie hätten unseren Feinden nichts entgegensetzen können, wenn wir sie nicht gewarnt hätten. Sie würden ohne große Gegenwehr niedergemetzelt werden, würden wir sie nicht unterstützen. Es ist egal, was mein Großvater sagt. Wir haben das Richtige getan.

»Aber das Risiko?«

»Die Großen Zaubermeister und du habt doch Umocks Fluch abgeändert, sodass er uns nicht schaden kann«, erinnere ich Oremazz. »Du musst dir also keine Sorgen machen. Oder zweifelst du an euren Fähigkeiten?«

Die Spitze lässt meinen Großvater so scharf die Luft einziehen, dass sogar ich es hören kann. »Was bezweckst du mit deinen Unverschämtheiten? Nimm deine Worte sofort zurück. Konzentriere dich auf das, was vor dir liegt. Lass mich am besten gleich mit unserem Fürsten sprechen. Und dann steh still, damit ich durch dich wirken kann.«

»Was für ein netter Kerl«, murmelt Umock in meinem Kopf.

Verflixt auch. Ihn habe ich ganz vergessen. Wie peinlich, von ihm belauscht worden zu sein. Jetzt wird mein Großvater bestimmt noch wütender werden.

»Willst du dich nicht endlich entschuldigen?«, blafft er mich an. »Und weshalb hast du dich noch nicht auf den Weg zu Manekas gemacht?«

»Entschuldige«, würge ich hervor, ohne es ernst zu meinen, bevor ich mich in Bewegung setze.

»Ist er immer so?«, fragt Umock.

»Vielleicht solltet Ihr ein wenig freundlicher sein«, schlage ich vor.

»Mit wem unterhältst du dich, Lesithder? Warum wirkst du so abgelenkt? Wieso habe ich den Eindruck eines Widerstandes in deinem Körper? Ich bin nicht in der Lage, dich auf die gleiche, effiziente Weise zu bewegen, wie es bei unseren Versuchen der Fall war.«

Kann Oremazz Umock nicht hören? Ahnt er nicht, dieses Mal nicht allein in meinem Verstand herumzugeistern?

Umock lacht. »Kein sonderlich heller Kopf, oder?«

»Lesithder?«, fragt mein Großvater gleichzeitig.

»Ja, doch. Nicht alle auf einmal«, beschwere ich mich.

»Was zur Hölle geht bei dir vor?« Misstrauen schwingt in der Stimme des Großen Zaubermeisters mit. »Wer hat sich in deinem Kopf eingenistet? Was hast du jetzt wieder angestellt, du Nichtsnutz?«

Kein Streit! Bitte nicht. Es ist mir unangenehm, dass Umock mitbekommt, wie abfällig er mich behandelt. Das stört mich mehr als die beleidigende Wortwahl meines Großvaters.

Ich räuspere mich und bleibe stehen. Manekas ist nicht mehr weit entfernt. Ich will nicht, dass der Streit in meinem Kopf die Art beeinflusst, wie er mich sieht. »Umock kann nur durch meine Gedanken mit mir kommunizieren«, berichte ich. »Er hat meinen Verstand nicht in Besitz genommen. Wie schon erwähnt, haben wir uns bereits auf die Schlacht vorbereitet. Er wird uns helfen. Und damit ich seine Fähigkeiten nutzen kann und in der Lage bin, sofort zu reagieren, wenn er etwas bemerkt, besteht die Verbindung zwischen unseren Gedanken schon jetzt.«

»Aber das ist nicht seine Aufgabe. Er soll sich um seine eigenen Pflichten kümmern, ohne uns zu stören. So war das alles nicht geplant. Deine Unfähigkeit kennt keine Grenzen.«

Umock schnaubt. »So geht also dein Großvater immer noch mit dir um? Ein nerviges Wesen. Ich habe euch ab und zu belauscht. Dennoch habe ich gedacht, der Druck hätte ihn beeinflusst. Langsam verstehe ich, weshalb du von Unsicherheiten gequält wirst.«

Innerlich verdrehe ich die Augen. Es handelt sich nicht um den idealen Zeitpunkt, um darüber zu reden. »Unsere Beziehung ist kompliziert.«

»Was genau meinst du?«, fragt Oremazz.

»Nichts, was dich betrifft«, gebe ich zurück. »Ich unterhalte mich mit Umock.«

»Er soll die Verbindung nicht stören. Wir werden ihn kontaktieren, sobald seine Hilfe benötigt wird.«

Ich presse meinen Kiefer fest zusammen, bis es schmerzt. »Ihr werdet euch nicht in die Quere kommen«, verspreche ich.

Umock lacht auf. »Ich finde ihn jetzt schon unerwartet störend. Unsere Zweisamkeit habe ich mehr genossen.«

»Ihr könnt bestimmt bald wieder darauf zurückgreifen«, beschwichtige ich ihn.

»Worüber unterhaltet ihr euch?«, mischt Oremazz sich ein. »Es wäre besser, wenn ich verstehen würde, was vor sich geht.«

Meinen Verstand mit zwei Personen zu teilen ist nervenaufreibend. Wenn sie unterschiedlicher Meinung sind, wird die Situation unerträglich. Zum Glück ist mein Großvater nicht in der Lage, Umocks Worte zu verstehen. Ich werde darauf achten müssen, mit meinen Antworten nicht zu viel zu verraten. »Unwichtige Dinge, Großvater. Das Gespräch ist bereits beendet.«

»Für mich nicht«, stellt Umock klar. »Mich überrascht, dass er seine gedankenübertragenen Worte nicht vor mir verbirgt, wie ich es tue. Man könnte beinahe den Eindruck gewinnen, als würde er mich herausfordern wollen.«

»An Eurer Stelle würde ich nicht jede Tat der Menschen, mit denen Ihr zu tun habt, auf einen Zusammenhang mit Euch analysieren«, schlage ich vor. »Jetzt sollten wir unsere Aufmerksamkeit auf den Wald linkerhand im Tal richten. Ich habe den Eindruck, als würde von dort die Armee unserer Feinde gleich in unser Sichtfeld kommen.«

Noch ist nichts zu hören, was auf die Anwesenheit von anderen Truppen hinweisen würde. Die Schwingungen in der Luft haben sich allerdings geändert. Ich kann fühlen, dass sich etwas nähert. Eine mächtige Magie streckt ihre Fühler nach mir aus.

»Ich befürchte, auch unsere Gegner haben einen Zaubermeister in ihren Diensten«, bemerke ich. »Anders kann ich mir nicht erklären, woher diese neue Energie stammt.«

»Diesbezüglich stimme ich dir zu«, sagt Umock. »Allerdings glaube ich nicht, dass der Zauberer selbst die Männer begleitet. Ich habe den Eindruck, als hätte er die Soldaten lediglich mit Magie ausgestattet.«

»Ihr denkt, jeder einzelne unserer Gegner ist in der Lage zu zaubern?« Mein Herz schlägt bei dem besorgniserregenden Gedanken schneller.

»Von solch einer Fähigkeit habe ich noch nicht gehört. Ich vermute, er hat dafür gesorgt, dass diese Soldaten stärker und ausdauernder kämpfen können.«

Grauen setzt sich in meinem Herz fest. »Dann haben wir keine Chance. Ihre Rüstungen machen es bereits schwierig, sie zu verletzen. Wenn sie nun auch noch weitere Vorteile auf ihrer Seite haben, werden wir diesen Kampf nicht gewinnen können.«

»Wir sollten keine voreiligen Schlüsse ziehen.«

Auf dem Weg, der sich aus dem Wald über eine freie Fläche und dann den Hügel hochschlängelt, erscheinen drei Personen. Die ersten Soldaten treten zwischen den Bäumen hervor, dicht gefolgt von weiteren Kriegern, die in ihren schwarzen Rüstungen wie die Inkarnation all meiner Ängste aussehen. Natürlich haben sie uns längst gesehen und sind von unserer Anwesenheit nicht überrascht, als sie weitermarschieren. Mann um Mann geht im Gleichschritt vorwärts, während es scheint, als würde der Strom der nachdrängenden Soldaten nicht abreißen wollen. Plötzlich brechen auch neben dem Weg weitere Männer hervor. Eine Reihe von ungefähr fünfzig Mann schiebt sich hinterher, denen wieder fünfzig Mann folgen, bis sich die Fläche am Fuße des Hügels mit unseren Feinden füllt.

Ihre Anzahl ist kein Rätsel. Wir haben gewusst, mit wie vielen Gegnern wir es zu tun haben werden. Dennoch kann ich meine Furcht bei dem Anblick der Massen nicht unterdrücken. Die ersten Männer haben bereits den Fuß des Hügels erreicht, wo sie stehenbleiben. Dicht rückt der Rest der Truppe auf und formiert sich zu Einheiten. Kein Wort dringt zu uns. Dennoch wissen die Soldaten genau, was sie zu tun haben. Es wirkt wie eine oft trainierte Übung.

Während die Fremden Aufstellung nehmen, nutze ich die Gelegenheit, um mich noch einmal umzusehen. Auch unsere Soldaten sind inzwischen in voller Stärke durch das Portal getreten und haben ihre Einheiten formiert. Der Rest unserer Armee, den ich ausfindig gemacht habe, sind ebenfalls eingetroffen. Auf unserer Seite stehen daher ungefähr tausend Männer einer dunklen Armee von fünfhundert Mann gegenüber. Möglicherweise haben wir eine Chance, auch wenn unser Gegner angsteinflößender und mächtiger wirkt als wir. Ich begegne entschlossenen und gleichzeitig beunruhigten Mienen, während ich unsere Armee betrachte. Ein Spruch verlässt meine Lippen, der ihnen Zuversicht schenken soll, die ich selbst nicht empfinde.

Mein Blick trifft schließlich auf den von Elevander. Ich nicke ihm zu und sende ihm in Gedanken eine Nachricht.

Wortlos bitte ich ihn, auf sich aufzupassen. Von den Göttern erflehe ich Hilfe, damit Elevander in Sicherheit ist. Der Schutzzauber, den ich über ihn gesprochen habe, wird ihn in den ersten Minuten vor Unheil bewahren. Doch das wird nicht reichen, wenn die Schlacht länger andauert. Wenn wir uns im Gefecht aus den Augen verlieren, kann ich ihn nicht mehr vor Schaden bewahren. Wir beide sind auf uns selbst gestellt. Aber irgendwie werden wir diesen Tag schon überstehen.

Wenn es uns nur gelungen wäre, weitere Armeen unserer Verbündeten hierher zu bringen. Wenn wir nur nicht so unbedeutend neben unseren gut ausgestatteten Feinden wirken würden. Ich bin mir sicher, unsere Gegner sind geübter im Umgang mit Waffen als wir. Die Muskeln, die sich unter ihren Rüstungen abzeichnen …

»Das hat nichts zu bedeuten«, behauptet Umock. »Körperliche Stärke kann durch Klugheit und Entschlossenheit ausgeglichen werden. Außerdem hast du eine unsichtbare Armee von Kriegern auf deiner Seite, die dafür bekannt sind, gnadenlos ihre Pläne umzusetzen.«

»Mich ausgerechnet jetzt daran zu erinnern, dass man Euch nicht vertrauen sollte, halte ich für bedenklich.«

»Wem misstraust du?«, fragt Oremazz. »Du sprichst doch nicht etwa von Umock? Wenn es irgendetwas gibt, das ich wissen sollte …«

»Nein«, unterbreche ich schnell. »Ich habe nur laut gedacht. Verzeih. Manchmal vergesse ich, dass ich nicht allein bin.«

Das Misstrauen meines Großvaters ist für mich körperlich spürbar. Umock hingegen wirkt amüsiert. Ein Chaos in meinem Kopf.

Ich sehe zu unseren Gegnern. Reglos stehen sie in ordentlichen Reihen. Ob sie auf irgendein geheimes Zeichen warten? Wollen sie uns mit dieser Demonstration von Ruhe aus dem Gleichgewicht bringen? Bei mir funktioniert es auf jeden Fall. Vor jeder fünfzig mal fünfzig Mann starken Truppe steht ein Soldat, dessen Rüstung eine gelbe Schleife ziert. Sie müssen die Befehlshaber der unterschiedlichen Einheiten sein.

Die Anführer beginnen plötzlich zu summen. Der Laut, der nicht aus menschlichen Kehlen zu stammen scheint, überrascht mich. Es klingt, als würde ein tiefer Ton von unzähligen Wänden zurückgeworfen. Was genau ist der Sinn dahinter? Handelt es sich um einen Versuch, uns zu verwirren?

Das unerwartete Geräusch springt auf den Rest der Truppe über. Es schwillt zu einem Rauschen an, das in den Ohren schmerzt. In Wellen steigt der Laut an, breitet sich in den Reihen der fünfhundert Soldaten aus. Ganz plötzlich wird der Ton höher. Im Gleichschritt setzen sich die Soldaten in Bewegung.

Das Schauspiel ist so beeindruckend, dass ich eine Sekunde lang erstarrt bin. Unbewegt sehe ich der Gefahr entgegen und bin nicht in der Lage, einen vernünftigen Gedanken zu fassen.

»Mach dich bereit«, sagt Umock in meinem Kopf. »Konzentriere dich. Du bist nicht mehr unsichtbar. Auch wenn ich versuchen werde, dich zu beschützen, musst du mir dabei schon helfen.«

»Ich werde tun, was notwendig ist«, stelle ich klar. »In der Zwischenzeit befehle ich Euch, aus meinem Verstand zu verschwinden. Ihr habt kein Recht, darin herumzuspuken.

Sprecht mich nicht an, solange keine neuen Informationen von Euren Männern vorliegen.«

»Anscheinend haben meine Worte vorhin dich beleidigt. Das war nicht meine Absicht, Lesithder. Verzeih mir, wenn ich etwas gesagt habe …«

»Schweigt!« Um ihm deutlich zu machen, dass er zu weit gegangen ist, verschließe ich meine Gedanken mit einem Zauber vor ihm. Ich werde ihn später aufheben, damit mir nicht entgeht, wenn er Nachricht von unseren Verbündeten erhält. Doch jetzt … jetzt habe ich einfach genug.

»Was tust du denn?«, fragt Oremazz. »Ich habe es auch nicht sonderlich gerne, wenn dieses aufdringliche Wesen sich einmischt. Auf seine Hilfe sollten wir allerdings nicht verzichten. Diese Überzahl an Gegnern …« Mein Großvater verstummt und seufzt.

Dass ich dieses Geräusch überhaupt hören kann, ärgert mich ungemein. Bin ich nicht bereits besorgt genug? Denkt er, ich würde das Offensichtliche nicht erkennen können? Muss ich mir die Tatsachen auch noch von meinem Großvater unter die Nase reiben lassen?

Die ersten Reihen unserer Soldaten laufen ebenfalls los. Sie stürmen laut schreiend auf unsere Gegner zu. In der Mitte des Hügels treffen die Männer aufeinander. Schwerter klirren, als unsere Krieger die Waffen mit unseren Feinden kreuzen. Der Klang vibriert in meinen Ohren. Ich kann die ersten Männer zu Boden gehen sehen. Auf den ersten Blick wirkt es, als würden unsere Feinde unsere Kämpfer einfach niedermähen.

Die meisten gelb-blauen Tuniken unter Lederrüstungen gehen zu Boden, während die ganz in schwarz gehüllten Gegner bereits weitereilen.

»Streck deine Arme aus«, befiehlt mein Großvater.

Ohne Zögern folge ich seiner Anweisungen. Ich kann bereits fühlen, wie die Energie in mir zu brodeln beginnt. Ich weiß, was er vorhat. Und dieses Mal werde ich ihn nicht daran hindern.

Die Magie verlässt stoßartig meinen Körper. Meine Fingerspitzen prickeln. Dann wird der erste Gegner davongeschleudert. Sofort drehe ich mich dem nächsten Soldaten zu. Wieder geht ein Ruck durch meinen Körper. Die Energie schießt förmlich aus mir und drängt den Krieger zurück. Leider wird ihre Position sofort von neuen Soldaten eingenommen. Unsere Truppen können die Chance jedoch nutzen, um nachzurücken.

Es gelingt Oremazz und mir, noch ein paar andere Feinde auszuschalten. Doch die Männer sind nicht gänzlich außer Gefecht gesetzt. Der Erste rappelt sich bereits benommen auf, schüttelt den Kopf und stürmt wieder vorwärts.

»Wir brauchen einen anderen Zauber«, teile ich dem Großen Zauberer in Gedanken mit. »Damit können wir lediglich einzelne Feinde verlangsamen. Versuche etwas anderes.«

»Dafür sind wir noch nicht nahe genug.«

»Dann mache ich mich unsichtbar und transportiere mich den Hügel hinunter. Würde das helfen?«

Oremazz' Kopfschütteln kann ich beinahe körperlich spüren. »Das wäre viel zu leichtfertig. Dein neuer Freund scheint dir verrückte Ideen in den Kopf zu setzen.«

Natürlich weiß ich, von wem er spricht. Wie lange wird er mich büßen lassen, ihn in den letzten Tagen nicht öfter um Rat gefragt zu haben? »Er hat mir neue Zauber gezeigt. Durch ihn konnte ich unseren Männern helfen. Während du dich darauf beschränkt hast, aus mir eine Marionette zu machen, an deren Fäden du ziehen kannst, hat Umock in mir einen fähigen Zauberer gesehen. Hätte ich zwei Jahre lang mit ihm an meinen Fähigkeiten gearbeitet, wäre ich in dieser Situation nicht so hilflos.«

»Du lässt zu, dass er dein Vertrauen in mich erschüttert. Das wird unzweifelhaft noch zu größeren Schwierigkeiten führen. Doch darum kümmern wir uns später. Jetzt hole erst einmal Umock zurück. Wenn ihr beide nicht miteinander kommuniziert, wird unsere ohnehin komplizierte Aufgabe unnötig schwerer gemacht.«

»Es ist anstrengend, mich auf euch beide in meinem Kopf zu konzentrieren«, erkläre ich. »Ihr sprecht gleichzeitig, beschäftigt euch mit unterschiedlichen Themen und bringt mich ganz durcheinander. So funktioniert das für mich nicht.«

»Stell dich nicht so an. Dieser Tag ist wichtig für uns alle. Jeder von uns muss Opfer bringen. Deines erscheint mir relativ gering, wenn ich bedenke, was die anderen auf sich nehmen müssen.«

Er spricht ein paar Worte, und plötzlich kann ich Umocks Anwesenheit in meinem Kopf spüren. Er hat die Verbindung, die ich mit ihm eingegangen bin, um unsere Feinde zu bekämpfen, einfach dazu genutzt, mir seinen Willen aufzuzwingen.

Sekundenlang herrscht Stille.

»Siehst du? Gar nicht mal so schlimm.« Oremazz klingt sehr zufrieden.

»Hat er mich eingelassen?«, fragt Umock.

»Meine Meinung zu dem Thema scheint nicht von Interesse.« Um die Demütigung nicht deutlicher werden zu lassen, gebe ich ihnen keine Gelegenheit, zu antworten. »Die Soldaten brauchen unsere Hilfe. Was können wir tun?«

»Ich weiß einen Zauber«, sagt Umock kurz angebunden. »Dazu brauche ich die Magie aller Zaubermeister, die jetzt ihre Energie zur Verfügung stellen können.«

Oremazz' Misstrauen kriecht wie ein eisiger Hauch über meine Haut. Hoffentlich ist Umock nicht in der Lage, diese negativen Schwingungen zu empfangen.

Einen kurzen Augenblick lang scheint es, als würde er sich weigern, die anderen Zaubermeister hinzuzuholen. Dann jagt ein Kribbeln durch meinen Körper. Ich kann fühlen, wie die Energie durch mich hindurchfließt. Es ist so viel mehr, als ich jemals in mir getragen habe. Von einer Sekunde auf die andere ist mein Innerstes von Magie erfüllt, die zu mächtig zu werden droht, um sie selbst zu kontrollieren.

Ein Beben durchläuft mich. Die Energie vibriert in mir und fegt mich beinahe von den Füßen. Mein Herz wird diesem Druck nicht lange standhalten können. Es pocht schnell und kräftig, sodass mir schwindelig wird. In meinem Brustkorb nimmt die Magie so viel Platz ein, dass ich nur schwer Luft holen kann. So viel Macht in einem so ungeübten Wesen wie mir. Das könnte zu einer Katastrophe führen.

»Schnell«, bringe ich keuchend hervor. »Jetzt. Oh, bitte. Beendet es.«

Umock murmelt Worte, die ich nicht verstehe. Vermutlich handelt es sich dabei um Absicht. Doch selbst wenn ich die Worte gehört hätte, wären sie mir gleichgültig gewesen. Ich bin zu sehr damit beschäftigt, diese Energie nicht versehentlich auf eine Art freizusetzen, die den Meinen gefährlich werden könnte, um jetzt Neues lernen zu wollen.

Eine Energiewelle verlässt meinen Körper. Der Druck in meinem Inneren lässt etwas nach, auch wenn immer noch viel zu viel Energie in mir brodelt. Sie droht, mich zu zerreißen, mich zu sprengen. Die Magie, die von mir ausgeht, trifft auf den ersten Gegner und fegt ihn von den Beinen. Die Welle breitet sich aus, stößt weitere Feinde von mir weg. In einem Umkreis von mehreren Fuß fallen gegnerische Soldaten zu Boden. Lediglich die Männer, die zu unserer Armee gehören, werden davon verschont.

Obwohl mich der Anblick erleichtert, weiß ich nicht, wie ich mit der Energie umgehen soll, die immer noch in mir angestaut ist. Trotz des gewirkten Zaubers wird der Druck in mir nicht erträglicher. Die Hitze in meiner Brust steigt immer weiter an, bis ich glaube, zu verglühen.

»Er bringt dich um«, behauptet Umock und klingt panisch. »Dieser Mistkerl hat überhaupt keine Vorkehrungen getroffen, bevor er dich mit mehr Magie angefüllt hat, als in einen Großen Zaubermeister passt.«

»Es ist zum Wohle aller.« Der Gedanke in seine Richtung fällt mir schwer. Die Flammen, die die Magie durch meinen Körper schickt, kochen meinen Verstand.

Der König der Nebelseelen knurrt. »Ich frage mich, wie lange du ihn noch verteidigen willst. Dieser Zauber hilft unserer Armee. Dich wird er töten, wenn der Druck in deinem Inneren nicht sofort nachlässt. Dabei wäre es so leicht, beides zu haben.« Er flüstert einen Spruch.

Von einer Sekunde auf die andere verändert sich etwas in mir. Ich kann fühlen, wie mein Körper abkühlt. Die Magie fließt immer noch unverändert stark in mir. Immer noch spüre ich sie in warmen Wellen in mir. Jetzt greift die Hitze nicht mehr auf meine Organe über. Der Druck auf meinen Brustkorb lässt nach. Ich erhalte die Kontrolle über meine Sinne zurück. Mir wird klar, wie weitgreifend die Auswirkungen dieser Energie tatsächlich gewesen sind.

»Danke«, murmle ich und habe die Worte noch niemals so ernst gemeint wie in diesem Moment. Ohne Umock wäre ich vermutlich gestorben.

»Denk daran, was dein Großvater dir angetan hätte, wenn du das nächste Mal von ihm zu etwas gedrängt wirst, was du nicht willst. Wenn er wieder über dich bestimmt, ohne nach deiner Meinung zu fragen, erinnere dich an diesen Moment. Er hat nicht an dich und daran gedacht, was dieser Zauber mit dir macht.«

Ob Oremazz geahnt hat, was dadurch mit mir passieren könnte?

Mir bleibt keine Zeit, mir darüber Gedanken zu machen. Stattdessen beobachte ich besorgt, wie die Männer, die ich umgeworfen habe, sich wieder hochrappeln. Wir müssen etwas tun, damit sie nicht wieder die Überhand gewinnen.

Unsere Männer stürzen sich auf die Soldaten, die ich umgeworfen habe. Es gelingt ihnen, die Truppen den Hügel hinunterzutreiben, bis sie zu den anderen stoßen, die von unten nachrücken. Wieder treffen unsere Truppen auf unsere Feinde. Das Klirren von Waffen erklingt. Dumpfe Geräusche vermischen sich mit Schreien und Flüchen.

Eine Zeit lang scheint es, als wären die Kräfte ausgeglichen. Die Männer schlagen mit ihren Schwertern aufeinander ein. Vor Anstrengung verzerrte Gesichter geben Knurren und Stöhnen von sich. Immer noch summen die schwarzgekleideten Krieger und untermalen damit die Schreckensschreie der Sterbenden. Auf beiden Seiten gehen unter Schwertstreichen Soldaten zu Boden. Manche richten sich sofort wieder auf. Andere bleiben liegen, um nie wieder aufzustehen. Immer neue Männer unserer Armee drängen nach, um die Verletzten zu schützen, während unsere Gegner unberührt vom Leid ihrer Kameraden weiter vordrängen.

Sobald ich einen Kampfschauplatz erkenne, an dem einer unserer Männer zu unterliegen droht, teleportiere ich mich näher und stoße eine Energiewelle aus, um unsere Feinde zurückzudrängen. Ich greife selbst nach einem Schwert, das einer unserer Soldaten verloren hat, und gehe damit auf einen unserer Gegner los, der gerade einem gestolperten Mann den Todesstoß versetzen will.

Meine ungeschickten Versuche, den feindlichen Soldaten zu verletzen, lenken den Riesen kurzzeitig von seinem Opfer ab. Ich höre ein Knurren, für das er das Summen unterbricht, dessen Echo auf dem ganzen Schlachtfeld erklingt. Dann hebt er sein Schwert hoch in die Luft, um es auf mich niedersausen zu lassen.

Es gelingt mir, den Schlag abzuwehren, indem ich mit beiden Händen meine schwere Waffe hochreiße. Die feindliche Klinge wird wieder hochgerissen. Warum muss das Schwert nur so schwer sein? Meine Arme drohen schon jetzt, müde zu werden. Ich drehe mich zur Seite und stoße das Schwert in Richtung meines Gegners.

Der hat keine Schwierigkeiten, dem viel zu langsamen Angriff auszuweichen. Er pariert meine Attacke und holt zum Gegenschlag aus. Als sein Schwert auf meine Klinge trifft, schleudert er meine Waffe in hohem Bogen davon.

Ich hebe meinen Arm, sammle die Magie in mir für eine Energiewelle. Leider hat mich das ungewohnte Gewicht geschwächt. Mir fehlt die Zeit, um genau zu zielen. Die Welle trifft den Soldaten hinter meinem Gegner, der sein Schwert wieder auf mich niedersausen lässt. Ich ducke mich unter dem Schlag weg, rutsche dabei aber aus. Meine Füße verlieren den Halt. Ich falle auf den Rücken und bin jetzt völlig wehrlos. Panisch reiße ich die Arme hoch.

»Tu etwas«, befiehlt Oremazz. »Nutze die Magie. Wenn du jetzt stirbst, kannst du dein Schicksal nicht erfüllen.«

Mein Kopf ist völlig leergefegt. Kein Spruch will mir einfallen, der sich jetzt als hilfreich erweisen würde. Die Magie, die die Großen Zaubermeister in mich fließen lassen haben, scheint aufgebraucht. Möglicherweise verhindert auch nur meine Panik, darauf zugreifen zu können. Ich strecke dem Soldaten die Handflächen entgegen und hoffe, mein Großvater unterstützt mich. Allein kann ich diesen Gegner nicht mehr bekämpfen.

Tatsächlich kann ich fühlen, wie die Magie sich in mir formiert und durch meine Hände meinen Körper verlässt. Der Krieger über mir bewegt sich plötzlich unnatürlich behäbig. Ich erhalte einen Stoß und rolle zur Seite, während die Klinge seltsam langsam und verzögert auf die Stelle niedergeht, an der ich eine Sekunde zuvor noch gelegen bin.

Verwirrt rapple ich mich hoch und taste nach meiner Waffe, die zu meinem Entsetzen viel zu weit entfernt von mir im Boden steckt. Mein Blick fliegt wieder zu meinem Gegner. Von einem Moment auf den anderen bewegt er sich wieder in normaler Geschwindigkeit. Seine Augen, die ich unter seiner Maske erkennen kann, verengen sich zu

Schlitzen. Der Riese richtet sich auf und dreht sich nach allen Seiten. Verwirrung und Wut gehen in Wellen von ihm aus.

»Du bist unsichtbar«, verrät Umock in meinem Kopf. »Dummes, kleines Menschenwesen. Warum hast du dich dieser Gefahr ausgesetzt?«

»Ich musste etwas tun.«

»Sterben steht heute nicht auf deiner Aufgabenliste.«

Mein Gegner knurrt noch einmal frustriert und wendet sich dann seinem nächsten Gegner zu. Der Soldat, den ich beschützt habe, ist zum Glück geübter mit der Waffe als ich, doch auch er wirkt, als würde er dem Angriff nicht lange standhalten können.

»Wir müssen eine neue Strategie versuchen«, sage ich an Oremazz gewandt. »Du hast die Kontrolle über meinen Körper, Großvater. Nutze sie für den Kampf gegen unsere übermächtigen Feinde.«

»So einfach, wie du es dir vorstellst, ist das nicht.« Der Große Zaubermeister klingt beleidigt.

Er befiehlt meinen Armen, sich zu erheben. Immer wieder schickt er Wellen aus, doch die reichen nicht aus, um unsere Feinde tatsächlich zu besiegen.

Ich benötige die Hilfe von Umock. Seine Männer sind im Augenblick nicht für mich zu erkennen, auch wenn ich spüre, dass seine Armee neben unserer kämpft. Einige Fuß von mir entfernt dreht sich ein gegnerischer Krieger im Kreis. Er schlägt mit seinem Schwert auf einen nicht sichtbaren Gegner ein. Auch wenn keine Person vor ihm steht, ist da etwas, das ihn beschäftigt. Er versucht noch einmal, seine Waffe gegen seinen Kontrahenten einzusetzen. Dann zuckt sein Kopf nach links. Im nächsten Moment sinkt er reglos zu Boden. Umocks Soldat hat ihm das Genick gebrochen.

Auch an anderen Stellen müssen unsere Feinde mit unsichtbaren Gegnern kämpfen. Doch es ist deutlich erkennbar, dass es nicht genug ist.

»Wisst Ihr einen Zauber, der uns hilft?«, frage ich Umock. Ich bin bereit, jedes Risiko einzugehen, solange es unserer Sache nützlich ist.

»Nichts, was den Effekt erzielt, an den du denkst. Schließ die Augen. Wir können zumindest etwas versuchen.«

Ohne zu zögern, folge ich Umocks Anweisung. Seine dunkle Magie fließt durch meinen Körper. Sie vermischt sich mit meiner Energie. Er flüstert Worte, die durch mich wirken. Sobald er verstummt, reiße ich die Augen auf.

In einem Umkreis von mehreren Fuß rund um mich wirken die gegnerischen Krieger in ihren Bewegungen eingeschränkt. Ihre Beine wollen sich nicht mehr vom Boden lösen. Wütende Laute erklingen, als sie gegen den Zauber ankämpfen, der sie daran hindert, sich auf unsere Männer zu stürzen. Doch auch wenn sie selbst jetzt nicht mehr angreifen können, gelingt es unseren Soldaten nicht einfacher, sie zu überwältigen.

»Eine kleine Erleichterung ist dadurch geschaffen«, sage ich. »Überlegt Euch weitere Zauber. In der Zwischenzeit beschäftige ich unsere Gegner ein wenig.«

Ich nähere mich einem unserer Kämpfer, der dem Feind zu unterliegen droht, und lege ihm eine Hand auf die Schulter. Dann murmle ich einen Spruch, der seine Kräfte verstärkt. Ein paar Minuten lang kann er sich mit meiner Hilfe besser zur Wehr setzen. Den Zauber immer wieder murmelnd, bewege ich mich langsam vorwärts. Das

Schlachtfeld ist riesig. Auch wenn ich damit den einen oder anderen Soldaten unterstützen kann, bin ich nicht in der Lage, mehr zu wirken.

Mein Großvater beendet sein trotziges Schweigen und wirkt Zauber, die Gegner außer Gefecht setzen. Gemeinsam schlagen wir eine schmale Schneise in die kämpfenden Massen. Meine Frustration steigt trotzdem an. So viele Tote rings um mich herum. Der metallische Geruch von Blut liegt in der Luft. Die Geräusche des Kampfes und ganz besonders das Summen unserer Feinde zehrt an meinen Nerven. In mir entsteht ein stummer Schrei, der von meinem Schmerz, meiner Angst und meiner Verwirrung gespeist wird. Jeder Atemzug fällt mir schwer. Doch ich bleibe stehen, ich arbeite weiter, obwohl ich wieder einmal nicht genug bin.

Dann halte ich inne. Ich bleibe stehen, während ich auf die Stimme in meinem Inneren lausche. Der Schrei hat sich verändert. Da ist eine Qual in mir, die mich fürchten lässt, ein schreckliches Unglück könnte passieren.

Ganz plötzlich weiß ich, dass etwas nicht stimmt. Mein Blick sucht das Schlachtfeld ab und entdeckt Elevander, der auf unseren Fürsten zuläuft. Irritiert frage ich mich, weshalb er Manekas' Schutz nicht dessen Leibwächtern überlässt. Dann bemerke ich eine Gruppe unserer Gegner, die auf unseren Anführer zustürmt. Anscheinend wollen sie den Fürsten außer Gefecht setzen, um uns ins Chaos zu stürzen.

Elevander dreht sich um, stellt sich direkt vor Manekas, um unseren Anführer zu beschützen. Während alle anderen Leibwächter von Feinden abgelenkt werden. Mein Bruder sieht unseren Gegnern mit entschlossenem Gesichtsausdruck entgegen. Er wird nicht zurückweichen. Doch wie will er es mit der Übermacht aufnehmen?

Einer unserer Feinde erhebt seinen Arm hoch in die Luft und schleudert das Schwert in seiner Hand weg. Entsetzt sehe ich zu, wie die Waffe auf Elevander zuschießt. Bevor ich in der Lage bin, einen Zauberspruch zu benutzen, trifft das Schwert meinen Freund an der Seite.

Die Leibwächter bringen Manekas aus der Gefahrenzone. Andere Soldaten hindern die Männer der feindlichen Truppe, ihnen zu folgen. Elevander kann allerdings niemand helfen.

Vielleicht ist er gar nicht verletzt. Die unrealistische Hoffnung füllt meine Seele. Doch Elevander dreht sich langsam und tastet an die Seite, an der das Schwert an ihm vorbeigeschwirrt ist. Über die Entfernung hinweg kann ich das Blut sehen, das unter seiner Rüstung hervorbricht.

»Ignoriere ihn«, befiehlt mein Großvater, dem mein Entsetzen nicht entgangen ist. »Du musst die Truppen unterstützen.«

»Nein.« Ich senke bereits meine Hände. »Nein, ich muss zu Elevander.«

Das Wortgefecht mit Oremazz in meinem Verstand dauert nur den Bruchteil einer Sekunde. Wir kommunizieren auf einer Ebene, die keine echten Worte braucht. Ich spüre, wie der Große Zaubermeister mich zwingen will, seinen Anweisungen zu folgen. Doch das werde ich nicht zulassen. Mit einem schnellen Gedanken sperre ich ihn aus meinem Kopf.

Über die Weite des Schlachtfelds hinweg sucht Elevander meinen Blick. Dann fällt er zu Boden.

Mit einem entsetzten Aufschrei laufe ich los. Ein gegnerischer Soldat stellt sich mir in den Weg, doch ich dränge ihn mit einem Stoß meiner Magie zur Seite. Er stolpert zurück und wird von einem Pfeil getroffen, der von einem Wachturm abgeschossen wird. Noch bevor er auf dem Boden aufgekommen ist, habe ich einen weiteren Feind mit meiner Magie abgewehrt und lasse mich neben Elevander auf die Erde fallen.

Blut quillt aus der Wunde auf seinem Bauch, die er mit seiner Hand zu schließen versucht. Ich presse meine eigenen Finger darauf, um die Blutung unter Kontrolle zu halten. Panik und Unglauben haben sich in Elevanders Blick vermischt. Er sieht mir in die Augen. Das Flehen darin zerreißt mir das Herz.

»Es kommt alles in Ordnung«, murmle ich. »Alles wird gut.«

Aus den Augenwinkeln bemerke ich einen Soldaten auf uns zulaufen. Die schwarz-silberne Rüstung stellt dabei kein Problem für ihn dar. Mit ein paar Worten erschaffe ich eine Schutzmauer um Elevander um mich. Der Feind prallt daran ab und wird zurückgeschleudert. Es kümmert mich nicht, was danach aus ihm wird.

Tränen trüben meine Sicht. Ich streiche mit der freien Hand über Elevanders Wange und versuche mich an einem Lächeln. »Halte durch, Bruder. Ich bringe dich gleich von hier weg. Ich passe auf dich auf.« Auch wenn ich nicht in der Lage bin, seine Wunden zu heilen, murmle ich einen Spruch, der die Blutung etwas verlangsamt.

In Elevanders Gesicht ist der Schmerz begraben. Schwerfällig schüttelt er den Kopf. »Es tut mir leid. Ich habe doch versprochen, auf dich zu achten.«

»Das kannst du bald wieder. Da bin ich mir sicher. Ruh dich aus, aber schließ deine Augen nicht. Alles wird gut.« Obwohl aus der Wunde das Blut nicht mehr sprudelt, verliert er zu viel der lebenswichtigen Flüssigkeit. Ich suche in meinem Kopf nach weiteren Zaubersprüchen, um ihm zu helfen, doch es gibt nichts, was von Nutzen wäre.

Noch einmal dreht er seinen Kopf von links nach rechts. Er hustet. Seine Miene wird dabei eine Maske des Schmerzes. »Es ist … zu spät … Verzeih.«

Entgegen meiner Anweisung schließen sich seine Augenlider. Frieden tritt auf seine Züge. Noch hebt sich sein Brustkorb bei jedem Atemzug. Doch ich kann fühlen, wie das Leben seinen Körper langsam verlässt.

Voller Entsetzen lege ich den Kopf in den Nacken und bündle alle Magie in mir, derer ich habhaft werden kann. Mit einem lauten Schrei künde ich der Welt von meinem drohenden Verlust.

Elevander wird sterben, wenn ich nicht einschreite.

Mein Verstand weigert sich, das Offensichtliche zu verstehen. Die Wunde in seinem Bauch kann ich nicht mit einem einfachen Spruch verschwinden lassen. Er verliert zu viel Blut. Ich weiß nicht, welche inneren Verletzungen er davongetragen hat. Alles, was ich weiß, ist, dass ich ihn nicht gehen lassen darf. Ich muss alles versuchen, was möglich ist, um ihn zu retten.

10. Kapitel

Vorsichtig bette ich seinen Kopf auf meinen Schoß. Die Hand, die gerade noch über seine Wange gestrichen hat, lege ich jetzt auf die Wunde, um den Druck darauf weiter erhöhen zu können. Meine Liebe zu Elevander zerreißt mir das Herz.

»*Götter der Heilkraft! Hört meine Worte! Schenkt mir die Macht, ihn wiederherstellen zu können! Nehmt von mir, was immer ihr wollt. Nur gebt mir die Fähigkeit, seine Wunden zu heilen.*«

Ich konzentriere mich auf die Magie, die in mir fließt. Gebündelt sende ich ihm alle Energie, die ich mobilisieren kann. Ich werde Elevander alles geben, was ich besitze. Gerne verzichte ich auf meine Zauberkräfte, wenn er nur dadurch zu mir zurückkehrt. Mein Leben hat keinen Wert mehr, wenn er nicht Teil davon ist.

Meine Finger kribbeln. Wärme breitet sich in mir aus. Unsichtbare Kräfte zerren an mir und erhitzen mich auf eine Temperatur, die rasch die Grenze des Erträglichen erreicht. Mein Körper fleht mich an, die Verbindung meiner Magie mit der von Elevander zu unterbrechen. Ich erzittere vor lauter Anstrengung, dieser Schwäche nicht nachzugeben. Sollte mein bester Freund, mein Bruder, der wichtigste Mensch in meinem Leben, sterben, wäre der Schmerz um ein Vielfaches größer.

Noch bevor er ein Wort an mich richtet, kann ich Umocks Aura neben mir fühlen. »Du musst ihn gehen lassen, Lesithder. Er ist nicht mehr zu retten.«

»Nein! Nein, verschwindet, und lasst mich mit ihm allein.« Ich schließe die Augen, um meinem Körper das letzte Quäntchen Magie zu entziehen, das Elevander zur Heilung braucht.

»Es ist zu spät. Sein Geist ist bereits dabei, sich von seiner menschlichen Hülle zu lösen. Du zögerst nur das Unvermeidliche hinaus.«

»Dann werde ich das tun, bis ich eine Möglichkeit gefunden habe, ihn zu retten.«

»Du verschenkst wertvolle Magie an einen einzigen Menschen, der damit nichts mehr anfangen kann, Lesithder. Rund um dich herum tobt immer noch die Schlacht. Unzählige Menschen, die ihr Leben noch vor sich haben, hoffen auf deine Hilfe.«

Ich schreie auf, lasse die Mischung aus körperlichem Schmerz und seelischer Qual aus mir herausfließen. »Ihr wollt doch nur, dass ich Elevander aufgebe, damit Ihr leichteres Spiel damit habt, meine Sinne zu verwirren. Ich habe Euch durchschaut. Ihr wollt, dass ich mich nicht mehr an ihn klammere, damit Ihr Euch ungestört an mich ranmachen könnt. Aber das werde ich nicht zulassen.«

Denn ich weiß jetzt, was ich zu tun habe. Mir liegt ein Spruch auf den Lippen, der alles ändern wird. Die einzige Möglichkeit, damit mein Bruder diese Welt noch nicht verlassen muss.

Mir ist bewusst, diesen Zauber eigentlich nicht anwenden zu dürfen. Mein Großvater hat ihn mir nur aus einem einzigen Grund beigebracht. Diese Beschwörung setzt Kräfte in Gang, die gefährlich werden können. Das Ergebnis ist nicht absehbar und sehr von meinen Fähigkeiten und dem Wählen des richtigen Zeitpunkts abhängig. Ich soll den Zauber einsetzen für den Fall, dass unserem Fürsten etwas zustoßen würde. Sollte unser Anführer sich am Rande des Todes befinden, sollte ich damit unsere Niederlage verhindern.

Doch Elevander hat sich vor den Fürsten geworfen. Er hat den Streich abgefangen, der den Anführer unserer Soldaten niedergestreckt hätte. Wenn jemand ein zweites Leben verdient hat, dann mein bester Freund.

Ist es nicht längst zu spät? Der letzte Funke seiner Seele verlässt in diesem Moment seinen Körper. Ich kann fühlen, wie seine Lebensenergie aus ihm fließt und sich mit dem Kosmos verbindet. Nach den Regeln der Magie gibt es keinen Weg zurück. Wer dem Tod bereits in die Hände gefallen ist, kann ihm nicht mehr entrissen werden.

Tränen laufen über mein Gesicht, als ich auf den Mann in meinen Armen hinunterblicke. In seinen Zügen erkenne ich kein Entsetzen, keinen Kampf gegen das Unvermeidliche. Er hat seinen Frieden gemacht. Ich allerdings bin nicht bereit, ihn aufzugeben. Ich kann ihn nicht verlieren. Bei allem, was uns noch bevorsteht, kann ich nicht auf seine Unterstützung verzichten.

Die Worte verlassen meinen Mund. Wider jegliche Vernunft. Obwohl es keine echte Hoffnung gibt.

»Götter der Zwischenwelt, des Himmels und der Hölle! Hört meine Worte! Ich entreiße euch die Macht über diesen Körper. Ihr bestimmt nicht länger über seine Existenz. Ab diesem Moment wird er von euren Regeln nicht mehr berührt. Meinem Wunsch gemäß wird er

leben. Der Tod kann ihm nichts anhaben, bis ich anderes befehle. Sein Schicksal liegt ab jetzt allein in meiner Hand.«

»Bei allen Göttern, Lesithder! Was hast du getan?« Umocks leise, schockierte Stimme durchdringt den Nebel meiner Verzweiflung.

Ich blinzle und sehe hoch. Umock ragt neben mir auf. Durch den Schutzzauber, den ich um Elevander und mich herum erschaffen habe, kann ich seine Gestalt so deutlich wie noch nie zuvor erkennen. Die Magie lässt ihn beinahe wie einen Menschen erscheinen.

Dass er keiner ist, werde ich nie wieder vergessen. Er versucht, mich zu manipulieren. Aus Eifersucht will er mir Elevander nehmen. Doch das wird ihm nicht gelingen. Niemand wird uns jemals trennen. Er gehört zu mir!

Die Kampfgeräusche dringen gedämpft durch den Schutzschild. Ich nehme die Geschehnisse um mich herum wahr. Der Schmerzensschrei eines Soldaten. Unter einer Rüstung aufblitzendes Blau, das rasch von Rot gefärbt wird. Schreckensweit geöffnete Augen links von mir. Ein abgetrennter Arm rechts von mir. Und überall Blut, während das Summen unserer Gegner weiter anschwillt.

Mein Blick wandert zu Elevander. Er sollte jetzt die Augen öffnen, damit ich weiß, dass mein Zauber funktioniert hat. Ein Lächeln wird dann auf seinem Gesicht erscheinen. Seine Wunde wird sich schließen. Er wird aufstehen und an meiner Seite weiterkämpfen.

Ungeduldig warte ich darauf, dass etwas geschieht. Doch der Körper meines Freundes liegt reglos da. Seine Miene strahlt Frieden aus. Es wirkt, als würde er nicht leiden, als würde er zufrieden sein. Doch das ist nicht richtig. Er sollte kämpfen. Er sollte nicht aufgeben.

»Es war zu spät«, behauptet Umock. »Seine Seele war kurz davor, seinen Körper zu verlassen. Sie hatte sich bereits zum Teil von ihm gelöst. Er kann nicht mehr zurückkommen.«

»Schwachsinn. Ich habe den Zauber gesprochen, der ihn am Leben erhält.«

»Nur weil er nicht tot ist, bedeutet das noch lange nicht, dass er noch lebt.«

Die Wahrheit dieser Worte lauert unter der Oberfläche meines Bewusstseins. Meine Augen können erkennen, dass Umock recht hat. Mein Verstand verarbeitet die Informationen und kommt zum gleichen Schluss. Doch mein Herz wehrt sich gegen das, was offensichtlich ist.

Ich balle meine Hände zu Fäusten. »Ich sollte Euch wieder aus meinen Gedanken verbannen.«

»Tu das später, wenn es sein muss«, schlägt Umock vor. »Deinem Freund kann im Moment nichts passieren. Du kannst nichts für ihn tun. Die Armee deines Volkes allerdings benötigt deine Hilfe. Also steh auf und kämpfe.«

»Wofür soll ich mich noch stark machen, wenn Ihr mich davon zu überzeugen versucht, gescheitert zu sein?«, frage ich bitter.

»Weil du niemand bist, der einfach aufgibt. Du kannst dich später um eine Möglichkeit kümmern, etwas für Elevander zu tun. Du wirst allerdings an dir selbst verzweifeln, wenn du dann feststellst, wie viele Menschen gestorben sind, weil du deinen Freund nicht gehen lassen konntest. Du nimmst die Schuld für Dinge auf dich, auf die du keinen Einfluss hast. Was soll werden, wenn du dich später für das Leid deiner Landsleute verantwortlich fühlst, die gerade um ihr Leben kämpfen?«

Frustriert knurre ich auf und sehe zu Elevander. Ich will ihn nicht allein lassen. Er braucht mich. Er ist alles, was im Augenblick für mich zählt.

Unser Feind wartet allerdings nicht, bis ich mich angemessen von Elevander verabschiedet habe. Die Welt macht keine Pause, nur weil ich um meinen Freund trauern will. Die Schlacht um uns herum tobt weiter. Und so gerne ich in diesem Moment selbstsüchtig sein und meine Magie einsetzen möchte, um Elevander zurückzuholen, flüstert mir nicht nur Umocks Stimme ein, Verantwortung zu tragen. Nicht, weil mein Großvater mich dazu gezwungen hat, sondern weil ich mich dem nicht entziehen kann.

Ein heißer Knoten bildet sich in meinem Magen, als ich Elevanders Kopf anhebe und vorsichtig auf dem Boden ablege. Diese Wut gibt mir die Kraft, von ihm abzurücken und aufzustehen. Mein ganzer Körper schmerzt. Doch das Zentrum meiner Pein befindet sich in meinem Herzen.

Dafür muss jemand büßen. Dafür will ich jemanden leiden lassen.

Im Unterricht mit Oremazz habe ich keine Zauber gelernt, die ich gegen meine Feinde anwenden kann. Mein Großvater ist der Meinung gewesen, es würde reichen, wenn ich ihn die Arbeit überlassen würde. Ich musste mich nur darauf vorbereiten, sein Medium zu sein. Jetzt habe ich ihn aus meinem Kopf verdrängt. Ich muss meine Aufgabe allein erledigen. Auf die Vorwürfe des Großen Zaubermeisters habe ich nämlich keine Lust.

Also werde ich mich mit dem behelfen müssen, was ich mir selbst beigebracht habe. Das Wälzen der alten Zauberbücher ist nämlich nicht nutzlos gewesen. Ganz plötzlich habe ich die Worte vor mir, die Oremazz damals benutzt hat, um den unschuldigen Mann vor dem Schloss außer Gefecht zu setzen. Ich werde nicht der Körper sein, durch den die Magie eingesetzt wird. Ich werde der Zauberer sein, der den Zauber ausspricht. Und auch wenn ich ihn und die anderen Sprüche noch niemals selbst ausprobiert habe, weiß ich, was zu tun ist. Vielleicht bin ich nicht in der Lage, unsere Feinde in die Flucht zu schlagen. Ich kann sie allerdings daran hindern, unseren Männern Schaden zuzufügen.

Ich murmle ein paar Worte, lasse die Wut mit meiner Magie verschmelzen. Jetzt bin ich beinahe froh, dass die Götter mir meine Kräfte nicht genommen haben. Denn ich sammle die Energie in mir zu einem Feuerball und entlasse den dann in die Welt.

Die Welle, in der die Magie von mir ausgeht, raubt mir beinahe die Sinne. Rund um mich herum werden die gegnerischen Soldaten von unseren Männern getrennt und zurückgeschleudert. Die Energie breitet sich weiter aus und bildet eine neue Welle. Doch je weiter sie sich von mir entfernt, umso weniger Wirkung zeigt sie. Die zweite Woge reißt die Soldaten von den Füßen, die von der ersten Welle nicht mit voller Kraft getroffen wurden. Irgendwann verliert allerdings auch diese Magieaussendung ihre Kraft. Eine letzte Woge von Energie macht sich auf den Weg, reicht allerdings nicht aus, um Schaden anzurichten.

Unsere Männer kämpfen immer noch gegen eine Übermacht an Gegnern. Auch wenn die feindlichen Soldaten, die ich außer Gefecht gesetzt habe, unseren Kämpfern nichts mehr tun können, genügt es nicht, um genug Kräfte zusammenziehen und unsere Feinde besiegen zu können.

Möglicherweise kann ich mehr tun, wenn ich meinen Zauber von dem höchsten Punkt des Hügels wirken kann.

Im Vorwärtseilen greife ich nach einem Schwert, das in der Brust eines unserer Männer steckt, und lasse es mit Hilfe von Magie auf einen am Boden liegenden Gegner sausen. Beim nächsten Schritt entdecke ich einen weiteren schwarzgekleideten Kämpfer, dessen Herz ich mit dem Schwert durchbohre. Ich muss wieder Magie einsetzen, um das Schwert aus seinem Körper ziehen zu können. Zwei Fuß vor mir will sich einer aufrappeln, um weiterzukämpfen. Mit einem Hieb auf den Rücken strecke ich ihn zu Boden.

Alle unsere Feinde sollen sterben. Keiner von ihnen hat es verdient, diese Schlacht zu überleben. Ich werde jeden Einzelnen von ihnen jagen, bis niemand mehr übrig ist. Wenn Elevander nicht mehr auf dieser Erde wandeln darf, dann soll es auch unseren Gegnern nicht mehr erlaubt sein.

Auf meinem Weg den Hügel hoch sorge ich dafür, dass die feindlichen Soldaten, die ich bereits von den Füßen gefegt habe, nicht noch einmal aufstehen können. Ich töte jeden Einzelnen von ihnen mit meinem Schwert. Wir befinden uns im Krieg. Wenn ich unsere Gegner am Leben lasse, schlachten sie unsere Männer ab. Wut rast durch mich hindurch. Ich wische das Blut auf der Klinge an der Kleidung eines Feindes ab, als der Griff rutschig zu werden droht. Mit tödlicher Präzision setze ich meine Waffe und meine Magie ein, um einem am Boden liegenden Gegner den Kopf vom Körper zu trennen. Dem Nächsten schlage ich eine klaffende Wunde in den Oberarm. Mein Schicksal war es, ein Zauberer zu werden. Nun bin ich ein Soldat, der tut, was notwendig ist.

Endlich habe ich mein Ziel erreicht. Hier oben auf dem Hügel bin ich noch allein. Ich drehe mich um und blicke auf das Schlachtfeld unter mir. Unsere Gegner sind bereits weit vorgedrungen. Am Fuß des Hügels liegen viel zu viele unserer Männer in ihrem Blut. Ich muss unsere Feinde aufhalten, damit sie nicht in das Tal gelangen können. Von meiner Position aus hätten sie einen guten Platz, um die Frauen und Kinder, die sich dort unten verstecken, mit ihren Pfeilen erreichen zu können.

Noch einmal entziehe ich der Luft alle Magie, derer ich habhaft werden kann, um den Zauber zu sprechen.

»Das wird dich umbringen. Du darfst deinen Körper nicht mit Energie überladen.« Aus dem Nichts erscheint Umocks Nebelgestalt neben mir.

»Ich habe keine andere Wahl. Unsere Truppen verlieren.«

»Bring die Leute von hier weg. Eröffne unten im Tal ein Portal und bring sie an einen sicheren Ort. Unser Lager kann immer noch nicht von Fremden gefunden werden. Der Verbergungszauber ist aktiv. Die Soldaten von Medisia können euch dann folgen.«

Erleichtert, dass Umock mir eine Lösung präsentiert, mit der ich die Bewohner der Dörfer retten kann, nicke ich. »Darum werde ich mich sofort kümmern, sobald ich uns einen Vorsprung ermöglicht habe.«

Mit der Luft, die ich in meine Lungen sauge, ziehe ich weitere Magie in mich, und lasse dann die Welle voller Energie los. Ein gegnerischer Soldat hat den Hügel erklommen und läuft mit erhobenem Schwert auf mich zu. Als ihn die Woge der Magie trifft, hebt er ab und segelt in hohem Bogen davon. Ja, das ist die Macht, die mein Großvater genutzt hat. Soweit ich sehen kann, werden die feindlichen Soldaten von den Füßen gerissen. Stolz erfüllt mich bis in die Zehenspitzen. Jetzt habe ich sie meinen Zorn spüren lassen und bin dabei nicht, wie von Umock befürchtet, verletzt worden. Er hat offensichtlich keine Ahnung, wie stark ich wirklich bin.

Ich warte nicht ab, wie weit die Welle dieses Mal reicht. Ich sehe nicht zu, wie unsere Männer die vorübergehend wehrlosen Gegner überwältigen. Ich transportiere mich zu unserem Fürsten, der nun von einer Traube Soldaten beschützt wird.

Als ich mitten unter ihnen erscheine, entsteht ein kleiner Tumult. Ich dränge mich einfach an ihnen vorbei, bis ich vor Manekas stehe.

»Unsere Feinde sind übermächtig. Nicht mehr lange, und sie bedrohen auch die Menschen im Tal. Wenn Ihr einverstanden seid, bringe ich die Bewohner von Medisia in unserem Lager in Sicherheit. Auch wenn wir die Dörfer nicht vor Brandschatzung und Zerstörung schützen können, so können wir zumindest Menschenleben retten.«

Manekas' Gesicht ist blass. In seinen Augen ist Angst zu lesen. Er blinzelt, bis es ihm gelingt, seine kühle Maske des Herrschers aufzusetzen. Dann nickt er. »Ich erteilte Euch die Erlaubnis. Versucht, so viele Menschen von hier wegzubringen, wie Euch gelingt. Unsere Truppen werden unsere Feinde aufhalten, solange es möglich ist.«

Mein Blick wandert den Hügel hinunter. Durch meinen Zauber sind unsere Soldaten im Vorteil. Das Blatt dreht sich allerdings schneller als gedacht. Neue Gegner stürmen auf unsere Männer ein, und noch ist kein Ende in Sicht. Von den tausend Männern, die wir am Anfang dieser Schlacht waren, sind meiner Schätzung nach lediglich siebenhundert übrig. Lange werden sie dem Ansturm nicht standhalten können.

»Ich öffne das Portal auf dem Hügel dort drüben, durch das wir hierhergekommen sind«, sage ich an Manekas gewandt. »Benutzt es, um unseren Männern eine Fluchtmöglichkeit zu schenken. Wir müssen uns zurückziehen. Diesen Kampf können wir nicht gewinnen.«

»Wenn unsere Feinde uns durch das Portal folgen …«

»Das werde ich zu verhindern wissen. Ihr müsst Euch in Sicherheit bringen, edler Fürst. Ihr müsst am Leben bleiben, damit Ihr unsere Truppen beim Gegenschlag anführen könnt. Dafür hat sich Elevander geopfert. Sorgt dafür, dass diese Heldentat nicht sinnlos gewesen ist.«

Manekas nickt. »Viel Glück, Zauberer. Mögen uns die Götter hold sein.«

Das will ich ihnen geraten haben. Sie haben mich bereits genug erzürnt: Ohne ein weiteres Wort transportiere ich mich in das Tal. Die meisten Bewohner haben sich in das Gebäude zurückgezogen, in dem üblicherweise Dorfversammlungen abgehalten und Feste gefeiert werden. Direkt neben dem Eingang versuche ich mich an den Zauber zu erinnern, den Umock mir beigebracht hat.

»Benötigst du meine Hilfe?« Wie aus dem Nichts erscheint der König der Nebelseelen neben mir.

»Ich schaffe es allein«, antworte ich und vollende den Zauber. Ein Farbenwirbel in der Größe meines Handtellers entsteht und wird schnell größer. Zu meiner Erleichterung scheine ich es tatsächlich hinbekommen zu haben. Ich übe mich in einem gelassenen Gesichtsausdruck, auch wenn ich weiß, dass sich Umock bei der Überprüfung meiner Reaktion nicht auf meine Miene verlassen muss. Ein wenig Stolz habe ich verdient.

»Und was ist mit der Notwendigkeit, das Portal vor unseren Feinden zu verbergen? Dazu benötigst du meine Magie. Also lass mich …«

Seine Worte ignorierend rufe ich mir seine Worte in Erinnerung, mit denen er den Schutzzauber erschaffen hat. Ganz plötzlich verschwindet der Farbenwirbel.

»Beeindruckend«, murmelt Umock.

Ich zucke mit den Schultern, als wäre mir mein Erfolg gleichgültig und transportiere mich dann ins Innere des Gebäudes. Der Anblick, der sich mir bietet, presst mir die Luft aus den Lungen.

Kinder drücken sich an ihre Mütter, die sie beschützend hinter sich drängen. Trotz der Angst in den Augen der Menschen erkenne ich gleichzeitig die Kampfbereitschaft in den Gesichtern der Frauen. Sie sind bereit, das Leben ihrer Kinder mit ihrem zu verteidigen. Ob meine Eltern mir gegenüber genauso empfunden haben?

Beruhigend hebe ich beide Hände in Kopfhöhe. »Ich bin nicht gekommen, um euch etwas anzutun. Unsere Feinde sind schon viel zu nahe. Ihr müsst von hier weg. Ich werde euch mit einem Portal an einen sicheren Ort bringen.«

»Ein Portal?« Eine der Frauen richtet sich auf und kommt mir entgegen. Ihr Blick ist skeptisch. In ihrer Stimme schwingt Misstrauen.

Da die anderen sich auf die Frau mit dem langen, blonden Zopf konzentrieren, nehme ich an, dass sie in der Gemeinschaft hoch angesehen ist. Bevor ich sie nicht überzeugt habe, werde ich die anderen nicht dazu bewegen können, mir zu folgen.

»Ich bin der Zauberer, der mit den Soldaten aus Maëlle gekommen ist. Ihr könnt mir vertrauen.«

»Euer Gesicht ist mir nicht fremd«, antwortet die Frau. »Allerdings bin ich mir nicht sicher, ob ich dieses Portal tatsächlich nutzen soll.«

Wenn sie es nicht tut, werden das auch die anderen nicht. »Leider habe ich keine Möglichkeit, euch zu beweisen, dass es funktioniert. Die Zeit läuft uns davon. Die Feinde werden nicht warten, bis ihr eine Entscheidung getroffen habt. Unsere Armee hat gegen die Überzahl der Gegner auf Dauer keine Chance …«

Die Frauen geben Laute des Entsetzens von sich.

Verärgert über mein mangelndes Einfühlungsvermögen verziehe ich das Gesicht. »Es tut mir leid. Ich wollte euch keine Angst einjagen. Aber mit jeder Sekunde, die wir mit dieser Unterhaltung verschwenden, verliere ich Zeit, in der ich eure Männer vor Schaden bewahren kann. Ich weiß, dass es schwer ist, sein Leben in die Hand von jemandem zu legen, den man nicht kennt. Doch wenn ihr euch nicht beeilt …«

»Wo ist dieses Portal?«, fragt die Frau mit dem Zopf.

»Draußen vor der Tür.« Die Erleichterung macht mich eine Sekunde lang schwindelig. »Folgt mir.«

Ich gehe nach draußen und bleibe stehen, wo ich das Portal erschaffen habe. »Zeig dich.«

Der Farbwirbel ist in all seiner Pracht zu sehen. Zum Glück haben meine Sprüche funktioniert. »Lauft einfach auf den Wirbel zu«, weise ich die erste Frau an. »Ihr landet in einem verlassenen Dorf. Dorthin wird auch der Rest der Armee kommen. Ihr müsst keine Angst haben. Die Häuser sind für unseren Feind nicht zu erkennen.«

»Ihr müsst ein mächtiger Zauberer sein«, sagt die Frau mit Bewunderung in der Stimme.

»Ich habe Hilfe«, gestehe ich, bevor sie verschwindet.

Auf den Gesichtern der anderen Frauen spiegelt sich Angst. Dennoch drücken sie ihre Kinder an sich und folgen ihrer Anführerin. Es dauert einige Sekunden, bis die meisten Frauen verschwunden sind. Zu gerne würde ich die umliegenden Häuser durchsuchen, um sicherzugehen, dass niemand zurückbleiben muss. Aber mir fehlt die Zeit dazu. Ich möchte dieses Portal auch nicht ungeschützt offenlassen. Der Zwiespalt meiner Gefühle zerreißt mich innerlich.

»Ich kann die anderen warnen.« Die letzte Frau, die in dem Gebäude Unterschlupf gesucht hat, bleibt neben mir stehen. Ihr Rücken ist gekrümmt von der Last der Jahre. Ihr faltiges, wettergegerbtes Gesicht zeugt von einem arbeitsreichen Dasein. »Ich kann sehen, dass Ihr Euch zu gerne auf die Suche nach den übrigen Bewohnern begeben wollt. Doch Ihr habt wichtigere Aufgaben, um die Ihr Euch kümmern müsst.«

Elevander. Manekas. Die Soldaten.

Die Frau legt eine Hand auf meine Schulter. In ihren Augen blitzt die Hoffnung. »Sorgt Euch nicht um mich. Wenn heute mein letzter Tag auf Erden sein sollte, würde ich glücklich sterben. Ich darf auf ein langes, glückliches Leben zurückblicken. Es ist eine Ehre für mich, meinen Beitrag zu leisten. Also zögert nicht, sondern lauft los.«

»Ich kann das Portal nicht unbeaufsichtigt lassen.«

»Das Schließen kann ich übernehmen«, sagt eine Stimme in meinem Kopf. »Ich werde hierbleiben und alles Notwendige tun, um das Portal zu beschützen. Du musst dafür sorgen, dass die Soldaten einen Ausweg von hier finden.«

Dankbar nicke ich und suche den Blick der Frau. »Versucht, so viele Menschen wie möglich zu retten. Ich weiß Eure Unterstützung zu schätzen.«

Ein Lächeln erscheint auf den runzeligen Lippen der Alten. »Geht Euren Weg, junger Mann. Ihr habt noch viel vor Euch.«

Nach einem Nicken transportiere ich mich zurück auf den Hügel. Ich hoffe, dass die Frau es schafft, die meisten Bewohner des Tals durch das Portal zu schicken, bevor die Armee unserer Feinde über die Dörfer herfällt. Doch auch der Rest unserer Truppen und die Armee von Medisia benötigen meine Hilfe.

Die gegnerischen Soldaten sind bereits wieder dabei, den Hügel einzunehmen. Über hundert Fuß verteilt kämpfen unsere Männer gegen sie an. Die vormals saftige, grüne Wiese ist übersäht von Leichen und Blut. Über allem liegt das Summen, mit dem die feindliche Armee uns zu verwirren versucht. Ich kann die Blase erkennen, in die ich Elevander gehüllt habe. Auch ihn werde ich von hier wegbringen müssen. Wo soll ich das Portal also am besten errichten?

Mein Blick schweift über das Schlachtfeld. Dann treffe ich eine Entscheidung. Hinter mir liegt das Tal. Ich wende mich ihm zu und springe ein paar Fuß weiter nach unten. Dort spreche ich den Zauber, der ein neues Portal erscheinen lässt. Aus einem Impuls heraus versuche ich, es mit einem Spruch zu sichern. Ich habe von nichts Passendem gelesen. Deshalb setze ich Worte aus unterschiedlichen Zaubern zusammen. Sie sollen dafür sorgen, dass unsere Gegner das Portal nicht durchqueren können. Sollte es funktionieren, habe ich Glück gehabt. Ist der Zauber gescheitert, habe ich nichts zu verlieren.

Ich laufe den Hügel hoch. Einige unserer Soldaten sind bereits zu mir nach oben zurückgedrängt worden. Wieder hebe ich ein Schwert vom Boden auf und haue auf unsere Gegner ein. Gemeinsam mit anderen herbeieilenden Männern können wir die beiden Feinde töten, die es bis nach oben geschafft haben.

»Ein Portal«, bringe ich außer Atem hervor. »Direkt auf der anderen Seite. Rettet euch.«

Die Soldaten nicken mir zu. Sie geben die Information rufend an ihre Kollegen weiter. Ich hoffe, auf diese Weise erfahren genug Männer davon. Später werde ich die Kunde weitertragen. Im Moment habe ich allerdings eine andere Aufgabe zu erledigen.

Eine Sekunde später transportiere ich mich wieder zu Manekas. »Es ist an der Zeit«, teile ich ihm mit. »Die Menschen im Tal sind weggebracht. Das Portal für unseren Rückzug wartet direkt hinter dem Hügel. Ihr müsst Euch jetzt in Sicherheit bringen.«

»Erst die anderen. Meine Männer sollen das Portal vor mir benutzen.«

»Das ist Irrsinn.« Ich schüttle den Kopf. »Ihr müsst Euch in Sicherheit bringen. Sofort.«

Ein Gegner bricht durch die Reihen unserer Soldaten. Er stürmt auf die Männer zu, die Manekas beschützen. Die Soldaten haben keine Schwierigkeiten, den schwarzgekleideten Kämpfer zu überwältigen. Wenn mehrere Feinde zu uns durchdringen, die den Hügel an einer Stelle hochlaufen, an der gerade eine Lücke in der Abwehr entstanden ist, hat unser Fürst jedoch keine Chance.

Manekas sucht meinen Blick. »Ich bin der Fürst von Maëlle. Das macht mich zum Führer dieser Männer und von Euch. Ich bin für Euren Schutz und Eure Anleitung zuständig. Wenn ich der Erste wäre, der von hier flieht, würde ich ein schlechtes Vorbild abgeben. Meine Leibwache wird mich beschützen, solange es notwendig ist. In der Zwischenzeit schafft unsere Soldaten aus der Gefahrenzone. Ich werde die Nachhut bilden.«

Obwohl ich verstehen kann, weshalb er denkt, unser Fels in der Brandung sein zu müssen, bin ich mit seinen Schlussfolgerungen nicht einverstanden. Es bedeutet, dass meine Aufgabe schwieriger geworden ist.

»Wenn ich hier bei Euch bleibe, bis Ihr einverstanden seid, durch das Portal zu gehen, werde ich den anderen nicht helfen können«, erinnere ich ihn. »Bitte, ich kann Eure Argumente nachvollziehen. Aber solange Ihr mich benötigt, kann ich an keiner anderer Stelle meine Fähigkeiten einsetzen.«

»Ihr habt mehr getan, als ich für möglich gehalten habe«, erwidert Manekas. »Ich habe gesehen, wie Ihr unsere Feinde zurückgedrängt habt. Ihr ganz allein. Nur mit Eurer Magie. Gleichzeitig habe ich bemerkt, wie viel Kraft Euch das gekostet hat. Euer Großvater hat mir vorab mitgeteilt, wozu Ihr fähig seid. Das hier war viel mehr, als ich erwartet habe.«

Ich zucke mit den Schultern. Elevander. Jetzt nur nicht an Elevander denken. »Man wächst mit seinen Herausforderungen.« Zumindest hoffe ich das. Ob es mir gelingt, etwas an seinem Zustand zu ändern? Wie lange es dauert, bis ich meinen Freund zurück in meinem Leben habe?

Manekas nickt. »Geht und helft den Soldaten, sich in Sicherheit zu bringen. Ich folge Euch, sobald es mir möglich ist.«

Widerwillig gebe ich der Aufforderung nach. Mir ist allerdings bewusst, dass das nicht reichen wird. Während ich loslaufe und jeden Soldaten, dem ich begegne, über das Portal informiere, sehe ich mich um. Wir können unsere Gegner nicht abschütteln. Sobald unsere Männer sich zum Portal flüchten, wird die gegnerische Armee uns überrollen. Ich rufe Umock mit meinen Gedanken zu mir und hoffe, dass die Bewohner unten im Tal bereits gerettet sind. Wenige Augenblicke später verkündet durchscheinender Nebel Umocks Gegenwart.

»Ist die Räumung des Tals nach Plan gelaufen?«, frage ich lautlos.

»Die alte Hexe hat tatsächlich versucht, in jedes einzelne Haus zu laufen, um die Bewohner zu warnen. Sie hat noch ungefähr ein Dutzend Menschen gerettet. Jetzt hat sie sich geweigert, das Portal selbst zu durchqueren, also musste ich sie dazu zwingen.«

»Was habt Ihr getan?« Panik macht sich in mir breit. Ich eile weiter und rufe den vorbeikommenden Soldaten zu, dass sie sich auf den Weg zum Portal machen sollen. Viel zu wenige tun, was ich ihnen befehle. Bis zu einem gewissen Maß kann ich ihren Widerwillen nachvollziehen.

»Sie in das Portal geschubst und das Ding verschlossen«, gibt Umock zurück. »Was kann ich tun?«

»Bittet Eure Nebelseelen, unsere Gegner zu verwirren. Wir müssen von hier weg. Doch solange es uns nicht gelingt, einen gewissen Vorsprung zu erhalten, wird kein Soldat freiwillig seine Position verlassen.«

Sofort höre ich ein Brummen, das das Summen unserer Gegner übertönt. Die Luftverhältnisse verändern sich. Feuchtigkeit breitet sich aus und legt sich über mein Gesicht. Rasch steigt Nebel vom Boden auf und macht es schwierig, die Details in einiger Entfernung zu entdecken. Als die grauen Schwaden dichter werden, drohe ich, die Orientierung zu verlieren.

Ratlos sehe ich mich um. »So habe ich das nicht gemeint. Jetzt können auch unsere Soldaten das Schlachtfeld nicht mehr auf dem Weg verlassen, den ich ihnen angezeigt habe.«

»Warte doch, ungeduldiges Menschlein.« Umock klingt sehr zufrieden mit sich.

Warum ist er in der Lage, so zu empfinden? Für mich stellt das alles hier einen Albtraum dar. All die Toten, das Leid, die Schmerzen. Umock jedoch scheint begeistert, seine Fähigkeiten beweisen zu können. Wie kann er nur so kaltblütig sein?

Der Nebel verdichtet sich weiter. Doch vor mir wird ein Weg frei. Die Wände rücken zur Seite, um mich zu leiten. Wie damals im Sumpf weist Umock mir die Richtung.

Aufgeregte Rufe erklingen rund um mich herum. Sie stammen zum Teil von unseren Feinden, deren verärgerte Beschwerden ich nicht verstehen kann, weil sie keine Worte benutzen, die ich kenne. Die anderen Ausrufe kommen von unseren Soldaten, denn ich kann hören, wie sie ihre Verwunderung über die Wege innerhalb des Nebels ausdrücken.

Erleichterung lockert den Druck auf meine Brust. Ich murmle ein Danke und stürme vorwärts. Statt die Richtung zu wählen, die Umock mir vorgibt, eile ich von dem Pfad durch den Nebel weg.

»Was tust du?«, brummt der König der Nebelseelen verärgert.

»Ich muss Elevander suchen.« Als ich zuletzt eine gute Sicht auf die Blase gehabt habe, unter der er in Sicherheit ist, hat sie sich einige Fuß den Hügel unter mir befunden. Die Richtung, die ich jetzt gewählt habe, müsste ungefähr stimmen. Zumindest kann ich fühlen, dass der Boden unter meinen Füßen abschüssig ist. Doch ob ich tatsächlich auf dem richtigen Weg zu Elevander bin, kann ich nicht sagen. Vielleicht hat der Nebel mich verwirrt. Oder ich laufe direkt an ihm vorbei, weil der Nebel mir nicht erlaubt, auch nur einen Fuß weit zu sehen.

»Du musst zum Portal«, beschwert sich Umock.

»Ihr vergesst, dass ich mich transportieren kann. Bringt alle unsere Männer von hier weg, die nicht aufrecht gehen können. Ich wünschte, ich könnte einige von den wenig stark verletzten Soldaten zum Portal schicken. Doch ich kann nur Einzelne von ihnen stützen. Und Elevander mit mir in unser Lager zu nehmen, wird meine Fähigkeiten aufgrund seines Zustandes bereits auf die Probe stellen.«

Die Nebelwand vor mir wird so dicht, dass sie mich festzuhalten scheint. Umock setzt alles daran, um mich daran zu hindern, meinen Weg zu Elevander zu finden.

»Lass ihn zurück. Er wird nicht leben. Dein Zauber hat nicht so funktioniert, wie du erwartest. Erspare dir die Enttäuschung und das Leid, das dich erwartet. Verschone deinen Freund davon, in diesem seltsamen Zustand gefangen zu sein.«

»Ihr wisst nicht, wovon Ihr sprecht«, keuche ich und versuche, die Wand vor mir zu durchdringen. »Natürlich werde ich ihn nicht hier auf dem Schlachtfeld liegen lassen. Wenn ich ohne ihn von hier verschwinde, erlischt die Schutzblase, unter der ich ihn in Sicherheit gebracht habe. Unsere Feinde werden über ihn herfallen. Er benötigt Hilfe, damit er zu mir zurückkehren kann.«

Umock seufzt. »Ich verstehe deine Beweggründe. Du wirst deine Meinung allerdings noch ändern. Den Zauber, den du angewendet hast, darf man nicht sprechen, wenn man die Bedingungen nicht genau kennt.«

Ich will den Nebel zur Seite schieben, um schneller vorwärtszukommen. Doch mit jedem Schritt wird der Kampf gegen die Wand schwieriger. Ich bin gefangen in diesem von Umock geschaffenen Labyrinth. Meine Füße bleiben an einer Unebenheit auf dem Boden hängen. Als ich nach unten blicke, entdecke ich eine Achsel, an der mein Fuß hängen geblieben ist. Vorwurfsvoll aufgerissene Augen starren zu mir hoch. Entsetzt schreie ich auf und kämpfe gegen die Übelkeit an, die sich in mir ausbreitet. Ich hebe meinen Fuß und mache einen Schritt zur Seite.

»Bitte, gebt den Weg zu Elevander frei«, flehe ich Umock an. »Ich werde ohne ihn nicht gehen. Wenn Ihr um meine Sicherheit besorgt seid, kann ich Euch beruhigen. Ich habe mich bereits unsichtbar gemacht. Unsere Feinde können mir nichts anhaben. Anders liegt die Sache bei meinem Freund. Er braucht mich. Bitte. Ohne Euch kann es mir nicht gelingen, ihn zu retten.«

»Selbst mit meiner Hilfe wirst du nicht erreichen, was du dir erhoffst«, sagt Umock. Trotzdem gibt er mich frei. Der

Nebel vor mir verliert seine Festigkeit und wird durchlässig, sodass ich vorwärtsstolpern kann.

»Ich danke Euch.« Atemlos eile ich weiter. Meine Sicht verbessert sich genug, dass ich verhindern kann, noch einmal über eine Leiche zu stolpern. Dass ich dennoch gezwungen bin, über Tote zu steigen, lässt meinen Magen rebellieren. Nur noch ein wenig durchhalten, dann habe ich Elevander erreicht.

Umock weicht mir nicht von der Seite. »Bedankt Euch noch nicht. Ihr werdet Euch bald an meine Worte erinnern und bereuen, mir nicht geglaubt zu haben.«

Ich schüttle den Kopf. »Was auch immer passieren wird, das geschieht mit Sicherheit nicht. Könnt Ihr mir sagen, ob ich weit von Elevander entfernt bin?«

Eine Hand greift nach meinem Bein und klammert sich an mir fest. Wieder gebe ich einen erschrockenen Laut von mir. Ich sehe zu dem Mann auf dem Boden, dessen Gesicht vor Schmerz verzerrt ist. Die Finger, die sich in meine Beinkleider krallen, sind blutverschmiert. Er kann mich nicht sehen, aber er klammert sich an das Leben. »Helft mir!«, presst der Fremde hervor.

Er gehört zu unserer Truppe. Ich muss etwas für ihn tun. Besorgt beuge ich mich zu ihm, um einen Blick auf seine Wunden zu werfen. Die Verletzung, die er an seiner Schulter davongetragen hat, scheint nicht allzu schlimm zu sein. Es ist nicht viel Blut zu erkennen, sodass er es überstehen könnte. Allerdings entdecke ich auch einen Schnitt an seinem Oberschenkel. Vermutlich macht es ihm diese Wunde unmöglich, seinen Kameraden zum Portal zu folgen.

»Elevander befindet sich nur ein paar Schritte von dir entfernt. Laufe einfach geradeaus.«

Ich ignoriere Umocks Einwand. »Für Eure Sicherheit wird gesorgt«, verspreche ich dem Verletzten zu meinen Füßen. »Ich bringe Euch von hier weg.«

Der König der Nebelseelen brummt Unverständliches. Ganz plötzlich ist die Hand an meinem Bein verschwunden. Der Verwundete vor mir hat sich in Luft aufgelöst.

»Was ist passiert?«, frage ich verwirrt.

»Er befindet sich im Lager. Man wird sich um ihn kümmern. Und jetzt löse den Schutzzauber auf, mit dem du Elevander umgeben hast. Wäre das Ding weg, hätte ich deinen Freund schon längst weggebracht.«

Wütend rapple ich mich hoch. »Hättet Ihr mir früher mitgeteilt, dazu in der Lage zu sein, hätte ich die Schutzblase längst entfernt. Ich beherrsche Gedankenlesen leider nicht.«

»Eine Schande. Besonders da wir nur innerhalb deines Verstandes miteinander kommunizieren.«

»Könnt Ihr Euch bitte auf unsere Aufgabe konzentrieren?« Ich murmle den Zauber, mit dem die Blase rund um Elevander aufgelöst wird. »Auch wenn ich ihn nicht sehen kann, sollte es Euch jetzt möglich sein, ihn ins Lager zu bringen. Bitte beeilt Euch. Im Augenblick befindet sich Elevander in Gefahr. Wenn unsere Feinde auf ihm aufmerksam werden …«

»Schon verstanden. Ich habe ihn losgeschickt. Und jetzt transportiere dich ins Lager, bevor ich die Geduld mit dir verliere.«

Vor meinen Füßen entdecke ich einen weiteren verletzten Soldaten. Ich nutze die Gelegenheit, meine Hand auf seine Schulter zu legen und ihn mit mir zu nehmen. Eine Sekunde später stehe ich im Basislager, der Verletzte direkt vor mir auf dem Boden.

Ohne das Summen unserer Feinde erscheint es plötzlich überraschend still, obwohl rund um mich herum alle durcheinanderreden, aufgeregte Menschen an mir vorbeilaufen, ganz in der Nähe einige Familien erleichtert zusammenfinden und andere den Tod von Angehörigen betrauern.

»Wo genau ist Elevander?«, frage ich Umock.

»Er liegt in eurer Hütte. Fürs Erste ist er versorgt. Da hat es andere viel schlimmer getroffen. Ich werde dir helfen, die schwersten Wunden zu heilen.«

Das Angebot werde ich natürlich annehmen. Der Mann zu meinen Füßen benötigt medizinische Versorgung. Während ich mich umsehe, entdecke ich noch weitere Verwundete. Sie stützen sich auf andere Soldaten, lehnen mit verwirrtem Gesichtsausdruck an Hausmauern, stöhnen unter Schmerzen, während sie nur mit Mühe das Gleichgewicht halten können. Wir müssen eine Hütte zu einem Krankenlager umfunktionieren. Das Chaos, das im Lager herrscht, muss allerdings vorab geordnet werden.

Ich winke Janifik heran. »Suche uns einen Ort, an dem wir ein Lazarett errichten können«, fordere ich. »Und dann sorge dafür, die Verletzten dorthin zu bringen.«

Der Soldat nickt und läuft sofort los.

Einen vorbeilaufenden Mann, dessen gequälter Blick von den Schrecken kündet, derer er Zeuge geworden ist, halte ich an. »Könnt Ihr mir helfen?«, frage ich.

Er nickt. »Was benötigt Ihr?«

»Wir brauchen frisches Wasser, Verbandsmaterial, Heilkräuter. Sammelt ein, was Ihr finden könnt, und tragt es zu dem Haus, in dem wir das Lazarett errichten. Eine Markierung wird dir den richtigen Ort weisen, sobald wir uns für einen entschieden haben.«

Noch einmal nickt der Mann. Seine Schultern straffen sich. Die Aufgabe scheint ihm neuen Lebensmut zu geben. Gut für ihn. Ich freue mich über jeden, den ich von dem Tod und dem Leid auf dem Schlachtfeld ablenken kann.

Während er sich auf den Weg macht, trete ich zum ersten Verletzten. Er hat nur eine Platzwunde am Kopf. Das Blut lässt es viel schlimmer wirken, als es ist. Ich lege dem Mann eine Hand auf die Schulter und murmle einen Spruch, der die Blutung schneller stoppen wird als ohne meine Hilfe. Dankbar sieht der Soldat zu mir auf.

»Du musst dir überlegen, wie du deinen Zauber einteilst«, fordert Umock. »Du musst die Verletzungen in unterschiedliche Stufen einteilen. Wenn du die Zeit mit Wunden verschwendest, die allein heilen, kannst du denen nicht helfen, die dich dringend brauchen. Wenn du dich um jemanden kümmerst, der ohnehin keine Chance hat, kannst du keinen retten, dessen Leben noch andauern könnte.«

»Ihr habt recht, auch wenn ich diese abgeklärte Art, die Ihr damit an den Tag legt, nicht schätzen kann.« Ich entdecke Janifik, der mir vom Eingang einer Hütte aus zuwinkt. Anscheinend hat er eine geeignete Lokalität aufgetrieben. Auf dem Weg zu Janifik informiere ich die Verletzten, die mir begegnen, dass sie das Lazarett aufsuchen sollen. Als ich das Gebäude betrete, folgen mir bereits über ein Dutzend Soldaten mit unterschiedlichsten Wunden. Ich bitte sie, sich noch einen Moment zu gedulden.

»Der Platz wird nicht reichen, um alle unterzubringen«, sagt Janifik besorgt, als ich mich mit ihm in eine Ecke zurückziehe, um ihn in meinen Plan einzuweihen. »Wenn ich gewusst hätte, wie viele von unseren Männern verletzt sind, hätte ich einen anderen Ort gewählt.«

»Mach dir keine Sorgen. Wir werden nicht alle hierbehalten müssen«, beruhige ich ihn. »Wir müssen die ankommenden Männer in unterschiedliche Kategorien einteilen. Dabei bin ich auf deine Hilfe angewiesen.«

»Natürlich. Was kann ich tun?«

Ihm zu erklären, worauf er achten muss, stellt sich als schwieriger heraus als gedacht. Als ich ihm mitteile, dass Verletzte zu uns kommen werden, denen ich nicht helfen kann, zeigt sich Entsetzen auf seinem Gesicht. Leider fehlt mir die Zeit, um darauf Rücksicht zu nehmen. Hinter mir warten Männer, für die jede Sekunde zählt.

Nachdem Janifik weiß, was zu tun ist, beginne ich mit der Behandlung der ersten Verletzten. Der Soldat, den ich mit den Besorgungen beauftragt habe, tritt ein und beginnt sofort, die Wunden zu säubern, was es mir später erleichtern wird, den Grad der Blessuren einzuschätzen. Erst einmal kümmere ich mich um meinen ersten Patienten.

Der Mann liegt auf einer Decke auf dem Boden. Blut quillt zwischen den Fingern hervor, die er auf seinen Oberschenkel presst. Der Ausdruck in seinen Augen zeugt von seinem Leiden. Meine Kehle wird eng, als ich mich über ihn beuge. Ich wende den Zauber an, der den Blutfluss verlangsamen soll. Wie bei Elevander reicht es nicht aus, damit die Wunde sich verschließt. Er stöhnt. Der Griff seiner Finger lockert sich. Seine Kraft verlässt ihn!

»Helft mir«, flehe ich Umock stumm an.

Seine Gegenwart umhüllt mich nach nur einer Sekunde. »Was brauchst du?«

»Kennst du einen Zauber, mit dem ich dem Mann das Leben retten kann?« Mein Herz ist so eng. All das Leid und die Qual rundherum! Ich muss den Menschen helfen. Bei Elevander war ich nutzlos. Wenn es mir nun wieder nicht gelingt, das Schlimmste zu verhindern …

In meinem Kopf formen sich Worte. Ich spreche sie aus, ohne zu wissen, was sie auslösen werden, und beobachte meinen Patienten, dessen Gesichtszüge weicher werden. Zumindest seine Schmerzen verringern sich.

Umock umkreist mich. »Du musst die Wunde nähen. Weißt du, wie das geht?«

Mein Großvater hat mich an Stoffen üben lassen. Nadel und Faden durch Haut zu stechen, ist allerdings eine ganz andere Sache. In meinem Magen rumort es. Dennoch nicke ich.

Die notwendigen Utensilien befinden sich in meiner Tasche. Ich lasse sie mir bringen, bereite alles vor und beginne dann mit meiner Arbeit. Die Nadel das erste Mal in die Haut zu drücken, verursacht einen Anflug von Übelkeit. Mit tiefen Atemzügen versuche ich, mich zu beruhigen, bevor ich fortfahre. Kurz darauf ist der Schnitt geschlossen.

»Er wird eine unschöne Narbe zurückbehalten«, prophezeit Umock. »Beim nächsten wirst du es besser machen.«

»Wir werden sehen.« Ich wickle Stoffbinden um den Oberschenkel, damit Schmutz keine Entzündung verursachen kann. Nachdem ich dafür gesorgt habe, dass der Mann zu trinken bekommt, wende ich mich zum Lager neben ihm.

Der nächste Patient hat eine klaffende Wunde auf seinem Rücken. Knochen sind zu sehen. Der Mann gibt nur noch röchelnde Atemzüge von sich, weshalb ich bezweifle, noch etwas für ihn tun zu können. Das werde ich jedoch nicht akzeptieren, ohne es zumindest zu versuchen.

Der König der Nebelseelen nähert sich mir wieder. Seine Gegenwart übt eine tröstliche Wirkung auf mich aus. Er schenkt mir Kraft, ohne dass er dafür etwas tun muss. Wenn den anderen Männern in diesem Raum nur genauso einfach zu helfen wäre!

»Du kannst ihm nur den Tod erleichtern«, sagt Umocks Stimme sanft.

»Es muss doch irgendeinen Zauber geben, mit dem ich seine Verletzung versorgen kann. Seid Ihr in der Lage, mir einen passenden Spruch zu verraten?«

»Die Antwort auf diese Frage kennst du. Lass ihn nicht unnötig leiden.«

Nein, das will ich nicht. Ich bin allerdings auch nicht bereit, ihn aufzugeben. Nachdem ich den Blutfluss mit Magie verlangsamt habe, versuche ich den Zauber, den Umock mich gerade gelehrt hat. Der Schmerz in der Stimme des Mannes verschwindet nicht zur Gänze. Kann ich ihn nicht doch retten?

Die Wunde kann nicht so einfach genäht werden. Ich klappe ein Stück Haut zurück an ihren ursprünglichen Platz. Der Inhalt meines Magens wird dabei nach oben gedrückt, doch ich kämpfe gegen die Übelkeit an. Das

Loch ist immer noch zu groß, um ihn zusammenflicken zu können. Was also soll ich tun?

»Lass ihn gehen«, verlangt Umock.

»Nein!« Meine Augen brennen. Mein Herz steht in Flammen. Dieser Mann ist erst mein zweiter Patient. Ich kann ihn nicht verlieren.

»Erlöse ihn von seinem Leiden.«

Tränen laufen über meine Wange. Niemand kann das von mir verlangen. Die Menschen unseres Volkes verlassen sich auf mich. Ich habe die Aufgabe, sie zu retten. Ihren Tod zu verursachen, stand dabei nicht zur Debatte. Nicht einmal, wenn ich ihnen dadurch Schmerzen erspare. Ich will sein Leben nicht beenden. Das ist zu viel.

Der unsichtbare Nebel streicht über mein Gesicht. »Verliere keine unnötige Zeit. Es gibt noch andere, denen du wirklich helfen kannst.«

Er hat recht. Mein Herz wehrt sich dagegen, aber ich muss ihm zustimmen. »Was muss ich tun?«

Umock flüstert mir die Worte ein. Ich zögere, bevor ich sie ausspreche. Hinter mir stöhnen Dutzende Soldaten. Sie warten auf mich. Jede Sekunde zählt.

Ich wiederhole den Zauberspruch. Sobald ich geendet habe, weicht die Anspannung aus seinem Körper. Meine Brust wird eng. Ich habe ihn von einem Teil seiner Schmerzen erlöst, doch wie wird sein Leben enden?

»Er wird friedlich einschlafen«, verspricht die Stimme in meinem Kopf.

Dieses Wissen gibt mir die Kraft, mich abzuwenden und mich um den nächsten Patienten zu kümmern. Ich darf nicht darüber nachdenken, wozu ich gezwungen gewesen bin. Es gibt zu viel zu tun.

Die Menge an Verletzten will kein Ende nehmen. Ich gehe von einem zum anderen, versuche zu helfen, wo es möglich ist. Dreimal muss ich den Zauber aussprechen, der das Leiden meines Patienten beendet. Irgendwann fordert Umock, dass ich eine Pause mache, weshalb ich mir etwas Brot und Wasser geben lasse. Während ich die Nahrung zu mir nehme, befehle ich Janifik, die Leichen aus dem Lazarett zu entfernen, und die Verletzten, die meine unmittelbare Hilfe nicht mehr benötigen, in die Obhut ihrer Kameraden zu entlassen.

Als ich mich nach wenigen Augenblicken wieder an die Arbeit mache, ist der Raum erneut mit blutenden, stöhnenden und leidenden Soldaten gefüllt. Ich versorge sie, so gut es mir möglich ist, und dränge alle anderen Gedanken zur Seite.

Irgendwann komme ich zu einem Soldaten, der aufrecht auf dem Boden sitzt. Er hat einen Schnitt auf seinem Oberarm. Mein Helfer hat die Haut rundherum bereits von Blut gereinigt, sodass ich jetzt einen Blick darauf werfen kann. Vorsichtig beuge ich mich darüber und hebe den Arm an, um zu überprüfen, wie tief die Wunde ist. Er stöhnt, als ich dabei seinen Arm leicht zusammendrücke. Mein Magen wird zusammengedrückt. Ich kann seinen Schmerz am eigenen Körper fühlen.

»Tut mir leid.« Rasch lasse ich ihn los. Etwas ratlos überlege ich, wie ich ihm helfen kann. Die Wunde blutet nicht mehr, weshalb ich mich auf einfache Zauber beschränken kann. Ich murmle einen Spruch, der seine Schmerzen lindert. Anschließend mache ich einen Umschlag mit den Kräutern, die Janifik gesammelt hat, und schicke den Mann weg.

»Dieser Patient wurde der falschen Kategorie zugeordnet«, tadle ich meinen Helfer. »Er wäre nicht gestorben, selbst wenn ich keinen Blick auf seine Wunde geworfen hätte. Habe ich mich die Einteilung betreffend unklar ausgedrückt?«

»Sein Vater und seine beiden Brüder sind in der Schlacht gefallen. Er ist der letzte seiner Familie. Ich dachte, es wäre gut, wenn zumindest er …« Er stockt.

»Ich verstehe. Wirklich. Wir sollten dennoch darauf achten, dass wir uns erst einmal um die Menschen kümmern, die unsere Hilfe am dringendsten brauchen.« Ich klinge wie Umock. Vermutlich erscheine ich ähnlich herzlos. Dass Janifik mir nicht widerspricht, trägt nicht dazu bei, dass ich mich besser fühle.

Es gelingt mir, in den folgenden Stunden meine Heilkräfte einzusetzen, ohne darüber nachzudenken, dass es tatsächlich menschliche Schicksale sind, die ich beeinflusse. Umock flüstert mir weiterhin Zauber ein, damit ich meine Magie wirken kann. Unsere Zusammenarbeit lenkt mich davon ab, welchen Verlauf die Schlacht genommen hat. Ich verdränge für einige Zeit, was mich später noch erwartet.

Ich unterdrücke mein Mitgefühl, schließe es in meinem Herzen ein. Niemandem ist geholfen, wenn der Schmerz mich auffrisst. Ich muss funktionieren, also konzentriere ich mich auf meine Aufgabe.

Die Sonne ist längst untergegangen, als mein Arbeitstag endlich ein Ende findet. Ich schleppe mich zur Hütte, in der Elevander liegt. Mit jedem Schritt werden meine Bewegungen langsamer. Als ich an der Tür an gelange, halte ich inne. Meine Hand zittert, als ich sie um den Griff lege. Gerne wäre ich früher hierhergekommen und hätte mich um meinen Bruder gekümmert. Die Schuld über meine Verzögerung frisst sich in meine Eingeweide. Gleichzeitig schnürt sich meine Kehle zu. Ich weiß, dass ich nicht viel für Elevander tun kann.

Sobald ich die Hütte betreten habe, beuge ich mich zu Elevander und taste über seine Wange. Sie fühlt sich etwas kühler an, als ich es erhofft habe, doch noch scheint sein Körper gut durchblutet. Ich taste nach seinem Puls und versichere mich, dass er möglichst bequem liegt. Erst dann hole ich das Zauberbuch meines Großvaters. Die nächsten Minuten bin ich damit beschäftigt, das Buch durchzugehen. Als ich keinen Spruch entdecke, der mir auf den ersten Blick wie die Lösung meines Problems erscheint, schlage ich noch einmal die erste Seite auf und blättere erneut durch die Zaubersammlung, lese jede Zeile und jedes Wort, um sicher sein zu können, nichts zu übersehen. Doch auch beim zweiten Durchforsten der Sprüche werde ich nicht fündig.

Frustriert schließe ich das Buch. Wenn darin keine Lösung steht, ist der nächste Schritt klar. Ich werde meinen Großvater um Hilfe bitten müssen. Ich werde ihm gestehen müssen, was ich getan habe, dass ich entgegen seinem Befehl den im schlimmsten Notfall für unseren Fürsten gedachten Zauber benutzt habe, um Elevanders Tod zu verhindern. Ich werde zu Kreuze kriechen und jede Menge Beleidigungen über mich ergehen lassen müssen.

Mein Blick wandert zu Elevander. Er ist jeden Aufwand und jedes Ärgernis wert. Ich fürchte allerdings, dass es nicht reichen wird, Oremazz um sein Wissen zu bitten. Es wird mehr notwendig sein, um ihn seine Wut auf meine eigenmächtige Tat und seine Verärgerung, weil ich ihn aus meinem Kopf gesperrt habe, vergessen zu lassen. Ohne einen Anreiz wird er nicht dazu zu bewegen sein, das Wissen der Großen Zaubermeister anzuzapfen. Wenn ich nur klüger wäre und dieses Problem selbst beheben könnte!

Ich stehe auf und trete zu Elevander. In der Stille der Hütte kann ich hören, dass ich nicht mehr allein bin. Obwohl er keine Beine hat, bemerke ich Umocks Nähe an einem unverkennbaren Gefühl von Wärme, das er neuerdings in mir auslöst.

»Er sieht aus, als wäre er tot«, gebe ich tonlos zu und fühle mich schlecht, weil er durch mich in diesen Zustand geraten ist.

Umocks Aura schiebt sich näher an mich heran. Beinahe wirkt es, als würde er mir über die Schulter schauen und gemeinsam mit mir in das Gesicht meines besten Freundes starren.

»Er ist tot, Lesithder«, sagt Umock schließlich.

»Nein. Das habe ich doch verhindert. Ich habe doch dafür gesorgt, dass der Zauber ihn am Leben hält.«

Die von Umock ausgehenden Schwingungen wirken beinahe amüsiert. »Ihr Menschen seid manchmal putzig naiv.«

Frustriert möchte ich ihn schlagen. Doch wie kämpft man gegen ein Nebelwesen? »Seht genau hin. Er atmet. Sein Körper ist warm. Der Tod hat ihn noch nicht zu sich geholt.«

»Das bedeutet leider nicht, dass das Leben ihn noch lange im Diesseits festhalten kann. Wenn du bereit bist, über die Fakten zu reden, werde ich dir gerne mein Wissen zuteilwerden lassen.«

»Na, schön. Erleuchtet mich. Sagt mir, was ich übersehe.«

Umock umkreist mich. Seine Nebelgestalt schiebt sich zwischen Elevander und mich, sodass ich meinen Freund nur noch verschwommen erkennen kann. Als hätte er sich bereits von mir entfernt.

Vehement schüttle ich über diesen Gedanken den Kopf und warte, bis Umock aus meinem Sichtfeld verschwunden ist. Nun kann ich Elevander wieder ruhig und friedlich schlafen sehen. Wie viel besser mir dieses Bild gefällt.

»Hast du diesen Zauber schon einmal angewendet?«, fragt Umock.

»Nein, aber ich weiß, wie er funktioniert. Ich kenne die Details des Spruches aus den Büchern meines Großvaters.«

»Hat Oremazz dir verraten, welche Wirkungsweise der Zauber genau hat?«

Wollte Umock mir nicht Fragen beantworten? »Er verhindert, dass ein Mensch durch schwere Verletzungen getötet werden kann«, fasse ich grob zusammen.

»Ungeduldiges Menschenvolk. Natürlich trifft es das nicht einmal ansatzweise. Die Wunde verschwindet nicht einfach. Der Mensch leidet nicht ganz plötzlich nicht mehr an den Folgen der Verletzung. Er ist nicht mit einem Mal wieder völlig hergestellt.«

»Natürlich nicht. Es braucht weitere Zauber. Dessen bin ich mir bewusst.«

»Trotzdem sitzt du jetzt ratlos hier. Willst du mich nicht weitererzählen lassen?«

»Nein«, blaffe ich. »Eure Fragestunde bringt mich nicht weiter. Weitere Versuche hoffentlich schon. Ich habe bereits alle Gesundungssprüche angewendet, die mir bekannt sind. Mit Abwandlungen habe ich ebenfalls bereits experimentiert. Aus irgendeinem Grund will nichts davon funktionieren.«

Umock schiebt sich vor mich, verdichtet seine Gestalt, sodass ich Elevander nicht mehr sehen kann. Seine Augen glühen rot. »Weil du den Zauber nicht verstanden hast. Er soll den Tod von Menschen so lange hinausschieben, bis ihnen anderweitig geholfen werden kann. Dafür ist es allerdings notwendig, dass sie die Welt der Lebenden noch nicht verlassen haben. Elevanders Verletzung war bereits viel zu weit fortgeschritten. Ich habe gesehen, wie sich seine Seele erhoben hat. Dein Zauber hat verhindert, dass sie sich ganz von seinem Körper gelöst hat. Doch gänzlich zurückgekehrt in seinen Körper ist sie auch nicht.«

Mein Herz schmerzt. »Das habt Ihr bereits einmal erwähnt. Dann muss ich eben einen Zauber finden, der seinen Körper und seine Seele wieder vereint.«

Das Geisterwesen vor mir lacht auf. »Das stellst du dir wohl ganz einfach vor.«

»Inzwischen ist mir klar, dass das eine große Herausforderung wird. Doch ich will mich ihr stellen. Ich habe schließlich keine andere Wahl.«

»Es tut mir leid, Lesithder. Dein verzweifeltes Festhalten an deinen Hoffnungen lässt mich nicht kalt. Auch wenn ich kein Herz im herkömmlichen Sinne besitze, kann ich fühlen, wie wichtig dieser Mensch für dich war. Ich kann verstehen, weshalb du darum kämpfst, ihn zurückzuholen. Leider hast du den Zauber zu spät ausgesprochen. Elevander kann nicht mehr gerettet werden.«

Ganz automatisch schüttle ich den Kopf. »Das ist nicht wahr.«

»Ich kenne keine Magie, die du in dieser Situation anwenden könntest. Ich habe noch von niemandem gehört, der aus dieser Form des Schlafes wieder zurück ins Leben gefunden hat.«

Er hat keinen Grund, mich zu belügen. Dennoch will ich ihm nicht glauben. »Dann werde ich die Lösung selbst erschaffen.«

Umock kreist langsam um mich. »Du kannst den Rest deines Lebens damit verbringen, Nachforschungen anzustellen. Du kannst bis zu deinem Tod wie ein Besessener neben Elevanders Bett sitzen. Du kannst im Laufe der Jahre beobachten, wie er langsam verfällt. Sobald du Teil meiner Armee geworden bist, wird er noch immer in diesem Zustand der Ohnmacht bleiben, nicht altern, nicht leben, nicht sterben, nicht existieren. Solange er von deinem Zauber auf dieser Erde angekettet wird, kann er keinen Frieden finden.«

Die Worte sickern langsam auf fruchtbaren Boden. Ich habe erst wenige Stunden lang versucht, einen Zauber ausfindig zu machen, der mir bei meiner Aufgabe hilft. Noch bin ich nicht durch alle Zauberbücher gegangen, die auf diesem Kontinent existieren. Ich werde meinen Großvater um Hilfe bitten, auch wenn die Vorstellung, vor ihm zu Kreuze kriechen zu müssen, mir körperliche Schmerzen bereitet. Die anderen Zaubermeister haben vielleicht Informationen, mit denen ich schneller an passende Sprüche gelange. Ich habe noch lange nicht alle Möglichkeiten ausgeschöpft. Dennoch flüstert mir eine Stimme zu, dass Umock recht hat und ich einen Fehler gemacht habe, als ich den Zauber angewendet habe.

»Ich konnte ihn doch nicht sterben lassen«, wimmere ich. »Wie hätte ich dabei zusehen sollen, wie mein bester Freund diese Welt verlässt?«

»So etwas ist niemals leicht.«

»Nicht leicht? Es ist nicht gerecht. Es ist nicht in Ordnung, dass er versucht, jemanden zu retten, und dabei selbst so schwer verletzt wird, dass er nicht wieder gesund werden kann.«

Umock brummt eine Zustimmung. »Natürlich ist es nicht gerecht. Aber das ist das Leben niemals, und du hast mit deinem Zauber nicht dafür gesorgt, dass er am Leben bleibt. Du hast ihn lediglich dazu gezwungen in der Zwischenwelt auszuharren.«

»Das klingt grausam.« Ich stolpere zurück.

»Er mag keine Schmerzen empfinden. Trotz seiner Verletzung leidet er nicht. Dir muss allerdings bewusst sein, dass er auch nicht sorglos sein kann, solange seine Seele nicht zurück in seinen Körper findet. Er atmet. Er lebt. In irgendeiner verdrehten, unbefriedigenden Imitation dieser Welt. Doch Zufriedenheit oder Glück ist ihm fremd. Wenn es dir nicht gelingt, seine Seele entweder mit seiner menschlichen Hülle zu vereinen oder endgültig zu trennen, ist sein Geist gefangen in einer Realität, auf die er keinen Einfluss nehmen kann. Für dich ist er in diesem Moment lediglich eine leblose Gestalt, die du betrachten kannst. Sein Verstand funktioniert allerdings noch. Er kann hören und sehen, was vor sich geht. Er kann fühlen und verstehen. Sich zu artikulieren ist ihm jedoch nicht möglich. Du hast ihn zu einem Gefangenen in seinem eigenen Körper gemacht.«

»Das kann nicht … Er ist nicht … Was habe ich nur getan? Wie konnte ich …? Bei allen Göttern!«

»Ich vergebe dir, Lesithder. Für mich sind deine Gründe nachvollziehbar. Du warst in einem Ausnahmezustand, überwältigt von deiner Trauer, außer dir vor Angst. Ich habe Schlimmeres aus der falschen Motivation heraus getan.«

Missbilligend schnaube ich. »Eure Vergebung bedeutet mir nichts. Eine Zeit lang ist es Euch gelungen, mich zu täuschen. Ich dachte, wir beide könnten … Ich weiß auch nicht. Aber Elevander hat Euch von Anfang an durchschaut. Er hat mich vor Euch gewarnt. Wäre er an meiner Stelle gewesen, hätte er Euch keine Sekunde lang vertraut. Auch meine Verblendung Euch betreffend hat jetzt ein Ende. Ich habe Euch nichts mehr zu sagen.«

»Beruhige dich. Du bist verletzt. Der Schmerz trübt dein Urteilsvermögen. Du fühlst dich verunsichert, einsam, traurig …«

»Sagt mir nicht, wie ich mich fühle. Ihr habt keine Ahnung, was in mir vorgeht. Ihr werdet es auch niemals erfahren. Sucht Euch besser ein neues Medium. Sobald Ihr jemanden gefunden habt, der Euch in seinem Kopf erträgt, ist unsere Zusammenarbeit beendet. Ich kündige unsere Vereinbarung auf.« Ich wende mich ab und verlasse das Haus. Weg hier. Alles was ich will, ist von hier verschwinden, laufen, bis es endlich nichts mehr gibt, auf das ich zumarschiere.

»Das kannst du nicht.«

Umock folgt mir nach draußen, durch die Straßen, den Hügel hinauf, durch den Wald. Gibt dieses nervige Nebelwesen denn niemals auf?

»Ich will mit niemand anderem zusammenarbeiten«, sagt Umock und schwebt wie eine Gewitterwolke über mir. »Ich weigere mich, unsere Vereinbarung entsprechend abzuändern. Dein Fürst wird nicht erfreut sein, wenn er erfährt, dass du dich weigerst, mein Sprachrohr zu sein. Ach, stimmt ja. Er wird es gar nicht erfahren. Niemand wird vor Unheil bewahrt werden, wenn du nicht mit mir sprichst. Niemand wird die Wahrheit hören, wenn du mir nicht deine Lippen leihst.«

»Ihr verlangt nach einer Marionette. Ich habe es so satt, dass niemand etwas anderes in mir sieht. Warum kann ich nicht sein, wer ich will? Weshalb darf ich nicht lernen, worauf ich neugierig bin? Wieso ist es mir nicht erlaubt, meinen Weg selbst zu suchen?«

Die Wut brodelt unkontrolliert in mir. Alles erscheint mir so furchtbar ungerecht. Wenn ich schon von allen Seiten gezwungen werde, ihnen zu Diensten zu sein, könnte man auch mein Leben beenden. Weshalb ist Elevander verletzt worden? Er, der großherzigste Mann, den ich jemals getroffen habe. Er, der einzige Mann, der immer zu mir gestanden ist. Er, dessen Existenz so viel mehr wert ist als meine. Wenn schon jemand sterben musste, dann sollte ich es sein. Irgendwann ist es einfach genug und ich will nicht mehr die Schachfigur sein, die jedermann nach seinem Belieben bewegt. Irgendwann kommt der Punkt, an dem ich es nicht mehr ertragen kann. Irgendwann habe ich genug verloren.

Ohne einen Blick für meine Umgebung zu haben, laufe ich immer weiter. Möglicherweise kann ich alles hinter mir lassen und es vergessen.

Der Wald umhüllt mich mit altbekannten Geräuschen: das Wispern der Baumkronen, das Tschilpen der Flugechsen, das leise Geräusch meiner Füße auf dem Waldboden. Diese Musik habe ich immer geliebt. Mit Elevander konnte ich diese Untermalung unserer Abenteuer genießen. Jetzt allerdings fühlt es sich falsch an. Vielleicht kann ich niemals wieder mit ihm durch einen Wald wandern. Ich muss damit rechnen, niemals wieder das amüsierte Funkeln in seinen Augen zu erblicken, ihn niemals wieder lachen zu hören.

Die Tränen kommen von ganz allein. Ich lasse sie über mein Gesicht laufen und renne vorwärts. Obwohl ich vor meinen Schuldgefühlen und der Verantwortung nicht fliehen kann, eile ich immer weiter. Ich kann nicht einfach verschwinden. Elevander braucht meine Hilfe. Es besteht immer noch eine minimale Aussicht auf eine Lösung. Ich kann darauf hoffen, eine Möglichkeit zu finden, ihn zurückzuholen. Würde ich nicht noch diese eine wichtige Aufgabe erfüllen müssen, wäre ich langst nicht mehr hier. Ich hätte mich in das erste feindliche Schwert gestürzt, dem ich auf dem Schlachtfeld begegnet wäre. Würde in mir nicht noch ein Funken Hoffnung glimmen, wäre ich bereits vor Stunden an gebrochenem Herzen gestorben.

»Bleib stehen, Lesithder. Du kannst dich nicht vor der Wahrheit verstecken.«

Umock. Weshalb lässt mich der König der Nebelseelen nicht in Ruhe? Wieso hört er nicht auf, mir im Ohr zu sitzen?

»Das weiß ich. Also lasst mich allein.«

»Ich kann immer noch deine Gedanken lesen, trauriger kleiner Mensch«, erinnert mich Umock. »Ich weiß, was in dir vorgeht. Ich werde dich in dieser Situation nicht allein lassen, weil ich weiß, wozu du in deinem Kummer fähig wärst.«

»Selbstmord kommt nicht infrage, solange sich Elevander in diesem Zustand befindet. Ich muss einen Weg suchen, um ihn aus der Zwischenwelt zu befreien. Also keine Sorge. Ich werde nichts Dummes tun, solange er auf mich angewiesen ist.«

Die Nervensäge lässt nicht locker. Obwohl ich mein Tempo beschleunige, gelingt es Umock, mich zu überholen und sich mir in den Weg zu stellen. »Du klammerst dich an eine Hoffnung, die nicht existiert. Diesen Zauber hättest du niemals anwenden dürfen.«

Ich halte nicht an, stürme vorwärts, mitten in dieses Nebelgebilde hinein. Ärgerlicherweise gelingt es mir nicht, einfach hindurchzulaufen. Es ist, als würde ich gegen ein leichtes Stoffgewebe gedrückt werden. Nein, es erinnert mich eher an Spinnweben. Und das Bild einer Spinne, die in ihrem Netz sitzt, und auf ihr Opfer wartet, passt auch viel besser zu Umock.

Mit einem Ausfallschritt zur Seite gelingt es mir, an ihm vorbei zu gelangen, bevor er mich aufhalten kann. »Ihr seid schrecklich schlecht darin, einen Selbstmordgefährdeten vom letzten Schritt abzuhalten. Nehmt mir ruhig das letzte Fitzelchen Licht, das in meinem Leben noch scheint. Raubt mir die Zuversicht. Es hat hoffentlich ohnehin bald alles ein Ende. Gegen unsere Feinde sind wir machtlos.«

»Wir werden eine Möglichkeit finden, sie zu unterwerfen. Wären unsere Verbündeten rechtzeitig eingetroffen, hätte die Schlacht einen anderen Ausgang genommen.«

»Elevander wäre dennoch von diesem Schwert getroffen worden und würde sich in der Welt zwischen Leben und Tod befinden.«

»Weshalb musstest du auch diesen Zauber anwenden?«

»Weil ich Elevander nicht verlieren darf. Weil er der Einzige ist, der mich versteht.«

Umock schnaubt. »Sei froh, dass ich diesen Schwachsinn nicht persönlich nehme.«

»Warum bin ich den Göttern so gleichgültig? Weshalb erlauben sie mir nicht, den einzigen Menschen zu retten, der mir wichtig ist? Wieso bin nicht ich an seiner statt gestorben? Es wäre ohnehin meine Aufgabe gewesen, den Fürsten zu retten. Elevander ist nur verletzt worden, weil ich meine Mission nicht ordnungsgemäß erfüllt habe.«

»Du hast nichts falsch gemacht. Niemand kann an mehreren Fronten gleichzeitig kämpfen. Du musstest dich auf eine Sache konzentrieren. Ich kann verstehen, weshalb deine Wahl auf die Rettung der Menschen gefallen ist.«

Wütend schreie ich auf und halte mir die Ohren zu. Ich bleibe stehen und schließe meine Augenlider so fest, dass ich Sterne sehe. »Ich habe doch keine Wahl getroffen. Als ich die Menschen in ihrer Not gesehen habe, musste ich einfach handeln. Ich habe nicht überlegt. Da war keine Stimme in meinem Kopf, die entschieden hat, dass vier Menschenleben zu retten wichtiger ist als eines. Mein Herz hat mir einfach befohlen, zu handeln.«

Ich kann fühlen, wie Umock sich in Kreisen um mich herumbewegt. Sobald ich einen Schritt zur Seite trete, folgt er mir. Mache ich eine Bewegung nach hinten, tut er das Gleiche. Er schiebt sich immer näher an mich heran, bis er mich schließlich einhüllt. Zuerst will ich mich gegen diese

Vereinnahmung wehren, die sich viel zu sehr nach einer Umarmung anfühlt. Ich öffne die Augen, benutze meine Hände, um ihn von mir zu schieben. Dann halte ich einfach nur still und lege den Kopf in den Nacken. Irgendwann wird er die Geduld mit mir schon verlieren.

Die Geräusche des Waldes werden in meinem Kopf wieder lauter. Trotz der Wolken, die die Sonne verdecken, bemerke ich das Spiel des Lichts, das sich durch die Baumwipfel schleicht. Der Geruch der feuchten Erde und der Pflanzen dringt in meine Nase. Obwohl ich dagegen ankämpfe, reagiert mein Körper darauf. Wie kühle, heilende Salbe legen sich die Eindrücke über meine Seele.

Langsam kommt das Durcheinander der Gefühle in meinem Kopf zur Ruhe. Nach und nach findet mein Schmerz Frieden. Nein, ich akzeptiere nicht, was passiert ist. Ich gebe mich dem Schicksal nicht geschlagen. Ich werde Elevander nicht aufgeben. Die Traurigkeit sitzt mir immer noch tief in den Knochen. Allerdings werde ich mich davon nicht bestimmen lassen. Elevander hat für mich Priorität. Wenn wir diesen Krieg nicht gewinnen, gibt es allerdings keine Zuversicht, ihn retten zu können. Also werde ich meinen Auftrag erfüllen.

Umocks Gegenwart sollte sich nicht beruhigend auf mich auswirken. Die Knoten in meiner Brust lösen sich dennoch langsam. Das Grauen über das Geschehene schließe ich in einer dunklen Ecke meines Verstandes ein. Die Bilder wehren sich, wollen zurück in mein Bewusstsein. Mein Herz schlägt vor lauter Anstrengung schneller, doch langsam bin ich in der Lage, mich ganz auf meine Trauer zu konzentrieren. Später werde ich in unser Lager zurückkehren. Danach werde ich tun, was von mir verlangt wird und was notwendig ist. Dieser Moment gehört jedoch nur mir. Die Trauer frisst sich in meine Seele. Ich werde Elevander verlieren. Meine ersten Versuche, ihn zu heilen, haben nicht funktioniert. Auch wenn ich nicht aufgeben werde, kann ich nichts mehr für ihn tun. Er ist im Moment nicht mehr Teil meines Lebens.

Die Tränen beginnen wieder stärker zu fließen. Ich unterdrücke ein Aufschluchzen. Das nächste kommt trotzdem über meine Lippen. Umocks Umarmung zieht sich enger um mich zusammen. Wieso kann er keinen Körper besitzen? Ich möchte mich an ihn schmiegen. Meine Tränen sollen auf seine Brust fallen. Ich will seinen Herzschlag unter meiner Wange spüren. Obwohl er keine Arme besitzt, bietet er mir einen Hafen der Sicherheit. Meine Trauer nimmt überhand, als meine Seele um den verlorenen Gefährten weint.

Nur einen Moment nicht stark sein müssen. Für einen kurzen Augenblick die Maske fallen lassen. Endlich in meinem Selbstmitleid baden, bevor es zurück in die echte Welt geht.

Mit jeder Träne wird der Druck auf meiner Brust leichter. Mit jedem Schluchzer löst sich die Verkrampfung in meinen Schultern mehr. Mit jedem Erzittern fühle ich mich freier.

»Es ist in Ordnung«, sage ich schließlich und trockne meine Tränen mit meinem Ärmel. Diese kurze Flucht aus dem Verantwortungsbewusstsein verdanke ich Umock, doch ich werde mich ihm gegenüber dafür nicht dankbar zeigen. Mir ist immer noch bewusst, mit wem ich es zu tun habe.

Dennoch klopft mein Herz vor Sehnsucht schneller. Ich will ihm nahekommen. Auf eine Weise, die nicht angebracht ist. Mein Körper pocht vor Verlangen nach ihm. Das ist verrückt. Besonders in Zeiten wie diesen.

Der König der Nebelseelen lockert seine Umarmung. »Geht es dir besser?«

»Nein. Das wird es erst, wenn Elevander wieder bei mir ist. Zumindest bin ich jetzt bereit, die Truppen unserer Verbündeten zu suchen, um unsere Feinde zu vernichten und sie dafür leiden zu lassen, dass sie mir Elevander nehmen wollten.«

11. Kapitel

»Diese Schlacht ist überhaupt nicht so gelaufen, wie wir geplant hatten«, tadelt mein Großvater. Seine Wut bringt die Wasseroberfläche zum Vibrieren. »So viele Verluste, so viele Verletzte, so wenig Erfolg. Und du sperrst mich einfach aus deinem Kopf, trennst die Verbindung zwischen uns, übernimmst die Kontrolle und verwendest gemeinsam mit deinem neuen Freund irgendwelche Zauber, obwohl du überhaupt keine Ahnung hast, was du da eigentlich tust.«

Unter Oremazz' Worten krümme ich mich voller Scham. Er hat recht. Obwohl er mit seinem Tadel oft über das Ziel hinausschießt, muss ich ihm jetzt zustimmen. Ich habe einen Fehler begangen. Einige. Zu viele. Und dabei habe ich dem Großen Zaubermeister noch gar nicht verraten, welchen Zauber ich an Elevander angewendet habe.

»Ich habe damit gerechnet, von dir enttäuscht zu werden. Schließlich hat es während deiner Ausbildung genug Anzeichen gegeben, welche Defizite du aufweist. Doch dass du dir nicht die Hilfe geholt hast, die du eigentlich benötigst, hätte ich dir niemals zugetraut. So eine Fehleinschätzung der Situation hätte dir niemals unterlaufen dürfen.«

»Es tut mir leid«, murmle ich.

Mein Großvater knurrt wütend. »Das reicht nicht. Damit ist es nicht getan. Was soll passieren, wenn die nächste Schlacht bevorsteht, du wieder deine flatternden Nerven deine Taten bestimmen lässt und mich erneut aus deinem Kopf sperrst? Was, wenn du wieder die falsche Entscheidung triffst? Was, wenn du die Schuld am Tod von Soldaten auf deine Schultern lädst?«

Er legt seine Finger in eine offene Wunde. Ich trage bereits die Verantwortung für das Leid von vielen Menschen. Auch wenn ich diesen Krieg nicht verursacht habe und keinen Einfluss auf die Handlungen unserer Feinde habe, habe ich doch nicht mein Bestes gegeben. Ich habe nicht nur Oremazz enttäuscht. Ich habe Elevanders Vertrauen in mich nicht erfüllt. Ich habe zugelassen, dass er den Schutz von Manekas übernehmen musste. Weil ich nicht alles im Blick gehabt habe. Weil ich zu leichtfertig geworden bin. Weil ich die Kontrolle verloren habe, als ich begonnen habe, mich auf die falschen Personen zu verlassen.

»Dieses Portal war ein großes Risiko«, fährt der Große Zaubermeister fort. »Du hast es errichtet, ohne mich vorher um Rat zu fragen. Ein Glück, dass es funktioniert hat. Ein Glück, dass du damit die Soldaten retten konntest. Doch du hättest genauso gut scheitern können. Du hättest die Männer genauso gut in eine Falle laufen lassen können. Du fühlst dich deiner Sache viel zu sicher.«

»Selbstbewusstsein ist nichts, wofür man sich schämen muss. Es hätte mir nicht geschadet, wenn ich früher eines entwickelt hätte.« Vielleicht hätte ich dann nicht das Bedürfnis gehabt, mich beweisen zu müssen. Möglicherweise hätte ich dann nicht den Zauber ausgesprochen, der Elevander nun nicht mehr freigeben will.

Mein Einwurf kommt bei meinem Großvater nicht gut an. »Du bist eingebildet genug. Greifst selbst nach einer

Waffe, obwohl du das Werkzeug sein sollst, das unsere Armee zum Sieg führen soll. Sperrst mich aus deinem Körper aus, obwohl das der einzige Grund ist, weshalb du überhaupt vor Ort bist. Fragst mich nicht um Rat, bevor du Dinge tust, die unsere Sache gefährden könnten. Warum haben wir uns gemeinsam auf diesen Moment vorbereitet, wenn du dann nicht tust, was wir besprochen haben?«

Ich balle die Hände zu Fäusten. »Elevander war in Gefahr.«

»Benutze ihn nicht als Ausrede für deinen Ungehorsam. Du hast schon davor Dinge getan, die ich nicht genehmigt habe. Du hast schon vor dem notwendigen Opfer, das Elevander gebracht hat, beschlossen, deinen eigenen Weg zu gehen. Verbrüderst dich mit jemandem, dem wir nicht vertrauen können. Benutzt Magie, die noch nie getestet worden ist. Bereitest deiner Familie Schande. Meine Wut findet immer neue Nahrung.«

»Vielleicht sollte ich dann gleich noch ein Geständnis ablegen. Auf eine weitere Sache, die du mir vorwerfen kannst, kommt es nun auch nicht mehr an.«

Oremazz schnappt nach Luft. »Was bist du nur für eine Enttäuschung! Diese unverschämte Art, mit mir zu sprechen, wird dir noch leidtun.«

Das bezweifle ich. Trotzdem bemühe ich mich um einen schuldbewussten Gesichtsausdruck. Ich habe kein schlechtes Gewissen meinem Großvater gegenüber. Das Gefühl, Elevander nicht gerecht geworden zu sein, lässt meine Demut allerdings echt wirken.

»Ich habe den Todesverhinderungszauber angewandt«, presse ich hervor.

»Was hast du getan?«

»Der Zauber, der verhindern sollte, dass unser Fürst während der Schlacht getötet wird. Ich habe ihn benutzt, um Elevander zu retten.«

Mein Großvater schweigt. Schock zeigt sich auf seinem Gesicht. Dann verändert sich seine Miene zu einer wütenden Fratze. »Das habe ich dir nicht erlaubt.«

Meine Augen brennen. »Elevander wäre gestorben. Er hat sich vor Manekas geworfen, um ihn zu retten. Er hat sich für unseren Fürsten geopfert. Es erscheint mir nur gerecht, wenn wir alles tun, um ihn am Leben zu erhalten.«

»Du bist wahnsinnig. Ganz offensichtlich hast du den Verstand verloren. Du kannst diesen Zauber nicht noch einmal anwenden. Hast du dir das nicht gemerkt? Jeder Zauberer kann die Magie, die dafür notwendig ist, nur einmal aus der ihn umgebenden Energie ziehen.«

Tatsächlich habe ich diese Tatsache verdrängt. Doch auch das Wissen hätte nichts an meiner Entscheidung geändert. Ich habe gesehen, wie Elevander von diesem Schwert getroffen worden ist. In der nächsten Sekunde musste ich handeln. Niemals hätte ich zugelassen, ihn zu verlieren. Selbst wenn das bedeutet, dadurch nicht mehr in der Lage zu sein, unseren Fürsten vor dem Tod zu retten.

Oremazz' Augen sprühen Funken. Von der Oberfläche des Wassers steigt Dampf auf. Ich glaube, in diesem Moment ist er kurz davor, mich zu erwürgen. Rasch spreche ich einen Zauber, der es ihm unmöglich macht, meinen Körper zu benutzen, um mich zu bestrafen. Wenn er mir etwas antun will, muss er sich selbst hierher bewegen.

»Erkläre es mir noch einmal ganz langsam«, fordert er mit vor Zorn bebender Stimme. »Was genau ist passiert, als du den Zauber angewendet hast?«

»Was spielt das für eine Rolle? Er hat nicht funktioniert.«

Das Wasser schwappt über den Rand der Schüssel. »Ein wichtiger Zauber zur Rettung unseres Fürsten verschenkt? Ohne dass er Wirkung gezeigt hat?«

Jedes einzelne Wort fühlt sich wie ein Peitschenschlag an. Ich senke den Blick und würde am liebsten im Boden versinken. Letzte Nacht habe ich furchtbar schlecht geschlafen. Ich bin dreimal von Soldaten geweckt worden, die mich um Hilfe mit ihren Verletzungen gebeten haben. Ich habe sie in unserem Lazarett notdürftig versorgt. Doch selbst wenn ich mich auf meinem Lager eingerollt habe, war an erholsamen Schlaf nicht zu denken. Das Wissen, dass Elevander ganz in der Nähe gefangen in dieser Welt zwischen Dies- und Jenseits liegt, hat mich nicht zur Ruhe kommen lassen. Ich muss etwas tun, um ihn zu retten. Jetzt sofort. Darum habe ich mich an Oremazz gewandt.

Jede Minute, die Elevander in diesem Zustand verbleibt, wird es mir zwangsläufig schwieriger machen, ihn zu mir zurückzuholen. Im Moment wird er lediglich mit Magie versorgt und gewaschen. Soweit möglich kümmert man sich um sein körperliches Wohl. Mein Großvater sollte sich beeilen und mir rasch eine Lösung verraten, wie wir die Seele meines besten Freundes zurückholen können. Außerdem wird meine Unterstützung bei der Wundversorgung benötigt. Ich müsste mich dringend um das Auffinden unserer Verbündeten kümmern. Es gäbe so viele Dinge zu tun. Ich muss mich jetzt allerdings erst einmal

Oremazz' Wut stellen. Und die scheint nicht so schnell abkühlen zu wollen.

Sekundenlang höre ich lediglich den schnellen Atem meines Großvaters. »Erzähle mir die ganze Geschichte«, fordert er dann.

»Elevander hat bemerkt, dass unsere Feinde sich zusammengerottet haben, um Manekas zu verletzen. Er ist losgelaufen ...«

»Nicht diesen Teil«, unterbricht Oremazz. »Beginn bei dem mit dem Zauber. Wieso dachtest du, es wäre notwendig, ihn anzuwenden?«

»Einer unserer Gegner hat ein Schwert in die Richtung des Fürsten geschleudert. Elevander hat es abgefangen und wurde dadurch schwer verletzt. Er hätte die Verwundung niemals überlebt. Ich habe einen Zauber angewendet und versucht, ihn damit zu heilen. Aber es war bereits zu spät. Ich konnte spüren, wie das Leben seinen Körper verlässt. Rasches Handeln war vonnöten. Also habe ich den Notfallzauber angewendet, den du mich gelehrt hast.«

»In welchem Zustand war Elevander zu diesem Zeitpunkt?«, fragt mein Großvater geradeheraus.

»Umock hat mir später mitgeteilt, ein Teil von Elevanders Seele hatte sich bereits von seinem Körper gelöst «, beichte ich. »Er stand nicht mehr am Rand des Todes. Er hatte die Grenze zum Teil schon überschritten.«

»Dummer Junge. Damit hast du niemandem einen Gefallen getan. Wie geht es deinem Freund jetzt?«

Meine Augen brennen. Meine Kehle ist wie zugeschnürt. »Er scheint ohnmächtig. Sein Körper ist beständig warm. Ich kann seinen Herzschlag fühlen. Er atmet eigenständig. Der Tod hat ihn noch nicht geholt.«

»Lass mich raten. Sonderlich lebendig wirkt er aber auch nicht.«

»Elevander hat keine Schmerzen. Die Aura, die er ausstrahlt, ist ruhig und friedlich. Allerdings ist es mir mit keinem Zauber gelungen, ihn aus seiner Reglosigkeit zu erwecken. Die Magie, die den Fürsten hätte retten sollen, funktioniert nicht.«

Oremazz schnaubt. »Weil du die auch hättest benutzen sollen, solange unser Fürst von seiner Verletzung noch nicht ins Reich des Todes gerufen worden ist. Niemand kann dem Ende ein Schnippchen schlagen, Lesithder. Du hast dich auf Mächte eingelassen, die du nicht verstehst. Du hast unsere Götter herausgefordert. Das wird Folgen haben, die wir noch nicht absehen können. Du wirst darunter leiden müssen. Dein Freund wird dafür bezahlen. Und unser Fürst kann mit dem Zauber nun nicht mehr gerettet werden, sollte er in der nächsten Schlacht verwundet werden.«

Das alles ist mir inzwischen bewusst. Dennoch kann ich nicht bereuen, Elevander geholfen zu haben. »Dann müssen wir dafür sorgen, beim nächsten Zusammentreffen mit unseren Feinden besser vorbereitet zu sein. Diese gut ausgebildeten und hervorragend ausgerüsteten Soldaten sind nicht so leicht zu überwältigen, wie wir gedacht haben. Manchmal zweifle ich, dass es sich tatsächlich um Menschen handelt.«

»Wir haben alle Eventualitäten in Betracht gezogen. Wenn das, was du gelernt hast, nicht genügt, liegt es nur an dir. Und was sollen unsere Gegner außer Menschen schon sein? Die Nebelseelen sind Nebelwesen. Sie existieren nur durch Magie. Niemand kann ihre Gestalt erkennen. Doch unsere Feinde haben Hände und Füße. Unter ihren Gesichtsmasken lugen Augen hervor, die sich von unseren nicht unterscheiden. Also suche keine Ausreden oder eine fadenscheinige Erklärung für dein Scheitern. Unsere Gegner sind nicht mächtiger als wir. Sie vergießen Blut und können genauso verletzt werden wie unsere Soldaten. Wälze die Verantwortung nicht auf Übersinnliches ab, sondern versuche, besser zu sein als das, was du bis jetzt gezeigt hast.«

Es tut weh, wieder als unfähig abgekanzelt zu werden. Es schmerzt, dass mein Großvater keine Sekunde lang überlegt, ob ich mit meiner Vermutung richtigliegen könnte. Ich kann die Tränen nicht länger zurückhalten. Obwohl mein Großvater sie bemerken wird, spüre ich Feuchtigkeit auf meinen Wangen. Meine Stimme schwankt allerdings nicht, als ich dazu ansetze, ihn von seinem Irrtum zu überzeugen.

»Sie haben uns gezeigt, dass wir es mit übernatürlichen Feinden zu tun haben. Auch sie setzen Magie ein. Sie verfügen sogar über Mächte, für die wir keine Erklärung haben. Die Fähigkeit, unsere Flugechsen zu verwirren. Ihr schnelles Verschwinden aus Nialling. Ihre überraschende Stärke. Die seltsame Art, wie sie miteinander kommunizieren. Welche Erklärung hast du für das alles?«

»Offensichtlich besteht ihre Armee aus fähigen Männern, die lange für diesen Überfall trainiert haben«, sagt mein Großvater.

»Und die Bilder, die du vor ihrem Erscheinen empfangen hast? Deine Visionen waren sehr deutlich. Du hast eine Wolke gesehen, die unser Land überzieht. Dieses Phänomen verdunkelt unleugbar seit langer Zeit die Sonne.«

Oremazz hebt eine Augenbraue. »Ihre Zauberer scheinen geheimes Wissen anzuzapfen. Ich habe mit den anderen Großen Zaubermeistern bereits besprochen, dass wir nach dem Sieg über unsere Feinde unbedingt versuchen müssen, an Aufzeichnungen zu gelangen. Dieses Rätsel müssen wir lösen, damit wir uns in Zukunft vor diesen Beeinträchtigungen schützen können.«

Ungläubig schüttle ich den Kopf. »Wir werden diese Armee nicht besiegen. Auf meinen Erkundungsausflügen habe ich Truppen von insgesamt tausendfünfhundert Mann Stärke entdeckt. Ich befürchte, dass sich noch viel mehr Soldaten auf unserem Kontinent verstecken. Vielleicht sind sie nicht einmal mit den Schiffen angekommen, die man vor zwei Monaten beobachtet hat. Wenn ihre Zauberer das Reisen durch Portale kennen, gibt es keine Garantie, dass sie nicht immer neue Männer schicken. Wir werden überrannt werden.«

»Die Panik spricht aus dir. Ich verstehe, warum du Verwirrung empfindest. Sie flüstert dir Dinge ein, die nicht der Wahrheit entsprechen.«

»Dann denkst du nicht, wir müssen uns auf noch schwerere Schlachten einstellen? Du glaubst nicht, sie werden uns beim nächsten Mal mit neuen Zaubern Probleme bereiten? In deiner Vision hast du die Ungeheuer gesehen, mit denen sie unser Land in Angst und Schrecken versetzt haben. Bist du der Meinung, diese Ungeheuer werden nicht über uns hereinfallen?«

Ich kann förmlich spüren, wie mein Großvater die Geduld verliert. Die Schwingungen, die von ihm ausgehen, sind nun nicht mehr ausschließlich wütend. Er scheint müde, erschöpft, hauptsächlich auch genervt. Ob dieser

Krieg seine Magie auch aus der Ferne beeinflussen kann? Ob er seine Kräfte verliert?

Oremazz erwidert meinen Blick, ohne ein Anzeichen von Unsicherheit zu zeigen. In seinen Augen lese ich, dass er völlig von seiner Einschätzung überzeugt ist. »Diese Bilder waren Symbole für das Grauen, das uns bevorsteht. Unseren Feinden ist es gelungen, den Himmel zu verdunkeln. Doch dieser Zauber ist so alt wie die Welt selbst. Sogar ich wäre in der Lage, die Sonne für viele Jahre nicht mehr aufgehen zu lassen. All der Schrecken und all das Grauen, das in meinem Kopf entstanden ist, war nur dafür da, um mich von der Echtheit der Bedrohung zu überzeugen.«

»Das erscheint mir unnötig drastisch.«

»Hätte der Fürst meine Visionen nicht als Albträume abgetan, wenn ich ihm von einer Schlacht erzählt hätte, die uns bevorsteht? Hätte er eine Armee einberufen und wäre Vereinbarungen mit anderen Völkern eingegangen, wenn die Zaubermeister lediglich von einem Überfall von mehreren Hundert Männern berichtet hätten? Die Götter haben unsere Vision beeinflusst und uns die Schreckensszenarien geschickt, die wir benötigt haben, um unsere Fürsten zu überzeugen.«

Auch wenn seine Worte nicht einer gewissen Logik entbehren, kann ich sie nicht glauben. Oremazz ist auf diesem Schlachtfeld nicht unseren Gegnern gegenübergestanden. Er hat nicht mit eigenen Augen gesehen, wie energisch und kraftvoll diese Soldaten gekämpft haben. Er hat nicht gefühlt, wie dunkel die Aura gewesen ist, die sie ausgestrahlt haben, während sie emotions- und gnadenlos unsere Männer niedergemetzelt haben. Unsere Gegner empfinden keine menschlichen Regungen. Es fällt mir leichter zu glauben, dass sie nichts mit unserer Rasse zu tun haben, als zu akzeptieren, dass so viel Böses unter uns Menschen existieren kann.

Mit schwerem Herzen ziehe ich in Betracht, dass mein Großvater recht haben könnte. Möglicherweise haben wir es einfach nur mit überaus kräftigen, gut trainierten Männern zu tun. Unter Umständen erhoffe ich mir so sehr eine übernatürliche Erklärung für ihr menschenverachtendes Verhalten, dass ich blind für die Wahrheit bin.

»Zurück zu deiner unüberlegten Tat, als du Elevander retten wolltest. Was soll jetzt aus ihm werden? Wie hast du dir seine Zukunft vorgestellt?« Seine Stimme klingt beängstigend kühl.

»Ich hege die Hoffnung, dass du mir hilfst«, gestehe ich. »Bestimmt kennst du einen Zauber, eine Magie, eine Möglichkeit, Elevander aus seinem unglücklichen Zustand zu befreien. Du kannst auf das Wissen von vielen Zaubermeistern zurückgreifen. Gemeinsam sind wir vielleicht in der Lage, meine Tat ungeschehen zu machen.«

»Dafür kann ich meine Zeit nicht verschwenden. Es tut mir leid, Lesithder, aber dafür musst du dir selbst eine Lösung überlegen.«

Panik schwemmt meine Sinne. »Allein kann ich es nicht schaffen. Ich habe bereits alle Informationen in dem Zauberbuch durchsucht, das du mir mitgegeben hast. In meinen Gedanken bin ich alle Bücher durchgegangen, die du mir zum Lesen überlassen hast. Nichts davon ist in der Lage, Elevander zu retten.«

Der Gesichtsausdruck meines Großvaters zeigt seine Gleichgültigkeit. »Vielleicht hättest du dir darüber

Gedanken machen sollen, bevor du den Zauber angewendet hast. Hoffentlich ist dir das eine Lehre. Es gab spezielle Vorgaben, die du bei diesem Notfallzauber hättest beachten sollen. An keine von ihnen hast du dich gehalten. Die Verantwortung für die Konsequenzen trägst ganz allein du. Deshalb ist es auch deine Aufgabe, einen Ausweg zu finden.«

»Ohne dich schaffe ich es nicht«, wimmere ich. »Ich entschuldige mich vielmals für mein Brechen der Regeln. Mir ist bewusst, dich wieder einmal enttäuscht zu haben. Elevander kann allerdings nichts dafür. Du kennst ihn doch. Niemand hat ein so großes Herz wie er. Wieso willst du ihm nicht helfen? Wenn du es nicht für mich tust, kann ich es verstehen. Weshalb ist dir aber nicht der Mensch wichtig, der auch zu deiner Familie gehört, weil er mir ein Bruder war?«

»Als deine Eltern gestorben sind, brauchtest du jemanden, der sich um dich kümmert. Mir war von Anfang an klar, diese Aufgabe nicht übernehmen zu können. Als Großer Zaubermeister konnte ich mich nicht um ein Kind kümmern. Dass ich Elevanders Eltern gewählt habe, um dich aufzuziehen, ist reiner Zufall. Sie haben sich freiwillig gemeldet, als ich nach einer neuen Familie für dich gesucht habe. Ein Glück, dass sie aus dir einen vernünftigen Menschen gemacht haben. Auch wenn ich im Moment an deinem Verstand zweifle. Möglicherweise waren sie doch nicht geeignet, um einen zukünftigen Zauberer großzuziehen. Aber daran lässt sich nun nichts mehr ändern. Jedenfalls haben sie keinerlei Bedeutung für mich.«

Wieder einmal gelingt es Oremazz, meine Enttäuschung über sein kaltes Herz auf ein neues Maß anwachsen zu lassen. Es schmerzt mich, wie gleichgültig er über mein Leben spricht. Möglicherweise liegt ihm nichts an den Menschen, die mich bei sich aufgenommen haben. Es ist allerdings deutlich zu erkennen, dass das Gleiche auch für mich gilt. Ich bin ihm gleichgültig. Wäre ich bei der gestrigen Schlacht gestorben, hätte er keine Träne um mich vergossen.

Ich muss an Elevanders Eltern denken. Sie haben mich wie einen Sohn behandelt. Sie hätten keine Schwierigkeiten damit, meine Entscheidung nachzuvollziehen. Sie wüssten, warum ich keine andere Wahl hatte, als Elevanders Tod mit diesem Zauber zu verhindern. Das Wissen, dass sie um Elevander trauern würden, lässt mich an meiner Tat nicht zweifeln.

»Dann bin ich froh, dass du mir gezeigt hast, wo deine Prioritäten liegen«, sage ich tonlos. »Danke für nichts, Großvater.«

»Werde nicht frech. Du hast dich gestern nicht richtig verhalten. Wie konntest du die Verbindung zwischen uns trennen, obwohl die Schlacht noch nicht beendet gewesen ist? Dann wäre alles anders gekommen.«

Ich beiße die Zähne zusammen. Vorwürfe sind das, was ich umgehen wollte. Seine Nörgeleien sind schuld, dass ich ihn aus meinem Verstand verdrängt habe. Doch das kann ich ihm bestimmt nicht begreiflich machen. Er ist schließlich der Meinung, man müsse auf mich keine Rücksicht nehmen. Er hält sich für die wichtigere Figur in diesem Spiel. Er will die Kontrolle über mich behalten. Also schweige ich und schlucke jeden bitteren Kommentar hinunter.

»Dass Elevander während der Schlacht verletzt wurde, tut mir leid. Ich weiß, wie nahe ihr euch gestanden habt. Er war ein netter Junge. Doch sein ehrenhaftes Opfer war notwendig. Er hat das Richtige getan. Er hat das Leben unseres Fürsten über seines gestellt, weil das seine Pflicht war. Du allerdings hast versagt. Und hätte Elevander sich vielleicht ein wenig geschickter angestellt, hätte er vor eurer Abreise den richtigen Umgang mit dem Schwert gelernt –«

»Stopp. Egal, was du mir jetzt an den Kopf werfen willst, ich werde es ertragen. Allerdings werde ich mir nicht anhören, wie du Elevander die Schuld an seiner Verletzung gibst.«

Erstaunen zeigt sich in Oremazz' Gesicht, das sich auf der Wasseroberfläche spiegelt. »Wie bitte?«

Elevander hat mir gesagt, was er von meinem Großvater hält. Er hat mir kurz die Augen über die Beweggründe des Großen Zaubermeisters geöffnet. Das hat etwas für mich verändert. Ich hätte Oremazz weiterhin gemeine Dinge über mich sagen lassen. Doch wenn er Elevanders Tat in den Schmutz zieht, werde ich mich zur Wehr setzen. Mein ganzes Leben lang habe ich mich seinen gefühllosen Worten gegenüber geduldig und stumm gezeigt. Damit ist jetzt Schluss. Er ist nicht hier und zeigt damit deutlich seine eigene Charakterschwäche. Ich werde mir von ihm nichts mehr gefallen lassen.

»Du hast Elevander nicht so gut gekannt wie ich«, erinnere ich ihn. »Dir hat er nichts bedeutet. Darum werde ich dich für deine Worte nicht zur Verantwortung ziehen. Aber jetzt habe ich genug davon. Ich werde nicht zulassen, dass du Elevander die Schuld an seiner Verletzung gibst. Er hat auf die Situation reagiert, wie er es für richtig erachtet hat.

Genau dasselbe habe ich gestern auch getan. Und ich tue es jetzt wieder. Ich beende dieses Gespräch, bevor Dinge gesagt werden, die niemand wieder zurücknehmen kann.«

Während Oremazz' Gesicht noch von seiner Überraschung gezeichnet wird, greife ich nach der Schüssel und schütte das darin befindliche Wasser aus. Die Verbindung zu meinem Großvater trenne ich ohne schlechtes Gewissen. Ich werde ihn nicht so schnell wieder um Rat fragen.

Nachdem ich die Schüssel weggetragen habe, trete ich an Elevanders Lager. Sein blasses Gesicht wirkt so friedlich, dass ich zu weinen beginne. Es tut weh zu sehen, dass er seinen Frieden mit seiner Situation gemacht zu haben scheint. Hauptsache, es geht ihm gut. Es stellt eine Erleichterung für mich dar, dass er zumindest jetzt nicht leidet.

»Diese Sache ist noch nicht beendet«, sage ich und hocke mich neben ihn. »Ich habe die Hoffnung noch nicht aufgegeben.« Mit dem Handrücken streiche ich über seine Wange. Wie gerne ich jetzt seine Stimme im Ohr hätte, die mir versichert, dass alles gut werden wird. Wie sehr ich seine unerschütterliche Positivität vermisse. Nur er wäre in der Lage, meine Sorgen über die Zukunft zu beschwichtigen.

»Sobald diese Schlacht gekämpft ist, werde ich dich an einen Ort bringen, an dem die Magie stark ist. Ich kümmere mich um dich, bis es dir besser geht. Egal, wie lange es dauert, ich werde dich aus diesem Zustand befreien. Ich werde Nachforschungen über mögliche Heilmittel anstellen. Ich werde jeden Zauberer dieses Kontinents aufsuchen. Wenn es sein muss, werde ich die ganze Welt bereisen, bis ich eine Lösung gefunden habe. Du wirst nicht für immer in diesem Zustand bleiben. Ich sorge dafür, dass deine Eltern ihren Sohn wieder in die Arme schließen können.«

Natürlich regt Elevander sich nicht. Dennoch habe ich das Gefühl, als würde seine Aura sich verändern. So viel Liebe ist zu fühlen, dass mein Herz ganz weit ist. Handelt es sich um eine Täuschung meines Verstandes? Haben meine Worte etwas für mich verändert? Versuche ich nur, eine positive Reaktion zu bemerken, um mich zu beruhigen? Oder kann Elevander tatsächlich hören, was ich sage?

Wieder steigen mir Tränen in die Augen. Ungeduldig wische ich mit dem Ärmel meines Hemdes darüber. »Keine Sorge. Ich werde nicht sterben, solange du mich noch brauchst.«

Dann stehe ich auf und verlasse die Hütte, um mich zu unserem Fürsten zu begeben.

Während ich das Lager durchquere, versuche ich die besorgten Gesichter, die Schmerzen, das Leid und die Trauer in den Mienen der Soldaten und geretteten Bewohner von Medisia zu ignorieren. Ich weiß, dass ich ihnen helfen muss. Und das kann ich am besten, indem ich dafür sorge, dass wir nicht länger in der Unterzahl sind.

Manekas berät sich gerade mit seinen Männern. Ich störe die Besprechung nicht, sondern teile nur einem der Leibwächter mit, mich auf eine Reise durch das Land zu begeben, um nach unseren Verbündeten zu suchen. Ich schicke Umock mithilfe meiner Gedanken eine Nachricht und transportiere mich dann zu der Stelle, an der wir auf den Rest unserer Armee gestoßen sind. Natürlich ist mir bewusst, dass die Chancen gering sind, dort auf andere

Truppen zu treffen. Die Suche muss allerdings irgendwo beginnen.

Umock erscheint einen Augenblick später neben mir. »Neuer Tag. Neues Glück.«

»Langsam könnten wir ein wenig Glück gut gebrauchen«, murmle ich.

»Du vergisst, dass alles noch viel schlimmer hätte kommen können. Wir wären untergegangen, wenn wir die Armee von Maëlle nicht vereint hätten. Stell dir den Verlauf der gestrigen Schlacht vor, wenn es uns nicht gelungen wäre, uns mit dem Portal nach Medisia zu transportieren. Der lächerlich kleinen Truppe von Medisia wäre es nicht gelungen, die Angreifer lange genug abzuwehren, um die Bewohner zu retten.«

Damit hat er natürlich recht. Dennoch gefällt es mir nicht, unsere Lage aus diesem Blickwinkel zu betrachten. »Dann stellt Ihr Euch die gestrige Schlacht vor, wenn wir von einem besseren Zauberer unterstützt worden wären oder wenn die Armee nicht nur aus den Soldaten von Maëlle bestanden hätte.«

Umock umkreist mich einmal. »Und wieder lädst du die Verantwortung für die ganze Welt auf deinen Schultern ab. Sollen wir uns auf die Suche nach den anderen Truppen machen?«

»Könntet Ihr uns von einem Land ins nächste springen lassen?«, bitte ich. »Ihr wisst ja, dass ich noch nicht genug gereist bin, um mich an diese Orte zu bringen.«

»Kein Problem. Wo möchtest du beginnen?«

»Da ich hoffe, dass die Armeen unserer Verbündeten sich bereits in der Nähe befinden, würde ich gerne zuerst die

Küstengebiete durchsuchen. Möglicherweise haben sie es bereits bis zu den Ufern des Meeres geschafft.«

Umock hüllt mich mit seinen Nebelschwaden ein, und im nächsten Moment stehen wir an einer Klippe. Tief unter uns donnern die Wellen gegen das Gestein. Schaumkronen tanzen in Landnähe auf der Wasseroberfläche. Gischt spritzt hoch, ohne uns erreichen zu können. Ich beuge mich vor, um das Schauspiel besser beobachten zu können.

Die Umarmung des Königs hält mich fest. »Du willst doch keinen Unsinn anstellen?«, fragt er.

»Ich darf meinem Leben kein Ende bereiten«, beruhige ich ihn. »Elevander braucht mich. Unsere Männer sind auf meine Hilfe angewiesen. Erst wenn ich an all meinen Aufgaben gescheitert bin, würde ich mich hierher transportieren, um von hier aus ins Vergessen zu springen. Ich nehme an, der Moment des Misserfolgs ist nicht mehr weit, aber bis dahin werde ich kämpfen.«

»Wenn du dadurch schneller zu einem Soldaten meiner Armee wirst –«

»Hier ist niemand«, unterbreche ich ihn. Mein Blick wandert weg von der verlockenden Tiefe zum Landesinneren. Die Sicht wird von einem Wald verstellt, doch es ist deutlich erkennbar, dass wir hier allein sind. »Lasst uns weiterreisen.«

In der nächsten Sekunde befinden wir uns an einem Sandstrand. Dieses Mal schenke ich dem Meer keine Beachtung. Die Umgebung ist für unser Vorhaben viel interessanter. Tatsächlich entdecke ich in einiger Entfernung die Häuser eines kleinen Dorfes. Die Bewohner gehen ihrer gewohnten Arbeit auf den Feldern nach und sind damit beschäftigt, die Netze für den Fischfang vorzubereiten. Von einer Armee ist allerdings nichts zu sehen.

Enttäuscht schüttle ich den Kopf. »Die Menschen hier ahnen nichts von der Gefahr. Ich würde sie so gerne vor dem warnen, was auf sie zukommen könnte.«

»Diese Diskussion haben wir bereits einmal geführt. Du willst das lediglich tun, um dich zu beruhigen. Doch mit der Ankündigung einer Bedrohung bringst du das Leben dieser Leute nur durcheinander. Außerdem scheinen sie ohnehin zu wissen, dass sie sich schützen müssen. Hast du die Soldaten auf dem Hügel dort drüben entdeckt?«

Mir sind die drei Männer entgangen, die gerade dabei sind, eine Art Hochstand zu bauen, um einen besseren Überblick über die Gegend zu haben.

»Was können drei Soldaten schon tun?«, frage ich bitter. »Wenn es sich überhaupt um Soldaten handelt. Die Mistgabeln in ihren Händen können auch ein Hinweis darauf sein, dass sie einfache Bauern sind, die einen Kornspeicher bauen.«

»Du brauchst dringend ein wenig positive Energie«, sagt Urnock. »Hoffentlich steht ein Erfolg in Aussicht, sonst steckst du mich mit deiner negativen Stimmung noch an.«

»Seid Ihr sicher, unser Lager ist geschützt genug?«, überlege ich. Die Arbeit der drei Männer wirkt so sinnlos im Angesicht der Gefahr, die auf die Menschen zukommt. Sind wir genauso blauäugig, wenn wir hoffen, dass es reicht, das verlassene Dorf in Nebel zu hüllen?

»Meine Nebelseelen verhüllen das Dorf nicht ausschließlich nur mit Wolken. Sie haben einen Zauber angewendet, der jeden, der sich von außen nähert, verwirrt. Es ist unmöglich, die Orientierung zu behalten, sobald man den ersten Schritt in diesen Nebel macht.«

Ich nicke, fühle mich ein wenig beruhigt. »Warum habt Ihr Euch eigentlich in den Wald hinter dem Dorf zurückgezogen? Eure Männer und Ihr befindet Euch nachts nicht in der Nähe der Häuser.«

Umock lacht leise auf. »Du hast mich beobachtet?«

»Es gehört zu meinen Aufgaben, für die Sicherheit des Dorfes zu sorgen. Ich muss wissen, wo sich jeder aufhält, damit ich im Notfall auf die richtige Art handeln kann.« Selbst in meinen Ohren klingt das scheinheilig, nachdem ich so grandios gescheitert bin, Elevander zu retten. »Das Misstrauen unserer Männer Euch gegenüber hat sich nach der gestrigen Schlacht gebessert. Wenn Ihr nur wegen ihnen Abstand gehalten habt, dann ist diese Rücksichtnahme nicht länger notwendig.«

»Die Bäume in der Nähe des Dorfes bieten uns nicht genügend Schutz. Wir sind es gewohnt, in hohen Baumkronen zu hausen. Die befinden sich leider nicht direkt neben dem Ort. Dadurch nicht ständig den vorwurfsvollen Blicken von euch Menschen ausgesetzt zu sein, ist nur ein kleiner Bonus. Genug davon. Sollen wir ein wenig näher an dieses Dorf hier, um zu überprüfen, ob sich Soldaten hinter den Hügeln dort drüben befinden?«

»Eine gute Idee.«

Umock transportiert uns zu der Stelle, von der er gesprochen hat. Im Schutz von ein paar Sträuchern sehen wir über das hügelige Land. Auf den ersten Blick wirkt alles ruhig.

Warum ich das Kribbeln in meinem Nacken spüre, kann ich nicht sagen. Irgendetwas sagt mir, dass wir nicht sofort aufgeben sollten. In den Weiten zwischen den Erhebungen schlängelt sich ein Weg vom Dorf weiter ins Land hinein. Der Weg scheint nicht von einer Armee benutzt worden zu sein. Vielleicht sind sie noch nicht so weit gekommen.

Diesmal bin ich es, der uns an einen anderen Ort springen lässt. Ich kann Umocks Überraschung fühlen, als ich ihn einfach mit mir nehme. Wir stehen auf einem weiteren Hügel, von denen es hier mehr als irgendwo sonst zu geben scheint. Ungefähr hundert Fuß von uns entfernt fällt das Land steiniger ab. In einer Schneise befindet sich ein kleiner Wald. Auch hier ist nichts Auffälliges zu erkennen. Dann entdecke ich einen dünnen, schwer zu verfolgenden Rauchfaden, der sich langsam in den Himmel schlängelt und schließlich auflöst.

Das Phänomen wiederholt sich kein zweites Mal. Ob ich mich geirrt habe? Spielt die Anstrengung der letzten Tage meinen Augen einen Streich? Ich habe gelernt, meinem Instinkt zu vertrauen. Nein, wir werden nicht verschwinden, bevor ich dem Ursprung dieses Rauchfadens nachgegangen bin.

»In welchem Land sind wir hier?«, frage ich.

»Tiing. Der Küstenstaat liegt neben Medisia. Tut mir leid, dass ich nicht chronologisch vorgegangen bin. Ich dachte, es wäre gut, wenn wir erst einmal die Nähe des letzten Schlachtfeldes überprüfen würden.«

»Schon in Ordnung. Ich glaube, dort unten verstecken sich gegnerische Soldaten. Könnt Ihr uns ungesehen in diese Schlucht bringen?«

Umock verschwendet keine Zeit damit, mir zu antworten. Ganz plötzlich stehen wir im Zwielicht der Baumkronen und lauschen angestrengt. Nichts. Kein Geräusch, das die

Anwesenheit von Feinden verrät. Keine Spuren auf dem Boden, die auf das Durchkommen einer Armee hinweisen. Es riecht weder nach Essen noch nach dem Feuer, das ich beobachtet zu haben glaube.

»Wir müssen weiter in den Wald hinein«, fordere ich dennoch.

Langsam arbeiten wir uns vor, springen nur ein paar Fuß weiter und horchen dann wieder in die Stille des Waldes. Ich beginne an mir selbst zu zweifeln.

Beim nächsten Sprung wird mir klar, dass meine Hartnäckigkeit sich ausgezahlt hat.

Direkt vor uns lagern ungefähr hundert Männer zwischen den Bäumen. Sie tragen die körperbedeckende, schwarze Kleidung wie die Soldaten, mit denen wir bereits zu tun hatten. Allerdings sind die Verzierungen auf den Brustteilen der Rüstung silberfarben. Sind wir zufällig auf eine kleine Abordnung unserer Gegner gestoßen?

Ich gehe in die Hocke und schiebe mich vorsichtig durch das Gebüsch, das uns von den Männern trennt. Auch wenn ich unsichtbar bin, will ich mich nicht durch eine Bewegung der Blätter verraten. Bevor wir von hier verschwinden, will ich herausfinden, weshalb unsere Gegner sich hier verstecken. Es muss einen Grund geben, weshalb sie versuchen, sich hier unbemerkt aufzuhalten.

Ein Gegenstand in der Mitte des Lagers erregt meine Aufmerksamkeit. Ein harter Knoten bildet sich vor Anspannung in meinem Magen. Ich weiß nicht, was genau ich gerade sehe, aber ich weiß, es handelt sich um nichts Gutes.

Sie haben eine seltsame Konstruktion auf einer kleinen Lichtung stehen. So etwas habe ich bei meiner ersten

Beobachtung der Männer vor der Schlacht um Medisia nicht bemerkt. Anscheinend besitzt nicht jede Einheit so eine Apparatur. Ob sie die hier auf unserem Kontinent errichtet haben? Das Holz wirkt nicht sonderlich verwittert. Die Nägel, mit denen das Gerät zusammengezimmert worden ist, zeigen keine Anzeichen von Rost. Das Ding ist an jeder Seite ungefähr vier Fuß breit. Der Kasten steht auf einem Wagen mit sechs riesigen Rädern, sodass die seltsame Gerätschaft transportiert werden kann. Ich frage mich, welchen Zweck das Ungetüm hat. Warum haben sie es ausgerechnet jetzt gebaut? Wieso hier?

Zwei der ganz in Leder und Stahl steckenden Männer klettern auf der Oberseite der Konstruktion herum. An den vier Ecken recken sich Säulen gen Himmel. In einer Höhe von schätzungsweise sechs Fuß über der Erde stecken durchsichtige Steine darin.

»Die Dinger sehen aus wie der Leuchtstein, den du im Sumpf benutzt hast«, verkündet Umock in meinem Kopf.

»Meine Steine waren viel kleiner. Außerdem leuchten sie zwar von innen heraus, geben aber kein Licht ab. Ich denke nicht, dass unsere Feinde damit besser in der Nacht sehen wollen. Diese Steine müssten auch nicht an dieser seltsamen Kiste befestigt werden, wenn sie lediglich Helligkeit spenden sollen. Dieses Ding hat einen anderen Zweck.«

»Vermutlich wird uns die Wirkungsweise dieser Maschine nicht gefallen.«

Vorsichtig ziehe ich mich zurück. »Warum bezeichnest du es als Maschine?«, frage ich die Nebelgestalt neben mir.

Er schwebt langsam um mich herum. »Weil ich glaube, dieses Ding besitzt eine magische Funktionsweise. Ich empfange ungewöhnliche Schwingungen. Die Energie, die davon ausgeht, könnten sie benutzen, um die Flugechsen zu verwirren. Ich glaube, sie wollen damit die Magie auf unserem Kontinent absorbieren.«

Wenn Umock damit recht hat … Weiß er es aus sicherer Quelle? Nein, ich darf nicht zulassen, von der Panik gelähmt zu werden. »Soll ich annehmen, Ihr habt etwas mit dem Ding zu tun? Versucht Ihr, mich aus dem Konzept zu bringen? Wollt Ihr dafür sorgen, dass die Angst mich zu Fehlern verleitet?«

»Natürlich nicht. Dein Misstrauen kränkt mich. Wieso sollte ich wollen, dass unsere Gegner gewinnen? Dieser Kontinent ist auch mein Zuhause. Ich mag zwar bald frei sein, doch ohne Magie kann ich mein neues Leben nicht genießen.«

Wenn er mit unseren Feinden zusammenarbeiten würde, könnte er sich davon eine Belohnung erhoffen. Wenn er uns längst in den Rücken gefallen ist, kann er nach dem Sieg seine Macht zurückerhalten. Möglicherweise hat er von Anfang an mit uns gespielt.

Nein, das ist etwas, das ich ihm nicht zutraue. Er mag kein guter Mensch … keine gute Seele und nur auf seinen Vorteil bedacht sein. Doch mein Herz sagt mir, er würde den Tod aller Bewohner unseres Kontinents für seine Zwecke nicht in Kauf nehmen. Das ist schon aufgrund der Abänderung des Fluchs nicht möglich. Ich muss in seiner Nähe vorsichtig sein. Von meinem Misstrauen auffressen lassen darf ich mich allerdings auch nicht.

»Wir müssen den Fürsten informieren«, sage ich. »Ich muss meinen Großvater um Rat fragen. Lass uns von hier verschwinden.«

Bevor ich mich selbst transportieren kann, hat Umock seinen Nebelschleier um mich gelegt und mich direkt vor Manekas gebracht. Der Fürst ist von seinen Ratgebern umringt. Die Gesichter der Heerführer wirken besorgt. Wenn ich mit meinen Neuigkeiten herausplatze, werden diese Männer noch mehr zu bedenken haben.

Der Fürst bemerkt meine Ankunft. »Lesithder, was habt Ihr in Erfahrung gebracht?«

»Nichts, was sich positiv für unsere Sache auswirken kann.« Ich berichte von der seltsamen Maschine, deren Funktionsweise mir Rätsel aufgibt. »Doch das wird sich hoffentlich bald ändern. Ich werde mich mit den anderen Zaubermeistern beraten. Möglicherweise hat jemand von ihnen schon einmal mit so einer Gerätschaft zu tun gehabt. Ich denke, es ist von größter Wichtigkeit herauszufinden, was dahintersteckt.«

»Ich gebe Euch recht«, stimmt Manekas zu. »Wir müssen wissen, worauf wir uns einstellen müssen. Vielleicht können wir dadurch die weiteren Pläne unserer Gegner ergründen.«

»Noch haben wir allerdings noch nicht herausgefunden, wo die anderen Truppen stecken«, gibt Pitreu zu bedenken. »Wir benötigen die Hilfe unserer Verbündeten, um in einer weiteren Schlacht nicht aufgerieben zu werden.« Der Fürst des Küstenstaates Nialling hat nur wenige Männer seiner Armee retten können. Für ihn steht natürlich die Sicherheit seiner Leute an erster Stelle.

Ich nicke, weil ich mir der Gefahr bewusst bin. »Unsere Späher sind auf dem ganzen Kontinent unterwegs. Sie werden uns informieren, wenn es ihnen gelungen ist, die Armeen unserer Bündnispartner ausfindig zu machen.«

Genaugenommen hat Umock einen Teil seiner Krieger ausgeschickt. Ich frage mich, ob die Nebelseelen ihre Aufgabe wichtig genug nehmen. Warum ist es ihnen immer noch nicht gelungen, Informationen über den Verbleib der Armeen unserer Nachbarvölker einzuholen?

»Vielleicht kümmert Ihr Euch neuerlich persönlich darum, sobald Ihr die Funktionsweise der Maschine kennt«, schlägt Manekas vor.

Wieder nicke ich. Die Liste meiner Aufgaben wächst immer weiter an. Doch ich bin froh, unserem Volk von Nutzen sein zu können. Es ehrt mich, dass meine Arbeit endlich als wichtig angesehen wird. Und ich kann die Ablenkung brauchen, die mich von Elevanders Ruhestatt fernhält. Mein Kopf muss andere Gedanken wälzen als die Sorge um meinen Freund. Im Moment kann ich nichts für ihn tun. Ich muss helfen, diesen Krieg zu beenden, damit ich ihn retten kann.

Nach einer knappen Verabschiedung in Manekas' Richtung mache ich mich auf den Weg in meine Hütte. Gerade erst habe ich meinem Großvater mitgeteilt, nicht mehr mit ihm sprechen zu wollen. Ich habe die Verbindung getrennt, um mir seine Vorwürfe nicht mehr anhören zu müssen. Wie er wohl reagieren wird, wenn ich wieder Kontakt mit ihm aufnehme?

Umock will mir folgen, doch ich befehle ihm, mich nicht zu stören. Sobald sein Name im Gespräch mit meinem Großvater fallen sollte, weiß er ohnehin, wie enttäuscht Oremazz von mir ist. Ich will nicht, dass er die bestimmt unfreundlich ausfallende Begrüßung mitbekommt.

Als ich die Schüssel aus meiner Tasche hervorhole, fühle ich großen Widerwillen, sie zu benutzen. Der Impuls, von hier zu flüchten, ist übergroß. Schon jetzt kann ich die gemeinen Worte meines Großvaters wie Peitschenschläge auf meinem Rücken spüren. Dennoch fülle ich die Schale und setze mich dann im Schneidersitz davor.

Meine Augen huschen kurz zu Elevanders Lager. An seinem Zustand hat sich natürlich nichts geändert. Allerdings brauche ich seine Zuversicht in diesem Moment so sehr, dass ich meine Sehnsucht nach seiner Nähe zumindest mit einem Blick auf sein Gesicht stillen muss.

Zwei Sekunden später stelle ich die Verbindung zu Oremazz her und warte darauf, dass er meinem Ruf folgt. Es bleibt still. Viel zu lange, als dass ich es für einen Zufall halten könnte. Mein Großvater kann meine Energie empfangen. Auch wenn er nicht neben seiner Schüssel wartet, müsste er sich lediglich in sein Arbeitszimmer transportieren, um sich mit mir unterhalten zu können. Doch dieses Mal schweigt er beharrlich.

Es liegt nicht an einen Fehler meinerseits beim Verbindungsaufbau. Das leise Rauschen, das die Energie in meinem Ohr auslöst, wann immer der Kontakt zu meinem Großvater hergestellt wird, ist auch jetzt zu hören. Die Magie bestätigt mir, dass sie bereit ist, Bilder und Worte über die Entfernung hinweg zu transportieren. Oremazz hat entschieden, mich zu ignorieren. Er weigert sich, mit mir zu sprechen.

Ich hasse die Tatsache, dass er in der Lage ist, meinen Verstand und seinen Körper für sich zu beanspruchen, gleichzeitig mich aber aus seinem Leben aussperren kann. Er will mich für mein Verhalten auf dem Schlachtfeld und ihm gegenüber bestrafen. Deshalb ignoriert er mich, ohne in Betracht zu ziehen, damit möglicherweise unsere Soldaten zu gefährden. Er macht sich nur Gedanken um seine Wirkung nach außen. Warum habe ich das nicht schon früher bemerkt?

Wut sammelt sich in meinem Magen, doch ich weiß nicht, wie ich sie verarbeiten kann. Also schlucke ich meine Gefühle wie immer hinunter. Während ich die Schale wegräume und mich auf meine nächste Aufgabe vorbereite, verschließe ich meine Sehnsüchte und Hoffnungen in meinem Inneren, wo sie niemand jemals zu Gesicht bekommen wird.

12. Kapitel

»Wozu es noch länger leugnen?«, frage ich. »Unsere Mühe ist völlig umsonst. Es macht keinen Sinn, noch weitere Zeit zu vergeuden. Wir wissen doch längst, was geschehen wird.«

Umock hüllt mich mit seinem Nebel ein und transportiert uns zu einer anderen Stelle in Koppin. Das Land hat überraschend viel Schönheit zu bieten. Vor diesem Krieg hatte ich noch niemals davon gehört. Jetzt könnte ich die beeindruckenden Wasserfälle und das üppige Grün der Wiesen bewundern. Hier wachsen farbenprächtige Blumen und riesige Pflanzen, die ich noch niemals gesehen habe. Doch ich erwarte überall nur noch Tod und Verfall. Im Augenblick mag dieses Land noch wie das Paradies wirken, doch schon morgen wird es von unseren Feinden vernichtet sein.

»Deine Laune scheint an einem neuen Tiefpunkt angelangt zu sein. Das Gespräch mit deinem Großvater lief wohl nicht sonderlich gut.« Umock umkreist mich langsam.

Seine Neugierde steigert meine Wut nur noch. Ich balle die Hände zu Fäusten. »Nachdem wir kein Wort gewechselt haben, würde ich es nicht als Gespräch bezeichnen.«

Der König der Nebelseelen seufzt. »Ist er noch immer verärgert? Dieser Mensch versteht nicht, was auf dem Schlachtfeld geschieht. Wie soll er deine Entscheidungen beurteilen können, wenn er nur aus zweiter Hand davon erfährt?«

Das ist nicht der Grund, weshalb ich ein Problem mit Oremazz' Reaktion habe. »Lange habe ich die Schuld für mein Scheitern bei mir selbst gesucht. Ich war davon überzeugt, alles falsch zu machen, weil ich einfach ein schlechter Zauberer bin. Inzwischen habe ich verstanden, nichts richtig machen zu können. Nicht in den Augen meines Großvaters. Egal wie sehr ich mich anstrenge, egal wie viel Mühe ich mir gebe, wenn ich etwas Neues versuche, der Große Zaubermeister wird immer etwas finden, das er bemängeln kann. In der Vergangenheit habe ich viele Fehler begangen. Weil ich an mir selbst gezweifelt habe, ist mir wenig gelungen. Das hat meinem Großvater bewiesen, mit seiner Einschätzung meiner Person richtig zu liegen. Ein Kreislauf, den ich jetzt durchbrechen möchte.«

»Das sind Worte, die ich gerne aus deinem Mund höre. Es gibt noch andere Sachen, die du mir gerne zuflüstern könntest, aber dass du endlich beginnst, an dich selbst zu glauben, ist ein wichtiger Schritt in die richtige Richtung.«

»Welche Sachen soll ich Euch zuflüstern?«, frage ich verwirrt.

Umock lacht. »Du wirst es irgendwann verstehen. Die Hauptsache ist, du nabelst dich von Oremazz ab. Und jetzt können wir von hier verschwinden und den nächsten Ort aufsuchen.«

»Aber bringt uns nicht zu weit weg«, fordere ich. »Wir wissen von der letzten Entdeckung, dass es ein Fehler wäre, sich nur auf offensichtliche Anzeichen zu verlassen.«

»Dann springen wir einfach nur ein paar Fuß weiter. Ich kenne nicht jeden Flecken dieses Kontinents, aber es wird uns schon gelingen, alles zu durchforsten.«

Der König transportiert uns auf einen Hügel, von dem aus man das Tal erkennen kann, in dem wir uns zuletzt aufgehalten haben. Die Flächen dazwischen sind flach und unbewohnt. Hier kann sich niemand verstecken.

Ich drehe mich einmal im Kreis, entdecke in der Ferne einen Wasserfall, der sich von einem Berg stürzt. In der Nähe des Flusses, der davon wegführt, ist die Vegetation dichter. Bunte Blumen am Ufer leuchten bis zu uns. Ein Stück weiter weg steht eine Mühle.

»Können wir die noch überprüfen?«, bitte ich.

Das hier wäre der richtige Ort, um Vorräte zu stehlen. Die Männer, die unseren Kontinent überfallen, haben vermutlich nicht genug Verpflegung, um mehrere Wochen ohne Nahrungsmittel zu überstehen. Irgendwo müssen sie sich Lebensmittel besorgen. Möglicherweise steht Mehl auf ihrem Einkaufszettel, damit sie Brot backen können.

Schon während ich diesen Gedanken zu Ende führe, wird mir klar, wie unsinnig er ist. Wo sollen sie denn bitte Brot backen? Sie werden nicht riskieren, Feuer zu machen. »Vielleicht ist die Idee auch ein wenig verrückt. Wieso sollten sie sich in einer Mühle verstecken?«

»Wir wissen nicht, was in ihren Köpfen vorgeht. Du hast mit deiner Intuition schon einmal richtig gelegen. Möglicherweise hat es einen Grund, weshalb dein Gefühl fordert, diesen Ort aufzusuchen. Beim ersten Mal hast du auch nur auf deine innere Stimme gehört, ohne sagen zu können, was genau deine Aufmerksamkeit erregt hat.«

Irgendwie ist es nett von ihm, jedes meiner Worte so zu drehen, dass sie in seine Geschichte passen. Da stehe ich nun und werde von einem König zum Helden ernannt. Die Reise eines Helden, der niemals einer sein wollte. Ich weiß nicht, warum Umock versucht, mein Selbstbewusstsein aufzubauen. Er muss sich einen Vorteil davon erhoffen. Anders kann ich es mir einfach nicht erklären, wieso er ähnlich nett zu mir ist wie Elevander.

Ich wünschte, ich könne Umocks Gesicht sehen. Mit jemandem zu reden und sich jemandem anzuvertrauen, dessen Mienenspiel man nicht beobachten kann, fühlt sich seltsam an. Es fällt mir schwer, aus seinen Antworten schlau zu werden. Das, was ein Mensch sagt, ist nicht immer unbedingt das, was er meint. In einem normalen Gespräch kann man die Ehrlichkeit einer Person von ihrem Gesicht ablesen. Bei Umock muss ich mich darauf verlassen, dass seine Worte dem entsprechen, was er wirklich denkt. Bei ihm gelingt es mir auch nicht, an seiner Aura zu erkennen, was in ihm vorgeht. Dass ich unablässig das Gefühl habe, dass er etwas vor mir verbirgt, macht es mir schwer, ihm zu vertrauen.

Wir springen direkt neben die Mühle. Ich kann sofort fühlen, dass wir allein sind. Die Räder der Mühle drehen sich nicht mehr. Irgendetwas ist wohl kaputtgegangen. Noch hat sich niemand darum bemüht, den Fehler zu beheben.

»Hier sind unsere Feinde nicht vorbeigekommen, obwohl bereits etwas zerstört worden ist. Allerdings glaube ich, hier ist keine Menschenhand involviert gewesen.«

»Du klingst frustriert.«

»Ich bin wütend«, korrigiere ich.

»Schön. Ich frage mich, wie lange es noch dauern wird, bis du davon zerfressen wirst. Du musst eine Möglichkeit finden, deine Wut an irgendjemandem oder etwas abzureagieren.«

Gut möglich. Allerdings könnte ich auch einfach von hier verschwinden und mich so dieser lästigen Diskussion über meinen Gemütszustand entziehen.

Ich springe ein paar Tausend Fuß weiter und sehe mich dort um. Länger als eine Sekunde brauche ich dafür nicht. In der nächsten transportiere ich mich bereits zum nächsten Aussichtspunkt. Umock wird mich schon finden. Eine kurze Pause habe ich mir verdient.

»Scheint, als wären wir heute schnell mit unserer Runde fertig«, sagt Umock, als er neben mir auftaucht. »Ich will mich nicht beschweren, aber wir sollten nicht übertreiben.«

Ohne ihm eine Antwort zu geben, springe ich weiter. Möglicherweise ist Umocks Methode effizienter. Er muss sich nicht darauf beschränken, an einen Ort zu reisen, den ich von meinem Standpunkt aus erkennen kann. Das Risiko, etwas zu übersehen, würde damit aber auch steigen. Und Risiken bin ich bereits genug eingegangen.

Langsam arbeite ich mich durch das Land und beginne zu verstehen, weshalb Umocks Nebelseelen noch keine Hinweise auf unsere Leute gefunden haben. Der König bleibt immer in meiner Nähe. Obwohl ich versuche, ihn abzuhängen und ganz nebenbei meine Fähigkeiten im Transportieren an andere Orte übe, kann ich ihn nicht loswerden. Dafür gelingt es mir, bis an den Rand meines Sichtfeldes zu springen. Auch wenn ich immer noch nicht in der Lage bin, an unbesuchte Lokalitäten zu reisen, kann ich weitere Strecken zurücklegen.

Die Zeit verrinnt, ohne irgendeine Spur von unseren Feinden noch von unseren Verbündeten zu finden. Ich halte an und warte auf Umock. Möglicherweise weiß er, wie wir unsere Suche effektiver gestalten können.

Auf meine entsprechende Frage empfange ich ein Kopfschütteln. »Weder deine noch meine Fähigkeiten sind gut genug, um gezielt nach ihnen suchen zu können. Ich werde mir allerdings ein paar Gedanken machen. Du beschäftigst meine ohnehin ständig. Vielleicht kann ich nun meine Fantasien produktiv nutzen.«

In meinem Magen kribbelt es. Diese Reaktion kann ich mir nicht erklären. Es ist weder die richtige Zeit noch der Ort, um die Wirkung zu erforschen, die er auf mich hat. Während des Springens von einer Stelle zur nächsten habe ich Abstand zu meinen Sorgen und Problemen gewonnen. Es reicht, wenn ich Umock dafür dankbar bin. »Lasst uns weiterreisen. Wenn wir weiterhin jeden Flecken durchforsten, werden wir niemals fündig werden. Wärt Ihr so freundlich, uns zu transportieren?«

»Dein Wunsch ist mir Befehl. Doch bevor wir das tun, möchte ich dich um etwas bitten.«

Misstrauen regt sich in mir. »Was verlangt Ihr von mir?«

»Ich werde dich nicht zwingen, meiner Bitte nachzukommen. Du musst nichts tun, was du nicht willst. Du kannst dieses Experiment jederzeit abbrechen.«

»Experiment?« Meine Unruhe nimmt zu. Gleichzeitig hofft ein Teil von mir, dass Umock vorhat, mich einen neuen Zauber zu lehren. Es gibt so viel, was er mir beibringen kann. Ich sauge jede Information hungrig auf. Wenn ich erst wieder unter dem Einfluss meines Großvaters stehe, muss ich mich seinen Regeln unterwerfen.

Doch jetzt kann ich meine Fähigkeiten weiterentwickeln und ein besserer Zauberer werden. Vielleicht kann Oremazz dann irgendwann mehr als ein lästiges Anhängsel in mir sehen. »Was soll ich tun?«

»Pflück eine Blume«, fordert Umock.

Überrascht lache ich auf. »Wollt Ihr mir zeigen, wie man einen Blumenstrauß bindet?«

Die Nebelgestalt umrundet mich einmal. »Tu es einfach. Wenn dir meine weiteren Anweisungen nicht gefallen, kannst du den Versuch beenden. Ich denke allerdings, du solltest mir zumindest eine Chance geben, dir zu beweisen, kein Romantiker zu sein, der nur eine stimmungsvolle Atmosphäre schaffen will.«

Immer noch bin ich mir nicht sicher, ob seine Bitte ernst gemeint ist. Möglicherweise will er mich nur auf den Arm nehmen. Meiner Neugierde habe ich allerdings nichts entgegenzusetzen.

Ich bücke mich und pflücke eine der Blumen, die zu meinen Füßen wachsen. Es handelt sich um ein handtellergroßes Exemplar, feingliedrig, mit schmalen, blauen Blüten, die sich zur Mitte hin verbreitern und in einen violetten Ton übergehen. Der Geruch der Pflanze steigt mir in die Nase. Die Süßlichkeit erinnert mich an meine Kindheit, obwohl ich nicht genau benennen kann, warum das der Fall ist. Auf jeden Fall fühle ich eine tiefe Sehnsucht in mir.

»Und jetzt?«, frage ich und versuche die roten Augen von Umock auszumachen.

»Hast du schon einmal Hass empfunden? Kennst du Wut, die sich gegen eine Ungerechtigkeit richtet, die dir widerfahren ist? Ich spreche nicht von dieser Emotion, die du in der letzten Zeit immer schlechter unterdrücken kannst. Meine Frage zielt auf das Gefühl absoluter Schwärze ab, die Menschen wie du normalerweise in sich einschließen und nur in kleinen Dosen an die Oberfläche schweben lassen.«

»Ich verstehe nicht.« Obwohl ... Eine gewisse Ahnung, worauf er hinauswill, habe ich schon.

Er lacht leise. »Hast du schon einmal so viel Dunkelheit in dir gespürt, dass davon die Magie in dir verfärbt wurde?«

Plötzlich nervös geworden, schüttle ich den Kopf. »Nein, so etwas habe ich noch nie zugelassen. So viel Wut kenne ich gar nicht. Ich bin noch nie Gefahr gelaufen, dass mir so etwas passiert.«

»Es ist keine Schande, diese Form von Verärgerung in sich zu tragen. Sie entsteht ganz selbstverständlich, wenn man nur oft genug mit den Gemeinheiten der Welt konfrontiert worden ist. Im Laufe deines Lebens werden dir Dinge passieren, die dich an den Göttern zweifeln lassen. Du wirst Menschen begegnen, deren Seele so dunkel ist, dass sie auf dich abfärbt. Sie werden dich spüren lassen, was Hass wirklich ist. Du hast doch auch schon vieles Ungerechtes erleiden müssen, für das es keinen Grund gibt.«

»Davon lasse ich die Magie in mir aber nicht beeinflussen«, stelle ich klar. »Nur weil an einem schlechten Tag ungehörige Gedanken in meinem Kopf auftauchen ...«

»Es ist doch wohl mehr als das. Dein Großvater malträtiert dich Tag für Tag. Wann immer er seine Worte an dich richtet, kann ich sehen, wie du dich wegduckst. Er macht dich klein. Dieser Effekt hält meist mehrere Stunden an.«

Ich starre auf die Blume in meiner Hand. Umocks Beschreibung ist zutreffend. Mir war vorher allerdings nicht bewusst, dass man mir meine Verletzlichkeit körperlich ansieht. Wut steigt in mir auf, weil es meinem Großvater ein um das andere Mal gelingt, mich zu demütigen. Die schlechte Meinung, die er von mir hat, ist also auch für andere erkennbar, weil ich ihm wenig Angriffsfläche bieten will. Kein Wunder, dass unser Fürst anfangs keinen großen Wert auf meinen Rat gegeben hat. Wenn er bemerkt hat, wie ich an mir selbst zweifle, hatte er keinen Grund, an mich zu glauben. Auch wenn ich ihm inzwischen bewiesen habe, nicht vollständig unnütz zu sein, werde ich in Zukunft darauf achten, nicht mehr die falschen Signale zu setzen. Ich will ernst genommen werden. Ganz offensichtlich macht meine Reaktion auf meinen Großvater das unmöglich.

Der Ärger brodelt in mir. Die Ungerechtigkeit, die mir Oremazz zuteilwerden lässt, verursacht einen Feuersturm in meinem Inneren. Doch ich darf mich davon nicht bestimmen lassen. Vernunftgesteuerte Menschen akzeptieren diese Wut als Teil von sich selbst und haken sie dann ab. So habe ich es gelernt und so finde ich es gut.

»Ich werde daran arbeiten, mir nicht mehr deutlich anmerken zu lassen, wie sehr mein Großvater mich verletzt. Doch die Emotionen, die ich in mir trage, bleiben in meinem Inneren. Sie werden mich nicht zu einem unhöflichen Menschen machen. Ich kann sie ganz einfach abschalten.«

»Irrtum, Lesithder. Im Moment denkst du, die Kontrolle über deine Gefühle zu haben. Wenn du sie immer nur hinunterschluckst, werden sie irgendwann gewaltsam einen Weg nach draußen suchen. Solange du mit dir selbst nicht völlig im Reinen bist, wird es dir nicht gelingen, die Magie in dir vollständig zu nutzen. Lass die Wut zu. Sie macht dich nicht zu einem schlechten Menschen. Jeder von uns empfindet Negatives.«

Der Vortrag erregt meinen Widerspruch. »Ihr sagt, ich solle mich von meinem Großvater nicht schlecht behandeln lassen, ich solle mich von ihm nicht kontrollieren, nicht beeinflussen lassen. Dabei tut Ihr doch das Gleiche. Ihr versucht doch auch, mir Eure Meinung aufzudrängen.«

Umock umrundet mich einmal, bringt sein Gesicht dann direkt vor mich. »Willst du mich tatsächlich mit Oremazz vergleichen?«

»Nein.« Meine Antwort kommt schnell. Die beiden unterscheiden sich deutlich voneinander. Auch wenn sie Macht besitzen und Unterwerfung von anderen fordern, verhalten sie sich ganz anders. Zumindest mir gegenüber. Der eine hat beschlossen, dass ich keinerlei Fähigkeiten besitze, die es zu fördern gilt. Der andere spornt mich an, mehr zu lernen und über den Tellerrand zu blicken. Wenn ich mich für einen Lehrmeister entscheiden könnte, würde ich nicht lange überlegen müssen.

»Wie schön, dass du mich nicht im gleichen Licht siehst. Lass das Gedankenexperiment zu. Ziehe in Betracht, dass jeder Eigenschaften besitzt, die nicht deiner Idealvorstellung von der Menschheit entsprechen. Von deinem Großvater müssen wir in diesem Zusammenhang gar nicht reden. Der besteht meines Erachtens nur aus Dunkelheit. Stell dir stattdessen die Personen vor, die dir am meisten bedeuten. Gibt es an ihnen nichts, was vielleicht als schlechter Charakterzug gewertet werden könnte?«

Sofort wandern meine Gedanken zu Elevander. Ich liebe ihn wie einen Bruder. Auf den ersten Blick ist er perfekt.

Nett, fleißig, hilfsbereit, immer gut gelaunt, stets ein Lied auf den Lippen, in jedem Augenblick ein aufmunterndes Wort für mich parat. Ich wüsste nichts, was ich an ihm ändern würde. Sogar seinen Schalk, mit dem er als Kind manchmal über das Ziel hinausgeschossen ist, finde ich anziehend an ihm. Möglicherweise gefällt diese Eigenschaft allerdings nicht allen, mit denen er zu tun hat. Vielleicht kommt es auf den Blickwinkel an.

»Schön, und wenn ich eingestanden habe, dass nicht jeder Mensch auf dieser Welt perfekt ist? Was dann?« Ich runzle die Stirn.

»Dann überlege, ob es nicht möglich ist, dass auch du Wut in dir trägst, die nichts daran ändert, dass du ein amüsantes, neugieriges Menschlein bist.«

Wieder benutzt er diesen Kosenamen, den ich hasse.

»Ha! Da ist die leichte Verärgerung, von der ich gesprochen habe«, jubelt Umock. »Lass sie zu. Heiße sie willkommen. Konzentriere dich darauf. Schließe deine Augen, wenn es dir dann leichter fällt. Akzeptiere, dass diese Gefühle ganz natürlich sind und ihre Berechtigung haben.«

Die Wut, die ich gerade noch unterdrückt habe, sprengt ihr Versteck und drängt in mein Bewusstsein. Rotglühende Lava flutet meine Sinne. Mein Herz klopft unter dem Ansturm schneller. Ich weiß nicht, wie ich damit umgehen soll. Alles in mir drängt darauf, meine negativen Emotionen loszulassen. Sie äußern sich in Aggression, die sich gegen unsere Feinde, meinen Großvater, die Ungerechtigkeit der Welt richtet. Wie soll ich all das wieder unter Kontrolle bringen?

In das Übermaß an Gefühlen mischt sich die Trauer darüber, Elevander verloren zu haben. In der Schlacht sind so viele Menschen gestorben, und dieser Krieg ist noch lange nicht zu Ende. Heiße Tränen laufen über meine Wangen.

»Was jetzt?«, frage ich atemlos.

»Die Blume in deiner Hand«, ertönt Umocks Stimme in meinem Kopf. »Sie ist dein Ausweg. Konzentriere dich auf sie. Lass all deine Emotionen in sie fließen.«

Dieser Ratschlag scheint mir verrückt. Dennoch tue ich, was der König der Nebelseelen mir aufgetragen hat. Ich habe den Eindruck, als würde die Pflanze zwischen meinen Fingern zu glühen beginnen. Verwirrt öffne ich meine Augen und sehe zu, wie der Stiel der Blume sich verändert. Alles Leben scheint aus der Pflanze zu entfliehen. Aus dem saftigen Grün wird erst Braun und kurz darauf Schwarz. Dieser Verfall breitet sich weiter aus, wandert den Stiel hinauf, bis er schließlich bei der Blüte anlangt. Die Blätter verfärben sich, kräuseln sich und werden ebenso schwarz wie der Rest der Pflanze. Ich halte den Tod in den Händen.

Entsetzt lasse ich die Pflanze fallen. Ich habe noch niemals meine Magie für so etwas Grauenvolles eingesetzt. »Wozu habt Ihr mich gebracht?«, keuche ich. »Warum reicht es noch lange nicht? Was soll ich jetzt mit dem Rest der Aggression in mir anfangen?«

Ganz plötzlich stehe ich unter einem Baum. Die Blätter über mir rascheln. Dann fällt eine fremdartige Frucht vor meine Füße. Sie ist fast so groß wie mein Kopf und besitzt eine fest wirkende, grünbraune Schale.

»Lenke deine Wut auf sie«, fordert Umock.

»Ich kann doch nicht alle Pflanzen im Umkreis zerstören, damit ich nicht mehr von diesen Emotionen beherrscht werde!«

»Nur noch diese eine. Vertrau mir. Ball all deine Frustration zu einem Knäuel unentwirrbarer Empfindungen. Dann verpflanze dieses Knäuel in die Frucht vor dir.«

Wieder klingt Umocks Vorschlag unsinnig. Doch ich bin jetzt in diesen negativen Gefühlen gefangen. Ich muss einen Weg finden, um sie loszuwerden. Ich kann nicht zulassen, damit meine Seele zu vergiften. Also tue ich, was er vorgeschlagen hat. Ich balle die Hände, ziehe alle schlechten Gedanken zusammen, bis sich ein Ball geformt hat. Anschließend stelle ich mir vor, wie dieses Knäuel in die exotische Frucht springt.

Besorgt beobachte ich, was mit ihr passiert. Zuerst scheint es, als würde meine Wut keinen Effekt auf das mir unbekannte Obst ausüben. Kein Anflug von Schwärze, wie ich befürchtet habe. Kein Zerfließen, wie ich gedacht habe. Erleichtert atme ich auf.

Und das ist nicht nur so dahingesagt. Tatsächlich fühle ich mich befreit, als wäre der Großteil der Last auf meinen Schultern von mir abgefallen. Meine Wut ist verschwunden. Obwohl immer noch Traurigkeit in meinem Herzen wohnt, hat sich etwas in mir verändert. Ich bin kein Opfer meiner eigenen Gefühle mehr.

Plötzlich beginnt die Frucht vor meinen Füßen zu vibrieren. Sie erzittert, rollt sich auf die eine Seite, bewegt sich dann auf die andere, bevor sie wieder stillliegt. Nach einem kurzen Augenblick läuft wieder ein Beben durch sie. Ohne jegliche Vorwarnung wird sie in tausend Stücke zerfetzt. Das Fruchtfleisch schießt nach allen Seiten davon und landet auch auf mir. Erschrocken mache ich einen Schritt zurück, doch der Schaden ist bereits angerichtet.

Angewidert sehe ich an mir hinunter. Das Glücksgefühl, das mich erfüllt hat, ist nur von kurzer Dauer gewesen. Jetzt werde ich wieder von meinem schlechten Gewissen gequält, weil ich ein Lebewesen verletzt habe.

»Ernsthaft?«, fragt Umock. »Du hast Mitleid mit einer Pflanze? Hast du dich nicht gerade besser gefühlt? Warum weißt du die Erleichterung nicht zu schätzen, die deine Seele gerade erfahren hat?«

»Weil das nur möglich war, indem ich jemand anderem wehgetan habe.«

Er schnaubt. »Das ist nur eine Nopih. Niemand wird eine vermissen, nachdem in der Baumkrone über dir noch so viele weitere wachsen.«

Mein Blick wandert nach oben. Tatsächlich werden die Äste von ihrer schweren Last hinuntergedrückt. Ich habe mich umgesehen. Hier in der Nähe gibt es keine Siedlung. Keine Häuser bedeuten keine Siedler, und das bedeutet niemand da, der die Früchte überhaupt ernten würde. Möglicherweise ist meine Tat doch nicht so schlimm wie gedacht.

»Schmecken Nopihs gut?«, frage ich.

»Ich weiß es nicht, und du solltest auch nicht versuchen, es herauszufinden. Nopihs sind giftig.«

»Dann haben sie keinen Nutzen?«

Umock umkreist mich. »Genau. Einige Echsenarten fressen sie gerne, aber es sind noch genug weitere Früchte da.«

Unter Umständen ist meine Sorge unbegründet. Ich nicke. »Danke.«

»Du kannst diese Art, deine Wut loszuwerden, auch an anderen Pflanzen ausprobieren. Es ist eine Übung, mit der du in der Lage bist, deine Gefühle zu kontrollieren. Eine, mit der du niemanden verletzen musst und die du überall ausüben kannst. Wenn du dich wieder vor lauter Frustration über deinen Großvater klein machst, erinnere dich an diesen Tag. Reagiere deine Wut woanders ab, damit du mit Oremazz sprechen kannst, ohne ihn zu beleidigen. Beweise ihm, dass er dich nicht mehr kleinhalten kann.«

»Weshalb seid Ihr so nett zu mir?« Die Frage entschlüpft mir, bevor ich sie in meinem Inneren einschließen kann. Ich kann nicht aufhören, darüber nachzugrübeln. Wann immer er mich daran erinnert, dass ich ihm nicht vertrauen kann, muss ich an Momente denken, bei denen er sich mir gegenüber selbstlos gezeigt hat, bei denen er mich etwas gelehrt hat. Er muss einen Hintergedanken hegen. Ich weiß nur nicht, ob es besser wäre, den nicht zu kennen.

Zum Glück ignoriert Umock meine Worte. »Über eine Sache sollten wir uns noch unterhalten. Ich habe versucht, in den Verstand unserer Gegner einzudringen. Wir Nebelkrieger besitzen die Fähigkeit, Menschen zu beeinflussen.«

»Was Ihr nicht sagt.«

Umock geht auf meinen bissigen Kommentar nicht ein. »Bei diesen Soldaten ist es uns nicht gelungen. Wir haben keinen Zugang zu ihren Gedanken erhalten.«

Nun hat er doch meine Neugierde geweckt. »Woran könnte das Eurer Meinung nach liegen?«

»Wieder einmal scheint es einen Hinweis auf einen mächtigen Zauberer zu geben, der die Kontrolle über die Talente seiner Soldaten innehat. Ich würde zu gerne wissen, bei welcher Truppe er steckt. Bei denen, denen wir bereits begegnet sind, habe ich ihn nämlich nicht bemerkt.«

»Dann sollten wir versuchen, sie ausfindig zu machen. Wir haben bereits zu viel Zeit verloren.« Und damit springe ich zum nächsten Ort.

Ein schmaler Streifen Mondlicht fällt auf den Boden der Hütte. Während der Nacht wird er bis zu meinem Lager wandern. Im Moment beleuchtet er jedoch eine Ritze in den Dielenbrettern des kleinen Zimmers. Der Spalt zwischen den Brettern ist nicht sonderlich groß. Keine Maus könnte sich hindurchzwängen. Ich muss also nicht befürchten, dass sich ein ungebetener Gast eingeschummelt hat. Niemand würde jemals an dieser kleinen Ritze hängen bleiben. Dennoch frage ich mich, ob dem ehemaligen Bewohner der Hütte dieser Fehler in der Bodenabdeckung gestört hat. Jede Überlegung ist besser, als zu grübeln, welche Zauber ich noch versuchen könnte. Ich starre auf die Ritze, um nicht in die dämmrige Ecke zu blicken, in der Elevander liegt, und zum wiederholten Mal den Spruch durchzugehen, den ich auf dem Schlachtfeld ausgesprochen habe.

Inzwischen bin ich mir sicher, einen Fehler gemacht zu haben, als ich die Verantwortung für Elevanders Existenz übernommen habe. Natürlich will ich ihn immer noch aus den Krallen des Todes befreien. Selbstverständlich hege ich keinen größeren Wunsch, als mich wieder mit ihm zu unterhalten, seine fröhliche Stimme zu hören und in seinen Augen von der Zuversicht zu lesen, die er in jeder Situation empfunden hat. Dennoch bereitet es mir körperliche Schmerzen, ihn in diesem leblosen Zustand zu beobachten.

Wäre ich nur an seiner Stelle! Könnte ich mich stattdessen in diesem Schwebezustand zwischen Leben und

Tod befinden. Ich wünsche, ich wäre auf dem Schlachtfeld gestorben.

Nein, er ist noch nicht tot. Wenn ich in die Stille lausche, kann ich seine Atemzüge hören. Doch die Pause zwischen dem Geräusch, an das ich mich mit meiner Hoffnung klammere, kommt viel zu selten. Er ist dank meines Zaubers nicht gestorben. Lebendig ist er allerdings auch nicht mehr. Durch meine Schuld ist er irgendwo dazwischen gefangen.

Unsere Suche nach weiteren Truppen unserer Gegner ist erfolglos geblieben. Bei Einbruch der Dunkelheit mussten wir unterbrechen. Die Müdigkeit hat mich nicht mehr klar denken lassen. Wie unnütz ich mich fühle! Doch mehr als drei Stunden Schlaf ist mir nicht vergönnt gewesen. Seitdem liege ich mit offenen Augen in der Dunkelheit und warte auf den neuen Tag.

»Mich wundert, dass Elevander an deiner Seite nicht gemütskrank geworden ist«, sagt Umock mit einem Seufzen. »Ich verbringe erst ein paar Tage mit dir und würde mich am liebsten in die Langeweile des Himmels flüchten.«

»Dann verschwindet, Nebelkönig. Niemand hat Euch eingeladen, mir während meiner Nachtwache Gesellschaft zu leisten.« Ich drehe mich zur Seite und beobachte jetzt mit neuer Faszination die Wand der Hütte.

»Vermutlich wäre es für dich eine Erleichterung, wenn ich mich zu meinen Männern in den Wald zurückziehen würde. Dann könntest du deinem freudlosen Dasein ein Ende bereiten, wie du es schon einmal überlegt hast.« Umocks Nebelhand berührt mich an der Schulter. »Ich werde nicht zulassen, dass du eine Dummheit begehst, Lesithder.«

Ich bewege meine Schulter, damit ich das Gefühl seiner Finger nicht mehr auf mir spüren muss. »Das habe ich doch gar nicht vor. Alles, was ich will, ist den Zauber abzuschließen, mit dem ich Elevander so übereilt in diesen schrecklichen Zustand versetzt habe.«

Ein paar Sekunden lang bleibt es still. »Was wäre es dir eigentlich wert, eine Lösung für dein Problem zu finden?«

Bitter lache ich auf. »Alles.«

»Pass lieber auf, was du so leichtfertig zum Tausch anbietest.«

»Weshalb? Es gibt ohnehin niemanden, der mein Angebot einfordern könnte.«

»Und wenn doch?«, fragt Umock.

Frustriert seufze ich. »Diese Spielchen habe ich satt. Sagt einfach geradeaus, was Euch im Kopf herumspukt. Ach, stimmt ja. So etwas besitzt Ihr gar nicht. Aber irgendwie gelingt es Euch dennoch, einen Sturschädel an den Tag zu legen.«

»Ich glaube, ich kann dir helfen. Ein Teil von ihm ist bereits in die Dunkelheit abgedriftet. Bei ihm handelt es sich also jetzt um einen potenziellen Anwärter als Soldat meiner Armee.«

»Niemand kann etwas tun. Niemand hat genug Macht, um ihn zurückzuholen.«

»Du vergisst, mit wem du sprichst.«

Als würde ich auch nur eine Sekunde lang glauben, in der Gegenwart eines menschlichen Wesens zu sein. »Ihr besitzt die Macht, meinen Zauber zu vollenden?«

Ich kann das Nein spüren, bevor Umock es ausspricht. »Tut mir leid, mein menschlicher Freund. Das ist leider nicht möglich. Nicht hier in der Fremde, wo ich keine Verbindung zu der wahren Kraft habe, die mir die Magie schenkt, aus der auch du deine Fähigkeiten schöpfst.«

»Dann gibt es Hoffnung?«, frage ich. Nein, daran darf ich mich nicht klammern. Ich kann seinen Worten nicht glauben. Als ich ihn das erste Mal um Hilfe gebeten habe, hat er davon nichts erwähnt. Warum sollte der König der Nebelseelen mir in dem Dilemma beistehen, das ich durch eigenes Verschulden herbeigeführt habe? Welchen Vorteil verspricht er sich davon? Und weshalb erwähnt er das erst jetzt? Wollte er warten, bis meine Verzweiflung groß genug wäre, um jedes fadenscheinige Angebot anzunehmen? Nun, das hat er ausgesessen.

»Wenn der Zauber, den du ausgesprochen hast, gewisse Bedingungen erfüllt, kann ich mit meiner Macht den fehlenden Teil des Weges gehen. Allerdings weiß ich nicht mit Sicherheit, ob es funktioniert, solange ich nicht überprüft habe, in welchem Teil der Zwischenwelt seine Seele gefangen ist. Noch weiß ich nicht, in welcher Phase des Todes sich sein Körper befunden hat, als du den verbotenen Zauber gewirkt hast.«

Er muss mich nicht darauf hinweisen, einen Fehler gemacht zu haben. Meine Entscheidung ist egoistisch und leichtfertig gewesen. Aus einem zutiefst menschlichen Impuls heraus habe ich etwas getan, für das alle Großen Zaubermeister dieser Welt mich verurteilen. Dafür werde ich zu gegebener Zeit eine Strafe erhalten. Dieses Wissen lauert in jeder Ecke meines Verstandes.

Deshalb konzentriere ich mich auf das, was Umock angedeutet hat. Wäre er tatsächlich bereit, seine Macht einzusetzen, um einen Menschen zu retten, der keinerlei Bedeutung für ihn hat, der nicht einmal Zauberkräfte besitzt, die dem König der Nebelseelen nutzen können? Er kann keine Belohnung von Elevander erwarten. Es muss ihm wieder einmal um mich gehen. Wieso versucht Umock, mir einen Gefallen zu tun?

Ich drehe mich herum, damit ich seine Nebelgestalt an der Zimmerdecke beobachten kann. »Dieses Angebot habt Ihr sicherlich nicht ohne Hintergedanken ausgesprochen. Was verlangt Ihr von mir als Gegenleistung?«

Umock schweigt. Ich kann seine Anwesenheit direkt vor mir fühlen. Pulsierend, sich ausweitend und wieder zusammenziehend, als wäre er ein überdimensionales Herz. Die Schwingungen, die er ausstrahlt, verändern sich. Er will mich anscheinend überreden, ohne auch nur ein Wort gesagt zu haben. Einschmeichelnde, von ihm ungewohnte Wärme. Das hellste Grau, das ich bisher von ihm wahrgenommen habe.

Dann scheint es, als würde die Kraft, die er ist, kleiner werden, um auf Augenhöhe vor mir zu stehen. »Borge mir seinen Körper.«

Diese Worte verwirren mich. »Wofür?«

»Es ist lange her, dass ich in menschlicher Gestalt auf der Welt gewandelt bin. Ich möchte wieder festen Boden unter den Füßen haben. Ich möchte den Wind auf meiner Haut fühlen. Ich möchte andere Menschen berühren können.«

Hitze rast durch meine Adern. Sehnsüchte, die ich nur schwer verdrängt habe, schweben wieder an die Oberfläche. Ob Umock ähnliche Dinge empfindet? Ist die Möglichkeit, diesem Verlangen nachgeben zu können, die wahre Motivation für seinen Vorschlag?

Für diese Gedanken sollte ich mich schämen. Ich bin nicht wichtig genug, dass irgendjemand mir einen zweiten Blick schenkt. Für diese Unternehmung besitze ich keinerlei Wert. Ein mächtiger Herrscher wie Umock kann keinerlei Interesse daran haben, einem Menschen nahezukommen. Für ihn bin ich mit Sicherheit nicht mehr als ein Staubkorn unter seinen Füßen. Seine Schmeicheleien hat er von Anfang an nur benutzt, um meine Vorsicht verstummen zu lassen.

Trotzdem muss ich eine Entscheidung treffen. Besitzt Umock tatsächlich die Fähigkeit, Elevander wieder zum Leben zu erwecken? Kann ich mit Hilfe des Königs der Nebelseelen meinen besten Freund zurückbekommen?

»Bist du in der Lage, dir vorzustellen, wie sehr ich mich danach sehne, deine Hand zu halten?« Die Stimme klingt lockend.

»Wenn ich Euch Elevanders Körper überlasse, kann seine Seele nicht zurückkehren«, spreche ich aus, was mir plötzlich klar wird. »Euer Plan ist nicht zu Ende gedacht.«

»Ich brauche seine menschliche Hülle nicht auf Dauer. Mir ist nur daran gelegen, eine Zeit lang davon Gebrauch zu machen. Außerdem soll dein Freund nach seinem Tod Teil meiner Armee werden. Erst haben wir einen Krieg zu gewinnen. Sobald der beendet ist, reisen wir in meine wunderschönen Sümpfe. Dort vereine ich die Seele und den Körper deines Freundes. Du bekommst deinen Geliebten zurück.«

»Elevander ist nicht mein Geliebter«, stelle ich wieder einmal klar. »Er ist der Mensch, der mir am nächsten steht.

Wir sind beste Freunde, solange ich denken kann. Manchmal habe ich vergessen, dass wir keine Brüder sind.«

Er lacht auf, verstummt aber rasch, als ich mein Schutzschild hochfahre und ihn aus meinem Kopf zu verbannen drohe. »Du hast wirklich keine Ahnung?«, fragt Umock lauernd. »Du hast nicht gewusst, dass er dich liebt?«

»Wie Brüder sich lieben.« Weshalb versucht er, etwas anderes anzudeuten? Ich stehe auf und stelle mich zwischen Elevander und Umock. Wir führen hier eine Verhandlung, die über Elevanders weiteres Leben entscheidet. Ab jetzt muss ich jedes meiner Worte auf die Goldwaage legen.

»In seinem Herzen haben ganz andere Gefühle gelodert«, behauptet Umock.

»Ihr lügt.« Elevander und mich lieben? Nein, uns hat eine tiefe Freundschaft verbunden, eine Bruderschaft, die über das Blut hinausgeht. Wir waren Seelenverwandte, aneinander gekettet durch etwas, das Umock nicht versteht.

»Er hat mir etwas anderes gesagt.«

Der Boden unter meinen Füßen schwankt. Ein Sirren liegt in der Luft, das mich ganz schwindelig macht. Alles verändert sich. Nichts auf dieser Welt ist mehr so, wie ich es gekannt habe. Ich habe gelernt, dass ich mich auf nichts verlassen kann, was mir in meiner Jugend beigebracht wurde. Die alten Ordnungen gelten nicht mehr. Das allerdings … Das ist zu viel. Das ist unmöglich.

Ich kanalisierte meine Kräfte, lasse im Bruchteil einer Sekunde einen Energieball in mir entstehen, der sich dann explosionsartig ausdehnt und die Ladung der Luft ändert. Rote Lichtblitze tanzen um mich herum. Auf dem Boden ist die Ausbreitung meiner Energie durch wellenartige Muster im Staub erkennbar.

Wütend balle ich die Hände. »Eine Lüge! Ihr versucht, mich zu manipulieren!«

»Für mich spielt es keine Rolle, ob du mir glaubst oder nicht«, versichert mir Umock. »Alles, was ich will, ist den Körper deines Freundes für eine gewisse Zeit zu nutzen. Die Kontrolle darüber liegt in deinen Händen. Du entscheidest, wann ich Elevanders Hülle wieder verlassen muss. Doch wenn du eigennützig handelst, wenn du mich ohne einen triftigen Grund zwingst, wieder zu dem körperlosen Ding zu werden, erkläre ich unser Abkommen für nichtig. Auch das kann ich nicht nach eigenem Gutdünken entscheiden. Das letzte Wort gehört der Magie, die uns beide verbindet.«

»Warum solltet Ihr jetzt, wo wir uns im Krieg befinden, in den Körper eines Menschen schlüpfen wollen?«, frage ich, immer noch nicht davon überzeugt, was er mit diesem Vorschlag bezweckt. Elevanders Seele verspreche ich ihm gerne. Wenn mein Bruder erfährt, dass ich Umock versprochen bin, wird er bestimmt nicht zögern, sich uns anzuschließen. Uns erwartet eine Ewigkeit, die wir zusammen verbringen können. »Wir werden uns mitten ins Kampfgetümmel stürzen. Als König der Nebelseelen seid Ihr unverletzbar mit den Waffen der Menschen. Doch wenn Ihr selbst zu einem werdet –«

Umocks Stimme erklingt direkt neben mir. »Diese schwache Hülle werde ich nicht in der Schlacht nutzen.«

»Wozu benötigt Ihr sie dann?«

Seine Energie umkreist mich. Sie windet sich um mich, kommt immer näher, bis es sich anfühlt, als würde Umock mich tatsächlich berühren. »Du bist ein bemerkenswertes Geschöpf. Mir war zu Beginn unserer Bekanntschaft nicht klar, wozu du fähig bist. Du hast mein Interesse daran geweckt, wozu Menschen in der Lage sind. Reicht dir diese Antwort nicht?«

Ich schüttle den Kopf und unterdrücke gleichzeitig den Impuls, die Augen zu schließen und mich in diese seltsame Umarmung zu lehnen.

»Kluger Junge. Du hast noch nicht viele Jahre auf dieser Erde gewandelt, und trotzdem kann man dir nichts vormachen. Wer hat dafür gesorgt, dass du mir gegenüber so misstrauisch bist?«

»Mein Großvater«, antworte ich, ohne darüber nachzudenken. Das weiß er doch.

»Frage dich, welche Gründe er dafür gehabt haben könnte. Bereitet dich auf die Schlacht vor, die über das Überleben der Menschheit entscheiden wird, und sorgt dennoch dafür, dass du die eine Macht fürchtest, die euch zum Sieg führen kann. Bist du der Meinung, diese Vorsicht ist tatsächlich angebracht?«

»Aus tiefstem Herzen«, antworte ich. »Eure Hintergedanken kenne ich nicht. Davon, dass sie da sind, bin ich allerdings aus tiefster Seele überzeugt.«

Das Kreisen um mich nimmt an Tempo zu. Meine Wut, die mich gerade noch dazu gebracht hat, einen Energieball von mir zu schleudern, verschwindet. Doch das bedeutet nicht, dass er mich mit diesem seltsamen Tanz einlullen kann.

Als wäre ihm das gerade klar geworden, hält er inne. »Du vertraust der Magie. Ich bin genauso an sie gebunden wie du. Wenn ich unsere Abmachung also nutzen sollte, um

Unrechtes zu tun, wirst du mich daran hindern können. Du musst lediglich überlegen, ob du deinen Freund zurückhaben willst oder nicht.«

»Natürlich will ich das.«

»Dann stimmst du meinem Vorschlag zu?«

Ich zögere und versuche zu ergründen, ob ich es wagen darf. Ist die Magie, die unsere Welt wie ein Netz umzieht, und aus der wir beide unsere Kräfte ziehen, tatsächlich stark genug, um Umock gegebenenfalls aufhalten zu können?

»Ja, du erhältst Elevanders Seele nach seinem Tod und seinen Körper für eine kurze Zeit.«

Irgendwann könnten mein Bruder und ich wieder vereint sein. Selbst wenn Elevander den Weg zurück zu den Lebenden nicht findet, werden wir uns nach meinem Tod wiedersehen können. Ich habe Umock meine Seele versprochen. Nach meinem letzten Atemzug bin ich an seiner Seite. Elevander und ich werden wieder nebeneinander kämpfen.

Eine Träne läuft über meine Wange. Ungeduldig wische ich sie weg. Ich möchte das Gefühl der Erleichterung noch ein wenig festhalten. Gerade habe ich einen kleinen Hoffnungsstreif am Himmel gesehen. Die Trauer über meinen Verlust wird früh genug zurückkehren. Jetzt will ich den Augenblick genießen.

Ich habe das zweite Mal einen Pakt mit einem Wesen geschlossen, das alle um mich herum für den Teufel halten. Noch einmal habe ich mein ganzes Vertrauen in Umock gesetzt. Mögen unsere Götter verhindern, dass sich das als Fehler entpuppt.

»Mir ist übrigens eingefallen, wie wir unsere Feinde leichter ausfindig machen können«, sagt der König. »Gleich morgen Früh werden wir ausprobieren, ob mein Plan funktioniert.«

Nein, für Hoffnung ist es auch in diesem Fall zu früh. Möglicherweise ergibt sich jedoch wenigstens daraus etwas Gutes.

13. Kapitel

»Wir sollten sie hinterrücks überfallen«, schlage ich vor und spüre, wie mein Blut in Wallung gerät. »Wir sollten nicht auf Verstärkung warten. Wenn wir sie jetzt ausschalten, helfen ihnen all die Truppen nichts, die sich auf dem ganzen Kontinent verteilt haben.«

»Wie wollt Ihr das anstellen?«, erkundigt sich Manekas. »Ihr seid in der Lage, Euch an jeden beliebigen Ort zu transportieren. Auch die Armee der Nebelseelen kann von einer Sekunde auf die andere überallhin reisen. Unseren Soldaten ist das nicht möglich. Wir kommen niemals unbemerkt nahe genug an unsere Feinde heran, um sie zu überraschen. Ich schätze Euren Enthusiasmus, aber in diesem Fall scheitern wir an den Gegebenheiten.«

Daran will ich nicht glauben. Dieser Krieg soll enden. Rasch. Anschließend kann ich mit Umock zu den Sümpfen zurückkehren. Wir können nach einem passenden Zauber für Elevander suchen. Und dann hat dieser Albtraum endlich ein Ende. Dann erhalte ich hoffentlich meinen besten Freund zurück oder weiß zumindest, dass er nicht mehr leiden muss.

Ich stütze mich auf den Tisch, auf dem die Karten von unserem Kontinent ausgebreitet sind, und starre auf die Papiere. Wir haben den Standort aller feindlichen Truppen eingezeichnet, die Umock und ich am gestrigen Tag aufgestöbert haben. Fünf Lager insgesamt. Die Ratgeber unseres Fürsten, die auch jetzt anwesend sind und mich mit selbstgefälligen Blicken bedenken, arbeiten an einer Strategie, wie man die umliegenden Gegenden am besten vor Übergriffen schützen kann. Jedem hier ist allerdings klar, dass es nichts gibt, was wir tun können. Unsere Feinde sind in der Überzahl. Wenn die gegnerische Armee all ihre Männer zusammenzieht, haben wir ihnen in einer Schlacht nichts entgegenzusetzen. Doch alles, was wir im Augenblick tun, ist abzuwarten. Mein Ärger darüber steigt ins Unermessliche.

Immer wieder muss ich überprüfen, ob sie ihre Lager verlassen und wohin sie sich gewandt haben. Die Gefahr, eine Gruppe von Soldaten aus den Augen zu verlieren, weil wir zu lange zögern, wird immer größer. Letzte Nacht haben Umocks Männer die Wache für einige Stunden übernommen, doch ich finde keine Ruhe. Ich muss mich selbst davon überzeugen, dass wir genau wissen, wo unsere Gegner sich aufhalten. Aus diesem Grund habe ich kaum ein Auge zugetan. Möglicherweise liegt meine Schlaflosigkeit auch an Umocks Angebot. Jedenfalls spüre ich langsam, wie mein Körper unter der fehlenden Nachtruhe zu kämpfen hat.

»Die Zeit läuft uns davon«, stelle ich klar. »Inzwischen sind es neun gegnerische Truppen, die ich überwachen muss. Heute Morgen habe ich noch einen weiteren gefunden, weil ich der Spur der Magie gefolgt bin, die sie hinterlassen haben. Ich hätte sie beinahe übersehen. Wer kann sagen, wie viele von ihnen noch da draußen sind? Sie bereiten sich auf den nächsten Schlag vor. Es überrascht mich, dass sie die nächste Stufe ihres Plans noch nicht umgesetzt haben. Aber dafür muss es einen guten Grund geben. Solange wir den nicht kennen, dürfen wir uns nicht in Sicherheit wiegen. Jede Sekunde kann etwas geschehen, das den Krieg gegen uns entscheidet.«

»Ich verstehe Eure Aufregung. Mir ist auch bekannt, wie es um Euren Freund steht. Euer Bedürfnis, Euch an unseren Gegnern zu rächen, ist nachvollziehbar.«

Bitter lache ich auf. »Darum geht es mir doch gar nicht, edler Fürst. Ich will verhindern, dass noch mehr Menschen niedergemetzelt werden. Wir alle wissen, wer darunter zu leiden hat.«

»Brauchst du wieder eine dieser riesigen Früchte?«, fragt Umock und klingt amüsiert.

»Haltet den Mund«, fauche ich.

»Wie bitte?« Empört runzelt Manekas die Stirn.

»Diese Worte waren nicht an Euch gerichtet«, versichere ich hastig. »Ich mahne mich nur selbst zur Ruhe. Die Gedanken kreisen so schnell in meinem Kopf, dass ich Schwierigkeiten habe, sie Euch in angemessener Weise darzulegen.«

»Der erste Versuch ist gescheitert«, versichert mir Sikiwer.

Ich sende ihm einen verärgerten Blick. Dann konzentriere ich mich darauf, meine Aufregung niederzukämpfen. Zu meiner Erleichterung reicht es, mir den Moment vorzustellen, in dem ich die mir davor unbekannte Frucht in tausend Stücke gerissen habe. Möglicherweise hat Umock mir tatsächlich einen Weg gezeigt, wie ich meine Gefühle unter Kontrolle bringen kann.

»Wir alle wissen, die Gefahr ist real. Seit zwei Jahren haben wir uns darauf vorbereitet, uns einer ungewissen Bedrohung entgegenzustellen. Jetzt ist der Moment gekommen, an dem wir beweisen können, dass wir die Zeit genutzt haben. Jetzt müssen wir den Göttern zeigen, dass wir die Warnung ernstgenommen haben. Unsere Feinde befinden sich ganz in der Nähe. Sie ahnen nicht, dass wir sie durchschaut haben. Geben wir ihnen nicht die Möglichkeit, sich zusammenzuschließen und über uns herzufallen.«

»Ich stimme Euren Worten zu«, sagt Manekas, hebt dann aber abwehrend die Hand, als ich begeistert aufschreien will. »Jedem hier ist bewusst, die Tatsache nutzen zu müssen, dass wir vorgewarnt wurden. Dennoch dürfen wir nichts überstürzen. Wir müssen besonnen vorgehen. Solange wir keinen Plan entwickelt haben, der verhindert, dass wir uns völlig lächerlich machen, können wir unsere Gegner nicht attackieren.«

Natürlich hat er recht. Bei allen Göttern. Ich hasse, dass er recht hat.

Er weiß nicht, wie viel von dem schnellen Ende des Krieges abhängt. Er versteht nicht, wie viel ich bereits in Kauf genommen habe, um unsere Chancen zu verbessern. Er kann sich nicht vorstellen, wie anstrengend sich die Suche nach unseren Feinden gestaltet.

Gestern Morgen hat Umock mich mit einer seiner Ideen überrascht. Ich habe erst nicht verstanden, was genau er geplant hat. Als er davon gesprochen hat, dass wir unsere Magie verbinden müssten, habe ich zugestimmt, weil ich angenommen habe, es wäre wie beim letzten Mal. An dem Tag, an dem wir das erste Portal miteinander erschaffen haben, hat sich die Vereinigung unserer Energie wie eine Umarmung angefühlt. Es war, als hätten wir unsere Gedanken füreinander geöffnet, als würden sich unsere Seelen begegnen. Doch das Erlebnis gestern ist damit nicht vergleichbar. Das, was zwischen uns passiert ist, war viel … viel intensiver.

Wenn ich daran denke, dass ich unsere Suche gleich noch einmal fortsetzen muss, stellen sich meine Nackenhaare hoch. Es ist zu viel, zu überwältigend, zu einnehmend. Die Gefühle, die ich dabei mit Umock teile, sind so unerwartet intim. In den Momenten, in denen unsere Magie sich vereint, entsteht eine Bindung zwischen uns, die mein Herz zum Rasen bringt. Es entwickelt sich eine Nähe, die mich vergessen lässt, dass wir nicht gleichgestellt sind.

Der kleine Zauberer und der mächtige König. Das ist der Unterschied, den ich nicht verdrängen darf. Vielmehr muss mir immer bewusst sein, Umock nicht vertrauen zu dürfen. Er hilft uns. Er ist für mich da. Er hat mich allerdings auch dazu gebracht, ihm meine Seele zu versprechen. Ich habe ihm erlaubt, Elevanders Körper zu benutzen. Etwas, dessen Folgen ich noch nicht absehen kann. Dass ich gerne Zeit mit ihm verbringe und von ihm lerne, wird er für seine Zwecke ausnutzen. Irgendwann werde ich verstehen, was hinter seinem Verhalten steckt. Doch bis dahin muss ich vorsichtig sein. Während ich ihm meine Seele öffne, kann ich mich allerdings nicht vor ihm verstecken.

»Wir müssen unsere Verbündeten ausfindig machen«, sagt Sikiwer mitten in meine Verwirrung hinein. »Wie viel Zeit braucht ihr noch, um Soldaten aufzutreiben, die unsere Sache unterstützen werden?«

»Ich war bei den Fürsten der meisten Küstenländer. Sie werden ihre Truppen bereithalten. Die Portale sind bereits errichtet, damit sie dann schnell zu uns stoßen können. Doch das wird nicht reichen. An andere Fürstenhöfe werde ich jetzt noch reisen. Aber es ist notwendig, dass ich die

Suche nach den Armeen unserer Verbündeten fortsetze. Ich weiß nicht, weshalb es mir nicht gelingt, ihre Spur aufzunehmen. Möglicherweise beeinflusst der Magier unserer Feinde meine diesbezüglichen Fähigkeiten.«

»Es ist leicht, die Schuld an Eurem Versagen jemandem zuzuschieben, von dessen Existenz ich nicht überzeugt bin.« Sikiwer mustert mich finster.

In meinem Kopf schnaubt Umock. »Tritt ihn in seinen breiten, eingebildeten Hintern.«

Die Verlockung dazu wäre zugegebenermaßen groß.

»Sollten unsere Feinde nicht die Hilfe eines Magiers in Anspruch nehmen, dann haben sie andere Hilfe«, beharre ich auf meinem Standpunkt. »Diese Maschine, die ich bei der Truppe im Wald entdeckt habe, ist ein sicherer Hinweis darauf.«

»Wissen wir in der Zwischenzeit, wozu sie gebaut worden ist?«, will Manekas wissen.

»Die Großen Zaubermeister suchen noch nach einer Erklärung.« Die Lüge kommt überraschend leicht über meine Lippen. Ich scheine immer geübter darin zu werden, die Wahrheit zu verschleiern. Gestern habe ich mich nicht in der Lage gesehen, mit meinem Großvater zu sprechen. Möglicherweise kann ich es nicht länger hinauszögern.

»Dann überprüft, ob sie bereits neue Informationen erhalten haben. Danach macht Euch bitte auf die Suche nach unseren Verbündeten. Solange wir die nicht aufgetrieben haben, können wir keine weiteren Schritte in Betracht ziehen.«

Ich nicke und verabschiede mich dann. Auf dem Weg zur Hütte teile ich Umock mit, Zeit allein zu brauchen. Als er aus meinem Kopf verschwindet, kann ich freier atmen. Das

Gespräch, das mir bevorsteht, bereitet mir allerdings Magenschmerzen. Als ich meine Unterkunft betrete, bleibe ich daher kurz an Elevanders Lager stehen. Ich sehe auf ihn hinab, flüstere ihm wortlos zu, dass alles gut werden wird. Irgendwie wird es mir gelingen, ihn glücklich zu machen. Auf welche Art auch immer das sein wird. Erst dann gehe ich weiter zu meiner Tasche.

Ich habe nicht noch einmal versucht, mit meinem Großvater Kontakt aufzunehmen, nachdem er sich das letzte Mal geweigert hat, mit mir zu sprechen. Keine Magie hat mich darauf aufmerksam gemacht, dass Oremazz mich sprechen will. Er scheint beschlossen zu haben, mich zappeln zu lassen. Doch das muss jetzt ein Ende finden. Es geht nicht mehr ausschließlich um mich. Der Große Zaubermeister muss seine Informationsquellen anzapfen und herausfinden, was es mit der geheimnisvollen Maschine auf sich hat, die ich im Lager unserer Gegner entdeckt habe. Wir müssen wissen, womit wir es zu tun haben und ob es eine Möglichkeit gibt, das Gerät unschädlich zu machen, wenn uns davon Unheil droht.

Deshalb hole ich die Schale hervor. Das Wasser im Krug neben meiner Waschschüssel ist nicht mehr ganz klar. Doch es wird für meine Zwecke hoffentlich reichen. Möglicherweise ist es von Vorteil, den Hass in den Augen meines Großvaters nicht deutlich sehen zu können.

In Gedanken rufe ich Oremazz zu mir und hoffe, er reagiert dieses Mal auf meinen Ruf. Zu viele Dinge müssen geklärt werden. Ich benötige seine Unterstützung. Unsere Soldaten brauchen sie. Der ganze Kontinent.

Zu meiner Erleichterung dauert es nur kurz, bis das Gesicht meines Großvaters an der Wasseroberfläche erscheint. Er wirkt mehr als zufrieden mit sich. Möglicherweise kann ich sogar Schadenfreude in seinem Gesicht erkennen. »Was hast du jetzt wieder angestellt?«

»Wieso denkst du, ich habe etwas falsch gemacht?«, stelle ich trotzig eine Gegenfrage. »Vielleicht hast zur Abwechslung du etwas getan, das auf uns alle zurückfällt.«

»So ein Unsinn. Sag mir einfach, warum du dich bei mir meldest. Hat sich die Situation in Medisia verändert?«

»Wir hatten vereinbart, regelmäßig in Kontakt zu stehen. Dass du dich nicht gemeldet hast, als ich dich um Hilfe gebeten habe, hat unsere Lage verschlechtert. Ich habe Truppen unserer Feinde ausfindig machen können. Sie haben sich auf dem ganzen Kontinent versteckt. Ich weiß nicht, wie es ihnen gelungen ist, unbemerkt ins Landesinnere vorzudringen, doch sie haben sich längst nicht mehr auf die Küstenstaaten beschränkt.«

Nun zeigt sich doch Besorgnis in den Zügen meines Großvaters. »Das habe ich in meiner Vision nicht vorausgesehen.«

Zum Glück rüttelt ihn die Information wach. »Da ist noch mehr. Unsere Feinde haben einen Zauberer auf ihrer Seite. Entweder ist er mit ihnen auf unseren Kontinent gekommen oder er dirigiert ihre Bewegungen aus der Ferne. Er macht es unseren Flugechsen unmöglich, die Orientierung zu behalten. Wir können mit unseren Verbündeten nicht mehr kommunizieren. Wir haben sie völlig aus dem Blick verloren. Ich habe den Eindruck, als würde Magie uns von ihnen fernhalten. Und dann habe ich auch noch eine Maschine entdeckt, deren Funktionsweise du herausfinden musst.«

»Über Kriegsmaschinen sollte doch dein lieber Freund Umock Bescheid wissen. Hat der König der Nebelseelen etwa keine Ahnung, womit andere Despoten ihre Untertanen quälen?«

»Warum sprichst du seinen Namen so sorglos aus?« Ängstlich lausche ich auf Umocks Anwesenheit in meinem Verstand. »Du kannst ihn nicht beleidigen, wenn er jedes Wort hört, das wir sprechen.«

»Keine Sorge. Ich habe dafür gesorgt, dass wir ungestört sind. Mit Hilfe der anderen Zaubermeister ist es mir gelungen, einen passenden Spruch aufzusetzen. Wenn ich nicht will, dass er uns belauscht, wird er aus unserer Unterhaltung ausgesperrt. Wann immer ich in deinen Gedanken bin, hat niemand anderer mehr Platz darin, solange ich es nicht ausdrücklich erlaube.«

Einen Moment will ich Oremazz bitten, mir den Spruch zu verraten. Die Vorstellung, meinen Verstand sowohl vor Umock als auch meinem Großvater verschließen zu können, übt großen Reiz auf mich aus. Außerdem gefällt mir die Tatsache nicht, dass der Große Zaubermeister darüber entscheidet, was in meinem Kopf vor sich geht. Mein Stolz hindert mich jedoch daran, den Mund aufzumachen. Ich will um nichts betteln, was mir mein Großvater ohnehin nicht geben wird.

»Ich hoffe, es stellt sich nicht noch als Fehler heraus, Umock zu provozieren. Wir sind auf seine Hilfe angewiesen, um diesen Krieg zu gewinnen.«

»Das vergesse ich schon nicht«, wiegelt Oremazz ab. »Allerdings habe ich es satt, nach seiner Pfeife zu tanzen. Wir werden jetzt die Kontrolle zurückerlangen. Er hat sich in deinen Verstand eingenistet, dich dazu gebracht, ihm zu vertrauen, und dich dazu verführt, das außer Acht zu lassen, was ich dich gelehrt habe. Wir müssen dafür sorgen, dass er dich nicht länger beeinflussen kann.«

»Auch wenn ich mir von ihm habe Zauber zeigen lassen, habe ich ihn doch nicht unterschätzt. Er kann sich gegen uns wenden. Mein uneingeschränktes Vertrauen setze ich nicht auf ihn. Aber dennoch halte ich wenig davon, ihn vor den Kopf zu stoßen.«

Mein Großvater misst meinen Worten ohnehin keinen Wert zu. Ich kann mir die Argumentation sparen. Besser, ich konzentriere mich auf das Thema, das im Augenblick wichtiger ist. »Umock weiß nicht, was es mit diesem Gerät auf sich hat. Ich bin mir sicher, in den Büchern, die du mir zur Verfügung gestellt hast, steht nichts darüber. Es muss sich um eine machtvolle Maschine handeln, mit dem man Zauber wirken kann. Du musst Rücksprache mit den Großen Zaubermeistern halten. Wir müssen unbedingt wissen, ob dieses Ding gefährlich ist und wie man es ausschalten kann.«

Oremazz nickt. »Beschreibe es mir genauer.«

Um ihm seine Aufgabe zu erleichtern, schließe ich die Augen und schicke ihm die Bilder. Als ich wieder auf die Wasseroberfläche blicke, kann ich das Erstaunen in den Augen meines Großvaters erkennen.

»Seit wann bist du dazu in der Lage?«, fragt er.

»Keine Ahnung.« Ich habe nicht darüber nachgedacht, habe nicht überlegt, ob ich einen passenden Zauber kenne. Die Magie in mir hat mich geleitet. Ich habe nicht daran gezweifelt, dazu fähig zu sein. Und deshalb habe ich es auch geschafft, Oremazz zu überraschen.

»Wir müssen über solche Dinge reden«, fordert er. »Nur wenn ich deine Fähigkeiten kenne, kann ich entscheiden, wie ich sie einsetzen kann.«

»Ich könnte mehr, hättest du mir erlaubt, alles zu lernen, wonach ich mich gesehnt habe.«

Das Gesicht meines Großvaters zeigt seinen Unmut. »Mir gefällt deine Entwicklung in den letzten Wochen nicht.«

Nun, damit wird er leben müssen. Ich habe nicht vor, mich noch einmal zu ändern. Ich bin dabei, auf eigenen Beinen zu stehen. Niemand wird mich davon abhalten können.

»Zurück zu dem unbekannten Gerät«, sagt der Große Zaubermeister schließlich. »Ich werde in meinen Unterlagen nach Antworten suchen. Möglicherweise weiß ein Zaubermeister der anderen Länder mehr darüber. Gib mir ein paar Tage.«

»Die haben wir nicht. Die Situation hier eskaliert. Unsere Feinde sind überall. Die nächste Schlacht steht direkt bevor. Wir müssen wissen, was uns erwartet. Wenn diese Maschine gefährlich ist, müssen wir sie ausschalten.«

»Ich verstehe«, gibt Oremazz nach. »Dennoch brauche ich Zeit, um mich zu besprechen. Sobald ich Näheres erfahren habe, werde ich dir Bescheid geben.«

»Solange du dich nicht wieder entscheidest, nicht mehr mit mir zu sprechen, bin ich jederzeit für dich erreichbar.«

Wieder entgleist der Gesichtsausdruck meines Großvaters. »Stellst du meine Entscheidung, dich für dein Verhalten zu bestrafen, infrage?«

Trocken lache ich auf. »Natürlich. Du hast dadurch verhindert, dass ich dich sofort um Hilfe bitten konnte. Ich bin hier allein für das Aufstöbern unserer Feinde verantwortlich. Ich soll mich gleichzeitig um die unmögliche Aufgabe kümmern, unsere Verbündeten zu finden, obwohl die wie vom Erdboden verschluckt scheinen. Außerdem muss ich herausfinden, wie ich dieses geheimnisvolle Gerät vernichten kann. Ich wäre dafür zuständig, unserem Fürsten einen Plan zu präsentieren, wie es uns gelingen kann, unsere Feinde außer Gefecht zu setzen. Am besten gleichzeitig und vollständig. Von den anderen, kleinen Aufgaben wie die Versorgung der Verletzten will ich gar nicht reden. Und statt mich dabei zu unterstützen, hältst du es für angebracht, mir eine Lektion in Sachen Demut zu erteilen.«

»Du bist noch lange nicht so weit, Entscheidungen selbst zu treffen. Du benötigst meine Führung. Wenn du dich dagegen auflehnst, muss ich etwas dagegen unternehmen.«

»Mit deiner Weigerung, mit mir zu reden, gefährdest du nicht nur unsere Armee. Da draußen sind unschuldige Menschen, die nicht auf die Gefahr vorbereitet sind, in der sie sich befinden. Wir müssen unsere Feinde ausschalten. Ein für alle Mal. Dabei dürfen wir keine Zeit vergeuden. Unsere Gegner werden keine Gnade zeigen, wenn es ihnen gelingt, uns eine Falle zu stellen. Ich bin mir sicher, sie wissen genau, was sie tun werden. Wir sind die Einzigen in diesem Spiel, die ihre Rolle noch nicht beherrschen.«

Oremazz' Gesichtsausdruck wird noch finsterer. »Die Zeit, die du mit Umock verbringst, steigt dir anscheinend zu Kopf. Alles wird sich weisen, wenn wir uns nur gedulden. Die Götter werden uns offenbaren, was wir zu tun haben, wenn es so weit ist.«

Ich lege den Kopf schief und bemühe mich, mir meinen Unmut nicht zu sehr anmerken zu lassen. »Das halte ich für einen Fehler.«

»Tja, darum entscheide auch ich darüber, was zu tun ist. Halte dich lieber von Umock fern, bis ich dir weitere Informationen gebe. Er übt keinen guten Einfluss auf dich aus. Zum Glück müssen wir uns in Zukunft keine Sorgen darum machen, dass er zu große Macht erhält.«

»Spätestens wenn dieser Krieg vorbei ist, wird er sich nicht mehr verpflichtet fühlen, uns zu folgen. Wie willst du ihn dazu bringen, seine Schreckensherrschaft nicht in neuer Form fortzuführen?«

Mein Großvater lacht leise auf. »Es ist uns gelungen, heimlich eine weitere Klausel in den neuen Fluch einzubauen. Umock ist es nicht möglich, neue Seelen vor dem Tod des dazugehörigen Körpers zu rekrutieren. Wer ihm seine Seele nicht aus freien Stücken anbietet, kann von ihm nicht dazu überredet werden.«

»Was soll das bedeuten?« In meinem Magen rumort es. »Sag nicht, dass ihr ihn betrogen habt!«

»Er muss gestoppt werden, Lesithder. Er besitzt viel zu viel Macht. Wir mussten verhindern, dass er seine Armee noch weiter anwachsen lässt. Ich befürchte, es gibt verzweifelte Menschen, die irgendeine verrückte Hoffnung in ihn setzen und ihm ihre Seelen widmen wollen, wenn er ihnen Unmögliches verspricht. Die Götter mögen ihnen beistehen. Sie sind dem Untergang geweiht. Umock wird einen Fehler begehen. Wesen wie er können dem Bösen auf Dauer nicht widerstehen. Dann wird ihm seine Macht wieder genommen werden.«

Meine Kehle wird eng. »Was hast du getan, Großvater?«

»Was notwendig war. Nicht auszudenken, wenn es ihm gelungen wäre, zu viel Magie unter seine Kontrolle zu bringen! Wozu er fähig wäre, wenn eine seiner Seelen die

Macht eines Zauberers besitzen würde! Ein Glück, dass wir dieses Risiko ausgeschlossen haben.«

»Ein Glück«, echoe ich. Das Gehörte verwirrt mich auf so vielen Ebenen. Obwohl der Große Zaubermeister Umock um einen Teil seiner Belohnung betrogen hat, fühle ich mich hintergangen. Ich hätte dieser Abänderung des Fluches niemals zugestimmt. Es ist ungerecht und entspricht nicht dem, was ich für unser Volk ausgehandelt habe. Es erscheint mir, als hätte ich persönlich Umock damit betrogen. Möglicherweise bin auch ich ausgetrickst worden.

Und was soll der Kommentar über die Seele eines Zauberers bedeuten? Wirkt es sich tatsächlich negativ für unser Volk aus, wenn ich nach meinem Tod zu einer Nebelseele werde? Was geschieht mit meiner Magie, wenn ich nicht in den Himmel aufsteige, wie es alle Zauberer vor mir getan haben? Ich dachte, meine Magie würde von den Göttern wieder in den Kreislauf des Lebens aufgenommen werden, wie es bei allen anderen Zauberern der Fall war. Sie haben ihr Wissen behalten dürfen und durch ihr Dasein als Engel die Magie dieser Spezies nutzen dürfen. In meiner Vorstellung würde ich nach meinem Tod noch Zauber wirken können, indem ich Umocks Macht anzapfe. Weiß Oremazz mehr über dieses Thema oder stellt er lediglich Vermutungen? In der Geschichte der Menschheit ist solch ein Fall niemals eingetreten. In den Aufzeichnungen der Zauberwelt existieren keine Hinweise auf die Bedeutung meiner Tat. Gibt es dennoch Informationen, die mir entgangen sind? Habe ich einen Fehler begangen, als ich Umock meine Seele versprochen habe?

Es ist zu spät, um etwas daran zu ändern. Möglicherweise hat Umock genau das bezweckt. Er hat dafür gesorgt, die Seele eines Zauberers zu seiner Armee hinzuzufügen. Weiß er, welche Folgen das haben könnte? Ist das sein Hintergedanke dabei gewesen, uns zu helfen? War ich die ganze Zeit nur ein Spielzeug für ihn? Hat er mir gezeigt, wozu ich in der Lage bin, um später meine Fähigkeiten nutzen zu können?

»Ich muss mich wieder an die Arbeit machen«, sage ich mit trockenem Mund. »Melde dich bei mir, sobald du etwas weißt. Es ist unglaublich wichtig, unsere Kräfte zu bündeln.«

»Daran musst du mich nicht erinnern. Streng dich inzwischen mehr an. Es muss dir gelingen, die Armeen unserer Verbündeten ausfindig zu machen. Solltest du scheitern, haben wir den Krieg bereits verloren. Und konzentriere dich auf die Küstenstaaten. Laut meiner Vision werden unsere Feinde uns dort erwarten. Such jeden Flecken des Strandes ab.«

»Der Beginn deiner Vorahnungen hat an der Küste stattgefunden. Bist du dir sicher, die Schlachten sind nicht weiter im Landesinneren angesiedelt?«

Seufzend schüttelt Oremazz den Kopf. »Hör auf, meine Worte infrage zu stellen, und behalte deine Ziele im Blick.« In der nächsten Sekunde ist sein Gesicht verschwunden.

Ich fühle, wie die Wut wieder in mir hochkocht. Viel zu schnell hat sie mich wieder im Griff. Gestern durfte ich die Leichtigkeit meiner Seele noch genießen. Jetzt macht sich meine Frustration erneut bemerkbar. Ich kann es nicht nur auf das Gespräch mit meinem Großvater schieben. Natürlich ist nur er in der Lage, mich zu provozieren und an meine Grenzen zu bringen. Doch ich werde noch von anderen Dingen gequält.

Wie soll es mir gelingen, meinen Fürsten nicht zu enttäuschen? Wie soll ich es schaffen, das in mich gesetzte Vertrauen zu erfüllen? Und wie soll ich damit zurechtkommen, dass Umocks Verhalten bewiesenermaßen ganz eigene Gründe hat?

Die Enttäuschung, die ich empfinde, macht mir klar, dass der König der Nebelseelen mir mehr bedeutet, als gesund für mich ist. Ich muss das sofort abstellen. Er hat mich ganz offensichtlich von Anfang an manipuliert. Ich darf kein einziges Wort glauben, das er mir gegenüber geäußert hat. Ein kleiner Teil von mir wehrt sich immer noch dagegen. Etwas in mir will die Wahrheit nicht akzeptieren. Eine leise Stimme beharrt darauf, mich von Umocks Verrat mit eigenen Augen überzeugen zu müssen.

Die Desillusion lässt mich einen wütenden Schrei ausstoßen. Ich springe auf und trete gegen die Schale, die zur Seite kippt und ihren Inhalt über den Boden ergießt. Es ist mir egal, dass ich Unordnung verursache. Darum werde ich mich später kümmern. Jetzt will ich mich erst einmal Umock stellen. Wir werden uns wieder auf die Suche nach unseren Verbündeten machen. Dafür müssen wir erneut unsere Magie verbinden. Wenn wir uns so nahe sind, werde ich fühlen können, ob meine Vermutungen der Wahrheit entsprechen. Sobald seine Seele sich meiner offenbart, werde ich wissen, ob Umock mich tatsächlich nur für seine Zwecke ausgenutzt hat.

Nach einem kurzen Blick auf Elevander verlasse ich die Hütte. Wieder verursacht der ruhige Gesichtsausdruck meines besten Freundes ein schmerzhaftes Brennen in meinem Herzen. Wie gerne ich ihn jetzt um seine Meinung fragen würde. Er hat mich vor Umock gewarnt. Weshalb habe ich nicht auf ihn gehört? Wieso habe ich vergessen, dass er immer recht hat.

Wortlos rufe ich Umocks Namen. Hoffentlich hört er meinen Unmut aus der Art, wie ich nach ihm verlange. Bestimmt ahnt er trotzdem nicht, dass ich die Wahrheit herausgefunden habe. Er wird sich mir gegenüber nicht verstellen. Ich werde ihn lesen können. Ganz ohne Frage wird er mir die Antworten geben, nach denen es mich verlangt.

Aus dem Nichts erscheint er neben mir. Ich nicke ihm zu und transportiere mich zu der letzten Stelle, an die uns unsere Suche geführt hat. Nur Augenblicke später ist Umock mir gefolgt.

»Du wirkst müde«, sagt er. »Sollten wir nicht eine kurze Pause einlegen?«

»Das haben wir, als ich mich mit Manekas und anschließend mit meinem Großvater unterhalten habe«, stelle ich klar. »Jetzt werden wir die Suche für ein paar Minuten fortsetzen, bevor wir nach den Truppen unserer Gegner sehen.«

»Du hast dir eine längere Ruhepause verdient. Es wäre meiner Meinung nach besser, wenn du …«

Mit einem vehementen Kopfschütteln unterbreche ich ihn. »Es interessiert mich nicht, was Ihr denkt. Lasst uns einfach die Verbindung unserer Magie herstellen, damit wir mit vereinten Kräften die Spur unserer Feinde aufnehmen können. Außerdem gelingt es uns hoffentlich dieses Mal, auch die Truppen unserer Verbündeten ausfindig zu machen. Wir können nicht länger Zeit damit verschwenden, bloß unsere Feinde zu lokalisieren. Wir brauchen Unterstützung für unseren Kampf gegen die Bedrohung.«

Umock umkreist mich. »Das ist mir doch bewusst. Du drängst mich schon seit unserem ersten Erfolg, das Ergebnis mit unseren Verbündeten zu wiederholen.«

»Dann sollten wir jetzt endlich dafür sorgen, dass wir Ergebnisse vorzuweisen haben. Verbinden wir unsere Magie und versuchen, unsere Freunde zu finden.«

»Ganz wie du wünschst.« Umock bleibt vor mir stehen.

Ich kann in seine rotglühenden Augen blicken. Langsam, sodass es beinahe zärtlich wirkt, hüllt er mich mit seinem Nebel ein. Im nächsten Augenblick werde ich von intensiver Energie geflutet. Mit geschlossenen Augen fühle ich die Kraft in mir toben. Es ist schwierig für mich, die Macht zu kontrollieren. Allerdings ist mir dieses Mal überdeutlich klar, wie viel davon abhängt.

Drei Sekunden lang kämpfe ich nur gegen das Flirren der Magie in mir an. Dann forme ich sie in meinem Geist zu Säulen, trenne meine eigene Energie von der von Umock. Langsam kann ich zu seiner Seele durchdringen. Seine Gefühle prasseln auf mich ein. Im Gegensatz zum gestrigen Tag schiebe ich dieses Mal kein Schutzschild vor. Ich tauche in diese neue Welt ein, bewege mich langsam hindurch und speichere alles ab, was ich aufnehmen kann.

Liebe. Verwirrenderweise handelt es sich bei der Emotion, die am vehementesten zutage tritt, um Liebe.

Das ergibt für mich so gar keinen Sinn, weshalb ich annehme, es handelt sich um einen Trick, um mich von dem abzulenken, was er vor mir verbergen will. Ich arbeite mich weiter in seine Seele vor, lese in den Facetten, die er mir zeigt.

Funken von Wut vermischen sich mit etwas, das ich als Gier nach Macht bezeichnen würde. Er fühlt sich betrogen, ungerecht behandelt. Die Strafe, die man ihm erteilt hat, glaubt er nicht zu verdienen. Gleichzeitig existiert auch Schuldbewusstsein in seinem Inneren. Ich nähere mich diesem Gefühl, weil ich annehme, das könnte viel über seinen Charakter verraten.

Er versucht ganz offensichtlich, diesen Teil von sich zu unterdrücken. Es will mir nicht gelingen, die dazugehörigen Emotionen einzufangen. Die wenigen Fragmente, die ich wahrnehme, erzählen eine Geschichte von Scham, Reue und Traurigkeit. Meine Fantasie muss mir einen Streich spielen. Anders kann ich mir nicht erklären, wieso diese Gefühle in Umock ruhen. Ich kann sie nicht mit dem Bild in Einklang bringen, das er mir zeigt. Wieder einmal fühle ich mich manipuliert.

»Womit vergeudest du unsere Zeit?«, beschwert sich Umocks Stimme am Rande meiner Wahrnehmung. »Wenn du dich nicht auf deine Verbündeten konzentrierst, wird meine Suche nicht erfolgreich sein.«

»Eine Sekunde noch.« Er hat recht. Eine wichtige Aufgabe wartet auf mich. Doch da ist auch die Neugierde und das Bedürfnis, ihn zu durchschauen. Ich muss meine Antworten erhalten. Anders ist es mir nicht möglich, weiter mit ihm zusammenzuarbeiten. Noch einmal wage ich einen Vorstoß in seine Seele. Mir bleibt die Luft weg, als würde ich tatsächlich in tiefes Wasser tauchen. Meine Lungen brennen, doch ich lasse die Oberfläche seiner Seele hinter mir und versuche herauszufinden, welche Art von Wesen er wirklich ist.

»Was treibst du da?« Umocks Stimme klingt tief und ungehalten. Die Verbindung zu seiner Seele droht abzureißen.

Ich klammere mich an einem Gefühl fest, das sich direkt vor mir befindet. Liebe. Wieder einmal ist es Liebe, die am stärksten in ihm vibriert.

»Durchleuchtest du mich etwa?« Umocks Empörung drängt mich von ihm fort. Mit einem Mal stehe ich am Rand seiner Seele, die er vor mir verschlossen hat. »Du bist nicht auf der Suche nach Verbündeten. Du willst meine Geheimnisse ergründen.«

»Ich möchte lediglich wissen, mit wem ich es zu tun habe.«

»Das weißt du doch längst. Keine Sekunde lang habe ich mich vor dir verstellt.« Er entzieht mir den Zugriff auf seine Magie und löst damit die Verbindung zwischen uns gänzlich auf.

»Wollt Ihr behaupten, mir alles gesagt zu haben, was ich wissen muss?«, erkundige ich mich. »Könnt Ihr mir in die Augen sehen und mir versichern, mir nichts Wichtiges zu verschweigen?«

Umock geht weiter auf Abstand. »Du weißt genau, dass ich dazu nicht in der Lage bin. Mein fehlender Körper ist dir bestimmt nicht verborgen geblieben. Lass also diese Anspielungen und sag mir, wovon du eigentlich sprichst.«

Frustriert balle ich die Hände zu Fäusten. »Ich weiß nicht, ob ich Euch vertrauen kann.«

»Das schmerzt. Eigentlich dachte ich, wir wären inzwischen Freunde geworden.«

»Warum habt Ihr so großen Wert daraufgelegt, dass ich Teil Eurer Armee werde?«, stelle ich die für mich wichtigste Frage. »Was habt Ihr damit bezweckt, die Seele eines Zauberers für Euch zu beanspruchen?«

»Darum geht es hier? Du denkst, ich habe dich ausgenutzt?«

»Nein! Ja! Es muss einen Grund haben, weshalb es Euch so wichtig war, mich dazu zu bringen, Euch meine Seele zu schenken. Ich muss ihn unbedingt erfahren. Ich will es mit jeder Faser meines Körpers wissen.«

Umock schwebt näher, bleibt vor mir in der Luft stehen. »Du kennst die Wahrheit. Wenn du tief genug in deine eigene Seele blickst, wirst du es verstehen und das Echo dessen, was mich antreibt, erkennen. Fast zwei Jahre lang habe ich dich aus der Ferne beobachtet. Ich kenne dich, weiß, was dich bewegt, was dich besonders macht, welche Einsamkeit du ertragen musstest. Lass mich dich aus der Dunkelheit führen. Lass mich derjenige sein, der dir das Licht in dieser Welt zeigt.«

Er macht mir Angst. Deutet er an, ich dürfte nach diesem Krieg weiterhin von ihm lernen? Könnten wir seiner Meinung nach mehr werden? Sehr viel mehr? Ich will nicht an das glauben, was seine Worte bedeuten könnten. Ich schiebe die Möglichkeiten, die sie bieten, weit von mir. Nein, ich darf nicht zulassen, dass er mich damit tief in meiner Seele berührt.

Ängstlich gehe ich rückwärts, stolpere über meine Beine und falle beinahe zu Boden. Umock umkreist mich und fängt mich auf. Ihn so nahe bei mir zu spüren, macht alles nur noch schlimmer. Es macht mir deutlich, was in meinem Herzen vorgeht.

»Ihr seid die Dunkelheit«, stoße ich aus. »Ihr seid der König des Nebels. Wie sollte jemand wie Ihr mir das Licht zeigen können?«

»Gib mir die Chance, dir deinen Irrtum zu beweisen. Lass mich dir zeigen, wozu wir gemeinsam fähig sind.« Umocks Stimme klingt lockend und verführerisch.

»Nein, ich will nicht darüber nachdenken. Das gehört bestimmt alles zu Eurem Plan. Ihr wollt mich verwirren, mich in Euren Bann ziehen, damit Ihr mich kontrollieren könnt.«

Er umkreist mich, schwirrt um mich herum, was mich völlig durcheinanderbringt. »Wer hat dir diesen Unsinn eingeredet? Dein Großvater? Versucht nicht vielleicht er, dich wieder zu der Marionette zu machen, die seine Befehle kommentarlos erfüllt? Hat nicht vielleicht er ein Problem damit, dass du jetzt deinen eigenen Kopf hast, deine Entscheidungen selbst trifft und infrage stellst, was er dich gelehrt hat?«

Verwirrung breitet sich in mir aus. Ich weiß nicht mehr, was ich denken soll. »So ist es nicht. Möglicherweise akzeptiert Oremazz keine Grenzen, schenkt mir keinen Respekt und hilft mir nicht, meine Fähigkeiten zu verbessern. Natürlich hat er sich mir gegenüber nie wie ein Großvater verhalten. Meine gesamte Kindheit habe ich gehofft, er könnte mich irgendwann lieben. Seine ablehnende Haltung enttäuscht mich als sein Enkelkind und als sein Lehrling. Aber das bedeutet nicht, dass seine Absichten schlecht sind. Ihr hingegen …« Ich verstumme.

»Hältst du mich für fähig, dich nur zu meinen Zwecken zu missbrauchen«, fragt Umock verletzt. Seine Augen leuchten greller als jemals zuvor. »Denkst du tatsächlich,

ich würde dir absichtlich schaden, obwohl ich so viel für dich empfinde?«

»Ich weiß nicht, was ich denken soll«, gestehe ich.

Zwei Männer mit starken Persönlichkeiten behaupten gegensätzliche Dinge. Wem von den beiden soll ich glauben?

Der Eine genießt mein Vertrauen, solange ich denken kann. Natürlich würde ich unsere Beziehung nicht als unproblematisch bezeichnen. Ich bin nicht immer glücklich darüber, wie die Dinge zwischen uns laufen. Er weiß mich nicht zu schätzen, behandelt mich wie einen Fremden, verbirgt seine wahren Gedanken und benutzt mich wie ein Puppenspieler. Dennoch ist er alles an Familie, was ich habe. Blut ist für mich immer noch dicker als Wasser. Für die Menschen unseres Landes stellt er die einzige Hoffnung dar, die wir vielleicht noch haben.

Vor dem anderen sollte ich mich aufgrund seines Rufes in acht nehmen. Er ist bekannt dafür, Menschen Böses anzutun. Auch wenn ich nicht in Erfahrung bringen konnte, welche Verbrechen er genau begangen hat, gehört er zur Dunkelheit. Mehr noch. Er ist König der Nebelseelen und stellt immer noch eine Gefahr für die Menschen dieses Kontinents dar, obwohl mein Großvater ihn mit einem neuen Spruch belegt hat. Mir gegenüber hat er sich immer zuvorkommend und charmant verhalten. Er hat mir keinen Grund gegeben, an seinem Wort zu zweifeln. Seine Vorgeschichte kann ich allerdings nicht außer Acht lassen.

Was soll ich nur tun? Was muss ich denken? Was darf ich fühlen?

»Höre auf dein Herz«, fordert Umock. »Vergiss, welche Geschichten dein Großvater dir in den vergangenen zwei

Jahren über mich eingetrichtert hat. Es zählt nicht, welche Meinung ich von Oremazz habe. Du allein kennst die Wahrheit. Nur du kannst entscheiden, was für dich der richtige Weg ist.«

»Als würde das irgendjemanden interessieren«, sage ich leise.

Er schwebt vor mir auf und ab. »Mit mir kannst du über alles reden, was dich beschäftigt. Ich will immer wissen, was in dir vorgeht. Wenn es mir möglich ich, werde ich dir bei jedem Problem helfen.«

Ungläubig lache ich auf und schüttle den Kopf. Das klingt einfach zu gut. Es wäre so leicht, an seine Worte zu glauben. Aber …

»Ich kann nicht. Ich danke Euch für die Hilfe, die Ihr bereits geleistet habt. Wenn ich in der Lage wäre, das in mir zu erkennen, was Ihr anscheinend in mir seht, würde mein Leben ab jetzt anders verlaufen. Leider bin ich das Produkt meiner Erfahrungen. Und Ihr seid …« Ich zucke mit den Schultern. »Ihr seid nicht das, was ich erwartet habe. Gleichzeitig seid Ihr alles, wovor man mich gewarnt hat.«

»Große Macht wird immer misstrauisch beäugt. Meine Magie hat viele Neider auf den Plan gerufen, die mich aus dem Weg schaffen wollten. Nicht alles, was man mir vorwirft, habe ich verdient. Ich bin nicht das Monster, von dem man dir erzählt hat.«

»Das stimmt. In Euch versammelt sich nicht alles Böse dieser Welt. Dennoch kann ich mein Vertrauen nicht in Euch setzen und die Lehren meines Großvaters außer Acht lassen. Es tut mir leid. Ich werde Euch gegenüber immer vorsichtig bleiben. Ich muss jede Eurer Taten und jedes

Eurer Worte auf die Goldwaage legen. Alles andere ist viel zu riskant.«

Bis jetzt bin ich grandios daran gescheitert, mich an meinen eigenen Ratschlag zu halten. Ich habe Umock bereits viel zu nahe an mich herangelassen. Als ich in seiner Seele gelesen habe, konnte ich kein Anzeichen von Falschheit erkennen. Das muss allerdings überhaupt nichts bedeuten. Mit Sicherheit ist er ein Meister der Tarnung. Nur weil ich ihn noch bei keiner Lüge ertappt habe, bedeutet das nicht, dass er mir noch keine aufgetischt hat. Es wäre Irrsinn zu warten, bis er mir offen in den Rücken fällt. Nein, ich muss mich jetzt schützen. Und möglicherweise darf ich auch auf meinen Großvater nicht mehr hören. Ich bin mir nicht mehr sicher, ob irgendeiner von ihnen bei seinen Entscheidungen meinen Willen und mein Wohl im Blick behält.

Umock umkreist mich einmal und bleibt dann vor mir stehen. »Es tut mir leid, dass du dich zu diesem Schritt gezwungen siehst. Irgendwann wird dir mit Sicherheit klar werden, wer hier der Feind und wer dein Freund ist. Ich werde warten, bis es so weit ist.«

Auf sein Versprechen gehe ich nicht weiter ein. »Es gilt einen Krieg zu gewinnen. Wir müssen uns an die Arbeit machen. Kommt her, damit wir unsere Magie noch einmal verbinden können.«

»Verzeih, wenn ich dieses Mal darauf bestehe, meine Seele vor dir zu verschließen. Ich habe die Möglichkeit, ungefragt deine Geheimnisse zu erforschen, nicht genutzt. Da du diesbezüglich keine Zurückhaltung gezeigt hast, will ich nicht darauf warten, dass du das, was du heimlich über mich erfährst, gegen mich verwendest.«

Wie trotzig er klingt! Ob ich ihn mit meiner intensiven Durchleuchtung tatsächlich beleidigt habe? Er, der König der Nebelseelen, der mit Vorliebe vorgibt, alle Antworten zu kennen, und so tut, als hätte er für alles eine Lösung? Sollte ausgerechnet ihm peinlich sein, was ich über ihn herausfinden könnte?

Seine Worte machen mir allerdings auch klar, ihm gegenüber nicht sonderlich vorsichtig gewesen zu sein, als wir unsere Magie am gestrigen Tag verbunden haben. Naiv und vorurteilsfrei habe ich riskiert, dass er mehr über mich erfährt, als gut für mich ist. Mit dem Verschluss unserer Geheimnisse bin ich daher mehr als einverstanden.

»In Ordnung«, stimme ich zu. »Tut, was notwendig ist, um das wechselseitige Erforschen unserer Seelen unmöglich zu machen. Hauptsache wir können uns bald wieder auf unser eigentliches Ziel konzentrieren.«

Umock murmelt etwas, das ich nicht verstehe. Ich selbst krame aus meiner Erinnerung einen Spruch, der meine geheimen Gedanken vor Umock verschließt. Eine Sekunde später hüllt der König der Nebelseelen mich wieder mit der kühlen Feuchtigkeit ein, die ich auch in einer Zukunft, von der er kein Teil ist, immer mit ihm in Verbindung bringen werde.

»Konzentriere dich«, befiehlt Umock. »Lass die Magie neuerlich durch deine Adern fließen, aber sperre dich jetzt nicht mehr gegen mich.«

Leichter gesagt als getan. Ich schließe meine Augen, als die Energie meinen Körper füllt. Warm und in leuchtendem Rot pulsiert die Macht von uns beiden in mir. Meine Gefühle heißen Umock willkommen und machen ihn zu einem Teil von mir. Einer innigen Umarmung gleich spüre ich ihn um mich herum. So, wie ich mir den Kuss eines Liebenden vorstelle, streift seine Präsenz über meine Wange. Voller Scham registriere ich die Erregung, die in mir aufsteigt. Die Sehnsucht, mehr für Umock zu sein, ihn auf andere Art kennenzulernen, ist so machtvoll, dass ich ein Stöhnen nur mit Mühe unterdrücken kann. Mein Körper befindet sich in Aufruhr und reagiert auf Umocks Nähe auf eine Weise, die ich noch niemals zuvor kennengelernt habe.

Als ich vorhin seine Gedanken gelesen habe, ist es mir gelungen, diesen Teil der Magieverschmelzung zu unterdrücken. Jetzt allerdings rauscht das Begehren nach Umock in meinen Adern, flutet meine Sinne und verursacht Schwindel.

Ich hasse mich dafür, so zu empfinden, doch ich kann mich von der Leidenschaft nicht lösen. Mit geschlossenen Augen ertrage ich die Folter, von der Umock hoffentlich nichts ahnt. Es wäre mir peinlich, wenn er wissen würde, was seine Nähe mit mir anstellt. Ob er zumindest einen Anflug dieses Gefühls aus eigener Erfahrung kennt?

Jetzt ist es an der Zeit, die Suche nach unseren Verbündeten zu starten. Drei Sekunden lang habe ich Schwierigkeiten, mich auf die Armee unserer Freunde zu fokussieren. Ich entlasse die Magie, die in mir fließt, in die Luft, wo sie sich nach einer Antwort der Macht umhört, die die Zaubermeister unserer Bündnispartner ausstrahlen.

Um mir die Aufgabe zu erleichtern, stelle ich mir den Fluss der Energie als violettes Band vor. Obwohl ich die Augen geschlossen habe, kann ich die leichten Fäden vor mir sehen, die sich nach allen Richtungen ausbreiten. Sie durchziehen die Lüfte und durchstreifen die Umgebung.

Von unserem Standpunkt aus wandern sie durch das Land, bis sie jeden Winkel dieses Kontinents durchforstet haben.

Dieses Mal suchen die violetten Bänder nicht nach der Signatur unserer Feinde. Dieses Mal speise ich die Wellen der Energie ein, die mein Großvater aussendet. Diese Idee ist mir gekommen, als die Wut auf Oremazz meine Sinne nicht mehr kontrolliert hat. Auf diese Weise muss es einfach funktionieren. Er hat mit allen anderen Zaubermeistern gesprochen. Das bedeutet, ihre Magie hat sich miteinander verbunden. Bei diesem Austausch sind Spuren der ureigenen Energie meines Großvaters auf seine Gesprächspartner übergegangen. Wenn sich die Großen Zaubermeister also bei der Armee ihres Landes befinden, kann ich sie orten. Sollten sie nicht persönlich die Reise angetreten sein und so wie mein Großvater lediglich einen Abgesandten an ihrer statt mitgeschickt haben, dann kann ich später durch die Unterhaltungen mit ihren Stellvertretern die Standorte der Armeen ausfindig machen.

Die ersten Antworten trudeln ein. Ganz deutlich erkenne ich die einzelnen Ziele. Maëlle schließe ich davon aus. Dann bleiben noch sechs weitere Orte, die ich aufsuchen muss. Ich will die Verbindung zu Umock bereits trennen, als noch ein weiteres Echo den Weg zurück zu mir findet. Also halte ich inne, versuche mich auf die unterschiedlichen Nachrichten zu konzentrieren, statt mich in dem Verlangen zu verlieren, das mich durchfließt. Zwei Minuten harre ich noch aus, in denen mir ein weiterer Standort verraten wird. Dann habe ich die Grenze des Erträglichen erreicht.

Schwer atmend mache ich einen Schritt zurück, versuche die Nebelumarmung zu durchbrechen. Zuerst scheitere ich.

Umock scheint von meiner Flucht überrascht. Doch schließlich lässt er mich frei. Die Verbindung wird getrennt.

Mein Körper befindet sich immer noch in Aufruhr. Ich beuge meinen Oberkörper nach vorne, stütze mich mit den Armen auf meinen Oberschenkeln ab und versuche, wieder zu Atem zu kommen.

»Ist alles in Ordnung mit dir?«, fragt Umock, die Stimme dunkel und rau. Der Klang jagt einen Schauer über meinen Rücken.

»Ja, ja. Geht gleich wieder.« Ich kann ihn immer noch in mir spüren. Was für ein seltsamer Eindruck. Umock ist durch diese intensive Verbindung unserer Magie zu einem Teil von mir geworden. Ich fühle ihn immer noch auf eine unglaublich intime Art nah bei mir. Das Begehren rauscht in mir. Dabei handelt es sich doch lediglich um eine Täuschung meiner Sinne. Oder liege ich da falsch? Wird auch Umock von der gleichen Sehnsucht heimgesucht? Ist das der Grund, weshalb seine Stimme so seltsam verfärbt geklungen hat?

Es spielt keine Rolle. Ich darf diese Emotionen nicht näher erforschen. Sobald dieser Krieg beendet ist, wird sich alles verändern. Selbst wenn Umock anderer Meinung sein sollte und wirklich glaubt, uns könnte mehr als diese dunkle Bedrohung verbinden, wird er danach einsehen, dass wir nichts weiter gemeinsam haben. Bis zu meinem Tod werde ich ihn wohl nicht mehr zu Gesicht bekommen.

Langsam richte ich mich auf. »Es hat funktioniert. Ich kenne acht Aufenthaltsorte von unseren Verbündeten.«

»Beeindruckend. Wie ist dir das gelungen?«

»Ihr werdet es hören, wenn ich es Manekas erkläre.« Ich transportiere mich direkt neben unseren Fürsten, der wieder über den Karten brütet.

Seine Ratgeber schrecken genauso auf wie seine Wachen. Möglicherweise sollte ich das nächste Mal etwas mehr Abstand halten, um die Männer nicht unnötig in Aufruhr zu versetzen. Ich habe ihnen bereits wiederholt mitgeteilt, dass niemand uns in unserem Lager finden kann. Wir sind auch für andere Magier unsichtbar. Außerdem habe ich einen Schutzzauber ausgesprochen, der es jedem außer mir unmöglich macht, in der Nähe von Manekas Zauber anzuwenden. Doch egal, wie oft ich die immer gleichen Beruhigungsfloskeln ausspreche, es gelingt mir immer wieder, die Soldaten zu überraschen.

Ich greife nach einer Echsenklaue, tunke sie in das Fläschchen mit Tinte, murmle einen Spruch und male dann acht Kreuze auf die Landkarte.

Empört nimmt Sikiwer mir die Klaue aus der Hand. »Wie könnt Ihr Markierungen direkt auf das wertvolle Papier aufbringen? Wir benötigen diese Karten noch.«

»Die Tinte wird verschwinden, wenn ich es ihr befehle«, erkläre ich und führe es ihm vor. Leise Worte lassen die Markierung verblassen. Mit einem weiteren Spruch erscheinen sie wieder. »Seid Ihr nun zufrieden?«

»Noch weiß ich nicht, was es mit diesen Kreuzen auf sich hat«, gibt Sikiwer zurück.

»Dort befinden sich die Armeen unserer Verbündeten«, berichte ich stolz. »Ich habe eine Möglichkeit entdeckt, sie aufzustöbern. Das sind die Orte, an denen sich die Großen Zaubermeister unserer Verbündeten aufhalten, mit denen mein Großvater mittels Magie Kontakt aufgenommen hat.«

»Wir haben lediglich mit sechs anderen Staaten ein Abkommen getroffen«, stellt einer von Manekas' Ratgebern fest. »Ihr habt acht Armeen eingezeichnet.«

»Möglicherweise hat mein Großvater auch den Rat von anderen Zauberern eingeholt. Ich werde der Sache nachgehen.«

»Unsere Bündnispartner sind weit über das Land verstreut.« Mit gerunzelter Stirn betrachtet Manekas die Landkarte. »Wenn sie sich gleichzeitig mit uns auf den Weg gemacht haben, müssten sie es bereits viel weiter in Küstennähe geschafft haben. Seid Ihr sicher, dass sie sich dort aufhalten?«

»Wie gesagt. Die Zauberer, mit denen mein Großvater sich unterhalten hat, sind jetzt genau an diesen Stellen gewesen. Noch habe ich sie nicht besucht, aber darum werde ich mich sofort kümmern. Ich besuche jede einzelne Armee und teile Euch ihre Stärke mit. Wenn Ihr mir ein Schreiben gebt, mit dem Ihr mich als Euren Botschafter ausweist, werde ich die Anführer informieren, was in den letzten Tagen hier passiert ist. Ich werde Portale errichten, damit sie sich zu dem Ort transportieren können, den Ihr festlegt. Mit dem Wissen, dass ich unsere Verbündeten entdeckt habe, könnt Ihr einen Plan erarbeiten, wie wir unsere Feinde bekämpfen können.«

Manekas nickt. »Ihr habt ausgezeichnete Arbeit geleistet. Dafür sind wir alle Euch zu großem Dank verpflichtet. Sikiwer, setzt ein entsprechendes Schreiben auf.«

Umocks Stimme erklingt in meinem Kopf. »Eine großartige Idee, die Spuren von Oremazz' Magie zu verfolgen«, lobt er. »Damit hast du Raffinesse bewiesen.«

Stumm nicke ich zum Dank in seine Richtung. Tatsächlich bin ich mehr als stolz auf mich. Das hier ist der Durchbruch, auf den wir gewartet haben. Damit haben wir die Karten in der Hand, die uns einen Sieg über unsere Feinde ermöglichen.

Sobald Manekas die von Sikiwer aufgesetzte Nachricht unterzeichnet hat, nehme ich sie an mich und transportiere mich zu den Stellen, die mir die Magie genannt hat. An fünf Orten finde ich eine Armee, deren Anführer ich die Nachricht von der verlorenen Schlacht um Medisia berichte. Sie haben auch keine Kenntnis davon, dass Nialling gefallen ist.

Alle fünf Anführer erzählen mir die gleiche Geschichte. Sie waren einige Tage unterwegs, um Nialling zu Hilfe zu eilen, als sie die Orientierung verloren haben. Je näher sie der Küste kamen, umso mehr wurden ihre Sinne verwirrt. Sie hatten versucht, mit ihren Flugechsen Nachrichten zu verschicken, doch auch diese Tiere schienen wie mit einem Zauber belegt, der sie ihrer Fähigkeiten beraubte. Seit Wochen würden sie nun abgeschnitten vom Rest der Welt darauf warten, dass ihnen jemand den richtigen Weg weist. Sogar die Verbindung ihrer Großen Zaubermeister mit ihren Kollegen wäre abgerissen.

»Ab jetzt seid Ihr nicht mehr allein«, verspreche ich ein ums andere Mal. »Ich hinterlasse Euch ein Portal, durch das ich Euch zum Ort der nächsten Schlacht transportieren werde. Mit Eurer Hilfe werden wir unseren Gegner zu Fall bringen.«

Während ich fünf Portale errichte, frage ich mich, warum mein Großvater mir nicht erzählt hat, dass er nicht mehr in der Lage ist, mit den anderen Zaubermeistern zu kommunizieren. Mir hat er Vorhaltungen gemacht, weil ich ihn angeblich nicht über alles informiert hätte. Mich hat er dafür bestraft, Dinge getan zu haben, die unsere Mission gefährden würden. Doch er selbst hat mir wichtige Neuigkeiten nicht mitgeteilt. Einmal mehr empfinde ich Wut auf meinen Großvater. Der Gedanke an die Nopih verschafft mir kurzfristig Erleichterung. Bei meinem nächsten Gespräch mit Oremazz habe ich einiges mit ihm zu besprechen.

Ich springe weiter zum nächsten Ort, den die Magie mir verraten hat. Dieses Mal treffe ich auf keine Armee, die sich darauf vorbereitet hat, mit uns in den Krieg zu ziehen. Vielmehr finde ich mich in einer abgelegenen Hütte wieder, in der ein Zauberer lebt, der sich von all seinen Kollegen zurückgezogen hat. Er berichtet mir, dass Oremazz ihn über die Maschine befragt hat, die ich ihm beschrieben habe. Allerdings hat auch er keine näheren Informationen darüber.

Beim nächsten Halt lande ich mitten in einem Wald. Obwohl ich bei meiner Suche nach den Spuren von Oremazz' Magie eindeutig einen Hinweis auf diese Stelle erhalten habe, kann ich keinen Zauberer und schon gar keine Armee ausfindig machen. Mehrere Minuten lang durchstreife ich die Gegend, springe hin und her, sehe mich nach allen Zeichen eines vorbeigekommenen Zauberers um, doch der Empfänger der Nachricht meines Großvaters ist verschwunden. Ich schließe meine Augen und speichere die Energiesignatur ab, die noch in der Luft liegt. Ob ich mich damit auf die Suche nach der Person machen kann, die ich aufgespürt habe, weiß ich nicht. Vielleicht benötige ich die Information jedoch später noch, auch wenn ich glaube, dass ein Zauberer sich an diesen Ort transportiert hat und längst wieder in seine Heimat zurückgekehrt ist.

Bei der achten und letzten Station habe ich eine freie Fläche vor mir. Auch hier ist zu meinem Leidwesen kein Zauberer zu sehen. Der Boden unter meinen Füßen zeigt deutlich, dass eine große Anzahl von Menschen entlangmarschiert ist. Beim letzten Halt hat es nicht den Anschein gemacht, als hätte ihn jemand passiert. An dieser Stelle bin ich mir sicher, dass die fehlende Armee nicht weit sein kann.

»Da oben auf dem Berg«, sagt Umock.

Erschrocken zucke ich zusammen. Manchmal vergesse ich, dass er immer noch in meiner Nähe ist. Ich hebe den Blick zu dem Berg, der in hundert Fuß Entfernung vor uns aufragt. Ein Weg schlängelt sich gen den Gipfel. Eine Truppe von ungefähr zweihundert Soldaten bewegt sich darauf, allerdings in die völlig falsche Richtung, wenn sie vorhaben, auf dem schnellsten Weg zu ihrer Armee zu stoßen. Ich transportiere mich an die Spitze des Zuges und informiere den Feldherrn über seinen Irrtum.

Wieder wird mir erzählt, dass die Männer Probleme hatten, sich in der Umgebung zu orientieren. Mehrere Tage lang haben sie sich in der Ebene aufgehalten, bis sie sich entschieden haben, einen Weg aus ihrer Misere zu suchen. Auf meinen Vorschlag hin sind sie bereit, den Rückweg anzutreten. Um ihnen diese Aufgabe zu erleichtern, springe ich mit dem Anführer der Truppen an das Ende der Soldatenreihen, damit die Männer sich nur in die andere Richtung wenden müssen, um den Berg hinabsteigen zu können. Dann erstelle ich noch ein Portal in der Ebene und kehre zu unserem Fürsten zurück.

»Die Armeen von sechs verbündeten Staaten habe ich angetroffen«, berichte ich Manekas im Lager. »Wir dürfen mit einer Unterstützung von zweihundert, dreihundert, zweimal fünfhundert, achthundert und tausend Mann rechnen. Das macht zusätzliche dreitausenddreihundert Soldaten, die für unsere Sache kämpfen. Mit dieser Armee müssen wir nicht länger zögern. Wir kreisen die größte der feindlichen Truppen ein und zerschlagen sie mitsamt dem seltsamen Gerät, dessen Zwecke wir noch nicht kennen.«

»Das klingt nach dem Plan eines Heißsporns«, tadelt Sikiwer. »Wir, die wir die Verantwortung für so viele Männer übernehmen, müssen allerdings mit Bedacht vorgehen. Wir werden eine Möglichkeit ersinnen, wie wir diesen unerwarteten Vorteil für uns nutzen.«

»Aber wenn wir zu lange warten, ist der Vorteil nicht mehr existent. Wir müssen jetzt handeln.«

Manekas legt mir eine Hand auf die Schulter. »Sorgt Euch nicht um die Details. Ich werde uns zum Sieg führen, jetzt, da wir in der Überzahl sind. Geduldet Euch noch ein paar Tage …«

»Tage?!«

»… oder Stunden. Ich gebe Euch Bescheid, wenn ich eine Lösung gefunden habe. Jetzt überprüft bitte, ob sich unsere Feinde immer noch an der gleichen Stelle aufhalten, wenn wir die Entscheidung über die beste Angriffsstrategie getroffen haben. Sollten sie sich weiterbewegt haben, müssen wir das wissen.«

Er schickt mich weg, lässt mich bei dieser wichtigen Beratschlagung nicht dabei sein. Nun, da ich meinen Dienst getan habe, werde ich wieder zur Seite geschoben. Unmut regt sich in mir, doch ich nickte. Tatsächlich sind Stunden vergangen, seit ich den Aufenthaltsort unserer Gegner kontrolliert habe. Ich werde überprüfen, ob sie sich neu formiert haben. Doch wenn ich zurückkomme, werde ich auch den Fortschritt der Verhandlungen überprüfen.

Ich bin mehrere Stunden unterwegs. Längst hat sich Dunkelheit über das Land gesenkt. Allerdings will ich es nicht bei einer kurzen Stippvisite belassen. Zu lange habe ich nicht nach den verstreuten Truppen gesehen. Ich lege mich in der Nähe ihrer Lager auf die Lauer und warte ein paar Minuten, um den Ablauf ihres Aufenthaltes zu ergründen. Ich kann sie nur beim Essen und Trinken beobachten. Keine der Gruppen scheint sich auf einen baldigen Aufbruch vorzubereiten. Die Soldaten treffen keine Vorkehrungen für eine Schlacht. Das bedeutet allerdings nicht, dass sich das nicht in der Zeit ändern könnte, in der ich nicht nach ihnen sehe.

Als ich mit dem Bespitzeln der letzten Truppe geendet habe, springe ich daher noch einmal zur ersten.

»Was hast du vor?«, fragt Umock in meinem Kopf.

»Ich muss noch einmal überprüfen, ob alles in Ordnung ist.«

»Lass es gut sein. Du bist seit einer Ewigkeit auf den Beinen. Du kannst nicht noch eine Nacht ohne ausreichend Schlaf verbringen.«

Mit einem Schulterzucken tue ich seinen Einwand ab. »Wir können nicht riskieren, dass sie sich in Bewegung setzen, während ich sie nicht im Auge habe.«

»Du kannst die Verantwortung für den Standort der feindlichen Truppen nicht mehr länger allein übernehmen«, stellt Umock fest. »Du musst dir Hilfe besorgen.«

»Wie soll das funktionieren?« Ich ziehe eine Grimasse. »Soll ich einem Soldaten beibringen, wie man sich transportiert? Wollt Ihr einen Eurer Männer schicken, obwohl Eure Armee sich offensichtlich viel zu leicht ablenken lässt? Habt Ihr vor, selbst Nachtwache zu schieben?«

»Wenn das notwendig sein sollte. So kann es jedenfalls nicht weitergehen. Du hast letzte Nacht nicht geschlafen. Du benötigst Ruhe, um wieder klar denken zu können. Wir werden ausgeruhte Soldaten zu den aktuellen Verstecken unserer Gegner bringen. Sie werden Wache halten und gegebenenfalls die Bewegungen unserer Feinde beobachten. Ich werde sie unsichtbar machen und mit einem Zauber belegen, der es uns möglich macht, ihnen zu folgen.«

Ich kann fühlen, wie sich die Dunkelheit auf meiner Seele erhellt. Gegen mein besseres Wissen will ich mich auf ihn verlassen, die Entscheidung in seine Hände legen und darauf vertrauen, dass er alles Notwendige klärt. »Es klingt, als hättet Ihr an alles gedacht.«

Er umkreist mich. An seiner Aura kann ich lesen, dass er gut gelaunt ist. Fast scheint es, als hätte er den Streit von vorhin einfach vergessen. War seine Empörung über meine Neugier und seine Enttäuschung über mein mangelndes Vertrauen möglicherweise nur gespielt? Wieder nagt das Misstrauen an mir. Es zerfleischt mich förmlich, also schiebe ich es weit von mir.

»Natürlich«, sagt Umock nun. »Genau das erwartet man doch vom Anführer einer mächtigen Armee, nicht wahr?

Ein König muss alle Eventualitäten in Betracht ziehen. Er darf sich von nichts überraschen lassen. Ich habe jeden deiner Einwände bedacht und in meine Lösung mit einbezogen.«

»Ihr seid viel zu gut darin, meine Gedanken vorherzusehen.«

»Diese Behauptung empfinde ich als großes Lob, auch wenn ich stark daran zweifle, dich bereits ausreichend erforscht zu haben. Darum werden wir uns ein anderes Mal kümmern. Jetzt mach dich auf die Suche nach Männern, denen du vertraust, und teile ihnen mit, was du von ihnen erwartest. Um den Rest werde ich mich kümmern.«

Erleichterung durchfließt meine Adern. Obwohl ich noch immer misstrauisch Umocks Beweggründen für seine Hilfe gegenüber bin, werde ich mich in diesem Fall auf seine Unterstützung verlassen. Schließlich hat er keinen Vorteil davon, wenn ich nicht einsatzfähig bin und er durch mich keinen Kontakt mit Manekas aufnehmen kann. Ich werde also seinen Rat annehmen und mir ein paar Stunden Schlaf besorgen. Dann bin ich morgen hoffentlich in der Lage, eine Lösung für jedes einzelne Problem zu finden, das noch auf mich wartet.

14. Kapitel

Ein Geräusch holt mich aus meinen Träumen und zwingt mich in die Realität dieses viel zu frühen Morgens, der möglicherweise unzählige Menschenleben fordern wird. Nach dem kurzen Erfolg gestern steht uns eine noch schwerere Herausforderung bevor. Wir werden unsere Kräfte brauchen. Ich sollte schlafen, bis das Böse unser Lager erreicht hat. Was also weckt mich zu einer Stunde, in der das einzige Licht aus dem Feuerball besteht, den ich in der Laterne entzündet habe?

Meine Augen können keine Details erkennen, doch plötzlich weiß ich, dass ich nicht allein bin.

Abrupt richte ich mich auf und greife nach dem Dolch, den ich unter meinem Kopfkissen versteckt habe. Meine Finger beben. »Wer ist da?«, fragte ich, um einen festen Tonfall bemüht, dem man meine Angst nicht anmerkt.

Ein Umriss schält sich aus der der Dunkelheit. Die Gestalt wirkt so vertraut, dass es mir den Atem raubt. Dann macht der nächtliche Besucher einen Schritt nach vorne. Elevanders Gesicht wird enthüllt.

Mein Herz bleibt stehen. Ich kann nicht glauben, was ich sehe, verstehe nicht, was es bedeutet. Dann rauscht das Glück durch meine Adern.

Er ist zurückgekommen. Mein Zauber ist gebrochen. Mit einiger Verspätung habe ich Elevander doch noch zum Leben erweckt.

Ich springe auf, eile ihm entgegen und umarme ich. »Du bist zurück. Ich habe dich wieder.«

Zögernd legen sich Elevanders Arme um mich. »Ganz so würde ich es nicht bezeichnen.«

Es ist seine Stimme. Überall würde ich sie ohne Zweifel erkennen. Trotzdem klingt er nicht wie er selbst.

Rasch trete ich zurück. Das Licht des Glücks und der Hoffnung erlischt. »Ausgerechnet in dieser Nacht schlüpft Ihr in menschliche Gestalt? Nach allem, was gestern passiert ist?«

»Genau deshalb dachte ich, würde es dir helfen, deinem Freund gegenüberzustehen«, sagt Umock mit Elevanders Stimme. »Du trägst keine Schuld an den Geschehnissen. Wir haben einen Sieg errungen. Warum kannst du dich nicht darüber freuen?«

»Weil ein großes Opfer dafür notwendig war. Weil ich diesen Moment nicht vorhergesehen habe. Weil ich ihn nicht verhindert habe.« Ich wende mich von ihm ab. Er soll den Schmerz auf meinem Gesicht nicht erkennen. Wie soll er verstehen, was in mir vorgeht? Wie sollte ich ihm erklären, was in mir vorgeht?

»Sprich es einfach aus«, schlägt er vor.

Ich schließe die Augen. Es ist, als wäre Elevander wieder hier. Sein Mitgefühl legt sich wie eine warme Decke um mich. Er hat mich immer blind verstanden. Er wusste, was in mir vorgeht, ohne dass ich es aussprechen musste. Kann seine Fähigkeit, in mir wie in einem Buch zu lesen, auf Umock übergegangen sein? Der Gedanke beunruhigt mich.

Schritte kommen näher. Die Energie der Präsenz hinter mir ist eine Mischung aus Elevander und Umock. Als wären sie miteinander verschmolzen. Ich empfinde Schmerz, als meine Seele meinen besten Freund erkennt. In mir regt sich die übliche Vorsicht, als ich die Macht von Umock in meinem Nacken fühle. Es ist beängstigend und berauschend zugleich.

»Für mich gibt es nach den wenigen Minuten im Körper deines Freundes bereits mehrere Erkenntnisse«, gesteht Umock. »Diese Verbindung, die zwischen euch bestanden hat, ist kraftvoller, als ich für möglich gehalten habe.«

»Und was hast du noch herausgefunden?«

Eine Hand legt sich schwer auf meine Schulter. Elektrische Schwingungen fließen von dem Punkt aus, an dem er mich berührt, in meinen ganzen Körper. Die Haut unter der Toga, auf der die Finger ruhen, prickelt, als würde Energie in Blitzen überspringen.

»Elevander ist mit Sicherheit in dich verliebt«, murmelt Umock ganz nah an meinem Ohr.

Noch ein Schritt, und Elevanders Brust streift meinen Rücken. Die Hand rutscht von meiner Schulter tiefer, bis sie auf meinem Oberkörper liegt. Elevander drückt sich an mich. Nicht Elevander. Umock. Oder …? Es ist zu viel für meinen Verstand, um die beiden zu trennen.

Mein Herz klopft mir bis zum Hals. »Zwischen uns war nie etwas anderes als Freundschaft. Er ist mein Bruder.«

»Möglicherweise hat sein Herz das genauso gesehen. Unter Umständen war seine Liebe zu dir ganz unschuldig. Sein Körper zeigt sich allerdings nicht so unverfänglich. Er sendet mir sehr deutliche Signale, dass Elevander mehr von dir wollte.«

Auch mein Körper verrät mich und reagiert auf die Nähe zu dem dunklen Wesen, von dem ich geträumt habe. Gleichzeitig empfinde ich schlechtes Gewissen, weil die Hand, die mich berührt, zu Elevander gehört. Zu meinem besten Freund. Zu meinem Wahlbruder. Diese Situation ist viel zu verwirrend, um klar denken zu können.

Ich drehe mich um, nicht sicher, was ich tun soll. Was ich gern tun würde, muss ich mir aus dem Kopf schlagen. Elevander und ich ... Wie sollten wir jemals wieder zu der gleichen Vertrautheit zurückfinden, wenn ich die unangebrachten Sehnsüchte, mit denen Umock mich quält, mit Elevander verbinde? Das Gesicht vor mir gehört Elevander. Doch der Ausdruck in den Augen ist ganz anders. Das Feuer darin muss zu Umock gehören. Das habe ich noch niemals bei Elevander gesehen. Die Flammen lodern schwarz, ohne Licht auszustrahlen. Ein faszinierendes, unheimliches Schauspiel, das mich nicht mehr loslässt.

Vermutlich verschwindet deshalb der Raum um mich. Die Wände weichen zurück. Dunkelheit kriecht auf uns zu. Doch wir stehen in einem Lichtstrahl, dem jegliche Helligkeit fehlt.

Elevander ... Umock macht einen Schritt auf mich zu. Seine Lippen bewegen sich zu Worten, die ich nicht verstehe. Plötzlich verändert sich sein Gesicht. Elevander verschwindet. Stattdessen befinden sich fremde Züge vor mir. Die Täuschung ist nicht zur Gänze überzeugend. Niemand kann seine Gestalt verändern. Es wirkt, als wäre seine Miene von einem Nebel umgeben, auf den das Bild projiziert wird, das er mir zeigen will.

Umock hat sich in einen attraktiven jungen Mann mit kurzem blondem Haar und ausdrucksstarken blauen Augen verwandelt. Dieser Fremde ist viel zu perfekt. Irritation lässt den Zauber nachlassen, der das Universum auf uns beide reduziert hat. Ich frage mich, ob Umock so ausgesehen hat, als er noch ein Mensch gewesen ist. Hat er überhaupt jemals ein irdisches Leben geführt? Der König der Seelenlosen ist vielleicht ein Wesen, das aus der Dunkelheit geboren worden ist.

»Du denkst zu viel nach«, beschwert sich Umock. »Deine Emotionen sind viel zu schwer für mich zu lesen.«

»Es gehört nicht zu meinen Aufgaben, es Euch einfach zu machen.«

»Findest du mich nicht anziehend?«

Auf diese Frage bin ich nicht vorbereitet. »Ich …«

Er macht einen Schritt auf mich zu, bis unsere Körper sich berühren. »Spürst du nicht das gleiche Feuer?«

Ich kann nur in seine Augen starren. Die Luft ist viel zu dünn, als hätten wir einen Berg bestiegen. Wie soll ich diese Frage beantworten? Was setze ich damit in Gang? Bringe ich mich damit in Gefahr? Und weshalb fühlt sich dieses Gesicht vor mir so falsch an?

»Das hier passt nicht zu Euch«, murmle ich. »Das seid nicht Ihr.« Ich sage einen Zauberspruch, hebe meine Hand und bewege sie vor seinem Gesicht von links nach rechts. Nun passt sein Antlitz zu meiner Vorstellung von ihm. Ein eisiger Hauch geht von ihm aus. Doch genau das ist es, was ihn ausmacht.

Dunkle Haut spannt sich über seinem Schädel. Schwarz, als wäre sie verbrannt. Kalt, als gehöre sie zur Dunkelheit, aus der er zu mir gekommen ist. Schwarzes Haar reicht ihm bis zu den Schultern. Gelockt und federleicht, sodass es mich an die Flügel eines Vogels erinnert. Seine Augen glühen rot, so wie an diesem Tag, an dem ich ihn um Hilfe für unser Volk gebeten habe und er ganz plötzlich als Schatten vor mir aufgeragt ist. So habe ich ihn mir vorgestellt. So ist er mir in meinen Träumen erschienen. So fühle ich mich ihm nahe.

»Willst du mich tatsächlich so sehen?«, fragt er leise.

Ich nicke.

Er beugt den Kopf. Seine Lippen legen sich mit sanftem Druck auf meine. Ich kann die Kälte spüren, die untrennbar zu Umock gehört. Doch ich friere nicht. Stattdessen heizt sich mein Körper auf. Ein mir unbekanntes Gefühl entsteht in meinem Magen, wird zu einer brodelnden Masse aus heißer Lava, die mich von innen verbrennt.

Was passiert nur mit mir? Ich muss die Augen schließen, um mich besser auf die Berührung seiner Lippen konzentrieren zu können. Die Haut, von der ich koste, fühlt sich so unendlich heiß an. Es scheint, als wäre er aus Feuer geboren oder als hätte er sich durch Flammen zu dem gemacht, was er heute ist. Umock ist ein Wesen aus Hitze und Licht. Das hätte ich niemals gedacht. In meiner Vorstellung habe ich ihn während seiner Zeit der Verwandlung als Geschöpf der Kälte und des Nebels gesehen. Er wirkt so kühl und wenig greifbar wie Dunst. Dass er zu so viel Wärme fähig ist, mutet mir wie ein Wunder an.

In meinem Magen sammelt sich das Begehren. Ist das ein Zauber, den jeder Kuss wirken kann? Ich habe keinerlei Erfahrungen auf diesem Gebiet. Meine Ausbildung hat mir keine Zeit gelassen, um Frauen oder Männer näher kennenzulernen, zu denen ich diese besondere Beziehung aufbauen könnte. Niemand hat jemals Interesse gezeigt. Dass

Umock nun so deutlich macht, was er sich von mir wünscht, überrumpelt mich.

Nein, mit Sicherheit spielt es eine Rolle, dass er es ist, der das erste Mal in meinem Leben den Wunsch in mir weckt, jemandem ganz nahe zu sein. So rätselhaft und gefährlich er auch ist, weiß ich, dass zwischen uns eine Verbindung besteht, der ich mich nicht länger entziehen kann. Seit unserem ersten Zusammentreffen war ich von ihm fasziniert. Jetzt, da er mir in seiner wahren Gestalt gegenübertreten kann, wird mir klar, Gefühle für ihn entwickelt zu haben, die eigentlich verboten sind. Es ist mehr als Verlangen, das mich jetzt zittern und mich an ihm festklammern lässt. Es ist die Sehnsucht nach diesem faszinierenden Wesen. Für niemanden sonst könnte ich das Gleiche empfinden.

Ein leises Stöhnen kommt über meine Lippen, als Umock den Druck seines Mundes auf meinem verstärkt, als seine Arme sich auf meine Hüften legen und er mich näher an sich heranzieht. Sein harter Körper, der genug Hitze ausstrahlt, um ein Feuer in mir zu entzünden, drängt sich an meinen. Ganz instinktiv zuckt ihm mein Becken entgegen. Diese Nähe reicht nicht.

Umock schiebt mich rückwärts, dirigiert mich vorsichtig nach hinten. Meine Füße stoßen an die mit Stroh gefüllte Matratze, auf der ich gerade noch geschlafen habe. Umocks Hände legen sich auf meine Schultern und drücken mich hinunter. Ich muss mich mit den Armen abstützen, um nicht einfach nach hinten zu fallen. Kaum sitze ich auf meinem Lager, beugt Umock sich zu mir hinunter. Seine Lippen finden wieder meine Lippen. Seine Zunge gleitet in meine Mundhöhle, als ich ein erleichtertes Seufzen von mir gebe. Diese wenigen Sekunden, in denen die Berührung abgebrochen ist, habe ich ihn bereits vermisst.

Was mache ich hier eigentlich? Darf ich das hier wirklich zulassen? Ist es mir erlaubt, ein einziges Mal egoistisch zu sein? Kann ich meine Befürchtungen und Unsicherheiten zur Seite schieben und mich ganz auf Umock einlassen, oder sollte ich auf die Stimme der Vernunft und Vorsicht hören?

Sein Gewicht gleitet auf meinen Körper. Ihn so nahe bei mir zu fühlen, löst eine Flut an Empfindungen aus. Ich möchte jede einzelne von ihnen auskosten. Ich will nicht aufhören.

»Sag mir, wenn du mich nicht willst«, murmelt Umock an meinen Lippen. Wieder irritiert es mich, als seine Stimme nicht in meinem Kopf erklingt. »Mir ist klar, dass du unerfahren bist. Zu gegebener Zeit werde ich Magie benutzen, um dir zu zeigen, was möglich ist, und um es dir leichter zu machen. Darum muss ich jetzt, wo du unbeeinflusst bist, wissen, ob du mit dem hier einverstanden bist. Du hast die freie Entscheidung.«

Als hätte die mein Körper nicht schon längst für mich getroffen. »Ich will Euch auf eine neue Art kennenlernen.«

Das Wesen, das ich immer nur als Nebel erlebt habe, küsst mich verlangend. Seine Worte streichen über meine Seiten, stacheln mein Begehren an. Ich habe ihn schon öfter ganz nahe an mir gefühlt. Doch das hier ist ganz anders. Er packt meinen Oberarm, gräbt seine Finger förmlich in meine Haut, als könnte er nicht genug davon bekommen, mich zu spüren. Gut. Ich habe auch noch lange nicht genug. Vorsichtig streiche ich über seinen Rücken, lege schließlich meine Arme um seinen Hals, weil ich nicht weiß, was ich tun soll, was ihm gefällt, was richtig ist.

Seine energischen Berührungen erhitzen das Blut in meinen Adern. Als würde ich langsam schmelzen. Meine Zellen lösen sich auf, gehören nicht mehr zu mir. Ich bin nicht länger Lesithder, der unsichere Zauberlehrling, der von seinem Großvater dazu gezwungen worden ist, die Rolle des Magiers zu spielen. Jetzt bin ich lediglich ein Bündel Sehnsucht, eine Ansammlung von Wünschen und Hoffnungen, die zu verrückt sind, um sie in Worte zu fassen. Alles, was jetzt zählt, ist die Leidenschaft, die in mir brodelt, und das überraschende Gefühl, gewollt zu sein.

»Nicht nachdenken«, befiehlt Umock und richtet seinen Oberkörper auf. »Nur fühlen. Vielleicht noch schmecken und riechen. Zumindest werde ich dich auf jede nur erdenkliche Art kosten.«

»Langsam bitte«, flüstere ich. Seine Worte haben einen Feuerblitz durch meinen Magen gejagt. Meine Männlichkeit zuckt voller Sehnsucht. Noch niemals habe ich so etwas erlebt. Die Eindrücke überfordern mich. Dennoch will ich nicht, dass es endet. Ich fürchte nur, etwas könnte mir entgehen, wenn ich mich von der Begierde überwältigen lasse.

»Dein Wunsch ist mir Befehl.« Er lächelt auf mich herunter und setzt sich dann auf. Rasch zieht er meine Schuhe von meinen Füßen. Doch dann legen sich seine Finger auf den Hosenstoff auf Knöchelhöhe. Bedächtig streift er mit sanftem Druck mein Bein entlang. Je höher er kommt, umso fester wird sein Griff. Seine Daumen bewegen sich auf meiner Schenkelinnenseite.

Die Gefühle, die mich dabei durchfließen, sich erschreckend und erregend gleichzeitig. Ich biege den Rücken durch, beiße mir auf die Lippe, um nicht laut zu stöhnen. Trotz des Schutzzaubers habe ich Angst, man könnte mich hören. Das Vergnügen in mir brüllt so laut, dass ich explodieren könnte. Niemand darf erfahren, was in dieser Hütte vor sich geht. Dabei will ich meiner Lust Ausdruck verschaffen. Das Verlangen füllt mich von den Zehenspitzen bis zu meinem kurzrasierten Haar. Ich fürchte, diese Intensität nicht lange ertragen zu können. Alles ist so fremd, so neu, so wundervoll. Meine Finger krallen sich in das Lager unter mir, damit ich nicht den Bezug zur Realität verliere.

Umock hält in seiner Bewegung inne, bevor er die Stelle erreicht, an der sich mein Begehren konzentriert. Er schiebt die Toga, die seinem Streicheln bereits bis zu meinen Hüften gefolgt ist, noch ein Stück höher. Vorsichtig macht er sich an der Verschnürung meiner Hose zu schaffen. Doch statt das Hindernis zu entfernen, gleitet er mit seinen Händen unter den Stoff der Toga. Seine heißen Finger fahren über die Haut auf meinem Bauch und entzünden ein Feuer in meinen Eingeweiden. Sehnsüchtig hebe ich mich ihm entgegen.

Langsam, unendlich langsam lässt er die Toga höhergleiten, bis mein Oberkörper freiliegt. Er beugt sich über mich. Als seine Lippen meine Haut berühren, schreie ich auf. Obwohl ich es nicht sehen kann, bin ich davon überzeugt, von ihm ein Brandzeichen erhalten zu haben. Jetzt bin ich für alle Zeit von ihm gekennzeichnet. Dieser Gedanke berührt mich mehr, als er sollte. Statt beunruhigt zu sein, fühle ich nur Stolz.

Er kostet von mir, wie er es angekündigt hat. Seine Zunge leckt über meine Brust, malt ein geheimnisvolles Muster auf meine Haut. Es könnte sich um Runen oder um eine

Schrift handeln, die zu einem Zauber gehört. Dennoch mache ich mir keine Sorgen. Ich vertraue Umock. Mein Herz sagt mir, dass ich mich ganz in seine Hände begeben kann. Ich benötige keinen Schutzpanzer. Jetzt in diesem Augenblick darf ich mich fallen lassen. Hier bei Umock darf ich sein, wer ich wirklich bin.

Das Tempo von Umocks Küssen nimmt ab. Langsam, aufregend langsam, bewegt er seine Lippen über meinen Oberkörper. Habe ich tatsächlich darum geben, dass er sich Zeit lässt? Ich zweifle meine eigene Entscheidung an. Sehnsüchtig schließe ich die Augen, klammere mich noch fester an die grobe Matratze unter mir. Ich habe das Gefühl zu schweben. Schwerelos und glücklich inhaliere ich diesen Moment. Nach ein paar Sekunden komme ich zur Ruhe und schaffe es, mich zu gedulden, obwohl alles in mir auf etwas hin fiebert, das ich nicht verstehe.

Dann kann ich mich nicht länger zurückhalten. Ich will Umock erforschen, wie er es bei mir tut. Energisch schiebe ich ihn zur Seite. Während ich noch die Überraschung fühlen kann, die von ihm ausgeht, streife ich mir die Toga über den Kopf und werfe den Stoff zur Seite. Hungrig strecke ich mich nach Umock, lege ihm eine Hand in den Nacken, um ihn für einen leidenschaftlichen Kuss zu mir zu ziehen.

Ich genieße das Feuer, das sich zwischen uns entzündet. Ich schiebe meine freie Hand an seiner Seite entlang zum Saum seiner Toga. Ich lasse ihn los, um den Stoff zu raffen und ihn ihm über den Kopf zu ziehen. Warum mein Bedürfnis so groß ist, seine nackte Haut auf meiner zu spüren, kann ich nicht sagen. Mir fehlt das Wissen um das, was gerade zwischen uns passiert. Ich kann mich nur auf das verlassen, was mein Körper von mir verlangt. Mit Schwung drücke ich ihn zur Seite, bis er auf dem Rücken landet. Erst dann unterbreche ich unseren Kuss, um meine Lippen gierig auf seine Brust zu drücken.

Ein unerwarteter Rausch bemächtigt sich meiner. Ich lecke über die heiße, glatte Haut, betrinke mich an dem fremden, herben Geschmack und genieße die Beschaffenheit seines Körpers. Nichts an ihm erinnert mich noch an den Nebelkönig. Er hat in diesem Zustand nichts mit Elevander gemein. Dieses Erscheinungsbild passt so perfekt zu ihm, dass das Glück in meiner Brust brennt.

Neugierig und mutiger, als ich mich gehalten habe, arbeite ich mich mit meinen Lippen tiefer, erkunde jede Erhebung und jede Vertiefung seines Oberkörpers. All die Muskelstränge, die aus seiner Gestalt ein Wunderland machen. Irgendwann werde ich vom Saum seiner Hose gestoppt. Ich öffne die Verschnürung und schiebe den Stoff ein wenig nach unten. Männerkörper sind mir nicht völlig fremd. Schließlich kenne ich die Eigenheiten, die mich von einer Frau unterscheiden.

Einen anderen Mann zu berühren, kostet mich dennoch Überwindung. Nicht, weil ich angewidert wäre, sondern weil ich nicht weiß, ob ich es richtig mache. Meine Lippen immer noch auf seinen Bauch gedrückt, lasse ich meine Hand vorsichtig über seine Härte gleiten.

Umock stöhnt leise auf. Es klingt nicht, als hätte er Schmerzen. Also werde ich wohl nicht so falsch liegen wie befürchtet. Mit meinem eigenen Körper habe ich mich niemals näher beschäftigt. Es gab immer Wichtigeres, ein Ziel, auf das ich mich vorbereiten musste. Oremazz hat sehr deutlich gemacht, wie verdorben es wäre, mir selbst so viel Bedeutung zuzumessen, als dass ich meine eigene Lust näher erforschen dürfte. Jetzt wird mir klar, gar nichts über mich selbst zu wissen. Wie soll ich Umock berühren? Was darf ich tun? Wenn ich selbst nicht einmal eine Ahnung davon habe, was mir gefällt, wie soll ich dann erraten, womit ich ihm Vergnügen bereiten kann?

»Alles in Ordnung?«, fragt Umock leise.

Erschrocken bemerke ich, in meinen Gedanken erstarrt zu sein. Ich hebe den Kopf und nicke mit einem vorsichtigen Lächeln. »Natürlich. Es tut mir leid, dass ich kurz abgelenkt war. Das habt Ihr nicht verdient. Ab jetzt werde ich mich bessern.« Um mein Versprechen zu bekräftigen, bewege ich meine Finger, versuche, seine Härte durch den Stoff zu umfassen.

Zärtlich greift er nach meiner Hand und zieht sie weg. »Was beschäftigt dich? Du wirkst besorgt. Wenn du das hier nicht willst …«

»Doch«, unterbreche ich hastig. Tränen brennen in meinen Augen, noch bevor ich die Wahrheit ausspreche. »Ich sehne mich nach mehr. Auch wenn ich nicht wirklich weiß, worum es sich dabei handelt.«

»Du hast keine Ahnung, was außer den Küssen zwischen uns noch geschehen kann?«

»In der Theorie kenne ich die Details«, gebe ich zu. »Allerdings weiß ich nicht, was ich zu tun habe. Das hier ist viel intensiver, als ich erwartet habe.«

»Mir ist klar, dass du unerfahren bist.« Umock lächelt mich beruhigend an. In seinen Augen glüht etwas, das ich gerne als Zuneigung bezeichnen würde. »Zu deinem Glück hast du es bei mir mit einem Mann zu tun, der ganz ähnlich gebaut ist wie du. Fass mich an, wie du dich selbst berühren würdest. Alles andere überlass mir.«

»Und wenn ich nicht … Und wenn ich noch nie …?« Verzweifelt breche ich ab.

Umock schweigt. Ich senke den Blick, um in seinem Gesicht nicht lesen zu müssen, für wie erbärmlich er mich hält. Ich möchte nicht sehen, wenn er sich über mich amüsiert.

Heiße Finger berühren meine Wange, streichen sanft darüber. Dann beugt Umock sich zu mir und küsst mich. Vorsichtig, zärtlich, mit so viel Zurückhaltung, dass das Feuer der Leidenschaft hell in mir lodert. Seine Zunge streicht über meine Unterlippe. Als ich überrascht nach Luft schnappe, lässt er sie in meine Mundhöhle gleiten. Stöhnend klammere ich mich an ihm fest. Welch ein unerwartetes Vergnügen.

Langsam drängt er mich zurück, dreht mich, bis ich mit dem Rücken auf dem Lager liege. Er entlässt meinen Mund, bewegt seine Lippen zu meinem Kinn, kratzt mit den Zähnen ganz vorsichtig entlang meiner Haut. Wieder werde ich von einer Welle des Verlangens erfasst, die ich nicht kontrollieren kann. Ich fühle mich schwach und gleichzeitig stark. Verwirrt und doch klar wie nie. Diese Offenbarung treibt mich an meine eigenen Grenzen.

»Zuerst sorgen wir dafür, dass du so laut sein kannst, wie du möchtest.« Er murmelt einen Spruch, damit keine Geräusche den Raum verlassen.

Umock küsst sich über meinen Hals bis zu meiner Schulter. Unter meinem Schlüsselbein bin ich besonders empfindlich. Als er mit der Zunge darüber leckt, erzittere ich. Wieder küsst er sich tiefer über meine Brust. Seine

Zähne schließen sich um meine Brustwarze, ganz und gar nicht grob, sondern unheimlich erregend. Leise wimmernd versuche ich, ruhig zu liegen, aus Angst, es könnte doch noch wehtun. Seine Zungenspitze spielt mit dem harten Knopf. Seine Lippen zupfen daran. Als er sanft daran saugt, ist das so gut, dass ich die Besinnung zu verlieren drohe.

Unbeirrt fährt er mit seinen Liebkosungen fort, küsst meinen Bauch, lässt seine Zunge in meinen Bauchnabel gleiten. Ich habe nicht geahnt, dort so empfindlich zu sein. Stöhnend winde ich mich unter der Berührung seines Mundes.

»Ja, genau so«, feuert er mich murmelnd an. »Zeig mir, was dir gefällt. Auch wenn du im Moment noch nicht weißt, welche Vorlieben du hast, werde ich dir zeigen, was alles möglich ist.«

Mein Herz klopft schmerzhaft fest gegen meine Rippen, als ich spüre, wie er meine Hose nach unten schiebt. Das Blut pulsiert in meiner Härte. Mein Gehirn ist völlig leergefegt, weil ich nur daran denken kann, was als Nächstes passieren könnte.

Wird Umock mich dort berühren? Wird er mich streicheln? Sollte ich nicht eigentlich ihm Vergnügen bereiten? Wäre nicht ich dafür zuständig, seine Wünsche zu erfüllen?

»Jetzt bist du an der Reihe«, sagt Umock, als habe er meine Gedanken gelesen. »Entspann dich. Ich kann spüren, dass du schon wieder zu viel nachdenkst.«

»Ihr seid der König der Nebelseelen. Ihr besitzt eine Macht, der ich mich ebenfalls irgendwann beugen werde. Sollte nicht vielmehr ich Euch …«

Umock streckt sich und legt einen Finger auf meine Lippen. »Du willst, dass ich mich wie ein König benehme und meine Macht benutze? Schön. Dann befehle ich dir, das hier zu genießen. Jede einzelne Sekunde davon.«

Der Finger verschwindet von meinen Lippen. Und dann fühle ich eine heiße Hand, die sich um meine Härte schließt.

Ich muss mich nicht anstrengen, um zu genießen, was er mit mir macht. Er massiert mich, bewegt seine Hand ein paar Mal auf und ab, bevor er sich daran macht, mich gänzlich zu entkleiden. Trunken vor Leidenschaft sehe ich dabei zu, wie auch er seine Kleidung ablegt.

Wie wunderschön er ist. Schwarze Haut, soweit ich sehen kann. Feuergeküsst. Er hat Flammen durchquert und es überlebt. Was für eine Stärke, Klugheit und Einfühlsamkeit in diesem Wesen stecken. Wenn ich ihn ansehe, dann kann ich nur Perfektion erkennen. Alle Facetten, die er mir bisher gezeigt hat, passen zu seinem Äußeren. Und jetzt würde ich gerne testen, ob er sich auch so perfekt anfühlt, wie ich denke.

Sehnsüchtig strecke ich eine Hand nach ihm aus. Umock ergreift sie und beugt sich wieder zu mir. Unsere Lippen finden sich zu einem leidenschaftlichen Kuss, der mich vergessen lässt, dass es Dinge gibt, die uns trennen, und wir tatsächlich niemals gleich sein werden. Heute Nacht zählt nicht, was uns unterscheidet. In diesem Moment geht es um das, was uns verbindet.

Umocks Kuss konzentriert sich nicht lange auf meinen Mund. Wieder bewegen sich seine Lippen über meine Haut tiefer. Dieses Mal schneller als zuvor. Als er bei meinem Bauchnabel anlangt, umkreist seine Zunge meine empfindliche Haut. Gleichzeitig legen sich seine Finger auf meine Härte.

Ich ringe noch immer nach Luft, als er seine Lippen plötzlich um die Spitze meiner Männlichkeit schließt. Einen Schrei kann ich nicht unterdrücken, als er mich in seine Mundhöhle gleiten lässt. Ich balle eine Hand zur Faust und drücke sie auf meinen Mund. Ich kann nicht glauben, zu solchen Empfindungen in der Lage zu sein. Obwohl sich alles in mir anspannt und auf etwas mir Unbekanntes zustrebt, habe ich noch niemals so viel Glück in mir getragen.

Meine freie Hand tastet nach Umock. Ich verwebe meine Finger mit seinem langen, schwarzen Haar. Jetzt bewegt sich mein Arm mit Umocks Kopf auf und ab. Ich spanne meine Bauchmuskeln an, richte meinen Oberkörper so weit auf, wie ich in der Lage bin, und beobachte, was er mit mir tut.

Sein attraktives Gesicht ragt über meiner Mitte auf. Seine Lippen fahren an meiner Härte entlang nach unten, bevor sie wieder hochstreichen. Als er an mir saugt, werden seine Wangen hohl. Seine Hand massiert meine empfindlichsten Teile. Und währenddessen liegt ein zufriedener, gieriger Ausdruck auf seinem Gesicht.

Der Anblick ist zu viel. Noch einmal stöhne ich auf, falle auf die Matratze zurück und erzittere. Ich vergesse alles um mich herum, weiß nicht mehr, was mit mir passiert, bin nur gefangen von dem strahlenden Licht, auf das ich zustrebe. Geblendet muss ich die Augen schließen. Und dann entsteht ein Funkenregen hinter meinen geschlossenen Lidern. Eine Urgewalt ergreift Besitz von mir und stürzt mich in Glückseligkeit. Chaos herrscht in meinem Inneren, aber alles wird von der Befriedigung, der Ruhe und dem Frieden überstrahlt, die sich in mir ausbreiten.

Als ich wieder zu mir komme, öffne ich verwirrt die Augen. Umock liegt an meiner Seite und hat sich auf einem Arm abgestützt, um mich beobachten zu können. Staunend schüttle ich den Kopf, wodurch ein verspieltes Lächeln auf seinen Lippen erscheint.

»Wie fühlst du dich?«, fragt er.

»Vermutlich wisst Ihr das genau.« Hitze flutet meine Wangen. Beschämt wende ich den Blick ab. Für mich ist das alles neu und wunderbar. Ob es für ihn mit all seiner Erfahrung überhaupt noch spannend sein kann?

»Ich danke dir für das Geschenk, das du mir gemacht hast«, murmelt er.

Überrascht suche ich seinen Blick. »Ich? Euch?«

Umock nickt. »Du hast mir dein Vertrauen geschenkt. Du hast dich ganz in meine Hände begeben. Du hast mir die Ehre erwiesen, dich wieder einmal etwas Neues zu lehren. Das werde ich niemals vergessen. Dieser Moment wird für mich immer etwas Besonderes sein. Du bist etwas Besonderes für mich.«

Tränen schießen mir in die Augen. Weshalb bin ich von diesen Worten so berührt? Ich fühle mich geschmeichelt und seltsam schwerelos. Noch niemals hat jemand etwas Vergleichbares zu mir gesagt. Noch niemals hat mir jemand ein annähernd ähnliches Gefühl gegeben. Noch niemals war ich jemandem wichtig genug, um so nette Dinge zu behaupten. Empfindet Umock tatsächlich auf diese Art für mich? Darf ich ihm gestehen, dass es mir ganz genauso geht?

Nein, meine Lippen sind versiegelt. Er weiß, ich bin ihm für alles dankbar, was er mich gelehrt hat. Mehr als einmal habe ich ihn darauf hingewiesen, in ihm den König zu sehen, der er nun einmal ist. Unerreichbar, und erhaben auf eine Weise, die alles zwischen uns kompliziert macht. Selbst wenn ich jetzt schweige und nicht gestehe, was in mir vorgeht, wird die Zeit kommen, wenn ich offen dazu stehen kann. Uns bleibt schließlich die Ewigkeit.

Ein Teil von meinem Herzen gehört ihm in diesem Leben. Dass er mir in den letzten Tagen ein großartiger Lehrer gewesen ist, werde ich immer zu schätzen wissen. Diese Nacht wird einen besonderen Platz in meinem Herzen einnehmen. Und nach meinem Tod werde ich ihm meine Seele opfern. Auch wenn unsere Wege sich nach diesem Krieg trennen werden, kehre ich an seine Seite zurück, sobald das Schicksal meinen menschlichen Körper zu Staub werden lässt.

Anscheinend werde ich gerade krank. Denn in meiner Brust sitzt ein seltsamer Schmerz, mein Puls rast, und in meinem Magen kribbelt es. Gleich morgen früh werde ich die Symptome näher analysieren. Vielleicht kann ich mich mit einem Zauber heilen. Jetzt will ich daran allerdings keinen Gedanken mehr verschwenden. Jetzt will ich das Glück mit beiden Händen festhalten.

Während sich eine Träne aus meinem Augenwinkel löst, beuge ich mich zu Umock, um ihn zu küssen. Meine Hände umfassen sein Gesicht und ziehen ihn näher an mich heran. Vorsichtig rollt sich Umock auf mich. Sein Gewicht drückt mich auf die köstlichste Weise in die Matratze. Ich heiße seine Zunge willkommen und komme ihm zaghaft mit meiner entgegen. Auch wenn ich mich vermutlich recht ungeschickt anstelle, will ich unseren Kuss vertiefen und ihm so nahe sein, wie es mir nur möglich ist.

Umocks Härte reibt an meinem Oberschenkel. Ich nehme eine Hand von seinem Gesicht und versuche, sie zwischen unsere Körper zu schieben. Als es misslingt, stöhne ich frustriert auf. »Wie kann ich Euch den Gefallen erwidern, den Ihr mir erwiesen habt?«

Er hebt den Kopf und lächelt auf mich herunter. »Bereit, etwas Neues zu lernen?«

Unsicher nicke ich.

Seine Lippen bewegen sich lautlos, als er einen Spruch verwendet, dessen Sinn ich nicht erraten kann. Sobald er geendet hat, breitet sich Wärme in mir aus, konzentriert sich schließlich auf meine Mitte. Umock küsst mich, bevor die Nervosität zu groß werden kann. Ich will alles tun, was ihm das gleiche Hochgefühl ermöglicht, das er mir geschenkt hat. Auch wenn ich nicht verstehe, weshalb dafür ein Zauber notwendig ist, vertraue ich Umock rückhaltlos.

Langsam, aber bestimmt, schiebt er meine Beine auseinander und stellt sie auf. Seine Brust reibt über meine, Haut erwärmt Haut, als er sein Becken bewegt. Mit einer Hand führt er seine seidige Härte an meine. Verlangen steigt neuerlich in mir an. Ich fühle keine Angst und weiß dennoch, dass etwas geschehen wird, das mich überwältigen wird.

»Wenn ich etwas tue, das du nicht magst, sag es mir«, bittet Umock an meinen Lippen. »Wenn du etwas als unangenehm empfindest, werde ich aufhören. Es soll schön für dich sein. Es ist mir wichtig, dass du Vergnügen bei dem empfindest, was wir miteinander teilen.«

»Ihr werdet mir etwas zeigen, von dessen Existenz ich nicht geahnt habe. Danke, dass Ihr mich mit auf diese Reise nehmt.«

Er stöhnt, küsst mich und verändert seine Position auf mir.

Plötzlich spüre ich ihn an einer völlig unerwarteten Stelle. Ich halte die Luft an und weiß nicht, was von mir erwartet wird. Erschrocken halte ich still, um nichts Falsches zu tun.

»Atme«, murmelt Umock an meinen Lippen. »Entspann dich und hole ganz tief Luft. Wenn du danach noch unsicher bist, werde ich aufhören.«

Ich nicke und sauge die Luft tief in meine Lungen. Gleichzeitig schiebt Umock sich in mich. Ich habe nicht gewusst, dass so etwas möglich ist. Der Zauber, den er angewendet hat, muss mich darauf vorbereitet haben. Es fühlt sich ungewohnt an, auf diese Weise ausgefüllt zu werden. Gleichzeitig ist es perfekt. Die Verbindung mit jemandem, dem ich wichtig bin, auf diese Art verändert mich. Die Bindung zwischen Umock und mir wird zu etwas Reellem. Keine Zweifel mehr. Keine Einsamkeit. Wir sind eines auf so vielen Ebenen.

Umock küsst mich. Die Zärtlichkeit, mit der sich seine Lippen auf meine legen, die Art, wie er Geduld mit mir zeigt, weitet mein Herz. Ich schließe meine Arme um ihn, um mich noch enger an ihn zu pressen. Nichts soll uns mehr trennen. Als ich meine Beine um seine schlinge, jagt das einen Feuerpfeil durch meine Eingeweide. Mir wird klar, dass das noch nicht alles war. Es gibt noch mehr, was Umock mich lehren kann.

Er hebt sein Becken an, zieht sich aus mir zurück und gleitet dann wieder in mich. Tiefer dieses Mal, eindringlicher. Gemächlich wiegt er sich auf mir, beschleunigt aber das Tempo seiner Stöße. Die Luft wird mir aus den Lungen gepresst. Nicht weil sein Gewicht zu schwer auf mir lastet, sondern weil die Intensität dieses Moments mir den Atem raubt. Meine Männlichkeit ist längst wieder zum Leben erwacht. Umocks Oberkörper liegt direkt an meinem. Mit jedem Stoß reibt sein Bauch über meine Härte und lässt mein Verlangen wieder hochkochen.

Auch Umocks Atmung beschleunigt sich. Er unterbricht den Kuss und murmelt etwas. »Tut mir leid«, sagt er dann. »Ich sollte vorsichtiger sein. Vermutlich bin ich zu schnell, aber ich kann nicht … Ich will nicht grob sein.« Sein nächster Stoß ist hart und tief.

»Das seid Ihr nicht«, versichere ich ihm hastig. Er darf nicht aufhören. Ich möchte mehr davon.

All die Jahre meiner Jugend habe ich keine eigenen Entscheidungen treffen dürfen. Ich sehne mich danach, die Verantwortung für mein Leben selbst zu übernehmen. Doch in diesem Moment gebe ich zu gerne die Kontrolle ab. Dass Umock energisch und gleichzeitig sanft mit mir umgeht, schenkt mir eine Kraft, von der ich nicht wusste, sie empfinden zu können. Wie soll ich ihm erklären, seine Führung zu genießen, ohne schwach und unterwürfig zu klingen?

»Es ist genauso, wie ich es gerne hätte«, sage ich geradeaus, was ich fühle. Die Begründung ist für mich selbst nicht ganz nachvollziehbar. Ich werde gar nicht erst versuchen, sie für ihn in Worte zu fassen.

»Du hast mehr verdient, Besseres«, behauptet Umock und bewegt sich wieder vorsichtiger. »Aber die Nacht ist noch jung. Bevor die Sonne wieder aufgeht, werden wir Zeit für Schlaf und weitere Lehrstunden haben.«

Noch einmal stößt er zu, jagt damit einen Schauer über meinen Rücken. Ich drücke mit meinen Fersen zu, presse ihn enger an mich, um ihm zu zeigen, wie sehr ich ihn will. Umock gibt als Antwort ein leises Knurren von sich. Sein Körper wird von einem Zittern ergriffen. Ein letztes Mal wiegt er seine Hüften, dann stöhnt er auf, erstarrt und wirft den Kopf in den Nacken.

Ich kann fühlen, wie er in mir pulsiert. Auch wenn die Leidenschaft in mir noch immer brodelt, gelingt es mir nicht, ihm in dieses Märchenland zu folgen, das er mir gezeigt hat. Ob er das Hochgefühl erlebt, das er mir zuvor geschenkt hat? Er soll sich genauso sicher und geborgen fühlen wie ich. Ich möchte, dass er diesen Moment so lange wie möglich genießen kann. Ein Höhenflug, der ohnehin viel zu schnell endet. Also schlinge ich meine Arme um ihn und halte ihn fest.

Anscheinend fühlt Umock sich nicht so gefangen in seinem Höhepunkt, wie es bei mir der Fall gewesen ist. Ich habe nur halb ohnmächtig genießen konnen, was mit mir passiert ist. Er allerdings bewegt noch ein paar Sekunden seinen Bauch an meinem. Das Gefühl, das dadurch auf meiner Härte ausgelöst wird, steigert mein Begehren noch. Umock murmelt einen Spruch, und plötzlich scheint es mir, als würden sich Finger um mich schließen und mein Vergnügen steigern. Obwohl ich ganz für Umock da sein will, kann ich spüren, dass dieses Licht noch einmal in mir erwacht. Mit jeder Sekunde nähere ich mich diesem Ziel weiter und stürze wenige Augenblicke später hinter Umock in diese neue, magische Welt.

Als ich wieder zu mir komme, liegt Umock immer noch auf mir. Er hat sich allerdings auf die Ellbogen gestützt und betrachtet mich mit versonnenem Gesichtsausdruck.

»In den wenigen Sekunden, in denen du alle Sorgen ablegst, hast du etwas von einem Engel.« Seine Augen leuchten auf. »Für dich könnte sich eine Nebelseele auf den Weg in den Himmel machen, dort zu Asche verglühen und trotzdem glücklich sterben.«

Hitze kriecht wieder auf meine Wangen. »Ihr könnt gut mit Worten umgehen. Wenn Ihr versucht, mich damit aus dem Gleichgewicht zu bringen, so gelingt Euch das ziemlich gut.«

»Ist es nicht endlich an der Zeit für eine vertrauliche Anrede?«, fragt er einschmeichelnd. »Nach allem, was wir geteilt haben, wäre vielleicht sogar ein Kosename angebracht. Wie soll ich dich denn nennen?«

»Lesithder«, antworte ich. Tatsächlich gefällt es mir ausgesprochen gut, wie es klingt, wenn er meinen Namen verwendet. Für die meisten bin ich nur der Zauberer. Doch für ihn will ich die Person sein, die ich tief in meinem Inneren verberge.

»Der Name passt zu dir. Mir steht der Sinn dennoch nach etwas Intimerem. Darf ich dich Les rufen?«

Vehement schüttle ich den Kopf. Nein, das ist nicht, was ich aus seinem Mund hören will, wenn er mich anspricht. Nach der heutigen Nacht dürfte er Geliebter zu mir sagen. Dass mir das gefallen würde, verschweige ich allerdings.

»Möglicherweise fällt uns noch etwas anderes ein«, murmle ich und wechsle das Thema. »Weshalb habt Ihr mich schon wieder beobachtet? War es für Euch nicht genauso schön wie für mich?« Dass meine Stimme bei diesen Worten aufgewühlt klingt, hasse ich. Er soll nicht merken, wie sehr mich beschäftigt, dass ich ihn nicht in die gleiche Verzückung versetzen konnte wie er mich.

»Du bist wunderschön. In den letzten zwei Jahren habe ich deine Stimme oft im Ohr gehabt. Einem Sirenengesang gleich hat sie mich verführt. Ich habe dich auf eine Art kennengelernt, wie es mir nicht möglich gewesen wäre, wenn wir uns genauso lange als Bekannte Tag für Tag getroffen hätten. Deine Seele ist kein Rätsel für mich. Dennoch habe ich mich von Anfang an gefragt, wie du wohl aussehen könntest. Der Moment, als du in den Sümpfen endlich vor mir gestanden bist, war ein besonderer Moment. Da ist mir klar geworden, meine Fantasie reicht nicht aus, um so ein anziehendes Gesicht erschaffen zu können. Dich jetzt dabei zu beobachten, wie du die Lust genießt, die ich dir geschenkt habe, ist mein ganz privates Vergnügen.«

»Ihr solltet mir nicht auf diese Weise schmeicheln«, beschwere ich mich. »Spielt nicht den Verführer. Diese Rolle habt Ihr seit unserem ersten Treffen perfektioniert. So sehe ich Euch allerdings nicht. Ich habe schon zuvor durchschaut, dass das nur eine Maske ist. Jetzt, wo wir uns so nahe sind, müsst Ihr sie nicht wieder aufsetzen.«

Seine Miene wird ernst. Sekunden lang wirkt es, als hätte ich ihn verärgert, doch dann nickt er. »Du sollst wissen, dass ich diese Art von Süßholzraspelei nicht bei jedem anwende. Ich habe lediglich das Gefühl, dir anders nicht gerecht zu werden. Tatsächlich jagst du mir mit deiner Offenheit und Großherzigkeit Angst ein.«

Die Bedeutung dieser Aussage erscheint für mich völlig unsinnig. Ich will sie nicht analysieren und zerpflücken.

Das werde ich mir für den morgigen Tag aufheben, wenn ich wieder klar denken kann und wenn der Rausch dieser Nacht aus meinen Sinnen gewichen ist.

»Jetzt wirkst du erschrocken.« Umock lacht leise auf. »Ich habe es lieber, wenn ich die Sehnsucht in deinen Augen lese.«

»Vielleicht gelingt es Euch später noch einmal, sie in mir zu erwecken. Versprochen habt Ihr es mir immerhin.«

»Du hast recht. Und ich versuche all meine Versprechen auch zu halten.« Mit einem tiefen Seufzer löst er sich von mir. Er murmelt einen Spruch, und kurz darauf sind wir beide gesäubert. Er rollt sich auf den Rücken. »Zeit, für ein paar Stunden die Augen zu schließen. Du hast dir Schlaf verdient. Schließlich haben wir extra dafür gesorgt, dass du dir keine Gedanken über den Standort unserer Feinde machen musst. Mein Plan war, dich heute Nacht ausruhen zu lassen, nicht dich zu verführen. Ich kann nur dir und deiner unwiderstehlichen Ausstrahlung die Schuld daran geben, schwach geworden zu sein.«

Für diese neuerliche Schmeichelei kann ich ihm nicht böse sein. Er klingt so ganz anders als sonst. Es scheint, als wäre eine große Last von seiner Schulter genommen worden. Seinen Tonfall würde ich vermutlich als verspielt und übermütig bezeichnen, wenn ich nicht genau wüsste, dass das unmöglich der Fall sein kann. Umock ist immer noch der König der Nebelseelen. Doch im Augenblick scheint er ganz froh, die Verantwortung für seine Männer nicht zu tragen. Das, was wir geteilt haben, hat ihn wohl an glücklichere Zeiten erinnert.

Wie lange es wohl her ist, seit er diese Intimität mit jemandem geteilt hat? Ist er während seiner Strafverbannung in der Lage gewesen, in den Körper eines Menschen zu schlüpfen, um einem anderen nah zu sein? Wann hat er davor das letzte Mal einen eigenen Körper besessen?

Ich empfinde Mitleid mit ihm. Auch wenn er von seinen Soldaten umgeben ist und bald wieder genug Macht besitzt, um die Menschen zu beeindrucken, so ist er doch eine einsame Seele. Er muss es vermissen, sich jemand anderem nahe zu fühlen. Wie oft er wohl schon versucht hat, über den Körper eines Menschen bestimmen zu können?

In den nächsten Tagen kann er noch über Elevanders Hülle verfügen. Solange dieser Krieg andauert, können wir weitere Nächte wie diese teilen. Möglicherweise heilt das seinen Schmerz.

Doch was soll werden, wenn der Moment gekommen ist, Elevander zum Leben zu erwecken? Obwohl ich hoffe, dass es uns gelingt, meinen besten Freund zurückzuholen, ist ein Teil von mir besorgt, dass es uns nicht möglich ist. Wenn Elevander in das Leben in der Dunkelheit übergeht, löst sich seine Seele von seinem Körper. Ob der ihn dann noch einmal braucht? Oder könnte er bestimmen, dass seine Hülle eine neue Aufgabe erhalt? Konnten er und sein Körper getrennt voneinander existieren und …?

Halt! Warum mache ich mir darüber Gedanken? Panik wallt in mir auf. Es ist falsch, wie wichtig mir ist, was aus Umock wird. Dass ich Mitleid mit ihm haben kann, ist Teil meines Charakters. Meine empathische Seite werde ich niemals verleugnen. Dass ich allerdings überlege, wie ich ihm helfen kann und sogar in Betracht ziehe, ihm Elevanders Körper noch ein wenig länger zu überlassen, gibt mir endlich zu denken.

In diesem Moment wird mir etwas klar, das mich mit Schrecken erfüllt. Die ganze Zeit hat es sich direkt vor meinen Augen befunden. Schon längst hat mein Herz es entdeckt. Doch erst jetzt bin ich bereit, mir die Wahrheit selbst einzugestehen.

Ich habe mich in Umock verliebt.

Es ist verrückt, gefährlich und unmöglich. Niemals darf ich dieses Gefühl ausleben. Wenn jemals jemand davon erfährt, gerate ich in echte Schwierigkeiten, aber ich kann es nicht länger vor mir selbst verleugnen.

Die Hinweise sind die ganze Zeit da gewesen. Die Tatsache, dass ich so gerne Zeit mit ihm verbracht habe, dass ich gierig an seinen nicht vorhandenen Lippen gehangen bin, wie mein Herz gerast hat, wenn ich vom Nebel umhüllt worden bin, wie intensiv sich die Verbindung unserer Magie angefühlt hat … Es hätte mir schon früher klar sein sollen. Die Nacht mit ihm hat alles noch viel schlimmer gemacht.

Umock streckt den Arm aus und lächelt mich einladend an. »Komm her«, sagt er.

Zögernd schiebe ich mich näher und schmiege mich an ihn.

Er zieht mich zu sich, ruckelt herum, bis wir eine bequeme Position gefunden haben. Seine Hand landet auf meiner Hüfte. Beiläufig streichelt er über meine empfindliche Haut. Unter meiner Wange hebt sich sein Brustkorb. Ich habe seinen Herzschlag im Ohr. Wie wundervoll, so intim im Arm gehalten zu werden. Noch niemals habe ich mich so sicher und geliebt gefühlt.

Ich schließe die Augen und genieße diesen Moment, der nur uns beiden gehört. Es sollte nicht erlaubt sein, so viel

Glück zu empfinden. Mein Herz ist damit völlig überfordert. Vielleicht ist es zu ungeübt darin, geschätzt zu werden.

Die Zufriedenheit und die tiefe Befriedigung schläfern mich ein. Ich lege meine Hand auf Umocks Brust ab. Meine Fingerspitzen kribbeln von der Wärme seiner Haut. So menschlich, so echt, so perfekt. Ob er von mir ähnlich denkt? Ob er genauso fasziniert ist? Zumindest fühlt er sich unzweifelhaft von mir genauso stark angezogen wie ich mich von ihm.

Mit diesem beruhigenden Gedanken schlafe ich ein.

15. Kapitel

Als ich die Augen aufschlage, bin ich allein. Diese Tatsache irritiert mich sofort, obwohl ich eigentlich daran gewöhnt bin. Die gestrige Nacht entsteht sofort wieder in meiner Erinnerung. Es dauert nicht, bis sich Erinnerungsfetzen in mein Gedächtnis schummeln, wie ich eigentlich erwarten würde. Stattdessen sind alle Einzelheiten präsent. Ich spüre Umocks Lippen auf meinen. Sein Geschmack flutet meine Sinne. Mein Körper … Ich bin ein anderer und doch noch immer der gleiche. Ich bin ein Wesen voller Kraft und Glück, voller Selbstbewusstsein und Energie. Und ich bin der unsichere Zauberlehrling, der nur als Verlängerung der Hand meines Großvaters fungiert.

Beim Gedanken an den Großen Zaubermeister regt sich das schlechte Gewissen in mir. Ich habe ihn verraten. Es existiert kein Gebot, dass Männer sich voneinander angezogen fühlen dürfen. Dennoch geschieht es nicht oft, dass sie sich gemeinsam in der Öffentlichkeit zeigen. Bislang habe ich nicht darüber nachgedacht, was zwischen ihnen in der Zurückgezogenheit ihrer Schlafzimmer geschieht. Es gehörte nicht zu meinem Alltag. Trotzdem weiß ich instinktiv, dass ich es nicht lauthals verkünden darf.

Viel schlimmer wird für Oremazz ohnehin wiegen, dass ich mich auf jemanden eingelassen habe, den er als unseren Feind bezeichnet hat. Mein Großvater hat mich gewarnt, dass der König der Nebelseelen versuchen würde, mich zu manipulieren. Er hat mich alles gelehrt, was mich davor bewahren sollte, ihm zu viel Vertrauen zu schenken. Das, was ich gestern Nacht getan habe, war noch viel schlimmer, als die Worte des Großen Zaubermeisters über die Bösartigkeit von Umock zu hinterfragen.

Ich liege nackt unter den Decken, seltsam schwerelos und voller Eindrücke, die mein Herz sprengen. So viele Fragen kreisen in meinem Kopf, die ich gerne an Umock richten möchte. Allerdings bin ich allein.

Die Wärme weicht aus meinem Herzen. Elevander liegt nicht mehr neben mir. Umock ist verschwunden. Eine dunkle Vorahnung lässt sich nicht länger verdrängen.

Rasch springe ich auf und schlüpfe in meine Kleidung. Ich laufe zu der Hütte, in der Elevanders regloser Körper untergebracht ist. Mit einem kurzen Blick ins Innere stelle ich fest, dass er wieder auf dem Lager liegt, das man ihm bereitet hat. Sein Gesicht wirkt friedlich wie zuvor. Man könnte denken, er hätte sich nicht bewegt, er wäre letzte Nacht nicht plötzlich wieder zum Leben erwacht und hätte mit mir …

Ein kalter Schauer läuft mir über den Rücken. Ich schließe die Tür und eile weiter zu dem Waldstück, in dem sich die Nebelseelen gestern noch zwischen den Bäumen niedergelassen hatten. Schon beim Näherkommen wird deutlich, dass die Dunkelheit nicht mehr zwischen den Baumwipfeln hängt. Kein Nebel verhindert die klare Sicht auf den Boden.

Abrupt bleibe ich stehen, starre auf das, was nicht sein darf. Der Schmerz meines eigenen Herzens ist unwichtig im Vergleich zu der Bedeutung, die das Fehlen der Nebelseelen für die Soldaten bedeutet, auf die bereits die nächste Herausforderung wartet.

Umock ist gegangen.

Er und seine Armee haben uns verlassen.

Irgendwann heute Nacht hat er sich auf den Weg zurück zu seiner Heimat gemacht. Nachdem er mich verführt hat, nachdem er mir gezeigt hat, was echte Magie ist, hat er entschieden, dass sein Platz nicht mehr hier ist. Nachdem er die Mauern um mein Herz niedergerissen und mich in meiner Verwundbarkeit gesehen hat, hat er beschlossen, unseren Bund aufzulösen.

Ich sinke auf die Knie. Immer noch fühle ich nichts als Kälte.

Er hat mein Volk verraten. Das Versprechen, das er unserem Fürsten gegeben hat und durch das uns ein letzter Funken Hoffnung geblieben ist, wurde gebrochen. Das Abkommen, das er mit mir eingegangen ist und das Elevander zu mir zurückbringen oder zumindest meinen Zauber ungeschehen machen sollte, ist von ihm nicht eingehalten worden.

Es ist vorbei. Alles ist vorbei. Und das nur, weil ich meiner Sehnsucht nachgegeben habe. Weil ich zugelassen habe, dass er mich einlullt und mir vormacht, er wäre zu Gefühlen fähig. Nein, in seinem Herzen kann nur Dunkelheit herrschen. Er ist der König der Dunkelheit, wie mein Großvater prophezeit hat.

… *Fortsetzung folgt*

Leseprobe:

Leann Porter

Das Gesetz der Flamm

Der Vorhang stank, als wäre er seit Aldabars Krönung nicht gewaschen worden. Dashan atmete flach durch den Mund. Thon stieß ein ersticktes Röcheln aus. »Das ist ein beschissenes Versteck«, zischte er.

Dashan verdrehte die Augen, obwohl Thon das im Dunkeln nicht sehen konnte. »Weißt du ein besseres?«, zischte er zurück.

»Die ganze Idee ist beschissen.«

Thon, der alte Miesmacher, musste aber auch an allem herumnörgeln. Dashan bereute bereits, dass er ihn mitgenommen hatte, und dabei hatten sie die Galerie der Wunder noch nicht betreten. »Niemand hat dich gezwungen, mitzukommen«, flüsterte er. »Und jetzt halt die Klappe!«

Thon gab ein schnaubendes Geräusch von sich, dann war er still. Gerade rechtzeitig, denn das gleichmäßige Hämmern hallender Schritte näherte sich. Dashan verkrampfte sich unwillkürlich und drückte sich enger an das Fenster hinter ihm. Der Vorhangmief schien noch schlimmer zu werden. Jetzt bloß nicht niesen! Schon der Gedanke daran ließ seine Nase kribbeln. Er hielt die Luft an und kniff die Augen zu. Die Schritte der beiden Wachtposten verharrten. Scheiße! Dashan biss die Zähne zusammen und suchte vorsichtshalber nach einer guten Ausrede für die Tatsache, dass er sich mitten in der Nacht hinter einem Vorhang versteckte.

»Ein guter Schluck«, hörte er einen der Wachtposten sagen. Der andere lachte verhalten. »Hat doch Vorteile, mit einer Küchenmagd anzubandeln. Von unserem Sold könnten wir uns diesen edlen Tropfen nicht leisten, das sage ich dir.«

Dashan unterdrückte einen Fluch. Mussten die ausgerechnet an dieser Stelle ihrem ergaunerten Wein zusprechen? Vermutlich war das sogar der Wein, mit dem er Richelsen bestochen hatte. Die Geschichte mit der Küchenmagd war bestimmt erstunken und erlogen. Endlich marschierten Richelsen und sein Kollege weiter. Nachdem ihre Schritte verhallt waren, wartete Dashan fünf angespannte Atemzüge, dann schlüpfte er hinter dem Vorhang hervor auf den Säulengang, der zur Galerie führte. Im Schein der Laternen huschte er an den Marmorstatuen vorbei, dicht gefolgt von Thon, der ausnahmsweise nichts zu meckern hatte. An der zweiflügligen Tür blieb er stehen. Nun würde es sich zeigen, ob Richelsen Wort gehalten und den Wein verdient hatte. Langsam drehte Dashan am Türgriff, der wie ein springender Delphin geformt war. Es klackte.

Thon sog scharf die Luft ein. Dashan grinste. »Nervös?«, raunte er und drückte gegen die Tür. Sie schwang lautlos nach innen auf. Einen Atemzug später schloss er sie hinter ihnen. Dunkelheit umfing sie. Dashan sog die Luft ein. Sie duftete süß und schwer nach Blumen und Kräutern und feuchtem Moos. Sein Herz pochte hart gegen seine Rippen. Triumph flutete seine Adern. Er hatte es geschafft! Er stand in der Galerie der Wunder.

Ein schrilles Kreischen ertönte. Thon krallte die Finger um Dashans Arm. »Lass uns abhauen«, krächzte er.

Ungeduldig schüttelte Dashan ihn ab. »Bist du verrückt? Wir haben doch noch gar nichts gesehen.«

Er erinnerte sich an Richelsens Hinweise und tastete rechts neben der Tür nach der Lampe. Wie versprochen hing sie in Schulterhöhe. Dashan strich mit den Fingern über den Sockel, fand den Hebel und drückte ihn nach unten. Blaues Licht flackerte auf, wurde allmählich heller und beleuchtete den Innenhof, in dem sie standen. Dashan hatte während der vergangenen Jahre ein paar Führungen durch die Galerie mitmachen dürfen, aber es war etwas völlig anderes, ob man in einer Horde schwatzender Gäste durch die Sammlung gescheucht wurde oder sie allein genießen durfte. Andächtig ließ Dashan den Blick über die Pflanzen gleiten, die den Innenhof in einen üppigen Garten verwandelten und ihn mit einem Durcheinander unterschiedlicher Düfte erfüllten, die sich zu einer berauschenden Mischung vereinten. Über dem Hof wölbte sich das kuppelförmige Glasdach, das tagsüber geöffnet wurde. Dashan konnte vereinzelte Sterne ausmachen.

»Wir könnten einfach verschwinden«, riss ihn Thons verzagte Stimme aus seiner Versunkenheit. »Noch ist nichts Schlimmes passiert.«

»Das wird es auch nicht. Ich sehe mir nur den Flamm an, dann gehen wir wieder. Niemand wird etwas bemerken.« Dashan nahm die Blaulampe vom Haken und marschierte los. »Du kannst an der Tür warten, wenn du willst«, sagte er, ohne sich nach Thon umzudrehen. Er hörte rasche Schritte hinter sich, als Thon sich beeilte, ihm zu folgen, und grinste in sich hinein. Er kannte Thon gut genug, um zu wissen, dass er um nichts in der Welt die Gelegenheit verpassen würde, den Flamm zu sehen, und sei es nur, um am nächsten Tag bei den Hofdamen damit anzugeben.

Natürlich würde er es so hinstellen, als wäre es seine Idee gewesen, sich nachts in die Galerie zu schleichen.

Eine Fledermaus schoss dicht an Dashans Gesicht vorbei. Vermutlich handelte es sich um ein seltenes Exemplar aus einem fernen Land, wie alles, was sich in der Galerie befand. Erneut wurde die Luft von dem Kreischen zerrissen. Dashan hätte gerne herausgefunden, was für ein Tier diese Laute ausstieß, aber ihnen blieb nicht viel Zeit, bevor die Wachtposten ihren nächsten Kontrollgang durch die Galerie unternahmen.

Dashan erreichte die Glastür an der gegenüberliegenden Seite des Hofes und öffnete sie. Er wartete, bis Thon neben ihm in der Halle stand, und schloss sie leise hinter ihnen. Neugierig schwenkte er die Lampe in einem Halbkreis. Der bläuliche Schein fiel auf Vitrinen und freistehende Glaskästen, in denen König Aldabar seine liebsten Stücke der Sammlung auszustellen pflegte. Wie zum Beispiel einen ausgestopften Säbelzahnlöwen. Dashan erinnerte sich von der letzten Führung daran, dass diese Tierart mittlerweile ausgestorben war. Schade, er hätte den Löwen gerne lebend gesehen. Schon ausgestopft wirkte er respekteinflößend und seine Augen funkelten unternehmungslustig im Lampenlicht, als wollte er jeden Augenblick von seinem Podest hinunterspringen.

Neben dem Löwen stand ein mannshohes Aquarium, in dem buntschillernde Quallen umherschwebten wie in einen gemeinsamen Tanz versunken. Dashan trat näher heran, fasziniert von den eleganten Bewegungen der Nesselfäden.